HEYNE <

Inhalt

Als Frau des Großfürsten und Thronfolgers Pjotr III. lebt Jekaterina am Hof der Zarin Elisabeth in St. Petersburg wie in einem prunkvollen, goldenen Gefängnis. Ihr Mann wird von Jahr zu Jahr wunderlicher, inszeniert im Bett mit seinen Spielzeugsoldaten heroische Schlachten, statt sich für die weiblichen Reize Jekaterinas zu interessieren und versucht mit seiner neuen Mätresse seine eigene Frau zu verdrängen. Doch Jekaterina ist zäh. In ihren einsamen Stunden liest sie Voltaire, Montesquieu und Tacitus und lernt Russisch. Denn sie hat ein großes Ziel vor Augen: Eines Tages wird sie Zarin werden!

Als Elisabeth 1762 das Zepter aus der Hand gibt, stürzt Jekaterina ihren Mann Pjotr vom Thron und lässt sich als Alleinherrscherin vom Volk bestätigen.

Autor

Hanns Kneifel, Jahrgang 1936, begann seine schriftstellerische Laufbahn mit Science Fiction *(Raumpatrolie Orion)*, verfasste eine Reihe Jugendbücher, Hörspiele und Sachbücher. Mittlerweile ist er bekannt als Autor zahlreicher farbenprächtiger historischer Romane.

Hanns Kneifel

Katharina die Große

Roman

WILHELM HEYNE VERLAG
MÜNCHEN

HEYNE ALLGEMEINE REIHE
Band-Nr. 01/13708

Umwelthinweis:
Dieses Buch ist auf
chlor- und säurefreiem Papier gedruckt.

Taschenbucherstausgabe 03/2003

Der Wilhelm Heyne Verlag ist ein Verlag der
Ullstein Heyne List GmbH & Co. KG
Printed in Germany 2003
Karten: Heidolph Theiss
Umschlagillustration: Artothek
Umschlaggestaltung: Nele Schütz Design, München,
unter Verwendung des Gemäldes
BILDNIS DER ZARIN KATHERINA II. von Fjodor Rokotov, 1763
Satz: Buch-Werkstatt GmbH, Bad Aibling
Druck und Bindung: Ebner & Spiegel, Ulm
http://www.heyne.de

ISBN: 3-453-86518-9

1
Der letzte November

5. (16). November 1796, morgens acht Uhr dreißig. Wieder kroch ein sonnenloser Morgen herauf, wieder begann ein grauer Novembertag, der fünfte dieses kalten Monats. Eine Nebelschicht, aus der reglos kahle Bäume und blattloses Buschwerk hervorragten, lag über dem Schnee, bis hinunter zum Meer. Die Fundamente der Häuser schienen in einem gefrorenen See zu stehen. Die Sonne blieb eine Welle ein glimmender Fleck am Horizont, bis das Grau aufriß; vor dem Streifen leuchtend blauen Himmels streckten sich waagrechte Schatten bis zu den Mauern des Winterpalasts von Zarskoje Selo. Ein einzigartiges Licht fiel über den Ort, eine kurze, irisierende Helligkeit, wie der Regenbogen aus geheimnisvollen Farben und Empfindungen zusammengesetzt. Die Eiszapfen an den Schlagläden begannen zu glänzen, als schmölze sie warmer Wind. Das Licht zeichnete Streifenmuster in die Vorhänge und auf die Bespannung der Wand. Die Helligkeit teilte die Bilder in spiegelnde und matte Hälften und schuf jähen Glanz auf dem Gold und Silber der Rahmen und der Leuchter. Der Tag begann still, kaum war das Ticken der Uhr zu hören. Jekaterina hob, noch halb im Schlaf, die Hand an die Augen und verließ widerwillig die Leichtigkeit des Traums und dessen Sinnlichkeit, die er auch heute in der Stunde vor dem Erwachen geweckt hatte.

Die Bespannung unter dem Laken knarrte in der Ruhe des Schlafgemachs. Ein Rest Wärme und die gewohnten Schlafgerüche hatten sich zwischen den Vorhängen und dem Baldachin des Betts gesammelt. Es roch nach kaltem Rauch. Jekaterina öffnete die Augen, blinzelte und versuchte sich an den Traum des tiefen, langen Schlafs zu entsinnen. Eine fröhliche Plauderei war darin vorgekommen, der schweißnasse Körper eines jungen, gesichtslosen

Mannes, der über ihr zuckte, und sie entsann sich seines Keuchens und einer riesigen weißen Fläche, auf der sie mit kratzender Goldfeder geschrieben hatte. Sie erinnerte sich weder an den Inhalt noch an den Empfänger ihres Traumbriefs, aber sie lächelte. Als sie das Knarren der Tür und die leichten Schritte der Hofdame hörte, drehte sie den Kopf und sah, wie die Lichtflut im Schlafgemach versiegte und vom schattenlosen Grau des Tages abgelöst wurde. Eine Uhr schlug mit zirpendem Silberklang.

»Guten Morgen, Eure Majestät.« Jekaterina schmeckte den Geruch frisch gebrühten, starken Kaffees und das Duftwasser, das zusammen mit dem Ruch kalten Schweißes aus den Kleidern der Madame Perekusikina dünstete. »Ihr habt tief und gut geschlafen. Ich hab Euch nicht geweckt.«

Jekaterina richtete sich auf. Jede Bewegung fiel ihr heute unerwartet leicht. Es war, als hätte ihr schwerer Körper in den neun oder zehn zurückliegenden Stunden Schlaf mehr Kraft schöpfen können als in vielen anderen Nächten.

»Ich war schon wach.« Das Kaffeegeschirr klirrte auf dem niedrigen Tischchen, die schwarze Brühe gluckerte in die Tasse. Jekaterina gähnte und rieb sich die Augen. Auf der Zunge und dem Gaumen spürte sie sauren Speichel. »Es war ein guter Schlaf, endlich wieder einmal. Ich fühle mich, als wäre ich zwanzig Jahre jünger.«

Im Nebenzimmer lärmte ein Diener auf den Rosten des Kachelofens, ein anderer legte Holzkohle auf die Glut unter einem Samowar. Als die Kaiserin die Tasse hob, waren ihre Finger ruhig wie die einer Vierzigjährigen. Die Hofdame winkte der Kammerzofe, die schweigend den weißseidenen Morgenmantel am Fußende des Betts ausbreitete. Jekaterina rührte bedächtig Zucker in das Morgengebräu und erwartete die süße Hitze des ersten Schlucks, der den Nachtbelag ihrer Zunge und des Munds vertreiben würde. Sie blickte, während sie trank, im Schlafraum umher, setzte die Tasse ab und schob einige Haarsträhnen unter die

Schlafhaube zurück. Die Dienerin ersetzte heruntergebrannte Kerzen, brach herabgetropftes hartes Wachs ab und entzündete nacheinander zwei Dutzend weiße Dochte. Das Halbdunkel, das die Kaiserin bedrückte, wich den Inseln gelben Lichts, das um die Leuchter waberte. Jekaterina hob das zweite Tässchen und spürte die Schläge ihres Herzens bis in die Schläfen; es schien doppelt stark und schnell zu schlagen als während des Anfalls, der sie heimgesucht hatte.

Sie erinnerte sich an den lautlosen Schlag, der sie vor acht Wochen halb gelähmt hatte; ihr Körper hatte ihn überstanden, ebenso schnell wie jede andere Krankheit. Sie holte tief Luft, schlüpfte in die goldbestickten Pantoffeln und richtete sich auf, die Tasse in den Fingern der rechten Hand.

»Und weil ich mich kräftig, stark und jung fühle«, sagte sie und betrachtete die Flämmchen der Kerzen, »werde ich im Frühling zur Krim reisen, wenn alle Straßen wieder aufgetrocknet sind.«

»Sehr wohl, Eure Majestät«, entgegnete die Hofdame und beugte lächelnd das Knie. »Und wenn man die Brücken wiederhergestellt hat. Das Volk wird Euch zujubeln, so wie es immer entlang Eurer Wege Beifall spendet.«

Kaiserin Jekaterina leerte die Tasse. Der Kaffee rann heiß durch den empfindungslosen Mund, über die pelzige Zunge, durch ihre Kehle, erweckte ihre Lebensgeister, schien ihren Magen zu füllen und vertrieb die Gedanken an Alter, Hinfälligkeit und winterliche Kälte, und im Fell der Pantoffeln begannen sich die Zehen zu wärmen. Die Kaiserin, in wohliger Benommenheit, ließ sich den Morgenmantel umlegen, spürte die Seide auf der Haut, schloss die Knöpfe und stand auf. Madame Perekusikina und die Dienerin senkten die Köpfe, als sie an ihnen vorbeiging. Für einen kurzen Augenblick öffnete die Dienerin ein Fenster, und eisige Luft drang herein. Vor der Kaiserin verließen die Frauen das Schlafzimmer und schlossen leise die Tür.

Jekaterina reinigte und kühlte ihr Gesicht mit einem Stück Eis und trocknete es ab. Dann ging sie mit schwerem Schritt durch den leeren Arbeitsraum, setzte sich an den Tisch und benutzte den Fächer, bis die Brille wieder klar war; ihr Atem hatte die Gläser beschlagen lassen. Sie fing an, den Bericht über den Einmarsch eines französischen Heeres in Italien zu lesen. Am Abend jedoch hatte sie von einem Sieg der Österreicher gehört, und so nahm sie einen leeren Bogen, tauchte die Feder ein und begann nach kurzem Zögern einen Brief. Als sie die erste Zelle beendet hatte, legte sie die Hand unter die linke Brust und wartete, bis unter der Berührung der harte Herzschlag und die Stiche aufhörten. Sie las: … beeile mich, Ihrer exzellenten Exzellenz zu verkünden, dass die exzellenten Truppen Ihres exzellenten Landes die Franzosen tüchtig verprügelt haben …«

Vor der lkone der Muttergottes von Kasan brannte eine frische Kerze. Jekaterina löste den Blick von dem goldumsäumten Antlitz der Madonna, als Platon Subow den ungeheizten Raum betrat. Er war rasiert, roch nach teurer Seife und schien lange und gut geschlafen zu haben.

»Was schreibst du, Imperatritsa?«

Jekaterina lächelte und legte ihre Hand auf Subows Finger, die ihre Schulter streichelten.

»An Graf Cobenzl. Etwas Scherzhaftes, mein Freund«, sagte sie leise. »Dem Gesandten aus Wien. Ich gratuliere ihm zum Sieg der Österreicher.«

Subow nickte. »Das ist vielleicht etwas voreilig, aber … ich werde die Schreiber hereinschicken, ja?«

»Sie sollen noch ein paar Minuten warten.«

Sie sah dem Dreißigjährigen nach, der mit kraftvollen Schritten und klirrenden Sporen den Raum durchquerte und leise die Tür schloss. Aber auch Subow war älter und schwerer geworden. Köstliche, beneidenswerte Jugend!, dachte sie und hob das Vergrößerungsglas ans Auge. Die Kerzenflamme zitterte in der Zugluft. Weniger als eine

Stunde später, nachdem die Hofdame frischen Kaffee auf dem Arbeitstisch serviert hatte, war Jekaterina wieder allein und ging ins Schlafgemach zurück.

Durch eine schmale Tür betrat der Kammerdiener Sotow den Arbeitsraum. Sein Gesicht unter der weißen Perücke drückte Missmut aus und, wie meist um diese frühe Zeit, die Erwartung unbestimmbaren Unheils; er blickte sich um und nickte kurz. Die Hofdame und die Dienerin sahen ihn schweigend den Raum verlassen.

Die Kaiserin schloss die Tür des Toilettenkabinetts, raffte Nachthemd und Morgenmantel und setzte sich. Zwischen juwelenumrandeten Spiegeln, goldenen Kämmen und Bürsten, Kristallfläschchen, duftenden Seifenstückchen, mit preußischer Akkuratesse gefalteten Handtüchern und einem Dutzend juwelenverzierter Döschen lag auf einem weißen Seidenkissen eines ihrer Vergrößerungsgläser aus Silber und Porzellan. Jekaterina griff nach einem Buch, zwischen dessen Seiten ein goldbesticktes Bändchen funkelte, hob es vor ihre Augen und begann zu lesen; sie wusste, dass sie zu dieser Stunde nur bedeutungslose Teile des Inhalts zu begreifen imstande war.

Einige Minuten vergingen, zehn, fünfzehn oder mehr. Sie begann ungeduldig zu werden und warf einen Blick auf die dicken Knie und die faltige, mit Altersflecken übersäte Haut der Oberschenkel. Als die Buchstaben vor ihren Augen verschwammen, und während sie ihre Gesäßmuskeln spannte, durchzuckte ihren Körper wie ein kalter Blitz ein lähmender Schlag.

Unter der Schädeldecke schien ein mehrfaches Knakken, scharf wie Stahlklingen, ins Bewusstsein zu dringen. Schwärze und schmerzlose Leere brandeten gegen ihre erblindenden Augen. In wirren Schleifen und Verknotungen löste sich ihr Denken und Fühlen auf; ihren Händen entfiel das Buch und klappte auf ihren Knien zusammen. Sie kippte, ohne es zu spüren, seitlich vom Sitz. Ihre Stirn schlug gegen die Wand des Kabinetts, ihre Finger rissen ein Tuch von der silbernen Stange.

Ein letzter Gedanke, dünn wie ein federnder Spinnenfaden, zuckte ihr durch den Kopf. Ich will nicht sterben! Ich hab noch so viel zu tun! Es kann nicht das Ende sein! Nicht so! Niemand herrscht besser über das Land als ich!

Eine dumpfe Woge schwemmte über sie hinweg und löschte ihr gesamtes bewusstes Leben aus: Bilder und Geräusche, Gerüche und Empfindungen, das Tasten der ziellos zitternden Finger und die Feuchte in der Tiefe ihres Schoßes einziges Überbleibsel ihres letzten Traums.

Der Kammerdiener und die Hofdame Perekusikina wechselten einen langen Blick. Sotow kratzte sich unter der Perücke und sah auf die Uhr. Gewöhnlich läutete die Kaiserin täglich vor neun nach ihm. Er zuckte mit den Schultern, wartete eine Weile und klopfte zögernd an die Tür des Schlafgemachs.

»Keine Antwort, Sotow?« sagte die Kammerzofe, ebenso ratlos wie er. Sotow klopfte ein zweites Mal, stärker. Als er einige Atemzüge lang vergeblich auf eine Antwort der Kaiserin gewartet hatte, drückte er die Klinke hinunter und betrat den Raum. Ein einziger Blick zeigte ihm, dass er leer war. Der Geruch von Jekaterinas Duftwasser hing in der brackigen, kalten Luft. Sotow rief die Hofdame und rannte zur Tür, die den Gang zum Toilettenkabinett verschloss. Er klopfte, wartete, riss sie auf, blieb erschrocken stehen, begann einen Fluch und schlug die Hand vor den Mund.

Kaiserin Jekaterina lag neben dem Sitz auf dem Boden, Nachthemd und Morgenmantel in wirren Falten um ihre Füße, die Haube halb heruntergerutscht. Ihr Gesicht war blutrot. Sotow brüllte nach Hilfe, schrie nach Platon Subow und Doktor Rogerson, die Hofdame begann schrille Entsetzensschreie auszustoßen. Unruhe und Aufregung breiteten sich im Inneren des Winterpalasts aus, blitzschnell, wie die Bruchstücke eines explodierenden Schrapnells. Durch den Korridor und aus einigen Zimmern stürzten Menschen hervor. Türen schlugen gegen die Wand, ein Hund bellte wie rasend, die Vögel im Käfig aus Golddraht hüpften und flatterten zwitschernd gegen die Gitter und Sitzstangen.

Vier Männer schleppten den zuckenden Körper aus dem Nebengelass; in der Enge des Raums behinderten sie sich gegenseitig. Der Körper war zu schwer und zu unbeweglich, um auf das Bett gehoben werden zu können. Sotow breitete ein Laken über eine Ledermatratze, die einige Diener heranzerrten und neben dem Prunkbett zu Boden fallen ließen. Die Kaiserin rang röchelnd nach Luft, ihre Augen waren geschlossen, ihr Körper zitterte und zuckte.

»Die Ärzte! Holt sie, schnell!« kreischte eine Dienerin.

Die Hofdame, deren Stimme zu versagen drohte, schickte Pagen zum Hauptmann der Palastgarde. Ein Bote sollte Großfürst Alexander holen, ein anderer mit der schrecklichen Nachricht zu Thronfolger Paul Petrowitsch reiten, der sich auf seinem Gut in Gatschina aufhielt, einen halben scharfen Tagesritt vom Winterpalast entfernt. Einige Minuten vergingen, dann stürzten die Ärzte ins Schlafgemach und berieten sich aufgeregt; die Achtundsechzigjährige war ohne Bewusstsein nach ihrem zweiten, schweren Schlaganfall.

»Man muss ihren Leibarzt holen«, rief der Kammerdiener. »Und wo ist Subow?«

»Ich bin hier«, sagte der Adjutant der Kaiserin. »Wie kann ich helfen?«

Platon Subow schob sich zwischen Kammerfrauen und Ärzten bis zum Rand der Matratze und kniete sich neben die Zarin. Der alte Kammerdiener redete wild auf ihn ein und wiederholte ständig »Aderlass! Aderlass! Ein Schlaganfall!« Zwei Dutzend Bedienstete umstanden im dichten Kreis die Ledermatratze, mit aufgerissenen Augen, angstvollen Gesichtern und unfähig, etwas Sinnvolles zu tun. Die Ärzte zogen, zerrten und schoben an Jekaterinas Körper herum, versuchten ihren Oberkörper auf Kissen zu heben und ihre zuckenden Gliedmaßen ruhig zu halten. Subow stand auf und breitete die Arme aus.

»Kein Aderlass!« Seine befehlsgewohnte Stimme drang mühelos durch das Schluchzen und die aufgeregten Gespräche. »Nicht bevor Rogerson hier ist. Habt ihr ihn rufen lassen?«

Die Hofdame nickte und sagte stockend, während ihr Tränen über die Wangen liefen: »Er muss gleich da sein. Ich hab Boten geschickt.«

Subow rannte hinaus. Man sah ihn mit seinem Bruder Nikolai reden, der mehrmals nickte und einen militärischen Gruß andeutete. Mit polternden Schritten eilte er aus dem Arbeitszimmer der Zarin. Subow kam zurück, deutete auf die Ärzte, einige Kammerdiener und auf andere Männer, deren Gesichter er kannte. Seine Worte klangen wie Befehle.

»Vier Mann an jeder Seite! Die anderen zurück. Hebt die Zarin aufs Bett. He, ihr Kammerfrauen, heißes Wasser und Waschzeug. Seht ihr nicht, was …?«

Jekaterina in den beschmutzten, vom Urin durchnässten Kleidern, wurde nicht ohne Stolpern und mit einiger Mühe aufgehoben. Der schlaffe Körper rutschte und kippte zweimal aus den Armen der Männer. Die Laken auf der Matratze wurden unter Jekaterina gewechselt, und sie blieb zuckend, mit fleckiger Haut, neben dem Bett liegen. Die Feuer in den Kachelöfen loderten, die Kloben knisterten und knackten, und Hitzewellen breiteten sich unter den hohen Stuckdecken der Zimmer aus. Kammerdiener Sotow und der junge Geliebte der Kaiserin trieben mehr als ein Dutzend Palastbewohner aus dem Schlafraum hinaus; der Lärm und das Durcheinander mäßigten sich. Zwei Hofdamen versuchten, den Morgenmantel unter dem schlaffen Körper hervorzuziehen und die Schenkel der Kaiserin zu reinigen. Die Tür flog auf, und Alexander, Jekaterinas Enkel, stürzte mit fassungslosem Gesichtsausdruck und halb offener Litewka herein.

Subow stellte sich, den grässlichen Anblick schirmend, zwischen ihn und das Bett und sagte leise, aber eindringlich: »Großfürst! Eure Großmutter liegt zu Tode krank. Ihr solltet, wenigstens vorübergehend, die notwendigen Befehle geben.«

Alexander starrte ihn an. Er brauchte drei Atemzüge lang, um zu begreifen, dann fragte er heiser: »Sind Boten zu meinem Vater unterwegs, Fürst Subow?«

»Seit einer Viertelstunde.«

Alexander nickte, rannte hinaus und rief einige Befehle. Kurz darauf kam er zurück und sagte zu Subow: »Ich hab zur Sicherheit noch Adjutant Rostoptschin gebeten, zu Vater zu reiten, in kleiner Begleitung. Es wird wohl länger als einen Tag dauern, bis er hier sein kann.«

»Wir tun, was getan werden muss«, entgegnete Platon, »und so schnell und sicher wie möglich. Geht zu Eurer Großmutter, Fürst Alexander. Seht zu, wie die Mutter Russlands stirbt.«

»Und Ihr, Platon?« Fürst Alexander wischte Tränen aus den Augenwinkeln und starrte den Körper seiner Großmutter an, der schutzlos den Blicken der Umstehenden ausgesetzt war.

»Ich werde bei ihr sein, so lange wie nötig.«

Platon zog einen Schemel über die Teppiche, setzte sich schwer und stützte den Kopf in die Hände. Insgesamt eine Stunde dauerte es, bis der schottische Leibarzt kam, einen Aderlass vornahm und Jekaterinas Unterschenkel, Füße und Sohlen mit einer Salbe aus spanischen Fliegen einreiben ließ. Die weiße Haut der Unterschenkel, die unförmig angeschwollen waren, mehr aufgeschwemmt als sonst und voller Druckstellen vieler Finger und Hände, schien unter der Wirkung der Salbe rote Blasen zu werfen. Platon Subow nahm das verzweifelte Treiben um Jekaterina

Alexejewna, Zarin des Russländischen Imperiums, mit langsam wachsender Entfremdung wahr. Er begann zu begreifen, widerwillig und verzweifelnd, dass sein Abstieg in die Bedeutungslosigkeit, aus der er gekommen war, in diesen Stunden begonnen hatte, an diesem nebligfrostigen Morgen, nach dem allzu kurzen Licht des Sonnenaufgangs.

Während die Hofdamen, Ärzte, Helfer und Kammerdiener an Jekaterinas Sterbelager ein hilfloses, nun aber leiseres Durcheinander verursachten, flatterten Erinnerungen wie jene erregten Käfigvögelchen durch Platon Subows Kopf. Er entsann sich der Tage, als er, Offizier der berittenen Garde, zum ersten Mal nach Zarskoje Selo beordert worden war; seinen Ruf und etliche Orden hatte er in einer Handvoll harter Gefechte gegen die Schweden redlich erworben. Es war im Jahre 1789, während Jekaterinas genialer und hochfahrender Geliebter Grigori Alexandrowitsch Potjomkin, Fürst von Tauris, drei wichtige Städte im fernen Türkenkrieg nach kurzer Belagerung eingenommen hatte. Binnen weniger Wochen war Fähnrich Platon Subow von Jekaterina zu ihrem persönlichen Adjutanten ernannt worden.

O Zarin Jekaterina, dachte er und betrachtete die Rücken der Männer und Frauen, die sich um die sterbende Kaiserin scharten, warum musstest du mich verführen?

Sie war im einundsechzigsten, er im dreiundzwanzigsten Jahr gewesen, als sie Fürst Mamonow verstieß; der Fürst hatte das Undenkbare gewagt und sich in eine jüngere, schönere Frau verliebt. Wenige Tage später war er, Platon, ihr geachteter, hart arbeitender persönlicher Adjutant in den Tagesstunden und ihr Liebhaber in manchen Nächten. Sie dürstete nach Leidenschaft und wollte geliebt werden. Ihr Körper mit den schweren Hüften und Brüsten war bis zum Bersten mit Sinnlichkeit gefüllt; trotz der Gebärnarben unter der Haut verwandelte sie sich in eine Erscheinung von jugendlicher Herausforderung. Sie wollte das unaufhaltsame Verrinnen der Zeit aufhalten, und scheinbar gelang es ihr auch, mit strahlenden Zähnen und hellen Blicken, im Kerzenlicht und zwischen Gläsern voll Wein oder Champagner. Ihr langes weißes Haar wurde weich, strahlend, war wie aus Fäden gesponnenen Silbers. So viel kundige Leidenschaft hatte Platon bei keiner seiner jüngeren Beischläferinnen je erlebt. Jekaterina besaß die Erfahrung von vier Jahrzehnten, sie war wie Honig, Wodka und Brennesseln gewesen.

Gleichzeitig hatte sie ihn verdorben. In bester Absicht. Der Aufstieg in die Gesellschaft des Zarenhofs war schwer gewesen; die Sprossen der langen Leiter starrten von vergifteten Dornen. Er war zu schnell und zu mühelos aufgestiegen, und seine einzige Gönnerin lag jetzt sterbend sieben Schritte vor ihm, die blauen Augen weit aufgerissen.

Wieder sprangen die Türflügel auseinander.

Subow kannte den Mann. Jekaterinas schottischer Leibarzt, Doktor John Rogerson, rannte herein. Er hob, sobald er Jekaterinas mitgenommenen Körper gesehen hatte, den Arm und rief: »Die zweite Apoplexie! Ich lasse sie zur Ader!«

Aderlass oder etwas anderes, dachte Platon, es ist gleichgültig. Sie wird sterben. Sie stirbt, und ich werde – trotz meiner bunten Drachen und dem feinen Violinspiel – einen tiefen Fall tun. Die unschuldigste fiedelnde Seele der Welt, hatte die Kaiserin geschrieben, während sie ihn zwang, zu lernen und neue Aufgaben bei Hofe zu übernehmen. Selbst wenn er mitunter nicht begriff, welche Bedeutung Schriftstücke und Akten hatten, glaubte er, seiner Aufgabe gerecht zu werden; bald warf man ihm, selbstverständlich zu Unrecht, Arroganz und Hochmut vor und hasste sein zahmes Äffchen. Nun würden ihm alle Minister und Fürsten, die sich vor ihm verbeugt hatten, Unfähigkeit und Anmaßung nachsagen und über ihn siegen.

Eisigkalter Schweiß sickerte zwischen seinen Schulterblättern hinunter; er fühlte sich wie im Morgengrauen vor einer bewaffneten Attacke. Die hohen Türflügel – er saß an der Wand neben dem Eingang zum Schlafraum –, zu denen Jekaterina ihm einen Schlüssel gegeben hatte, wurden abermals aufgerissen und krachten zuschlagend in die klirrenden Schlösser. Zwei Knechte schleppten einen Zuber dampfenden Wassers herein.

Wie eine Fliege im Frühling, hatte Jekaterina unter ihm stöhnend geflüstert, fühle sie sich! Sie schenkte ihm Noten für seine Violine und klatschte, als er in Zarskoje Selos herbstlichen Gärten seine Drachen steigen ließ, zur Freude des kaiserlichen Hofstaats.

Subow hatte auf dem Schlachtfeld viele verwundete Männer sterben sehen, und abseits der Kämpfe auch sterbende Frauen und Mädchen. Er wusste, dass die Kaiserin diesen Schlaganfall nicht überleben würde. Eine Hofdame drehte sich um und sah in sein Gesicht. Der lange Blick schien Bedauern auszudrücken oder einen Anflug von Verachtung. Er gab den Blick zurück, bis sich die Frau wieder der röchelnden Kaiserin zuwandte. Keine Spur mehr von dem Entzücken der Damen über seine breiten Schultern und seine strahlenden Augen. Subow stemmte sich in die Höhe und näherte sich leise dem Kreis aufgeregter Menschen, die auf die Kaiserin hinunterstarrten. Fürst Alexander stand am Fußende der Matratze, hielt die Arme vor der Brust verschränkt und betrachtete aus halb geschlossenen Augen seine Großmutter. Sein Gesicht war starr, aber Subow sah die Tränen in den Augenwinkeln.

Der Körper der Greisin lag still da. In kurzen Abständen zitterten die Finger. Der Aderlass schien geholfen zu haben oder die Zäpfchen, oder die Medizin, die der Schotte ihr fast gewaltsam eingeflößt hatte; das Blut staute sich nicht mehr in Jekaterinas Gesicht. Sie atmete schwer; ihr keuchendes Röcheln unterbrach die lauten Atemzüge. Ihr Blick war zur Decke gerichtet. Es kam Platon Subow so vor, als kämpfte Jekaterina darum, das Bewusstsein wiederzuerlangen. Subow vermochte es nicht zu glauben. Er hörte, wie sich der schottische Arzt mit seinem Nachbarn, einem Palastarzt, murmelnd unterhielt, verstand aber kein Wort. Beide Männer schüttelten die Köpfe. Subow bewegte sich rückwärts zur Tür. Sein Blick umfasste die Bilder, Leuchter, Möbel und das große prunkvolle Bett. Er verließ still das Schlafzimmer und zog die schwere Tür ins Schloss.

Im Korridor, durch dessen ganze Länge eiskalte Luft zog, standen und saßen schweigende und weinende Diener und Beamte. Subow ging zwischen ihnen hindurch, die Treppe hinunter und zu seiner Suite, die zuvor Fürst Potjomkin gehört hatte. Das Äffchen sprang kreischend in seinem Käfig umher und warf mit Gebäckstücken nach Subow. Ohne das Tier zu beachten, durchquerte er den Raum. Auf dem Tisch lagen einige Stapel Schriftstücke. Er setzte sich, blätterte darin, las sie aber nicht. Bis Alexander oder Großfürst Paul ihm neue Befehle erteilte, galten für ihn Jekaterinas Anweisungen.

Um Mittag herum hielt Platon Alexandrowitsch Subow das Alleinsein und die Stille im Winterpalast nicht mehr aus. Die Ungewissheit über sein Schicksal begann seine Gedanken mehr zu beschäftigen als das Sterben der Kaiserin. Sie hatte ihn zu ihrem Geliebten gemacht, dies sah er nun als trostlose Wahrheit, und die Einsicht, dass seine Titel nur von ihrem Bemühen abhingen, ihn an ihrer Seite zu halten, steigerte seine Unruhe. Er sprang auf und ging in seiner Privatkanzlei hin und her; dicke Teppiche dämpften das Hämmern seiner Absätze. Das Äffchen verkroch sich in eine Käfigecke und starrte ihn zähnefletschend an. Ihn, Subow, zum Präsident des Kriegskollegiums, zum Gouverneur der taurischen Provinz, zum Befehlshaber der Schwarzmeerflotte befördert, zunächst gegen Potjomkins Widerstand, der befürchtet hatte, Jekaterina ließe sich von Subow beherrschen und unterwürfe sich seiner Jugend. Und später – Fürst Grigori Potjomkin hatte vor fünf Jahren diese Welt verlassen – sein Nachfolger. Jetzt waren die zärtlichen Namen »das Kind« oder »Potjomkins Fähnrich«, mit denen Jekaterina Subow ausgezeichnet hatte, bedeutungslos geworden.

Subow stieg die Treppe hinauf und betrat den schier endlosen Korridor. Zunächst schien ihn niemand zu erkennen, nach einigen Schritten nickten ihm die Menschen zu. Weinend, schluchzend oder wie erstarrt standen sie an den Wänden oder in kleinen Gruppen zusammen, als müssten sie sich gegenseitig wärmen und trösten. Längst würde es sich in St. Petersburg herumgesprochen haben, dass die Zarin zum zweiten Mal mit dem Tod rang. Subow grüßte zurück, durchquerte das Arbeitszimmer der Zarin und deutete auf die Doppeltür zum Schlafraum. Der Diener öffnete ihm einen Flügel.

Auf Zehenspitzen näherte sich Subow der Kaiserin. Jekaterina, dachte er während einiger beklommener Atemzüge, ist im eigenen Körper lebendig begraben! Wie nach dem ersten Schlaganfall wechselten in ihrem Gesicht und am Hals wieder totenähnliche Blässe und das Rot des Blutandrangs. Die Augen waren geschlossen, der Atem ging langsam und schwer, aber sie stöhnte nicht mehr. Die Mienen und Gesten der Ärzte waren ratlos und hoffnungslos, nur Doktor Rogerson schien sicher zu sein. Der lange Blick, den er über die Kaiserin hinweg auf Subow richtete, drückte aus, was Subow dachte: Der Todeskampf dauert nicht mehr lange. Sie wird das Bewusstsein nicht wiedererlangen.

2

Agonie und Erinnerung

Die Finsternis, in der sich Körper und Verstand versteckten wie gelähmte Mäuse in einem tiefen Gewölbe, lastete mit tausend Tonnen auf jedem Teil ihres Körpers. Die Stille schwoll an und löste sich im Klang eines fernen Pochens, das sich in feierlichem Takt wiederholte. Sie versuchte zu atmen und die Finger zu bewegen – sie vermochte es nicht. Es gab nur einzelne Gedanken, die sich qualvoll durch die Schwärze kämpften wie durch gefrierenden Morast. Wo war Jekaterina? In einer Höhle aus Dunkelheit zwischen den Sternen, in der nichts war außer dem Herzschlag eines Riesen? Sie spürte ihren Körper wie eine fremde Last.

Es gab keinen Schmerz, keine andere Empfindung außer der Verwunderung darüber, dass sie wusste, wer sie war, und dass sie sich bewegte wie ein Schmetterling im Windhauch. Irgendwoher ertönte ein einzelner Laut, dann mehrere Stimmen; ein Chor schien sich zu nähern wie Licht in vollkommener Finsternis. Jekaterina, weder blind noch reglos, lauschte dem Klang und den Widerklängen. Sie war plötzlich fähig, zu sehen und zu unterscheiden. Eine Pforte der Wahrnehmung und der Erinnerung öffnete sich. Sie entsann sich in blitzschneller Bilderfolge furchtbarer Albträume nach dem ersten Schlaganfall im September während unheilvoller Tage und Nächte, in denen sie mit rasenden Gedanken mehr gewacht als geschlafen hatte. In jenen Träumen war sie ebenso gelähmt und gefangen gewesen. Machtvoll erklang eine andere Erinnerung – diese Musik! Diese Worte! Welche Worte? Kurz vor Potjomkins Tod, in seinem Taurischen Palais, nach dem Bankett im April vor fünf Jahren, hatten um Mitternacht zahllose Sänger den Choral angestimmt, die Siegeshymne zu Ehren der Kaiserin. Während die Klänge Jekaterina umschwebten und sie in ein Geflecht herrlicher Töne einwoben, strahlte Licht auf, ein Wirbel drehte sich und bildete eine leuchtende Arkade in eine andere Welt. Jekaterina ergab sich dem Sog und dem Zerren des Lichts. Körper und Geist hatten sich getrennt. Der Geist schwang sich in der jubilierenden Musik durch unzählbar viele Funken und verhielt, leicht wie ein Lächeln, über einer erstarrten Szenerie. Sie sah sich selbst, leblos auf einem niedrigen Lager neben dem Bett. Nichts und niemand bewegte sich. Im Schlafgemach hörten weder die Ärzte noch die Hofdamen, Freunde und Kammerdiener die hymnischen Chöre, niemand sah Jekaterinas Geist über dem Körper schweben; niemand gewahrte ihre Anwesenheit. Tiefer Friede erfüllte ihren Geist. Ihr geschwächter Körper behinderte sie nicht mehr. Sie verbrachte eine Zeitspanne von unbekannter Länge über ihrem Lager. Blitzschnell verschlug es ihren Geist zurück in Lautlosigkeit, Finsternis und Starre, in das Gefängnis ihres blicklosen, stummen und tauben Kerkers ihrer Seele. Jekaterinas Kampf war siegreich, ihre Flucht aus dem Körper gelang fast augenblicklich. Flirrende Mosaiksteinchen aus Erinnerungen gliederten sich zu einem farbdurchglühten Gemälde. Musik und das Malmen Dutzender Stimmen vermengten sich. Wieder zuckte die Erinnerung zur nahen Vergangenheit; die Einzelheiten des Gemäldes gewannen plötzlich ihr Eigenleben zurück. Aus den Farbwirbeln schoben sich leuchtende Kerne hervor …

… die Juwelen und das Gold des Andreasordens, des Wladimirordens und des Georgsordens, die Jekaterina sich an das Brokatkleid hatte heften lassen; im Haar funkelte eine ihrer kleinen Kronen. Heute Abend, einige Wochen nach dem ersten Ball zu Ehren des blauäugigen jungen Thronfolgers Gustav und seiner hundertköpfigen schwedischen Begleitung, war die Kaiserin sicher – ihr Plan, ihre dreizehnjährige Enkelin Alexeja mit Gustav IV. zu vermählen, schien geglückt. Das prunkvolle Fest und die folgenden Abende voll Musik, erlesener Gastmahle und kostbar gekleideter Tanzenden begeisterten Gustav, den Herzog von Södermanland – Bruder des ermordeten Gustav III., dem leiblichen Cousin Jekaterinas –, und Graf Markow nicht weniger als ihr Gefolge; sie waren nordische, lutheranische Kargheit gewohnt.

Jedermann in St. Petersburg, der lesen oder auch nur zuhören konnte, wusste, was die Kaiserin mit der Verlobung und der Hochzeit bezweckte. Sie wollte nicht nur die Macht und die Größe Russlands stärken. Ob ihr Vorhaben glückte, sollte sich heute, am 31. August, endlich entscheiden – hier im heißen, geschmückten Thronsaal. Platon Subow trat ein, gefolgt von Graf Markow, ging zwischen den erstarrtcn Höflingen zum Thron und flüsterte ins Ohr der Zarin. Graf Markow überreichte ihr ein Schreiben.

Sie faltete den Brief auf und begann zu lesen. Gustav entgegnete als Antwort auf einen Abschnitt des Heiratskontrakts, dass Alexeja in Schweden nicht daran gehindert werden würde, ihren Glauben auszuüben. Gustav gebe sein königliches Ehrenwort; dies aber schriftlich festzuhalten lehne er entschieden ab.

Jekaterina las den Brief, las ihn ein zweites Mal, verstand die Tragweite der Ausführung, und ihr war, als träfe sie ein Blitz.

»Ich werd ihn lehren, diesen Rotzlöffel!«

Sie atmete röchelnd ein, stand mit offenem Mund wie gelähmt da und vermochte weder zu stammeln noch zu sprechen. Sie schwankte und ließ sich in den Sessel fallen, griff zitternd nach einem Glas Wasser, leerte es zur Hälfte und spürte, wie das Blut in ihr Gesicht schoss und ihre Finger kraftlos wurden. Im Inneren ihres Kopfs wütete ein betäubendes Wetterleuchten, grell und lautlos. Sie neigte sich weit nach vorn, ihr Oberkörper zuckte zurück, und ihre Schulterknochen schlugen gegen die Sessellehne. Das Glas zerklirrte auf dem Boden. Die Lichter, die Decke, die Wände, der Boden, die schreckerfüllten und erstaunten Gesichter – alles drehte sich. Als sie die Augen schloss, wirbelten farbige Punkte und Kreise auf den Lidern. Binnen weniger Herzschläge fühlte sie sich in Finsternis, Lautlosigkeit und Starre geworfen. Ihr war, als würden tausend Sprossen den Abgrund ihrer Besinnungslosigkeit von der lebendigen Wirklichkeit trennen.

Eine chaotische Zeitspanne, deren Länge sie nicht abzuschätzen vermochte, verstrich. Als sich Bilder, Farben und das Lärmen wieder geordnet hatten, brachte sie mit schwerer Zunge hervor: »Wir werden versuchen alles zum Besten zu ändern. Entschuldigt die Kaiserin; ein plötzliches Unwohlsein. Es hat nichts zu bedeuten.«

Die Frauen und Männer, die sich in ihrer Nähe befanden, erkannten ihren Zustand. Während ihr Enkel Alexander und die Kammerherren sie stützten und zu ihrem Schlafgemach mehr trugen als geleiteten, verbreitete sich die Schreckensnachricht in den Korridoren, Treppenhäusern und Zimmern des Palasts schneller als die Flammen eines Brands. Prinzessin Alexeja fiel in Ohnmacht und rutschte aus dem Sessel. Es dauerte kaum eine Stunde, bis Petersburgs Bewohner vom Schlaganfall der Zarin erfuhren und Platon Subow händeringend zu beten begann.

Jekaterina ließ sich entkleiden, eine Arznei verabreichen und schlief. Nachdem sie vierzehn Stunden später erwacht war, nahm sie mit aller Kraft den Kampf gegen die Folgen des Anfalls auf und besiegte sie – fast – binnen sechs Wochen.

Huschende, aufblinkende Eindrücke, Erinnerungsbruchstücke, Schwärze, eine Skala ineinander glühender Farben, rauschhafte Klänge mündeten in Lautlosig-

keit, mit der bewegte Formen und Farben sich abermals zu einem bedeutungsvollen Bild im juwelenbesetzten Rahmen fügten.

Am 11. September, nach Dutzenden geheimer, kräftezehrender, enttäuschender oder hoffnungsfroher Gespräche, hastigem Schriftwechsel und halb öffentlichen Gesprächen und Verhandlungen zwischen der Kaiserin und den schwedischen Gästen, bot der Thronsaal fast das gleiche Bild wie in der Nacht des ersten Schlaganfalls. Auf einem Tischchen lagen die Verlobungsringe. Zwei Prunkstühle, mit saphirblauem Samt ausgeschlagen, standen neben Jekaterinas leerem Thronsitz, Alexeja saß wartend auf einem der Stühle. Der König von Schweden würde in kurzer Zeit auf dem anderen Platz nehmen und Alexeja verliebt lächelnd in die Augen blicken.

Während sich die Kaiserin für den abendlichen Empfang ankleiden ließ und zu dieser Stunde die Schmerzen in ihren geschwollenen Beinen mit äußerster Willenskraft unterdrückte, bedachte sie – zum sechsten oder siebten Mal – jeden Zug der weißen und schwarzen Figuren, die nicht zu einem Spiel vor dem Kamin gehörten, sondern zum Großen Kaiserlichen Spiel um Sieg oder Niederlage.

Voller Erwartung, tief in Gedanken, hatte sie im Ankleidegemach ihre schönsten Ringe ausgesucht, die sie mit einiger Mühe auf die Finger schob und drehte. Sie fühlte schon die Größe ihres bevorstehenden Triumphs, wusste aber, dass sie den Sieg nicht in der Hand hielt. Noch nicht.

»Diese hartnäckigen Schweden!« Sie legte den Kopf in den Nacken. »Lutheraner! Protestanten! Sein Vater Gustav, mein Cousin, dieser unselige Mann – er hat mir vor Jahren den Krieg erklärt. Und? Man hat ihn ermordet, den größenwahnsinnigen ›Recken Jammer‹. Sein Sohn ist genauso hartleibig.«

Die Kammerzofe zog schweigend die Bürste durch das schlohweiße Haar der Kaiserin.

Die Kaiserin zwängte ihre Füße in die Schuhe, ließ sich aus dem Sessel helfen und ging mit kleinen Schritten in den Thronsaal. Mit einem Seufzer sank sie auf der erhöhten Plattform in den hochlehnigen Sitz und begrüßte lächelnd, mit einem Kopfnicken, die aufgeregte Alexeja, mit einem zweiten entließ sie die Kammerzofen und stützte die Arme auf das weiche Leder der Armlehnen. Einige Herzschläge lang schloss Jekaterina die Augen. Der Metropolit von St. Petersburg näherte sich, begrüßte sie und setzte sich umständlich. Die Zarin, der Saal voller Höflinge und die junge Braut warteten mit dem Metropoliten auf Gustav IV.

Russland befand sich im Krieg mit Persien. Die Seuche des Jakobinertums, die vor drei Jahren den französischen König gemordet hatte, streckte drohend die Finger nach dem großen Reich aus. Ein Teil der russischen Heere würde, wenn sich die Umstände nicht zum Besseren änderten, in Frankreich einmarschieren, die verhasste und gefürchtete Revolution beenden und Adel und Königtum wieder in ihre gottgewollten Rechte einsetzen.

Hatte sich Thronfolger Gustav IV. von Schweden in die Enkelin der Kaiserin verliebt und würde er Alexeja heiraten – Jekaterina zweifelte nicht einen Atemzug lang daran! –, hätte Russland an seiner Nordgrenze Schweden in seine Einflusssphäre gezogen. Schweden verteidigte dann die Ostsee. Dadurch war die nördliche Flanke geschützt, alle europäischen Staaten würden die Zarin als Retterin feiern, und ein Teil der Heere wäre frei für den Marsch nach Paris – sechzigtausend Mann unter der Führung General Suwarows.

Alexeja sollte als russische Prinzessin dem Vaterland treu und der Kaiserin gegenüber folgsam ins protestantische Schweden gehen, aber bei ihrem orthodoxen Glauben bleiben dürfen. Der Thronfolger und sein Onkel, der Herzog von Södermanland, hatten der Zarin, Alexejas Großmutter, anvertraut, dass seine Untertanen es nicht dulden würden, wenn er, streng lutheranischen Glaubens, eine Frau mit einer anderen Konfession nähme. Jekaterina aber hatte gegenüber Gustav auf ihrer Forderung beharrt.

Die Kaiserin, die Höflinge, der Metropolit, Beamte und Diener warteten jetzt schon länger als eine Viertelstunde. Obwohl kühler Weißwein, kalter Champagner und samtig warmer Rotwein angeboten wurden, stockten die Gespräche, wurden leiser, sanken zu einem zischelnden Flüstern herab. Im Saal entstand erste spürbare Unruhe.

Gustav hatte, wie sich Jekaterina erinnerte, zuerst gesagt, dass er keine Möglichkeit zu erkennen vermöge, dass Alexeja bei ihrem Glauben bleibe.

Jekaterina hatte unnachgiebig auf ihrer kaiserlichen Meinung beharrt. Gustav beteuerte nichts zu tun, was Alexeja verletzen könne. Die Kaiserin hielt diese Aussage für Gustavs königliches Ehrenwort und schlug dem Herzog von Södermanland die offizielle Verlobung vor. Der Herzog redete, sicherlich voll staatstragender Ausgewogenheit, mit seinem Neffen Gustav, und man stimmte schließlich zu. Heirat mit dem Segen der Kirche, nach russischem Ritus! Die Beamten bereiteten die Dokumente vor, die Ringe lagen bereit, und die Kaiserin wartete nun schon länger als eine Stunde. Jekaterinas Enttäuschung und Wut nahmen zu und drohten zu überborden.

Das Schweigen wurde unheilvoll, die Stille schien das Klirren der leeren und den Klang der vollen Gläser in sich einzusaugen wie ein Strudel am Ufer der Newa. Die Zeiger der Uhr deuteten auf die volle Stunde und krochen darüber hinweg. Die Kaiserin betrachtete den leeren Weinpokal mit einem Blick, der verriet, dass sie nahe daran war, das Kristallglas an die Wand zu schmettern, aber sie dachte an die schreckliche Zeit ihrer Ehe mit Zar Peter. Spätestens in jenen Jahren hatte sie lernen müssen, abzuwarten und sich nahezu unmenschlich zu beherrschen. Sie ließ sich ein volles Glas reichen, setzte es an die Lippen –

und die Türflügel schwangen langsam, lautlos nach außen auf.

»Endlich!«, flüsterte sie und sah zwischen den Dienern, die sich tief verbeugten … nicht Thronfolger Gustav, sondern Graf Markow. Er schritt durch die schmale Gasse, die sich in der Menschenmenge bildete, blieb vor der Kaiserin stehen und verneigte sich. Jekaterina stellte das halb geleerte Glas auf das Tablett des Dieners und winkte Markow zu sich heran.

»Sie? Nicht der Thronfolger? Was habt ihr Schweden da wieder ausgeheckt?«

Markow, aschfahl im Gesicht, flüsterte und murmelte: »Majestät! Gustav wagt es nicht. Er ist in heißer Liebe entbrannt …«, er erlaubte sich ein schräges Lächeln, »… falls ein Lutheraner zu solch feuriger Laune fähig ist. Aber …«

Er reichte ihr ein gefaltetes Blatt aus schwerem Papier. Jekaterina schlug es auf und las schweigend die wenigen Zellen. Dann hob sie den Kopf und wandte sich an die Versammelten.

»Seine Majestät Gustav IV. ist unpäßlich«, sagte sie mit klarer, beherrschter Stimme. »Man wird wohl, leider, die Verlobungsfeier zu einem späteren Zeitpunkt zelebrieren.«

Es gelang ihr, sich aufzurichten. Der Metropolit Gabriel senkte den Kopf. Alexeja sprang hinzu und nahm ihren Arm. Die Zarin rang um Beherrschung. Sie kochte vor Wut, und eisige Enttäuschung marterte sie, während sie sich in die kaiserlichen Gemächer begab. Dort verließ sie der letzte Rest ihrer gewaltsamen Zurückhaltung. Sie schrie und verfluchte die Schweden mit Ausdrücken, die einen Moskauer Kutscher hätten anerkennend grinsen lassen. Gustav, den sie noch vor Tagen den »vielversprechendsten Monarchen Europas« genannt hatte, beschimpfte sie als dummen Klotz, steif wie ein Stock, eingebildet und hinterlistig. Die Verlobung war gescheitert, ihre Pläne beschädigt, die Kaiserin gedemütigt.

Jekaterina ließ sich einen starken Schlaftrunk mischen, wartete auf den Schlaf und versuchte sich mit der Dunkelheit zu trösten.

Sie erwachte vor dem Morgengrauen und erkannte trotz der Benommenheit, dass ihr Körper sie im Stich zu lassen begann. Schwäche und Krankheit nisteten in ihr wie sprossendes Unkraut. Schlaflosigkeit, jene furchtbare Feindin, hatte sie häufiger heimgesucht als jemals während der vierunddreißig Jahre seit Peters III. gewaltsamem Tod. Sie streckte die Arme aus, entspannte die zuckenden Muskeln und zwang ihre Gedanken in geordnete Bahnen.

Was auch immer sie versuchte – sie war eine kranke Greisin. Ihre Erinnerungen glitten auf den gleichen zuverlässigen Bahnen wie stets. Sie entsann sich, dass sie viele Mahlzeiten vergessen hatte und an ungewohnten Orten und zu ungewöhnlichen Stunden plötzlich eingeschlafen war, dass sie an Gewicht verlor und neue Falten an ihrem Körper fand. Wachte sie nach den unerwarteten Anfällen tiefsten Schlafs auf, dauerte es lange, bis sie zu sich und in die Wirklichkeit des Winterpalasts zurückfand. Platon Subow, der ihr helfen sollte, war überfordert, ein liebenswerter, hart arbeitender Schwächling, ein Schatten, verglichen mit Potjomkin, dem Unvergleichlichen. Was vermochte sie, müde und todkrank, noch zu tun? Die letzten Dinge ordnen, bevor auch der Verstand versagte, bevor es zu spät war.

Schlaflosigkeit, Krankheit und Verwirrung kamen und gingen in rascher Folge – Jekaterina erkannte in den Gesichtern ihrer Minister und der Beamten, wie besorgt sie um die hinfällige Kaiserin und die Thronfolge waren. Gleichzeitig schienen sich viele auf die Stunde zu freuen, in der Platon Subow, der unbeliebte Günstling, seinen Platz neben der Kaiserin verlieren würde. Jekaterina zwang sich, Klarheit zu schaffen. Die Sammlung ihrer Bücher und alle Handschriften hinterließ sie ihrem Enkel Alexander, aber Thronfolger Paul Petrowitsch sollte ihre »Memoiren« bekommen, unzählige Seiten voller Erinnerungen, an denen sie länger als ein halbes Jahrhundert geschrieben hatte.

Jekaterinas Wille war stark wie Stahl, und sie kämpfte gegen die Warnung, die ihr das Schicksal erteilt hatte. Sie war sicher, dass die Stunde noch nicht gekommen war, die Freunde und Angehörige vielleicht schon erwarteten, und in der sie mit dem letzten Atemzug ihren letzten Willen aussprechen musste. Und sie wusste auch seit langem, dass der Hofstaat darauf lauerte, dass sie statt Paul, den Ungeliebten, Alexander zum Nachfolger bestimmen würde. Viele Bewohner des Palasts dachten, dass Thronfolger Paul kurz davorstand, enterbt zu werden. Jekaterina aber blieb unschlüssig, während sie die Wohltat des Schlafs herbeisehnte und die endgültige Entscheidung abermals verschob.

Sie hatte längst erfahren, dass Paul Petrowitsch überzeugt davon war, dass seine Mutter ihm den Thron geraubt hatte. Die Zarenkrone sollte eigentlich seinen Kopf schmücken, nicht ihr Greisinnenhaupt. Denn er glaubte, der leibliche Sohn Peter III. zu sein.

Aber die Kaiserin zögerte; statt ihr Machtwort zu sprechen, erteilte sie genaue schriftliche Befehle für alle Umstände ihres Begräbnisses. Sie wusste, dass sich Unordnung in ihrer Umgebung wie in einem Ameisenhaufen ausbreiten würde, wenn sie die Zügel lockerte. Subows und der Minister Unfähigkeit, klare Anordnungen zu geben, steigerte zweifellos die Verwirrung, und während ihrer letzten Atemzüge würde heillose Aufregung ausbrechen. Die Albträume aber während der Pausen der Schlaflosigkeit, aus denen sie nur scheinbar gestärkt erwachte, schienen zu beweisen, dass sie auch diesen Kampf gewinnen würde. Einmal, während sie an der Seite von Frau Naraschkyn im Park hinter dem Palast spatzierte, mitten in der Nacht, hob sie den Kopf und sah eine Sternschnuppe in weißer Grelle zwischen den Sternen verglühen. Ein Gedanke voll bitterer Erinnerungen zuckte durch ihren Kopf. Der Wandelstern! Er hatte zu selten über ihr geleuchtet. Sie stützte sich seufzend auf die Schulter ihrer Freundin.

»Die Sternschnuppe – sie bedeutet Tod.«

»Früher haben Eure Majestät nie an Vorzeichen geglaubt.«

»Ja, früher.« Jekaterina senkte den Kopf und ging langsam weiter.

Wieder verließ sie die Welt ihrer Gedanken und Erinnerungen und schlief ein, in Bewegungslosigkeit und Schwärze. Und, danach ...

Sie schwebte im Mittelpunkt huschender, aufblinkender Bilder, Erinnerungsbruchstücken aus einer fernen Zeit, einem doppelten Regenbogen ineinander glühender Farben, rauschhafter Klänge und einem unerwarteten Bild in unirdischem Licht; sie blickte gleichzeitig über die Schulter der fünfzehnjährigen Sophie und betrachtete sich selbst als Zarin, mit goldener Feder auf goldgerändertem Papier schreibend, sie ordnete ihre Gedanken für die Zeilen der Memoiren.

Die lange, beschwerliche Reise, die am 10. Januar 1744 in Zerbst an der Nuthe im Nieselregen begonnen hatte, ging in bitterer Kälte zu Ende. Von Zerbst nach Berlin, zu Friedrich II. in Preußen, danach fünfzig Meilen weit nach Schwedt, wo an der Straße nach Stettin ihr geliebter Vater Fürst Christian August von ihr Abschied nahm. Ostwärts führte die Fahrt der beiden schaukelnden und ruckenden Kutschen auf Straßen in grauenhaftem Zustand durch Danzig und Königsberg nach Mitau. In Mitau ließ sich der Generalgouverneur von Kiew bei Sophies Mutter melden. Er hatte den Befehl über die russischen Truppen in Kurland, war vom Zarenhof verständigt worden und schickte der kleinen Reisegesellschaft reitende Boten voraus nach Riga.

> »… auf ausdrücklichen und besonderen Befehl Ihrer Kaiserlichen Majestät habe ich Ihnen mitzuteilen, Madame, dass die erhabene Kaiserin es wünscht, dass Eure Durchlaucht, begleitet von der Prinzessin, Dero ältesten Tochter, sich so bald wie möglich und ohne Zeitverlust in unser Land begibt an den Ort, an dem der Kaiserliche Hof sich dann befinden wird. Eure Durchlaucht sind zu klug, um nicht den wahren Sinn der großen Ungeduld zu verstehen, die Ihre Majestät empfinden kann, Sie bald hier zu sehen, ebenso wie die Prinzessin Tochter … für diesen Wunsch hat Ihre Majestät sehr wichtige Gründe.«*

Dieser Brief, der kurz nach Weihnachten aus St. Petersburg in Zerbst eingetroffen war, veränderte das Leben der Familie und ließ Prinzessin Sophie von ihrer glanzvollen Zukunft träumen. Je mehr sich ihre Mutter Johanna und sie – ihre Mutter reiste unter dem Namen einer Gräfin von Rheinsbeck – St. Petersburg näherten, desto kühner wurden Sophies Träume.

Gouverneur Wojejkow begleitete die Reisegesellschaft nach Riga. Der Empfang war ungewohnt glanzvoll. Einige Kutschen des Zarenhofs, der kaiserliche Kammerherr Semjon Kirillowitsch Naryschkin, Diener und Köche erwarteten Gräfin Johanna Elisabeth und Tochter Sophie. Selbst der Magistrat von Riga nahm am Empfang teil. Während die Ankömmlinge über die Düna fuhren, in der Eisschollen trieben, feuerten die Kanoniere Salutschüsse.

* Graßhoff, Annlies (Hrsg.): Katharina II., Memoiren, Bd. 2, Leipzig 1986, S., 353

Naryschkin überreichte den fröstelnden Frauen knöchellange Mäntel und Kragen aus edlem Zobelpelz.

Von Riga reisten sie in Begleitung von Naryschkin im Schlitten durch kaltes, verschneites Land nach Narwa und weiter nach St. Petersburg zum Zimnj Dworjets, Winterpalast .

»Meine liebe Babette Cardel, teuerste Lehrerin, vor fast einem Monat sagten Sie weinend zu mir: ›Wenn Sie mich lieb hätten, würden Sie mir verraten, wohin Sie reisen.‹ Ich war wie Sie in Tränen gebadet, aber durfte es selbst Ihnen nicht anvertrauen. Doch nun sind wir in Russland, wo Sie nicht Elisabeth, sondern Jelisaweta heißen würden. In dicke Zobelpelze gehüllt, auf weichen Fellen und von pelzgefütterten Lederdecken geschützt, liegen wir in einer Art warmem Häuschen auf einem Schlitten, der uns von Riga nach St. Petersburg bringen soll. Sie haben mir so unendlich viel vorgelesen und mich zehn Jahre lang schreiben und lesen gelehrt, so dass ich verstehe, was mich hier erstaunt, mit tränenden Augen – vor Kälte! – aus dem Pelzkragen und dem Fensterchen blinzelnd, die Füße auf heißen Ziegelsteinen. Man schreibt hier heute den 10. Februar, was bei Ihnen zu Zerbst dem 21. Februar entspricht, denn in Russland gebraucht man den Kalender des alten Stils. Die Straße ist eisesglatt, rechts und links der Schneewälle verstecken sich Häuser, Äcker, Wälder und Dörfer unter einer dicken Schneedecke. Wir fahren ununterbrochen dahin, und es ist leicht, vieles zu bedenken, weil man nichts anderes sieht außer Schnee und schwarzen Vögeln. Ich schreibe Ihnen, verehrte und geliebte Babette, nur in Gedanken. In diesen vier Wochen haben wir erfahren, dass ich diesen Brief, stünde er auf Papier, nicht abschicken dürfte, denn wir müssen inkognito reisen – unter dem Namen von Rheinsbeck.

Bolhagen, ein Ratgeber meines Vaters, brachte mir Bücher, las mir vor und predigte mir von Sittenstrenge und christlichen Tugenden. Er sagte mir, sie würden dazu beihelfen, dass ich würdig sei, eine Krone zu tragen. Welches junge Mädchen träumt nicht davon? Dieser Satz ging mir nicht mehr aus dem Kopf, und die Krone hat mich seitdem viel beschäftigt. Es scheint, als würde sie in St. Petersburg oder Moskau auf mich warten.

Als ich zehn Jahre zählte, lud uns Mutters ältester Bruder Adolf Friedrich von Holstein-Gottorp, Fürstbischof von Lübeck und der Administrator Holsteins, ein. Ich traf dort sein Mündel, den halb verwaisten, blassen Herzog Karl Peter Ulrich, den einzig überlebenden Enkel des Zaren Peter des Großen.«

Seine Mutter Anna Petrowna – so erinnerte sich Sophie – war eine Tochter Peter I. und starb drei Monate nach Karl Peters Geburt. Er war ein hübscher, wohlerzogener und liebenswerter Junge, jedenfalls in ihrer Gegenwart. Er ist von der Zarin Elisabeth nach Russland geholt worden, aber eigentlich sollte er später die Krone Schwedens tragen. Die Zarin unterstützte seinen Anspruch auf den russischen Thron, doch er war ebenso lutheranisch erzogen und aufgewachsen wie sie selbst. Zu der Zeit, in der man ihn zum russischen Thronfolger machte, schickte Sophies Mutter etliche Bilder nach Moskau; den Namen des Malers, der sie abkonterfeit hatte, hatte sie vergessen. War es nicht Balthasar Denner gewesen? Nun hieß Karl Peter Ulrich wohl längst Peter oder Pjotr Feodorowitsch, hatte sein Glaubensbekenntnis nach dem Ritus der griechisch-orthodoxen Kirche abgelegt und sollte bald verheiratet werden. Damals hatte ihre Umgebung Sophie manchmal mit Karl Peter geneckt, und sie träumte von einer Hochzeit. Ob mit dem jungen Thronfolger oder einem anderen Fürsten – wer weiß es?

»Wir reisten auch nach Berlin. Der junge König Friedrich II. erwies mir die Ehre, bei der Redoute im Opernhaus zu Berlin neben mir zu sitzen. Man hat mir zugeflüstert, dass er sich dafür eingesetzt hat, eine Person an den Zarenhof zu bringen, die seinem Land Preußen wohlwollend gegenüberstand. Eine Zerbster Prinzessin etwa? Er war galant zu mir, fragte mich Tausenderlei, redete von der Oper, der Komödie, von Poesie und Tanz, von Dingen, über die man eben mit einem vierzehnjährigen Mädchen plaudern kann. Anfangs war ich recht schüchtern, aber nach einer Weile unterhielten wir uns recht angeregt, so dass die ganze Gesellschaft große Augen machte, dass Seine Majestät ein Gespräch mit einem Kind führte. Er gab mir eine Schale Süßigkeiten, ließ sie mich einem Hofbeamten reichen und sagte zu ihm: ›Nehmen Sie die Gabe an aus der Hand der Amouren und der Grazien!‹ Wenn es um den Thron Russlands geht, sagt meine Mutter Johanna voll Zuversicht, habe ich wohl einen Verbündeten in diesem bezaubernden König, der eine Handbreit kleiner ist als ich.

Am 3. Februar trafen wir in St. Petersburg ein, der neuen Hauptstadt, die Zar Peter I. gegründet hat. Nun brauchten wir auch nicht mehr inkognito zu sein. Man sagte uns, dass wir drei Tage später nach Moskau weiterfahren würden, denn die Zarin Elisabeth regiert das Land von Zeit zu Zeit von der alten russischen Hauptstadt aus. Man führte uns in das Winterpalais, wir nahmen ein vorzügliches Mahl ein, und die Hofbeamten versprachen uns für die nächsten Tage allerlei Zeitvertreib. Nun waren wir wirklich am Zarenhof, und endlich durfte ich in einem weichen Bett schlafen, in einem Zimmer, das ein mächtiger Kachelofen erwärmte. Draußen klirrt die Kälte. Es würde mich nicht wundern, wenn erfrorene Raben aus den Wolken fielen. Ich habe ein wenig Heimweh nach Zerbst, und ich vermisse Sie sehr, Babette.

In Zuneigung, Ihre

Sophie Auguste Friederike von Anhalt-Zerbst.«

Nicht länger als die Dauer eines Lidschlags war es Jekaterina, als hüllte sie der eisige Ostwind der Erinnerung in eine schwarze Wolke ein. Im lautlosen Kampf um die Herrschaft über ihren Körper verlor sie ein Gefecht. Jäh schwand ihr Bewusstsein, aber ebenso plötzlich strahlten neue Bilder der Erinnerung auf. Die Gefangene ihres schlaffen Körpers, den, ohne dass sie es spürte, von Zeit zu Zeit wilde Zuckungen peinigten, erkannte augenblicklich Zeit, Ort und Schrecken: der gewaltige Sternenhimmel über Kurland.

Jenseits von Danzig, abseits der Poststraße, hielten die Kutschen vor einem Gasthof. Die schlammbespritzten Pferde ließen die Köpfe hängen, dicker Rauhreif bedeckte die schwarzen Äste der entlaubten Bäume. Die Sonne, nur ein bedrohlich rötlicher Schein durch den Nebel hindurch, sank hinter den schneebedeckten Ufern der Ostsee. Von Osten kam mit schneidendem Pfeifen eisiger Wind. Der Kammerdiener, gefolgt von einem bärtigen Mann in schmutziger Felljacke, trat auf den Wagen zu.

»Die Pferde haben Platz im Stall«, sagte er zur Gräfin. »Wenn wir nicht erfrieren wollen, müssen wir bei seiner Familie schlafen.«

»Es ist warm drin, Euer Gnaden.« Der Wirt sprach gebrochenes Deutsch, mit Russisch und einigen Brocken Französisch versetzt. »Ich hab gutes Bier und genug zu essen. Einfaches Essen, Euer Gnaden.«

Ein Knecht und drei Kinder in zerlumpter Kleidung begannen die erschöpften Pferde auszuschirren. Der Kammerdiener und der Koch schleppten Gepäck ins Haus, der Wirt half Sophie und ihrer Mutter in der einsetzenden Dunkelheit durch halb gefrorenen Schlamm und zwischen Pfützen zum Gasthof. Es war ein niedriges, lang gestrecktes Gebäude aus Stein, Lehm und Torf, mit Schilf und Stroh gedeckt. Rauch quoll aus einem Loch im Dach. Auf der Schwelle, einem ausgetretenen Balken, warf Sophie zwischen den Wolltüchern um den Kopf und vor dem Gesicht einen Blick auf die Kutschen. Die Zofen bemühten sich, die Türen der Wagen zu schließen; die Räder begannen im morastigen Grund zu versinken. Hinter den Wagen, zwischen einem Wäldchen aus Krüppelkiefern und dem eisbedeckten Strand, hatte der Wind den Nebel vertrieben. Einige Sterne blinkten über dem Horizont. Die Tür aus Balken, Lederfetzen und Seilen öffnete sich, und zugleich mit der feuchten Wärme prallten Gestank, dumpfer Lärm und flackerndes Halbdunkel gegen die Eintretenden.

Sophie holte erschrocken Luft und blinzelte. In einem großen Raum, dessen Wände und Dach sie nicht sehen konnte, brannten ein Feuer und ein halbes Dutzend Kienspäne. Der Gestank raubte ihr den Atem und würgte sie. Zehn, fünfzehn Stimmen redeten durcheinander. Langsam gewöhnten sich ihre Augen an das flackernde Zwielicht, während in ihrem Rücken die Tür ein Dutzend Mal geöffnet und geschlossen wurde. An einer Feuerstelle, über der ein Kessel hing, stand eine alte Frau und neben ihr ein schwarzhaariges Mädchen in Sophies Alter. An der Wand hockten auf einer langen Stange Hühner. Zwischen kleinen Kindern, die auf dem strohbedeckten Boden schliefen, lagen Katzen, und inmitten des schmutzigen und stinkenden Durcheinanders standen ein Tisch, einige Schemel und eine Wiege.

»Dort hinten, Frau Grafinja«, sagte der Wirt und verbeugte sich, »sind Bänke. Wir machen es Euch so gemütlich wie möglich. Ihr wollt essen?«

Sophies Mutter nickte und wickelte langsam den feuchten Schal von den Schultern. Die Reisenden ließen sich auf die harten Schemel und Bänke fallen und streckten die nassen, halb erfrorenen Füße zum Feuer. Teller und Schalen klapperten, der Wirt warf dünnes Holz in die Flammen, und das junge Mädchen fing an, Brei in die Teller zu schöpfen. Sie musterte Sophie aus großen schwarzen Augen.

Gräfin Johanna rührte in dem Eintopf aus Zutaten, die schwer zu erraten waren. »Das Essen ist schlecht«, sagte sie abfällig. »Wir spülen es mit Bier hinunter.« Sophie lockerte die Verschnürung ihrer Stiefel. Ihre Füße waren eiskalt und schienen geschwollen zu sein. Sie zwang sich, den Brei mit samt den Brocken zu löffeln, und als sie sich gegen die klammen Decken an der Wand lehnte, überschwemmte sie eine dumpfe Woge der Müdigkeit. Die Wirtin zündete einige Kerzenstummel an und heftete sie mit heißem Wachs auf die Tischkanten. Nun vermochte man mehr Einzelheiten innerhalb des lang gestreckten Raums zu erkennen. In einer Ecke drängten sich einige Schafe zusammen, in der anderen hatten sich die Zofen auf einem Strohlager ausgestreckt. Unter den Hühnern liefen graue Ratten auf einem Balken entlang. Ein Sturm heulte um das Haus und wirbelte Schneeflocken durch die Ritzen.

Es war nicht der erste Gasthof dieser Art, in dem sie Quartier genommen hatten. Aber stets hatte es helle Räume gegeben, große, geheizte Kachelöfen und kaum Ungeziefer. Sophie erhielt von der Schwarzhaarigen einen Holzbecher voll warmem Bier und trank mit großen Schlucken. Erst jetzt merkte sie, wie durstig und hungrig sie war.

»Wie heißt du?«, fragte das junge Mädchen und schob das strähnige Haar in den Nacken. Sie trug einen dicken, grauen Wollkittel und Lumpen und Fellstreifen an den Füßen. »Ich bin Nela.«

»Ich bin Sophie von Rheinsbeck«, sagte Sophie. »Du wohnst hier in der Einsamkeit?«

»Der kurze Sommer ist schön.« Nela nahm einen Kienspan und leuchtete Sophie ins Gesicht. Eine seltsame Stimmung ergriff Sophie. Ihr war, als erlebte sie einen Traum, der sie in ein unvorstellbar fremdes Land versetzt hatte, in eine abscheuliche Umgebung, in der sie im Schmutz festklebte. Nela flüsterte: »Du bist so schön wie der Sommer, Sophie.«

Sie steckte den Span in den eisernen Halter und zog einen Hocker heran. Schweigend und zusammengesackt vor Müdigkeit, halb ohnmächtig von dem Gestank und dem Rauch des Feuers saßen die Gräfin und ihre Begleitung am Tisch. Im kurzen Lichtschein hatte Sophie sehen können, dass Nela ein schmales, schönes Gesicht hatte, das im Halbdunkel zu leuchten schien; würde man sie waschen und frisieren, wäre sie nicht wiederzuerkennen.
»Ich bin nicht schön. Alle sagen's«, murmelte Sophie.
Nela nahm den leeren Teller aus Sophies Händen und steckte ihn in ein mit Wasser gefülltes Schaff. Dann bückte sie sich, kniete vor Sophie nieder und begann deren Stiefel auszuziehen. Sie stellte sie ans Feuer, mitten in kalte Asche, und kehrte mit Binden und Fellstreifen zurück.

»Wo kommst du her, schöne Sophie? Ich sehe, dass du auf der Straße zum Glück und zum Reichtum bist«, flüsterte Nela. Ihre Augen funkelten.

Sophie lachte und schüttelte den Kopf. »Ich träume wirklich! Ich bin von Berlin nach Königsberg und Danzig gefahren, und jetzt bin ich hier. Hier, wo ist das?«

Nela nannte einen Ort, dessen polnischen Namen Sophie nicht verstand. Sie redete, als ginge die Umgebung sie nichts an, als wäre sie mit Sophie allein in dem von stinkendem Qualm erfüllten Raum. Während sie sprach, wickelte sie die Streifen um Sophies Füße bis hinauf zu den Knien. Ihr Französisch war viel besser als das des Wirts.

»Deine Mutter, die Gräfin, sie ist noch jung. Von ihr hast du deine Schönheit. Als du gekommen bist, hat der Nebel aufgehört.«

Es ist gespenstisch, dachte Sophie. Viele ausgetretene und schmutzige Stufen führten von dem spiegelnden Boden ihres bisherigen Lebens, auf dem dicke Teppiche jeden Schritt dämpften, herunter in diese Höhle der Abscheulichkeit. Wie passte dieses schöne junge Mädchen in zerlumpter Kleidung hierher?

»Als Vater meine Mutter heiratete, war sie fünfzehn Jahre alt«, sagte sie und spreizte dreimal die Finger der rechten Hand. »Zwei Jahre danach kam ich zur Welt.«

»Du hast Brüder und Schwestern?« Nela zupfte an Sophies Stirnfransen. »Und du bist schwer krank gewesen, nicht wahr?«

Sophie nickte langsam. »Woher weißt du das?«

»Ich weiß das«, raunte Nela und zuckte mit den Schultern. »Du warst eine schwere Geburt, Sophie.«

Ihre Mutter war bei ihrer Geburt fast gestorben, hatte ihr Vater ihr erzählt, und sie schwebte noch lange danach zwischen Leben und Tod. Eineinhalb Jahre nach Sophies Geburt kam der Sohn Wilhelm Christian Friedrich zur Welt, ein Krüppelchen mit kurzem Bein, das ihre Mutter abgöttisch liebte, dreieinhalb Jahre nach dem Verwachsenen wurde Friedrich August geboren, und vor zwei Jahren gebar ihre Mutter eine Tochter, Elisabeth, die in Zerbst geblieben war. Eine andere Tochter lebte nur wenige Wochen; sie starb, als Sophie sieben Jahre zählte. Sophie fühlte sich, seit sie denken konnte, von ihrer Mutter nur geduldet und oft ungerecht, streng und hart behandelt, obwohl auch ihre Mutter sie »Fiekchen« rief, mit ihrem Kosenamen.

»Meine Mutter starb fast, als ich zur Welt kam«, sagte sie verwundert. Sie lachte verlegen. »Vier Jahre lang musste ich ein Korsett tragen, bis zum zehnten oder elften Jahr. Deshalb gehe und sitze ich so gerade. Wie kannst du das wissen, Nela?«

»Ich weiß, dass du deinen Vater liebst.« Nela zog ein dickes Fell vom Rücken eines Schlafenden und hielt es wie einen Mantel in die Höhe. »Und dass über dir ein Wandelstern leuchtet.«

»Ein Wandelstern? Ich versteh nicht, was du meinst.«

Sie liebte ihren Vater Christian August, der ihren Ehrgeiz erkannt hatte – ein Fürst, ernst und sittenstreng, in Grundsätzen und Taten ehrenhaft, dem seine Angehörigen und

Untertanen mit höchster Achtung begegneten. Seit mehr als einem Jahr war er nach einem Schlaganfall behindert, der für lange Zeit seine linke Seite gelähmt hatte.

»Gleich wirst du sehen, was ich meine«, radebrechte Nela. »Komm mit. Nur für ein paar Augenblicke.«

Sie hängte den Pelz um Sophies Schultern und zog sie zwischen den Schlafenden und Essenden zur Tür und zerrte das Leder zur Seite. Die morsche Tür öffnete sich knirschend, dünne Eisschichten zerbrachen am Stützbalken, und eisige Luft nahm Sophie den Atem. Nela schien die Kälte nicht zu spüren und ging einige Schritte bis zu einer zugefrorenen Pfütze. Sie deutete zum Himmel.

»Dort. Der Schweifstern! Dein Stern, Sophie!«

In der mondlosen Schwärze strahlten die Sterne klar und grell. Sophie erinnerte sich nicht, den Sternhimmel jemals so beängstigend großartig erlebt zu haben. Die Milchstraße leuchtete wie ein Band aus Eiskristallen. Nela legte den Arm um Sophie, drehte sie halb herum und zeigte zum Firmament. Sophie hob den Kopf und schauerte, als sie den großen Stern sah, der einen langen, gekrümmten Schweif zwischen den anderen Himmelslichtern hinter sich herzog. Sie starrte den Schweifstern an und glaubte sehen zu können, wie er sich bewegte – seltsamerweise dorthin, wohin sein Strahlenschwanz deutete. Ihr Herzschlag setzte aus; ebenso wie die bittere Kälte drang aus allen Richtungen eine dunkle Furcht auf sie ein und ließ sie zittern. Ihre Augen begannen zu tränen. Sie warf einen letzten Blick auf die strahlende Degenklinge zwischen den Sternen und hielt das Fell enger vor der Brust zusammen.

»Ich hab den Stern gesehen. Schrecklich!«, sagte sie mit bebenden Lippen. »Wir holen uns den Tod in der Kälte.«

Nela schob sie zur Tür und unter dem knisternden Ledervorhang zurück in die stinkende Wärme. Der Wirt hatte einige Holzkloben ins Feuer geschoben, hob den Kopf und nickte ihnen zu. Nela nahm das Fell von Sophies Schultern und flüsterte ihr ins Ohr: »Der Totenstern! Der Preußenkönig macht Krieg, im Herbst marschiert er. Du bist auf dem Weg zum Reichtum, ins gute Leben. Sie bauen für dich einen Palast. Immer wieder wird dir der Wandelstern leuchten, Prinzessin!«

Sophie gähnte und trocknete ihr Gesicht mit den Jackenärmeln. Sie zitterte vor Kälte und Müdigkeit. »Ich denk darüber nach, Nela. Jetzt will ich schlafen.«

»Hier, junges Fräulein Grafinja«, brummte der Wirt – und deutete auf eine Holzbank, auf der Stroh, Decken und Felle lagen. Von Lattorf, der Kammerdiener, faltete einen Mantel auseinander und breitete ihn über Sophie, als sie sich ausgestreckt hatte. Sie hob die Beine und wickelte den Stoff um sich. »Schlaft wohl, Sophie.«

»Denk an den Stern. Er kommt herab zu uns«, flüsterte Nela. Sie kauerte sich neben Sophie nieder und zog den Mantelkragen bis zum Kinn der Gähnenden. »Es ist dein Wandelstern.«

Sophie nickte und schloss die Augen. Ihre Müdigkeit war so groß, dass sie das Holz unter der dünnen Auflage nicht spürte. Ihre Gedanken fingen an, sich um das Flämmchen eines Kienspans zu drehen, träger und langsamer, und sie begann zu träumen, dass am nächsten Morgen diese schäbige, stinkende Welt der armen Leute verschwunden wäre.

Die Martern der Reise auf unbeschreiblichen Straßen, durch Kälte und dumpfe Armut eines fremden Landes schienen im ersten heißen Badewasser zu vergehen; blaue Flecken und schmerzende Knochen blieben. In St. Petersburg waren sie am 4. Februar 1744 eingefahren. Von diesem weiten weißen Land, von dieser Stadt an der Newa hatte Sophie nicht geträumt. Die Stadt breitete sich entlang der Flussufer aus und bestand aus vier unregelmäßig großen Teilen, die durch die Newa und ihre Nebengewässer voneinander abgetrennt waren – der Admiralitätsseite, auf der Winterpalast und Sommerpalast standen, dem Stadtteil Wassilij Ostrow, der Insel Petersburg mit der Peter-und-Pauls-Festung am gegenüberliegenden Ufer und davor der Kathedrale gleichen Namens auf einer kleinen Insel, die nur aus wuchtigem Mauerwerk zu bestehen schien, mitten in der Newa. Rechts von den Kirchtürmen, flussaufwärts, lag die Wilborger Seite.

Sophie hob den Kopf, als sich ihr Schlitten östlich des Letnij sad, des Sommergartens von Peter I., den Kasernen des Regiments Preobraschenski näherte, einer Truppe, mit deren Hilfe die Zarin vor drei Jahren ihre Revolution durchgesetzt hatte.

Schwarze Tannen ragten aus scheinbar endlosen Schneeflächen auf, im Fluss trieben Eisschollen und häuften sich in zackigen Wällen an den Ufern. Im Winterpalast des Zaren Peter sprachen fast alle Bediensteten ein verständliches Französisch, aber jede Stunde, so hatte Sophie den Eindruck, lernte sie ein paar russische Wörter.

Als sie sicher war, dass niemand lauschte, mitten im Lärm eines Schlittenrennens zu ihrer Unterhaltung, sagte Sophies Mutter: »Wir müssen uns vor diesem Intriganten hüten, vor dem Vizekanzler Graf Bestuschew-Rjumin. Man fürchtet ihn. Er steht auf Seiten der Höfe von Österreich, England und Sachsen.«

»Das begreife ich nicht.« Ein Schlitten kippte um, das Pferdegespann ging durch und schleifte den Iswostschik an den Zügeln durch den aufstiebenden Schnee. Die Zuschauer johlten. »Was haben du und ich mit dem Vizekanzler zu tun?«

»Er ist gegen Frankreich, Schweden und den König von Preußen. Es gibt zwei Lager, musst du wissen, zwei Parteien am russischen Hof.« Die Schlitten verschwanden in einer großen Schneewolke. Die Zuschauer schrien begeistert. Die Becher mit heißem Würzwein dampften. »Diese eine Partei hat auch die Zarin Elisabeth auf den Thron gebracht.«

»Es ist alles so verwirrend«, sagte Sophie kopfschüttelnd. »So viele Namen, Beziehungen und Abhängigkeiten! Ich muss zuhören, zusehen und lernen. Viel lernen, nicht wahr?«

Ihre Mutter nickte. Bisweilen, dachte Sophie, haben wir Vertrauen zueinander, Mutter und ich. Aber wohl niemals dieses große Maß, das Babet und ich haben ...hatten. Ich werde wirklich viel lernen müssen, nicht nur die Sprache dieses verschneiten Landes. Das Schlittenrennen ging zu Ende. Die Köpfe der Kutscher und die schweißnassen Pferde waren von Dampfwolken aus den Mündern und Nüstern umwallt.

»Nach dem Diner werde ich Elefanten kommen lassen, Gräfin. Das Geschenk von Schah Nadir an die Zarin.« Generalleutnant Fürst Repnin lachte. »Im Schlosshof führen sie etliche bewunderungswürdige Kunststücke auf. Überdies schlage ich vor, dass wir eine ausgedehnte Spazierfahrt durch die Stadt unternehmen. Alle sind fröhlich, trinken, singen und tanzen. Es ist ›masleniza‹ ... die Woche des Karnevals.«

»Mit dem größten Vergnügen«, sagte Gräfin Johanna, nahm ihre Tochter bei der Hand und folgte ihm in ihre warmen Gemächer. Sophie ließ sich entkleiden, schlüpfte zwischen die prallen Kissen und Bettdecken und tastete mit den Zehen nach der Wärmflasche. Flüchtig dachte sie an Nela, die weissagende Wirtstochter und an die unerklärliche Bedeutung des Wandelsterns.

Im Palast wimmelte es von schönen, gut gekleideten Menschen, die sich um wuchtige Kachelöfen und Kamine versammelten, in denen dicke Kloben zu weißer Glut zerfielen. Die Quadrillen hatten sich aufgelöst, die Musik schwieg, der Karnevalsball war zu Ende. In den Leuchtern erloschen nach und nach tausende Kerzen, deren Licht sich noch in schweren Rahmen und glänzenden Möbeln brach. Die Helligkeit in den Sälen und Zimmern überstrahlte alle Bilder der Reise durch Kälte, Schmutz und Düsternis und fing sich in dem Spiegel, in dem sich Sophie betrachtete, müde und mit schmerzenden Füßen.

»Noch nicht einmal fünfzehn Jahre«, flüsterte sie, »und schon am Hof von St. Petersburg.«

Hier war alles größer und prächtiger als in Braunschweig, in Berlin, in Varel, Aurich oder auf Schloss Dornburg. Und viel kälter, voller Gewisper eines großen Schwarms gut gekleideter Männer und Frauen, von denen jedermann bedeutungsvolle Geheimnisse mit sich herumzutragen schien und Russisch nur mit Dienerinnen und Knechten sprach.

Langsam zog Sophie die Bürste, schwer von Silber und Edelsteinen, durch ihr dunkelbraunes Haar; jetzt glänzte es wieder und war länger als das der meisten jungen Frauen. Die Brauen über den graublauen Augen gefielen ihr. Sie waren dünn und gleichmäßig gebogen, und die langen schwarzen Wimpern passten zu den runden Augen. Dennoch war Sophie überzeugt, eine der hässlichsten jungen Frauen im Palast zu sein, mit dem schmalen Gesicht, der hohen Stirn und dem zu spitzen Kinn, und auch ihre Brüste waren noch nicht sehr entwickelt.

Schmerzen krochen von den Zehen zu den Knien. Noch immer waren die Füße geschwollen, und das Ziehen und Stechen unter der Haut erinnerte an die Frostbeulen. Die Salbe in den dicken Wollstrümpfen roch unbeschreiblich, aber die Haut glühte wie im Fieber.

Sophie legte die Haarbürste zwischen die Kämme, Tiegelchen und Fläschchen, zog den mit Zierstichen gesäumten Ausschnitt des Nachtkleids auseinander und betrachtete den weißen Hals und die Brust. Dann zuckte sie mit den Schultern und ging mit vorsichtigen Schritten zum Bett. Der Aufenthalt in St. Petersburg endete schon morgen – die Zarin erwartete Sophie und ihre Mutter in Moskau.

Jekaterinas Erinnerungen rissen ab. Die Bilder verloren ihren Glanz, der Geist versteckte sich wieder in Reglosigkeit und Schwärze irgendwo im schlaffen Körper. Jekaterina hatte jedes Gefühl für verrinnende Zeit verloren; als sie irgendwann später, erfüllt von Gedanken und Empfindungen von unbestechlicher Genauigkeit, pralle Bilder aus der Vergangenheit sah und erlebte, schien entweder nur ein Lidschlag oder eine kleine Ewigkeit vergangen zu sein.

3

Unter dem Schweifstern

Funken und Rauch wirbelten aus den knisternden Flammen der Fackeln. Die Reiter, die vor den Schlittengespannen durch die Nacht und ein dünnes Schneegestöber galoppierten, und die Männer in den Sätteln der Handpferde waren tief vermummt. Je fünf Paare Pferde zogen einen Schlitten, die Reihe der unruhigen Lichter erstreckte sich die halb unkenntliche Straße entlang. Die Dunkelheit war erfüllt vom Trommeln des Hufschlags; Eisbrocken, Stücke gefrorener Erde und Harsch flogen von den Hufen und den Kufen auf und prasselten gegen die Wände der Schlittenhäuschen.

Sechshundert Werst trennten Moskau von St. Petersburg. Der Zwischenfall mit dem Eisenhaken, der Gräfin Johannas Kopf und Schulter getroffen hatte, kostete einen langen Aufenthalt. Die dicken Pelze hatten sie geschützt wie Helm und Kürass; jetzt hetzten die dreißig Gespanne weiter.

Sophie blickte, bis ihre Augen schmerzten, vom dahinknirschenden Schlitten in die Landschaft hinaus. Hin und wieder las sie einige Zeilen des Briefs, den vor der Abfahrt ein Herr Schriever in den Schlitten gereicht hatte; die Liste enthielt die Namen vieler Personen, die großen Einfluß am Zarenhof hatten, deren Charakterbeschreibungen und den Grad ihrer Bedeutung. Sophie versuchte sich so viel wie möglich zu merken.

Der Vizekanzler Graf Bestuschew-Rjumin stand der Partei vor, die gegen Preußen war – und somit gegen Sophie als zukünftige Gemahlin des Thronfolgers. Die andere Partei, die Frankreich und Preußen bevorzugte, leitete der Marquis de la Chétardie, der das höchste Vertrauen der Zarin genoss und den auch Sophies Mutter gut kannte. Auch er hatte in St. Petersburg Gräfin Johanna geraten, rechtzeitig zum Geburtstag des Thronfolgers in Moskau zu sein.

Die Zarin war in Moskau, um dem Volk den Zusammenhang zwischen den uralten Traditionen und Bräuchen Russlands und dem Reich Peter des Großen zu zeigen. Der Thronfolger wohnte ebenfalls im Annenhofpalast.

Die Pferde fielen keuchend in Trab. Vor den holpernden Schlitten tauchten aus der Finsternis wenige Lichter auf. Eine gespenstische Szenerie erschien vor dem Fensterchen als schmaler Ausschnitt und verbreiterte sich mit jeder einzelnen Flackerflamme. Windgeräusche überlagerten das Hufgetrappel. Sophie erkannte einzelne Gesichter und den Widerschein roter Glut auf den Wänden geduckter Häuser. Dann sah sie Holzfeuer, bärtige und langhaarige Bauern, viele Reisigfackeln und brennende Kienspäne, von den Dächern tropften armlange Eiszapfen. Die vermummten Frauen und Männer trugen Lumpen und Felle, riefen Undeutliches und winkten. Sie wandte sich an einen russischen Diener, einen Denschtschik.

»Was rufen sie, Herr Gospodin?«

Er lächelte sie mit schadhaften Zähnen an. »Da fährt die Braut von Großfürst«, sagte er in ebenso lückenhaftem Französisch.

Einige Schlitten hielten, dreißig oder vierzig erschöpfte Pferde wurden gegen frische Tiere gewechselt, eingeschirrt und gesattelt. Sophie stieg aus und vertrat sich die Beine. Über den wehenden Schleiern der Schneeflocken, zwischen den blinkenden Sternen, driftete der Schweifstern strahlend durch die Finsternis. Ihr Lebensstern? Ein Zeichen, das niemand zu deuten vermochte und das sie mit ungreifbarer Furcht erfüllte. Sie leerte einen Becher heißen Würzwein. Die rasende Fahrt ging weiter. Im Halbschlaf, eingelullt durch den gleichmäßig dröhnenden Hufschlag, erinnerte sich Sophie, dass sie Peter, nun Pjotr Feodorowitsch, ein einziges Mal getroffen hatte. Sie war zehn Jahre alt, er ein Jahr älter Karl Peter Ulrich, ein schwächliches Kind, mit häufigen Fieberanfällen und Ohnmachten geschlagen und der gewaltsamen Erziehung durch Oberhofmarschall Brümmer unterworfen, den er hasste wie niemanden sonst auf der Welt.

War er gewachsen, kräftiger und schöner, nicht mehr blaß und mager wie damals? Jetzt, vier Jahre danach? In zwei, drei Tagen würde sie die Antwort erhalten, dachte Sophie und zog in Gedanken zusammen, was sie von Peter wusste.

Stunde um Stunde, Werst um Werst ging es huftrommelnd und mit knirschendem Schleifen dahin. Die Wärme in den mit Fell ausgeschlagenen Kabinen machte die Fahrt erträglich. Vage graue Helligkeit löste nächtliche Finsternis ab. Sophie lag, halb sitzend und verkrampft, im Dämmerschlaf. Sie ahnte und hoffte: Sie war auf dem Weg zu ihrem zukünftigen Gatten, zum Zarenthron des Russischen Reiches. Sie stand vor der Aufgabe, Peter eine liebevolle Verlobte, eine liebende Gattin zu sein, an seiner Seite ein Volk von geschätzten siebzehn oder neunzehn Millionen Seelen zu regieren und ihre Erwartung an Liebe, Leidenschaft und Mutterschaft zu erfüllen. Sie wollte und würde jeden Fehler vermeiden, den ihre Mutter gemacht hatte. Denn von allen – wenigen! – Verbindungen, die man für sie in Aussicht genommen hatte, war Peter III. die glänzendste.

Karl Peter Ulrich. Peter-Pjotr Feodorowitsch. Sechzehn Jahre alt, angeblich hübsch und liebenswert. Liebenswert?

Er war zwischen gleichgültigen Dienstboten aufgewachsen. Man vernachlässigte jedes Bedürfnis, das er, ein zartes, liebesbedürftiges Kind, hatte. Auch wenn er kränkelte, musste er bei allerlei wichtigen Auftritten so tun, als genösse er sie. Vierundzwanzig Stunden am Tag beobachteten ihn Dutzende Augenpaare voll Misstrauen. Weder sein Vater noch der Vormund machten sich die Mühe, ihn zu einem selbstbewussten jungen Menschen zu erziehen. Hofmarschall Otto Friedrich Brümmer, der Peter behandelte, als ritte er ein störrisches Pferd mit Sporen und Kandare zu, betrieb die Erziehung mit harter, fast grausamer Dringlichkeit. Statt Peters schwächliche Natur durch vernünftige, gesunde Behandlung zu kräftigen, ließ er ihn hungern und sogar auspeitschen. Peter wurde zu einem furchtsamen, verstörten, unsicheren und mißtrauischen Jungen, der wegen geringster Kleinigkeit dadurch gestraft wurde, auf trocknen Erbsen knien zu müssen – aber von Uniformen, Soldaten, Aufmärschen und dem Waffenhandwerk war Peter bis zur Ergriffenheit begeistert.

Es gab außer den Töchtern des bärbeißigen schwedischen Brümmers zänkischer Mätresse keine Spielgefährten für Peter. Er tanzte ungern und schlecht; man zwang ihn, häufig Quadrille zu tanzen. Sprachen und Wissenschaften, die man ihm mit Prügeln und Essensentzug einzubläuen versuchte, mochte oder konnte er nicht lernen. Er wurde auf diese Weise, sagte sich Sophie, innerlich verkrüppelt; er kannte die Fröhlichkeit nicht, in der sie selbst aufgewachsen war. Dies hatten schon Aristoteles, La Fontaine oder Molière beschrieben, von denen sie bisweilen ein paar Seiten gelesen hatte. Er wurde ohne Liebe erzogen, weit mehr als sie, die unter der Unfähigkeit ihrer Mutter litt. Gräfin Johanna war alles andere als eine liebevolle, verständnisvolle Mutter.

Liebevoll und verständnisvoll, das war ihr Vater.

Peter Feodorowitsch, dies begann sie in zögerlichen Schritten zu begreifen, war ein Jüngling, noch kein Mann, und würde niemals ein Mann werden können, der ihrem Vater glich. Aber sie würde ihn mit aller Liebe umgeben und mit Zärtlichkeit für die schlimmen Jugendjahre entschädigen, so dass er die Qualen des Erwachsenwerdens vergessen und sie ebenso lieben würde wie sie ihn; bald, nach ihrer Verlobung und Hochzeit.

Der Schlittenkasten rumpelte weiter, stundenlang, eintönig, unterbrochen nur von Pferdewechseln, während verschneiter Tage und eisiger Nächte, mit kurzen Pausen durch ein riesiges, dünn besiedeltes Land. Ungefähr sechzig Werst vor Moskau hielt ein berittener Kurier das erste Gespann auf.

Die Kaiserin – die Botschaft wurde von Schlitten zu Schlitten weitergereicht – wünschte, dass die Gäste erst nachts in die Stadt einfuhren.

Sophie las im Halbdunkel des Schlittens mit tränenden Augen in der Aufzählung der Würdenträger. Später, während sie mühsam ihr Kleid wechselte, erinnerte sie sich plötzlich an die Straße bei Riga, auf der einige Kaleschen mit schwarz verhängten Fenstern an ihnen vorbeigerattert waren, von berittenen Soldaten begleitet. In St. Petersburg hatte sie erfahren, dass es die Familie von Braunschweig-Wolfenbüttel gewesen war, deutsche Günstlinge der Regentin Anna, die für Iwan I. geherrscht hatte. Sie wurden von der Zarin Jelisaweta in die Verbannung geschickt, drei Jahre nach ihrer Thronübernahme.

Als die Schlitten Moskau durchquerten, eine dunkle, scheinbar ausgestorbene Stadt, bedroht von den rohen, wuchtigen Kremlmauern, wachte Sophie aus unruhigem Schlaf auf. Einige Schlitten, darunter das Gefährt, in dem ihre Mutter, Fräulein von Khayn und sie sechshundert Werst in zweiundfünfzig Stunden zurückgelegt hatten, bogen in eine fackelgeschmückte Auffahrt ein und hielten. Auch der prächtige Palast aus Holz und Fachwerk am Rand der Stadt war voller Lichter – Schloss Annenhof, offensichtlich ihr Ziel. Menschen strömten aus den Eingängen, Diener mit lodernden Fackeln kamen die Treppen herunter und umringten die Damen. Sie betraten eine Halle, in der sich das Licht von tausend Kerzenflammen in den Kristallen der Lüster brach.

Der Prinz von Hessen-Homburg, Zarin Jelisawetas Generaladjutant, verbeugte sich und nahm die Hand der Gräfin.

»Ich darf Euch in Eure Gemächer geleiten«, sagte er. »In kurzer Zeit wird Ihre Majestät Euch empfangen.«

Sophie hatte gelesen, dass er zudem Feldmarschall, Oberstleutnant des Ismailowski-Garderegiments, Kapitänleutnant der Leibkompanie und der wichtigste Mann des Hofs war. Die Kammerfrauen nahmen Sophie und der Gräfin die Mäntel und Pelzmützen ab, reichten ihnen eine Erfrischung, und nur Minuten später brachte sie Graf Lestocq, Berater und Leibarzt der Zarin, mit schwer deutbarem Lächeln zum Vorzimmer des Audienzraums. Lestocq stellte die Gräfin und Sophie den Damen und Herren vor; nur ein Teil des Hofstaats, dachte Sophie, aber mehr als zwei Dutzend, die sich auch vor ihr verbeugten. Ihr Herz klopfte bis in die Schläfen, und wieder einmal schien ihr Kleid aus rosa Moiré trotz der Silberstickerei nichts anderes als ein schäbiger Kittel zu sein. Schließlich öffneten sich die Doppeltüren des Audienzzimmers, und die Zarin kam ihnen entgegen.

Sie trug ein silberfarbenes Kleid mit einem Reifrock. Sophie kannte nur Jelisawetas Bild auf einem Schmuckdöschen, und als sie den Kopf hob, um der vierunddreißigjährigen Frau ins Gesicht zu sehen, wagte sie zu lächeln.

Sie blickte in große blaue Augen, leuchtender als ihre eigenen, in einem runden Gesicht, sah die schneeweißen Zähne der Zarin und den halb geöffneten Mund. Im kunstvoll frisierten Haar, rot wie Rost, steckte neben einem Diadem blitzender Brillanten eine einzelne schwarze Feder. Jelisaweta war eine hochgewachsene, stattliche Frau mit geschminktem Gesicht, vollen Brüsten und weißen Händen, und aus jeder ihrer Gesten sprach majestätisches Auftreten.

Gräfin Johanna verbeugte sich, küsste die Hand der Zarin und sagte: »Wir sind hier, um Ihrer Majestät die tiefste Dankbarkeit zu Füßen zu legen für die Wohltaten, die Ihre Güte über meine Familie ausgeschüttet hat.«

»Ich habe nur wenig getan«, erinnerte Jelisaweta mit herzlichem Lächeln und wohlklingendem flüssigem Französisch, »verglichen mit dem, was ich gern tun würde. Ihr Geblüt ist mir ebenso teuer wie mein eigenes.«

Sophie verbeugte sich zum Handkuß und führte den Hofknicks aus. Die silbernen und goldenen Spitzen der Korsage spannten sich über dem Bauch der Zarin, die Sophie mit prüfenden, fast besorgten Blicken musterte. Dann führte sie beide Frauen in ihr Schlafzimmer und deutete auf die gepolsterten Sessel. Sie setzte sich nicht, und so blieben auch Sophie und ihre Mutter stehen. Plötzlich verließ sie den Raum. Der Saum des Reifrocks raschelte über die dicken Teppiche. Als sie nach einer Weile zurückkam, in der niemand laut zu sprechen wagte, waren ihre Augen gerötet. Die Zarin schien sich plötzlich an ihren Verlobten erinnert zu haben, den sie sehr geliebt hatte, wie Sophies Mutter einmal erzählte, an Karl August von Holstein-Gottorp, Mutters Bruder, der kurz vor ihrer geplanten Hochzeit an den schwarzen Blattern gestorben war. Sophie senkte den Kopf.

»Beim Souper werden Sie Prinz Peter treffen«, sagte sie lächelnd zu Sophie. »Daher die Eile! Er feiert, wie Sie sicherlich wissen, morgen seinen sechzehnten Geburtstag.«

Sophie nickte ebenfalls lächelnd. Ein Diener servierte eiskalten Champagner. Sophie hielt das Kristallglas mit beiden Händen und nippte vorsichtig; sie begann sich in diesem Schloss, inmitten einer unüberschaubaren Menge unbekannter Menschen, vierzig Tagereisen fernab der Heimat, unsicher und vereinsamt zu fühlen. Während die Zarin mit Gräfin Johanna sprach, kam Prinz Peter auf Sophie zu; sie erkannte ihn augenblicklich.

Sein dünnes blondes Haar krönte sein blasses Gesicht. Er war kaum größer als Sophie, mit schmalen Schultern, langen, mageren Beinen und einem prallen Bäuchlein. Als er Sophie begrüßte, waren seine Gesten hastig und zerfahren.

»Ich konnte kaum ertragen, auf Sie zu warten, die letzte Stunde war peinigend.« Peter starrte sie aus kleinen Augen an und rieb sein spitzes Kinn. »Am liebsten wäre ich Ihnen entgegengeeilt, um Ihren Schlitten zu ziehen.«

Sophie lächelte ihn so liebenswürdig an, wie sie es vermochte. Er drehte den Kopf hin und her und wich ihren Blicken aus. Durch ein Spalier von Dienerinnen und Dienern, von einem prunkvollen Zimmer zum nächsten, größeren und prachtvolleren, folgten die Frauen dem Prinzen. Er führte sie ins Speisezimmer, in dem ein langer Tisch gedeckt war.

Sophie saß links von Peter, neben ihr hatte Graf Münnich, der Oberhofmeister der Zarin, Platz genommen, der stets zwinkerte und die Augen schloss, sobald er zu sprechen anfing. Sophies Unsicherheit wich, denn sie merkte abermals, dass sie sich ohne Schwierigkeiten die Namen und die Bedeutung der Männer und Frauen merken konnte, die man ihr vorstellte.

Peter redete aufgeregt mit Sophie; seine Konversation glich der eines freundlichen, unreifen Jungen, der sich zwang, auf jedermann einen gewinnenden Eindruck zu machen. Einmal während des Soupers öffnete sich spaltbreit eine Tür, und Sophie erhaschte einen Blick auf die Zarin. Sie schien dem jungen Paar zuzusehen und zu prüfen, ob das Treffen nach ihrem Wunsch verlief.

Nach dem Dessert wartete Sophie, bis Peter die Tafel aufhob und sich die übrigen Gäste zurückgezogen hatten. Peter brachte sie zu ihren Gemächern und ließ sie nach einigen Verbeugungen vor der Tür zwischen den Lakaien stehen. Sie wünschte ihm gute Nacht, öffnete selbst die Tür und setzte sich dann auf den Bettrand, in wirbelnde und kreisende Gedanken versunken.

Einige Dutzend Atemzüge später ging sie zum Fenster und blickte hinaus. Im Park schien der Frost die Rinde der Bäume sprengen zu wollen, während in ihrem Rücken der Kachelofen glühte. Sophie löschte eine Kerze nach der anderen und zog sich langsam aus. Ist ihre erste Nacht in Moskau, so fragte sie sich, auch eine der letzten?

Am nächsten Morgen, vor zehn Uhr, entschloss sich Sophie, jede winzige Einzelheit ihrer neuen Umgebung zu prüfen und sich selbst scheinbar Unwichtiges zu merken. Jeden Tag eine Silbermünze, sagte sie sich, und an Sonntagen ein Goldstück einer neuen Kenntnis. Dann bin ich in ein paar Monaten im Verstand reich genug, um mir zu kaufen, was ich zu wissen brauche, und mit Geschenken der Klugheit zu bestechen, wer mir nützen kann.

Sie fühlte plötzlichen Stolz über diesen eigenständigen Gedanken. Noch bevor sie und ihre Mutter, die ihre schönsten Kleider trugen und auf das Sorgfältigste zurechtgemacht waren, zur Zarin gerufen wurden, glaubte sie zu spüren, wie ihre Zielstrebigkeit neu erwachte. Jede Geste, jedes Wort und jeder Name konnten wichtig sein. Selbst während der beginnenden Fastenzeit, in der keine Bälle stattfanden, würde sie nichts anderes tun als lernen.

Die Türen der meisten Zimmer waren geöffnet. In den Gängen und auf den Treppen drängten sich mehrere hundert Lakalen. Immer mehr Gäste trafen ein und schufen eine qualvolle Enge im Palast. Die Zarin war der Mittelpunkt eines ausgedehnten Strudels, der unablässig, in undurchschaubaren Wirbeln um sie kreiste. Auf dem Weg zu Jelisawetas Paradeschlafzimmer kamen Johanna und Sophie an hunderten Menschen vorbei. Sie wurden Madame Tschoglokowa und Madame Woronzowa vorgestellt, Verwandten der einstigen Zarin Katharina I. Noch während Sophie dem fremden Klang der Namen nachhorchte und den Damen ihr artigstes Lächeln schenkte, kamen die Zarin und ein männlicher Begleiter lachend aus dem Toilettenkabinett. Jelisaweta war in ein braunes, silberbesticktes Kleid gezwängt und an der Taille und am Hals von Brillanten förmlich eingehüllt. Breite Bänder funkelnder Edelsteine umrahmten die üppigen Brüste.

Der Mann, der ihr folgte, trug auf einem goldenen Teller etliche auffallend kostbare Schmuckstücke.

»Der Orden der heiligen Jekaterina«, raunte jemand hinter Sophie. Sie starrte hingerissen den Hochgewachsenen an. Es war einer der bestaussehenden Männer, denen sie je begegnet war. Ein Name wurde geflüstert: Oberjägermeister Alexej Grigorjewitsch Rasumowski. Die Zarin hängte Sophie lächelnd den St. Katharinenorden um den Hals, ebenso ihrer Mutter, und die Damen Woronzowa und Tschoglokowa hefteten ihnen die funkelnden Sterne an die Kleider.

Die Zarin nickte zerstreut und ging zur Messe. Sophie und die anderen warteten, bis man sie in die Gemächer des Großfürsten Peter führte. Nach kurzer Zeit kam die Zarin zu ihnen, sprach von Beichte und heiligem Abendmahl und verließ die Gesellschaft wieder. Sophie und ihre Mutter, deren Wohlgefühl stündlich zu wachsen schien, nahmen das Essen zusammen mit vielen Männern und Frauen aus Peters Hofstaat ein. Sophie aß wenig und prägte sich alles ein, was ihr wichtig erschien. Ihre Blicke huschten wie Fledermäuse durch die Räume, die von Kostbarkeiten überladen waren.

Die Kette gegenseitiger Besuche wurde endlos lang. Abendliche Konzerte wechselten mit Kartenspiel ab, an dem Peter ebenso teilnahm wie manche Mitglieder der Hofgesellschaft und Gesandte fremder Länder. Bevor die Zarin das Kloster aufsuchte – Sophie lernte, dass es das befestigte Dreifaltigkeitskloster Troïtza-Sergejenskaja-lawra war, von einer wachsenden kleinen Stadt umgeben, sechzig Werst nordöstlich von Moskau –, verabschiedete sie sich von Peter, Sophie und der Gräfin Johanna.

Es hatte nur zwei, drei Tage gedauert, bis Sophie Jelisawetas ständiger Wechsel des Geschmeides und der Kleidung aufgefallen war. Jedes Kleid der Zarin war, auch ohne klirrende Orden und funkelnden Schmuck, eine

Kostbarkeit. Manchmal zählte Sophie während eines Tages drei oder vier verschiedene Kleider. Die Stunden vergingen wie im Galopp, in einem Rausch von Lernen, Verpflichtungen, fremden Gesichtern, in den Versuchen, den Ausführungen des Archimandriten Simeon Teodorskij zu folgen, der Sophie in perfektem Deutsch den orthodoxen Glauben nahe brachte. Ein neuer Name, eine gewichtige Bedeutung! Ihr Vater hatte verlangt, dass sie dem lutherischen Glauben treu blieb und ihn nicht gegen den orthodoxen Glauben der russischen Kirche tauschte – aber wenn sie wirklich mit Peter verheiratet werden sollte, schienen die Unterschiede bedeutungslos zu werden, denn auch Peter hatte sein Lutheranertum aufgeben müssen.

In den Nächten saß Sophie im Bett und lernte die Sprache ihrer neuen Heimat. Neun Tage lang kam sie nicht zur Ruhe, nicht zur Besinnung; das laute, bunte Treiben zog ohne Unterbrechung an ihr vorbei wie ein glitzerndes Schauspiel.

Ihre Mutter war von der glänzenden Herrlichkeit und dem üppigen Gepränge wie geblendet. Sie erlebte den schönen Schein, die französischen Sitten, den kolossalen Aufwand, aber sie versuchte nicht einmal, tiefer in diese neue Welt einzudringen. Gräfin Johanna genoss mit jedem Atemzug das Bild der seidenen Tressen und silbernen Litzen des berittenen Gefolges, die Gastmähler auf goldenen Tellern und den Reichtum, den jedermann zur Schau stellte. Jede andere Äußerlichkeit schien ihr zuzuflüstern, dass sie wie eine Königin lebte. Sie war offenbar ebenso begeistert wie zufrieden darüber, dass Sophie sich verschloss, beharrlich lernte und kaum wahrnahm, dass jeder andere, aber nicht sie, der Mittelpunkt zu sein schien.

Doch Sophie dachte stolz an die Münzen der Kenntnisse, die Goldstücke des Wissens und das wachsende Vermögen ihres stillen Schatzes des Verstands. Ihr leuchtete der Wandelstern! Was waren neun Tage! Ihr Russischlehrer Adodurow lobte sie! Peter besuchte sie häufig und redete mit ihr, als wären sie gemeinsam aufgewachsen. Freudige Erregtheit erfüllte ihn, wahrscheinlich deswegen, vermutete Sophie, weil sie ihn nicht zwang, die höfische Etikette zu beachten, und seinen arglosen, törichten Reden von Verliebtheit, Soldatentum und seiner Abneigung dem Land gegenüber lauschte, das er einmal würde beherrschen müssen. Wenn er ging, aufgeregt mit den Händen fuchtelnd und mit unruhigem Blick, war sie sicher, sein Vertrauen gewonnen zu haben. Seinetwegen, ihres Cousins zweiten Grades, war sie hier, aber sie brauchte seine Verliebtheit viel weniger als das Wohlwollen der Kaiserin.

Am zehnten Tag, beim Ankleiden für das Diner bei Großfürst Peter, begann Sophie zu frieren und zu zittern. Sie taumelte in einem Anfall von Schüttelfrost und schwitzte und fror gleichzeitig. Sie sah ihre Umgebung doppelt, alle Dinge begannen sich um sie zu drehen.

Zunächst versuchte Gräfin Johanna den Anfall als vorübergehende Unpässlichkeit abzutun. Der Schüttelfrost nahm zu, und Sophie drohte zusammenzubrechen. Ihre Mutter half ihr, sich auszuziehen, und schleppte sie ins Bett. Als sich Sophie ausstreckte und die Gräfin sie mit Laken und Fellen zudeckte, als eine Kammerfrau nach Boerhaave schicken ließ, dem holländischen Leibarzt der Zarin, wechselte Sophie die Farbe und wurde bewusstlos.

In einem Schreiben des Grafen Lestocq an Graf Rasumowski heißt es:

»Boerhaave maß das Fieber und erkannte eine Pleuritis der rechten Brustseite. Gräfin Johanna gestattete nicht, Sophie zur Ader zu lassen. Sie glaubte fest, ihre Tochter würde die Pocken bekommen. Man behalf sich mit Salbungen und warmen Umschlägen auf der schmerzenden Seite. Schließlich wurde der Vorfall der Zarin, die sich im Troïtza-Kloster aufhielt, gemeldet. Sie eilte an Sophies

Krankenlager. In ihrem Gefolge waren ich, später dann Ihr, Graf Rasumowski, und Euer Arzt Werre. Während man Sophie doch zur Ader ließ, hielt sie das Mädchen, das für kurze Zeit aus der bewusstlosigkeit erwachte, in den Armen. Bis der Abszeß aufbrach, quälte man Sophie mit sechzehn Aderlässen. Als Lohn für ihre Tapferkeit erhielt sie von der Kaiserin ein Paar Ohrringe und eine Brillantschleife, die fünfundzwanzigtausend Rubel wert ist. Die Kaiserin und Großfürst Peter, auch eine große Menge des Hofstaats, trösteten Gräfin Johanna, obwohl die Zarin deren Weigerung, Sophie zur Ader zu lassen, als mangelnde Zuneigung auslegte. Auch Großkanzler Bestuschew versuchte die beiden Deutschen in den Augen der Zarin herabzusetzen. Sie befahl der Gräfin Rumjanzowa, in der Nähe der Kranken zu bleiben, obwohl Sophie die einzelnen Helfer und Bediensteten oft nicht wahrnahm und ihre Namen verwechselte. Großfürst Peter besuchte Sophie oft, erwies ihr artige Aufmerksamkeiten, und wenn ich mich zu der Behauptung hinreißen lasse, dass Sophie mehr an der russischen Zarenkrone liegt als an ihm, so glaube ich, dafür gute – oder vielmehr schlechte – Gründe zu haben. Denn meist gähnte sie und schlief bald ein, wenn er ihr von Spielen und Soldaten erzählte, oder sie tat, als ob sie schliefe. Sophie war an ihrem fünfzehnten Geburtstag von der Krankheit genesen und zeigte sich, abgemagert, totenbleich und schwach, mit stumpfem Haar und riesengroßen Augen im schmalen Gesichtchen, erstmals wieder bei Hofe.«

Siebenundzwanzig Tage und Nächte nahm Sophie nur die Hälfte der Welt wahr, vielleicht noch weniger, nämlich bloß bestimmte Vorgänge in ihrer nächsten Umgebung. Sie erkannte immerhin, dass Doktor Boerhaave und der portugiesische Arzt Antonio Nuñez Ribeiro Sanchez ihr das Leben gerettet hatten. Jeder Spiegel zeigte ihr eine bleichhäutige, ausgezehrte Fremde. Jedoch – im Dämmern fiebriger Wachträume, im Halbschlaf und in den Stunden, in denen sie von Schmerzen und Schlaflosigkeit heimgesucht worden war, hatte in ihr eine Veränderung stattgefunden. Obwohl ihre erste Monatsblutung mehr als ein halbes Jahr zurücklag, waren seltsame Empfindungen in ihrem Körper erwacht. Sie sehnte sich nach Zärtlichkeiten und Küssen, nach Fingern und Lippen auf ihren unwissenden Brüsten, die voller geworden waren, und nach Leidenschaft, die ihr ein Mann schenkte; darüber, wie Männer und Frauen ihre Leidenschaften erlebten, wusste sie nichts. Der Mann, den sie sich erträumte, und der mehr Ähnlichkeit mit dem Oberjägermeister als mit einem anderen der vielen jungen Männer hatte, war zweifellos nicht Großfürst Peter.

Das Gefühl, ein Sehnen ohne klares Ziel, war stark, alle Vorstellungen davon indes blieben rätselhaft undeutlich. Da war niemand, der ihr half und den sie fragen konnte, schon gar nicht ihre Mutter. Sie begriff nur, dass jener ihr unverständlicher Vorgang, Liebe oder Glück, von dem alle redeten und viele schrieben, eine unbezwingbare Macht war, zu jeder Zeit in der Lage, das Leben von Menschen zu beherrschen. Sophies Selbstsicherheit nahm zu, als sie sich erinnerte, wie häufig die Zarin an ihrem Krankenlager gesessen hatte. Sie hielt es für einen Beweis, dass Jelisaweta sie hochschätzte und dass sie in den Augen der Zarin die einzig Auserwählte war, neben Peter auf dem Zarenthron zu sitzen. Sie ahnte und hoffte, dass Großfürst Peter bei ihrem Vater um ihre Hand anhielt, aber während die Sonne von Tag zu Tag höher am Himmel stand und der Schnee schmolz, lernte sie weiter, ließ den Archimandriten kommen und führte mit ihm lange Stunden Streitgespräche über den wahren Glauben. Nicht nur sie schrieb Briefe; offenbar taten Dutzende Menschen tagaus, tagein, nichts anderes.

Die Frühlingssonne schien heller, von den Traufen perlten Tropfenvorhänge. Mattgrünes Gras war zwischen den schmelzenden Schneeflächen im Park zu sehen. Tagelang wehten warme Winde. Sophie aß und trank mit großem Appetit und spürte, dass sie schnell gesundete und kräftiger wurde. Die Zarin befahl Peter und Sophie nach Tro; auf der Fahrt begriff Sophie, dass die strenggläubige Kaiserin ihr keine Wahl ließ. Ihr Übertritt zur Orthodoxie war Vorbedingung für ihre Vermählung mit dem Thronfolger.

Der schwermütige Gesang der Mönche und Priester drang durch die kalten Mauern und die Fenster der Kirche. Archimandrit Simeon Teodorskij, die Ellbogen auf der Tischplatte, das Gesicht in die Hände gestützt, hörte im Gesang der Oberstimme nacheinander drei falsche Töne. Er lächelte versonnen, als plötzlich der Chor schwieg. Sein Gedanke erschien ihm ausgereift; er hob die Augen zu der Ikone und begann, halb im Selbstgespräch, zu reden.

»Wieder einmal, o Herr, hast Du ein Zeichen gegeben, das niemand deuten kann. Ich, Dein wenig würdiger Diener, vermag nicht einmal zu ahnen, was der leuchtende Schweifstern an Deinem Firmament zu Beginn dieses Jahres uns Menschen mitteilen soll. Sicherlich ist es ein Zeichen kommenden Unheils, das Du über uns, Deine sündigen Kinder, ausschüttest. Denn warum sonst würdest Du ihn zwischen Deine Schöpfung, die Gestirne, stellen? Unheil und Strafe für unsere Sünden haben wir verdient, denn längst sind nicht alle Sünden unserer Vorväter über uns gekommen. Ich bete darum, dass wir nicht nur deiner Strafe, sondern auch Deiner Gnade teilhaftig werden, Herr.«

Die kühle Stille der Wände schien Teodorskijs Stimme in sich aufzusaugen. Im Kamin knackte ein Scheit, das Pergament des Buchs raschelte. Lautlos tropfte Wachs an den Seiten der Kerzen herunter, deren Flammen dem Fensterchen zugewandt waren und die vergoldeten Ikonen in matten Goldglanz tauchten.

»Die Tochter des Großen Zaren Peter, Frucht einer Sünde wider das Sakrament der Ehe, unbeherrscht und auf ihr Amt unvorbereitet, verschleudert und vergeudet das Geld, das die Armen erwirtschaften, Kopeke um Kopeke. Nie sah jemand größere Verschwendung als beim Adel von Moskau und St. Petersburg. Die Königin der Völlerei, der Jagd und des Reitens, launenhaft und bauernschlau, mutig, dreist und ungebildet, schickt sich an, abermals zwei arme Menschenkinder zu vernichten und unser heiliges Russland deren Unfähigkeit auszuliefern, neunzehn Jahre nach dem Tod des großen Schlächters Pjotr, des Antichrist auf dem Zarenthron. Sie sind auf diese große Aufgabe ebenso wenig vorbereitet, wie es Jelisaweta war. Peters Krone war übergegangen auf einen einjährigen Säugling, den Unglücklichsten aller unschuldig Gestraften, jenen Iwan, und was geschah mit ihm und den Seinen? O Herr! Sie haben sich an ihnen versündigt bis ins dritte Glied.«

Der Archimandrit hob den Kopf und kämmte mit den Fingern durch den schlohweißen Bart. Sein Blick ging zu den Ikonen, glitt über die Gesichter der Heiligen und heftete sich auf das Bild der Dreifaltigkeit. Gott Vater schien Simeon aus dem Glanz seines Heiligenscheins heraus prüfend, fast auffordernd anzusehen. Teodorskij erinnerte sich an die vier Jahre an der Universität zu Halle, unweit von Zerbst, an die pietistischen Leitsätze, die er während seines Studiums diskutiert hatte; der innere Gehalt des Christentums stehe über den äußeren Formen, und der lutheranische Glaube kannte keine Heiligen. Eines der Bücher auf seinem Tisch zwischen den Leuchtern war die alte Lutherbibel, in der er las, als wäre sie in Russisch geschrieben.

Aber er entsann sich auch der Herrschaft von Jekaterina I., und ihres Beischläfers, des Ehrgeizlings Menschikow, und des zehnjährigen Peter II., Sohn des Zarewitsch Alexis. Nach vier Jahren der Hilflosigkeit starb er und machte den Thron frei für Anna Iwanowna und die trostlosen Jahre der schlimmsten Schrecken ihres Günstlings-Geliebten Bühren oder Biron, der nach ihrem Tod im Namen von Iwan Vl. herrschte und zwanzigtausend Menschen in die Verbannung jagte, im Namen des Säuglingskaisers, der zwei Monate alt war und Biron nur dreizehn Monate Zeit zu Terror und persönlicher Bereicherung gab. Dann schickte Iwans Mutter, die Regentin Anna Leopoldowna, Nichte der Zarin Anna, den Minister Biron in die Verbannung. Anna Leopoldowna und ihr Ehemann folgten ihnen zwei Jahre später nach Sibirien.

»Dereinst, Herr des Himmels und der Erde, wirst Du den Rechtlosen die Macht geben und der Prasserei des Adels ein Ende bereiten.« Simeon hoffte, sein inbrünstiges Gebet möge nicht in der kalten Nacht ungehört zwischen den Sternen verhallen so wie das Wehgeschrei und die Flüche der Geschundenen. »Vernichte die grauenvoll anmaßenden Tyrannen, o Herr! Lass die wenigen Gerechten den Tag des Gerichts erleben, und gib jenen Gerechtigkeit, die guten Willens sind.«

Das kaiserliche Preobraschenski-Garderegiment, das sich auf den Willen des Volks berief, hob nach einem Staatsstreich Jelisaweta Petrowna, Tochter Peter des Großen, auf den Thron. Sie verjagte die deutschen Berater und ließ den kleinen Iwan einkerkern. Die Zarin, von maßloser Eitelkeit besessen, schien jetzt länger als drei Jahre den rechtmäßigen Zaren vergessen zu haben. Aber solange sie lebte, konnten Verschwörer den Kleinen aus dem ärmlichen Häuschen in Cholmogorl an der Weißmeerküste holen und ihn auf den Thron setzen; das schlechte Gewissen versuchte Jelisaweta mit unfassbar teurem Schmuck, bemerkenswerten Trinkgelagen und teuren Kleidern zu betäuben. Eine ruhelose Bauersfrau mit der Zarenkrone!

»O Herr und Gott.« Simeon stöhnte. Die Leitstimme des Chors ertönte wieder, zuerst zaghaft, dann sicherer und lauter. Der Gesang der Mönche setzte mit Macht ein. »Du hast unsere Tage gezählt, meine ebenso wie jene der schönen Kaiserin. Adel und Gutsbesitzer bestimmen rücksichtslos über das Volk, knechten all die Elenden. Die Gebete von Millionen Muschiki – wie Schreie der Ameisen. Und wenn die Zarin am Ende ihrer Tage angekommen sein wird, soll der unglückselige Peter über Mütterchen Russland thronen. Ein dummer, unreifer Junge mit zu schmalen Schultern für die überschwere Last dieses Landes.

Auch seine zukünftige Frau, die über Ehrgeiz und Mut für zwei verfügt, von der Erziehung ebenso zu Schaden gekommen wie Peter, und die ihren lutheranischen Glauben hingibt für den Thron, wird dem Volk nicht aus seiner Dumpfheit helfen. Nichts wird sich ändern, denn alles machen die Offiziere und der Adel unter sich aus. Du wirst uns mit harten Jahren strafen, Herr, mit Hunger und Pest wirst Du uns schlagen, und was bleibt mir zu tun? Ich will meine Last gerne tragen, ebenso wie das heilige Mütterchen Russland die Last seiner Herrscher.«

Teodorskij schwieg, lauschte dem Gesang und blickte in die Kerzenflammen. Nach einer Welle senkte er den Kopf und begann zu lesen. Die Buchstaben verschwammen vor seinen Augen. Mit Mühe schrieb er einige Sätze des Glaubensbekenntnisses für Sophie, sein Beichtkind, nieder; die Worte würden, groß gedruckt, fünfzig Quartseiten umfassen. Seine Augen tränten. Teodorskij schüttelte den Kopf, legte einen geweihten Tuchstreifen auf das Blatt, schloss das ledergebundene Buch und begann die Kerzen auszublasen.

Als Sophie von ihrem Russischlehrer Basil Adodurow von den Vorbereitungen zu ihrem Glaubensübertritt erfuhr, wusste sie, dass sie auf der Treppe zum Thron eine große Stufe hinaufgeklettert war. Sollte sie die vielen Kapitel des Glaubensschwurs mit Teodorskijs ukrainischem oder

Adodurows Moskauer Akzent ablesen? Sie fragte Peter, und der Thronfolger riet ihr zum Moskauer Akzent. In den folgenden Tagen und Wochen lernte Sophie mit doppeltem Eifer die fremde Sprache lesen, sprechen und schreiben, und halblaut las sie sich immer wieder das Bekenntnis vor, mit dem sie ihre Kindheit endgültig hinter sich ließ und im Schoß der russischen Kirche Zuflucht suchte.

Sophie stellte sich vor, an einem bestimmten Tag in der Zukunft das unsichtbare Gespinst, die schnellen und saugenden Wirbel, die Netze und die Knoten der Intrigen darin erkennen und verstehen zu können. Sie wusste nicht einmal, wie viele Menschen im Annenhof lebten und arbeiteten. Alles, auch ihr Wohlergehen, war abhängig von Befehlen oder den unberechenbaren Launen der Zarin. Was hatte ihre Mutter mit dem preußischen Botschafter Hardefeld, mit dem französischen Gesandten Marquis de la Chétardie zu tun? Warum trug Bestuschew-Rjumin eine verkniffene Miene zur Schau? Und aus welchen Gründen wollte die Kaiserin abermals nach Troïtza; pilgern, und weshalb mussten Peter, Johanna und Sophie sie begleiten?

Sie zuckte mit den Schultern und lernte weiter, war gleichmäßig freundlich zu jeder Dienerin und jeder höhergestellten Person, schrieb und fragte sich, ob Jelisaweta wirklich zu Fuß den weiten Weg zum Kloster gehen würde. Auf der Pilgerfahrt, für Johanna, Peter und sie in einer Kutsche, erfuhr sie, dass Jelisaweta bei ihrer Thronbesteigung das Gelübde abgelegt hatte, bei jedem Aufenthalt in Moskau zu Fuß zum Kloster zu pilgern. Zar Peter der Große hatte sich 1698, vor nahezu einem halben Jahrhundert, in Troïtza; während des Strelitzenaufstands versteckt. Die »Schützen«, als Leibgarde der Zaren 1550 von Iwan IV., dem »Schrecklichen«, aufgestellt, hatten blutig gegen seine Schreckensherrschaft rebelliert und ihn abzusetzen versucht. Er schlug den Aufstand in furchtbarem Zorn nieder und löste die Garde auf. Jelisaweta verdankte ihre Macht Peter I., ihrem Vater, dem Sieger über die Aufständischen.

Die breiten Eisenfelgen der Kutschenräder mahlten durch Schlamm und polterten über die Steine der Straße. An einigen Stellen schmolzen im Schatten die letzten Schneewehen. Bauernfamilien arbeiteten auf den Feldern; manche hatten Frauen und Kinder vor die Pflüge gespannt, und es schien, als würden sie mit bloßen Füßen durch die nassen, dampfenden Furchen stapfen. Unter krummen Bäumen duckten sich schwarze Strohdächer. Stundenlang begleiteten Krähenschwärme die Reiter und die Kutschen. In Sophies Kopf hallte jedes Geräusch wider. Ihre Stirn war heiß, die Haut trocken; es schien ihr, als würde sie fieberkrank. Sie ertappte sich dabei, wie sie am Straßenrand nach den Fußspuren der Zarin suchte. Peter plapperte Stunde um Stunde, trank Wodka, erzählte von Soldaten, Spielsachen, Militär und Paraden und blickte selten aus dem Fenster. Was er rechts und links der Straße sah, schien ihm völlig gleichgültig zu sein, ebenso wie Sophies Zustand. Johanna war in sich versunken, betrachtete die Ringe an ihren Fingern und redete wenig.

Die Kaleschen hielten vor einem Gasthof. Als sich Sophie im Freien die Füße vertrat und den warmen Südwind in ihrem Haar und auf ihrem Gesicht spürte, verschwamm die Umgebung wie in heißen Luftwirbeln. Vor ihren Augen und in ihrem Verstand geschah etwas Verwirrendes. Zwischen die bunte Welt der Reisenden mitsamt der Pferde, Kutschen und Bediensteten und die ganze Umgebung, das flache Land mit Weiden und Gewächsen, die in frischem Grün leuchteten, senkte sich eine Schicht, durchsichtig wie Glas oder eine Seifenblase. Selbst die Geräusche schienen verändert und viel leiser. Das Glas trennte die Welten voneinander, zerriss Zusammenhänge, Traditionen und Gemeinsamkeiten. Die andere, riesige Welt wurde plötzlich unbedeutend, fern wie

Wolken und Sterne und ebenso unerreichbar. Sophie schüttelte sich fröstelnd und lehnte sich gegen die warme Schulter eines Handpferds. Meine Welt, dachte sie, ist ungefestigt und kaum durchschaubar, aber über ihr schwebt die russische Zarenkrone. Die seltsamen Vorstellungen lösten sich auf, als sie vor Erschöpfung einschlief. Als sie aufwachte, war auch das Fieber verflogen.

In Troïtza genoß Sophie zum ersten Mal ein russisches Dampfbad. Sie war allein, ohne Pjotr, der diese Art Bäder verabscheute. Als sie danach im warmen Wasser lag, ohne das Gewicht ihres Körpers zu spüren, glaubte sie in den brodelnden Dampfschwaden einzelne Gesichter, Köpfe und Tiere zu erkennen, die sich in den Sonnenstrahlen veränderten – wie im unschuldigen Spiel ihrer Jugend. Es war, als würde die flüchtige Erscheinung in aufleuchtenden Farben die Unbeständigkeit schildern, von der Sophies neue Lebenssphäre geprägt war.

17. November 1796, am Vormittag. Nach einigen Stunden gelang es, die sterbende Kaiserin von der Matratze in ihr Himmelbett zu heben. Die Bewusstlose war gewaschen und, so gut es ging, in frische Kleidung gehüllt worden. Platon Subow wandte sich nach einem langen Blick mit feuchten Augen ab.

»Euer Beten wird wenig helfen«, flüsterte er. Lautlos fielen große Schneeflocken vor den Fenstern und leuchteten im Kerzenlicht. »Sie ist verloren.«

Die Augen der Zarin Jekaterina waren geschlossen, aber ihr Gesicht zeigte nicht die Ruhe des Todes. Bei jedem tiefen Atemzug, bei schweren, keuchenden Lauten, hörte man aus der Tiefe ihres Körpers ein Knacken. Subow lehnte sich neben den Kammerdiener Sotow an die Wand. Die Stimme der betenden Hofdame Perekusikina zitterte, das Murmeln der anderen Betenden war durchdringender geworden, vermochte aber das Summen vieler Gespräche, die Geräusche rennender Menschen und die verworrenen Laute großer Aufregung nicht zu übertönen. Platon Subow wusste, was außerhalb der kaiserlichen Gemächer vor sich ging. Die Höflinge fürchteten um ihre Pfründe, fürchteten sich vor dem Unerwarteten, das der Herrschaftswechsel mit sich bringen würde, ängstigten sich davor, bei Paul I. in Ungnade gefallen zu sein, ohne es zu wissen. Wann, fragte sich Subow, würde Paul endlich hier eintreffen?

Jekaterinas Seele verließ den Platz über ihrem Körper. Sie schien in erwartungsvoller Einsamkeit, von allem Körperlichen gelöst, zwischen lichterfüllten Wolkengebilden zu schweben. In ihrem Verstand waren alle Erinnerungen so klar wie nie zuvor. Die Knoten im Netz, die Meilensteine ihres Wegs zum Thron – ihr schweifender Geist entsann sich mit einem brennenden Stich der Scham ihrer Nichtbeachtung des russischen Volks, jener Millionen, die sie in der Geschichte ihres Lebens kaum jemals erwähnt hatte. Sie sah wieder sich selbst, wie sie ein Vierteljahrhundert nach ihrer Fahrt zum Kloster ihre Memoiren schrieb; kühl, überlegt, mit spitzer goldener Feder.

»Als wir in Troïtza; angekommen waren, erschien Graf Lestocq in Mutters Zimmer, wo Peter und ich auf dem Sims des offenen Fensters saßen und redeten.

Der Graf sagte bestürzt: ›Madame! Sie können zur Abreise rüsten und Ihre Sachen packen!‹

Meine Mutter fragte, was dies bedeute. Er antwortete, dass die Kaiserin gewaltig erzürnt sei. Marquis de la Chétardie sei verhaftet und aus Moskau ausgewiesen worden. In seinen Papieren habe man Belastendes gegen meine Mutter gefunden. Sie habe die Kaiserin schwer beleidigt. Meine Mutter bat ihn, ihr zu einer Aussprache mit der Zarin zu verhelfen, damit sie erfahren könne, wessen man sie anklage.

Peter sagte zu mir: ›Wenn Ihre Mutter etwas Unrechtes begangen hat, so brauchen Sie nichts damit zu tun zu haben!‹

›Es ist meine Pflicht, meiner Mutter zu folgen‹, sagte ich, ›und ihren Anordnungen zu gehorchen.‹

Die Aussprache fand statt. Die Kaiserin und meine Mutter blieben lange allein und hatten danach beide hochrote Gesichter. Meine Mutter hatte geweint und glaubte, die Kaiserin besänftigt zu haben. Zarin Jelisaweta verzieh vieles, aber vergaß nichts. Sie hat meiner Mutter nie wieder ihre Zuneigung geschenkt. Was ich über das Zerwürfnis erfuhr, war wenig, und es zeigte mir, dass jeder Schritt am Zarenhof und in dessen Umgebung wie ein Tanz auf brüchigem Eis war. Vor Jelisawetas Thronbesteigung hatte sich der Marquis eng an sie angeschlossen; sie war damals noch eine Prinzessin, und Graf Lestocq, seinerzeit ihr Leibarzt, war mit dem Marquis intim befreundet. Beide wussten von der geplanten Revolution, die Jelisaweta auf den Thron bringen sollte. Der Marquis hatte geplant, die russische Armee durch die Schweden angreifen zu lassen, um die Thronbesteigung zu erleichtern. Als er, reich beschenkt und als Gesandter abberufen, nach Frankreich reiste, schickte ihn der französische Hof als Privatmann zurück – aber die Türen, die ihm einst offen gestanden hatten, blieben ihm nun verschlossen.

Er schrieb Depeschen in ätzendem Ton an seinen Hof, lästerte über Jelisawetas Lebenswandel, sprach wohl in diesem Ton auch mit meiner Mutter und benutzte sie für seine Briefe nach Frankreich. Bestuschew-Rjumin ließ die Briefe abfangen und dechiffrieren und las sie der Kaiserin vor. Jelisaweta, die in den Briefen die Verehrung und die leidenschaftliche Anbetung vermisste, geriet in rasenden Zorn, ließ den Marquis verhaften und des Landes verweisen, und fortan galt ihre Beinahe-Schwägerin, meine Mutter, als Gehilfin von Spionen, die dem König von Preußen zuarbeiteten. Das Gewisper jedoch, das mir zu Ohren gekommen war, vermochte ich nicht zu glauben. Meine Mutter sei die Geliebte Iwan Betzkois oder gar la Chétardies? Der Abstand zu meiner Mutter wuchs ebenso wie die Bereitschaft abnahm, ihr Wichtiges anzuvertrauen. Aber jene Hand voll einflussreicher Berater der Zarin, die meine Heirat mit Peter unterstützte, brachte die verworrenen Dinge wieder halbwegs in Ordnung. Einige Male suchte ich nachts zwischen den Gestirnen nach dem Schweifstern; er war verschwunden.«

Es fiel Sophie schwer, sich an die Nächte in St. Petersburg zu gewöhnen. Eine bleiche Helligkeit, kühl wie das Licht des Mondes, herrschte zwischen Sonnenuntergang und Sonnenaufgang, aber sie schien von einem zehnmal größeren Vollmond herzurühren. So war es jeden Sommer, sagte man ihr, seit Gott die Welt erschaffen hatte. Ein schattenloses, ascheartiges Licht fiel auf die ebene Landschaft und spiegelte sich in dem endlos scheinenden Meer. Mit wenig Mühe vermochte Jekaterina im Freien zu lesen, aber ihr Schlaf war tiefer und ruhiger, wenn sie ihn hinter geschlossenen Vorhängen verbrachte. Der gelehrte Lomonossow, erzählte ihr ein Kammerherr, erklärte die »weißen Petersburger Nächte« damit, dass die Stadt so weit im Norden Russlands lag; eine andere Erklärung, die sie leichter verstanden hätte, gab man ihr nicht. Die St. Petersburger nahmen diese widergekäute Helligkeit so ungerührt hin, als gäbe es keine tiefschwarzen, sternfunkelnden Sommernächte.

»Nach der Rückkehr des Hofs nach Moskau begann man sich mit meinem Glaubenswechsel und meiner Verlobung zu beschäftigen«, notierte sich Sophie. Für die erstere Zeremonie wurde der 28. Juni, für die andere der 29. Juni, also der St.-Peter-Tag, bestimmt.

Obwohl Simeon Teodorskij das Glaubensbekenntnis auch ins Deutsche übersetzt hatte, lernte ich es in Russisch auswendig; selbstverständlich mit Moskauer Akzent. Am 25. Juni begann ich wunschgemäß zu fasten. Am frühen Morgen des 28. ließ mich die Kaiserin im Negligé in ihr Schlafzimmer bringen und begann mich anzukleiden und zu schmücken. Während dieser langen Stunde erzählte sie mir, dass sich ein Dutzend adlige Damen darum stritten, meine Patin zu sein – alles, so schloss sie, werde sich zu seiner Zeit am richtigen Ort finden.

Ich ging zur Beichte. Kurz darauf holte mich die Zarin ab, in einem dunkelroten Kleid mit Tressen und Silberverzierung, ähnlich meinem, und in feierlicher Prozession schritten wir durch alle Gemächer und Korridore. Viele Höflinge schlossen sich uns an, als wir zur Palastkapelle gingen. Mir war schwindlig, da ich morgens nur ein Glas Tafelwasser getrunken hatte, und ich sank erleichtert neben dem Eingang auf ein Kissen und nahm kniend den Eindruck des stillen, prächtigen Raums tief in mich auf. Ich holte tief Luft, rückte das weiße Band in meinem ungepuderten Haar zurecht und schloss die Augen. In einer Stunde stand ich auf der nächsten Stufe zum russischen Thron; auf einer der höchsten Stufen.«

Ein Gedanke fuhr ihr kurz durch den Kopf: Den Namen Sophie Auguste Friederike von Anhalt-Zerbst gibt es in einer Stunde nicht mehr. Im Halblicht der Kapelle glommen die goldenen Partikel prächtiger Mosaike, tausend Kerzenflämmchen zuckten, und ihre Rußfäden vereinigten sich unter der Decke zu flachen Schwaden aus lichtdurchströmtem Grau. Fresken, Gemälde in schweren Rahmen aus Gold und Silber funkelten und schimmerten prachtvoller als die Wand aus hundert Bildern, die aufragende Ikonostase. Weihrauch dampfte spiralig um die Säulen, die Wände schienen zu glühen, und als die Chöre einsetzten, stimmgewaltig und scheinbar mit vielen tausend Kehlen, durchfuhren Schauder ihren Körper. Die lutherischen Kirchen ihrer Heimat, streng, karg und schmucklos – zwangen sie wirklich zu mehr Frömmigkeit? In einer dahinrasenden Folge trunkener, schmeichelnder Bilder sah sie sich lächelnd hingegossen in den Armen eines Mannes, dessen Zärtlichkeiten ihre Haut glühen ließen wie die Wände der Kirche. Eine Bewegung, die sie aus dem Augenwinkel wahrnahm, lenkte sie von ihrer sehnsuchtsvollen Vision ab. Kaiserin Jelisaweta näherte sich ihr zusammen mit einer uralten, gebeugten Nonne in dunkler Kutte, die sie an der Hand hielt.

Priester führten sie durch ein ehrfürchtig verharrendes Spalier aus Palastangehörigen zur Öffnung in der Ikonenwand. Zwei heilige Männer hielten Leuchter in die Höhe, von deren Kerzen Wachs tropfte. Sophies Hände zitterten nicht, als sie die Papierbogen hob, über deren Ränder sah und, nach einigen Salbungen, vor dem Archimandriten von Nowgorod ihr Glaubensbekenntnis deklamierte, laut und ruhig, in der heißen, raucherfüllten steinernen Höhlung klar zu verstehen, mit Moskauer Akzent. Die Zeremonie war mehr Firmung als Taufe. Einige Male erblickte Sophie das bärtige Gesicht des Archimandriten Teodorskij, der ihr zufrieden und gütig zunickte.

Die Nonne führte sie flüsternd durch alle folgenden Schritte des Gottesdienstes. Sie nahm das gebrochene Brot der Kommunion ein. Ein anderer, ebenso kostbar gewandeter Priester, bärtig, weißhaarig und mit einer goldenen Mütze, salbte die Mitte ihrer Stirn, die Augen und den Nacken, die Halsgrube und die Hände und wischte das Salböl mit geweihter Watte ab. Eine Orgel, deren Klang Sophie aus den Kirchen ihrer Heimat kannte, fehlte auch in dieser Kathedrale; der dunkle Gesang der Chöre schwoll, der Klang erschütterte die Säulen, und Sophie verbeugte sich tief vor ihrer Patin. Viele Hofdamen und selbst männliche Würdenträger weinten vor Ergriffenheit. In der folgenden Stille erhielt Sophie ihren neuen Namen.

»Katharina-Jekaterina Alexejewna.«

Flüchtig dachte Sophie-Jekaterina daran, dass »Christianowna« allzu deutsch geklungen hätte, dass die Zarin namens Sophie einst die Rivalin Peter des Großen gewesen war, und sie fügte sich gern, weil sie wusste, dass sich ihr Wille durch die Bedeutungslosigkeit einer Namenswahl nicht zähmen ließ. Die Weihrauchschwaden betäubten sie fast, und die Chöre, von deren Gesang sie kaum ein Wort verstand, waren wie der Anprall eines nächtlichen Sturms. Sie ließ alles mit gefasster Ruhe über sich ergehen, bis die Nonne sie mit winzigen Schritten zum Portal der Palastkapelle führte.

Die Kaiserin heftete ihr im hellen Tageslicht eine Brosche an und legte ihr ein Halsband um den Hals; es drückte, hundertfünfzigtausend Rubel schwer, wie eine Kette aus bleiernen Gliedern. Eine Kammerfrau wisperte Sophie-Jekaterina einen Namen zu, als eine zweispännige Kutsche vorfuhr. Jelisaweta, half der Nonne, der achtzigjährigen Äbtissin des Nowodewitschi-Klosters, einzusteigen und bedankte sich bei ihr. Einige Kammerfrauen mussten die Geschenke, meist Schmuckstücke, in ihren nicht minder kostbaren Schatullen für Jekaterina tragen. Es war später Nachmittag, im rötlichen Licht der Sonne fuhren Kutschen und Karossen in einer langen Reihe vor. Abermals entstand ein gewaltiges Durcheinander, bis die gesamte Hofgesellschaft mit den geblähten Reifröcken der Damen und den sperrigen Degen und Säbeln der Herren eingestiegen war. Diese Nacht verbrachten die Kaiserin, Peter und Jekaterina hinter den Festungsmauern des Kremls, im hoch gelegenen uralten Terempalast, einer muffig riechenden Halbruine.

Jekaterina umgeben von ihren Hofdamen, blieb schwer atmend und schwitzend auf der Terrasse stehen. Seit Jahrzehnten schien der Ziegelbau verlassen zu sein. Breite Tuchbahnen, frische Farbe, bemaltes Holz und Teppiche verbargen die Verwahrlosung mehr schlecht als recht. Jekaterina wusste, dass diese Nacht, in der sie im Kreml schlief, wichtig für die Staatspolitik war. Diener rissen die

Türen auf, aus deren Schlössern und Angeln frisches Öl tropfte, und mit einem letzten Rest Beherrschung wartete sie darauf, dass endlich Essen aufgetragen wurde, und zwang sich dazu zu antworten, wenn sie mit ihrem neuen Namen angesprochen wurde.

Als man sie einen Augenblick allein ließ, lehnte sie sich todmüde und hungrig auf die Brüstung eines Fensters, stieß die knarrenden Flügel auf und blickte auf Kirchen und große Gebäude mit goldenen Dächern, auf Höfe und Kolonnaden, auf die Straßen jenseits der weißen Mauern. Auf der Moskwa trieben Boote und Flöße auf die steinerne Brücke zu. Menschen und Gespanne bewegten sich winzig klein, wie Peters Spielzeuge, lautlos in Gruppen oder Kolonnen, weit entfernt von der wuchtigen Festung, noch weiter von ihr, ihrer Mutter, von Pjotr-Peter und der allmächtigen Kaiserin.

4

Der Schimmer der Zarenkrone

Am Morgen, nachdem die Geschenke der Kaiserin überreicht worden waren – Jelisawetas Porträt und das des Großfürsten Peter als Armband, mit Brillanten besetzt, eine Uhr und ein Fächer von gleicher Kostbarkeit –, geleiteten Gräfin Johanna und der Hofdamen-Tross Jekaterina zur Zarin hinüber zum Palast Krasnoje krilzo. Peter wartete bei Jelisaweta, die sich mit dem kaiserlichen Mantel und der Kaiserkrone geschmückt hatte. Unter einem Thronhimmel, der aus purem funkelndem Silber zu bestehen schien und den acht Offiziere trugen, verließ die Kaiserin den Palast. Die Uniformjacken der Träger waren von Orden und Auszeichnungen übersät. Peter kicherte, bot Jekaterina seinen Arm und folgte der Zarin Stufe um Stufe hinunter, über den Platz und zum Eingang der Uspenski-Kathedrale, der Kirche Mariä Himmelfahrt. Soldaten der Garderegimente standen an den Seiten des Platzes wie bunte, lebendige Mauern.

In der Mitte des Kirchenschiffs, zwischen Pfeilern und unter mächtigen Leuchtern, war vor der geschlossenen Ikonostase ein mit Samt bedecktes Podium aufgebaut. Die farbigen Fresken an den Wänden und der Zierat der Bogendecken schienen zu leben und auf die Versammelten herunterzulächeln. Ambrosius, der Archimandrit von Nowgorod, erwartete das fürstliche Paar. Sophie-Jekaterina wähnte sich in einem seltsam entrückten Traum. Die Umgebung verschmolz zu starren Bildern, den Fresken und lkonen ähnlich, sie spürte ihren Körper und das schwere Kleid nicht, und Peter neben ihr wurde zu einer bedeutungslosen Gestalt. Die Kaiserin kam näher und durchbrach die gläserne Stille um Jekaterina. Die hallende Stimme des Erzbischofs verkündete, dass Großfürst Pjotr mit Großfürstin Jekaterina verlobt sei.

Die Ringe von unschätzbarem Wert wurden getauscht.

Jekaterina war während dieser vier Stunden, in denen sie ohne zu schwanken stehen blieb oder ein paar Schritte machte, nicht nur in den Rang einer Großfürstin erhoben, sondern auch mit der Titulierung »Kaiserliche Hoheit« ausgezeichnet worden. Nun war sie es, die ehrfürchtige Handküsse entgegennehmen durfte. Als Jekaterina und Pjotr erschöpft blinzelnd ins Tageslicht hinaustraten, begannen Glocken zu läuten; zuerst jene in den Türmen der Kathedrale, dann in der Nachbarschaft, schließlich in ganz Moskau. Die Kanonen des Kreml feuerten Salut, die Stadtbewohner ließen die Arbeit liegen und strömten zusammen. Während die ganze Stadt zu feiern begann, bewegte sich der Hofstaat zu den Räumen, in denen die Kaiserin zu einem prächtigen Diner geladen hatte, dem ein ebenso aufwendiger Ball folgte. Jedermann nannte Jekaterina »Kaiserliche Hoheit«, verneigte sich, kniete nieder und bezeugte ihr tiefe Ehrfurcht. Plötzlich war sie nach der Zarin die höchstgestellte Dame des Hofs. Ihre Mutter, die bisher ihr Leben bestimmt hatte, blieb eine Adlige von niederem Rang, eine unter vielen Damen, die Jekaterina umgaben wie ein Schwarm träger Schmetterlinge. Die Zarin wies Gräfin Johanna beim Diner einen Platz zu, der ihr zu wenig dicht und ehrenvoll am Platz der Kaiserin erschien; gekränkt durch Jelisawetas augenscheinliche Verachtung, speiste sie in einem Nebenraum.

Das Diner fand im Granowitaja Palata, dem niedrigen Facetten-Kremlsaal mit uralten dicken Mauern, statt, dessen Gewölbe von einer monströsen Säule gestützt wurde. Schweiß floss in Strömen, das Lärmen der Gäste war lauter als die Musik und dröhnte zwischen den Skulpturen der Steinwände. Das Futter des Kleids klebte an Jekaterinas Haut. In einer Tanzpause sank sie atemlos auf ihren Sitz und schloss die Augen, spähte aber kurz darauf durch die Finger. Hunderte Gäste und die gepuderten weißen Perücken der Diener drehten sich in einem aberwitzigen Strudel um Jekaterina, Pjotr und die Zarin. Jekaterina hob die rechte Hand und rieb über den roten Fleck auf dem Handrücken, groß wie eine Münze. Er kam von den vielen Handküssen, die sie gewährt hatte. Sie fühlte das Wohlwollen allzu vieler Menschen wie nasse, warme Umarmungen, und zum ersten Mal begann sie zu ahnen, dass sie die Eifersucht der Zarin herausforderte, ohne es zu wollen.

»Von meiner Verlobung bis zu unserer Abreise nach Kiew ist kein Tag vergangen, an dem ich von der Zarin nicht Geschenke bekommen habe. Die geringsten waren zehn- bis fünfzehntausend Rubel wert – Stoffe, Silber, Schmuck und dergl. – alles, was man sich nur vorstellen kann. Ja, die Zarin beweist mir immer wieder ihre Liebe. Von den 30 000 Rubeln Taschengeld schickte ich einen Teil meinem Vater, womit er meinen älteren kranken Bruder pflegen lassen kann; der Jüngere, Friedrich August, vermag für sich selbst zu sorgen.

Am 17. Juli feierte die Kaiserin den, wie ich glaube, ein Jahr zuvor mit den Schweden zu Abo geschlossenen Frieden. Sie begab sich wieder in den Kreml und ging nach einem feierlichen Tedeum zum alten Audienzsaal Granowitaja Palata. Dort gab sie viele Beförderungen und Auszeichnungen bekannt. Ich nenne hier diejenigen, an die ich mich erinnere; andere habe ich vergessen. Marschall Lasky erhielt einen Degen mit Diamanten, Vizekanzler Graf Bestuschew-Rjumin wurde zum Großkanzler ernannt, Kammerherr Woronzow wurde Vizekanzler und Graf, die Kammerjunker Hendrikow, Skawronski, Tschoglokow stiegen zu Kammerherren auf, Gräfin Rumjanzowa – einst die Geliebte Peters des Großen – und Frau Naryschkina wurden Palastdamen, Prinzessin Cantamir ward Kammerfräulein, und die Herren Brümmer, Lestocq und Rumjanzow erhielten den Grafentitel.

Die Kaiserin ernannte meinen Hofstaat: Feldmarschall

Fürst Alexander Michailowitsch Golyzin wurde zusammen mit Graf Jefimowski und dem jüngeren Grafen Hendrikow mein Kammerherr. Als Kammerjunker gab man mir Graf Sachar Grigorjewitsch Tschernyschow, Herrn Villebois und Graf Andrej Bestuschew, den Sohn des Großkanzlers. Nachdem dieses Friedensfest durch Bälle, Maskeraden, Feuerwerke, Illuminationen, Opern und Komödien acht Tage lang gefeiert worden war, reiste die Kaiserin nach Kiew ab. Großfürst Pjotr, meine Mutter und ich waren ein paar Tage vor ihr aufgebrochen.

Wir kamen durch die Städte Serpuchow, Tula, Sewsk, erreichten die Ukraine, passierten Gluchow, Baturin und Nechin und kamen schließlich nach Koseletz, wo sich Graf Rasumowski ein großes Haus hatte bauen lassen. Hier erwarteten wir drei Wochen lang die Zarin. Auf jeder Station waren achthundert Pferde bereit; die Kaiserin kampierte die meiste Zeit, ging auch zu Fuß und jagte sehr oft. Am 15. August kam sie in Koseletz an; hier gab es nun nichts anderes als Musik und Tanz. Auch wurde derartig hoch gespielt, dass oft 40–50 000 Rubel auf den Spieltischen lagen.«*

Erst während der langen Reise von Moskau zurück nach Kiew war Sophie-Jekaterina fähig, die Erlebnisse während des russischen Sommers zu verstehen. Landpartie, Pilgerreise, Strapazen und Jagden, Erholung, Erschöpfung und Trinkgelage – es war, als hätte sich eine ganze aufgeregte Stadt auf die Wanderung durch das riesenhafte, kaum bewohnte Land begeben.

Zuerst sprengten Meldereiter nach Süden, um die Bevölkerung vorzubereiten. In Moskau rüstete sich die Gesellschaft des Zarenhofs für die kommende Aufregung. Tausende Bündel wurden geschnürt, hunderte Koffer, groß wie Truhen oder Schränke, wurden gepackt, hunderte großer

* Memoiren, Bd. 2, S, 264ff.

und kleiner Fuhrwerke, Kutschen und Karossen bereitgestellt. Möbel, Geschirr, Kleidung und Schmuck wurden für die Wanderung verladen. Schon die Mutter der Zarin, Peter des Großen zweite Frau, hatte lieber auf dem Land gelebt als in der Stadt; auch Jelisaweta liebte es, während des Sommers zu den Wurzeln ihrer bäuerlichen Herkunft zurückzukehren und an Waldrändern in Zelten zu leben – vom gesamten Hofstaat umgeben.

Mit mahlenden Felgen, quietschenden Naben und krachenden Achsen folgten die Gespanne. Sie waren bis zum Zusammenbrechen beladen, die Zugtiere keuchten und schwitzten. Es schien, als wären es einige tausend Knechte, Diener, Lakaien und Handwerker, die auf den Wagen im Staub hockten, den Räder und Hufe aufwirbelten, oder hinterherschlurften. Die Räume der Paläste waren verwaist, ausgestorben und begannen zu verstauben – Jelisawetas Gepäck, nahezu ihr gesamter Besitz, wanderte mit dieser bizarren Karawane von Moskau nach Kiew. Hitze, Sand und Staub marterten die unfreiwilligen Teilnehmer des Zugs und jeden, der in der Reise eine Abwechslung vom Hofleben zu sehen glaubte. Gewitter fuhren über das Land dahin, Blitze und Donner ließen die Pferde durchgehen und schütteten wasserfallartigen Regen über Menschen, Tiere und Gespanne aus. In der dampfenden Hitze erschienen wie aus dem Nichts Myriaden Mücken, Fliegen und Pferdebremsen, die sich in summenden Wolken blutdürstig auf alles Bewegliche stürzten.

Werst um Werst kroch das knirschende Gemenge aus Menschen, Tieren und Besitztümern in südliche Richtung, begleitet von einer Wolke Gestank wie aus einem gärenden Sumpf. Flüche und Geschrei der peitschenknallenden Iswostschiki, Hundegekläff, Husten, Gelächter und Wiehern mischten sich mit den malmenden Geräuschen der Gespanne zu einem chaotischen Lärm, der den Boden erschütterte, Vogelschwärme aus den Baumkronen und Bauern aus den Häusern scheuchte. Zwischen Kornfeldern und Birkenwäldern näherte sich der Zug den versprengten Dörfern und Städtchen; die Plage des Dursts wurde mit neuntausend Litern Wein und Bier am Tag nur unvollständig besiegt. Wenn die Zarin jagen oder allein ausfahren wollte, hielt die Karawane auf freier Strecke.

Während Jelisaweta, ihr Haar schwarz gefärbt, breitbeinig auf dem Kutschbock der Troika stand und lachend die schäumenden Pferde peitschte, plünderte die Vorhut die Bauerndörfer aus. Hühner, Schafe, Rinder, Käse oder Honig, frisches Brot aus den Öfen, Eier und Rauchfleisch wurden in die rasch errichteten Lager geschleppt und verzehrt. Gesunde Bauernpferde wurden eingefangen und angeschirrt, müde Zugtiere und zuschanden gerittene Pferde ließen die Kutscher und Jäger zurück. An Spießen über ellenbreiten Glutschüttungen drehten sich Ochsen und Hammel.

An den Rändern der ruinierten Straßen standen die Bauernfamilien und starrten hohläugig die Kutschen des Hofstaats an. Sie halfen schweigend und widerwillig, wenn die Lakaien begannen, auf den besten Wiesen und Weiden die Karren abzustellen und Zelte aufzuschlagen. Wenn sich das Gespann der Kaiserin näherte – im Gegensatz zu allen anderen verstaubten, schmutzstarrenden Kaleschen war es samt der Pferde meist sauber geputzt –, knieten die Leibeigenen nieder oder warfen sich in den trockenen Dreck.

Manchmal aber, durch Zufall, oder wenn, was häufig geschah, Räder brachen und Wagen umkippten, machten sich Teile der Karawane selbstständig und fuhren entlang der Ufer kleiner Flüsse mit kristallklarem Wasser, im Schatten duftender Tannen und auf Knüppeldämmen durch Moorflächen, über denen Schmetterlinge gaukelten und große Libellen umherzuckten wie Edelsteine. Raubvögel kreisten lautlos zwischen weißen Wolken, die in endloser Folge über den Himmel zogen. In den Wäldern klopften Spechte, und die Stille und Schönheit des kaum bewohnten

Landes ließ selbst die fluchenden Kutscher verstummen. Hinter Schilffeldern, blumenübersäten Wiesen und Hügeln erschienen Kirchtürme, Klöster und Gehöfte, und nachts heulten Wölfe in den Wäldern jenseits des Flusses.

Die Blicke, mit denen die Bauern der Nachhut des gefräßigen Moskauer Menschenwurms hinterhersahen, und ihr Murren, mit dem sie sein Verschwinden hinter dem nächsten Hügel begrüßten, hätten selbst die Zarin erschreckt. Der Zustand, in dem die Moskauer die Katen und Dörfer der Leibeigenen zurückgelassen hatten, versprach doppelte Arbeit und winterliche Not. Die Pferde hatten die Weiden leer gefressen, die Wiesen und die Ränder der Kornfelder waren verwüstet, von Hufeindrücken und Räderspuren bis zur Unkenntlichkeit zerfurcht. Die letzten Scheite aller Holzvorräte waren verbrannt; an mehr als einem halben Hundert Stätten gab es nichts als versengten Boden, Asche und Reste von ausgeglühtem Wurzelholz. Nachts schlichen Füchse und Wölfe aus den Wäldern und stritten sich knurrend und keckernd um die Knochen und die Gerippe der Spießbraten. Kothaufen lagen knöchelhoch zwischen den Büschen, denen man sich wegen des höllischen Gestanks nicht zu nähern wagte; die Umgebung der Dörfer roch stechend nach dem Urin der Pferde und Menschen. Überall wimmelte es von metallisch blitzenden Fliegen, und ebenso gegenwärtig waren kleine schwarze Wolken, in denen sich anderes Geschmeiß sammelte. Der nächste Regen verwandelte Wiesen und Äcker in eine Hand breit tiefe bräunlich schäumende Tümpel, in denen die letzten Halme sich verfärbten und abstarben.

Jekaterina teilte eine Kutsche mit Pjotr und ihrer Mutter Johanna. Der Großfürst redete fast unausgesetzt. Er schilderte ihr seine Vorstellungen von Hochzeit und Eheleben, plapperte von der Aufgabe des Ehemanns, seine Frau zu erziehen, und wenn er schwieg, erfuhr Jekaterina den Missmut und die Unzufriedenheit ihrer Mutter, die viel lieber an jedem anderen Ort zwischen Moskau und Zerbst hätte sein wollen als hier, im Tross der Kaiserin, als eine der tausend unwichtigen und unbeachteten Mitreisenden. Jekaterina beherrschte sich, schwieg und nahm jedes neue Bild, jedes kleine Erlebnis tief in sich auf. Ihre Gedanken waren bei der Kaiserin, die sich in eine völlig andere Frau verwandelt zu haben schien.

Der Schein von feiner Kultur, dachte Jekaterina, von Eleganz und höfischem Leben im Wohlleben von Palästen ist dem französischen Hof abgeschaut und bedeckt, dünn wie farbiger Zuckerguss, den kaiserlichen Hof zu Moskau und St. Petersburg. Kaum hatte sich die Zarin ein Dutzend Werst von der Stadt entfernt, löste sich der schöne Schein auf. Jelisaweta gab sich dem einfachen Leben hin, warf sich förmlich in dessen Arme.

Die Klöster abseits der breiten Wege und die Städte entlang der Straße nach Kiew erwarteten die Kaiserin. Halbe Tage lang, gefolgt von erschöpften Dienern, die neue Stiefel, Erfrischungen und Klappstühle schleppten, wanderte Jelisaweta viele Werst auf Hirtenpfaden und durch unwegsame Felder zu den abgelegenen, unscheinbaren Klöstern. Dort fand sie, begrüßt vom Igumen, für lange Stunden Abgeschlossenheit und Einsamkeit. Sie betete viel, und die Mönche oder Nonnen behandelten sie, sagte man, wie ihresgleichen.

Die Karawane, die als bunter, gefräßiger Moloch in einem breiten Streifen Bauernkaten, Scheunen und Land so gründlich wie ein unaufhaltsames Naturereignis verheert hatte, hinterließ auf ihrem Weg vielerlei Verlorenes und Weggeworfenes – dreckige Tücher, einzelne Stiefel und Schuhe, zerbrochene Gepäckstücke und zierliche Stühle aus Pariser Werkstätten mit zwei, drei oder keinem Stuhlbein und zerschlissenen Polstern, zersprungenes und unversehrtes Geschirr, die Perlen einer zerrissenen Kette, rostende Hufeisen und Kleider oder Hüte, die der Wind mit sich genommen und auf Zweigen fallen gelassen hatte, so dass die eingeschüchterten Bauernkinder meinten, dort stünde ein Gestorbener. Hin und wieder fand man auf der Straße eine Münze. Im Graben oder im Unterholz schwärte stinkendes Aas – Schoßhündchen, Pferde oder aufgebrochenes Rotwild aus Jelisawetas Jagdbeute. Sieben Tage nachdem der zaristische Zug verschwunden war, fand eine Bäuerin ein winziges Neugeborenes, kleiner als eine Hand, in Seidentücher eingewickelt, in der Höhlung eines abgestorbenen Baums. Während sie es mit bloßen Händen verscharrte, murmelte sie unausgesetzt Gebete und bekreuzigte sich zwei Dutzend Mal.

Andernorts wetteiferte man darin, die Kaiserin und den Hofstaat mit weltlichen Vergnügungen zu erheitern. Ballettgruppen tanzten, Feuerwerk erhellte den Nachthimmel und setzte ein Weizenfeld in Brand, Fischerboote führten im ruhigen Wasser des Dnjepr großartige Ruderkunststücke auf, Gaukler und ländliche Komödien erfreuten die Zuschauer. Stadtfeste wechselten mit Maskenbällen ab, man veranstaltete Prozessionen und Ausflüge. Von Graf Alexej Rasumowski, dem Sohn eines Kosaken und begnadeten Chorsängers, munkelte man, ihn habe die Zarin heimlich geheiratet, und sie hätten miteinander Kinder. Sein Haus war das prächtigste in Koseletz, dem letzten großen Halt der kaiserlichen Karawane. Jelisaweta reiste voraus, der staubbedeckte Troß folgte ihr einige Tage später.

»Die Kaiserin war vorausgefahren; wir erreichten sie im Lager am diesseitigen Dnjeprufer. Der Blick von hier auf Kiew auf der anderen Seite ist wunderbar. Am 29. August überschritt die Kaiserin mit uns die Brücke und zog in Kiew ein. Hier, wie in allen Städten, die wir seit Moskau berührt hatten, kam uns die Geistlichkeit entgegen. Sobald die Kirchenfahnen sichtbar wurden, verließen wir den Wagen, und unser Einzug in die Städte erfolgte zu Fuß hinter dem Kreuz. Die Kaiserin begab sich ins Petscherski-Kloster und in die Kirche, in der sich angeblich das von St. Lukas gemalte Bild der Heiligen Jungfrau befindet. In meinem ganzen Leben hatte noch nichts solchen Eindruck auf mich gemacht wie die großartige Pracht dieser Kirche, in der alle Heiligenbilder mit Gold, Silber und Juwelen bedeckt sind. Die Kirche ist geräumig und von gotischem Stil, der Kirchen ein viel erhabeneres Aussehen verleiht, als jetzt, wo allzuviel Licht und zu große Fenster sie in nichts mehr von Ballsälen unterscheiden.

Am folgenden Tag wurde das Fest des St.-Alexander-Newski-Ordens mit einer feierlichen Messe begangen, bei der wir gegen den Brauch in Hofroben erscheinen mussten. In Kiew trafen wir Graf Fleming, der vom König von Polen zur Kaiserin gesandt worden war, um ihr an der Grenze des Königreichs seine Grüße zu entbieten. Am 5. September, dem Namenstag der Kaiserin, gab es in Kiew ein großes Fest. Sonst wurden alle Tage zum Besuch der Kirchen und Klöster verwendet …

… wenige Tage später brachen die Kaiserin und der ganze Hof wieder nach Moskau auf …

… als wir in Moskau waren, wurden die Vergnügungen für den Herbst und Winter festgelegt: Opern, Komödien und Maskeraden.«*

Viel zu selten war Jekaterina – als sie noch Sophie hieß – geschwommen; als Kind schwamm sie stets, ohne zu tauchen. Sie hatte sich vor allem, was unter der Wasseroberfläche sein könnte, gefürchtet. In Moskau, in einer der wenigen Stunden des Alleinseins, nach jener verwirrenden und aussagestarken Reise, als schwömme sie unter der schillernden Oberfläche des Hoflebens und zugleich oberhalb, sah sie im Verhalten der meisten Beteiligten, wie scheinbar leicht und unendlich schwer es war, über dieses riesige Land zu herrschen.

* Memoiren, Bd. 2, S. 66 ff.

Ihr Entschluß stand fest, aber ob ihr gelang, was sie ersehnte, lag in der unsicheren Zukunft – dem Großfürsten zu gefallen, der Kaiserin zu gefallen, und schließlich: dem Volk zu gefallen.

Jelisaweta, die jede Note dieser Melodie beherrschte – in Deutsch, Russisch, Französisch und Italienisch –, war fünfunddreißig Jahre alt. Jekaterina ebenso eingekeilt zwischen Intrigen, Haß, Ehrgeiz und Geltungsbedürfnis, bizarren Eitelkeiten, kleinlichem Palastgezänk und großartigen, aber meist nutzlosen Gesten, zwischen Eifersucht und krasser Bosheit, zählte nicht einmal sechzehn Jahre. Ein unwissendes Kind, dessen Lebensziel taumelte und, obwohl scheinbar klar wie Kristall, in gesellschaftlichen Nebeln verschwand, wenn sie glaubte, es erkannt zu haben.

Längst war das goldfarbene Herbstlaub gefallen. Es begann zu schneien, Kälte und Frost lähmten das Land. Auf allen Wegen lagen Schnee und Eis, und die Luft war voller Rauch aus zahllosen Kaminen. Am Ende des Jahres voller Aufregungen, Siegen und Niederlagen bekam Pjotr III. hohes Fieber. Vierundzwanzig Stunden danach verbot Graf Brümmer Jekaterina, das Zimmer des Großfürsten zu betreten. Man befürchtete, dass er sich an den Masern angesteckt habe, und tatsächlich war dem so. Trotz seiner Krankheit vergnügte er sich damit, in seinen Räumen die Zwerge, Kavaliere und Lakaien, selbst seine Braut, militärisch auszubilden und, peitschenknallend, exerzieren zu lassen. Nach der Genesung wuchs Pjotr um ein, zwei Handbreit. Im Dezember, als der Hof von Moskau nach St. Petersburg übersiedelte und die Zarin vorausfuhr, reisten Gräfin Johanna, der Großfürst und seine Verlobte im Schlitten einige Tage nach der Kaiserin ab. Auf halbem Weg, während des Rastens in Chotilowo, fiel Pjotr III. abermals mit hohem Fieber in Ohnmacht. Die Reisegesellschaft quartierte sich in Chotilowo ein, vierhundert Werst fern von Moskau.

Gräfin Johanna und Jekaterina waren ratlos. Sie besuchten den Großfürsten in dessen Zimmer. Doktor Boerhaave und seine Ärzte erlaubten nur einen kurzen Blick auf den Kranken und redeten leise und eindringlich mit Jekaterinas Mutter. Gräfin Johanna packte ihre Tochter an der Hand, eilte aus dem Zimmer und ließ die Pferde anspannen; Gräfin Rumjanzowa und Fräulein von Khayn blieben bei Pjotr und den Ärzten.

Kuriere hetzten zur Zarin nach St. Petersburg voraus. Als die Schlitten anfuhren, sagte Johanna, dass der Großfürst unzweifelhaft die Pocken habe. Jekaterina hatte sich noch nie an Pocken angesteckt und wäre mit Sicherheit ebenfalls erkrankt, wenn sie geblieben wäre. Mitten in der Nacht, auf eisglatter Straße, trafen sich die Schlitten. Die Reiter bildeten mit knisternden, rauchenden Fackeln einen Kreis. Das große Gefährt der Zarin hielt neben Jekaterinas Schlitten, die Türen flogen auf, und Gräfin Johanna rief der Zarin zu, wie es um Pjotr stand.

Diese setzte augenblicklich ihren Weg nach Chotilowo fort, während Gräfin Johanna den Befehl gab, nach St. Petersburg weiterzureisen. Jekaterina bewunderte Jelisaweta, die es wagte, an die Seite des Kranken zu eilen.

Nach und nach traf der Rest des Hofstaats mit der gewaltigen Menge Gepäck und Ausrüstung ein. Woche um Woche verging, und auch die fremden Gesandten kamen in ihre kalten Botschaftsgebäude zurück. Schon einen Monat lang schien Zarin Jelisaweta von Chotilowo aus zu regieren und wich nicht vom Krankenlager ihres Neffen. Als hätte der Hof die Stadt nie verlassen, erfasste das gewohnte Leben alle Damen und Herren des Adels. Zweimal am Tag wechselten sie die Kleidung, um allen gesellschaftlichen Ereignissen beiwohnen zu können. Gegenseitige Einladungen zu Spielen, Bällen und Diners hielten viele hundert Menschen unentwegt in Bewegung, unter ihnen Jekaterina und ihre Mutter. Eines Vormittags, zur schicklichen Zeit, ließ sich Graf Henning Adolf Gyllenborg bei Großfürstin Jekaterina melden, die ihn noch aus Hamburg kannte.

»Ich bewundere die Zarin«, sagte Jekaterina »Bald sind es sechs Wochen, die sie neben einem Pockenkranken verbringt. Eine Frau von höchstem Mut. Und sie ist so stolz auf ihre Schönheit! Wie schnell kann sie sich anstecken!«

Graf Gyllenborg nickte. Die Blicke des Zweiunddreißigjährigen hefteten sich auf Jekaterina, glitten dann über die Einrichtung des Raums und die herumliegenden Kleidungsstücke, Schuhe und Toilettengegenstände. Er schien fast alles, was er sah, zu missbilligen.

»Ihr habt Euch offenbar den Zerstreuungen und dem Luxus völlig und mit Freude hingegeben.« Er zog die Brauen hoch und spielte mit dem Griff des Zierdegens. In einem der nächsten Räume übte jemand ein Stück von Händel oder Tartini auf einem verstimmten Cembalo. »Dachten wir nicht vor einigen Jahren, dass es vernünftigere Ziele gibt? Als zukünftige Gattin des Thronfolgers wäre, meine ich, vieles andere zu bedenken.«

Jekaterina hob die Schultern. »Ich will Russin sein und von den Russen geliebt werden. Darf sich eine junge Frau nicht ein wenig herausputzen?«

»Eure Seele, Kaiserliche Hoheit, war in Hamburg tüchtig und stark. Lasst Ihr Euch an diesem Hof derart verweichlichen?« Er deutete zum Fluss hinüber. »Was wisst Ihr von Millionen Untertanen? Besinnt Euch wieder auf Eure Natur und Eure Anlagen.«

Jekaterina starrte ihre Schuhspitze an, dann hörte sie auf, mit dem Fuß zu wippen. Ihr Gesicht ließ ihre Betroffenheit ebenso wie ihre Ratlosigkeit erkennen. Leise sagte sie: »Es gibt nichts anderes zu tun, Graf. Nur Russisch lernen. Überall liegt Schnee bis unters Dach. Meine Mutter redet unaufhörlich auf mich ein; nichts kann ich ihr recht machen. Die Launen der Zarin sind bei jedermann gefürchtet. Und mein Verlobter ist nicht gerade der Gescheiteste ... vielleicht stirbt er an den Pocken.«

»Ich möchte wetten, Ihr habt kein Buch in der Hand gehabt, seit Ihr in Russland seid? Erinnert Ihr Euch? Ich habe Euch damals einen jungen Philosophen genannt!« Gyllenborg sah ihr kopfschüttelnd in die Augen.

»Ganz recht geraten.« Jekaterina lachte verlegen. »Aber ich hab in Deutschland auch nicht mehr gelesen, als ich musste. Was würden Sie mir zu lesen empfehlen?«

Er begann an den Fingern aufzuzählen: »Von Plutarch. Die Lebensbeschreibungen berühmter Männer. *Das Leben* Ciceros. Und die *Betrachtungen über die Ursachen von Größe und Untergang der Römer.* Das ist von Montesquieu.«

Jede zweite falsch gespielte Kadenz ließ Gyllenborg zusammenzucken. Jekaterina hob wie abwehrend die Hände. »Ach verspreche Ihnen, sie zu lesen. Ich werde gleich nach ihnen suchen lassen.« Sie sah zum Fenster hinaus. Von Eisblumen umrahmt, erlaubten runde Flächen im Glas den Blick auf den verschneiten Park und das Ufer der Newa. »Kennen Sie denn meinen Geist und meinen Charakter, Graf?«

»Nicht gut genug, Hoheit.« Er legte die Hände auf die Sessellehnen und stellte die Füße nebeneinander, als wollte er aufstehen. »Nicht lange genug.«

»Sie kennen ihn nicht. Ich werde für Sie schriftlich ein Bild meines Charakters entwerfen.« Jekaterina erhob sich und lächelte. Ein schauerlicher Fluch ertönte, unmittelbar darauf ein kreischendes Gelächter, durch Wände und Türen gedämpft; das Cembalospiel riß ab. »Kommen Sie oft wieder, Graf, ich habe großes Vertrauen in Ihre Meinung.«

Sie nahm seinen Handkuss entgegen und sah ihm nach, bis sich die Tür schloss.

Am nächsten Tag ließ sich Jekaterina Papier, Tinte und Schreibzeug bringen, schrieb die Titel der Bücher auf und schickte einige Lakaien auf die Suche. Das erste Blatt überschrieb sie, dem Beispiel des jungen Friedrich folgend, der sich mit sechzehn, siebzehn »Frédéric le Philosophe« genannt hatte: »Versuch eines Charakterbildes des fünfzehnjährigen Philosophen.« Dann begann sie nach einigem Nachdenken mit dem Aufsatz.

An einem der ersten Tage im Februar, im Zwielicht der einsetzenden Abenddämmerung, begleiteten ein schweigender Kammerherr und eine Hofdame Jekaterina in einen Saal des Winterpalasts. Sie näherte sich zaghaft einer Gestalt, die im Hintergrund neben einem Tisch stand. Wenige Kerzen in Wandleuchtern schufen ein schütteres Zwielicht, in dem sie zuerst ihren Verlobten zu erkennen glaubte und ein verwirrtes Kichern ausstieß; die magere Gestalt mit dem Totenschädel unter einer dicken, schulterlangen Perücke von erschreckendem Weiß war nicht Pjotr. Sie blieb drei Schritte vor ihm stehen, hob den Kopf und starrte in das ausgezehrte Gesicht des Fremden. Erst jetzt sah sie die vielen schwarzen Löcher von Pockennarben auf den Wangen und am Hals.

»Bist du ... sind Sie es, Pjotr?«, flüsterte sie.

Er nickte. Er war abermals gewachsen, seine blauen Augen sahen dunkel aus tiefen Höhlen hervor, sein Bauch war kugelförmig und schien ebenso geschwollen wie Teile seines Gesichts.

Er breitete die Arme aus, ging auf Jekaterina zu und sagte stockend, mit heiserer Stimme: »Haben Sie Mühe, mich wiederzuerkennen, Jekaterina?«

»Ich gratuliere Ihnen von Herzen zur Genesung.« Ihr Blut schien zu gefrieren. Sie bemühte sich, ihr Erschrecken zu verbergen. »Es ist so finster hier. Ich hab Euch nicht gleich erkannt.«

»Dank für die Briefe«, murmelte der Großfürst. »Sie haben in Russisch geschrieben. Die Zarin war ebenso erfreut wie ich.«

»Ich hab's gern getan.«

Pjotrs Gesicht war das eines Knaben von gewöhnlichem,

liebenswertem Aussehen gewesen. Es hatte sich in eine widerwärtige Fratze verwandelt. Jekaterina fühlte eisige Schwäche in den Knien, ihr Herzschlag raste. Sie zuckte mit den Schultern, drehte sich um und rannte hinaus. In ihre hastigen Atemzüge mischte sich ihr Schluchzen, als sie die Treppe hinauf, in ihr Zimmer rannte und die Tür zuschlug. Ihre Mutter sprang auf; Jekaterina stürzte sich in Johannas Arme und verlor das Bewusstsein.

Jekaterina las *Das Leben Ciceros* in einer holprigen französischen Übersetzung und wenige Seiten in Montesquieus *Betrachtungen.* Das umfangreiche Werk ermüdete sie, aber sie fand während vieler Unterhaltungen in Graf Gyllenborg einen Freund, der ihr die Wahrheit sagte, ihre Seele festigte und sie auf tausend Gefahren aufmerksam machte, die ihr am Zarenhof drohten. Sie war überzeugt davon, dass ihre Gespräche und seine Ratschläge ihren Verstand schulten. Auch gestand er ihr seine Meinung über die bevorstehende Heirat. Er hielt sie für einen Fehler. Zarin Jelisaweta überschüttete Pjotrs Verlobte mit Geschenken und Aufmerksamkeiten, als wollte sie Jekaterina dafür belohnen, dass sie Pjotrs Anblick aushielt und Russland nicht in überstürzter Flucht verlassen hatte.

Am 10. Februar wurde Pjotrs Geburtstag nicht in der Öffentlichkeit gefeiert. Die Zarin wagte nicht, ihn den Bewohnern von St. Petersburg zu zeigen, und ließ ihn mit Jekaterina vor dem Thron allein dinieren. Zum erstenmal dachte Jekaterina, dass Pjotr, mit Hässlichkeit und einer kranken Seele geschlagen, sich in den Schutz seiner früheren Kinderträume zu flüchten begann. Er schien zu wissen, dass Jekaterinas Gefühl als Freundin, zukünftige Geliebte und Mutter seiner Kinder im Sterben lag und kälter geworden war als das Eis auf der Newa. Die Brücke über den Fluss des Vertrauens, das sie freudig miteinander geteilt hatten, erzitterte und schwankte unter dem Anprall der Eisschollen des Schicksals. Die Ärzte rieten zur Verschiebung, aber die Zarin ließ ausrufen, dass nach zwei Terminen, die uneinhaltbar gewesen waren, die kaiserliche Hochzeit am 21. August stattfinden würde.

Im Mai zogen die Zarin und Pjotr in das kleine Sommerpalais. Jekaterina und ihre Mutter bewohnten ein Haus an der Fontanka, dem Fontänenfluss, hinter einem steinernen Pavillon Peter des Großen. Jekaterina bewunderte die Fontänen und Wasserspiele im Sommergarten, die der Zar angelegt hatte. Pjotr ließ ausrichten, seine Verlobte nicht mehr jeden Tag sehen zu können, ein Umstand, der Jekaterina tröstlich erschien und Zeit für vermeintlich Wichtigeres schuf. Je näher der Tag der Hochzeit kam, desto klarer wurde Jekaterinas Bild von ihrer Ehe: Sie und Pjotr würden das unglücklichste Paar seit einem Jahrhundert auf dem Zarenthron sein.

Die Nachricht aus Zerbst erreichte Gräfin Johanna mit einiger Verspätung. Ihre Tochter Elisabeth, Jekaterinas jüngste Schwester, war dreijährig unerwartet gestorben. Die Mitteilung machte betroffen und hielt Jekaterinas nächste Umgebung einige vorösterliche Stunden lang von lärmenden Vergnügungen ab. Johanna und Jekaterina weinten, aber ihre Tränen versiegten rasch in der Wärme des Frühsommers, im Blindekuh-Spielen mit ihren jungen Kammerjungfern und im Trubel der hochzeitlichen Vorbereitungen, der mit dem Umzug ins Lustschloss der Sommerresidenz Peterhof am Südufer des Finnischen Meerbusens, dreißig Werst entfernt, einherging.

In den Notizen des Großkanzlers Graf Alexej Petrowitsch Bestuschew-Rjumin ist zu lesen: ›Jetzt, nach dem Befehl der Zarin, überschlagen sich alle wegen der Vorbereitung auf die Hochzeit. Jedermann bestellt sich neue Tornüren und Toiletten, selbst die Lakaien werden aufwändige Livreen erhalten. Die Zarin hat für die obersten vier Ränge des Adels, die in St. Petersburg wohnen, besondere Vorschriften für Kleidung, Dienerschaft und Equipagen gemacht; auch die Anzahl der Lakaien und Begleiter bestimmt sie. In Wien und Paris stellen die teuersten Kutschenbauer neue Wagen her, aus Italien liefert man Zaumzeug, goldene Sättel und Steigbügel. Die Kaiserin schreibt nach Paris und bittet, ihr bis in die kleinste Einzelheit zu schildern, wie es bei der Hochzeit des Dauphin mit der jungen Habsburgerin zugegangen sei, denn Ludwig XV. Sohn war den Luxus Versailles'‹ gewohnt. Jelisaweta aber will Frankreichs Nachfahren des Sonnenkönigs übertrumpfen. Zugleich bestellt sie Möbel, Porzellan, Gobelins, französische Weine und Champagner. Seidenballen kommen aus Neapel, Brokat aus England, Schuhe und Handschuhe aus Frankreich. Ich fürchte, es gibt in St. Petersburg nicht genug Arbeiterinnen und Handwerker, um alles, was Zarin Jelisaweta anordnet, pünktlich und brauchbar herzustellen: Roben, Stickereien, Geschmeide und Mäntel oder die aufwändigen Renovierungen des Winterpalasts, das Ausschmücken der Kathedralen – es ist zu viel, und es kostet viel zu viel. Wenn ich an die Seen von Bier, die Weinteiche und Wodkaquellen, die Herden der Ochsen, Hammel und Schweine denke, an die Hühner-, Gänse- und Entenschwärme, die Tausende und abertausende satt machen sollen, erfasst mich jäher Schwindel. Dass jede Bühne von Schauspielern, Sängern, Tänzern und Musikern überfüllt sein wird, versteht sich, und während sich eine Million Knechte plagt, dies alles möglich zu machen, lässt Großfürst Pjotr seine Soldaten exerzieren, die man ihm, teuer genug, aus Holstein geschickt hat.

Friedrich von Preußen indes war mit seinem Heer in den Besitz der Kaiserin Maria Theresia eingedrungen, hat Prag besetzt. Ich schilderte der Zarin, dass dadurch Russland gefährdet sei, aber statt den Habsburgern zu helfen, weigerte sie sich, die Gefahr auch nur zu sehen. Im Mai errangen die Armeen Frankreichs, des Alliierten Friedrich II., bei Fontenoy einen grandlosen Sieg über Österreich und deren Verbündete, die Engländer. Mir scheint, die Zarin gab sich einer ernsthaften Betroffenheit hin, die nur kurz andauerte und rasch von ihren schier unbezahlbaren Vorstellungen abgelöst wurde, wie ein Versailles-Spektakel zu übertrumpfen sei. Schon lange arbeiten französische Lehrer, Musiker, Handwerker und Künstler für den Hof, begannen ein Schloss in Zarskoje Selo, also Zarendorf, zu errichten, dessen Pracht seinesgleichen suchen sollte, aber zum ersten Mal soll Russland eine Prunkhochzeit dieser verschwenderischen Art erleben, gar ein Fest fürs Volk; abermals wird der Hof im Ausland Schulden machen müssen.

Dieses deutsche Mädchen Sophie-Jekaterina scheine ich unterschätzt zu haben. Ihre Klugheit entspricht ihrem Ehrgeiz; ihre Leidensfähigkeit ist erstaunlich. Diese Eigenschaft wird sie für ihr künftiges Leben häufiger brauchen, als sie heute ahnt. Sie hat etwas von einem Falken mit buntem Gefieder, der kreist und rüttelt und auf den ein Dutzend Jäger schießen. Hunderte Augenpaare starren sie an. Unter der Launenhaftigkeit der Zarin leidet sie mehr als unsereiner. Ihre Mutter habe ich richtig eingeschätzt. Sie ist weder schön noch klug, hält es mit dem Preußenkönig und legt das unerträgliche Benehmen einer Törichten an den Tag. Sie behandelt ihre Tochter kaum anders als Brümmer den jungen Großfürsten – nun, sie lässt Jekaterina, nicht gerade auspeitschen. Man schneidert für Jekaterina die ihre Pferde ebenso gut beherrscht wie sich selbst – ich sah es nie; wahrscheinlich weint sie nachts –, ein Kleid aus Silberglacé und verwendet für Robe, Mieder und Rock einen Staatsschatz aus Gold und Silber; eine Art Kürass für eine Jungfrau, die sich für ihre Pflicht opfert, für die ihr Opfergang, weil ihr nicht erkennbar, viel beschwerlicher und leidvoller sein wird. Großfürst Pjotr, auch er ein Anhänger des Preußenkönigs, der seine Puppen und die Kumpanei mit seinen Lakaien und anderen vulgären Personen den freundschaftlichen

Spielen mit seiner Verlobten vorzieht, sieht nicht nur aus wie ein Geschundener, er ist es.«

Durch St. Petersburg, bei günstigem Wind bis fast nach Peterhof, wehte der Geruch gekochter, gebratener, gesottener und gebackener Köstlichkeiten, frisch gebrauten Biers und heißen Tresters vom Wodkabrennen. Gräfin Johanna und Jekaterina redeten während der seltenen Stunden familiärer Übereinstimmung die Hälfte der Nacht vor der Hochzeit miteinander; als Jekaterina nach Zärtlichkeit, Entjungferung, Blut und Schmerz und Leidenschaftlichkeit fragte, verstummte ihre Mutter.

Durch die Nacht hallten die Geräusche der Arbeiter, die beim Licht von Fackeln und Feuern die Straße nach St. Petersburg pflasterten und die Mauern des Palasts weißten. Dreimal fragte Jekaterina ohne verlegenes Kichern, was der Gemahl in der Hochzeitsnacht tat, was die Gemahlin tun musste, wie beide zusammenkamen, ob Zungenküsse schwängerten, ob Leidenschaft und eheliche Pflichten schmerzten, und was jene Empfindlichkeiten des Unterleibs bedeuteten. Ihre Mutter wies sie auf eheliche Pflichten hin und erging sich in weitschweifigen Erläuterungen, von denen Jekaterina nichts begriff. Pjotrs schockierendes Aussehen wurde, als die Pockennarben heilten und die Schwellungen nachließen, ein wenig erträglicher. Dennoch konnten nicht einmal die Uniformen, die er gern trug, seinen dürren Körper mit dem Kugelbauch verschönern.

Je häufiger Jekaterina die mit silbernen Blüten und Blättern bestickte Hochzeitsrobe anprobierte, das ausgeschnittene Mieder, die Unterkleider und den eng geschnürten Reifrock, desto mehr begann sie sich vor dem, was der Zeremonie folgte, zu fürchten. Trotz ihrer Träume von Pracht und Macht, die endlich wahr zu werden schienen, tastete sie sich abermals durch die Wirrnis scheinbar heiter-aufgeregter Tage einer unbekannten Zukunft entgegen. Am Hochzeitstag wachte sie um sechs Uhr auf. Ihr Herzschlag stach wie mit heißen Nadeln bis in die Stirn; im Magen drückte ein steinharter Klumpen, der sich auch nicht löste, als sie badete. Die Zarin kam herein, betrachtete schweigend die Nackte und nickte zufrieden, so als wäre ihr eine edle Stute vorgeführt worden.

Ihr Geist, der über ihrem Körper strahlte, war ganz ohne Furcht. In der Wolke aus weißem Licht sah Jekaterina, als ob sie unter der Zimmerdecke schweben würde, jeden Einzelnen der Menschen, die sich um ihren aschgrauen, reglosen Körper bemühten; sie glaubte deren Gedanken hören zu können, wenn sie es wollte. Sie selbst fühlte sich in vollkommenem Frieden und verharrte in einem unbeschreiblichen Gefühl der Leichtigkeit. Als sie sich ihrem Körper zuwenden wollte, war es, als würde sie bestimmen, in die Vergangenheit zurückzukehren. Aber ihr Bewusstsein, das sich schwerelos in Wärme und Licht badete, erfuhr, während sie Bilder von unvorstellbarem Glanz sah, ein mehrfach gesteigertes Wahrnehmungsvermögen. Es schien, als würde sich ein anderes Geistwesen zu ihr gesellen und hülfe ihr beim Sehen, Erkennen und Verstehen.

Die Salutschüsse waren verklungen, der Rauch war verweht. Noch hing der Geruch verbrannten Schießpulvers in der Luft. Drei Tage lang waren die Paukenwirbel der prächtig gekleideten Herolde zu hören gewesen, die von Gardisten und Dragonern begleitet durch die Stadt ritten und laut den Tag der Feier ausriefen. Auf dem Admiralsplatz stellte man Tische und Bänke für das Stadtvolk auf und füllte Weinbrunnen, die Fassade der Kathedrale der Heiligen Mutter von Kasan wurde geschmückt. Im Laufe des 19. August legten Kriegsgaleeren vor dem Winterpalast an, eine nach der anderen – ein Teil der Flotte, die Zar Peter I. hatte erbauen lassen. Glockenläuten und Artilleriesalven dröhnten entlang der Kleinen und Großen Newa länger als zwanzig Stunden des Tages und der halben Nacht.

Die Kammerfrauen begannen Jekaterina anzukleiden. Timofej Jewre, der Jekaterinas Stirnhaar kräuselte, erhielt dessenthalben einen Verweis der Zarin, die sich erst beruhigte, als sie sah, dass die Krone über der Stirn nicht rutschte. Das Gewicht der bauschigen Falten des Kleids, silberbestickter Säume und der Schleppe, der Umhang aus silbernem Spitzengewebe, an ihre Schultern geheftet, schien nicht zu reichen, denn die Zarin ließ einen Teil des Hofgeschmeides ausbreiten und begann Jekaterina mit Ringen, Ohrgehängen, Broschen und Ketten zu schmücken. Im Spiegel nahm die Anzahl der funkelnden Reflexe zu, bis Jekaterina an die Sterne des Firmaments denken musste und an den Schweifstern.

»Noch nie war deine Haut so schön, Töchterchen«, sagte die Zarin leise.«Und wie dich erst die Krone schmücken wird!«

Jelisaweta bedeutete den Kammerjungfern, zur Seite zu treten. Sie hob die große Krone der Großfürstinnen auf Jekaterinas dunkles Haar, drückte sie fest und lächelte, als Jekaterina sich straffte. Die Krone schwankte oder verrutschte nicht, und nach einer Weile nahm Jelisaweta sie wieder herunter und überließ den Rest der Arbeit des Ankleidens und Schmückens den Dienerinnen. Drei Stunden nach Mittag – Großfürst Pjotr war im Nebenzimmer schon ungeduldig geworden – bestiegen die Zarin und die Brautleute die Karosse. Pjotr war in ebensolche silberschwere Kleidung gehüllt wie Jekaterina. Acht Schimmel, von livrierten Knappen geführt, zogen den Wagen mit den riesigen Speichenrädern, vergoldeten Lampen und pausbäckigen Engelchen, die in silberne Posaunen bliesen. Jekaterina hatte gehört, dass zehn Dutzend frisch geputzter und vergoldeter Kutschen die Staatskarosse begleiten würden, aber sie war nicht in der Laune, sie zu zählen.

Die Prozession der Gespanne folgte dem kaiserlichen Prunkwagen, der aus vergoldeten Holzschnitzereien zu bestehen schien, zur Kathedrale am Newskiprospekt.

Soldaten der Garderegimenter, Stadtbewohner und Bauern aus der Umgebung säumten die Straßen und fielen auf die Knie, als das Gespann der Kaiserin vorbeifuhr. Der Archimandrit von Nowgorod erwartete das Paar und die Zarin und geleitete sie zum Mittelpunkt des großen viereckigen Kirchenraums, den in quälender Langsamkeit die Angehörigen des Hofstaats zu füllen begannen.

Der Gottesdienst und die Predigt vor der Einsegnung dauerten viel zu lange. Die Brautleute mussten stehen, die Kronen und die lastenden Gewänder schienen von Stunde zu Stunde schwerer zu wiegen. Der Großfürst zischte während der Predigt der Gräfin Tschernyschowa zu, es sei eine Dummheit, und sie solle sich fortscheren. Jekaterina flüsterte er ins Ohr, dass die Gräfin ihm zugeraunt habe, er solle nicht den Kopf wenden, denn derjenige Vermählte, der dies tue, sterbe zuerst. Ratlos hob Jekaterina die Schultern.

Jekaterina hatte erkannt, dass ihr Geistkörper für jene, die sie sah und beobachtete, unsichtbar blieb. Sie überwand die Mauern der Kathedrale, sank durch Weihrauchnebel, durchdrang wesenlos wuchtige Pfeiler und näherte sich dem Ich der Erinnerung, jener Sophi-Jekaterina, die wie eine Silberstatue neben Großfürst Pjotr stand. Der Fürstbischof von Lübeck, ihr Onkel, und Oberjägermeister Graf Rasumowski, der heimliche Gatte der Zarin, hielten juwelenbesetzte Kronen über die Köpfe der Brautleute. Jekaterinas schwebender Lichtkörper erinnerte sich an alle Empfindungen mit ebenso strahlender Genauigkeit wie an jeden ihrer Gedanken – und an viele Gedanken vieler Versammelten damals.

Die Stimme des Priesters schien aus einer Gruft zu kommen. »Nimmst du, Jekaterina Alexejewna, aus freiem Willen und in fester Absicht diesen Mann, Pjotr Feodorowitsch, den du hier siehst, zu deinem Gatten?«

Jekaterina sagte leise, aber mit fester Stimme: »Ja, ehrwürdiger Vater, ich tue es.«

Dieses Kind, dachte sie – hatte sie damals gedacht –, diesen armen, dummen, abgrundtief hässlichen Jungen, vor dessen Berührungen sie zurückscheute wie vor einer Spinne oder einem feuchten Lurch, den künftigen Zaren, musste sie heiraten. Nach der Hochzeitsnacht würde sie niemals wieder lächeln können.

Der Archimandrit sagte: »Bist du, Jekaterina, mit niemandem sonst verlobt?«

Ihre Stunde würde kommen, irgendwann. Jede erlebte Demütigung und jeden kommenden Schrecken würde sie zurückzahlen, mit schmerzhaftem Zins und Zinseszins.

Sie antwortete: »Nein, ehrwürdiger Vater. Mit niemandem.«

In Peters Kopf, dachte Jekaterina, überschlugen und verknoteten sich die Vorstellungen von schwitzenden, verschlungenen Körpern. Es war, als paarten sich Menschen mit riesengroßen bleichen Salamandern; er schritt dahin zwischen Reihen bunt gekleideter Soldaten, die sich bewegten wie die Beine eines Tausendfüßlers. Jekaterina hörte die gleichen Fragen – und die gleichen Antworten von Pjotr.

»Heiliger Vater!« Der Archimandrit hob die Arme zum Himmel. »Segne diese Vermählung, und gewähre diesen deinen Dienern ein friedliches Leben, lange Tage, Mäßigkeit, gegenseitige Liebe, langlebige Nachkommenschaft, Glück in ihren Kindern und die unvergängliche Krone des Ruhms.«

Wenn ich sie erst trage, dachte Jekaterina, werde ich für den Ruhm sorgen. Für Russlands und meinen Ruhm. Sie tauschte mit Pjotr, dessen dünne Finger zitterten, die breiten goldenen Eheringe. Die Zarin sah in diesem schicksalhaften Augenblick die Gewissheit, dass Pjotr und Jekaterina, ihre Werkzeuge, ihr Vermächtnis fortführen würden, und wenn nicht sie, dann deren Kinder. Starke Herrscher-Kinder aus Jekaterinas deutschem Schoß! Jelisaweta Petrowna dachte an Iwan Antonowitsch, den wichtigsten Gefangenen Russlands, und an Gräfin Johanna, die Spionin Friedrich II., die sie endlich – bald! – wegschicken konnte.

»Wir danken dir, ehrwürdiger Vater«, flüsterte Jekaterina.

Die Zarin und die Verheirateten, umgeben von den engsten und wichtigsten Männern und Frauen des Hofs, verließen langsam die Kathedrale. Die Kutschen und Karossen fuhren vor, mit kreischenden Radnaben und ächzenden Achsen, eine nach der anderen. Das Volk lärmte, jubelte und schrie begeistert und gerührt, während alle Glocken läuteten. Im Winterpalast, unter einem prächtigen Baldachin, nahmen die Zarin, zu ihrer Rechten der Großfürst und auf der anderen Seite Jekaterina Platz, eine Stufe tiefer saßen Gräfin Johanna und der Fürstbischof von Lübeck. Sie tranken nicht nur schweren Rotwein, sondern auch kühles Bier aus Zerbst – das Geschenk von Jekaterinas Vater, den niemand eingeladen hatte.

Als Jekaterina nach dem Essen aufstand, taumelte sie unter dem Gewicht der Krone und dem Druck um ihre Stirn, und schließlich erlaubte die Zarin der Gräfin Rumjanzowa, Jekaterina zu helfen, die Krone für einen Moment abzulegen. Aber während des Balls und der Polonaise trug Jekaterina wieder den schweren Schmuck.

Die Zarin geleitete Jekaterina und Pjotr durch lange Reihen jubelnder und winkender Palastangehöriger zum Palastflügel der Jungvermählten. Im Brautgemach, das mit rosenfarbenem Samt ausgeschlagen war, entkleideten die Damen Jekaterina und brachten sie in der Abenddämmerung zu Bett, einer riesigen Ruhestätte mit Pfeilern, silbernen Girlanden und ohne Vorhänge, von nicht minder kostbaren Möbeln umgeben. Durch die Fenster leuchteten und krachten die farbigen Funken und die Donnerschläge des großen Feuerwerks. Auf den Plätzen aß und trank, tanzte und grölte das Volk, das die Brautleute hochleben ließ; die Weinbrunnen versiegten erst am Morgen, als die ersten Schenken ihre Türen versperrten.

Jekaterina, ausgestreckt auf Laken aus feinster Leinwand, wartete zwei qualvolle Stunden lang auf ihren Gatten. Die Kammerfrau näherte sich dem Bett, erneuerte einige Kerzen und erklärte, dass Seine Kaiserliche Hoheit nunmehr sein Essen erwarte und bald erscheinen werde.

Er kam weit nach Mitternacht, streckte sich gähnend neben Jekaterina aus und sagte: »Meinen Kammerdienern würde es viel Vergnügen machen, uns beide im Bett liegen zu sehen.«

Jekaterina blickte in seine kleinen hellen Augen und wusste nichts zu entgegnen. Sie sehnte sich nach einer Geste von Pjotr und wusste zugleich, dass sie jede Berührung ekeln würde. Er zog die Decke zum Kinn, drehte sich um und schlief ein. Als das Morgengrauen Jekaterina weckte, glaubte sie, nicht geschlafen, aber viel geträumt zu haben. Was immer das Wort bedeutete – sie war unschuldig geblieben.

Die neugierigen Fragen der Kammerfrau Kruse beantwortete sie nicht. Es gab niemanden, mit dem sie ihre Verwirrung und ihre Traurigkeit teilen konnte. Zehn heiße, strahlende Sommertage lang dauerten die Hochzeitsfeierlichkeiten. Während dieser Zeit – Maskeraden, Quadrillen, Diners und andere Belustigungen lösten einander ab – kam keiner zum Nachdenken, und Jekaterina wagte niemanden danach zu fragen, was Ehegatten in Hochzeitsnächten zu tun pflegten. Die Flachheit der Feste entsetzte Jekaterina nicht, weil sie gesellschaftlichem Zwang entsprangen – nur gichtige Würdenträger, die nach Tabak und Deftigerem rochen, durften mit Ihrer Kaiserlichen

Hoheit tanzen. Der Anblick reicher Geschenke tröstete Jekaterina ein wenig, beseitigte aber weder ihre Verwirrung noch ihre Unsicherheit. Während die Zarin zum Andenken Peter des Großen nach einem Tedeum unter dem Donner dreier schwerer Salven aus Schiffskanonen mit einer historischen Schaluppe an Deck eines Kriegsboots zur Festung Peter und Paul übersetzte, begleitete sie ein Corso von hunderten Booten und Schiffen und kreuzte unter den Klängen vieler Kapellen auf den flacheren Teilen der Newa.

Gräfin Johanna hatte hundertdreißigtausend Rubel Schulden gemacht. Die Zarin erlitt einen Tobsuchtsanfall und gab ihr sechzigtausend Rubel. Jekaterina versprach, den Rest von ihrer Apanage nach und nach zu begleichen. Sie, ihre Mutter und der Großfürst siedelten nach Zarskoje Selo um, zum Landsitz Katharina I., eine Handvoll Werst südlich von St. Petersburg. Als sich die Blätter des Katharinenparks herbstlich färbten, wurde Gräfin Johanna von der Kaiserin auf den langen Weg nach Zerbst geschickt. Jekaterina ahnte, dass sie weder ihre Mutter noch ihren Vater jemals wiedersehen würde.

Der ungewöhnliche Fortgang war tränenreich. Aber je mehr Tage vergingen und je weiter sich Johannas Kutsche und Eskorte im herbstlichen Westen verloren, desto weniger vermisste Jekaterina ihre Mutter. Sie war allein, einsam in einer verwirrenden Fremde, aber sie verstand ein wenig besser, was Voltaire und Graf Gyllenborg als »Freiheit« bezeichneten.

5

Sieben leere, einsame Jahre

Im Sattel eines ruhig trabenden Pferds, in der Stille eines Boots, das entlang der großen Handelsschiffe, die beladen und entladen wurden, auf der Newa segelte, im Schatten kunstvoll beschnittener Gewächse der Gärten oder im Heulen der Schneestürme – es gelang Jekaterina häufiger als zuvor, mit ihren Gedanken allein zu sein. Um einen Plan machen zu können, ein Vorhaben kühl zu betrachten, dazu fehlten ihr Alter, Erfahrung und Lebensklugheit, wie Gyllenborg sagte. Und Bildung, mit deren Hilfe sie vergleichen konnte. Aber zu beobachten, viele einzelne Bilder zusammenfügen zu können, eine Meinung zu entwickeln – das hatte sie gelernt. Sie richtete wie die Spitze eines Säbels ihre Augen und Gedanken auf die Zarin Jelisaweta, auf die erstaunlichste Frau, die sie je kennen gelernt hatte. Denn die kinderlose Zarin war Herz und Verstand, Krone und Heldin, sie war die Ameisenkönigin im Mittelpunkt dieses endlos großen Landes.

Jedes Mittelmaß schien Jelisaweta fremd. Ihre Stimmungen wechselten schneller als die Formen der Wolken. Großmütig oder jähzornig, verständnisvoll oder launenhaft, eisigen Herzens und kaltblütig planend oder verwirrend unbeständig, von Anfällen nächtlicher Angst heimgesucht, von überströmend großzügiger Herzlichkeit. Ihre gesamte Umgebung erwartete zitternd das Verhängnis, das urplötzlich auf die Wohltat folgen konnte. Die Zarin, in vielen Fragen auf französische Raffinesse versessen, stopfte scheinbar wahllos jedes Essen in sich hinein, das fett, süß und nahrhaft war, trank bisweilen ebenso unmäßig oder unterwarf sich, in strenges Schwarz gekleidet, dreimal am Tag oder häufiger Gebetsübungen. Tag und Nacht verwechselte sie bewusst und ohne Stundenplan – Frühstück um Mitternacht, Schlaf während des

Tags, Diner im Morgengrauen oder spontane Reisen hierhin und dorthin, mitsamt dem größten Teil der Hofschranzen, verwirrten die Beteiligten. Ihre spontanen Entschlüsse, denen sich jedermann unterwerfen musste, entsprangen nicht nur der Laune, die Haarfarbe der Frauen, die Stoffe der kostspieligen Mode mit all ihren tausend Verirrungen, die Form und Farbe der Schuhe und die Keuschheit der Palastdamen zu diktieren, sondern während der langen, eisigen Winternächte auch einem Übermaß an Furcht vor Attentaten.

Aber dieselbe Jelisaweta förderte Wissenschaften und Künste, ließ die Stadt erweitern – jene vierzigtausend Paläste, Wohnhäuser und Großbauten St. Petersburgs, deren Fundamente im sumpfigen Boden auf eingerammten Baumstämmen standen –, hatte die Akademie der Wissenschaften eröffnet, eine Ballettschule und eine Porzellanmanufaktur ins Leben gerufen, Akademie-Buchdruckereien in die Stadt geholt, beschäftigte ausländische Baumeister und verachtete die nicht minder erfahrenen russischen Architekten; fast alle Bauten trugen die geschwungenen Zeichen des Bartolomeo Rastrelli, dessen Entwürfe die Planung von Domenico Trezzini fortführten, dem Baumeister des Zaren Peter. Jedes Bild, jede Zeichnung und viele Pläne, die aus dem bewunderten Versailles oder überhaupt aus Frankreich kamen, riefen Jelisawetas Entzücken hervor. Hunderte Baustellen in St. Petersburg, von tausenden leibeigenen Handwerkern bevölkert, bewiesen ihre Entschlossenheit, durch prächtige Steinbauten die hölzernen Paläste zu ersetzen.

Jekaterina lebte in anstrengender Nähe zu Pjotr und zur Zarin, argwöhnisch bewacht von Jelisawetas Cousine Maria Tschoglokowa – der launischsten und boshaftesten Frau des Hofs – und kontrolliert von des Großkanzlers Bestuschew-Rjumins Kreaturen. Sie rätselte während vieler ihrer schlaflosen Nächte über die Gegensätze, die sich in dieser Frau vereinigten. Sie bewunderte Jelisawetas kühne Vernunft, scharfe Beobachtungsgabe und ihr naturgewachsenes Urteilsvermögen. Es waren Eitelkeit, Unsicherheit und Furcht, die Jelisaweta daran hinderten, ihre Bildung zu vertiefen, und als sie sich dem vierzigsten Lebensjahr näherte und ihre bäuerliche, rassige Schönheit in Runzeln und Breithüftigkeit zu vergehen begann, sah Jelisaweta in jeder schönen Frau am Hof eine Rivalin. Dass die Zarin wohl ein Dutzend großer Kommoden mit Schubladen voller Schmuck besaß, wusste Jekaterina längst; sie hörte einige Monate später, dass die Zarin fünfzehntausend Kleider hatte, eines so wertvoll wie das andere, in Truhen aufbewahrt und in Seidentücher eingeschlagen.

Ein Gedanke, der ihr Angst machte, nistete sich in Jekaterinas Herz ein: Die Zarin hatte erkannt, dass ihr Neffe Pjotr nicht zum Zaren taugte. Sie hielt ihn für einen Kretin – der er nicht war, aber zu sein schien. Jekaterina, seine Gattin, war unwichtig; sie wurde nur gebraucht, um Pjotrs Söhne zu gebären, die künftigen Thronfolger. Nichts anderes – außer Wohlverhalten und unauffälligem Eingliedern in den Umkreis der Ameisenkönigin – wurde von ihr erwartet. Die Angst wuchs. So wie sich Pjotr als Jungvermählter verhielt, standen Schwangerschaft und Zarewitsch-Geburt in den ewigen Sternen über Russland.

Sie, Sophie-Jekaterina, würde nur überleben und auf ihre Stunde warten können, wenn sie in lautloser Beharrlichkeit an Kraft und Stärke gewann, nach Freunden, Helfern, Verbündeten Ausschau hielt – ohne dass diese von der ihnen zugedachten Wichtigkeit wussten! – und alle Demütigungen schluckte, als wären sie Champagner, Tokayer Wein oder wasserheller Wodka.

Der Schweifstern schwebte unsichtbar über ihr, ihr Lächeln bezauberte – bis auf zwei Dutzend Ausnahmen ihre Umgebung, und sie war sechzehn Jahre alt. Zeit genug …?

Ja – es war Zeit genug gewesen. Fast ein Jahrzehnt. Fast dreitausenddreihundert Tage und Nächte. In jenes unbeschreibliche Licht getaucht, von gleißenden Strahlen durchdrungen, vollzog sich die Rückschau. Der Lauf der Zeit war bedeutungslos. Innerhalb eines Augenzwinkerns, während eines Herzschlags, in Stunden, Monaten oder Ewigkeiten lag ihr gesamtes Leben vor ihr ausgebreitet; Bilder und Szenen erfasste ihr geistiges Auge, und aus der Ferne des einst Erlebten wiederholten sich in makelloser Schärfe alle Bewegungen des Gemüts und alle ihre Gefühle. Sie erlebte, Szene um Szene, zum zweiten Mal ihr Leben am kristallscharfen Grat des Abgrunds. Ihr Sehnen nach Zärtlichkeit und Liebe, ihre grimmige Entschlossenheit, zu überleben, das Erbeben ihrer nutzlosen Brüste und ihrer einsamen Scham – wortlose Erinnerung schwang sich jubilierend von den morastigen Ufern St. Petersburgs durch eisige Nebel in die Wärme ihrer damaligen Selbstbezogenheit.

Mehr als zwei Dutzend Schiffe – Kriegsschiffe der Kaiserin und Handelssegler – lagen im Hafen an der östlichen Spitze der Basiliusinsel. Jekaterina zügelte ihr Pferd im Schatten eines Uferbaums und blickte über die seegroße Wasserfläche, in der sich die Newa in zwei Arme teilte, zu den Leuchttürmen der Vasilevskij-Insel, sah sich nach ihrer Begleitung um und dachte: Im Sommer, in den langen, hellen Tagen, ist St. Petersburg eine schöne Stadt, viel schöner als Moskau, und wenn die Umstände angenehmer wären, wäre es für mich ein Vergnügen, hier zu leben. Sie klopfte den Hals des Pferds, schaute zu den Booten auf der Newa, wandte den Kopf und betrachtete die Gerüste, die am östlichen Ende des Winterpalasts aufragten.

»Warum«, flüsterte sie, »müssen wir eigentlich drei-, viermal im Jahr von einem Palast in den anderen übersiedeln?«

Sie gab sich selbst die Antwort: Weil die Zarin es will.

Jekaterina straffte die Schultern, wendete das Pferd und trabte zur Großen Perspektivstraße. Die Reiter der Preobrashenski-Garde, in grün-goldenen Uniformen, folgten ihr, die Hände an den Säbelgriffen. Langsam ritten sie im Mittagsschatten der Bäume, die der alte Zar hatte pflanzen lassen; die Hufe der Pferde dröhnten auf dem Pflaster aus dicken Bohlen. Die wenigsten Petersburger, die auf den weißen Bänken saßen und in die Sonne blinzelten, erkannten die Kaiserliche Hoheit. Jekaterina grüßte lächelnd. Solche Ausritte, die nur ihrem Vergnügen dienten, blieben die Ausnahmen in ihrem täglichen Leben und waren nur möglich, wenn die Zarin die Stadt verlassen hatte.

Von den Gardisten geschützt, ritt Jekaterina zum Eingang des Sommerpalasts, glitt ohne Hilfe aus dem Sattel und warf einem Gardisten die Zügel zu.

»Ich dank Euch, meine Herren«, rief sie, »für die Begleitung durch die schönste Stadt der Welt.«

Die kurze Zeit, während der Jekaterina ein paar Stunden der Freiheit und das karge Glück genießen konnte, den Zwängen des Zarenhofs nicht ausgeliefert zu sein, endete bald. Jelisaweta hatte längst ihre Anordnungen getroffen; es war wenig wahrscheinlich, dass sie ihren Entschluß änderte.

»… Am nächsten Tag siedelten wir mit der Kaiserin vom Sommerpalais in das Winterpalais um. Kaum waren wir im Paradeschlafzimmer der Monarchin angelangt, als sie anfing, die denkbar schlimmsten Dinge von Fräulein Shukowa zu sagen, der ich besonders wohlgewogen war. (Sie war von einem Kabinettskurier und einem Gardesergeanten aus meinen Gemächern abgeholt und in einer Kutsche weggebracht worden. Man flüsterte mir zu, sie sei verbannt worden.) Sachar Tschernyschew, mein erster Kammerherr, war das nächste Opfer. Die Zarin glaubte, er könnte sich in mich verlieben. Auch andere Höflinge, zu denen ich Vertrauen hatte, verschwanden plötzlich, und ich erkannte, dass Jelisaweta mir grundlos und aus purer Laune Leid antun wollte, ohne die geringste Ursache.

In diesem Winter hatte ich am Tag vor dem Geburtstag der Kaiserin schlimme Zahnschmerzen; trotzdem kleidete ich mich an, um Ihrer Majestät meine Glückwünsche darzubringen. In ihren Gemächern traf ich den Marinekapitän Korsakow-Woin, den die Monarchin sehr schätzte. Ich klagte ihm meine Zahnschmerzen, und er behauptete, mich in einem Augenblick heilen zu können. Er holte einen großen, blanken Eisennagel hervor, mit dem ich an der schmerzenden Stelle das Zahnfleisch zum Bluten bringen sollte. Ich tat es, er nahm seinen Nagel und entfernte sich. Tatsächlich verging über Nacht der Schmerz, und dieser Zahn hat mir seitdem nie wieder weh getan.

Der Großfürst schlief bei mir, kleidete sich aber in seinen Räumen jenseits des großen Vestibüls und der gewaltigen Treppe an und aus. Zu Anfang des Jahres 1746 erkrankte er an einem hitzigen Fieber, das zwei Monate lang dauerte. Die Herren Brümmer und Bergholz, der Erzieher und der Oberkammerherr, erbaten ihren Abschied und erhielten ihn bewilligt. Pjotr wurde mehrere Male zur Ader gelassen; statt Bergholz und Brümmer wurde dem Großfürsten Fürst Wassili Anikititsch Repnin beigegeben. Er begann damit, beim Großfürsten eine gewähltere und vornehmere Gesellschaft einzuführen und die Lakaienumgebung von ihm zu entfernen. Im Sommerpalais fing der Großfürst an, das Violinspiel zu erlernen. Er kannte keine Note, hatte aber ein gutes Gehör, und die Musiker ließen ihn reden und machen, weil sie ihren Nutzen davon hatten.

Als man mich am Morgen zur Ader ließ, trat die Kaiserin in mein Zimmer. Wir waren allein. Die Kaiserin redete sich in Hitze: Sie begann damit, dass meine Mutter ihr versichert habe, ich heirate den Großfürsten aus Liebe, aber sie habe sich wohl getäuscht, und ich liebe einen anderen. Sie schalt mich hart, zornig und aufgeregt, ohne jedoch dabei den Namen dessen auszusprechen, den ich angeblich lieben sollte. Über diese ganz unerwartete Beleidigung war ich so verblüfft, dass ich kein Wort der Erwiderung fand und in Tränen ausbrach. Ich empfand schreckliche Furcht vor der Kaiserin und sah den Augenblick, wo sie mich schlagen würde. Ich wusste, dass sie im Zorn ihre Frauen, ihre Umgebung schlug, manchmal sogar ihre Herren. Frau Kruse war fortgelaufen, um den Großfürsten zu holen; er erschien im zerknitterten Schlafrock. Sowie die Kaiserin ihn sah, mäßigte sie ihren Ton und redete mit ihm höchst liebevoll über gleichgültige Dinge. Nach kurzer Unterhaltung entfernte sie sich in ihre Gemächer, der Großfürst zog sich in die seinen zurück. Mir schien, er war meinetwegen verstimmt und blieb in meinem Zimmer, ohne zu wagen, mein Herz einer lebenden Seele auszuschütten. Ich fühlte gleichsam ein scharfes Messer in meinem Inneren.

Ihre Kaiserliche Hoheit – das war ich! – ist erkoren worden, die würdige Gattin unseres lieben Neffen, des Großfürsten und Erben des Kaiserreichs zu sein, und dieselbe als jetzige Kaiserliche Hoheit ist ausschließlich zu folgendem Zweck erzogen worden: Dass Ihre Kaiserliche Hoheit durch ihr Betragen, ihren Geist und ihre Tugenden in dem Großfürsten eine aufrichtige Liebe erwecke, sein Herz erwärme, so dass auf diese Weise der so sehnlich erwünschte Erbe des Reiches und ein Spross unseres Hohen Hauses produziert werde.

Man hinterbrachte mir diesen Erlass der Kaiserin, und meine Verwirrung wuchs, denn ich hatte allen Grund, anzunehmen, dass man sich damals viel Mühe gab, den Großfürsten und mich zu entzweien. Graf Devier berichtete mir geradeheraus vom Interesse des Großfürsten für

Fräulein Karr, eine Hofdame der Kaiserin, die er beobachtet haben wollte; dann vertraute er mir wieder die Bemühungen meines Gemahls um Fräulein Tatischtschewa an.

Man flüsterte viel zwischen den Mauern der Paläste. Ich hörte ein Gerücht, dass Anna Leopoldowna, die Mutter des Zaren Iwan VI., in einem geheim gehaltenen Gefängnis gestorben war. Ich sprach mit niemandem darüber, denn ich war sicher, dass Jelisaweta diese Nachricht geheim halten wollte; ganz besonders vor mir und Pjotr.

Einige Tage darauf ließ uns die Kaiserin mitteilen, sie reise nach Reval, und wir sollten sie begleiten. Diese Reise war höchst unbehaglich wegen der schrecklichen Hitze wie auch wegen des langsamen Vorwärtskommens, der schlechten Quartiere und dann, weil die Zeiten für Abfahrt, Ankunft und Mahlzeiten in keiner Weise geregelt waren ...«*

Einen Teil der Schätze Russlands, des Landes von unbekannter, aber riesenhafter Ausdehnung, kannte Jekaterina aus zahlreichen Gesprächen, Reden und Prahlereien bei Hof. An Pjotr III. Seite würde sie dieses Erbe Peter des Großen regieren. Während der Reisen erfuhr sie mehr und wurde gewahr, dass Russland eigentlich ein reiches Land war – jede Art wertvolles Holz, Pelze, Häute und Leder, Vieh und Getreide, Fische und Bodenschätze aller Art, aber fünfundneunzig von hundert Menschen waren rechtlose, leibeigene Bauern oder Handwerker, Sklaven also. Peter der Große hatte in einem brutalen Kraftakt damit begonnen, ein Heer, eine Industrie und eine Flotte zu schaffen und eine russische Kaufmannsschicht ins Leben zu rufen. Immerhin hatte die Kaiserin Jelisaweta viele Baumeister und Künstler, sogar deutsche Siedler ins Land geholt, aber noch verdienten die meisten Paläste ihren

* Memoiren, Bd. 2, S. 101 f.

Namen nicht. Sie bestanden aus Holz und waren, verglichen mit dem Glanz von Versailles – dem der gesamte Adel nacheiferte –, kaum mehr als ärmliche Bauwerke, voller Ungeziefer im Sommer und im Winter von eisiger Zugluft durchweht. Schlecht gebaute Öfen verbreiteten beißenden Rauch, der sich an kalten Wänden niederschlug und mit herabsickerndem Wasser vermischte. Nirgendwo brannte es so häufig wie in Moskau und St. Petersburg.

Jekaterina verglich Zerbst und die Stadtteile St. Petersburgs, die abseits der Paläste lagen. Das Volk, arm und nahezu von jedem gnadenlos ausgebeutet, der über den Muschiki stand, nährte, speiste und bezahlte den Prunk des Adels, selbst die Ausstattung der kaiserlichen Regimenter, in denen ausschließlich Angehörige des Kleinadels dienten. Jekaterina kannte die massiv goldene, mit Juwelen besetzte Waschschüssel der Zarin und die verrußten Bauernkaten entlang der Straßen, über die kaiserliche Kaleschen ratterten, im Sonnenlicht unirdisch funkelnd. Sie bemühte sich nach Kräften, die Gegensätze zu erkennen und die Gründe für die keineswegs gottgewollte Kluft zwischen Arm und Reich zu verstehen. Pjotr gab sich nicht einmal diese Mühe und verachtete Russland, die Russen, das weite, reiche Land und selbst die feine Sitte, sich gern und regelmäßig zu baden. Von den schönen, reichen Frauen des Hofs konnten nur wenige lesen, aber die Kunst des Tanzes, geistvoller Unterhaltung und bizarrer Intrigen beherrschten sie meisterlich.

Die Herren tranken, tanzten und spielten um hohe Summen und vergnügten sich hinter der hauchdünnen Prunkfassade mit Dienerinnen und schwängerten die Töchter der Leibeigenen. Jekaterina las jedes Buch, das sie sich beschaffen konnte: *De l'esprit des loix* von Montesquieu, von Barre die *Geschichte Deutschlands,* versuchte sich an Platos *Staatswesen,* las *die Sanktpetersburger Nachrichten – Sanktpeterburgskije wedemosti – und* suchte vergeblich nach russischer Literatur. Sie war nunmehr sicher, gebildeter und klüger als jene wunderschönen Frauen unter dem Glanz der Kronleuchter zu sein. Diese Überzeugung half ihr Monat um Monat mehr, die grotesken, beschämenden Umstände ihres Lebens auszuhalten. Jene Männer, die unbestechlich waren und Verantwortung trugen, von denen die Ordnung im Kaiserreich abhing, konnte Jekaterina an den Fingern abzählen; es mochte kaum mehr geben als zehn. Großkanzler Bestuschew-Rjumin, der falkennasige, humorlose Greis, war einer von ihnen.

Wenn die Sonne hinter dem Horizont sank, wenn der Tag endete, waren es die Flammen der Ofenfeuer, der Kienspäne und der Kerzen, die den Tag verlängerten und die Dunkelheit fern hielten. Seit einem halben Jahrzehnt hasste Jelisaweta Petrowna die Dunkelheit; sie fürchtete die Nacht, selbst die Weißen Nächte von St. Petersburg oder Oranienbaum. Was vom Tag übrig geblieben war, gerann zum grauen Nebel und mündete in grässliche Furchtträume. Nahezu jede Nacht suchte die Zarin ein anderes Zimmer auf, um dort Ruhe und Schlaf zu finden. Doch statt sich im Schlaf zu erholen, ließ sich Jelisaweta von Gedanken und Schuldgefühlen foltern.

Auf der Newa knackte das Eis. Kalter Nordsturm trieb Wolkenfetzen an der kreidigen Mondscheibe vorbei. Bisweilen fegten Schneeschauer um die Gebäude und drangen durch Spalten und Risse unter dem Dach; sie rieselten als winzige, kalte Tröpfchen auf die Teppiche und den Baldachin des Betts. Jelisaweta presste unter der Bettdecke die Hände auf ihren Bauch und dachte an die Mutterschaftsfalten anderer Frauen. Eifersucht auf Frauen blitzte durch die Gedanken, auf die Tschoglokowa, die jedes Jahr ein Kind gebar, und Zorn mischte sich in die Eifersucht und die Enttäuschung, dass Jekaterina noch immer nicht schwanger war. Jenseits der Wahrheit wusste sie, dass Pjotr weder mit der jungen Deutschen noch mit einer anderen Kinder machen würde, nicht einmal dann, wenn man ihm eine hitzige Zigeunerin nackt auf den Bauch bände. Er war nichts anderes als ein nutzloses Etwas, wie ein kastrierter Bock. Und doch spürte sie noch immer die lähmenden Schrecken, die sie an Pjotrs Seite durchlitten hatte, als er an den Pocken zu sterben drohte. Nutzlos, kastriert oder Marionette – für Jelisaweta bedeutete Pjotrs Überleben eine Gewähr für den Erhalt der eigenen Macht. Wie alt war der Zarewitsch Iwan VI.? Acht? Neun? Elf? Obwohl Jelisaweta sich in Wärme und Licht eingelullt fühlte, kroch die Furcht aus der Schwärze hinter den Kerzenflammen. Der Mann mit dem Messer! Sie war durch eine kühne Tat an die Macht gekommen, als Anna Leopoldowna in tiefstem Schlaf lag. Anna war tot, aber noch lebte Iwan VI. Kein Aufständischer, der den Kleinen auf den Thron bringen wollte, würde sie finden, wenn sie jede Nacht in einem anderen Bett schlief – wann kam endlich der Schlaf? Sie hörte das sägende Schnarchen des Denschtschiks Schulkow. Ihr Leibwächter, der am Fuß des Betts auf der Matratze schlief, mit Waffen unter den Kissen, beschützte sie seit ihrer Jugend, aber würde er sie immer vor einem Attentat schützen können? Er, ein Koloss mit mächtigen Muskeln, ehemals Seemann, ließ nur die Kammerzofen an seine Kaiserin heran, die ihre Fußsohlen kitzelten und Klatschgeschichten erzählten, bis Jelisaweta schlief. Hörte das leise Gespräch auf, schreckte Schulkow in die Höhe und stierte, Dolch und Säbel in den Händen, grollend wie ein Teil aus Jelisawetas Albträumen auf das Bett.

Sie erlebte wieder die Stunden, in denen sie prächtig gekleidet, im goldglänzenden Brustharnisch, die Tür zur Wachstube des Preobraschenski-Garderegiments aufgestoßen hatte. Die halb betrunkenen Soldaten, vom Geld Chétardies reichlich besoldet, sprangen auf und hörten zu, was Jelisaweta zu sagen hatte. Dann schrien sie: »Befiehl, Mutter, und wir erwürgen sie alle!« Jelisaweta erschrak und befahl, die Regentin Anna Leopoldowna, ihren Gatten und das kaiserliche Kind zu verhaften, keineswegs zu verletzen oder zu töten. Das war der unblutige Staatsstreich, der im November 1741 Kaiserin Jelisaweta auf den Thron gebracht hatte. Wiederholten sich einzelne Schicksalsschläge? Vielleicht hielt der Teufel auch für sie eine tödliche Überraschung bereit.

Dunkelheit. Nacht. Finsternis und Geräusche – leise Schritte, der Schneesturm, die Rufe vom Hafen, ein Rabenkrächzen, ein fernes Wolfsheulen. Schatten krochen über die Wände, zuckend ertranken Kerzenflämmchen im Wachs. Jelisaweta glaubte ihren Herzschlag hören zu können und begann jene Ängste zu zählen, deren Namen sie kannte.

Schließlich formten ihre Lippen den Namen Jekaterina. Die magere Sophie war zu einer rassigen, schlanken Frau geworden, liebenswürdig, liebenswert und umgänglich, klüger als viele andere, mit den Waffen eines eisernen Willens und kluger Einsicht in sinnlosen Gehorsam ausgestattet. Würde sie Zarin werden können, mit all der Macht des Throns, bliebe Pjotr nur ein Schatten an ihrer Seite, und sie selbst, Jelisaweta würde vom Adel, von allen Nationen und vom Volk vergessen werden, weil Jekaterina größer sein würde als sie. Die Marter der Schlaflosigkeit endete, als der Morgen mit einem gewaltigen grauen Schneefall begann; Jelisaweta sank in die Bewusstlosigkeit des Erschöpfungsschlafs und wachte erst weit nach Mittag auf.

1749 schrieb Boris Grigorowitsch an Großkanzler Bestuschew-Rjumin: »Das alles hab ich selbst gehört, Väterchen Alexej Petrowitsch, und vieles selbst gesehen, und, vergebt mir, als Euer alter Freund darf ich es Euch sagen: Man soll mit einem Menschenkind nicht so umgehen wie mit einem bissigen Hund oder einem ungehorsamen

Tanzbären. Ich weiß, dass es Ihrer Kaiserlichen Hoheit Jekaterina verboten ist, Briefe zu schreiben, dass jeder Brief, den sie erhält oder von dem sie Kenntnis hat, von Euren Sekretären überprüft wird. Ihr mutmaßt, dass sie einen Kode benutzt, um für den König in Preußen zu spionieren – nur einen Dankesbrief hat sie ihm aus Moskau geschrieben, als er sie zur Ernennung zur Großfürstin beglückwünschte. Es waren drei karge Zeilen, zwischen denen niemand einen Geheimkode unterbringen kann. Sie weiß nicht einmal, dass der Preußenkönig, mit Frankreich gegen Österreich verbündet, seinen Schlesischen Krieg angefangen und Prag eingenommen hat. Glaubt es mir, Alexej Petrowitsch! Kein persönliches Wort hat Großfürstin Jekaterina in einem der seltenen Briefe an ihre Eltern richten dürfen. Jede Kammerfrau, jeder Diener, mit dem sie gut auskam, ist binnen weniger Wochen entfernt worden, weil Ihre Majestät befürchtet, dass sich J. in Staatsgeschäfte einmischen könnte. Weit gefehlt, Väterchen! Die Kontrolle der Tschoglokowa ist lückenlos. Es vergehen keine drei Stunden, in denen J. nicht gedemütigt wird. Und nun weint sie schon zwei Wochen, weil ihr Vater gestorben ist; sie hat's durch eine Diplomatenpost erfahren. Nach einer Woche verbot ihr die Zarin das Weinen, weil ihr Vater kein König gewesen sei, aber immerhin gestattete sie J., sechs Wochen lang Trauerkleidung zu tragen.

Großfürst Pjotr hat es seit mehr als vier Jahren nicht geschafft, J. ein Kind zu machen. Seine Trinkgenossen sagen, dass es einer Operation bedürfe, um sein Zeugungsglied zu aufrechtem Tun zu veranlassen. Von anderen weiß ich, dass er sich oft, betrunken schnarchend, zu J. legt, dass er volle Gläser über die Köpfe seiner Bediensteten ausleert, im Bett Spielzeugsoldaten aufmarschieren lässt, seinen Körper durch wilde Verrenkungen entstellt und in aller Öffentlichkeit Grimassen schneidet und unflätige Witze reißt. Den braven alten Rombach, Pjotrs Kammerdiener, der das

Schlimmste verhütete, hat die Zarin in die Festungshaft gebracht. Was J. ihrem geistlichen Beistand Simeon Teodorskij – jetzt auch Bischof von Pskow – beichtet, weiß nur unser Herr; was Pjotr im Beichtstuhl stottert, weiß nur Simeon, und der sagt's nicht. Diese beiden Kinder, die wie Sträflinge an eine gemeinsame Kette geschmiedet sind, haben wenig miteinander gemein, außer dass J. ihrem Gatten in unerschöpflicher Geduld zuhört. Er redet von militärischen Dingen, sehnt sich nach Deutschland zurück, fürchtet das Schicksal des Zarewitsch Alexej und des kleinen Iwan VI, den Ihre Majestät eingekerkert hält. Pjotr züchtet Hunde und richtet sie zur Jagd ab. Im gemeinsamen Schlafzimmer, das sie mit ihrem Gebell füllen, stinkt es wie im Zwinger. Er prügelt die Hunde, und selbst im Bett liegt er in einer Wolke aus Tabakgeruch und Weingestank herum, und wenn während seiner Langweiligkeiten seine Gattin einschläft, weckt er sie mit der Faust. J. aber nimmt alles mit Gleichmut, wird von Jahr zu Jahr schöner, reitet wie ein Rudel Kosaken, auch im Herrensitz, und tanzt, als hätte sie's im Ballett gelernt.

Sie hat nicht einmal gelacht, als der angeblich so tugendsam fett grinsende Gatte der Tschoglokowa die Kammerfrau der Zarin verführt und geschwängert hat, trotz seiner sechs Kinder. Die Zarin vergab ihm, Ihr wisst es, Väterchen, und warf die Ehrenjungfer Koschelew hinaus! Ihr, Väterchen Alexej Petrowitsch, General Apraxin und Graf Alexander Schuwalow, Ihr habt Ratgeber Lestocq foltern und verbannen lassen, weil er chiffrierte Briefe an den preußischen Botschafter geschrieben haben soll – Pjotrs Ideal aber ist Friedrich II. zu Preußen, und das sagt er jedem, der es hören will. Achtet weniger auf J. und mehr auf ihn. Jetzt, da die Zarin krank ist, solltet Ihr mehr Gehör bei ihr finden; vielleicht wird dann Jekaterinas Unfruchtbarkeit für Euch nicht zum Schicksalsschlag. Ich werde weiterhin beobachten, Zeugen befragen und Euch berichten.«

Jekaterina liebte die Stunden oder die halben Stunden, während derer sie mit geschlossenen Augen, im Halbschlaf eingesponnen wie in einen Reitermantel aus Zobel, sich mit dem Nachhall ihrer Träume trösten konnte. Sie war allein mit ihren Gedanken, mit ihren Gefühlen, mit ihrer Sehnsucht. Die Wärme unter der Decke und die Ruhe schufen eine Zelle, eine schützende Kuppel des Trostes, wie ein winziges Häuschen im Schutz eines Waldes, weit außerhalb des täglichen Lebens am Zarenhof, unendlich fern des Kriegs an der westlichen Grenze und viele Meilen von Großfürst Pjotr entfernt.

Gelangweilt und abgestoßen von allem, das zu Pjotrs Welt gehörte, und trotzdem der einzige Mensch, mit dem er seine Kümmernisse zu teilen wagte, lebte sie dahin, und mit jedem weiteren Tag war die Gewissheit größer geworden, dass Pjotr sie weder lieben noch schwängern konnte. Jeder andere Mann hätte unvorstellbare Wagnisse auf sich genommen, um in ihre Nähe zu kommen, ihren Körper zu berühren, der vor unerfüllter Leidenschaft glühte, ihr mit geflüsterten Komplimenten zu bestätigen, wie hübsch sie war. Jedermann sagte, dass sie wunderschön sei, bezaubernd wie der junge Morgen, und jeder der tausend Spiegel in den Palästen zeigte es ihr. Den ersten Kuss der Liebe würde sie nicht von Pjotr empfangen, und sie träumte im Halbschlaf davon, sich der Zärtlichkeit und der Leidenschaft hinzugeben.

Mit wem? Wessen Finger würden sie streicheln? Jekaterinas Hände lagen auf ihrer Brust und zwischen den Schenkeln; sie nahm sie erschrocken zurück und atmete scharf ein. Einen quälenden Augenblick lang hatte sie geglaubt, Pjotrs Finger gespürt zu haben – eiskalt und zitternd. Im Schock des Ekels machte sie einen kühnen Gedankenschritt. Wenn sie schwanger wurde, und Zarin Jelisaweta samt dem Hofstaat und den Gesandten aller Länder erwartete inbrünstig seit Jahren nichts anderes von ihr, dann nicht von Pjotr. Aber – von wem?

Sie blinzelte, öffnete die Augen und kehrte aus der Geborgenheit zurück in den Tag, in den Dreck zwischen bemalten Fassaden, die Ärmlichkeit hinter den Roben und die juwelengeschmückte Dummheit, ins Zentrum des Mahlstroms aus List, Intrige, Verrat, Hochstapelei und Arroganz des kaiserlichen Hofs, der zu einem guten Teil das Lustschloss Oranienbaum bewohnte, dreißig Werst von St. Petersburg entfernt.

An einem der wenigen schönen Tage stand Jekaterina, ohne dass eine Kammerfrau sie wecken musste, um drei Uhr morgens auf, wie an jedem Tag seit mehr als einer Woche.

Sie atmete tief ein und aus, spürte den glatten Stoff des Hemds auf ihren Brustspitzen und betrachtete im Schein des Nachtlichts den schnarchenden Pjotr auf seiner Seite des breiten Betts. Er wirkte auf sie wie ein junges, schlafendes Ungeheuer in einer Wolke üblen Geruchs. Auf Zehenspitzen tappte Jekaterina zum Wandschirm, kleidete sich von Kopf bis Fuß in Männersachen und verließ leise das Haus. Ihr alter Jäger erwartete sie schon mit den geladenen Flinten; er hatte ein Fischerboot am Strand bereitliegen. Ohne zu reden gingen sie über taubedecktes Gras durch den Vorgarten und bestiegen – Jekaterina und Wassili, ein Vorstehhund und der Fischer, der sie ruderte – das Boot.

Das Meer war an beiden Seiten des Kanals von Oranienbaum von breiten Schilffeldern eingefaßt. Einige abgestorbene Bäume ragten zwischen den Halmen hervor. Fast lautlos glitt der Kahn durch die Schilfgassen; im Röhricht zeterten Vögel. Der Fischer ruderte die Großfürstin zwei Werst weit. Manchmal hatte er sich auch weiter hinausgewagt, bis in die See. Heute ließ er den Kanal hinter sich und hörte auf Jekaterinas Zeichen zu rudern auf. Das Boot lag still und schaukelte ein wenig.

Beim ersten Büchsenlicht, als die Enten aufflogen, begann Jekaterina die Vögel zu schießen. Zwei Stunden nach Sonnenaufgang kam der Großfürst, der lange gefrühstückt hatte und allerlei Unnützes mit sich schleppte. Jeder schoss für sich allein, und die Jagdbeute, die unterschiedlich groß ausgefallen war, lieferten sie dann in der Küche ab. Um zehn Uhr, an manchen Tagen war es später geworden, kehrten Jekaterina und der Großfürst zurück und kleideten sich zum Diner um.

»Damals«, notierte Jekaterina später, »konnte man von mir behaupten, ich sei nie ohne ein Buch und nie ohne Kummer, aber immer ohne Vergnügen gewesen. Nach dem erdbebengleichen Niederbrechen des Häuschens des Grafen Rasumowski in Gostilizy, in dem drei Bedienstete erschlagen und meine Hofdame, Prinzessin Gagarina, schwer verletzt worden war, kehrten wir nach St. Petersburg zurück. Zum schätzungsweise zwanzigsten Mal wälzte sich jene unübersehbar große Masse Kutschen, Möbel und Menschen über die Straßen. Der Umzug glich einer Flucht, die Kosten waren ebenso unübersehbar groß, und schließlich schienen ich und der Großfürst vorübergehend in Peterhof zur Ruhe zu kommen, das damals umgebaut wurde. Aber nach kurzem Aufenthalt folgten wir dem Befehl der Zarin und begannen in Oranienbaum zu wohnen.

Dass die Ostsee samt ihrer Buchten seit langer Zeit ein Meer der Kriege und eine Grenze Russlands war und bleiben würde, daran dachte ich nicht, wenn das Boot fast lautlos durch das Schilf trieb, das sich vor dem Bug zur Seite bog. Der Pulverdampf der Schrotschüsse, deren peitschendes Geräusch der stille lichtgraue Morgen aufsog, mischte sich mit dem Nebel. Die Männer und ich, allein im Boot, schwiegen während des Sonnenaufgangs. Wie ein rotes Ei, das lautlos und bequem auf dem Horizont lag, erhob sich die russische Sonne, und ich weiß, da ich dies heute schreibe – viele Jahre später –, dass ich in solchen Stunden meine Liebe zu Russland oder besser meine Verbundenheit mit dem Land entdeckte, das ich an Pjotrs Seite zu regieren hatte. Wahrscheinlich – denn mein Gatte, der grimassierende, fiedelnde Kretin, war dazu unfähig – würde ich regieren müssen; anders und besser als die Bäuerin Jelisaweta.

Wieder einmal Moskau: Umzug, Lakaien, Krankheit der Kaiserin, höfische Intrigen, Feste, Bälle und die Kontrolle durch jene Harpyien, dem Ehepaar Tschoglokow. Ich begann die *Geschichte Deutschlands* von Pater Barre zu lesen, neun Quartbände, danach Platos Werke, während der Großfürst Pjotr seine Jagdhunde in den beiden Nebenzimmern mit Geschrei, Peitschenknallen und in wahnsinnigem Gebell, Geheul und Gejaule dressierte, als hetzte er sie über ein Stück Taiga.

Einmal, vom kreischenden Kläffen gestört, rannte ich zu Pjotr hinüber und stieß die Zimmertür auf. Er hatte einen seiner Hunde am Halsband gepackt, sein Kammerbursche, ein Kalmück, hielt das kleine Tier am Schwanz, und Pjotr schlug mit dem dicken Ende der Peitsche mit aller Kraft auf das King-Charles-Hündchen ein. Das blutende Tier heulte und jaulte, und ich hob die Arme und schrie Pjotr an, aber er grinste nur kalt und drosch weiter auf den Hund ein. Weinend rannte ich in mein Zimmer zurück, verfolgt vom Schmerzensgeheul des kleinen Hundes. Als ich mich beruhigt hatte, erkannte ich, dass in Pjotrs Seele für Mitleid kein Platz zu sein schien, außer wenn es um ihn selbst ging.«

Der deutsche Stallmeister, Ausbilder im Kadettenkorps von St. Petersburg, kam auf Jekaterina zu, verbeugte sich und deutete mit der Reitgerte auf den alten Pferdeknecht. Boris hielt einen braunen Wallach am Zügel und hatte eine Hand am Steigbügelriemen. »Wenn Eure Majestät sich die silbernen Ehrensporen verdienen wollen«, er lächelte verlegen, »braucht es nur wenig Unterricht. Eure Majestät reitet ausgezeichnet.«

»Weil ich so gern reite«, sagte Jekaterina lächelnd. »Bring mir das Pferd, Boris.«

Boris Grigorowitsch führte den Braunen mit der schwarzen Mähne heran und löste den Steigbügel des Damensattels. Jekaterina nickte, betrachtete den Alten, der sich vorgebeugt hatte und die Hände als Steighilfe faltete. Sie sah das schlohweiße Haar und erwiderte das zahnlose Grinsen. Als sie sich, von den kräftigen Fingern gestützt, in den Sattel schwang, erinnerte sie sich an den alten Mann. Sie hatte ihn, ohne darauf zu achten, fast an jedem Ort gesehen, an dem sie mit der Zarin und dem Großfürsten gewohnt hatte; einer von vielen Denschtschiki. Vielleicht irrte sie auch, denn er schaute aus wie hundert andere Lakaien, und sein Gesicht war ein Dutzendgesicht.

Sie schnalzte, lockerte die Zügel und ritt an. Der Ausbilder schlug mit der Reitgerte hart gegen seinen Stiefelschaft und blickte ihr nach, als sie aufgerichtet, in untadeliger Haltung, davonritt. Die Großfürstin kitzelte den Wallach mit dem Sporn, ließ ihn traben und zwischen den ersten Bäumen des Parks angaloppieren.

Jekaterina wusste, wie gut sie ritt, und sie fühlte auf dem Rücken des Pferds, wie ein Teil der Trostlosigkeit beim ersten tiefen Atemzug von ihr abfiel und wie sie im Sattel ihre Kraft wiedergewann. Jeder Galoppsprung schien sie weiter von dem unwürdigen Leben fortzubringen, mit jedem Hufschlag vergaß sie ein wenig mehr Pjotr, die Zarin, die Einschränkung durch den schmallippigen Großkanzler Bestuschew-Rjumin, die Roheiten des Palastlebens und den Morast jenseits der Marmorstufen. Die kühle Luft vertrieb die letzten Spuren des Geruchs, den Pjotrs Körper und sein Atem verströmten. Sie beugte sich vor, der Galopp wurde schneller, die Stöße des warmen, muskulösen Pferdekörpers trieben die Gedanken an ihre Schulden aus ihrem Kopf, vertrieben die Furcht vor dem froschäugigen blonden Tschoglokow, der so dumm war wie fett und vielleicht die geheimen Briefe abfing, die sie mit ihrer verwitweten Mutter wechselte. Und auch Pjotrs Furcht vor einer Palastrevolution erreichte Jekaterina hier im Sattel nicht.

Sie ritt in gestrecktem Galopp und genoss den Wind im flatternden Haar und an ihrem Hals, bis das Pferd erschöpft war. Vor fünf Jahren hatte sie St. Petersburg zum ersten Mal betreten! Im Trab, dann im Schritt lenkte sie den Wallach in einem weiten Bogen zurück zu den Stallungen und sagte zu Boris, als er ihr aus dem Sattel half: »Beim nächsten Mal will ich einen Herrensattel. Oder einen Damensattel, den ich verändern kann. Den englischen Haken, den Dorn, zum Herausschrauben.«

»Sehr wohl, Kaiserliche Hoheit«, erwiderte Boris leise und nahm die Zügel. Er grinste verschwörerisch. »Aber nicht, wenn's andere sehen. Nicht bei der Jagd.«

Er lächelte und verneigte sich. Jekaterina bemerkte, dass er im Unterkiefer nur zwei oder drei schwärzliche Zähne hatte. Sie beeilte sich nicht, als sie über den leeren Platz zur Palasttreppe ging.

An diesem Tag nahmen auch einige Offiziere des Regiments Butyrski an der Jagd des Großfürsten teil. Der wilde Ritt ging durch die Wälder und entlang der Sümpfe. Jekaterina erreichte das Jagdlager und zügelte ihr Pferd. Die Vorbereitungen für den Imbiss waren in vollem Gang. Auf der Lichtung, vor den Zelten und Holzbänken, loderten Feuer, und zwischen kleinen Steinmauern breiteten sich rote und schwarze Gluthaufen aus.

»Der Großfürst, Hoheit, jagt mit den Offizieren – dort drüben am See!«, rief ein Kammerdiener mit verrußtem Gesicht. Eine Zofe rannte herbei und reichte Jekaterina einen Becher. »Kaltes Bier, Hoheit.«

»Ich danke«, sagte Jekaterina und trank in kleinen Schlucken. Sie hatte ihr Pferd müde geritten und dachte flüchtig an ihre Aufpasser, die Familie Tschoglokow. Weder er noch seine schwangere Frau nahmen an der Jagd teil. Plötzlich kicherte Jekaterina. Sie erinnerte sich an die Schätzung, die sie gestern Nacht getroffen hatte. Einmal jede Stunde, also zehnmal am Tag, vielleicht dreihundertmal im Monat schrie Madame Tschoglokow: »Das wird Ihre Majestät nicht gern hören!« Oder: »Sie handeln schon wieder gegen den Befehl Ihrer Majestät!« Und: »Derlei würde die Kaiserin nicht billigen!«

Mehr als zehntausend Male also! Jekaterina lachte laut, warf der Dienerin den geleerten Becher zu und klatschte die Reitgerte auf die Kruppe des Apfelschimmels. Im Zickzack trabte sie zwischen den Bäumen auf das Echo der Schüsse und Schreie zu und duckte sich tief neben die geflochtene Mähne des Reittiers. Blätter und Ästchen peitschten und schrammten über die Seide am Rücken des Reitkleids. Ihre Tschoglokow-Bewacher verloren sich aus ihren Gedanken, blieben weit hinter ihr zurück; morgen erst würde Jekaterina sich im freiwilligen Gefängnis einfinden.

Die Jagd zog sich hierhin und dorthin. Pulverschwaden geisterten nebelhaft durch den Wald. Jekaterina sah einem Rehrudel nach, das in weiten Sprüngen ins Gebüsch flüchtete. Sie ritt langsam an der Stelle vorbei, dann preschte sie in rasendem Galopp über eine gemähte Weide und folgte einigen Reitern in den Uniformen des Butyrski-Regiments. Eine halbe Stunde später zügelte sie die Stute zwischen den Büschen am Rand einer Lichtung im Birkenwald. Sie erkannte im Sonnenschein den Großfürsten, der aufgeregt mit den Offizieren redete; Jekaterina sah nur, wie sie gestikulierten. Die Reiter rissen ihre Pferde herum und galoppierten davon. Jekaterina hielt sich am Sattelhorn fest, sich Schritt um Schritt dem Großfürsten nähernd.

Ein einzelner Reiter, ein Leutnant, preschte heran, parierte seinen Rappen hart durch und sprang aus dem Sattel. Er rannte auf Pjotr zu und warf sich vor den Hufen des Pferds zu Boden. Er rief dem Großfürsten auf Russisch etwas zu, aber Jekaterina verstand kein Wort. Im gleichen Augenblick entdeckte Pjotr, dass sie heranritt, schrie dem Leutnant einige kurze Sätze entgegen und galoppierte, sein Pferd spornend und peitschend, zum Rand der Lichtung. Neben Jekaterina hielt er mit straffem Zügel an; sein Gesicht war schreckensbleich.

»Ein Leutnant!« Er stotterte. »Joassaf Baturin heißt er. Er bringt mich mit seinem dummen Geschwätz um! Los, kommen Sie – nichts wie weg von hier!«

Außer den Offizieren schien niemand die Szene mit Pjotr und dem Leutnant mitbekommen zu haben. Jekaterina wandte ihr Pferd und sah, dass Baturin, ein junger Mann, aufgestanden war, Laub und Moos von den Knien abstreifte und ihnen nachstarrte.

»Was wollte er?« Sie trabten zwischen Büschen und jungen Birken zum Lager. »Warum bringt er Sie in Gefahr?«

»Er hat erklärt, dass er keinen anderen Herrn, keinen Befehlshaber außer mir anerkenne. Nicht einmal sie, die Zarin. Er ist bereit, jeden Befehl von mir auszuführen.«

»Beruhigt Euch«, sagte Jekaterina und nickte Pjotr zu. »Er scheint ein Abenteurer zu sein. Oder ein wenig verwirrt im Kopf. Oder beides.«

Seltsam und unbegreiflich dachte sie. Pjotr kommandierte mit kaum verständlicher Leidenschaft seine Kammerdiener, wirkliche Soldaten und solche Männer, die er als Soldaten verkleidete. Jetzt aber zitterte er vor Furcht. Vielleicht dachte Baturin, dass Pjotr im Geheimen einen Staatsstreich plante, und wollte ihm helfen; in diesem Fall war Pjotrs Verweigerung die richtige Antwort gewesen. Jekaterina versuchte ihn zu trösten.

»Ihr habt ihm nur erwidert, Ihr wollt nicht hören, was er zu sagen hat?«

»Er soll sich fortscheren, hab ich gesagt!« Pjotr antwortete in Deutsch.

»Wenn ihm ernst ist mit seinem Anliegen«, rief Jekaterina unterdrückt in derselben Sprache, »wird die Geheime Kanzlei Bestuschews, die meine Briefe zensiert, inzwischen mehr wissen als wir.«

»Du wirst nichts sagen, Fürstin?« Pjotrs Finger in den langen Reithandschuhen zitterten. Seine Furcht übertrug sich auf sein Pferd, das schäumend auf die Kandare biss und ausbrechen wollte.

»Kein Wort. Ich habe auch nichts verstanden«, entgegnete sie. »Reiten wir ins Lager? Ihr werdet nicht mehr jagen wollen, denke ich.«

Er schüttelte schweigend den Kopf und folgte ihr zu den Zelten.

Einige Zeit später erfuhr Jekaterina von Madame Tschoglokowa, dass man die Offiziere und Joassaf Baturin festgenommen und verhört habe. Die Männer hatten tatsächlich eine Verschwörung geplant und waren dabei reichlich einfältig vorgegangen. Sie wollten die Zarin töten, den Palast anzünden und zusammen mit ausländischen Soldaten und Arbeitern den Großfürsten Pjotr zum neuen Zaren ausrufen. Selbst unter der Folter verriet keiner von ihnen, dass sie mit Pjotr gesprochen hatten. Man verbannte sie nach Sibirien. Einen Monat lang lebte Pjotr in Angst und Schrecken, aber ihm geschah ebenso wenig wie Jekaterina.

Pjotrs Verhalten war schon früher seltsam gewesen, aber seit seiner Pockenerkrankung erlebte Jekaterina häufiger und während längerer Zeit, dass sein Verstand in Vorstellungen, Wunschträumen und Phantasien abirrte, die wenig oder nichts mit der Wirklichkeit zu tun hatten. Er schilderte ihr erfundene Liebesabenteuer mit jungen Frauen, die sie kannte, doch keines davon hatte er wirklich erlebt. Er wollte, wenn er Zar war, gegen Dänemark in den Krieg ziehen, um sein Herzogtum Schleswig und Holstein wiederzugewinnen, zog die Erinnerung an seine Heimatstadt Kiel dem gesamten russischen Reich vor, plante und zeichnete ein Kloster, in dem alle Menschen aus seiner Umgebung leben sollten, in härene Kutten gekleidet, und seine ausschließliche Bewunderung galt seinem Vorbild, einem Feind Russlands, nämlich dem preußischen König Friedrich II. Jene halb kindlichen, halb freundschaftlichen Gespräche, die Jekaterina und Pjotr geführt hatten, jenes unausgesprochene Verständnis füreinander, Jekaterinas Mitleid – die vergangenen Jahre hatten sie getilgt, aufgefressen, ausgelöscht.

Niemand, auch keiner der klugen Minister, konnte Jekaterina erklären, aus welchen Gründen die Kaiserin unablässig von hier nach dort, nach Moskau, Troïtza und zurück nach St. Petersburg, zu scheinbar willkürlichen Zielen, von Ort zu Ort, von Palast zu Palast, von Kloster zu Kloster reiste … kurz gesagt, es dauerte sechs Monate und manchmal länger, bis Hof und Stadt wieder dasselbe Aussehen wie vor der Abreise des Hofstaats bekamen, und solange der Hof nicht anwesend war, wucherte in den Straßen von St. Petersburg das Gras, weil es dort fast keine Karossen gab.

Von Moskau übersiedelte der Hof im Frühjahr vier Werst weit nach Perowo, wo die Kaiserin eine Kolik erlitt und sich – samt Anhang, Tross und Beratern – nach Moskau bringen ließ. Es war und blieb ein sinnloses, aufwändiges und keineswegs staatstragendes Hin und Her, ein Reisen um des Reisens willen, scheinbar ziellos, rastlos und verstörend für jedermann. Wie unruhig, ängstlich und unsicher musste die Zarin sein, sagte sich Jekaterina fassungslos, deren Befehle zwei-, dreitausend Leute von einer Stadt zur anderen trieb. Von Moskau zum Troïtza-Kloster, nach Bratowschtschina, von dort nach Rajewo, nach Sofjino, nach Taininskoje und anschließend ins Woskressinski-Kloster, wo Jelisaweta, als hätte sie in den Tagen blühender Weidenkätzchen plötzliche Frühlingsverliebtheit befallen, sich ihrem neuen jungen Favoriten Iwan Iwanowitsch Schuwalow zuwandte.

General Stepan Apraxin, Berater der Kaiserin, lud Jekaterina mehrmals ein, um ihr seine Sammlung von Schnupftabaksdosen zu zeigen; er besaß je ein Exemplar für jeden Tag des Jahres und zählte zu Bestuschew-Rjumins besten Freunden. Als Jekaterina erfuhr, dass er den Tod seiner kleinen Tochter betrauerte, besuchte sie die Familie und wurde von Apraxin, einem korpulenten, leutseligen Fünfzigjährigen, in das Sterbezimmer der Tochter geführt.

»Das Haus des russischen Gesandten in Persien.« Jekaterina zeigte auf Truhen, Teppiche und goldenes Geschirr, die wahrscheinlich persischer Handarbeit entstammten. »Woran ist Ihre Tochter gestorben, Graf?«

»An der furchtbarsten Krankheit, die junge Menschen hinwegrafft.«

Es schien Jekaterina, als hätte sie der dicke General ins Herz geschlossen. Sie betrachtete die kleinen Kostbarkeiten; jedes Döschen war ein wertvolles künstlerisches Meisterwerk. Apraxin bat sie mehrere Male in das stickige, überladene Zimmer und schleppte seine Schätze auf Silbertabletts heran, um sie Jekaterina zu zeigen. Über jede seiner Dosen wusste er eine kuriose Geschichte zu erzählen, und wenn sie nicht der Wahrheit entsprach, so war sie gut erfunden.

Jekaterina ließ sich gern ablenken und blieb so lange, wie es schicklich war. Aber im Laufe des Abends beschlich sie das Gefühl, als hätte sie einer ungeschickten Theatervorführung beigewohnt, ohne dass sie hätte sagen können, woran es lag. Sie vermied es, über den Tod des Töchterchens zu sprechen, und wurde in der Kalesche des Grafen in den Palast zurückgebracht. Am nächsten Morgen erinnerte sie sich an einen Traum, in dem das Mädchen qualvoll gestorben war und nacheinander alle Porträts der Kleinen von den Wänden ihres Zimmers gefallen waren.

Zu Beginn des Winters merkte Jekaterina, dass Pjotr von großer Unruhe erfasst war. Er vergaß die Meute seiner stinkenden Köter und seine Soldatenspiele, kam mit bedrückter Miene an jedem Tag etwa zwanzigmal in ihr Zimmer, war zerstreut und nachdenklich und kaufte sich deutsche Bücher – lutheranische Gebetbücher und Berichte über Straßenräuber, die man gehenkt hatte. Ihr fehlte jegliches Verständnis für seine Lektüre. Pjotr legte sich erst dann ins Bett, wenn sie schlief, und verließ es meist, bevor sie aufwachte, aber nicht an den Tagen, an denen sie in aller Frühe im Schilf Enten schoss; so entging sie dem üblen Geruch aus seinem Hals und dem Tasten seiner Finger, deren Nägel er abgekaut hatte.

Es war für Jekaterina, als wohnte sie auf einer Insel mitten in der Ostsee, denn alle Nachrichten aus den Ländern jenseits der Grenzen kamen viel später, waren mitunter verstümmelt oder unverständlich, weil niemand – außer vielleicht den Gesandten und Ministern – verstand, was in jener unbekannten Ferne die Gründe und Vorfälle für jene Depeschen gewesen waren. Ostfriesland war an König Friedrich gefallen, im Frieden von Dresden erhielt er ein Jahr später von Österreich ganz Schlesien, und nachdem 1746 Russland schon mit Österreich ein Bündnis geschlossen hatte, ging Russland ein Jahr danach ein Bündnis auch mit England ein; erst dadurch erfuhr die Kaiserin, dass Frankreich und England durch einen breiten Meereskanal voneinander getrennt waren. Frankreich führte Krieg gegen die Niederlande, und die russischen Heere hatten mitgeholfen, den österreichischen Krieg um die Erbfolge zu beenden; Kaiserin Maria Theresia in Wien hatte gewonnen. Aber auch der Pakt zwischen Russland und der Türkei, einander nicht anzugreifen, bedeutete für Jekaterina kaum mehr als Nachrichten aus einer anderen

Welt, jenseits von riesigen Feldern, Wäldern, der Taiga und großer Wüsten. Sie versuchte die Geschehnisse nachzuvollziehen; die wenigen Landkarten, die sie in ihren Büchern fand, halfen ihr dabei kaum.

An einem kalten Abend im Spätherbst, nach einem Besuch beim Magister Lomonossow, führte Jekaterina ihr Pferd zu den Ställen. Ihr Atem und der des Rappen dampften.

Boris Grigorowitsch nahm das Pferd am Halfter und sagte: »Um Vergebung, Kaiserliche Hoheit. Waren die Steigbügelriemen lang genug, Hoheit?«

Er hatte ihr unbeobachtet geholfen, den englischen Haken abzunehmen, so dass sie den halben Tag hatte im Herrensitz reiten können.

»Gerade richtig, lieber Boris Grigorowitsch«, antwortete sie und ließ sich aus dem Sattel gleiten. »Morgen wird keine Zeit zum Ausritt sein.«

»Man sagt, Hoheit, dass Ihr bisweilen Baron General Apraxin besucht.«

Sie nickte und blickte ihn fragend an. Er lächelte und legte den Kopf schräg.

»Sein Töchterchen, Hoheit, ist an den schwarzen Blattern gestorben. Berührt nichts, was ihm gehört hat.«

Eisiger Schrecken durchfuhr Jekaterina. Sie hielt sich am Sattel fest und fühlte, dass ihre Knie zitterten. An jedem Gegenstand, den Apraxins Kind berührt hatte und am Bett, in dem es gestorben war, hätte sie sich an den Pocken anstecken können; aus dieser Furcht heraus war sie damals so eilig auf der Reise nach St. Petersburg aus Pjotrs Nähe weggebracht worden. Das Zimmer – und vielleicht auch andere Räume waren voller Krankheitskeime.

Das bedeutete, dass man hoffte, sie würde sich anstecken. Sie schwebte also in noch größerer Gefahr, als sie gedacht hatte. Wollte der dicke Graf sie umbringen? Sie vermochte es sich nicht vorzustellen. Mühsam beruhigte sie sich wieder, nickte Boris Grigorowitsch dankbar zu und bemühte sich, niemandem ihre Furcht zu zeigen.

In ihrem Zimmer sank sie in einen Sessel und schloss die Augen. Kalter Schweiß bedeckte ihren Körper vom Nacken bis zu den Zehen. Gerade unter Kindern und jungen Frauen wüteten die Pocken besonders grausam; es gab keinen wirksamen Schutz gegen eine Ansteckung. Nachts, als sich ihre Gedanken geklärt hatten, erkannte sie, dass sie sich nirgendwo wirklich sicher fühlen konnte, und dass sie weiterhin die Hälfte ihres Lebens im Verborgenen führen musste. Aber – warum trachtete man ihr nach dem Leben? Wo hatte sie ihre Gegner zu suchen?

Was blieb ihr übrig? Flucht oder Ausharren? Ein zurückgezogenes Leben, versteckt wie die Flusskrebse in der Fontanka? Die Kunst der Verstellung beherrschte sie inzwischen. Hatte sie das Wohlwollen der Zarin völlig verloren? In dieser Nacht und an den Tagen darauf blieb ihr nichts anderes als die Erinnerung an lange Gespräche mit Lomonossow und tiefe, hässliche Ratlosigkeit.

In schnellen Bildern voll harmonischer Klarheit war ein Teil der Vergangenheit vor Jekaterinas lichterfüllter Seele vorbeigezogen. Es war ihr, als stünde oder schwebte neben ihr, sie schützend umhüllend, eine Lichtgestalt, die einen Engel verkörperte, oder Gott, oder einen unbekannten Menschen, der sie nun endlich liebte, jenseits der Wirklichkeit des dunklen Jammertals, das sie durchschritten hatte. Als sich ihre Seele bemühte, den leuchtend schweigenden Engel zu erkennen, sah sie nichts außer einem umfassenden Lächeln. Die Erinnerungen, die sich nun zu verklären begannen, prallten mit den Bildern und Gedanken jener Menschen zusammen, die das Bett ihres sterbenden Körpers umstanden – ratlos, in echter und geheuchelter Trauer, zufrieden mit diesem Ende oder in banger Hoffnung das Neue erwartend.

6

Anno 1752: Der schöne Sergej Saltykow

Als Jekaterina aus der Kutsche vom Sommerpalast stieg, traf ihr erster Blick den jungen Mann, der sich auf der Treppe zum Haustor umwandte. Sie hielt sich an Tschoglokows Arm fest, blickte in Saltykows strahlend dunkle Augen und holte tief Luft. Ihr Herz schlug schneller und lauter.

Der Frühling kam nach St. Petersburg und brachte maiglöckchengleich und schmetterlingsfroh einen neuen Kammerherrn und dessen Bruder mit. Sergej Saltykow, den Jekaterina heute zum ersten Mal bei Tageslicht sah, war schön wie der Sonnentag und hatte nicht seinesgleichen, weder am großen Hof und schon gar nicht an der kleinen Hofhaltung von Pjotr und Jekaterina. Seine Manieren waren tadelfrei. Die Zugehörigkeit zu einem der vornehmsten Geschlechter Russlands und viele andere Eigenschaften machten aus ihm einen vollendeten Kavalier, dunkelhaarig und sechsundzwanzig Jahre jung, mit Matrjona Pawlowna Balk, einer Hofdame der Zarin, verheiratet. Pjotr Saltykow, der ältere Bruder, war ein hässlicher, törichter Mann und ebenso wohlerzogen wie klatschsüchtig, Verlobter der Prinzessin von Kurland, einer fragwürdigen Schönheit, von der Pjotr III. Jekaterina erstaunliche sinnliche Einzelheiten berichtet hatte. Scharenweise lagen die Frauen Sergej Saltykow zu Füßen. Jekaterina verglich Sergej mit Andrej Tschernyschew und mit Sachar Tschernyschew, mit denen sie heimlich Briefe gewechselt hatte; Sergej ging als Sieger aus dem Vergleich hervor. Jekaterina lauschte dem Gesang einer Amsel und war nicht überrascht darüber, dass er mit einem langen Blick erkannte, wie einsam und verzweifelt sie war.

Im Haus der schwangeren Maria Tschoglokowa, die Jekaterina und ihre Freundin, Prinzessin Gagarina, besuchten, schien auch Sergej Gast zu sein. Tschoglokow führte Jekaterina zum Fuß der Treppe und stellte ihr den Kammerherrn vor. Während sie einander in die Augen blickten, hielt eine zweite Kutsche, und Sergej wandte sich halb um.

»Ah! Mein Freund«, sagte er lachend. »Leo Naryschkin, der geborene Harlekin. Er wird, denke ich, Ihre Frau ein wenig aufheitern, Graf.«

»Gehen wir hinein.« Graf Tschoglokow hielt die Tür weit auf und verbeugte sich ein zweites Mal tief vor Jekaterina und der Prinzessin. Naryschkin, ein korpulenter Zwanzigjähriger mit einem scheinbar einfältigen, entwaffnenden Grinsen, trug das Hofgewand, als wäre es ein Bauernkittel. Nach einem heiteren Wortwechsel und dem Austausch von Komplimenten bat Sergej den Hausherrn, einen Text für ein Lied zu dichten, das Leo Naryschkin später vertonen und singen würde. Durch die weit offenen Fenster drang Bienengesumm, es roch nach Gras und Blüten. Eine Dienerin füllte aus einer Kristallkaraffe honigfarbenen Jerezwein in die Gläser. Jekaterina und die Prinzessin wechselten lachend einen langen Blick; der dicke Tschoglokow war als Dichter so begabt wie eine Saatkrähe. Der Hausherr stimmte zu und stieg über knarrende Stufen in sein Arbeitszimmer hinauf.

Jekaterina durchschaute Sergejs Einfall und genoss jeden seiner Blicke, jedes Wort und jede seiner zaghaften Berührungen. »Le beau Sergej«, wie man ihn nannte, war nicht der Erste, der ihr hinreißende Komplimente machte und von seiner Sehnsucht sprach, aber hinter seinen drängenden Worten glaubte sie mehr Ernsthaftigkeit und Ehrlichkeit zu erkennen als bei anderen Schmeichlern.

»Man hat Sie sicherlich schon an die Pflichten erinnert«, sagte sie, während Naryschkin einige Tasten des Flügels anschlug, »die Sie Ihrer reizenden Gattin gegenüber haben?«

»Pflichten! Rechte! Pah! Ach, Kaiserliche Hoheit«, antwortete er mit einer Geste der Niedergeschlagenheit, »es ist nicht alles Gold, was glänzt. Für einen kurzen Augenblick der Verblendung muss ich teuer zahlen, und lange, wie ich fürchte.«

Er umgurrte sie wie ein Täuberich. Jekaterina hob die Schultern, schürzte die Lippen und flüsterte: »Und wenn es so wäre, dass ich mein Herz an einen anderen verloren habe, Graf?«

Sie wollte stark bleiben, so wie während der Zeit mit den unglücklichen Tschernyschews. Aber je tiefer sie in seinen Augen zu versinken glaubte, desto düsterer schob sich die Erinnerung an die grausigen Jahre an Pjotrs Seite heran und die Sehnsucht, die schlimme Zeit zu beenden. Ihr Körper, ihr Herz, alles sehnte sich danach, als Frau aus Fleisch und Blut zu fühlen und zu erfahren, was andere Frauen längst erlebt hatten, die jünger waren als sie mit dreiundzwanzig Jahren.

»Tausend Augen beobachten nur Euch, Hoheit«, sagte Sergej mit selbstsicherem Lächeln. »Noch gehört Euer Herz Euch. Es war nichts. Kindliche Spiele, zu früh aufgehört.«

»Sie gehen das Wagnis ein, Graf, entdeckt und nach Sibirien geschickt zu werden.«

»Noch ist das Wagnis gering«, sagte er an ihrem Ohr. Sein Atem liebkoste ihre Haut und blies ihr Haar auseinander; sie wandte zögernd den Kopf. »Nicht im Haus dieses Einfältigen, der alles der Zarin meldet. Kommt Ihr morgen wieder, Kaiserliche Hoheit?«

»Vielleicht.«

Jekaterina zuckte mit den Schultern. Naryschkin spielte auf dem verstimmten Flügel ein wenig lauter, und Tschoglokow hatte sein Gedicht fertig. Nachdem Leon, der Harlekin, einige Worte geändert und schließlich eine Melodie gefunden hatte, sangen alle fünf, zunehmend sicherer werdend, das seltsame Lied, das lustig klang, dessen Worte aber keinen rechten Sinn ergaben.

»Sie wissen, Graf, dass die Tschoglokows unsere Aufpasser sind«, sagte Jekaterina leise. »Hier können wir uns treffen, ohne dass uns jemand etwas anzuhaben vermag.«

»Ihr fürchtet die Zarin, Hoheit?«

»Ihre Unberechenbarkeit, ja.«

Zorn war die Voraussetzung für Mut, hatte Simeon Teodorskij sie gelehrt; ein Wort des Thomas von Aquin. Zorn über ihr unwürdiges Dasein empfand Jekaterina seit langem, und er hatte in den Jahren seit der Heirat stetig zugenommen. Viel Mut gehörte dazu, mit Saltykow ein heimliches Liebesverhältnis einzugehen, und je länger sie seinen Worten lauschte und spürte, dass ihr Körper heimliche und offene Antworten gab, desto mehr wuchs ihr Mut.

»Jeder einzelne Mensch«, sagte sie plötzlich in einer Art neu erwachter Vorsicht, »mit dem ich mich ein wenig angefreundet habe, ist aus meiner Nähe entfernt worden.«

»Ich und Leon werden uns bei Tschoglokow unentbehrlich machen.« Sergej lachte selbstbewusst, seine Augen blitzten. Er will die Frau verführen, nicht die Kaiserliche Hoheit, dachte Jekaterina beglückt. »Wir dürfen nur nicht allzu leichtsinnig sein.«

Leon Naryschkin entlockte dem Instrument einige perlende Kadenzen, hob die Hände und klappte den Deckel über die Tastatur. Er wandte sich, an einem halbvollen Glas nippend, um und sagte: »Ein feines Lied, Graf Tschoglokow. Sie sind der geborene Poet. Wir wollen mehr von Ihrer Kunst hören.«

»Beim nächsten Mal.« Tschoglokow nahm die Hand seiner Frau. »Auch Marie freut sich über die Abwechslung. Darf ich Sie alle morgen einladen? Zur selben Zeit?«

»Wenn es die Zarin erlaubt«, sagte Jekaterina und nahm einen Schluck Wein. »Sie wissen, wie gern ich bei Ihnen bin.«

»Verlasst Euch darauf.« Tschoglokow klatschte in die Hände. »Die Herrscherin wird es erlauben!«

Er half seiner Frau aufzustehen und geleitete sie aus dem Salon. Die schmalhüftige, kleine Prinzessin Gagarina und der riesenhafte, breitschultrige Naryschkin gingen durch die Jalousietüren in den Garten; Jekaterina war mit Sergej für kurze Zeit allein.

Zorn macht mutig, dachte sie, als Sergej Saltykow hinter ihr stehen blieb und die Hände auf ihre Schultern legte. Die Berührung war nicht besitzergreifend, eher freundschaftlich oder wie unter Geschwistern. Aber mein Mut kann mir schaden. Vielleicht handelt Sergej als Marionette der Zarin, die meine Treue zu Pjotr prüfen will. Ausgeschlossen! Pjotr, von seinen trunkenen Tischgenossen und der Witwe des deutschen Malers Groot überredet, wollte sich endlich einer Operation an seinem Glied unterziehen und zum Mann werden. Die Zarin wusste alles und wollte Jekaterinas Schwangerschaft, wollte einen Thronfolger, wollte nicht, dass Pjotr III. auf den Thron kam. Wollte sie auch, dass ein anderer Mann – nach so langer Zeit – über die Zukunft des Zarengeschlechts entschied? Billigte der Hof diese Affäre? Sollte sie, Jekaterina, sich gegen ihre eigene Verliebtheit wehren?

Jekaterina lehnte sich an Sergejs Brust, tief die männlichen Gerüche einatmend – Pomade, Riechwasser, ein wenig Tabak und Branntwein. Sergejs Finger glitten, leicht wie Marienkäfer, über ihre Arme. Er flüsterte leidenschaftliche Worte, die in ihrem Körper seltsame Schwingungen erzeugten. Sie sei der einzige Grund, sagte er, weswegen er zu den Tschoglokows gekommen sei, diesem Paar spießiger Langweiler, die Jekaterina unausgesetzt ausspähten und jeden ihrer Schritte der Zarin meldeten.

»Was erwarten Sie, was erhoffen Sie sich, wenn ich mich Ihnen hingebe?«, fragte Jekaterina. Er ließ sie los und machte einige Schritte zur Seite. Die Prinzessin und Naryschkin kamen lachend aus dem Garten zurück.

»Nichts als leidenschaftliches Glück, höchste Erfüllung, den Flug unserer Herzen über die Niederungen des Alltags.«

»Ich habe mir geschworen«, sagte sie, »nur einmal meiner Leidenschaft nachzugeben. Ich muss den Thronfolger zur Welt bringen, wissen Sie!«

»Der niemals ein Sohn des Großfürsten sein wird.« Sergej hob die Schultern. Die Prinzessin Gagarina – er und Jekaterina wussten es – hatte die Großfürstin vor ihm gewarnt. »Ich kenne alle Gerüchte, die bei Hof umherschwirren. Und wenn es ein Jahr dauert, schönste Hoheit, werde ich nie aufhören, meine seidenen Liebesfäden zu spinnen und Euch zu umgarnen.«

Sie waren nicht mehr allein. Unvermittelt wechselte Sergej in eine leichte, witzige Unterhaltung. Jekaterina begann zu ahnen, dass seine Anstrengungen nicht nachlassen würden. Ihr Herz schlug im Takt der Vogelstimmen, ihr Körper glühte, und sie wusste, dass sie schöner und begehrenswerter wurde, weil ein Mann wie Sergej sie begehrte.

Um Mitternacht, in einer der hellen Petersburger Nächte, kniete Kaiserin Jelisaweta in der Kapelle des Sommerpalasts. Sie war allein mit wenigen Kerzenflammen und der Madonna von Kasan und wartete in lautlosem Gebet, bis die Stille zwischen den Mauern sich auf ihre aufgewühlten Gedanken gesenkt hatte.

Heilige Muttergottes, dachte sie, warum ist diese Frau noch nicht schwanger? Warum lässt du mich so lange schon um einen Thronfolger zittern?

Sie lauschte in die Stille hinein und gab sich selbst die Antwort, die sie seit langem kannte.

Weil Pjotr, dieser ärmste Eunuch unter der Sonne, seine Frau nicht anzurühren wagt und so tut, als triebe er es wild mit vielen anderen, die ihn ebenso auslachen.

Und warum hat sich Jekaterina nicht von einem ihrer Anbeter begatten lassen?

Weil ich, Jelisaweta, es nicht wollte. Weil ich auf ihre Jugend und Schönheit eifersüchtig war und glaubte, Pjotr wäre ein Mann. Weil ich die Kavaliere entfernen ließ, schnell wie der Blitz. Und weil ich sogar zugelassen habe, dass man sie im Pockenzimmer von Apraxin der Ansteckung ausgesetzt hat. Aber sie hat die Gesundheit eines Stierkalbs!

Und nun? Wer soll Jekaterina einen Thronfolger machen? Sergej Saltykow? Er scharwenzelte schon länger als einen Monat um Jekaterina herum, unter den Augen der Tschoglokows.

Warum nahm er Jekaterina nicht?

Sie kannte auch diese Antwort. Auf ihre verrückte deutsche Weise war sie Pjotr treu, war sie zu fromm und fürchtete sich vor dem Ehebruch. Sie fürchtete auch, dass sie vom Zarenhof verwiesen werden würde, wenn man entdeckte, wer der Vater des Kindes war. Dieses verdammte preußische Lutheranertum! Sie stand sich selbst im Weg mit all ihrer Unerfahrenheit und ihrer angelesenen Klugheit.

Die Zeit rast dahin, die Jahre vergehen, und die Nächte sind voller Intrige, Verrat, Furcht und der furchtbaren Plage der Schlaflosigkeit, dachte Jelisaweta und rang die Hände. Das ganze Land wartete auf den Thronfolger!

Sollten sie doch ein Verhältnis anfangen, Jekaterma und »le beau Sergej«.

Jelisaweta lächelte im Halbdunkel, das nach kaltem Weihrauch und ihrem französischen Parfüm roch. Das Kind würde Sergejs Schönheit erben, nicht Pjotrs atemberaubende Hässlichkeit.

Die Tschoglokowa und ihr hirnloser Gatte mussten dafür sorgen, dass Pjotr abgelenkt und Jekaterina und ihr neuer Galan vor allzu neugierigen Blicken verborgen wurden. Also würden Saltykows Freunde die Tschoglokows ablenken müssen.

Wenn Pjotr zeugungsunfähig war, musste ein anderer an seine Stelle treten. Noch in diesem Sommer! Sergej Saltykow? Ihr fiel kein Besserer ein. Saltykow war der richtige Mann für Jekaterinas erste Verliebtheit, für viele leidenschaftliche Nächte und zur Zeugung eines Kinds. Und er war arrogant und flatterhaft genug, um wieder zu verschwinden, wenn es an der Zeit war.

Jelisawetas Knie schmerzten. Sie stand leise ächzend auf und machte ein paar Schritte. Die Augen der Madonna von Kasan blickten sie aus dem goldenen Heiligenschein heraus an, als verstünde die Muttergottes alle Sorgen und Nöte der Zarin und würde jeden Schritt auf diesem Weg abseits von Geboten und Gesetzen billigen.

Jelisaweta bekreuzigte sich und überdachte ihre Vorhaben, während sie langsam die Kapelle verließ. Mit dumpfem Pochen schloss sich die Tür. An schläfrigen Wachen vorbei und durch dämmrige Korridore ging die Kaiserin zu ihren Gemächern und versuchte auch in dieser Nacht vergebens, Schlaf zu finden.

Bis zu dem Morgen, an dem die meisten Angehörigen des Jungen Hofs – so nannte sich die Gruppe um Jekaterina und den Großfürsten – zum Jagdausflug aufbrachen, hatte sie Sergej fast an jedem Tag gesehen. Nikolai Tschoglokow ließ die Gesellschaft zu einer baumbestandenen Insel in der Newamündung bringen, auf der es auf den Weiden um sein Jagdhaus viele Hasen gab.

Die Boote machten am Steg fest, und die Gesellschaft nahm, während die Pferde gesattelt wurden, auf der hölzernen Terrasse den morgendlichen Imbiss ein. Die Hunde zerrten kläffend an den Leinen. Sergej setzte sich zu Jekaterina in den Winkel am Kopfende eines langen Tischs, wo ihnen der Wind vom Flussufer die Stirnen kühlte. Auch der Wein in den Bechern war kühl, und Jekaterina versuchte, trotz Sergejs leidenschaftlicher Beschwörungen kühl zu bleiben. Aber ihre Haut sehnte sich danach, von ihm gestreichelt zu werden, ihre Lippen schienen den ersten Kuss herauszufordern.

Sie ritten zu den Bäumen am Ufer, deren Zweige sich

tief zum Wasser senkten, und blieben länger als eineinhalb Stunden allein. Buschwerk und Wäldchen hallten vom Hufschlag und Wiehern der Pferde wider, von Hundegebell, Gelächter und dem peitschenden Knallen der Gewehre. Der Wind trieb den Pulverdampf und dessen stechenden Geruch in kleinen Wolken durch das Gehölz. Jekaterina war es gelungen, sich und Sergej von allen Torheiten abzuhalten, aber je länger sie einander in die Augen blickten, desto schwerer war es, die Begierde zu lenken. Sergej weigerte sich, sie zu verlassen, bevor sie ihm nicht sagte, dass ihr Herz für ihn schlug.

»Ja«, rief sie unterdrückt. »Aber reiten Sie endlich zurück!«

»Das will ich mir merken, Hoheit. Ich bin wohlgelitten?«

»Nein, nicht!«

»Ja, aber doch«, rief er über die Schulter, spornte sein Pferd und duckte sich tief unter den Ästen. Er ritt zum Jagdhaus, Jekaterina folgte ihm in einigem Abstand, erfüllt vom Bewusstsein, das einzige Ziel von Sergejs Verliebtheit zu sein, die seit Monaten unverändert wuchs.

Pjotr blickte Sergej und Jekaterina gleichmütig entgegen. Die Jagdgesellschaft ließ ihre Beute zusammentragen und traf sich im Jagdhaus und auf der Terrasse zum abendlichen Essen. Schon während die ersten Gerichte aufgetragen wurden, nahm der Wind an Stärke zu. Er hatte während des ganzen Tags die Gerüche des Flusses und des Meers herbeigeweht und wurde jetzt zum Sturm, der Gischtflocken von der Ostsee über die Terrasse blies.

Das Wasser, in dem sich die Kerzenflammen wild zuckend spiegelten, hob die Boote, stieg, vom Sturm getrieben, über die Bretter des Stegs und schäumte um die obersten Stufen der Terrasse. An vielen Stellen stand die Insel schon knöcheltief unter Wasser. Kreischend und lachend flüchteten die Jagdgäste und später die Diener in den ersten Stock, schleppten Tische, Stühle und Essen hinauf und richteten sich auf eine lange Belagerung durch die Überflutung ein.

Erst am späten Morgen lief das Wasser ab. Sergej nützte im Halbdunkel und in der Verwirrung, im Lärm, Gelächter, Plätschern und Umherstolpern die Nacht. Jekaterina fand sich neben ihm auf einer Bank in der Dunkelheit eines Balkons unter dem weit vorspringenden Dach, mit dem Rücken an die Wand des Hauses gelehnt. Sie hätte nicht mehr zurückweichen können, selbst wenn sie es gewollt hätte.

Sie fühlte, wie Sergej den Arm um ihre Schultern schob, legte den Kopf in den Nacken und wartete darauf, dass er sie küßte. Als sie seine Lippen spürte, dann seine Zunge, begriff sie voll verwirrten Erstaunens, dass sie noch vieles lernen musste. Sergej war ein geduldiger Lehrmeister, aber als seine Finger an den goldenen Knöpfen des Jagdkleids nestelten, hielt sie sein Handgelenk fest und schob seine Hand zurück.

»Nein«, flüsterte sie. »Noch nicht. Nicht hier, Sergej.«

Die Schatten hinter den schweren hellen Vorhängen raschelten – die Büsche, die um den Pavillon in Tschoglokows Garten blühten. Vor zwei Fenstern schien der Nachmittag zu brennen, aber es war die Sonne des frühen Sommers, die sich unterzugehen anschickte. Nur Nikolai Tschoglokow wusste, dass sich Jekaterina und Sergej im Pavillon eingeschlossen hatten.

Die Luft schien zu glühen und schmeckte nach unbekannten Düften, die sich mit dem Schweiß der nackten Körper vermischten. Jekaterina lag glücklich und erschöpft neben Sergej. Die Laken aus schwerer Seide schlugen weiche Falten. Sergejs Finger spielten in Jekaterinas Haar.

»Du machst mich glücklich, Sergej Wassiliewitsch«, flüsterte sie und wandte den Kopf. Sergej lag auf dem Rücken, und ihre Blicke glitten über sein Gesicht, kaum zwei Handbreit vor ihren Augen. Jekaterina betrachtete, als sähe sie ihren Liebhaber zum ersten Mal, jede winzige Einzelheit dieses Gesichts, ihr Blick folgte den Windungen des Ohrs und dem Schwung der Brauen, der geraden Nase und den Linien der Lippen, die so zart und so fordernd sein konnten, das kräftige, runde Kinn und den Bartschatten. Unfassbar, dachte sie, dass dieser Mann ihren Körper vom Scheitel bis zu den Zehenspitzen in herrliche, einzigartige Leidenschaft baden kann.

Sergej atmete schwer. In seinem dunklen Brusthaar glitzerte Schweiß. Er befeuchtete seine Lippen und sagte tief aus der Kehle: »Ich habe dir versprochen, dich glücklich zu machen.« Er streichelte ihren Rücken und lachte leise. »Es ist leicht, denn du willst glücklich sein.«

Sie erschauerte und bog den Rücken durch. »Ich wehre mich schon lange nicht mehr gegen den Taumel.« Sie lachte ebenfalls und versteckte ihr Gesicht im Laken. »Ich hab keine Gewissensbisse.«

Die Stunden der Leidenschaft hatten ihren Verstand ebenso erschöpft wie ihren Körper. Es war überaus seltsam, wie sich die Tschoglokows verhielten. Der Großfürst betrachtete das gefährliche Spiel zwischen Sergej und ihr als unwichtige Tändelei. Er erzählte Jekaterina in seinen schlaflosen Nächten vom Liebreiz Martha Schafirows, Madame Grooths und anderen, an deren Namen sich Jekaterina nicht erinnern wollte. Sie schloss die Augen und gab sich den Wonnen hin, die Sergejs Hände auf ihrer Haut und tief in ihrem Körper hervorriefen.

Das Licht des Sonnenuntergangs übergoss das Innere des Pavillons und ihre verschlungenen Körper mit glühendem Rot. Niemand lauschte ihren keuchenden Atemzügen und Jekaterinas ungestümem Stöhnen. Schon so oft hatte Sergej sie zu heißen Höhepunkten der Lust getrieben, und noch immer lehrte er sie, wie die Lust zu steigern war. Und noch immer war das monatliche Unwohlsein nicht ausgeblieben; ihr Glück schien vollkommen.

Im Dunkeln wuschen sie sich und nahmen Abschied, im Dunkeln huschte Jekaterina zurück in den Palast.

Eine Woche lang oder während zehn Tagen fieberte Jekaterina der Nachmittagsstunde entgegen, in der sie sich mit Sergej traf. Es gab nichts Wichtigeres. Obwohl sich am höfischen Leben und Treiben nichts änderte und Jekaterina jeder gesellschaftlichen Pflicht mit beharrlicher Freundlichkeit nachkam, gab es Gelegenheit, sich zu verstecken. Überdies schien es, als hätte sie plötzlich nicht wenige einflussreiche Freunde, die ihr halfen. Nach so vielen Jahren, in denen sie ein Leben geführt hatte, bei dem zehn andere Frauen irrsinnig geworden und zwanzig an ihrer Stelle vor Kummer gestorben wären, kostete sie allein schon die Gedanken an Sergejs Küsse aus und dachte atemlos, schwindlig vor Verliebtheit, an wenig anderes als an die Vereinigung ihrer Körper und die Lust während der späten Nachmittage.

Die Augusthitze oder die kunstvollen Bemühungen der vollbrüstigen Frau Grooth schienen Pjotr daran erinnert zu haben, dass er verheiratet war und dass seine Tante erwartete, dass er einen Thronfolger zeugte. Nach Mitternacht, als nur der Wind von der Newa her ein wenig Kühlung brachte, schob Pjotr die Mückenschleier des Himmelbetts auseinander und kroch halb betrunken zu Jekaterina herüber. Er redete kaum und begann ein tapsiges, kurzes Liebesspiel. Seine heftige Umarmung, die Jekaterina reglos erduldete, ließ erkennen, dass Pjotr in seinem Versuch kein Vergnügen, sondern bloß eine Pflicht sah. Als er sich von ihr herunterwälzte, sagte sich Jekaterina im Stillen, dass es nur ein Albtraum gewesen war, dessen letzte Schatten die Morgensonne verbrennen würde.

Sie hasste Pjotr nicht; er war ihr gleichgültiger als die Mücken, die in Schwärmen aus den feuchten Weiden und dem Schilf zwischen Fontanka und Moika aufstiegen. Wenn sie an Sergej Saltykow dachte, an sein kastanienbraunes Haar und die spöttisch hochgezogenen Brauen, vergaß sie Pjotrs feuchte Finger und den Geruch, der an ihm haftete. Sie hatte längst gelernt, nicht darauf zu warten, dass Sergej nach leidenschaftlichen Küssen und Umarmungen ihr Kleid aufknöpfte oder die blaue Jacke des Jägerkleids oder ihr Mieder aufschnürte. Sie kannte die Macht ihres glühenden weiblichen Körpers und wie sie Sergejs Begierde weckte und forderte. Jeder Atemzug war wichtig, aber Jekaterina ahnte, nein, sie wusste es – die Liebe war nicht ewig. War ihre erste, verzweifelt glückliche Liebe nur eine Sommerliebe? Sie wollte nicht daran denken. Sie badete in Blüten und Blumenduft, und ihre Schönheit nahm zu. Jeder konnte es sehen, denn sie war wie jede Frau niemals schöner als in der Zeit, in der sie geliebt wurde. Sie klammerte sich nicht wirklich an Sergej Wassiliewitsch Saltykow, sondern an die Einzigartigkeit des Erlebens.

An einem der ersten Tage des Septembers wusste sie, dass sie schwanger war, und nun begann sie sich doch an Saltykow und an die wenigen Stunden zu klammern, die sie dem Zarenhof stehlen konnte.

Jekaterina, im strahlenden Lichtschein leichter als eine Flaumfeder, erlebte den Wechsel vom Geschehen an ihrem Sterbelager zu den Sonnenuntergangsbildern ihrer Liebe im Frühling und Sommer innerhalb eines einzigen Gedankens. In dieser Zeit holte die Wahrheit des Herbstes die Frühlingserinnerungen ein. Schon bevor sie dem schönen Sergej gestand, schwanger zu sein, war er zerstreut gewesen, voll Arroganz und unachtsam. Er vernachlässigte sie, gebrauchte unglaubwürdige Ausreden und verließ zusammen mit Naryschkin unter dem fadenscheinigen Vorwand, den Argwohn der Zarin und Pjotrs nicht erregen zu wollen, für einige Wochen die Stadt. Im Dezember siedelte der Hof von St. Petersburg nach Moskau um. Nun kannte nur Jekaterina die Wahrheit, und als sie ihre Memoiren schrieb, verzerrte sie die Wahrheit oder verschwieg sie. Im Winterfrost gefror die Frühlingsliebe.

»Am 14. Dezember 1752 reisten wir von Petersburg ab. Ich verließ die Stadt mit leichten Anzeichen einer Schwangerschaft. Wir reisten sehr schnell, Tag und Nacht. Auf der letzten Station vor Moskau verschwanden die Anzeichen unter heftigen Leibschmerzen. Nach der Ankunft in Moskau erkannte ich, wie die Dinge lagen, und merkte, dass ich vermutlich eine Fehlgeburt gehabt hatte.

Die Tschoglokowa war in Petersburg zurück geblieben, weil sie eben von ihrem siebenten Kind entbunden worden war, einem Mädchen. Als sie wieder hergestellt war, folgte sie uns nach Moskau.

Man hatte uns hier in einem hölzernen Flügel untergebracht, der erst in diesem Herbst neu erbaut worden war. An den Balken lief das Wasser herunter, und alle Gemächer waren über die Maßen feucht. Dieser Flügel enthielt zwei Fluchten von je fünf oder sechs großen Zimmern. Die nach der Straße waren mir zugedacht, die nach der anderen Seite dem Großfürsten. In meinem Toilettenzimmer wurden meine Kammerjungfern und Kammerfrauen untergebracht, so dass siebzehn Mädchen und Frauen in einem Zimmer hausten, das allerdings drei große Fenster hatte, aber keinen anderen Ausgang als durch mein Schlafzimmer. Sie mussten also in allen Fällen durch dieses hindurch; weder für sie noch für mich war dies angenehm. Während der ersten zehn Tage in Moskau hatten ich und sie diese Unbequemlichkeit zu ertragen; etwas Gleiches ist mir wirklich nie wieder begegnet. Außerdem diente ihnen eines meiner Vorzimmer als Speisesaal.

Ich war krank, als ich in Moskau ankam. Um den erwähnten Unbequemlichkeiten abzuhelfen, ließ ich mehrere Bettschirme in meinem Schlafzimmer aufstellen, sodass ich es in drei Teile teilte. Doch half das nur wenig, weil die Türen sich beständig öffneten und schlossen.«

Jekaterina, in deren Leib der Schmerz der Fehlgeburt wütete, fühlte sich einsam, von allen allein gelassen, unfähig, ihre zweifache Traurigkeit mit einem anderen Menschen zu teilen. Ihre erste große, alles ausschließende Liebe war verblüht und zerfiel wie morsches Holz. Jeder Gedanke an die Tage und Nächte mit Sergej lastete schwerer und schwerer. Jenseits aller Vernunft, derer sie noch fähig war, fühlte sie nur Trauer und schwarze Verzweiflung. Aber Jekaterina ergab sich nicht völlig, ließ sich nicht fallen, sondern richtete ihre Hoffnung auf ihr fernes Ziel.

»Am zehnten Tag endlich besuchte mich die Zarin und bemerkte das fortwährende Kommen und Gehen. Ich hatte in ihren Augen bewiesen, dass ich den Thronfolger zur Welt bringen konnte. Ob sie glaubte, dass Pjotr der Vater war, sagte sie nicht; der Schein war gewahrt. Sie befahl, eine Zwischenwand zu errichten. Die Fensterwand wurde nach der Straße durchgebrochen und eine Treppe angebracht. So mussten meine Frauen auf die Straße hinausgehen; unter den Fenstern errichtete man Aborte für sie. Auch wenn sie zum Diner gingen, mussten sie über die Straße. Ich wunderte mich, dass diese siebzehn Frauen, zusammengepfercht und öfters krank, nicht vom Faulfieber ergriffen wurden. Und das alles neben meinem Schlafzimmer, in dem es von Ungeziefer jeder Art wimmelte, das mich nicht schlafen ließ. Endlich, nachdem sich Frau Tschoglokowa von ihrem Wochenbett erholt hatte, kam sie in Moskau an, und einige Tage später auch Sergej Saltykow. Weil Moskau sehr groß ist und jeder weit entfernt vom anderen wohnt, benutzt er diesen Vorteil, um die Verminderung seiner erdichteten und wirklichen Aufmerksamkeiten bei Hofe zu verschleiern.«

Ungeziefer, Schlamm und Gestank, Kälte und schwefliger Rauch aus schlecht ziehenden Öfen, Dummheit und Willkür, hemmungslose Verschwendung und bitterste Armut, das ist, dachte Jekaterina, die Wirklichkeit in Moskau und anderen Städten, vielleicht ein wenig gemildert in St. Petersburg. Sie war gezwungen, inmitten dieses Hofstaats zu leben und blieb auch als Pjotrs Gattin eine Angehörige jener verachtenswerten Gesellschaft ohne Tradition, Kultur und Würde. Heiliges Mütterchen Russland, stöhnte sie, jedesmal, wenn ich mich freue, wird meine Freude niedergemacht. Das Schicksal hasst mich! Sie musste versuchen, ihre Lage zu verbessern und etwas in ihrer Umgebung zu verändern. In den Stunden, die frei von gesellschaftlichen Verpflichtungen waren, las sie viel und begann darüber nachzudenken, was das Geschickteste und am wenigsten Verdächtige war.

»Um die Anzahl der Feinde Saltykows zu verringern, kamen wir überein, ich würde dem Grafen Bestuschew-Rjumin ein paar Worte sagen lassen, die ihm Hoffnung machen könnten, dass ich ihm nicht mehr so fern stehe wie bisher. Ich beauftragte mit dieser Botschaft einen gewissen Bremse, der in Pechsteins holsteinischer Kanzlei angestellt war und oft zu Bestuschew ging. Bremse übernahm meinen Auftrag mit größter Bereitwilligkeit und berichtete mir, der Kanzler sei aufs Höchste erfreut gewesen und habe erklärt, ich möge stets über ihn verfügen. Wenn er mir nützlich sein könne, bitte er mich, einen verlässlichen Weg anzugeben, auf dem wir einander alles Nötige mitteilen könnten.

Ich erzählte Sergej Saltykow davon, und wir beschlossen, er solle zum Kanzler gehen, unter dem Vorwand eines Besuchs, da er eben erst angekommen war. Der alte Herr empfing ihn aufs Beste, nahm ihn beiseite und unterhielt sich mit ihm über die inneren Angelegenheiten des Hofs und die Dummheit der Tschoglokows, und dann sprach er über mich und meine Lage, als hätte er in meiner engsten Umgebung gelebt, und fügte hinzu: ›In Anerkennung des Wohlwollens, das mir die Großfürstin entgegenbringt, werde ich ihr einen kleinen Dienst erweisen, für den sie mir Dank wissen wird. Ich werde ihr die Frau Wladislawowa (die fromme Russin, die meine Kammerfrau, Frau Kruse, abgelöst hatte und eine Zuträgerin des Kanzlers war) sanft wie ein Lamm machen, und sie kann mit ihr tun, was sie will. Sie soll sehen, dass ich nicht der Werwolf bin, als den man mich ihr immer hingestellt hat.‹ Sergej kehrte also sehr entzückt von dem Mann zurück, der ihm persönlich ebenso kluge wie nützliche Ratschläge gegeben hatte. All das brachte Bestuschew uns sehr nahe, ohne dass jemand die geringste Ahnung davon hatte.«*

Weder die Wladislawowa noch die Tschoglokowa hinderten Jekaterina daran, Sergej zu treffen. Trotz der Lust, die sein Körper ihr bereitete, wusste sie, dass er sich von ihr lösen wollte, ja, sie war überzeugt, dass er es innerlich schon seit einigen Monaten getan hatte. Aber nun war sie es, die den Takt zur rauschhaften Musik ihrer Körper gab und ihn in ihr Bett lockte, ihn im Dunkel von fahrenden Kutschen oder Schlitten verführte oder während der Ausflüge des Jungen Hofs mit Sergej in warmen, dunklen Winkeln verschwand. Sergej gehorchte, scheinbar mit unveränderter Freude. Frau Tschoglokowa und Bestuschew hofften auf die nächste Schwangerschaft, und die kränkelnde Zarin ersehnte den Thronfolger.

Im fünften Monat des Jahres 1753, als der Schnee zu schmelzen begann, wusste Jekaterina, dass sie abermals von Sergej Saltykow schwanger war.

Jekaterina ließ das Buch sinken – *Le grand Cyrus* von Madeleine de Scudéry – und blickte durch das Palastfenster. Rotes Flackerlicht hatte sie abgelenkt. Sie sah, dass es wieder irgendwo in Moskau brannte. Wenn der Winter in Moskau etwas Zeichenhaftes hatte, wenn sich die Zu-

* Memoiren Bd. 1, S. 173 ff.

kunft nach Wandelsternen oder Katastrophen ausrichtete, stand dem Hof in den nächsten Jahren ein Leben voller Abenteuer bevor.

Tagsüber vergnügten sich die Angehörigen des Zarenhofs auf den schneebedeckten Rutschbahnen aus Holz oder liefen Schlittschuh auf dem Eis von Tümpeln und Teichen. Rasend schnelle Schlittenfahrten im aufstiebenden Schnee führten durch Moskaus Straßen und hinaus aufs Land. Auf einer Wallfahrt zum Kloster unweit der Stadtgrenze suchten die Zarin und ihr Gefolge Schutz vor einem Wintergewitter in der Kirche. Als die Zarin in einer Nebenkapelle betete, schlug ein Blitz ins Kirchendach, und die Decke brach herunter. Abends brannten in Moskau zwei Paläste ab.

Graf Sachar Tschernyschow und der Oberst Nikolai Leontjew gerieten beim Kartenspiel in Streit und duellierten sich mit Degen. Tschernyschow wurde schwer am Kopf verwundet, sodass man ihn nicht aus dem Haus von Roman Woronzow in sein eigenes Heim tragen konnte. Ganz Moskau erregte sich, weil die Duellanten eng miteinander verwandt waren. Einige Tage später gab es vier schwere Brände, je einen in jeder Himmelsrichtung. Großfürst Pjotr betrank sich fast jede Nacht und prügelte seine kalmückischen Diener. Ein Lakai der Zarin wurde wahnsinnig, raste und tobte mit Schaum vor dem Mund, und zum ersten Mal erfuhr Jekaterina von der kleinen Irrenanstalt im Zarenpalast; dort nahm ihn Doktor Boerhaave in seine Obhut. Es gab unter den Insassen einen Major, der Gottvater mit dem Schah von Persien verwechselte, einen Mönch, der sich selbst mit einem Rasiermesser das Gemächt abgeschnitten hatte, und einige andere Verrückte.

Als Jekaterina einmal, von einem Anflug innerer Unruhe getrieben, ins Zimmer des Großfürsten kam, befand sie sich nach einigen Schritten und zwei langen Blicken in einer Szene, die aus einem Albtraum stammte. In der Mitte eines Kastens aus rohem Holz, über einem gezimmerten kleinen Galgen, hing von einem Querholz eine tote Ratte, die sorgfältig geknotete Henkersschlinge um den Hals.

Jekaterinas Hand zitterte, als sie auf die Ratte deutete und in Deutsch sagte: »Was hat das zu bedeuten, Großfürst?«

»Sie hat ein Verbrechen begangen. Sie verdient die härteste, die Todesstrafe. Ich hab sie vollziehen lassen.«

»Was ... hat das Tier verbrochen?«

Pjotr antwortete mit entrüsteter Miene und ärgerlicher Stimme. Ein halbes Dutzend seiner Soldaten, echte oder verkleidete, standen starr an einer Wand aufgereiht.

»Diese Ratte hat sich erdreistet, über die Wälle meiner Festung zu klettern!« Er zeigte auf ein Bollwerk aus Holz und Gips, das auf einem mit grünem Stoff bespannten Tisch stand. »Zwei tapfere Schildwachen, aus Papiermaché und Stärkepuder, die auf den Wällen der Festung ihren Dienst versahen, sind von der Bestie angefressen worden.«

»Schildwachen?« Jekaterina schüttelte ungläubig den Kopf, starrte den aufgeblähten, tropfenden Kadaver der Ratte an, dann die Spielzeugfestung. »Gefressen?«

»Der Verbrecher ist nach den Kriegsgesetzen angeklagt, verurteilt und hingerichtet worden. Tod durch Erhängen! Drei Tage am Galgen, wie Ihr seht, Kaiserliche Hoheit.«

Jekaterina gewann ihre Fassung zurück, nickte und sagte: »Tod durch Erhängen. Ich verstehe.«

Sie hob die Schultern, drehte sich um und verließ das Zimmer, in dem es nach vergossenem Wein, kaltem Schweiß, Tabak und dem schwärenden Kadaver stank.

Als Jekaterina und Maria Tschoglokowa über das Irrenhaus und den Großfürsten sprachen, hörten sie Lärm und aufgeregte Stimmen aus der Richtung der Schlosskapelle.

»Der Annenhof brennt!« schrie jemand. Sie sprangen

auf und rannten zur Tür. Einige Kammerherren liefen durch den Korridor und riefen, dass in den Hauptsälen des Schlosses ein großes Feuer ausgebrochen sei.

Jekaterina sah Flammen am anderen Ende des Korridors und roch den Rauch, der sich unter der Holzdecke ausbreitete. Sie lief zu ihrem Zimmer und dachte nur an den Schmuck und an ihre Bücher, die so gut wie unersetzlich waren. Von draußen drangen Soldaten und Diener ein und fingen an, Truhen und Möbel ins Freie zu schleppen. Es gelang Jekaterina mit Hilfe ihrer Kammerfrauen, die schweren Bände des *Dictionnaire* von Bayle hinauszutragen und einen Teil der Einrichtung in Sicherheit zu bringen. Schon brannte die Balustrade des großen Saals, keine zwanzig Schritte entfernt. Im Rauch und Getümmel schafften es Jekaterina und Maria Tschoglokowa, sich und den wertvollsten Besitz in die Kutsche des Kapellmeisters Araya zu retten, der zufällig beim Schloss angehalten hatte. Eine Gruppe von Soldaten, Pjotrs Diener in deutschen Uniformen, schleppte große, unerwartet schwere Kommoden und Truhen aus den Gemächern des Großfürsten; sie waren mit Hunderten leerer Likör- und Weinflaschen angefüllt, die man achtlos in den Schlamm kippte.

Über die Treppen, die aus Flammen und Rauch hinunter in den zerfurchten, zerwühlten Schlamm führten, zwischen den Füßen der Diener kamen riesige Mengen Mäuse und Ratten ohne jede Eile und in langen Reihen schweigend und in eigentümlicher Ernsthaftigkeit, als würden sie wissen, in welchem Teil des unversehrten Fundaments sie nach dem Brand wohnen würden. Drei Stunden später waren Gebäude in der Länge von zwei Werst niedergebrannt. Die Zarin ließ ausrichten, sie begebe sich in ihr Haus in Prokowskoje, und befahl Jekaterina , im Haus der Tschoglokows wohnen zu bleiben.

Schlechter als dort konnte man kaum wohnen. Wind blies von allen Seiten hindurch, Fenster und Türen waren halb verfault, der Fußboden hatte Ritzen, drei bis vier Finger breit. Dazu wimmelte es von Ungeziefer. Unsere Kleidung und alles, was man zum Gebrauch nötig hatte, lag im Schlamm vor dem niedergebrannten Palais. Zarin Jelisaweta verlor beim Brand viertausend Kleider, nahezu die gesamte Garderobe.

Die Fahrt von St. Petersburg über löchrige Straßen nach Moskau hatte die erste Fehlgeburt ausgelöst. Jekaterina versuchte sich zu schonen, aber als der Junge Hof nach Ljuberzi umsiedelte, Pjotrs Besitztum, ein Dutzend Werst von Moskau entfernt, blieb diese Fahrt ebenfalls nicht ohne Beschwernisse, und dann war auch noch das Haus halb verfallen. Soldaten und Handwerker sägten, hämmerten und zimmerten bei Tageslicht und Fackelschein; erneut fand sich Jekaterina in jener bizarren Welt aus falscher Pracht, Morast und Ärmlichkeit wieder. Im geräumigen Hof hatten die Soldaten Zelte aufgebaut, und Jekaterina wohnte in einer Kibitka, einem überdachten, räderlosen Wagen. Das Lärmen der Bauarbeiter ließ sie weder am Tag noch in der Nacht schlafen.

»Mein Leben«, flüsterte sie, als sie am Morgen mit schmerzendem Rücken, gähnend, unausgeschlafen und halb willenlos vor Müdigkeit in den Zweispänner stieg, »ist eine Kette von üblen Träumen. Unwirklich und sinnverwirrend. Aber – ich übersteh das alles.«

Sie lehnte sich zurück, schloss die Augen und versuchte sich auf die Jagd zu freuen, zu der sie alle aufgebrochen waren. Sie vermied lange Ritte, schlief oft bis Mittag, bekämpfte ihre morgendliche Übelkeit mit heißem Tee aus dem silbernen Samowar, der wie eine Urne aussah, und glaubte das Wachsen des neuen Lebens in sich spüren zu können.

Nach einiger Zeit übersiedelte Großfürst Peter samt seinem Anhang ins Bischofshaus in Moskau und von dort aus ins Sommerhaus der Zarin.

Nach einem Ball, der am 29. Juni stattfand, erlitt Jekaterina die zweite Fehlgeburt. Die Schmerzen machten sie halb besinnungslos. Zwei Wochen lang glaubten die Ärzte, dass ein Teil der Nachgeburt ihren Körper nicht verlassen habe. Am dreizehnten Tag ging die Nachgeburt in einem blutigen Chaos völlig ab, und in zunehmender Sommerhitze lag Jekaterina, erleichtert und schwach wie ein Küken, sechs Wochen lang in ihrem Zimmer. Häufig besuchte sie die Zarin Jelisaweta, noch öfter kam Sergej Saltykow und hielt ihre Hand.

Er wagte nicht, Jekaterina zu verlassen. Sie war, so schien es ihm, noch immer in ihn verliebt. Er durchschaute Jekaterinas Verhalten ebenso wenig wie ihre Absichten und staunte über die Schnelligkeit, mit der sie sich erholte. Jekaterina hingegen durchschaute ihn, als wäre er dünnes geputztes Glas. Er hatte sich nach ihren ersten Liebesnachmittagen eine flüchtige Affäre vorgestellt und litt unter der Dauer von Jekaterinas Leidenschaft für ihn, die ebenso groß zu sein schien wie ihre Fähigkeit, über ihren von Gesundheit strotzenden Körper zu verfügen.

Sieben Monate nach der zweiten Fehlgeburt, im Januar 1754, war Jekaterina zum dritten Mal schwanger. Ohne lange nachdenken zu müssen, wusste sie, dass die Zarin sie verstoßen würde, wenn sie das Kind nicht austrug und einen gesunden Säugling, männlich oder weiblich, zur Welt brachte.

Jekaterina betrauerte Tschoglokows Tod, der an einer trockenen Kolik starb. Die Zarin entfernte Maria Tschoglokowa, die als Witwe nicht mehr am gesellschaftlichen Leben teilnehmen durfte, und ersetzte sie durch Alexander Schuwalow, Onkel des neuen Liebhabers von Jelisaweta und Leiter der Geheimen Kanzlei.

Schuwalow, dachte Jekaterina, als er ihr zum ersten Mal gegenübersaß, ist die nächste Ausgeburt der höfischen Albträume. Auch er war eine bedauernswerte Kreatur der grotesken Düsternis. Seine rechte Gesichtshälfte zuckte zwischen Kinn und Auge nach jedem Dutzend Atemzügen im Krampf, und der verzerrte Ausdruck erschreckte jedermann, nicht nur die schwangere Großfürstin.

Einen Monat lang, fast den gesamten Juni, dauerte die Reise von Moskau nach St. Petersburg. Sergej Saltykow und Alexander Schuwalow begleiteten Jekaterina, die sich mit grausigen Gedanken abwandte und sich immerzu weinend im Wagen wie ein Hund langweilte. Mitunter träumte sie vom Wandelstern und den heiseren Prophezeiungen der schwarzhaarigen Nela. Bis sie wieder in den vertrauten Räumen des Sommerpalasts lag, glich die Reise einer Fahrt durch Klüfte, Abgründe und Ödnisse des Landes und ihrer gemarterten menschlichen Seele. Saltykows Lenden und sein heißes Glied waren tüchtige Meisterwerke der männlichen Natur, sein Verständnis und seine Herzensbildung aber kaum tiefer als eine Regenpfütze. Wenn sie allein war, weinte Jekaterina nach einer Seele, die sie zu verstehen vermochte. Aber da war keiner, niemand, nichts, nitschewo, keine Hoffnung, nirgendwo.

7

September 1754: Paul Petrowitsch

Der Albtraum riss ab, die Wirklichkeit des Erwachens folterte wie mit weißglühenden Nadeln, jäh schneidende Torturen schreckten Jekaterina binnen eines Atemzugs in die Unbestimmtheit des Halbdunkels. In der Zugluft flackerten weiße Lichter. Mitten in der Nacht des 19. September, ein Jahr weniger als ein volles Jahrzehnt nach ihrer Hochzeit, allein mit ihrer gnadenlosen Einsamkeit, weckten Jekaterma heftige Schmerzen, so stark und einzigartig, wie sie nie einen Schmerz erlitten hatte. Als sie wieder atmen konnte, begann sie zu schreien. Die Kammerfrau sprang auf, stolperte über das aufjaulende Hündchen und hastete zu Jekaterinas Bett.

»Mein Gott!« rief sie. »Hoheit! Endlich ist es so weit!«

Jekaterina wachte nach vier Stunden Schlaf in dem Zimmer auf, das sich innerhalb der Suite der Zarin befand, in einem großen, kahlen Raum, in dem ein paar rote Damastsessel herumstanden. Durch zwei große Fenster wehte kalte Luft von der Newa, so dass die Kerzenflammen wild zuckten und das Wachs von den Leuchtern bis auf den Boden tropfte. Wieder setzten die Wehen ein; Frau Wladislawowa rief Befehle, die Kammerjungfern ließen die Hebamme holen und schickten Diener zu Großfürst Pjotr und zu Alexander Schuwalow, der zur Zarin lief. Jekaterina bäumte sich unter den nächsten Wehen auf, Schweiß bedeckte ihren Körper.

Jelisaweta rauschte durch aufgerissene Türen und leere Korridore, nur mit einem flatternden Mantel über dem Nachtgewand. Sie blieb neben der harten Gebärpritsche stehen und nahm Jekaterinas Hand, bis die Kammerfrauen einen Sessel heranzerrten und die Zarin ihren schweren Körper ins Polster fallen ließ. Jekaterina warf sich hin und her, wimmerte und stöhnte, und als sie die Zarin mit besorgtem Gesicht neben sich sah, lächelte sie kurz.

»Ich bleib bei dir, mein Kind«, sagte Jelisaweta in tröstlichem Ton, »bis alles vorbei ist.«

»Danke, Hoheit«, flüsterte Jekaterina Die Hebamme zog die Decke herunter und prüfte mit beiden Händen den prallen Bauch, drückte und tastete, während die Zarin einige Ikonen holen ließ und leise betete, unterbrochen in unregelmäßigen Abständen, wenn Jekaterina im Schmerz der Wehen stöhnte und schrie.

Die Zeit schien innezuhalten, die Stunden krochen dahin wie Schnecken. Frau Schuwalowa brachte heißen Tee und feuchte Tücher, mit denen sie den Schweiß vom zuckenden Körper der Gebärenden wischte. Die Nacht verging in Durst, durcheinanderwirbelnden Gedankenfetzen, Schmerzen und Schweiß. Morgenlicht färbte die Fensterscheiben grau, und die ersten Sonnenstrahlen schienen die Kerzenflammen auszulöschen. Es dauerte schier endlos, bis kurz vor Mittag das Kind kam und die Hebamme den kleinen Körper aus Jekaterinas Schoß zog und die Nabelschnur durchtrennte. Jekaterinas Körper erschlaffte, sie sackte zusammen und sah zwischen ihren zitternden Knien, wie die Zarin das Kind in die Höhe hob.

Aus geschwollenen, blutunterlaufenen Augen erkannte Jekaterina, dass es ein Junge war, offenbar gesund und wohlgestaltet. Die Zarin und die Hebamme badeten und wuschen das Kind und wickelten es in lange Bahnen aus Flanell und weißem Leinen. Großfürst Pjotr zog eine Flasche aus dem Rockschoß und nahm einen langen Schluck. Jelisaweta ließ ihren Beichtvater hereinrufen und herzte das schreiende Kind. Jekaterina schloss erschöpft die Augen und spürte, wie ihre Gedanken zur Ruhe kamen und die Schmerzen verebbten.

Ohne Jekaterina zu fragen, ohne ein Wort mit ihr zu wechseln, taufte der Pope den Knaben auf den Namen Paul Petrowitsch – derselbe Name wie der des Bruders der Zarin. Als die Gebete der Nottaufe verstummten, nahm Jelisaweta das Kind in die Arme und bedeutete der Hebamme, ihr zu folgen. Pjotr und beide Schuwalows standen auf, ohne Jekaterina zu beachten, und verließen das Gebärzimmer.

Jekaterina war wieder allein. Frau Wladislawowa stand unschlüssig neben der Pritsche.

»Bitte wechseln Sie meine Wäsche«, sagte Jekaterina heiser. »Helfen Sie mir ins Bett. Ich komme um in dieser Kälte.«

»Ihre Kaiserliche Hoheit hat es nicht befohlen.« Die Kammerfrau rang die Hände und schüttelte den Kopf. »Ich darf es nicht tun. Ich darf gar nichts tun.«

»Geben Sie mir wenigstens einen Schluck Wasser. Oder Tee.«

Jekaterina schwitzte und fror gleichzeitig. Im Schlafraum heulte das Hündchen. Ihr Verstand weigerte sich zu begreifen, was sie erlebte. Die Worte der Kammerfrau hörte sie wie aus weiter Ferne.

»Verzeihen Sie mir, Hoheit, aber ich darf's nicht.« Die Wladislawowa rannte hinaus, die Zugluft warf die Tür dröhnend hinter ihr zu. Jekaterina hörte erregte Stimmen und dämmerte, halb besinnungslos vor Schwäche, in einen Fiebertraum hinein. Vielleicht hatte sie es geträumt, aber die Zarin erlaubte der Hebamme nicht, zu Jekaterina zu gehen und sich um die Nachgeburt, die blutigen Laken und Tücher und um die Kindsmutter zu kümmern; sie blieb beim kleinen Paul.

Eine halbe Ewigkeit oder drei Stunden nach der Entbindung riss wieder Zugluft an den Vorhängen. Blinzelnd, mit tränennassen Augen, erkannte Jekaterina die Frau Alexander Schuwalows. Sie war wie für einen Ball gekleidet und näherte sich der Pritsche. Mit verstörtem Gesichtsausdruck ließ sie ihre Blicke über das Durcheinander und Jekaterinas Körper gleiten und kreischte auf.

»Man will die Großfürstin umbringen!«

Sie rannte hinaus. Wieder verlor Jekaterina das Bewusstsein. Kurz darauf merkte sie, dass man sie aufhob und mit warmem Wasser wusch, ankleidete und ins Bett trug. Sie sah die Hebamme und andere bekannte Gesichter und leerte einige Tassen, die man ihr an die Lippen hielt. Sie schmeckte nicht, was sie trank, aber in ihrem Inneren geschah ganz langsam eine Wandlung. Ihr war, als würde sich jedes menschliche Empfinden, das sie Pjotr, der Zarin und allen anderen russischen Schindern entgegenbrachte, zu bläulichem Eis gefrieren, zu Schneiden geschliffen oder zu Gift gerinnen. Jekaterina drehte den Kopf zur Seite, schloss die Augen und sehnte wie niemals zuvor den erlösenden Schlaf herbei.

Die strahlenden Gedanken ihrer Erinnerungen flogen wie weiße Reiher oder Schmetterlinge hin und her zwischen Vergangenheit und Todesgegenwart, kreisten um ihr Sterbelager, flatterten zugleich über Stunden, Tage und Jahre der Vergangenheit. So entsann sich Jekaterina jener Zeit, in der sie beschlossen hatte, dass es zwei Wahrheiten gab – eine, die unter den ewigen Sternen und der Sonne wirklich geschehen war, und eine andere, von der Memoiren, Briefe, Schilderungen und tausend Meinungen sprachen und schrieben. Damals hatte sie sich entschlossen, die Wahrheit ihrer eigenen Befindlichkeit, der Zeit und anderer Zeugnisse unterzuordnen. Lüge? Verschweigen und beschönigen? NEIN! Die Wahrheit, schrieb Francis Bacon, ist böse. Aber sie war auch wie eine Schachfigur – sie, Jekaterina, bewegte nachdenklich die Figuren, wie sie wollte.

»In der Stadt und im ganzen Reich herrschte die größte Freude über das glückliche Ereignis. Ich sah den ganzen Tag keine lebende Seele, ebenso wenig erkundigte sich jemand nach meinem Befinden. Pjotr, Seine Kaiserliche Hoheit, trank mit jedem, der ihm über den Weg lief, und die

Zarin war mit meinem Kind beschäftigt. Vom nächsten Tag an fühlte ich unerträgliche rheumatische Schmerzen, die sich von der Hüfte bis zum Schenkel und zum linken Bein hinunterzogen. Der Schmerz raubte mir den Schlaf, und ich bekam dazu noch heftiges Fieber. Trotzdem erwies man mir am nächsten Tag ungefähr die gleiche Aufmerksamkeit. Ich sah niemanden, und niemand fragte nach mir. Der Großfürst kam für einen Augenblick und ging gleich wieder mit der Bemerkung, er habe keine Zeit zu bleiben.

Ich weinte und stöhnte den ganzen Tag in meinem Bett. Nur Frau Wladislawowa war bei mir; sie bedauerte mich, konnte mir aber nicht helfen. Auch liebte ich es nicht, bedauert zu werden oder mich zu beklagen. Ich hatte einen zu stolzen Charakter, und schon der Gedanke, unglücklich zu sein, war mir unerträglich. Bisher hatte ich alles getan, um nicht unglücklich zu erscheinen.

Am dritten Tag ließ die Kaiserin fragen, ob nicht ein Mantel aus blauem Atlas bei mir liegen geblieben sei. Frau Wladislawowa fand ihn schließlich in einem Winkel meines Toilettenzimmers und schickte ihn zurück.«

Alle Kirchenglocken von St. Petersburg läuteten, und am gegenüberliegenden Ufer der Newa feuerten die Kanonen Salutschüsse in die Luft. Im Wasser und auf dem Eis spiegelten sich die Blitze und Funken des Feuerwerks, und durch die Wolken aus Pulverdampf schallten die Jubelschreie der Stadtbewohner. Unter dem Bett winselte Jekaterinas kleiner Hund. Ihre Brüste waren hart geworden und schmerzten. Die Haut blieb heiß wie im Fieber, bis am dritten oder vierten Tag die Milch in die Brust schoss. Jekaterina sehnte sich danach, Paul im Arm zu halten, ihn an die Brust zu legen und in den Schlaf zu wiegen, aber sie hörte nicht einmal, wie ihr Kind weinte und nach ihr rief und auch nicht nach den milchschweren Brüsten einer Amme, die Jelisaweta bestimmt hatte. Je länger Paul von ihr getrennt war und neben der Kaiserin in seiner Wiege lag, je häufiger Milch aus ihren Brüsten abgepumpt wurde, desto mehr wurde dieses unschuldige Wesen zu einem Gegenstand, einem Ding, das die Kaiserin aufzog und beschützte, weil es Russland gehörte und ihr diente. Paul war es, den sie auf den Thron setzen würde, wenn Pjotr starb oder, was wahrscheinlicher war, der Adel und das Volk ihn ablehnten. Dass sie, Jekaterina, dabei nur als gesundes Gebärtier gedient hatte, wusste sie längst. Mitunter dachte sie auch an Sergej Saltykow, den Vater von Paul.

»Der Großfürst, der sich abends ohne meine Damen langweilte – denen er den Hof zu machen pflegte –, schlug mir vor, die Abende in meinem Zimmer zu verbringen; er bemühte sich gerade um die Hässlichste von allen, die Gräfin Jelisaweta Woronzowa.

Am sechsten Tag fand die Taufe meines Sohns statt. Er wäre beinahe schon an der Mundfäule gestorben. Ich konnte nur heimlich Nachrichten über ihn erhalten, denn nach seinem Befinden zu fragen, hätte als Zweifel an der Sorgfalt der Kaiserin gegolten und wäre sehr schlecht aufgenommen worden. Zudem hatte sie ihn in ihr eigenes Zimmer bringen lassen, und wenn er schrie, eilte sie selbst zu ihm.

Aus lauter Sorgfalt wurde Paul halbwegs erstickt; in einem heißen Zimmer, in Flanell gewickelt, in einer mit schwarzem Fuchspelz ausgeschlagenen Wiege, mit einer wattierten Atlassteppdecke zugedeckt, darüber eine rote Samtdecke, mit Fuchspelz gefüttert. Der Schweiß lief ihm vom Gesicht und vom ganzen Körper herab. Außerdem war er von einer großen Zahl alter Weiber umgeben, die aus missverstandener Fürsorge und Mangel an gesundem Menschenverstand ihm mehr körperliche und seelische Leiden zufügten, als dass sie ihm nützten.«

Jekaterina war lange Stunden allein mit sich, ihren Schmerzen und ihren Büchern. Als sähe sie sich unaufhörlich bei grellem Licht in großen und kleinen Spiegeln, wusste sie, dass sie äußerlich starr und souverän wirkte, obwohl in ihrem Inneren gewaltiger Aufruhr tobte; selbst die nachtdunklen Fensterscheiben zeigten es ihr in bestürzender Ehrlichkeit. Und in einem spinnwebgeschützten Winkel ihres preußisch lutheranisch geprägten Verstands zitterte die nackte Angst vor der Willkür der Zarin und der grausigen Wirklichkeit Russlands. Wäre sie älter und gebildeter, hätte sie schärfere Waffen, um sich wehren zu können. Selbst der halbverrückte Pjotr besaß mehr Macht als sie. Ihr Leben war – und blieb ein Tanz, dessen Musik und Takt andere bestimmten. Auch sie war eine der unendlich vielen Namenlosen, über die man nach Belieben verfügen konnte. Half ihr die Prophezeiung des Wandelsterns? Wie mit der sommerlichen Sense des Bauern wurde alles geschnitten, das sich über dumpfes Mittelmaß erhob; nur wenn sie sich versteckte und wartete, log und die Wahrheit verkrümmte, überlebte sie. In diesem Gefüge war Liebe bloß ein Traum, und Leidenschaft nahm man sich, kaufte oder mietete sie – glückliche Flusskrebse, die wussten, wie sie sich verstecken mussten.

»Nach der Feierlichkeit am Tag der Taufe kam die Kaiserin in mein Zimmer und überreichte mir eigenhändig auf goldenem Teller einen Befehl an ihr Kabinett, mir einhunderttausend Rubel zu senden. Daneben lag eine Schmuckschatulle, die ich erst öffnete, als sie gegangen war. Das Geld kam mir gelegen, denn ich war mit Schulden überlastet. Der Schmuckkasten enthielt ein Collier mit Ohrgehängen und zwei Ringe, die ich mich geschämt hätte, meinen Kammerfrauen zu schenken. Nicht ein Stein, der hundert Rubel wert gewesen wäre! Fünf Tage danach ließ mich Jelisawetas Kabinettssekretär bitten, das Geld um Gottes willen dem Kabinett der Kaiserin zu leihen; er gab es mir im Januar wieder. Der Großfürst geriet ob des Geschenks in fürchterliche Wut, worauf die Kaiserin ihrem Neffen die gleiche Summe schickte – dazu borgte man sich mein Geld.

Nach der Taufe meines Sohnes – den ich, seine Mutter, nie in den Armen halten durfte – fanden Festlichkeiten, Feuerwerke, Illuminationen und Bälle bei Hofe statt. Ich lag krank im Bett, von Langeweile geplagt. Am siebzehnten Tag nach meiner Entbindung beschloss man, mir zwei unangenehme Nachrichten mitzuteilen: Sergej Saltykow war beauftragt worden, die Kunde von der Geburt meines Sohnes an den Hof zu Schweden zu bringen, und die Hochzeit der Prinzessin Gagarina war auf die nächste Woche angesetzt worden. Das hieß, dass ich unverzüglich von den beiden getrennt werden sollte, die mir am liebsten waren. Mehr denn je vergrub ich mich in mein Bett, schützte meine schlimmen Schmerzen vor, und als vierzig Tage nach meiner Entbindung vergangen waren, kam die Kaiserin anlässlich meines ersten Dankgebets zum zweiten Mal in mein Zimmer, in das man auch meinen Sohn gebracht hatte. Es war das erste Mal seit seiner Geburt, dass ich ihn sah; sein hübscher Anblick heiterte mich ein wenig auf. Nach der Beendigung der Gebete ließ ihn die Zarin wieder forttragen und bestimmte den 1. November als den Tag, an dem ich die üblichen Glückwünsche empfangen sollte.

Zu diesem Zweck stellte man in das Zimmer neben meinem kostbare Möbel; dort saß ich auf einem rosasamtenen Bett mit Silberstickerei, und alle Welt küsste mir die Hand. Auch die Kaiserin fand sich ein und begab sich danach sofort zum Winterpalais, wohin wir in einigen Tagen folgen sollten.«*

Nachdem unzählige Höflinge Jekaterina mit Schmeicheleien überhäuft hatten, trugen Lakaien alle Möbel wieder

* Memoiren, Bd. 1, S. 205, 207f., 210f.

hinaus. Jekaterina kauerte allein in ihrem kargen, zugigen Winkel und hörte durch die dünnen Wände das Grölen der Zechkumpanen des Großfürsten. Sie zog sich in sich selbst zurück, ließ sich von den *Annalen* des Tacitus begeistern und las in allen russischen Büchern, die sie sich beschaffen konnte. Man hatte sie über die letzte Schwelle aller Demütigungen getrieben. Es war ihr unvorstellbar, dass es noch schlimmer kommen könnte. Ihre Einsamkeit, der Verlust Saltykows und ihrer Fähigkeit, sich zu verlieben, die völlige Bedeutungslosigkeit, in die sie durch Jelisaweta gestürzt worden war – sie fasste den vagen Entschluß, diejenigen, die ihr so viele Leiden zugefügt hatten, ähnliches Leid fühlen zu lassen. Sie würde dafür sorgen, dass man sie nicht ungestraft kränkte.

Sie durfte dieses Vorhaben nie vergessen. Nie! Niemals! Keinen einzigen Namen! Keine Begebenheit! Bis sie – wenn denn überhaupt – dieses Vorhaben in die Wirklichkeit umsetzen konnte, würde endlos viel Wasser die Newa herunter und mit knisternden Eisschollen in die Ostsee fließen.

Der Kammerherr Iwan Iwanowitsch Schuwalow, seit fünf Jahren der junge Favorit von Jelisaweta, setzte sich der Kaiserin gegenüber und legte eine dicke Mappe, voll von Schriftstücken, zwischen die Kannen, Gläser und Tassen. Schuwalow blickte stirnrunzelnd um sich. Unruhig durchsuchten die Kammerfrauen die Zimmer. Müssten sie eine giftige Schlange finden?

Der Schrecken zuckte durch Jelisawetas Schlafzimmer, während ihre Kammerfrauen nach dem blauen Mantel aus Atlasstoff suchten. Eine Dienerin schob zufällig die Hand unter das Kopfkissen des Prunkbetts, ertastete einen harten Gegenstand, zog ihn ins Licht und hielt ihn in die Höhe.

Ihre Stimme zitterte, als sie fragte: »Was hat das zu bedeuten?«

Die Zarin drehte sich um und musterte den Fund. Es waren ineinander verknotete Teile von Wurzeln, um die man lange Haare gewickelt hatte, zweifellos menschliches Haar. Jelisawetas Gesicht wurde kreidebleich, sie schnappte nach Luft und griff nach Schuwalows Arm, dann schrie sie gellend auf.

»Ein Zauber! Das ist Hexerei!«

Die Dienerin ließ das Bündel zwischen das Geschirr auf einen Tisch fallen. Jelisaweta sprang trotz ihres schweren Körpers und der schmerzenden Beine vom Tisch zurück und fuchtelte mit gespreizten Händen in der Luft. Sie deutete auf den Tisch.

»Verbrennt den Zauber! In den Ofen damit!«

Ein Kammerherr näherte sich beherzt dem Tisch und packte das Bündel mit zwei Fingern. Gläser und Teller klirrten gegeneinander. Ein anderer riss die Ofentür auf, hinter der ein Gluthäufchen rauchte. Iwan Schuwalow sprang auf. Die Haarsträhnen der Hexenwurzeln verschmorten stinkend, dann fing das dürre Holz Feuer; das eiserne Türchen schloss sich mit einem harten Krachen. Die Kaiserin hatte das Klopfen überhört. Alexander Schuwalow, Iwans älterer Vetter, Leiter der Geheimen Kanzlei, trat ins Zimmer und verbeugte sich. Iwan Iwanowitsch berichtete ihm leise, was er miterlebt hatte.

»Ihre Kaiserliche Majestät müssen alle Bediensteten einer strengsten Befragung unterziehen lassen«, sagte Alexander scheinbar ruhig. Unter dem rechten Auge begannen Wange und Mundwinkel zu zucken. Er schien zu wissen, was vorgefallen war. »Mit Schwarzer Magie treibt man keine Scherze.«

»Es ist … Majestätsbeleidigung!«

Die Kaiserin ließ sich schwer auf einen Diwan fallen und sah sich mit flackernden Augen um. Schuwalow und die Kammerherren trieben die aufgeregten Frauen aus dem Raum und schlossen sie im Tollettenzimmer ein. Einige Diener, von Iwan Iwanowitsch angeführt, begannen den

Raum nach ähnlichem Hexenwerk zu durchsuchen. Es gab vorübergehend ein wildes Gedränge, bis die Zarin plötzlich aufsprang und schrie: »Der Kleine! Paul. Wo ist er?«

Sie stemmte sich in die Höhe und lief zur Ecke des Zimmers, wo Paul friedlich in seiner pelzgefütterten Wiege schlief. Jelisaweta riss den Säugling an ihre Brust und wiegte ihn, als er erschrocken zu schreien begann. Die Diener und beide Schuwalows fanden in Schubladen und hinter Truhen allerlei Abfall, tote Mäuse und andere Dinge, die man längst vergessen hatte. Alles, was nur entfernt nach Hexerei aussah, wurde im Ofen verbrannt. Als Paul wieder zwischen den gefütterten Decken schlief, versuchte sich die Zarin mit einigen Gläsern Wein zu beruhigen. Mit jedem Schluck nahm ihre Furcht ein wenig ab.

Es war nicht entscheidend zu erfahren, wer Schwarze Magie anwendete, sondern warum. Nur wenige Menschen aus Jelisawetas Umgebung waren in der Lage, das Mittel der Zauberei unter dem Kopfkissen zu verbergen. Alexander Schuwalows tüchtige Männer würden den Täter oder die Täterin binnen kurzer Zeit gefunden haben. Jelisawetas Furcht saß tiefer. Ihr Argwohn, dass man ihr unentwegt nach dem Leben trachtete, war von diesem Zufallsfund genährt worden. Niemand hatte verhindern können, dass man der Zarin so nahe gekommen war, auch ihr Leibwächter nicht. Nie hatte sie sich vorzustellen gewagt, dass jemand im Volk sie so hasste, dass er die fünfundvierzigjährige Herrscherin umbringen wollte.

Mit zitternden Fingern füllte sie aus der Karaffe ihr Glas, stürzte den ungarischen Wein in einem Schluck hinunter und schüttete nach.

Es hatte nur den Rest der Nacht und den Tag gedauert. Aufregung und Geschrei legten sich rasch, als die Verhöre begannen. Schon bald war der Verdacht auf Anna Dmitrijewna Domaschowa gefallen, eine Kammerfrau, der Jelisaweta mehr vertraut hatte als anderen ihres Trosses.

Alexander und Iwan Schuwalow, die niemandem mehr Einfluss auf die Zarin gönnten, als sie selbst zu haben glaubten, unterzogen sie einer harten Prüfung.

Schließlich hörte die Zarin das Geständnis.

Die Domaschowa hatte nicht im Mindesten vorgehabt, der Zarin zu schaden. Der Zauber, den sie praktiziert hatte – die Einzelheiten lehrte sie vor Jahren eine Bäuerin –, sollte dazu dienen, die Zarin und sie in unauslöschlicher Freundschaft zu verbinden. In den Tokayer Wein, den die Zarin trank, hatte sie wenige Tropfen eines zauberkräfigen Absuds gemischt, der ihr zusätzlich ebenfalls das Wohlwollen und die Liebe der Zarin sichern sollte.

»Und ich hab den Wein getrunken.« Jelisaweta glaubte zu fühlen, wie irgendein Hexengift in ihrem Magen schäumte und brannte und sich in ihrem Körper ausbreitete. Sie schrie: »Schüttet ihn weg!«

Alexander Schuwalow, dessen rechte Gesichtshälfte ununterbrochen in augenzwinkernden Zuckungen verkrampfte, befahl einem Diener, die Karaffe und die Gläser wegzubringen. Iwan und Jelisaweta entließen jeden Bediensteten und jede Kammerfrau, die mit Anna Domaschowa näher zu tun gehabt hatten. Die schöne Anna und ihre beiden Söhne wurden verhaftet, in Ketten gelegt und in die Verbannung geschickt. Als ihr Mann das Urteil hörte, schnitt er sich mit dem Rasiermesser die Kehle durch.

Jelisaweta blieb in der Leere ihres dezimierten Hofstaats zurück, nur von Personen umgeben, die ihre Macht bedingungslos respektierten. Sie war schon lange überzeugt, dass unbekannte Feinde im winterlichen Dunkel lauerten, draußen vor den Mauern und in den Gassen von St. Petersburg.

In seiner Wiege schrie Paul. Die Hebamme und zwei Junge, unverdächtige Kammerjungfern kümmerten sich um das schwitzende, wund gelegene Kind. Jelisaweta saß dabei und begutachtete jeden einzelnen Handgriff. Sie fühlte innige Liebe zu diesem kleinen Menschen, der als Rivale zu Pjotr III. und Jekaterina heranwachsen würde und lernen musste, das russische Reich zu beherrschen. Pjotr, den das Kind lebenslang für seinen Vater halten würde, war kein würdiger Thronerbe. Wenn Jelisaweta lange genug lebte, konnte sie von einem Tag zum anderen ihren Neffen aus Holstein enterben.

Es war Nacht, und die Zeit einsamer Schlaflosigkeit begann. Sie zog sich in ihr Schlafzimmer zurück und schickte nach Iwan Iwanowitsch, dessen kräftiger Körper ablenkte und ihre Furcht dämpfte – wenigstens einige Stunden lang.

Das kalte, zugige Zimmer, das Jekaterina bewohnte, hätte auch außerhalb der Stadt, abseits der Straße nach Moskau liegen können; die meiste Zeit des Tages blieb sie allein. In den Nächten fiel lautlos Schnee vom Himmel, die Newa begann zuzufrieren, und die kraftlose Sonne blieb für wenige Stunden nur ein gelber Fleck im Nebel. Schneestürme, heulend wie Wölfe, fuhren durch die Straßen und türmten überall mächtige Schneewehen auf. Eisige Kälte drang durch die dünnen Mauern, in denen die Feuchtigkeit gefror.

Jekaterina schützte sich, so gut es ging. Sie las viel, schlief und bedauerte sich selbst, und sie dachte oft an die Personen, die wie sie auf dem großen Schachbrett der Kaiserin herumstanden.

Von Sergej Saltykow, der am schwedischen Hof herumscharwenzelte, erwartete Jekaterina nicht, dass er sie noch liebte. Sie hatte ihm geschrieben und wusste, dass er Schweden bald verlassen wollte. Großkanzler Bestuschew erlaubte ihr, alle Depeschen und Nachrichten über Sergej zu lesen. Aber der Vater ihres »verschollenen« Sohns sollte weiterhin ihre Nächte verschönern und, von ihr verführt, für leidenschaftliche Stunden sorgen. Lange genug hatte er sich als Gewinner des schönen Spiels gefühlt; nun sah sie in ihm nicht viel mehr als den Mann, den sie begehrte. Dennoch, dachte sie seufzend, ist er meine erste große Liebe gewesen, und ich werde ihn nie vergessen.

Gerüchte und halbe Wahrheiten, Gehörtes und Geschriebenes, Wichtiges und Nebensächliches drangen durch Kälte und Schneewolken in Jekaterinas Zimmer.

Friedrich II. von Preußen hatte den zweiten Krieg um Schlesien begonnen. Seine Heere marschierten und kämpften gegen Österreicher und Sachsen. Pjotr, der über Preußens Landhunger ebenso viel wusste wie Jekaterina, berief aus seinem Herzogtum Holstein eine große Abordnung zu sich. In Zarskoje Selo ruhten die Arbeiten am Katharinenpalast, dessen gewaltige Ausdehnung Jekaterina erstaunt hatte. Bartolomeo Rastrelli, Jekaterinas Hofbaumeister, zeichnete seine Pläne, auch die des Großen Palasts von Peterhof und dessen Umbau und Vergrößerung aus Stein und Ziegeln, hier in St. Petersburg, während die Palastgärten in Schnee und Eis versanken. Der Karneval begann, und kurz vor dessen Ende kam Saltykow nach St. Petersburg zurück.

Bis drei Uhr nachts hatte Jekaterina vergebens auf Sergej gewartet. Am Ende der Stunden voller Hoffnung, Sorge und Enttäuschung stand ihr Entschluss fest. Sie würde sich zusammennehmen und ausloten, wie weit sie gehen konnte, ohne Jelisawetas Zorn herauszufordern – in ihrem Versuch, ihr Schicksal in die eigenen Hände zu nehmen.

Sie ließ sich zuerst ein prächtiges Kleid nähen, Samt in Blau, der Farbe ihrer Augen, mit goldener Stickerei. Am zwanzigsten Abend im Februar, auf dem Fest zu Pjotr III. siebenundzwanzigstem Geburtstag, begann Jekaterina auf ihre Weise Sergej Saltykows Rat zu befolgen. Er riet ihr, völlig eigennützig, an vielen Festen teilzunehmen und sich am Großen Hof zu zeigen. Seine Wichtigkeit sei zu gering, als dass er ihr Halt und Stütze in schwerer Zeit sein könne. Sie verstand endgültig – er begehrte nicht einmal ihren Körper.

Jekaterina betrat den Festsaal aufrecht und erhobenen Hauptes, bewegte sich mit kühler Gelassenheit und genoss lachend alle bewundernden Blicke. Die steife Etikette des Balls war für sie plötzlich keine unangenehme Pflicht, sondern ein Beweis dafür, dass ihre Entschlossenheit und Selbstsicherheit durch die demütigenden Ereignisse nicht gebrochen worden waren. Das erste Ziel an diesem Abend waren die Schuwalows, deren Einfluß auf die Zarin und den Reichtum des Lands jedermann kannte. Selbst Alexander Schuwalow, Leiter der Geheimen Kanzlei und des großfürstlichen Haushalts, und sein Bruder Pjoter, der die kaiserlichen Finanzen, die Manufakturen und Teile des Handels kontrollierte, erschraken über Jekaterinas sarkastische Kühnheit.

Es schien, als würde Jekaterina den Schutz der Gegenpartei um den Großkanzler suchen, der als Freund der deutschen Staaten und Englands galt. Die Zarin aber hasste Friedrich II. und seine ständigen Grenzverletzungen, weil sie die Stabilität Europas ebenso bedrohten wie Russlands Unabhängigkeit. Inmitten der lauten, schwitzenden Fröhlichkeit des Geburtstags erfuhr sie, dass Sergej Saltykow in wenigen Wochen als russischer Gesandter nach Hamburg beordert werden würde.

Im Herbst 1755 berichtete Boris Grigorowitsch dem Großkanzler Bestuschew-Rjumin:

»Ihr kennt, Väterchen Großkanzler, den Palast Pjotr III. und seine deutschen Berater und Verwalter in Oranienbaum. Als der letzte Schnee geschmolzen war, ist der Junge Hof wie fast jedes Jahr dorthin umgezogen. Aber was Ihr vielleicht nicht wisst, schreib ich Euch, Alexej Petrowitsch: Noch immer verwaltet Großfürst Pjotr sein deutsches Herzogtum Holstein, und Großfürstin Jekaterina hilft ihm und seinem Stab zu rechnen, zu entscheiden und Urteile zu fällen. Sie haben die Erlaubnis von Alexander Schuwalow, der Ihre Kaiserliche Hoheit, die Zarin, zu einer Sünde gegen das heilige Russland überredet hat.

Und das ist die Sünde: Ein Bataillon Soldaten ist in Kiel eingeschifft worden und hat Quartier in Oranienbaum genommen. Als Pjotr seine Landsleute empfing, hat er die blaue Uniform der Holsteinischen Regimenter angezogen. Er zitterte, war außer sich vor Freude. Das alles wurde der Zarin hinterbracht. Die Offiziere unseres Ingermanland-Regiments, das den Wachdienst versieht, ärgern sich. Die Garde murrt und flucht: Die Deutschen, vom Preußenkönig gekauft, sind alle Verräter! Die einfachen Soldaten sagten: Wir sind nur die Diener der Neuen, und wir müssen diesen Haufen Säue bedienen. Unser Essen aus der Schlosskirche, wir müssen es mit ihnen teilen und ihnen den Fraß auf silbernen Tellern servieren! Ihre Pferde und die Zelte ruinieren die schönen Gärten um das Schloss! Den Berater des Großfürsten, Oberst von Brockdorff, der eine scharlachrote Uniform und einen Dreispitz trägt, nennt Fürstin Jekaterina einen ›Pelikan‹ – das ist ein fischfressender Krächzevogel. Die Fürstin ist viel russischer als ihr Gatte, der uns regieren soll! Sie liest viele Bücher in unserer Sprache, und Pjotr ist, wie Ihr wisst, Oberstleutnant im Preobraschenski-Regiment! Pjotr ist ins Lager zu seinen unordentlichen Truppen gezogen und schläft im Zelt, lacht, singt und säuft mit ihnen. Großfürstin Jekaterina – ich hab's selbst gehört, Väterchen – hat ihn gewarnt, und jetzt hält ihn jeder, der davon hört, für einen Verräter an Russland. Das deutsche Bataillon aber ist ein zerlumpter Haufen aus Deserteuren, Vagabunden, Halbwüchsigen und Abenteurern. Alle reden deutsch miteinander. Pjotr gibt deutsche Kommandos und knallt mit seiner Peitsche dazu. Und die ausländischen Botschafter schreiben alles ihren Regierungen; dort lacht man die Zarin und unser Land aus.

Der neue Botschafter aus England, Charles Hanbury-Williams, hat Jekaterina viel von Berlin erzählt, wo er Gesandter war. Ich glaube, sie wird ihn zu ihrem Freund machen, und er wird der Großfürstin Geld leihen. Sein Sekretär, der ein junger polnischer Edelmann ist und Stanislaus Poniatowski heißt – er soll aus der mächtigen Familie der polnischen Czartoryski kommen –, hat sich aus der Ferne in die Großfürstin verliebt. Noch immer pflege ich ihre Pferde und helfe ihr, wenn sie ausreitet, in den Herrensattel; danach passe ich auf ihr Bologneser-Hündchen auf, den braven kleinen Kläffer. Das ist alles, was ich weiß, Väterchen, und meine Ohren und Augen sind noch immer so gut wie in unserer Jugend.«

Über St. Petersburg funkelten die Sterne so hell, dass sie in der eisigen Luft zu klirren schienen. Es war völlig windstill. Aus der Werft, dem Hafen und vom gegenüberliegenden Ufer hörte man jeden Laut. Zwei Stunden lang, bis die Fackeln heruntergebrannt waren, waren sie dick vermummt und in pelzgefütterten Stiefeln im Park spaziert – zwei alte Männer, denen Äußerlichkeiten wenig, ein ruhiges, wissendes Gespräch aber viel bedeuteten. Simeon Teodorskij, alt und hinfällig, längst Bischof von Pskow und Mitglied des Heiligen Synods, sprach mit dem gleichen Bedauern wie Bestuschew von Michail Wasiljewitsch Lomonossow, dem dritten dieser Männerfreundschaft, der nicht bei ihnen sein konnte. Er arbeitete an einer Grammatik der russischen Sprache, der ersten, wie Teodorskij und Bestuschew wussten. Vor den Stufen des Hauseingangs, die vom Schnee gereinigt waren, verabschiedete sich der greise Großkanzler vom Bischof, half ihm in den Schlitten und sah dem davongaloppierenden Gespann nach; Bestuschew ahnte, dass er Teodorskij lebend nie wiedersehen würde.

Ruhig hob Alexej Petrowitsch Bestuschew den Kopf, wedelte den Dampf seines Atems weg und blickte in den gewaltigen, mondlosen Himmel; die Sterne erinnerten ihn an so manche Nacht in der Kunstkammer, in der der gelehrte Lomonossow sein Observatorium eingerichtet hatte. Einmal hatte Fürstin Jekaterina Lomonossow besucht, den sie »Magister« nannte. Ohne dass sie ihn, Bestuschew, in der Dunkelheit erkannt hatte, plauderte sie freimütig in Deutsch und viel zu klug für ihre Jugend mit Michail Wassiljewitsch, und er erklärte alles, was er über Wandelsterne wusste.

Bestuschew zuckte mit den Schultern und ließ sich im warmen Windfang aus dem schweren Fellmantel helfen. Der dreiundsechzigjährige Großkanzler, dessen Rücken schmerzte, trank im Salon mit Anna, seiner Frau, Tee mit viel Rum und schlüpfte schließlich in Schlafrock und Filzstiefel. An diesem Abend schien sich sein missratener Sohn nicht im Haus zu befinden, und Anna lag gähnend in ihrem Sessel.

»Hast du die Kerzen angezündet? Frische Kerzen, Denschtschik?« Bestuschew öffnete die Tür und trat in den Korridor. Der Diener bot ihm seinen Arm an. »Ich werde lange arbeiten diese Nacht.«

»Es ist alles bereit, wie befohlen, Durchlaucht.«

Bestuschew warf einen Blick auf die Glut im Kamin, setzte sich in den hochlehnigen Sessel und rückte ihn an den Schreibtisch heran. Zwölf unterarmlange Kerzen beleuchteten die Platte aus glänzendem Leder und schmalen Goldleisten. Bestuschew zog das Schreibzeug und zwei dicke Dokumentenmappen vom linken Rand der Platte zur Mitte und schlug die obere Mappe auf.

Er las schweigend Grigorowitschs letzten Bericht, lächelte ein wenig und zerriss das Papier in kleine Stücke. Einige Minuten später brachte der Diener eine geöffnete Weinflasche und ein Glas; Bestuschew nickte dankend und las, was ihm seine Gewährsmänner über Sir Charles Hanbury-Williams schrieben, über Jekaterinas vierzigseitigen Brief, den der Botschafter empfangen, und die unangemessen hohen Darlehen, die er ihr gewährt hatte – erstmalig zehntausend Pfund! –, ohne je auf Rückzahlung hoffen zu dürfen. Geheime Korrespondenz einer russischen Großfürstin mit dem englischen Botschafter war ein Verbrechen, kostete die Zunge und bedeutete meist die Verbannung nach Sibirien. Er las eine abschließende Notiz über das Erdbeben, das in Lissabon oder Lisboa, fern im Westen, dreißigtausend Tote gefordert hatte; ungefähr halb so viele, wie die russischen Heere Soldaten zählten. Vom Gesundheitszustand der Kaiserin, die im vergangenen Oktober in todesähnliche Bewusstlosigkeit versunken war, von der sie bisher nicht völlig genesen war, erfuhr er nichts Gutes. Aber auch wenn sie nicht an stundenlangen quälenden Krämpfen litt, vermied Jelisaweta das Studium der Dokumente und Verordnungen; der Kronrat und der Großkanzler mussten entscheiden, was unumgänglich war. Alles andere blieb liegen. Alexander Iwanowitsch Schuwalows Geheime Kanzlei erfuhr ebensoviel wie er – wahrscheinlich früher und ausführlicher, und das Einfuhrmonopol für Champagner, das er hielt, half ihm dabei.

Im Januar hatten Preußen und England die Westminster-Konvention geschlossen, um Angriffe fremder Mächte abzuwehren, und wahrscheinlich würden sich noch während der folgenden Monate Österreich und Frankreich zusammenschließen; auch Bestuschew war sicher, dass Friedrich II. bald seine Nachbarn überfiel. Jedes Schriftstück, dessen Inhalt ihm gefährlich werden konnte, zündete er an einer Kerzenflamme an und wartete, bis es im vergoldeten Papierkorb zu Asche zerfallen war.

Er hielt das halb gefüllte Weinglas gegen die Kerzenflammen und erfreute sich am Rubinrot, das auf seiner Hand und der Tischplatte schwelte. Dass Jekaterina und Sir Hanbury Freunde zu werden schienen, vermochte er sich gut vorzustellen, ebenso dass dessen Sekretär die schöne Großfürstin anhimmelte, aber warum die Kaiserin weder Pjotr III. noch Jekaterina an ihr Krankenlager ließ, blieb auch für ihn im Dunkeln.

Er leerte das Glas, füllte es wieder und lehnte sich zurück. Zarin Jelisaweta gehorchte den Ärzten nicht, und niemand glaubte wirklich, dass sich die Sechsundvierzigjährige wieder erholen würde. Ihrem Körper hatte sie länger als drei Jahrzehnte viel mehr zugemutet, als er vertrug – zu viel falsches Essen, zu viel Alkohol, Maßlosigkeit in allem. Was geschah mit Russland, wenn sie starb?

Folgte ihr Pjotr III. auf den Thron, versank ganz Russland binnen weniger Monate im Chaos. Bestuschew leerte die Flasche und rief nach dem Diener; nach dem dritten Glas murmelte er: »Heiliges Mütterchen Russland! Man muss einen Plan machen ... er muss fertig sein, wenn es so weit ist.«

Er trank mit kleinen Schlucken das letzte Glas aus und begann die Kerzenflammen auszublasen, eine nach der anderen.

Das raschelnde Geräusch der Kufen und die dumpfen Wirbel von zwölf Pferdehufen auf dem Eis der Newa legte sich beruhigend auf Jekaterinas Gedanken. Die Großfürstin blinzelte im Sonnenlicht und wickelte die Pelzstola dichter um Kinn und Nase. Der Schlitten fuhr flussaufwärts – einem anderen Land, einer anderen Welt entgegen, wie es schien, wo die Dinge des Lebens wohlgeordnet waren und Jekaterinas Träumen ähnelten. Die Eiskristalle, von den Hufen hochgewirbelt, glitzerten in der eisigen Luft wie Brillanten. An einigen Stellen hatten dick vermummte Männer das Eis aufgehackt und versuchten Fische zu fangen. Hoffentlich, dachte Jekaterina haben sie mehr Erfolg als ich.

»Ich muss einen Plan haben. Und eine Hand voll mächtige Verbündete«, flüsterte sie in das kostbare Fell. »Und ein wenig Glück – endlich!«

Mit der Krankheit der Zarin war eine wohltuende Starre über St. Petersburg gefallen; gleichzeitig schienen die meisten Bindungen und Einschränkungen, die von Jelisawetas Launen abhingen, aufgehoben zu sein. Jedermann, so machte es den Eindruck, atmete freier. Großfürst Pjotr war abgelenkt, fuhr zwischen der Stadt und seinem »Heerlager« Oranienbaum hin und her, ergab sich lächerlichen Ausschweifungen im Kreis betrunkener Sängerinnen und Tänzerinnen und seiner hinkenden Favoritin Jelisaweta Woronzowa, der schielenden, hässlichen und strohdummen Tochter des Vizekanzlers, mit der er sich oft und lautstark stritt. Mit seinem wirren Verstand schien er sich selbst darüber zu freuen, dass seine Gattin, deren Ratschläge er sieben Stunden am Tag brauchte, ihn mit Stanislaus Poniatowski zu betrügen begann. Jekaterina empfand für Pjotr III. nicht einmal mehr Verachtung, nur abgrundtiefe Gleichgültigkeit.

Am Hof wurde geflüstert, geraunt, spekuliert ...

Welch eine Vorstellung! Die Zarin starb, brachte sich durch ihren zügellosen Lebenswandel um. Der kleine Paul, Jekaterinas Sohn, wurde von den Schuwalows auf den Thron gesetzt, seine fragwürdigen Eltern augenblicklich nach Deutschland, nach Holstein!, zurückgeschickt. Apraxin und Bestuschew verhinderten dies und verhinderten auch, dass der gefangene Iwan VI. den Thron Russlands einnahm. Er war jetzt fünfzehn oder sechzehn Jahre alt – falls man ihn am Leben gelassen hatte. Niemand vermochte sich vorzustellen, dass Pjotr zur Herrschaft gelangte, ein Großfürst, der alles Russische hasste, sich in seine Heimat zurücksehnte und fast nur Deutsch redete? Wer sonst? Was tun?

Der Iswostschik knallte fröhlich mit der Peitsche, aus den Nüstern der Pferde entwich der Atem in langen Fahnen. Die Kissen, Decken und Pelze, auf denen Jekaterina saß und in die sie eingemummt war, dämpften die Schläge der Schlittenkufen. Krähen und Möwen stritten sich laut um Fischreste am Ufer. Jekaterina erinnerte sich an ihre

Träume und Vorsätze, jene lautlosen Versprechen, die sie sich während der schlimmen Jahre selbst gegeben hatte, um überleben zu können. Großfürst Pjotr mochte das Recht auf seiner Seite haben, aber sie, Jekaterina, wusste besser, was zu tun war.

Jekaterina, die Alleinregentin? Mitglied des Kronrats? Regentin für ihren Sohn Paul Petrowitsch? Nach dem Gesetz Peter des Großen bestimmte allein die Zarin ihren Nachfolger. Unter den Pelzen zuckte sie mit den Schultern. Noch lebte Jelisaweta, die zäh war wie ein Wolf und gerissen wie ein hungriger Marder. Beim Gedanken an Poniatowski lächelte sie. Stanislaus war in Polen und sehnte, verzweifelt in Jekaterina verliebt, seine Rückkehr herbei. Und ihr Herz schlug schneller, ihre Lippen wurden trocken, wenn sie an seine junge Leidenschaftlichkeit dachte.

»Wenn es denn, irgendwann, eine Palastrevolution geben wird«, flüsterte sie und wartete, bis sich der Kutscher umdrehte, »muss sie zu meinen Gunsten vonstatten gehen.«

Sie musste einen Plan machen. Sie nahm die Stola herunter, lächelte dem Iswostschik zu und rief lachend: »Zurück nach Oranienbaum, mein Lieber!«

Er knallte mehr als ein dutzend Mal mit der Peitsche und lenkte die Pferde in weitem Halbkreis auf dem gefrorenen Fluss nach Westen, mitten in die Nachmittagssonne hinein.

In einer dieser Oranienbaum-Nächte, als das Gerücht ging, Sir Charles Hanbury-Williams werde nach England zurückbeordert, hatte Jekaterina – nicht auf zehn Rubel genau – ihre Schulden zusammengerechnet: Spielschulden, großzügige Geschenke, erhebliche Summen, um einzelne Personen ihrer Umgebung zu bestechen, den Aufwand für eigenes Wohlleben und kostspielige Kleidung. Das letzte Darlehen von Sir Charles deckte die Summe ab, und über die Rückzahlung machte sie sich jetzt nur wenige klamme Gedanken. Sie wusste, dass der fast Fünfzigjährige sie auf seine zuverlässige, ruhige Art hochschätzte und dass er ihr heillos in Liebe verfallen würde, wenn sie ihn ermutigte. Als Freund war er ungleich wertvoller. Sie hatte geweint, als er im August abreisen musste.

Sie war sicher, dass niemand den Brief abfangen, öffnen und lesen würde, also schrieb sie, dass sie mit aufrichtigstem Bedauern einen Mann scheiden sehe, den sie als einen ihrer besten Freunde betrachte. Noch vor kurzem hatte er ihr geschrieben, dass sie zum Herrschen und Regieren geboren sei.

Seine Meinung entsprach ihrer – sicheren, aber angreifbaren – Überzeugung. Sie las leise die Worte, mit denen sie den heutigen Brief beendete und ihn zum Komplizen machte:

»... das ist mein Traum: Sobald ich vom Tod Jelisawetas unterrichtet werde und mich überzeugt habe, dass kein Irrtum vorliegt, gehe ich sofort ins Zimmer meines Sohnes. Außerdem schicke ich einen Mann meines Vertrauens, fünf Offiziere der Garde alarmieren, auf die ich mich verlassen kann; jeder von ihnen kommt mit fünfzig Mann. Dem Kanzler, Apraxin und Lieven sende ich Order, zu mir zu eilen; inzwischen gehe ich in das Sterbezimmer, lasse den Hauptmann der Wache kommen, verlange den Eid von ihm und behalte ihn bei mir. Es scheint mir klüger und sicherer, wenn die beiden Großfürsten (Peter und Paul) zusammenbleiben und nicht nur einer bei mir ist; außerdem, dass der Treffpunkt meiner Anhänger in meinem Vorzimmer ist. Sobald ich das kleinste Anzeichen von Unruhe bemerke, versichere ich mich entweder durch meine Leute oder durch die des Hauptmanns der Wache der Schuwalows und des diensthabenden Adjutanten. Im Übrigen sind die niederen Offiziere der Leibwache verlässlich ... Möge der Himmel mir einen klaren Kopf schenken! Die Situation ist so neuartig, und ich teile sie

Ihnen in so großer Eile mit, dass ich meine Einbildungskraft sehr anstrengen musste.«*

Ein Schreiben mit ähnlichem Inhalt hatte sie auch an Bestuschew-Rjumin gerichtet; sie wusste, er würde es lesen und verbrennen. Mut, Sorglosigkeit, der Wunsch nach Vergeltung und Rache, ihr Bestreben, durch ihre Stärke unangreifbar zu bleiben, hatten sie dazu gebracht, einige Fehler zu begehen. Die Zarin und das russische Volk waren zufrieden, weil sie den Thronfolger geboren hatte. Aber eine Deutsche, die nichts anderes wollte, als russisch zu sein und dem Volk zu gefallen, nahm sich keinen Liebhaber, der nicht aus diesem Land kam. Der Pole Poniatowski, dem sie erlaubte, sie zu küssen und ihre glutvollen Nächte auszufüllen – das war unbesonnen und gefährlich.

Ein Fehler? Von England Geld zu leihen, war ebenso unbesonnen. Jekaterina trat bewusst aus dem Schatten des Zarenhofs hinaus und fühlte sich überlegen und stark, weil sie auch mit leichtem Herzen und kühlem Verstand über Stanislaus August Poniatowski bestimmte.

Die Depeschen brauchten nur wenige Tage bis nach St. Petersburg. Friedrich II. von Preußen hatte von den Kriegsvorbereitungen seiner Gegner erfahren und wollte vollendete Tatsachen schaffen. Die Zarin hatte sich die Nachrichten vortragen lassen und befohlen, dass die russische Armee marschierte; durch Vertrag hatte sich Russland verpflichtet, Österreich, Frankreich und den anderen Verbündeten mit Waffenhilfe gegen Preußen beizustehen.

Aber Schmerzen, Husten und die Schwierigkeiten, den kranken Körper auf schweren Beinen von Zimmer zu Zimmer zu schleppen, verdrängten alles, was mit Krieg, Schlachten und Sieg zu tun hatte. Schwindelanfälle, ausweglose Gedanken und Todesfurcht beherrschten auch an

* Henry Troyat, Die große Katharina, München 1980, S. 117

diesem Tag die Zarin – und Neugierde von der Art, in der ein Mörder sein Opfer betrachtete und fürchtete, dass es sich erheben und zurückschlagen würde.

Sie trug weite, leichte Gewänder, weil die Berührung enger Stoffe ihre Haut brennen ließ. Sie saß hinter einem Wandschirm, durch den man nur vom Dunkeln ins Helle sehen konnte, atmete flach und betrachtete unter hängenden Lidern hervor das Häufchen Elend, das auf einem Diwan hockte, klein, schmächtig, vor Angst zitternd, mit keuchendem Atem und einfältigem Ausdruck im Gesicht, das die Schnitte einer ungeschickten Rasur zeigte – Iwan VI., sechzehn Jahre jung, blond, bleich wie ein Grottenolm und trotz Bädern und frischer Kleidung ungepflegt.

Der unbarmherzige Gott, dachte Jelisaweta, hat die Zarin mit diesem Erbstück der Vergangenheit geschlagen. Iwan, der rechtmäßige Thronfolger, einst Säugling auf dem Zarenthron, aus der Verbannung in die Festung Schlüsselburg am Ladogasee-Ausfluss der Newa hierhergebracht, in einer Kalesche mit verhängten Fenstern und unter strengster Bewachung unerkannt in den Winterpalast gezerrt, bis in die Zarinnengemächer.

»Weißt du, wer du bist?«, fragte ein Schreiber der Geheimen Kanzlei. Der Junge zog die Schultern hoch.

»Iwan … nennen sie mich.«

»Warum bist du im Gefängnis?«

»Ich …weiß es nicht.«

Auf nahezu jede Frage antwortete der Gefangene mit denselben Worten. Er wusste nichts, da sein Leben seit acht Jahren zwischen den Wänden seiner Zelle dahinkümmerte. Ihm war auch nicht bewusst, dass er der »Häftling ohne Namen« war und dass es andere Bücher außer Heiligenlegenden und Gebetbüchern gab.

»Der Prinz ist seit vielen Jahren im Himmel«, sagte er plötzlich. »Ich bin Iwan. Iwanutschka nennt mich das Volk.«

Jelisaweta winkte dem Diener und der Kammerfrau,

zog schwer atmend eine weite Hose und einen Kaftan an und zwängte sich in Männerstiefel.

»Man sagt, dass du Ansprüche deiner Person geltend machen kannst?«, lautete die nächste Frage.

Iwan begann zu weinen, seine Lippen zitterten. »Den Wächtern sag ich es immer wieder«, stammelte er. »Ich bin ein Fürst! Ich bin euer Herrscher.«

Iwan war aufgesprungen, fiel wieder zurück und schlug die Hände vors Gesicht. Tränen tropften zwischen den Fingern hervor.

Der Schreiber sagte leise: »Man weiß, dass dich die Wärter manchmal schlecht behandeln.«

Jelisaweta schlang einen Schal um ihr Gesicht, setzte einen Hut mit breiter Krempe auf und zog ihn tief in die Stirn. Dann kam sie hinter dem Wandschirm hervor und stellte sich, die Fäuste in den Hüften, vor den schluchzenden Jungen.

Nein, dachte sie. Er ist noch weniger geeignet als Pjotr. Eine eisige Hand schien sich um ihr Herz zu schließen. Wie hatte sie überhaupt daran denken können, dass ein junger Mensch, der seit seinem sechsten Lebensjahr niemals wieder ein freundliches Gesicht gesehen oder vernünftige Worte gehört hatte, sich am Hof richtig benehmen würde? Ein Herrscher muss mit den Gedanken an die Opfer leben können, die seinen Weg zur Krone säumten; das Schicksal, von dem Iwan gezeichnet war, hatte in ihren eigenen Händen gelegen.

»Man sagt, dass man dich in Ketten schließt und mit Hunger straft, wenn du ungehorsam bist?« Die Kaiserin sprach mit verstellter Stimme. Iwan schwieg und nickte.

»Du hast gedroht, deinen Wärter zu schlagen.«

Wenn entschlossene Revolutionäre diese bedauernswerte Kreatur aus Schlüsselburg befreiten, würden sie zwar den Zarewitsch haben, aber einen halb Wahnsinnigen würde Russland niemals länger als eine Stunde auf dem Thron dulden.

»Wenn sie mich reizen«, schluchzte Iwan. Er schien sich im Sonnenlicht und inmitten des eingerichteten Zimmers selbst vor der verkleideten Zarin zu fürchten. »Ich weiß nicht, warum ich gefangen bin.«

»Du bist nicht gefangen«, sagte Jelisaweta heiser. »Du hast keinen Namen, du bist niemand. Es gibt dich nicht.«

Iwan würde niemals Zugang zu der Welt haben, die andere Menschen kannten. Seine Welt bestand aus vier kalten Wänden, eisernen Stäben und eiserner Tür. Jelisaweta blickte mürrisch auf ihn hinunter und wünschte, es gäbe ihn nicht.

»Bringt ihn weg«, sagte sie. »Nach Schlüsselburg und dann dorthin, wo er herkommt.«

Sie ging schwankend hinter den Wandschirm zurück, ließ sich in den Sessel fallen und trat die Stiefel von den Füßen. Es wäre ein göttliches Zeichen, dachte sie, wenn er auf der Fahrt erfrieren oder im Gefängnis verhungern würde, oder an einer Krankheit sterben, oder sich selbst umbringen … dann müsste man nicht gewaltsam sein Leben beenden. Aber nur drei Zimmer entfernt schlief der kleine Paul; er war jung und gesund, und die Zarin erzog ihn selbst, wenn er alt genug war.

Während sich Jelisaweta aus der Männerkleidung helfen ließ, begann sie zu ahnen, dass sie die Ereignisse, die nach ihrem Tod stattfanden, nicht beeinflussen konnte. Sie holte tief Luft und beschloss, gegen die Schmerzen zu kämpfen. Sie musste weiterleben, allein schon um zu sehen, was die Akademie der Wissenschaften und die Akademie der Künste leisteten, die Porzellanmanufaktur herstellte oder die Ballettschule ausbildete. Der Adel hatte seine steinernen Paläste an den Straßen nach Moskau, Gatschina, Oranienbaum oder Zarskoje Selo erbaut; war es wirklich undenkbar, dass Adelsangehörige ihrer Zarin, dem Quell ihres Reichtums, nach dem Leben trachteten?

Zufriedenes Staunen, endgültige Ruhe, die Betrachtung langer Lebensjahre, und, übergossen von der Lichtflut, das Schweben über allen Nichtigkeiten erfüllten Jekaterinas Sein jenseits ihres Körpers. Schwerelos, jegliches Geschehen in ihrem Sterbezimmer gleichzeitig beobachtend, fühlte sie sich wie eine weiche Kugel aus Licht und Rauch in vorher nie erlebten Farben. Die Wirklichkeit außerhalb ihres bemitleidenswerten Körpers kannte weder Bedauern noch Reue, weder Anteilnahme noch Neugierde. Alles war Klarheit und das Wissen, dass der Wille eines anderen Zustands über scheinbares Leben und endgültigen Tod befand.

8

Liebe, Schweifstern und sieben Jahre Krieg

17. November 1796, kurz vor Mittag. Der Schneefall hatte vielleicht vor einer Stunde eingesetzt. Dichte Flockenwirbel schluckten das Sonnenlicht. Die Ärzte waren vom Himmelbett zurückgetreten; in Jekaterinas Sterbezimmer begannen die Stunden der Popen und der Gebete. Auf der Bettkante kauerte Platon Subow, dessen Körper vom Schluchzen geschüttelt wurde.

Der schwere Schlag ihres Herzens bestimmte das Aussehen der bewusstlosen Kaiserin. Wenn das Blut in den Hals und in den Kopf stieg, verzerrte sich Jekaterinas Gesicht zur Grimasse, wenn es zum Herzen strömte, legte sich auf die Züge die innige Ruhe eines Lächelns. Es war, als gewänne die Sterbende ihre einstige Schönheit zurück, jene Schönheit aus Lebensfreude, Selbstgewissheit und Kühnheit, die Stanislaus Poniatowski vor vier Jahrzehnten in fassungslosem Glücklichsein hatte erleben und, indes nicht völlig, teilen dürfen.

Jekaterina nahm vor dem Spiegel den schwarzen Hut vom Kopf, klopfte die eiskalten Tropfen ab und schüttelte ihr Haar aus. Sie trug einen schwarzen Herrenanzug und lachte; obwohl Pjotr und seine Mätresse alles über Poniatowski und sie wussten, zog sie es vor, sich unerkannt mit Stanislaus zu treffen. An einem der Abende in Oranienbaum, nach dem großartigen Fest der Großfürstin im Juli und Sir Hanbury-Williams Abreise im August, nachdem sie erfahren hatte, dass Madame Tschoglokowa gestorben war, und nach Stanislaus' Rückkehr aus Polen, wartete sie auf ihren Geliebten; er war auf dem Weg zu ihr, in der Aufregung nach den letzten Depeschen aus dem Westen.

Am 29. August seiner Zeit – also am 9. September des

russischen Jahres – fielen Friedrich II. Grenadier-Heere in Kursachsen ein und wandten sich daraufhin gegen die vormarschierende österreichische Armee bei Lobositz in Böhmen. Ende Oktober kapitulierten die Sachsen in Pirna. Für die meisten Angehörigen des Hofs bedeuteten jene fremden Namen nichts; die Schlachten hätten auch im noch unbekannteren Amerika geschlagen werden können. Jekaterina und einige andere, die Landkarten kannten und zu lesen vermochten, wussten, dass sich der Krieg, der ein großer Krieg zu werden versprach, der nicht allzu fernen Westgrenze des mächtigen Russlands näherte. Dort, wo die Herbstsonne unterging, wölkte der salpeterstinkende Rauch der preußischen Geschütze. Im Januar trat Russland der französisch-österreichischen Allianz gegen Preußen bei.

Das überheizte Schlafzimmer in Leo Naryschkins kleinem Haus war für die Nacht bereitet. Winterluft bauschte einen schweren Vorhang, vertrieb den Ofenrauch und ließ die Kerzenflammen zittern. Der Duft französischen Parfüms mischte sich mit dem fruchtigen Geruch von Bratäpfeln, den die Zugluft aus einem anderen Teil des Hauses hereinwehte. Leise Schritte ertönten auf der Treppe. Poniatowski öffnete die Tür, trat ein und drehte den Schlüssel im Schloss, dann wirbelte er herum und breitete die Arme aus.

Jekaterina genoss erschauernd jeden Herzschlag der Umarmung und sah in Stanislaus' Augen die schmelzende Zärtlichkeit und Begeisterung, die er ihr seit seinem ersten zaghaften Kuss entgegengebracht hatte. Für ihn war sie die Schönste; sie war die erste Frau, die er erobert zu haben glaubte, und nun lockte sie ihn und verführte ihn auf eine Weise, dass er sicher war, sie zu erobern. Die kalten, feuchten Kleider fielen.

Stanislaus und Jekaterina sanken küssend, lachend und stöhnend auf das große Bett, dessen Vorhänge zuglitten, zwischen seidene Kissen und auf kühle weiße Laken. Jekaterinas Körper und ihre heiße Haut waren bereit für die leidenschaftliche Begegnung, aber sie lenkte Poniatowski selbst jetzt überlegt und bewusst; so verlängerte sie die gemeinsame Lust und behielt auch in der Hingabe ihre Klugheit und Stärke.

Spät in der Nacht, bei geschlossenen Schlagläden und heruntergebrannten Kerzen, tranken sie kalten Champagner. Stanislaus spielte mit ihrem schwarzen Haar, das sich auf den Kissen ringelte.

»Du bist mir noch immer ein Rätsel«, sagte er auf Deutsch; sie wusste, dass er sechs Sprachen beherrschte. »Einmal kindlich, dann ungestüm, wild und unersättlich, dann fröhlich und toll, dass ich lachen muss.«

»Du kennst die Frauen nicht.« Sie nahm ihm das Glas aus der Hand und leerte es. »Eine Frau ist alle Frauen – so sind wir erschaffen. Vier Jahreszeiten in einer halben Stunde und launisch wie das Wetter.«

»Für mich bist du alle Frauen.« Es klang eleganter auf Französisch. »Ich werde niemals aufhören, dich zu lieben. mit deiner glatten weißen Haut und den blauen Augen. Kein Augenpaar im Land, das mehr leuchtet.«

Er stand auf und füllte vorsichtig die Gläser. Jekaterina betrachtete seinen jugendlichen, straffen Körper. Poniatowski war hübsch, hatte braunes Haar und braune Augen – ein Genuss, ihn anzusehen. Sie verglich ihn mit Großfürst Pjotr. Sofort wurde ihre Haut rau, und sie zog den Seidenstoff bis zum Hals.

Sie sagte leise: »Nun bist du Diplomat, Gesandter in unserem Land – polnische Schmeicheleien, die schönen polnischen Frauen, eure Poesie; ich liebe euch mehr als die übrige Menschheit.«

Er reichte ihr ein Glas und sah schweigend in ihr Gesicht, während sie trank.

»Dein Blick«, flüsterte er. »Zwischen diesen langen, langen Wimpern, Geliebte. Manchmal wie ein wildes Tier. Manchmal voll Mitleid. Mit mir? Dir glaube ich, wenn du sagst, dass du mich liebst.«

Sie lächelte und verglich ihr Leben mit seinem, das tausend Tage kürzer war und in dem Stanislaus viel weniger Erfahrung hatte sammeln können als sie. Sie strich über ihre Brüste und sagte: »Vielleicht ist meine Art zu lieben anders als deine. Aber weil du es dir so wünschst«, sie lachte, »ist sie ebenso groß und schön.«

Er umarmte sie, vergrub sein Gesicht in ihrem Haar, und seine unruhigen Finger streichelten ihren Körper. Sie ließ sich zurücksinken, schloss die Augen und dachte, schwankend zwischen Wollust und prickelnder Vorahnung, an Verschwörer, Gefahren und Kaiserkronen und an ihr Leben seit dem Tag, an dem sie die russische Grenze überschritten hatte. Eine Kette aus tausend Gliedern. Sie hießen: Verstecken und Hervorwagen, große Demütigungen und kleine Triumphe, ein ewiges Florettduell Jekaterina gegen den Rest des kaiserlichen Hofs, kleine Fluchten, auffordernde Blicke und Gesten in der Theaterloge, Berührungen beim Tanz, Schmerzen und allzu kurze Seligkeiten, Lügen und Freundschaften, die nur im Geheimen zu führen waren, Abhängigkeit und versteckte Klugheit in einer Welt der Ungebildeten. Dass Stanislaus ihren willigen Körper und einige Stunden ihres Herzschlags besaß, zählte zu den kleinen Triumphen der kurzen Seligkeiten. Sie umarmte seinen Rücken, fühlte die angespannten Muskeln und überlegte, welche Erlebnisse sie der Nachwelt preisgeben würde – wenn sie dereinst über ihr Leben schrieb.

Am 2. Oktober des vergangenen Jahres war am wolkigen Tageshimmel ein gleißend heller Lichtpunkt erschienen, der langsam über das Firmament wanderte und einen strahlenden Strich gezogen hatte. Er blieb, am Abend in der Dunkelheit noch heller wirkend, bis Mitternacht. Dann löste er sich in Funken auf wie ein feucht gewordenes Feuerwerk. Ein böses Omen!, sagten die gebildeten St.Petersburger. Ein Teufelszeichen! murmelten abergläubische Bauern. Der Bote von Tod und Schrecken!, flüsterten Mönche und Bauersfrauen. Zwölf Tage danach hatte man am jungen Hof berichtet, dass die Füße und Arme der Kaiserin kalt wie Eis waren, die Augen ohne Sicht, als wäre Jelisaweta blind. Die Kaiserin war krank, schleppte sich bisweilen in die Öffentlichkeit, aber sie starb nicht. Dieser Zustand hielt bis zum Frühjahr 1757 an.

»Zu den Maskeraden, die der Großfürst in Oranienbaum gab, erschien ich immer in sehr einfacher Toilette, ohne Juwelen und Schmuck. Das machte einen sehr guten Eindruck auf die Kaiserin, welche die Feste in Oranienbaum, wo die Gastmähler zu wahren Bacchanalen ausarteten, weder gern sah noch billigte. Sie duldete sie aber doch oder verbot sie wenigstens nicht. Ich erfuhr, Ihre Majestät habe geäußert: ›Diese Feste machen der Großfürstin nicht mehr Vergnügen als mir; sie erscheint bei ihnen immer in möglichst einfacher Kleidung und soupiert nie mit all dem Volk, das da zusammenkommt.‹

Ich beschäftigte mich damals in Oranienburg mit der Anlage und Anpflanzung meines so genannten Gartens. In der übrigen Zeit machte ich Ausflüge zu Fuß, zu Pferd oder zu Wagen, und wenn ich in meinem Zimmer war, las ich.

(Unter den Lehrern, die auf Befehl der Herren Schuwalow mit den hundert Kadetten des Landkadettenkorps nach Oranienbaum gekommen waren, war auch deren Stallmeister Zimmermann, der damals für den besten Reiter in ganz Russland galt. Da aus meiner angeblichen Schwangerschaft im vorigen Herbst nichts geworden war, kam mir der Gedanke, bei ihm ernsthafte Reitstunden zu nehmen, um mein Pferd gut meistern zu lernen. Sowie ich dazu kam, regelmäßig Reitstunden zu nehmen, gab ich mich dieser Übung wieder mit ganzer Leidenschaft hin. Ich legte frühmorgens Männerkleidung an und begab mich in meinen Garten, wo ich mir einen Platz als Reitbahn hatte herrichten lassen. Ich machte so schnelle Fortschritte, dass Zimmermann oft mit Tränen in den Augen aus der Mitte der Reitbahn auf mich zueilte, um mir mit einer Begeisterung, die er nicht zu zügeln wusste, die Stiefel zu küssen. Manchmal rief er aus: ›Nie in meinem Leben habe ich einen Schüler gehabt, der mir so viel Ehre gemacht, der in so kurzer Zeit so viel erreicht hätte!‹ Bei diesem Unterricht waren nur mein alter Leibarzt Guyon, eine Kammerfrau und einige Bedienstete zugegen. Weil ich den Unterricht mit großem Eifer an jedem Morgen außer am Sonntag nahm, belohnte Zimmermann meine Mühen mit einem Paar silberner Sporen, die er mir nach der Sitte der Reitbahn überreichte. Schon nach drei Wochen hatte ich die ganze Reitschule erledigt, und im Herbst ließ Zimmermann ein Springpferd kommen.)

Im Juli erfuhren wir, dass Memel sich den russischen Truppen am 24. Juni freiwillig ergeben hatte, und im August traf die Nachricht von der am 19. August durch die russische Armee gewonnenen Schlacht von Großjägerndorf ein. Am Tag des Dankgottesdienstes gab ich dem Großfürsten und allen angesehenen Persönlichkeiten in Oranienbaum in meinem Garten ein großes Mahl, bei dem der Großfürst und alle Übrigen gut aufgelegt und zufrieden zu sein schienen. Das milderte für kurze Zeit den Verdruß des Großfürsten über den zwischen Russland und dem König von Preußen ausgebrochenen Krieg. Ich ließ an diesem Tag für die Maurer und Arbeiter Oranienbaums einen Ochsen braten.«*

1760 – Spätsommer und Winter im Exil zu Gorilowo. In klobigen Holzleuchtern brannten Talglichter und die drei letzten Kerzen. Die Flammen entließen lange, stinkende Rußfäden. Die Tischplatte aus weiß gescheuertem Holz bedeckten verschiedene Tagebücher, ein Schreibzeug aus schwarz angelaufenem Silber und viele Stapel Papier, denen man ansah, dass sie sorgsam geordnet waren. Ein

* Memoiren, Bd. 1, S. 234 ff.

Glas mit abgestoßenem Fuß in Griffweite der rechten Hand enthielt wasserklaren Wodka; in einem zweiten Glas lag das meisterlich gearbeitete Gebiß. Durch das Fenster sah der abgesetzte Großkanzler Graf Alexej Petrowitsch Bestuschew-Rjumin den Bach, der seinen Besitz zu Gorilowo durchfloss, und einen großen, frisch gepflügten Acker, ausgebreitet wie ein Tuch aus Samt zwischen den Waldrändern – fast drei Jahre nach seiner Verhaftung, den Verhören und der Ausweisung nach Gorilowo, fünfzig Werst südlich des Newaufers. Was in St. Petersburg geschah, und erst recht in der Welt außerhalb Russlands, erfuhr er viel später, auf Umwegen oder durch Briefe der wenigen Freunde, die ihm geblieben waren. Noch lebte die Zarin.

Alexej Petrowitsch betrachtete die Altersflecken auf seiner Hand, als er zögernd die Feder eintauchte. Dadurch, dass er Geschriebenes korrigierte und mit frischen Nachrichten verglich, würde er – schon siebenundsechzig, noch immer Russlands bester Diplomat und nicht weniger Patriot als vor zwanzig Jahren – wissen, was zu tun war, wenn …

Er strich seufzend eine Zeile durch und murmelte: »Wenn die alte Zarin gestorben sein wird und die klügste Frau Russlands tut, was notwendig ist …«

Er fuhr grinsend über seinen kahlen Schädel; hier brauchte er keine schulterlange Perücke zu tragen. Alles Belastende hatte er verbrannt; seine persönlichen Kurznotizen, auf wenigen Blättern schweren Papiers, enthielten gewaltige Mengen Wissen und Kenntnisse. Tausende Zahlen, fünfhundert Namen und deren Bedeutungen, Beziehungen, Schach- und Winkelzüge von Staaten, Regierungen, Kanzlern, Kaisern und Königen … Jede noch so winzige Einzelheit hatte er, Graf Bestuschew-Rjumin, im Kopf.

Er nahm einen Schluck Wodka, grinste und sagte: »Alles beginnt mit diesem kleinen, tapferen, verrückten, wohltuend aufgeklärten Absolutisten, diesem preußischen David, der alle jene Goliaths niederkämpfen will ... Zweiter Friedrich zu Preußen.«

»Meine Verbannung bedrückt mich, aber mein Verstand leidet nicht darunter. Noch nicht. Der Krieg, der ein großer, furchtbarer Krieg zu werden verspricht, hat begonnen«, hatte Bestuschew vor drei Jahren, 1757, geschrieben. »Selbst die Deutschen mit Reichstagsmehrheit haben den Reichskrieg gegen Friedrich II. und Preußen beschlossen. Das Bündnis zwischen Österreich und unserem heiligen Russland, dem sich Schweden anschloss, galt schon seit dem 22. Januar. Seit September 1756 also war Russland – wenn auch ohne kriegerisches Aufeinandertreffen – im Krieg gegen Preußen; der erste Krieg in Jelisawetas Regierungszeit. Die Ordnung innerhalb Europas Grenzen, ohnehin fragil und stets auf des Säbels Schneide, war in höchster Gefahr durch Friedrich II. Eroberungskriege.

Indessen – die hungrigen Soldaten unserer Heere waren schlecht ausgebildet, miserabel bewaffnet und der Willkür ihrer Offiziere ausgeliefert. Ihre Waffen und Uniformen als halbwegs genügend zu bezeichnen, fiele nur geistreichen französischen Zynikern ein; es wäre eine drastische Untertreibung. Niemand verstand zu kämpfen. Endlich, schrien die Offiziere, versessen auf Reiten, Schießen, Pulverdampf und ehrenvolle Blessuren, endlich Krieg! Es dauerte lange, das Heer auszurüsten, und General Stepan Apraxin – der kleine, dicke, stolze Besitzer von mehr als dreihundertsechzig Tabaksdosen (in dessen Haus sich Großfürstin Jekaterina einstmals mit Pocken hätte anstecken sollen!) – zögerte lange, fast zu lange. Oh, ich kenne sie alle! Wenige taugen etwas, O Mütterchen Russland, wo sind deine Helden? Sie verstecken sich im Wohlleben St. Petersburgs und inmitten der Galanterie bei Hofe. Apraxin immerhin wusste, dass sein Gegner einer der besten Generäle seiner Zeit war, und die preußische Armee als eines der bestausgebildeten Heere Europas blutige Niederlagen ebenso gewohnt war wie staunenswerte Siege gegen scheinbare Übermacht.

Erst im Frühjahr 1757 wagte Apraxin den ersten Großangriff und besetzte im Juli die Stadt Memel. Am 6. (bzw. 17.) Mai siegten die Preußen über Karl von Lothringens Heer bei Prag, am 29. Juni des russischen Kalenders besiegte der österreichische Feldmarschall Daun bei Kolin das Preußenheer. Am 19. (bzw. 30.) August schlugen Apraxins Soldaten die Preußen bei Groß-Jägersdorf vernichtend. Dass die preußischen Armeen, bisher für unbesiegbar gehalten, geschlagen wurden, schmerzte Pjotr III. besonders. Österreich besetzte sogar am 16. und 17. Oktober neuer Zeit vorübergehend die Stadt Berlin.

Apraxin zog sich zurück, weil seine Soldaten hungerten, keinen Sold bekamen und keine Waffen und Munition mehr hatten. Er wurde durch General und Generaldirektor der kaiserlichen Bauten Willim Willimowitsch Fermor, einem Deutschen, ersetzt, der ebenfalls unmilitärisch und ungeschickt handelte. Die Armee verabscheute ihn, und der Hof ernannte nach ihm den General Graf Pjotr Saltykow zum Befehlshaber der Armee in Preußen. Stepan Apraxin wurde auf seinem Gut unter Hausarrest gesetzt – so wie ich. Man warf ihm vor, für jene zu handeln, die auf den Tod der Kaiserin warteten.

Großfürstin Jekaterinas Sicherheit nahm zu, je länger die Krankheit der Zarin dauerte. Sie lernte, las und begann besser zu verstehen, wie ein Land zu beherrschen und was eine kluge Verwaltung zu erschaffen in der Lage war. So wie sie des Großfürsten holsteinische Heimat verwaltet hatte, so erkannte sie, dass es stets einzelne Personen waren, von denen Entscheidungen abhingen, und dass jene Einzelnen fast ausnahmslos bestechlich und käuflich waren oder nur zu schalten und walten beliebten, wenn es ihrem Ehrgeiz und ihrer Machtfülle nützte. An ihr Land, in dem und von dessen Reichtum sie lebten, dachten sie zuallerletzt.

Durch meinen Sturz gerieten Jekaterina und unser Plan

in höchste Gefahr. Unser Plan, ebenso einfach wie leicht durchführbar, war der: Großfürst Pjotr III. durfte nicht Zar werden. Ich schlug vor, Großfürstin Jekaterina solle Nachfolgerin der Kaiserin werden, doch Jekaterina verweigerte diesem Vorhaben die Zustimmung. Jekaterinas Lage war bedrohlich. Dies zeigte sich, als Alexander Schuwalow bei ihr vorsprach und Madame Wladislawowa für immer fortschickte.

Der Krieg ruhte nicht, der Kriegsrat zu St. Petersburg tagte einmal in jeder Woche. Am 7. (bzw. 18.) September starb General Winterfeldt, dem Friedrich II. die Verteidigung der Lausitz und Niederschlesiens befohlen hatte. Unsere russischen Heere fielen in Ostpreußen ein, die Schweden in Pommern und die Österreicher in Brandenburg. Aber Friedrich II. besiegte am 16. November das deutsche Reichsheer und die Franzosen bei Roßbach, das westlich von Leipzig liegt. Zwanzigtausend Preußen schlugen fünfzigtausend Franzosen und Deutsche des Reichsheers, und nur einen Monat später, bei Leuthen, zermalmte der kleine König über zehntausend Gegner, bei zweitausend eigenen Toten und Verwundeten.

Am 8. September, zu Mariä Geburt, verließ in Zarskoje Selo die Zarin plötzlich den Gottesdienst und stürzte vor der Kirche bewusstlos ins Gras. Die Ärzte ließen sie inmitten der Menschenmenge zur Ader, stellten Wandschirme und ein Liegemöbel auf und brachten die Zarin ins Leben zurück. Zuerst erkannte sie niemanden, später vermochte sie nur mit Anstrengung verständlich zu reden.

Im Oktober hatte ich der Großfürstin Jekaterina mitteilen müssen, dass Polens König ihrem Liebhaber, dem Grafen Poniatowski, das Abberufungsschreiben geschickt habe; da ich wusste, dass dies auf Iwan Schuwalows und des Vizekanzlers Woronzow Betreiben geschehen war, entdeckte ich in diesem Schreiben einen Formfehler und konnte es zurückschicken. So erhielt das Paar einen Aufschub, zumal Jekaterina, zweifellos von Poniatowski, hochschwanger war. Sie wurde am 9. Dezember nachts um elf Uhr von einem Mädchen entbunden, das den Namen Anna bekam, nach Anna Petrowna von Holstein, der Mutter des Großfürsten Pjotr.

Dann machte der Winter die Fortführung des Kriegs unmöglich. Die Armeen gingen in die Winterquartiere. Zu Beginn des Jahres 1758 hatten alle Schlachtenlenker Zeit, die Wunden zu lecken.

Man verhaftete mich am 15. Februar zugleich mit Juwelier Bernardi (der allerlei geheime Botschaften hin und her getragen hatte), Iwan Jelagin (einem Freund von Poniatowski) und Wassili Adadurow, Jekaterinas einstigem Russischlehrer und mein enger Vertrauter); davon später Ausführlicheres.

Aber weil wir Russen am 25. August wie die wahren Teufel kämpften, überstanden der König und sein Heer die blutigste Schlacht des gesamten Kriegs nur durch namenloses Glück und um Haaresbreite. Unserem Heer fehlte eine kluge Führung, und die russischen Soldaten verließen ungeschlagen das Schlachtfeld bei Zorndorf, nahe der Stadt Küstrin. Die preußische Armee war derart erschöpft und geschwächt – auf dem Feld lagen zwanzigtausend Tote und Verwundete, und eintausendzweihundert unserer Offiziere starben –, dass sie das führungslose Heer nicht zu verfolgen vermochten. Unsere klugen Schlachtenlenker, der unentschlossene Frolow-Bagrejew, der ohne Befehle von Graf Rumjanzow und Fürst Goliizyn nichts unternehmen durfte, ja, diese Männer sind Schuld, dass wir nicht gewannen: Friedrich II. war der bessere General. Auch eine Niederlage gegen die Österreicher bei Hochkirch in Ostsachsen zwei Monate nach dem Gemetzel von Zorndorf zwang den König nicht, die Sache als verloren einzugestehen. Schließlich verließ auch Stanislaus Poniatowski im Februar 1758 das Land und reiste zurück nach Polen.

Am 8. März 1759 starb Jekaterinas Tochter, die kleine

Anna Petrowna, nach kurzer, schwerer Krankheit. Die Zarin hatte gestattet, dass die Großfürstin ihre Kinder regelmäßig, einmal in der Woche, in St. Petersburg besuchen durfte.

Zum ersten Mal fochten am 12. August die Preußen bei Kunersdorf nahe Frankfurt an der Oder gegen ein russisch-österreichisches Heer. Unsere Truppen und ihre österreichischen Verbündeten unter dem Befehl des Freiherrn von Loudon schlugen die preußische Armee vernichtend. Zwei Pferde wurden unter Friedrich II. totgeschossen, und eine Gruppe Kosaken griff ihn an, aber er entkam – um einen hohen Blutzoll. Von geschätzten achtundvierzigtausend Soldaten blieben dem Preußenkönig nur dreitausend, und dreizehntausend unserer russischen Soldaten starben für unseren Sieg. Die Reichsarmee besetzte Dresden, aber wegen Dauns Vorsicht nützten wir unseren Sieg nicht aus, und man nannte den Zustand danach ›Das Wunder des Hauses Brandenburg‹.

Als wären die Völker durch den Krieg nicht schon genug gestraft, als gäbe es nicht genug Gräber junger russischer Soldaten im fremden Land, als kämen nicht unaufhörlich Verwundete und Sieche aus der Fremde zurück, als wären da nicht zahllose Gefangene, schien es mitten im Winter, als wolle uns der Himmel strafen: Ein Schweifstern tauchte Ende 1758 auf und leuchtete zwischen den Sternen bis in den Frühling des folgenden Jahrs. (Lomonossow schrieb mir, dass dieser Schweifstern alle sechsundsiebzig Jahre regelmäßig wiederkehrt und dass es dem Engländer Halley zu verdanken sei, dies zu wissen; er habe es schon 1682 ausgerechnet.) Von der Großfürstin erhielt ich ein Billett, in dem sie schrieb, sie erinnere sich an ihren ersten Schweifstern und die Wahrsagungen eines schwarzhaarigen Mädchens namens Nela; sie, Jekaterina, sei zu Höchstem berufen. Die Erscheinung des Schweifsterns rief in ganz Russland und Europa Entsetzen hervor. Wahrsager und Scharlatane verbreiteten im abergläubischen Volk furchterregende Geschichten, aber die Wirklichkeit war furchtbar genug.

Im eisigen Winter 1759/60 schien sich die Zeit dahinzuschleppen, so ereignislos langsam wie nie jemals zuvor. Der Winter kam einher mit erbarmungsloser Kälte. Ich ließ mich in meinem Gutshof einschneien, trank kalten Wodka und heiße Schokolade und wartete auf die wenigen Boten aus St. Petersburg. Die Krankheit der Zarin war der Grund dafür, dass nicht viele Anweisungen, Befehle und Ukasse gelesen und noch weniger unterzeichnet und gesiegelt wurden. Wo die Katze siechte, tanzten die Mäuse und rauften die Bilche. Sehr viel später erfuhr ich vom Streit zwischen der Zarin und Jekaterina; nach allem, was man mir zutrug – grinsend, kichernd, bewundernd und zitternd –, schien es dem Kampf zweier Löwinnen, Furien oder schlauer Hexen entsprochen zu haben. Großfürstin Jekaterina erzählte mir später einiges von dem, was in dieser Nacht geschah. Es war, wenn ich mich recht erinnere, am 13. April 1759, und nach dem Streit ahnte die Zarin, wer ihre wahre Nachfolgerin war, und Jekaterina, trotz aller Todesfurcht, wusste es auch.«

Armlange Eiszapfen wuchsen vor den Fenstern. Aus den Wäldern kam das Krachen der Baumstämme, die in der Eiseskälte barsten, und nachts heulten Wölfe den Mond an; seit Jahren hatte Bestuschew kein Wolfsgeheul mehr gehört. Man hatte Raben und Sperber auf Dächern und Treppen gefunden, im Flug ohne Todeskrächzen erfroren. In offenen Kaminen und gemauerten Kachelöfen brannten und schwelten Wurzelstöcke, größer als Jagdhunde. Bestuschew näherte seine Füße der Glut, schwenkte den Wodka im Glas und stellte sich die große – letzte? – Bataille der beiden Frauen vor.

Seit dem Tag, an dem Graf Alexander Schuwalow ihr im Namen der Zarin und der Geheimen Kanzlei Madame

Wladislawowa weggenommen hatte, wartete Jekaterina darauf, zur Rechenschaft gezogen zu werden. Zu viele Missverständnisse, Verzerrungen, Gerüchte und bloßes Geschwätz am Hof, bewusste Intrigen, Verdächtigungen und Gezänk hatten sich zu einem wackligen Bauwerk getürmt, dessen Zusammenbrechen nur eine Frage der Zeit war. Heute, nach langer wirklicher und vorgeblicher Krankheit Jekaterinas, schien es so weit zu sein. Ihr wohlüberlegter Brief an die Zarin war ohne Antwort geblieben. Um Mitternacht wollte die Zarin sie empfangen; Alexander Schuwalow würde sie abholen und begleiten.

Während Jekaterina sich zum wiederholten Mal jede nur mögliche Frage, jeden Vorwurf und jede ihrer Antworten ausdachte, schlief sie erschöpft ein; erst nachts um halb zwei Uhr wachte sie fröstelnd auf dem Samtbezug eines Diwans auf, als Schuwalow ihre Schulter berührte.

»Ich bringe Sie zur Zarin, Großfürstin«, sagte er. Sie nickte und warf sich einen Mantel um die Schultern. Ihre Erregung wuchs und ließ sie binnen weniger Schritte wach werden. In bronzenen Haltern brannten kleine Fackeln in den menschenleeren Korridoren entlang der Treppen bis hinauf zur Galerie. Als Schuwalow und Jekaterina auf die Tür zur kaiserlichen Suite zugingen, trat Pjotr durch eine Tür rechts daneben hinein. Seit Wochen hatte sie ihn nicht gesehen; er und andere Vertraute der Zarin mieden sie voll Furcht.

Schuwalow öffnete ihr die Tür, kam hinter ihr herein und blieb stehen. Also kein Zwiegespräch mit der Zarin, dachte sie und holte tief Luft. Pjotr war hier, um sich die Erlaubnis geben zu lassen, sie zu verstoßen und Jelisaweta Woronzowa zu heiraten. Sie stand in einem kalten Saal, in dem sie statt dessen Decke die Sterne zu sehen glaubte. Kerzen brannten in drei Leuchtern, und die Flammen spiegelten sich als Lichtinseln auf dem Boden. Es war bedrohlich still. Auf einem der Tische sah Jekaterina eine große goldene Schüssel, in der geschlossene und geöffnete

Briefe lagen. Zwischen den Tischen stand, massig wie ihr eigenes Denkmal, die Kaiserin schweigend und Jekaterina mit finsterem Blick musternd. Sie erschrak, als sie den aufgeschwemmten Körper vor sich sah, fiel auf die Knie und tastete nach Jelisawetas Hand.

»Kaiserliche Majestät«, sagte sie leise, »ich bitte Euch, mich in Gnade zu entlassen. Ich habe meine Schuldigkeit getan – schickt mich zurück ins verwüstete Deutschland.«

In der Stille dieser Höhle der Nacht verlor sich der Klang ihrer Stimme. Bis auf einige Gemälde in goldenen Rahmen – Hafen und Werft der Stadt unter dem Vollmond, zwei Bilder der Zarin in Prunkgewändern und die Schilderung einer Bärenjagd – waren die Wände zwischen vergoldeten Holzsäulen leer. Hinter den Wandschirmen nahe der Fenster hörte sie Atemzüge und Flüstern; außer Schuwalow und Pjotr waren andere Zuhörer im Raum.

Die Kaiserin nahm den Handkuss entgegen, wischte über ihr Gesicht und sagte: »Stehen Sie auf, Großfürstin.«

Jekaterina begann zu weinen; es waren Tränen der Erschöpfung. Lagen dort in der goldenen Schüssel belastende Briefe? Sie hob den Kopf. Die Zarin, mit aschgrauem, flüchtig und dick geschminktem Gesicht, schweren Tränensäcken und verzerrten Lippen, schien todkrank zu sein. Aber ihre Stimme hatte sich nicht verändert.

»Warum stehen Sie nicht auf? Wie können Sie wünschen, dass ich Sie nach Hause schicke?«, sagte sie scharf. Pjotr und Schuwalow schwiegen und sahen Jekaterina an, als stünde ihre Verbannung bevor. »Denken Sie daran, dass Sie entzückende Kinder haben!«

Die vier Personen standen wie vergessene Schachfiguren in der Mitte des Raums. Die Zarin ließ sich schwer in einen Sessel fallen und stieß ihren Atem aus. Ihr unförmiger Körper bebte, die Handgelenke waren geschwollen, nicht ein Ring schimmerte an den dicken Fingern.

Jekaterina rührte sich nicht und hob ihre Stimme. »Meine Kinder sind in Ihren Händen.« Sie versuchte ihr

Schluchzen zu unterdrücken. »Ich hoffe, Sie werden sie nicht allein lassen.«

»Welchen Grund sollte ich der Welt angeben, wenn ich Sie fortschickte?« Die Zarin atmete schwer und blickte wie Hilfe suchend zu Pjotr, dann auf ihr Jugendbildnis.

»Eure Kaiserliche Majestät wird einfach sagen – wenn Sie es für richtig halten –, weshalb ich mir Ihre Ungnade und den Hass des Großfürsten zugezogen habe.«

Wahrscheinlich sind Jelisawetas Günstling Iwan Schuwalow und Alexanders Bruder Pjotr hinter dem Wandschirm, dachte Jekaterina. Seltsame Zeugen. Die Zarin streckte die Hände aus und zog Jekaterina mit kraftlosem Griff in die Höhe.

»Sehen Sie mir in die Augen.« Ein flacher, langer Husten ließ den mächtigen Körper beben. Die Zarin schwieg eine Weile, vielleicht um den Schmerz zu unterdrücken, und fuhr dann fort: »Gott ist mein Zeuge, wie viel ich geweint habe, als Sie nach der Ankunft in Russland todkrank waren. Wenn ich Sie nicht lieb gewonnen hätte, dann hätte ich Sie nicht hier behalten.«

»Ich danke Eurer Majestät für alles, was Sie für mich getan haben.« Jekaterina wischte die Tränen aus ihren Augenwinkeln. »Niemals werde ich Ihre Güte vergessen.«

»Und wovon und wo wollen Sie leben? Bei Ihren Verwandten? Ihr Vater ist tot, Ihre Mutter ist geflohen. Sie war gezwungen, die Heimat zu verlassen, und lebt ärmlich genug in Paris.«

»Ich weiß.« Jekaterina seufzte und verschränkte die Finger. »Es wäre mein größtes Unglück, wenn ich mir Ihre Ungnade zugezogen hätte. Der preußische König verfolgte meine Mutter, weil er glaubte, sie wäre zu eng mit Russland verbunden.«

Die Kaiserin schwieg und schien zu überlegen. Jekaterinas freimütige Antworten mochten sie überrascht haben. Beide Frauen als Opfer der russischen Sache und der Hofintrigen?

»Sie sind maßlos stolz.« Die Kaiserin sprach schnell und erregt. Ihre Finger tasteten auf den Sessellehnen umher. »Im Sommerpalast ging ich einmal auf Sie zu und fragte, ob Sie Halsschmerzen hätten, weil Sie mich nur mit einem Kopfnicken begrüßt hatten.«

»Ich war immer ergeben und treu«, sagte Jekaterina, aber die Zarin redete weiter, ohne sich unterbrechen zu lassen.

»Sie bilden sich ein, klüger als alle anderen zu sein. Niemand ist klüger als Sie.«

»Wenn ich diesen Glauben wirklich hätte«, entgegnete Jekaterina unter Tränen, »wäre nichts geeigneter, ihn mir zu nehmen, als meine gegenwärtige Lage und diese Unterredung. Ich muss erkennen, dass ich aus Dummheit bisher nicht verstanden habe, was Sie mir vor vier Jahren zu sagen geruhten.«

Großfürst Pjotr und Schuwalow berieten sich. Die Zarin stemmte sich keuchend in die Höhe, ging schwerfällig zu ihnen und flüsterte mit beiden Männern. Die Wände und die Gemälde schienen das Zischeln aufzusaugen, und Jekaterina verstand nur Pjotrs letzten Satz: »Sie ist bösartig und sehr eigensinnig.«

»Wenn Sie von mir sprechen«, rief Jekaterina unterdrückt und drehte sich halb herum, »so freue ich mich, Ihnen in Gegenwart Ihrer Kaiserlichen Majestät sagen zu können, dass ich schlecht bin gegen jene, die Ihnen raten, Ungerechtigkeiten zu begehen, und dass ich eigensinnig geworden bin, seit ich sehe, dass meine Gefälligkeit zu nichts anderem als zu Ihrer Feindschaft führt.«

Mit schriller Stimme rief der Großfürst: »Eure Kaiserliche Majestät ersieht selbst aus dem, was sie sagt, wie bösartig sie ist.«

Die Zarin, dachte Jekaterina scheint den Vorwurf des Verrats vergessen zu haben. Sie vernahm fast mit Dankbarkeit Pjotrs wütenden Einwurf. Die Kaiserin ging unruhig auf und ab und vergaß offensichtlich auch ihre

Krankheit. Die schweren Säume der Robe raschelten über das glänzende Holz des Bodens. Sie blieb einige Schritte vor Jekaterina stehen und starrte sie wütend und drohend an.

»Sie mischen sich in viele Dinge, die Sie nichts angehen. Niemals hätte ich das zur Zeit der Zarin Anna gewagt! Wie konnten Sie so verwegen sein, Befehle an General Apraxin zu schicken?«

»Ich? Niemals ist es mir in den Sinn gekommen, ihm etwas zu befehlen!« Jekaterina schüttelte heftig den Kopf.

»Wie können Sie leugnen, ihm geschrieben zu haben? Ihre Briefe liegen dort.« Jelisaweta deutete auf die Waschschüssel. »Es ist Ihnen verboten zu schreiben.«

»Ich habe dieses Verbot überschritten und bitte dafür um Verzeihung. Aber da meine Briefe dort liegen, können sie beweisen, dass ich ihm nur einmal schrieb, was man über sein Verhalten dachte, und dass er Ihre Befehle befolgen solle; die übrigen enthalten Glückwünsche zu Neujahr und zur Geburt seines Sohnes.«

»Bestuschew hat im Verhör gesagt, dass es da noch viele andere Briefe gibt.«

Jekatarina hielt dem Blick der Zarin stand und erwiderte in dem Wissen, dass diese Briefe verbrannt worden waren, mit fester Stimme: »Wenn er das behauptet, lügt er.«

»Nun gut.« Jelisawetas Wut und Verärgerung wuchsen, und sie schrie fast. »Wenn er also lügt, werde ich ihn foltern lassen.«

Alle bisherigen Angriffe, dachte Jekaterina, sind ins Leere gegangen. Ich bin gut vorbereitet, und die Zarin hat nichts mehr gegen mich in der Hand. Oder etwa doch? Sie ist in Wirklichkeit nicht kränker als ich.

Die Kaiserin wandte sich an Pjotr. »Sie wissen noch nicht alles, Großfürst, so, was sie gegen Ihre Ratgeber und gegen Brockdorff gesagt hat.«

Plötzlich hörte sie Pjotrs Stimme. Sie war laut und hasserfüllt. »Ah! Diese Geschichte kannte ich ja bisher gar nicht«, rief er aus. Erst heute erfuhr er, dass Jekaterina Brockdorff, der ihm ans Herz gewachsen war, vor der Zarin angeklagt hatte, weil sie nur das Beste für Pjotr gewollt hatte. Seine Stimme kippte. »Sie ist sehr schön und beweist ihre Bösartigkeit.«

Die Zarin betrachtete prüfend ihren Neffen, sah Jekaterina ebenso abwägend in die Augen, wechselte lange Blicke mit Schuwalow und war wohl nahe daran, Pjotrs Absicht zu erkennen. Er wollte Jekaterina durch seine Mätresse Woronzowa ersetzen. Aufmerksam und mit unfreiwilliger Billigung hörte die Zarin mit dem Gesichtsausdruck und dem Verhalten einer alten Bäuerin, die alles schon erlebt hatte, zu. Wieder sprachen Schuwalow und Pjotr leise miteinander, und als Jelisaweta zu ihrem Sessel ging und an Jekaterina vorbeikam, flüsterte sie: »Ich hätte Ihnen noch vieles zu sagen.« Sie deutete auf Pjotr. »Doch ich kann nicht reden, weil ich Sie beide nicht noch mehr in Unfrieden bringen will, als Sie es schon sind.«

»Ich wünsche nichts anderes, als Eurer Kaiserlichen Majestät mein Herz und meine Seele zu eröffnen«, entgegnete Jekaterina. Sie schien den ersten Waffengang gewonnen zu haben. Die Zarin hatte Tränen in den Augen, als sie den Raum verließ, nach einigen Atemzügen von Pjotr mit polternden Schritten gefolgt. Langsam ging Jekaterina zu ihren eigenen Zimmern, wo ihre Kammerfrauen sie zur Nacht zurechtmachten.

Minuten später klopfte es, und Alexander Schuwalow wurde hereingelassen. Er verbeugte sich und sagte in geradezu bewundernd-feierlichem Ton: »Ihre Kaiserliche Majestät sendet ihren Gruß. Sie mögen nicht betrübt sein, Großfürstin, denn die Kaiserin will noch einmal mit Ihnen allein reden.«

Jekaterina erwiderte die Verbeugung. »Meinen untertänigsten Respekt der Kaiserlichen Hoheit. Ich danke für den Gruß und erwidere ihn. Möge die Kaiserin tief und gesund schlafen.«

Nach zwei Wochen durfte Jekaterina zum ersten Mal mit ihren Kindern im Kaiserpalast Peterhof spielen. Die Zarin soll gesagt haben, dass Jekaterina eine kluge Frau sei, Großfürst Pjotr aber ein hässlicher Dummkopf. Weitere zwei Wochen vergingen, bis die Zarin Jekaterina zu einer Unterredung unter vier Augen einlud.

Es war wieder Graf Schuwalow, der Jekaterina meldete, dass die Zarin sie zu einem Gespräch erwartete. Wenige Minuten später waren beide Frauen allein im Arbeitszimmer der Zarin; niemand lauschte hinter einem Paravent. Auf einem niedrigen Tisch standen Gläser, Tassen, Krüge, Pralinen und Gebäck. Die Zarin trug einen schweren Morgenmantel, schien gut geschlafen zu haben und deutete auf einen Sessel. Durch die hohen Fenster flutete goldfarbenes Abendlicht, in dem unzählige Staubteilchen tanzten.

»Wir sind allein«, begann die Kaiserin. »Niemand hört zu. Alles bleibt unter uns – unter einer Bedingung. Ich verlange, dass Sie mir in allem, wonach ich Sie frage, die reine Wahrheit sagen.«

Jekaterina war auf der Hut, obwohl sie erkannte, dass die Zarin leidend war und sich zusammennahm. Sie blinzelte in der Helligkeit und hob die Hand. »Ich schwöre, dass ich mein Herz rückhaltlos öffnen werde.«

»Ich frage Sie über die vermaledeiten Briefe an Apraxin. Und über den Verrat des Großkanzlers Bestuschew und das ungebührliche Verhalten des Großfürsten.«

»Was wollen Eure Kaiserliche Hoheit wissen?«

»Alles Wichtige über Ihre Liebschaften. Mit Saltykow und Poniatowski, denn mit Pjotr haben Sie schwerlich eine Liebschaft gehabt. Und über Ihre Kinder …«

Jekaterina füllte, um Zeit zum Nachdenken zu gewinnen, die Tassen und Gläser, ließ eine Praline auf der Zunge zergehen und hoffte, dass ihre Antworten gleichermaßen ausführlich und zurückhaltend waren. Es gab für sie keine andere Wahl, an eine Rückkehr nach Zerbst war nicht mehr zu denken. Wenn die Zarin mit ihr Frieden schloss, würde es ein fragiler Zustand bleiben, weiterhin unterworfen allen Zufälligkeiten am Hof und den Launen der Zarin.

Doch nach drei, vier Stunden, als der Tag und das Gespräch endeten, schien Jekaterina außer Gefahr. Sie hatte wieder Zugang zu Hofe, blieb aber von allen wichtigen Angelegenheiten ausgeschlossen, war weder beliebt noch gehasst oder gar gefürchtet. Deutlicher als je zuvor allerdings hatte die Kaiserin erkannt, dass Großfürst Pjotr, dessen Dummheiten den Hof verstörten, kein Nachfolger auf dem Zarenthron war.

Am 8. März 1759 starb Jekaterinas Tochter, Prinzessin Anna, und niemand wusste, an welcher Krankheit. Jekaterma lauschte tief in sich hinein, aber sie empfand keine wirkliche Trauer. Es war, als wäre Anna von einer anderen Frau geboren worden.

Überall in St. Petersburg und selbst in den Palästen wimmelte es von Soldaten, und die Offiziere wetteiferten mit ihren Auszeichnungen – Gedenkmedaillen, die Jelisaweta prägen ließ. Fast jede Familie, die Jekaterina kannte, hatte in den Schlachten einen Freund, den Vater, Sohn oder Bruder oder einen Verwandten verloren. Geschichten über heldenhaften Mut, unmenschliche Verwundungen und ehrenvollen Tod machten die Runde.

Erst eine Woche später erfuhr Jekaterina, dass ihre Mutter am 16. Mai 1760 in Paris gestorben war. Jekaterinas Furcht, dass ihre heimlichen Briefe in St. Petersburg bekannt werden würden, verflog; der Herzog von Choiseul verbrannte alles Belastende. Großmütig, aber voll Widerwillen, beglich die Kaiserin die Schulden, die Gräfin Johanna gemacht hatte. Anderes war wichtiger. Am 15. August siegte Friedrich II. bei Liegnitz, was den Fortgang des Kriegs nicht aufhielt. Am 9. Oktober eroberten russische und österreichische Heeresabtellungen

Berlin, verwüsteten ganze Bezirke und wurden erst nach drei Tagen vertrieben. Ende Oktober starb der englische König; Preußen verlor den einzigen Verbündeten und sämtliche Unterstützungsgelder aus England.

Nach Gewaltmärschen von dreihundertfünfzig Werst entbrannte der Kampf um Torgau, der bei Feuerschein bis tief in die Nacht des 3. November dauerte. Fast fünfunddreißigtausend Tote der beiden Gegner, Preußen und Österreich, zählte man bei Tageslicht auf dem Schlachtfeld. Friedrich II. wurde verwundet, kämpfte jedoch weiter, und es gelang ihm, das Gemetzel in einen Sieg zu verwandeln. Schwer verletzt trug man Feldmarschall von Daun vom Schlachtfeld. Wieder zog die Kälte des Winters über Europa.

Als sich der Schnee an den Seiten der mühsam frei geschaufelten Straße türmte, blieben auch für Alexej Petrowitsch Bestuschew die Nachrichten von Nikita Panin aus. Der letzte Bote brachte ihm eine Notiz, die vieles erklärte: Pjotr III., der jeder geheimen Sitzung des Kriegsrats beiwohnte, gab jede Einzelheit, die er erfuhr, an den englischen Botschafter Keith weiter. Dessen Geheimkuriere verständigten Friedrich II. schneller über die Bewegungen unserer Truppen, als diese ihre Befehle ausführen konnten.

O Matuschka Russland! Möge bald der Tag kommen, an dem der Großfürst für diesen Verrat bitter bezahlen muss!

Alexej Petrowitsch Bestuschew hob die Schultern, und sein Blick schweifte über die wohlvertraute verschneite Landschaft. Er legte die Feder auf die Unterlage, die voller Tintenspuren war, wischte Streusand von der Tischplatte und verschloss das Tintenfaß. Das Jahr 1761 begann. Der ehemalige Großkanzler, der schwer am Verlust seines Amts trug, hatte nur eine Hoffnung, nämlich dass es das letzte Jahr seiner Verbannung vom Hof war, das letzte Jahr seiner Machtlosigkeit.

9

Grigori Orlow und Jelisawetas Tod

Im Mai 1761, als Jekaterina ihren zweiunddreißigsten Geburtstag feierte, sah sie Leutnant Grigori Grigorjewitsch Orlow – einen von fünf Brüdern einfacher Herkunft, dreifach verwundeter Held von Zorndorf, Überlebender von zwanzigtausend Gefallenen, sechsundzwanzig Jahre jung, riesengroß, vertrauenswürdig und bärenstark – zum ersten Mal.

Dieses Jahr war für Jekaterina geprägt von tiefgehender Nachdenklichkeit, die sie geschickt zu verbergen verstand. Trotz aller Kühle ihrer Beziehung umflorte sanfte Trauer um Poniatowski ihr Herz. Sie schrieben sich zwar lange Briefe, aber sie übte sich in Zurückhaltung bei allem, was sie tat. Jedermann am Hof und in dessen nahem Umkreis war bald klar, dass sie eine Feindin Preußens war, und sie ertrug bewusst geduldig die Einschränkungen, unter denen sie auf Veranlassung der Zarin litt. Es bereitete keinerlei Schwierigkeiten zu erfahren, von weicher Art die Gebrüder Orlow waren – unerschrocken, kühn, kämpferisch. Sie rauften, tranken und stellten den Frauen nach, und keiner der fünf Berufsoffiziere – Iwan, Grigori, Alexej, der Narbige, Feodor und Wladimir – besaß genügend Geld, nachdem sie das kleine Vermögen ihres Vaters aufgeteilt und verbraucht hatten. Jeder der Brüder war verschuldet.

Jekaterina ließ den alten Boris Grigorowitsch ihr Pferd aufzäumen, stieg in den Herrensattel und trabte zur Gräfin Praskowja Bruce, ihrer einzigen Freundin in diesen Monaten voller Beschwernisse.

»Ich brauche ein Liebesversteck, Praskowja«, sagte sie. »Sie verstehen, dass ich mir nicht die geringste Blöße geben darf.«

»Ist es dieser schöne große Offizier? Mit ihm wollen Sie Stanislaus vergessen?«

»Nicht vergessen, liebste Freundin«, antwortete Jekaterina und beruhigte den Apfelschimmel. »Ich ziehe einen Geliebten vor, der vollkommen und diskret ist.«

»Ich habe ein Häuschen drüben auf der Wassiljewski-Insel. Grigori Orlow! Oh! Überall beliebt. Er macht Fürstin Kurakin den Hof, wie ich hörte.«

Jekaterina lächelte die Freundin siegessicher an. Der General der Artillerie, Pjotr Schuwalow, Bruder des Leiters der Geheimen Kanzlei, der Geliebte der Fürstin, war schwer erkrankt.

»Nicht mehr lange. Wenn ich ihm meine Gunst zeige, wird er nichts anderes wollen. Wie finden wir dieses Häuschen?«

»Es steht seit einem Jahr leer. Ich lasse es putzen, Großfürstin.« Gräfin Bruce nickte. »Und ich werde mit niemandem darüber reden.«

»Es wäre mein Verderben.« Jekaterina schob den Fuß in den Steigbügel und packte den Sattelknauf. Mit einem Ruck saß sie auf. »Wir Frauen sind ein geplagtes Geschlecht, wenn's um unsere Leidenschaft geht und darum, geliebt zu werden.«

Gräfin Bruce nickte schweigend und sah mit verständnisvollem Lächeln der Reiterin hinterher. Sie wusste, dass Jekaterina sich nach langem Grübeln in halb durchwachten Nächten für Grigori Orlow entschlossen hatte. Ob die Großfürstin daran dachte, dass Zarin Jelisaweta ihren Staatsstreich nur mit Hilfe der Regimenter und deren Anführer hatte durchführen können, wusste sie nicht.

Jekaterina spürte die harten, schwieligen Hände von Grigori auf ihren Hüften und warf sich erschöpft und glücklich in die Kissen, lächelnd, sicher, dass sie in dieser ersten Nacht eine stürmische Liaison begann, die lange dauern würde – so lange, wie Grigori seine Geliebte bewunderte und die Zuträger der Zarin nichts davon erfuhren. Orlow verkehrte nicht bei Hof.

Sie räkelte sich auf den Laken und betrachtete, während er sich mit geschlossenen Augen und schweißüberströmt ausstreckte, seinen schlanken Körper. Grigori war schön wie ein klassischer Gott, breitschultrig und mit mächtigen Muskeln. Seine Soldaten liebten ihn, sein Mut war bewundernswert und über jeden Zweifel erhaben. Jekaterina hatte noch nie eine solche Sinnlichkeit gespürt, weder bei Saltykow noch bei Poniatowski.

»Du wirst niemandem etwas über uns verraten, Grigori«, sagte sie und legte den Zeigefinger auf seine Lippen. »Nicht einmal deinen Brüdern, hörst du!«

Er biss mit seinen kräftigen weißen Zähnen auf die Fingerkuppe. »Sie werden es wissen, ohne dass ich den Mund aufmache, Katjuschka.«

Sie lächelte. Schon während der ersten leidenschaftlichen Höhepunkte hatte er sie mit Kosenamen überhäuft Katinka, Katjuschka ...

»Es darf niemand erfahren. Glaube mir, es ist besser so.«

»Ich gehorche«, versprach er und zwinkerte. »Bis sie mich wieder in den Krieg schicken, nach Preußen.«

»Der Krieg ruht sich aus.« Jekaterina strich ihr Haar über die Schultern und verschränkte die Arme im Nacken. »Komm«, sagte sie. »Liebe deine deutsche Katjuschka, die so schlecht Russisch spricht, Grigori Grigorjewitsch!«

Als er sich über sie beugte, sah sie die Spuren seiner Verwundungen und fuhr behutsam mit den Fingerspitzen über die weißen Narben.

»Ganz Russland hofft, dass der preußische König erschöpft und der Krieg zu Ende ist«, murmelte Grigori.

In St. Petersburg, das voller heimgekehrter, meist verwundeter Soldaten war, zitterte man davor, dass der Krieg weitergehen würde. Jekaterina erbebte unter Grigoris wilden Zärtlichkeiten, dachte an den kleinen Paul und hoffte, dass es Jahre und Jahre dauern möge, bis sie wieder schwanger wurde.

»Ein Krieg hört auf«, stöhnte sie, »und irgendwo fängt ein anderer an.«

Die Zarin war todkrank, aber sie kämpfte hartnäckig um ihr Überleben; dennoch trank und aß sie weiterhin unmäßig und würzte ihre Mahlzeiten mit Trüffeln aus dem Périgord. Am Tage schlief sie und betete stundenlang in der Palastkapelle. Schwere Koliken folterten ihren erschreckend aufgeschwemmten Leib, und sie war zu schwach, sich selbst anzukleiden.

»Heute nicht mehr, Katinka.« Grigori küßte sie und lachte dröhnend. »Heute gehört uns die ganze, friedliche Nacht. Ich und meine Brüder beschützen dich.«

»Vielleicht muss ich dich beim Wort nehmen«, flüsterte Jekaterina und lächelte schmerzlich. Sie sehnte sich danach, so vieles vergessen zu können, aber ein Vergessen, jene mildtätige Ohnmacht der Seele, gab es für sie nicht. Sie durfte die Übersicht nicht verlieren, selbst nicht während des Heimritts einige Zeit vor dem Morgengrauen.

Vielleicht ahnte nur Jekaterina, die ihre Nächte mit Grigori genoss, dass die Tage bitterer und die Intrigen gefährlicher wurden. Unter der dünnen Schicht des täglichen Lebens brodelte es in Oranienbaum und St. Petersburg. Die Partei, die Pjotr III. unterstützte, wartete auf den Tod der Zarin, und Pjotr würde sofort die Großfürstin des Landes verweisen und die Woronzowa heiraten. Die Kaiserin sehnte den Sieg über Friedrich II., ihren Todfeind, herbei, weigerte sich aber, die Anordnungen des Kriegsrats zu unterzeichnen. Selbst Iwan Schuwalow am Lager der dahindämmernden Kaiserin zählte zu jener Gruppe, die Jekaterina als Regentin oder gar Zarin sehen wollte. Jekaterina Daschkowa, die Schwester von Pjotrs Mätresse, siebzehn Jahre alt, Freundin und Jekaterinas gescheite Gesprächspartnerin, drohte mit ihrer Begeisterung die Großfürstin zu kompromittieren.

Fünfzehn Schritte lang schwieg Nikita Iwanowitsch Panin, scheinbar dem Echo von Jekaterinas Worten nachsinnend. Dann vergrub er die Hand zwischen den Säumen seiner Jacke und sagte in flüssigem Französisch: »Sie und ich, wir sind zweifellos im Vorhof der Macht, Großfürstin. Ich denke ständig darüber nach, einen Weg aus dem Wirrwarr und Chaos zu finden. Aber die Wirrnisse lassen mich keine Antwort erkennen.«

»Auch ich, Graf, sehe weder einen Weg noch einen Ausweg. Und Ihr seid dem Großfürsten und der Kaiserin näher als eine arme, geduldete Fremde mitten in Russland.« Es tat gut, mit einem gebildeten, verständnisvollen Staatsmann zu reden. Seit dem Tod ihres Religionslehrers und Beichtvaters Simeon Teodorskij vor sechs Jahren, entbehrte sie solcher Gesprächspartner. »Mitten im undurchschaubaren ... Gefüge des Hofs.«

Nach langem Zögern hatte sich Jelisaweta entschlossen, den ehemaligen Erzieher Pjotr III. und Schüler des Großkanzlers Bestuschew um eine Unterredung ohne Zeugen zu bitten. Die Zarin hatte Nikita Panin vor etlichen Monaten aus Stockholm abberufen und zum Erzieher des kleinen Paul bestimmt. Jekaterina holte tief Luft und versuchte in Panins Gesicht zu lesen. Dann wagte sie leise zu sagen: »Große Geldsummen stünden aus europäischen Schatztruhen für die Beteiligten bereit, wenn eine Revolution die Thronbesteigung Pjotrs verhindern würde.«

»Ich weiß vermutlich ebenso viel wie Sie, Großfürstin.« Panin lächelte kühl. Um seine Augen bildeten sich kleine Fächer aus Falten. »Da gibt es eine Gruppe, die Ihren Sohn gern als neuen Zaren sähe.«

»Der Sie angehören, Graf«, sagte sie. »Eine andere Gruppe, und zwar die russlandtreuen Regimenter, erinnern sich an die entschlossene Machtergreifung der jetzigen Zarin.«

»In dieser Gruppe stehen zweifellos die heldenhaften Orlow-Brüder, nicht wahr?«

Jetzt grinste Panin, aber der Ausdruck seiner Augen blieb wachsam und abwartend.

»Wahrscheinlich.« Jekaterina machte eine abwehrende Geste. »Ich habe eigene Vorstellungen, teuerster Graf, aber ich gehöre keiner Gruppe an. Wenn Sie einen Sechsjährigen auf dem Thron haben wollen – bedenken Sie das Schicksal von Iwan VI.«

»Das zweifellos überaus bedauernswert ist. Aber das Leben und die Zustände in St. Petersburg werden auch durch unsere Unterhaltung nicht übersichtlicher.«

Die Heere Russlands und der anderen Beteiligten zogen unter katastrophalen Verlusten durch verwüstetes Land. Preußen war noch immer nicht geschlagen, Europa litt unter den Folgen des Kriegs. Bisher hatte es keine offene Feldschlacht gegeben. Die Zarin schickte widersprüchliche Befehle an die Heere, der Kaiserliche Kriegsrat schien bedeutungslos, Generäle wurden im Zeichen des Doppeladlers abgesetzt und neu ernannt, aber noch immer, trotz härtester und verlustreicher Belagerung, besaß Friedrich II. die Festung Schweidnitz und Kolberg samt Hafen. Aus der Umgebung der Zarin war zu erfahren, dass Jelisaweta an häufigem Nasenbluten und einer unheilbaren Wunde am linken Fuß litt; Gott strafte sie, weil Peter der Große sie einst an dieser Stelle geküsst hatte.

Kam Jelisaweta wieder zu sich, schrie sie Befehle, wüste Anschuldigungen und Drohungen und schien vollends den Verstand zu verlieren.

»Vollkommene Ratlosigkeit herrscht im Winterpalast und breitet sich im Land aus«, sagte Jekaterina und blieb neben einem blühenden Busch stehen. »Was können wir tun, Graf?«

»Warten und zu allem bereit sein, Kaiserliche Hoheit.« Er pflückte eine Blüte und reichte sie Jekaterina. Sein Lächeln war vergangen, hatte sich zurückgezogen wie in einen Schildkrötenpanzer. »Bis der Herr in seiner unerforschlichen Güte über die Kaiserin und das Wohl und

Wehe unseres Landes entscheidet. Jeder Tag, Verehrteste, endet mit Dämmerung und Nacht.«

»Das ist eine der wenigen Gewissheiten unseres Lebens«, entgegnete Jekaterina und atmete den Duft der Blüte tief ein. »Seien Sie sich dessen sicher, Graf Panin, dass ich wissen werde, was zu tun ist – ob am Tag oder in der Nacht.«

Sie ging neben Panin langsam auf das Tor des Gartens zu, wo die Einspänner warteten. Die kommende Nacht würde wieder ihr und Grigori gehören und der göttlichen Leidenschaft ihrer Körper.

Zu Beginn des Monats August, nach vielen Wochen jenes selbst gewählten Versteckspiels zwischen dem Palast und dem Liebesnest, wusste Jekaterina, dass sie schwanger war, und ebenso unumstößlich wusste sie, dass sie die Schwangerschaft so gut und so lange es ging verheimlichen musste. Sie begann sich weite Kleider schneidern zu lassen und zeigte sich so selten wie möglich in der Öffentlichkeit. Sie las, machte sich Notizen und schrieb Briefe, viele davon an Stanislaus Poniatowski, der genauso sehnsuchtsvoll zurückschrieb.

Die Eildepeschen, die den Kriegsrat im Oktober erreichten, schienen das baldige Ende des Kriegs zu versprechen oder riefen zumindest Freude über die Verbündeten hervor. Ein Heer Österreichs eroberte am 11. September im Sturmangriff die Festung Schweidnitz, in der sich Friedrich II. wichtigste militärische Vorräte befunden hatten. Seit Mitte des Jahres belagerte unter der Führung des neu ernannten Generals Buturlin ein großes russisches Heer die Festung Kolberg in Pommern. Buturlin wollte die Preußen aushungern und hatte den Belagerungsring dicht geschlossen; am 16. Dezember kapitulierte die Besatzung. Russland hatte jetzt einen Ostseehafen und konnte seine Truppen durch Schiffe mit Nachschub versorgen.

»Der Großfürst wird vor Enttäuschung und Wut rasen«, sagte Jekaterina zu sich selbst. »Aber ich überwintere in meinen Zimmern wie die Igel im Laubhaufen.«

Die Schwangerschaft böte Pjotr den besten Grund, sie offiziell zu verstoßen, denn die todkranke Zarin vermochte Jekaterina nicht mehr zu schützen. Das Ansinnen der Fürstin Daschkowa, ernsthaft einen Staatsstreich zu planen, hatte sie mit überzeugend gespielter Ergebenheit in ihr Schicksal weit von sich gewiesen. Sie blickte von der *St. Petersburgischen Zeitung* auf, die in Deutsch erschien und die sie mit der Übersetzung der *St. Peterburgskije Wedomosti* vom selben Tag verglich; sie hatte keine Notiz über den Zustand der Zarin gefunden. Aber die junge hitzköpfige Fürstin hatte von Freunden gesprochen, die stellvertretend für Jekaterina handeln müssten – es lag noch immer Gefahr in der Winterluft.

»Jeder fragt sich das Gleiche«, murmelte Jekaterina »Wer wird Nachfolger? Pjotr, ich oder Paul Petrowitsch?«

Auch Pjotr Schuwalow – Herr über Salz- und Tabaksteuer, Robbenjagd und Fischfang – lag, wenn sie den Gerüchten glauben durfte, im Sterben. Totenstille herrschte von einem Ende des Winterpalasts bis zum anderen. Die Kammerfrauen flüsterten Jekaterina traurige Botschaften zu.

»Man hat nach dem Beichtvater Ihrer Kaiserlichen Majestät geschickt.«

»Der Beichtvater ist jetzt bei der Kaiserin.«

»Ihre Majestät hat die letzte Ölung empfangen.«

»Nein, noch nicht. Sie hat sich erholt und schläft.«

»Die Zarin hat furchtbare Krämpfe bekommen. Alle sagen, dass sie Blut spuckt.«

»Jetzt hört man nur Sterbegebete. Vielleicht lässt die Kaiserin Sie und den Großfürsten rufen.«

Eine Stunde nach Mittag schlüpfte Jekaterina in einen weiten, mit Fuchspelz gefütterten Mantel und ging durch kalte Korridore bis zu den Vorzimmern der kaiserlichen

Gemächer, in denen wenige schweigende Höflinge und viele Bedienstete warteten. Weder Jekaterina noch Pjotr wurden vorgelassen. Erst am 23. Dezember öffneten sich auch für sie die Türen des Sterbezimmers.

Heiße Luft waberte zur Decke, durchsetzt von zahllosen Rußfäden der Kerzenflammen. Jenseits der beschlagenen Fensterscheiben, von denen das Wasser troff, schneite es seit Stunden dicke Flocken. Es stank nach bitterer Arznei, Weihrauch, schwärenden Wunden und dem kalten Schweiß vieler Menschen. Die Zarin, die abermals einen Schwächeanfall überlebt hatte, lag unter den Prunkdecken des Himmelbetts. Pjotr, der Jekaterina kaum eines Blickes würdigte, und Jekaterina gingen zum Bett. Zwischen Hofdamen, Mönchen mit hohen Mützen, Höflingen und Ärzten öffnete sich eine schmale Gasse. Jekaterina erkannte den alten Senator Nikita Trubetzkoi und die Brüder Rasumowski. In den Vorzimmern stimmten die Bediensteten Trauergesänge an. Die Lippen der Todkranken, deren Körper wie der eines aufgeblähten Tiers dalag, bewegten sich lautlos.

Als Jekaterina nahe genug herangekommen war, erkannte sie, dass die Zarin mühsam das Otchonadja wisperte, das Totengebet, welches ihr der Beichtvater vorsprach.

Dann trat ein Geistlicher vor und spendete ihr murmelnd die letzte Ölung. Eine Handbewegung, die wohl nur Iwan Schuwalow richtig zu verstehen wusste, bedeutete dem großfürstlichen Paar, noch näher zu kommen. Zarin Jelisawetas Lippen und Zunge kämpften mit den Worten. Sie bat jeden, der zuhörte, um Verzeihung für zugefügtes Unrecht und Kränkungen. Ihr Blick schien klar zu sein, und Jekaterina die neben dem Bett niederkniete, hatte den Eindruck, dass die Zarin jeden einzelnen Anwesenden erkannte.

»Lassen Sie sich nicht von Hass und Rachsucht leiten, Großfürst«, hörte Jekaterina. Die Kaiserin sprach mit Pjotr. »Beginnen Sie die neue Zeit im Geist der Vergebung.«

Die Sterbende schwieg erschöpft, dann weinte sie, schließlich sprach sie keuchend weiter.

»Sorgen Sie für Ihren Sohn Paul Petrowitsch und für alle Diener, die ich in Ihrer Obhut zurücklasse. Erweisen Sie sich ihnen gegenüber gnädig und großzügig, seien Sie ihr Freund.«

Pjotr stand steif da, ohne auch nur eine Geste der Anteilnahme oder des Schmerzes, nickte und sagte kein Wort. Jekaterina sah in das weiße, von den harten Linien der Schmerzen gefurchte Gesicht und hielt dem stummen Blick der Sterbenden stand. Ihr war, als ob Jelisaweta tief in ihr Herz und in alle Gedanken hineinsehen könnte, als ob sie Grigori Orlow und die Schwangerschaft ebenso sähe wie das zur Pose erstarrte Warten, den Ehrgeiz und all das, was Jekaterina von ihr unterschied. Die Zarin hatte aufgehört zu sprechen. Sie bedeutete Jekaterina, bei ihr zu bleiben, schloss die Augen und schlief nach Atem ringend ein. Mehr als zwei Drittel der Wartenden verließen das Sterbezimmer. Auch Pjotr war darunter. Zwei Kammerfrauen zogen die Decke über den Körper der Zarin und öffneten eines der hohen Fenster; triefende heiße Luft wirbelte in den Abend hinaus, und Jekaterina vermochte wieder durchzuatmen.

Die Kaiserin hatte nichts diktiert, nichts geschrieben, das der Berufung Pjotr III. widersprach. Er würde als Thronfolger ausgerufen werden. Nach einer Weile stand Jekaterina auf und setzte sich abseits des Betts in einen hochlehnigen Sessel. Einige Zeit später kam eine Zofe zu ihr, beugte sich zu ihr herunter und flüsterte ihr ins Ohr: »Fürstin Daschkowa sendet Euch eine Botschaft. Sie hat gesagt: ›Sie, Durchlaucht, brauchen nur einen Befehl zu geben, und wir rufen Sie zur Kaiserin aus.‹«

Ein Schrecken fuhr durch Jekaterinas Körper wie ein Blitz. Sie überlegte ein Dutzend Herzschläge lang und erwiderte dann, ohne den Kopf zu bewegen: »Sagen Sie der Fürstin, sie soll uns nicht ins Chaos stürzen.«

Eine Stunde später schlief die Kaiserin noch immer. Jekaterina verließ das Sterbezimmer, als sich Ärzte und Geistliche um das Bett versammelten, und wartete im Vorraum, wieder inmitten einer Menschenmenge.

Am 25. Dezember nachmittags um vier Uhr – außerhalb der Grenzen des Reichs schrieb man schon den 5. Januar des neuen Jahres – öffnete Senator Trubetzkoi beide Türen des Sterbezimmers, senkte den Kopf und sagte leise: »Ihre Kaiserliche Majestät, Jelisaweta Petrowna, ist im Herrn entschlafen. Gott erhalte unseren gnädigen Herrscher, den Zaren Peter III.« Er sprach die alte Formel, mit der im ganzen Land der Tod eines Menschen verkündet wurde: »Die Kaiserin wünscht Ihnen allen ein langes Leben.«

Die Trauergesänge rissen ab, aus dem Schluchzen und Murmeln, den Gebeten und dem Weinen wurde binnen weniger Atemzüge ein leiser Jubel, dessen Lautstärke zunahm. Die Starre der Menschen löste sich, alle versammelten sich um Pjotr, berührten ihn, schüttelten seine Hände und warfen sich vor ihm zu Boden. Jekaterina schenkten sie keine Beachtung.

Als der Jubel am lautesten war, schob diese sich langsam durch die Masse der aufgeregten Höflinge und ging zur Kapelle des Palasts. Hinter ihr verklang der Lärm der Huldigung, die ihrem Gatten entgegengebracht wurde – einem Mann, der Russland verachtete und die Zarin mehr gehasst hatte als er sie, Jekaterina, hasste.

Der Metropolit von Nowgorod wartete, umgeben von Würdenträgern und den Ältesten des Senats. Senator Trubetzkoi las die Erklärung aus dem Jahre 1742 in feierlichem Ton vor. Pjotr III. wurde von Jelisaweta zum wahren und gesetzlichen Erben des Throns ernannt. Der Metropolit segnete den neuen Kaiser als Alleinherrscher, ohne Jekaterina und ihren Sohn zu erwähnen, und forderte dann die Senatoren auf, mit den Händen auf der Bibel und dem Kreuz dem Monarchen den Treueld zu schwören. Die Offiziere traten vor. Pjotr empfing den Treueid der drei kaiserlichen Garderegimenter. Wieder verließ Jekaterina allein die Kapelle und zog sich in ihr Schlafzimmer zurück.

Als Jekaterina den leer geräumten Saal des Winterpalasts betrat, empfand sie die gleiche Beklemmung wie in einer nasskalten Kathedrale um Mitternacht. Im offenen Sarg, der auf einem schwarzen Podest stand, umstellt von Kerzenleuchtern, lag die tote Zarin unter einem goldschimmernden Baldachin, der mit Hermelin geschmückt und vom Doppeladler gekrönt war. Hofdamen und Gardeoffiziere hatten, wie auch die Großfürstin, einige Tage lang die Totenwache im Sterbezimmer gehalten. Die Zarin war einbalsamiert, ihren Körper hatten die Totenwäscher in Silberbrokat gekleidet, und auf dem Haupt trug Jelisaweta die goldene Krone. Schwerer Schmuck schimmerte unter den Spitzenärmeln an Handgelenken und Fingern. In der rechten Hand hielt sie die Schriftrolle ihres Beichtvaters Dubjanski, dessen Worte die dahingeschiedene Seele St. Petrus empfahlen. Auf dem unteren Reifen der Kaiserkrone war in zierlicher Schrift eingraviert: *Jelisaweta Petrowna, allerfrömmste Selbstherrscherin, Große Monarchin und Kaiserin, geboren am 18. Dezember 1709, bestieg den Thron am 25. November 1741, starb am 25. Dezember 1761.*

Jekaterina verschleiert und ganz in Schwarz gekleidet, näherte sich langsam dem Sarg und unterdrückte den aufkommenden Brechreiz. Auf der Holzkohle prächtiger Glutbecken und aus den Räuchergefäßen der Priester schwelten gewaltige Weihrauchwolken mit dem Ruß der Kerzen zur Decke. Der Leichnam roch durchdringend. Schwarze Tuchbahnen hingen an den Wänden und zwischen den Säulen. Die düstere Weite des Saals verschluckte Jekaterinas Schritte und alle Geräusche bis auf das Murmeln von Gebeten. In einer feierlichen Prozession umrundeten die Priester den Katafalk. Neben der Toten stand ein Teller voller Reiskörner und Rosinen. Als Jekaterina sich neben dem Sarg niederkniete, öffneten Diener die hohen Türen. Die ersten Trauernden, die in langen Schlangen vor dem Palast gewartet hatten, drängten herein – Mönche, Mitglieder ausländischer Gesandtschaften, Einwohner der Stadt und Bauernfamilien aus dem Umland.

Sechs Wochen lang kniete Jekaterina fast jeden Tag am Sarg und setzte sich der Kälte aus. Zar Pjotr III. Besuche im gemauerten Teil des Palasts waren selten. Jekaterina sah, dass er weder niederkniete noch zu beten schien und sich nicht, wie sie und jeder andere, bekreuzigte; kein einziges Mal trug er Trauerkleidung.

Auf dem kalten harten Stein, auf den schmerzenden Knien lenkte Jekaterina niemand und nichts ab. Sie hatte Zeit, nachzudenken. Ein Lauffeuer ungläubigen Entsetzens hatte sich in St. Petersburg ausgebreitet. Der neue Zar, den preußischen Schwarzen Adlerorden an die Brust geheftet, hatte schon in der Nacht seiner Vereidigung Eilkuriere zu allen Heeresteilen geschickt, die gegen Preußen kämpften. Die Regimenter an der Seite der österreichischen Verbündeten, die Besatzungstruppen in Pommern, der Mark Brandenburg, der Stadt Kolberg und Ostpreußen erhielten Order, sich zu sammeln und zurückzumarschieren. Jedes Stück Land, das Russlands Heere in fünfjährigem blutigem Krieg gewonnen hatten, verschenkte der junge Zar binnen weniger Stunden. Grigori Orlow hatte in Jekaterinas Armen geweint, als er es erfuhr. Dass jeder Soldat, jeder Offizier den Kaiser deswegen hasste, wusste sie auch ohne Grigoris wutentbrannte Flüche. Ein Brief, den Pjotr III. an den König von Preußen schickte, versicherte Friedrich seiner Freundschaft und Bewunderung. Für Friedrich, erfuhren alle Botschafter binnen eines Tages, der seinen Krieg verloren geglaubt hatte, war es die Rettung; es musste ihm wie ein Wunder erscheinen.

Am 25. Januar, zehn Tage vor der Grablegung, wurde

der Leichnam über die Newa in die Peter-und-Pauls-Kathedrale der Festung übergeführt.

Zu Fuß folgten der Zar und hinter ihm Jekaterina dem Trauerwagen, dann nach ihrem Rang bei Hof die Angehörigen des Adels. Pjotr III. zeigte sich, was Jekaterina wenig überraschte, übermütig. Während der Trauerzeit hatte er in seinen Zimmern Schauspiele und Feste veranstaltet, bei denen die Farbe Schwarz verboten war, und sein Betragen am offenen Sarg im Palast hatte selbst greisenhafte Popen von »Gotteslästerung« murmeln lassen. Absichtlich blieb Pjotr hinter dem Wagen zurück, wartete, bis er ein Stück vorausgefahren war, und rannte dann, um ihn einzuholen. Oberkammerherr Graf Scheremetjew und die anderen an der Schleppe des schweren Staatsmantels mussten den Stoff loslassen, und als Pjotr merkte, dass der Wind den Mantel aufwallen ließ, wiederholte er lachend im Angesicht des weinenden und betenden Volks seinen Scherz. Jekaterina erschrak und tat, als hätte sie nichts gemerkt. Der Zug geriet in Verwirrung, dann ins Stocken, und schließlich hielt man den Trauerwagen an.

Feierlich und prunkvoll war Jelisawetas Beisetzung neben ihrer Mutter Jekaterina I. und ihrer Schwester Anna. Langsam leerte sich das Gotteshaus nach der Totenmesse, und niemanden schien es zu verwundern, dass Jekaterina den Rückweg in einer geschlossenen Kutsche antrat.

Sie verkroch sich in ihren Zimmern und ließ verbreiten, dass sie krank sei, schweren Husten, Zahnschmerzen und geschwollene Wangen habe und eine Verstauchung des Fußes sie am Aufstehen hindere. Sie wartete schweigend, beobachtete den Zaren, ließ sich alles berichten und bereitete sich auf ihre Niederkunft vor, von der niemand erfahren durfte. Der vierunddreißigjährige Zar begann auf seltsame Weise zu regieren – weder hatte er es von Jelisaweta gelernt noch von Bestuschew-Rjumin oder aus einem der vielen Gespräche mit Jekaterina … damals, als sie noch miteinander redeten wie Vertraute.

Ein Hagel von Ukassen ging über das Land nieder. Die Armee sollte, nachdem sie sich zurückgezogen hatte, preußische Uniformen tragen und nach preußischem Muster geführt und ausgebildet werden. Die Soldaten murrten und empfanden es als Kränkung. Pjotr löste das Regiment der Leibgarde auf und holte wieder ein holsteinisches Regiment nach St. Petersburg. Dem holsteinischen Prinzen unterstellte er die berittene Garde des Kaisers und ernannte ihn zum Befehlshaber der russischen Armeen. Er fühlte sich wohl in einem eingebildeten immerwährenden Krieg und ordnete an, von früh bis in die Nacht in St. Petersburg die Geschütze feuern zu lassen. Die Stadt barst fast vor Lärm. Friedrich II. hatte ihm geschrieben und ihm dringend geraten, sich noch nicht in Moskau zum Kaiser salben zu lassen, aber er plante schon jetzt, die Bilder der Heiligen aus den Kirchen und Klöstern zu entfernen und die Priester in Talare wie von Pastoren zu kleiden, und befahl dem Klerus, die Bärte zu rasieren. Im Palast, in einer schnell errichteten lutherischen Kirche, ging Pjotr zum Gottesdienst. So genannte Toleranzedikte schützten die russischen »Ketzer«, und der nächste Ukas galt dem riesigen Grundbesitz der mächtigen russischen Kirche, der zugunsten des Staats eingezogen werden sollte. Die Bischöfe sagten: der Zar, ein Ketzer, Lutherischer, der Handlanger des Satans und der Antichrist!

Fast täglich schuf Pjotr sich im Volk neue Feinde. Jekaterina lauschte, las, hörte zu und beobachtete; es war, als betrachtete sie die Sterne- und Mond-Anzeigen einer der teuren englischen Meisteruhren. Pjotr löste die Geheime Kanzlei auf, jene scheußliche inquisitorische Einrichtung der Schuwalows, die auch Jekaterina so lange gepeinigt hatte. Pjotr Schuwalow war ohne Aufsehen verschieden, und Iwan Iwanowitsch, den letzten Geliebten der Zarin, hatten die Winterwinde verweht. Ein »Manifest über die Freiheiten des Adels« befreite die Aristokraten in Friedenszeiten vom Militärdienst, erlaubte ihnen Auslandsreisen und gab ihnen noch mehr Rechte über ihre Leibeigenen. Die Würdenträger, die Jelisaweta verbannt hatte – Biron, Lestoqc, Münnich und andere –, holte der Zar aus Sibirien zurück und umgab sich mit deutschstämmigen Beratern. Und schließlich beschloss er, einen »allgemeinen Frieden« auszurufen und gleichzeitig Dänemark den Krieg zu erklären, um sein Erbland Schleswig – das für Russland so unwichtig war wie eine Birke im Moor – zurückzuerobern. Selbst Friedrich II. riet ihm davon ab. Doch er befahl der Flotte und dem Heer, zum Feldzug zu rüsten.

Großfürstin Jekaterina, die Kaiserliche Hoheit, lebte, die Schwangerschaft versteckend, im abgelegenen Teil des Palasts und sah die diamantbesetzten Goldzeiger der Uhren kreisen – langsam und unaufhaltsam.

Unter dem weißleinenen Kleid, welches meisterhaft das straff geschnürte Korsett und somit die fortgeschrittene Schwangerschaft verbarg, glaubte Jekaterina die verzweifelten Bewegungen des Kindes zu spüren. Sie atmete flach und ließ ihre Blicke gehorsam, kühl und so ausdruckslos wie möglich über die Festgesellschaft gleiten. Dann sah sie in Pjotrs verwüstetes Gesicht und seine fahlen Augen, in die grobflächigen Züge der Jelisaweta Woronzowa und ins ratlose Gesicht der neuen Favoritin, der buckligen jungen Schaglikowa. Pjotrs Atem stank nach unreinen Zähnen, Rotwein und verborgener Krankheit. Die Festlichkeiten zu Pjotrs Geburtstag am 10. Februar hatten ihren ersten Höhepunkt hinter sich.

Pjotr, trat auf sie zu und sagte in grobem Ton:

»Ich will, dass Sie Mademoiselle Woronzowa die Insignien des St. Jekaterinenordens übergeben, Gnädigste.«

Jekaterina fühlte, dass sie erblasste. Pjotrs Absicht war klar. Der Orden, den sie erst als Pjotrs Verlobte bekommen hatte, sollte mithelfen, die Woronzowa zur neuen

Zarin zu erheben und sie, Jekaterina, zu verstoßen. Tausend Augenpaare schienen auf sie gerichtet zu sein, als sie antwortete: »Ich werde Ihrem Wunsch entsprechen, Kaiserliche Hoheit. Erlauben Sie, dass ich den Orden aus meiner kleinen Schmuckschatulle hole?«

Er machte eine fahrige Armbewegung. Auf nahezu jeden Anwesenden musste dieser Befehl des Zaren wie eine bewusste, lang überlegte Demütigung wirken. Mitleid, Bedauern und Verständnis des Hofs waren bei Jekaterina. Sie wandte sich halb um, lächelte verabschiedend in die Runde und verließ den Saal. Eine Zofe brachte, hochrot und kreidebleich vor Verlegenheit und Furcht vor einem kaiserlichen Wutausbruch, das Schmuckstück in die festlich geschmückten Gemächer.

Ihr Diener Schkurin, der ebenso wie die alte Kammerfrau von Jekaterinas Schwangerschaft und der Furcht wusste, entdeckt zu werden, verbeugte sich und sagte leise: »Um Vergebung. Der Kaiser und jenes Weib, das vom Zaren behauptet, er sei impotent, begeistern sich an Bränden in der Stadt, Eure Hoheit.«

»Ich weiß. Was wollen Sie mir damit sagen?«

»Wir haben alles besprochen, Hoheit. Wenn Ihr in den Wehen liegt, zünde ich mein Häuschen an. Die Flammen werden den Zaren und die Woronzowa ablenken.«

Jekaterina starrte Schkurin an, als sähe sie die Erscheinung eines strafenden Engels mit dem Flammenschwert. Ihre Augen füllten sich mit Tränen.

»Wenn es so weit ist, und wenn niemand entdeckt, was hier geschieht ...«, erwiderte sie stockend, den Kopf gesenkt und tief Luft holend, »... werde ich es Ihnen nicht vergessen, solange ich lebe, mein Liebster!«

Schkurin lächelte schmerzlich, als kennte er alle Trübsal der Welt. »Wüsste ganz Russland von der Geburt, Hoheit, dann würde das ganze Land für Euch beten und Euch helfen!«

In der Nacht des 11. April züngelten die ersten Flammen aus dem Dach von Schkurins bescheidener Hütte, griffen auf Buschwerk und Bäume über und bedrohten die Nachbarhäuser. Die Kammerfrau half Jekaterina bei der Geburt, die schnell und, weil Jekaterina und die beiden Bediensteten jede Einzelheit sorgsam vorbereitet hatten, ohne zusätzliche Schmerzen und Beklemmungen vonstatten ging. Es war ein Sohn. Grigori Orlows schöner, gesunder Sohn. Den Neugeborenen, wie seine erschöpfte Mutter gewaschen und in weichen, trockenen Tüchern, nahm Schkurin in seine Arme, wickelte ihn in eine Decke aus Biberfell und brachte ihn zu einer seiner Verwandten. Auf dem Weg sah er, dass sich der Brand ausgebreitet hatte. Der Zar, seine Geliebte und eine Schar Höflinge standen schreiend und lachend abseits der Flammen, der Funkenwirbel und der Rauchschwaden.

In Jekaterinas Räumen wurden alle Spuren beseitigt. Sie begab sich zu Bett, schlief unbehelligt, ruhte sich aus und ließ sich nach einer Hand voll Tagen von den Diplomaten zur glücklichen Genesung von ihrem Fußleiden gratulieren. Keiner der Männer vermag sich vorzustellen, dachte Jekaterina wie viel es eine Frau kostet, schön zu sein. Knapp einen Monat nach der Geburt feierte sie ihren dreiunddreißigsten Geburtstag. Vielleicht sollte sie ihren Sohn Alexej taufen lassen und ihn zu Bobrinski adeln – »bobr« war im Russischen »der Biber«. Sie lächelte, als sie diese ironische Namensgebung bedachte. Graf Panin, Bestuschew oder Gyllenborg würden den feinen Scherz zu würdigen wissen. Sie dankte Gott für ihre eiserne Gesundheit; ein paar Nächte tiefen Schlafs, kräftigendes Essen und leidenschaftliche Stunden in Grigoris Armen würden sie von jeder Art Erschöpfung und Mattigkeit heilen.

Die Sonne kletterte höher, ihr Licht begann das Land jeden Tag länger zu wärmen, aber Jekaterina behielt ihr zurückgezogenes Leben bei. Manchmal dachte sie, es müsse so sein, um Kraft zu schöpfen für eine große Aufgabe oder für die Verwirklichung ihres Traums.

Mit jeder Woche verlor der fadenscheinige Kaiser ein wenig von seiner schäbigen Würde. Er verhielt sich, als zwänge ihn ein niederträchtiges Schicksal oder sein unglückseliger Verstand, sich selbst zu zerstören, als hätte er eingesehen, zu schwach und zu klein für die Größe Russlands zu sein. In der schwer zu durchschauenden Unordnung jener Wochen und Monate schienen viele ausländische Diplomaten zu ahnen, dass Pjotr nicht lange regieren würde. Vorsichtig und ohne Jekaterina zu kompromittieren, sprachen würdige Männer in wohlabgewogenen Worten mit ihr, ritten an ihrer Seite, versuchten die Wurzeln und Äste des Machtgefüges abzutasten, äußerten tiefstes Verständnis für eine Kaiserliche Hoheit, der von ihrem Gatten quer durch den Saal die Beleidigung »Dura! Närrin!« zugebrüllt worden war – während des Vierhundert-Personen-Festmahls zur Feier des offiziell unterschriebenen und gesiegelten Friedensvertrags mit Preußen! –, und machten Vorschläge für die Zeit nach Piotr III.

So oft und so deutlich wie während dieses Frühlings war sie noch nie aufgefordert worden, sich zu wehren, bevor Pjotr sie festnehmen und sie in der Festung Schlüsselburg für alle Zeiten lebendig begraben lassen konnte, ebenso wie Zarin Jelisaweta den armen Iwan zwischen feuchten Kerkermauern verkommen lassen wollte. Die Zeiger der Uhren kreisten, das Frühlingsgrün wandelte sich zu Sommergras und Sommerlaub. Die Umarmungen des bärenhaften Grigori trösteten Jekaterina, die sich wie eine Zwergin im wärmenden Schutz eines Riesen wohl fühlte, und Ausritte, Jagden und Bootsfahrten unterbrachen das ungute Brodeln aus Gerüchten und Halbwahrheiten und Absichten, die schon sinnlos geworden waren, bevor man daran denken konnte, sie in Taten umzusetzen. Es schien mitunter, als gehörten der lange Krieg, die Verwundeten und die Toten zur Vergangenheit eines anderen Jahrhunderts. Pjotr III. besuchte den eingekerkerten Iwan VI. in der Festung Schlüsselburg und redete lange mit dem halbirren Unglücklichen; vorübergehend ließ er ihn unter strenger Bewachung nach St. Petersburg bringen.

Jekaterinas Diener Schkurin baute auf den kargen Fundamenten seiner heruntergebrannten Hütte mit ihren Goldrubeln ein stattliches Haus. Ebenso ungestört wuchsen in St. Petersburg, Oranienbaum und Peterhof im Jahre 1762 Bartolomeo Rastrellis prächtige Bauwerke aus Quadern, Ziegeln und weißem Verputz, die von Zarin Jelisaweta in Auftrag gegeben worden waren.

Auf dem feinen Kies knirschte jeder Schritt. Nur wenige gelangweilte Blicke holsteinischer Wachposten trafen Jekaterina, als sie bedächtig die sanfte Flanke des Hügels hinaufspazierte. Ostwind blies mächtige weiße Wolken durch den strahlenden Himmel; das Spiel ihrer Schatten färbte die Wellen, den Strand und die frühsommerlichen Kronen der Bäume. Jekaterina setzte sich auf die Bank neben einer vergoldeten Statue, bot mit geschlossenen Augen ihr Gesicht der Sonne dar und ordnete ihre Gedanken.

In Oranienbaum, so hatte sie erfahren, bereitete sich Pjotr inmitten von mehr als tausendfünfhundert holsteinischen Soldaten auf den Kriegszug nach Dänemark vor und darauf, seine rechtmäßige Gattin zu völliger Bedeutungslosigkeit zu verurteilen. Er hatte Sergej Saltykow an den Hof zurückgeholt und wollte dessen Eingeständnis herauspressen, der wahre Vater von Paul zu sein. Aber Saltykow leugnete beharrlich. Pjotr vermochte also nicht, Paul als illegitim zu erklären und sich von Jekaterina öffentlich scheiden zu lassen – noch nicht.

Bevor er an der Spitze seines Heers die Dänen angreifen konnte, hatte sich unter den Seeleuten seiner Flotte eine Epidemie ausgebreitet. Pjotr befahl den Matrosen mit einem Ukas, so schnell wie möglich wieder gesund zu werden, nahm in Oranienbaum die Parade seiner Garde ab und schlug alle Warnungen und Bitten seiner Ratgeber in den Wind. Auch sie verlangten, er solle sich erst in Moskau krönen und salben lassen, ehe er in den Krieg zog.

Jekaterinas Spaziergänge in Peterhof führten sie vom Park am Ostseeufer oft zur Großen Kaskade mit ihren vielen Figuren oder durch die Gartenlandschaft zur Eremitage. Sie genoß den Sonnenschein und den salzigen Seewind, aber ihre Ruhe war nur gespielt. Auf Befehl des Kaisers wohnte sie auf halbem Weg zwischen Oranienbaum und St. Petersburg im Pavillon Monplaisir wie auf einer Klippe über dem Meeresufer. Manchmal fühlte sie sich wie eine Gefangene; auch ohne Gitter und Mauern wartete sie auf den Tag der Freiheit.

Ein englischer Banker hatte Jekaterina hunderttausend Rubel geliehen. Sie glaubte die Gefahren, die ihr und ihrem Sohn Paul drohten, genau abschätzen zu können, und sie wusste, dass die Anzahl ihrer Vertrauten gewachsen war – die Brüder Orlow, von der Fürstin Daschkowa mutig unterstützt, einige Gardeoffiziere, Leutnant Pjotr Bogdanowitsch Passek, Bredichin vom Preobraschenski-Regiment sowie Lassunski und Roslawlew aus dem Regiment Ismailowski, Graf Panin … alle ihre Freunde waren sicher, dass der Augenblick der Entscheidung näher kam. Jekaterina oder Pjotr III., Verbannung oder Haft in der Festung, Sieg oder Niederlage?

Jekaterina wäre nicht sorglos zu Bett gegangen und hätte nicht tief und traumlos geschlafen, wenn ihre Ahnung ihr gesagt hätte, was sich in St. Petersburg ereignete.

Am 27. Juni erfuhren die Brüder Orlow, dass Hauptmann Pjotr Passek verhaftet und verhört worden war. Man warf ihm vor, betrunken den Zaren beleidigt zu haben; ihm drohte die Folter. Bevor er den Plan und die Freunde verraten konnte, mussten sie handeln.

Grigori Orlows Bruder Feodor rannte in tiefer Nacht

atemlos zu Hetman Kyrill Rasumowski, dem Präsidenten der Akademie der Wissenschaften. Rasumowski ließ Taubert wecken, den Direkter der Akademie-Druckerei. Taubert erschien verschlafen und verwirrt.

Rasumowski befahl Taubert, augenblicklich das Manifest zu setzen und zu drucken, dessen Entwurf er aus der Tasche zog. Es stand auf dem zerknitterten, zusammengefalteten Papier, dass der Kaiser Pjotr III. abgesetzt war und Jekaterina, seine Gattin, als Kaiserin den Thron bestiegen hatte. Taubert war entsetzt und suchte nach Ausflüchten, aber Rasumowski dröhnte: »Auch Sie wissen zu viel! Jetzt geht es ebenso um Ihren Kopf wie um meinen!«

Taubert zögerte, holte tief Luft und lachte verzweifelt. Dann nickte er und lief zur Druckerei. Rasumowski und Feodor wechselten einen Blick; Jekaterina musste in aller Eile verständigt werden.

Feodor Orlow sagte entschlossen: »Mein Bruder Alexej wird zu ihr nach Peterhof reiten oder eine Kutsche nehmen!«

Die Männer tauschten einen langen, festen Händedruck. Die Entwicklung – Staatsstreich, Revolution, Umsturz, wie immer man es bezeichnen wollte – war nicht mehr aufzuhalten. Vielleicht, dachten Orlow und Rasumowski würde der Mahlstrom alle Verschwörer mitreißen und verderben – und zuletzt auch Jekaterina.

10

DIE KÜRZE DES LEBENS

Der riesige Mond, ein paar Handbreit über dem Horizont, spiegelte sich in den Wellen. Die helle Sommernacht endete im molkigen Licht der frühen Dämmerung; kniehoher Nebel kroch vom Meeresufer zum Park und den Gebäudesockeln. Der Kutscher legte sich in die Zügel, und das Gefährt hielt im Schutz einer Baumgruppe. Alexej Orlow sprang in den raschelnden Sand der Straße.

»Fahr langsam in den Hof«, sagte er, wandte sich an Leutnant Bibikow und deutete auf die Pistolen. »Keinen Lärm! Tut so, als wüsstet ihr nichts. Wenn dich einer der verdammten Holsteiner fragt, sag ihm, du wartest auf eine Botschaft.«

»Ich werd ihn hinhalten, Herr Leutnant.«

Alexej schlich geduckt durch den Park, versteckte sich hinter Büschen und Flechtwänden, wich in weitem Bogen den schwarzen Schattenrissen der Posten aus und drang durch einen Seiteneingang in dämmrige Räume ein. Keine Tür war verschlossen, keine Türangel quietschte. Unter einer Tür sah er Lichtschein, stieß sie auf und stand in einem Ankleideraum der Kammerfrau Schargorodskaja gegenüber. Diese hob erschrocken beide Arme, als sie in Alexejs Narbengesicht starrte.

Er raunte: »Du kennst mich. Ich bin Grigoris Bruder. Du musst Ihre Majestät wecken!«

»Kommen Sie mit, Herr Leutnant.«

Sie lief durch das angrenzende Zimmer und riss eine Tür auf. Alexej sah auf einer Kleiderpuppe Jekaterinas Staatskleid, dann im Licht heruntergebrannter Kerzen Jekaterina selbst. Sie saß im Bett, rieb sich gähnend die Augen und richtete sich auf, als Alexej in entschlossenem Ton sagte: »Sie müssen aufstehen, Hoheit. Es ist Zeit.« Er salutierte knapp. »Alles ist bereit, um Sie zur Kaiserin auszurufen. Passek ist verhaftet worden – wir müssen handeln.«

Jekaterina schien einige Herzschläge lang nachzudenken, dann sprang sie auf und machte drei, vier lange Schritte. Die Schargorodskaja half ihr beim Anziehen des schmalen schwarzen Trauerkleids, während Alexej unruhig wartete und auf das Hufgetrappel und das Knirschen der Felgen lauschte. Der gedämpfte Lärm hatte den Diener Schkurin geweckt, der die Kerzen ausblies und mit Mänteln über dem Arm zurückkam; er schien begriffen zu haben, worum es ging. Der Wagen wendete im Hof, ohne dass ein Posten aufmerksam wurde. Jekaterina und die Kammerfrau eilten die Stufen hinunter und bestiegen den Wagen. Hinter ihnen ließen sich Schkurin und Leutnant Bibikow, der mit gespannten Pistolen gewartet hatte, in die dünnen Lederpolster fallen. Als Alexej auf dem Kutschbock saß, zogen die Pferde an und rissen die Kutsche in den Bodennebel hinein.

»So schnell, wie du kannst, Iswostschik«, sagte Alexej scharf. »Aber wirf nicht den Karren um!«

»Gott soll uns helfen«, rief der Kutscher. »Und Ihrer Majestät, der Kaiserin!«

Der Kutscher hielt die Pferde im Schritt, solange der Wagen im Schatten des Pavillons war. Ein Dutzend Atemzüge später fielen sie in Trab und erreichten die Straße nach St. Petersburg. Als die Zügel auf die Rücken der Pferde klatschten, drehte sich Alexej um, blickte zuerst in Jekaterinas Gesicht und versuchte dann zu erkennen, ob ihre Flucht bemerkt worden war und sie verfolgt wurden.

Erst jetzt sah Jekaterina, dass Alexej wieder die rot-grasgrüne Uniform trug. Der Mond war untergegangen, und im Osten begannen die Nebelschichten in den ersten Sonnenstrahlen weiß zu glühen. Die Pferde fielen in Galopp, Jekaterinas Nachtmütze flog davon, die Räder der schlingernden Kutsche zermalmten Steine und ratterten durch Pfützenlöcher. Der Hufschlag polterte wie langgezogene Trommelwirbel.

Als die kalte, feuchte Luft Jekaterina ins Gesicht schlug und als sie in den Sonnenaufgang blinzelte, stand ihr Entschluss fest. Es gab kein Zurück. Sie beugte sich vor und rief: »Die Regimenter und die Garden sind auf meiner Seite, Alexej?«

»Nicht jeder einzelne Soldat. Aber, ich glaube, wir haben an alles gedacht. Alles ist vorbereitet. Grigori wartet.«

»Nächtelang haben wir jede Einzelheit durchgesprochen, Grigori und ich«, rief sie durch den Lärm. Ihre Entschlossenheit wuchs mit jedem Galoppsprung. Vor ihnen tauchte ein Einspänner auf, und als sie vorbeikamen, erkannte Jekaterina ihren Friseur Michel, winkte und begann zu lachen. Vielleicht eine halbe Stunde lang hielten die Zugtiere die Geschwindigkeit durch, dann begannen sie zu ermüden. Jekaterina wiederholte in Gedanken die vielen Schritte, die ihren Staatsstreich und ihr Leben sichern mussten. Es zog, so oder so, ein heißer Tag herauf. Dreißig Werst betrug die Entfernung zwischen Peterhof und St. Petersburg, und als vier oder fünf Werst vor dem Stadtrand die Pferde erste Anzeichen von Erschöpfung zeigten, erschien hinter einer Biegung ein offener Wagen mit frischen Pferden und wendete.

Alexej winkte und rief: »Es ist Fürst Barjatinski, Hoheit.«

Neben der Kutsche war ein Reiter, der jetzt zu Jekaterinas Gefährt galoppierte. Grigori Orlow stand in den Steigbügeln und grüßte. Aus Jekaterinas Entschlossenheit wurde Gewissheit. Allein der Anblick von Grigori erfüllte sie mit Kraft und der Zuversicht, dass nichts Wichtiges versäumt worden war. Jekaterina und ihre Begleitung stiegen in Fürst Barjatinskis Wagen um, und nach einer kurzen, liebevollen Begrüßung galoppierte Grigori ihnen voraus zum Dorf Kalinkina, zur Kaserne des Ismailowski-Regiments.

Als der Wagen auf dem Kasernenhof einfuhr, ertönten Trommelsignale. Binnen kurzer Zeit war das Gefährt von vielen hundert Männern umgeben, durch die Grigori langsam hindurchritt, Jekaterina mit gezogenem Säbel grüßend, auf dessen Schneide die Sonne blitzte. Ein Offizier half ihr aus dem Wagen, und zum Eingang der Kaserne bildete sich eine breite, leere Bahn. Jekaterina blickte in unzählige Gesichter, die vor Begeisterung zu glühen schienen. Ein Mann begann zu rufen, der Ruf setzte sich fort, und alle stimmten ein.

»Hurra! Es lebe unser Mütterchen Jekaterina«

Zwischen den Offizieren, die Jekaterina schützend umstellten und den Saum ihres Mantels küssten, hob der Feldgeistliche das Kruzifix. Jekaterinas Worte, mit denen sie um den Schutz der Regimenter bitten wollte, gingen in den begeisterten Rufen unter. Der Regimentskommandeur, Graf Kyrill Rasumowski, kniete vor ihr nieder und verschaffte sich schließlich Gehör.

»Ihre Kaiserliche Majestät«, brüllte er, »ist die alleinige Herrscherin aller Russen! Im Namen von euch allen, meine Offiziere und Soldaten, lege ich den Treueid ab!«

Wieder antwortete ihm begeistertes Geschrei. Mühsam brachten Grigori Orlow und die Offiziere ein wenig Ordnung in die Menge der kaum bewaffneten Soldaten, die langsam auswichen, als die Kalesche wendete und der Kutscher den Weg zur Kaserne des Regiments Semjonowskij einschlug. An Jekaterinas Seite ritten ein Dutzend Offiziere, zwischen ihnen Grigori und Graf Rasumowski. Der Feldgeistliche Alexej, das Kreuz hoch erhoben, führte im Sattel eines Kavalleriepferds den Zug an. Jekaterinas Herz schlug bis zum Hals. Sie glaubte zu wissen, dass sich das Semjonowskij-Regiment ihr anschließen würde, aber in der Preobraschenski-Garde diente der Bruder der kaiserlichen Mätresse, Semjon Woronzow, als Hauptmann. Undenkbar, dass er nicht wusste, worum es an diesem Morgen ging.

Staub wallte auf, die Sonne brannte auf die ungeschützten Köpfe. Die Semjonowskij-Garde lag im Westen, die

Kasernen der Preobraschenski-Garde im Osten von St. Petersburg. Als der Jubel der Semjonowskij-Soldaten verklungen war und auch sie sich dem Zug angeschlossen hatten, war die Menschenmenge, die Jekaterinas Kalesche folgte, unübersehbar groß geworden. Aus den Seitenstraßen kamen Stadtbewohner und schlossen sich den aufgeregten Männern an, obwohl sie erst nach und nach begriffen, was der lärmende Aufmarsch bedeutete, der sich auf die Kathedrale der Heiligen Mutter von Kasan zuwälzte. Viele Soldaten hatten die neuen Jacken und Hosen in den preußischen Farben weggeworfen und die alten Uniformen angezogen.

»Hurra! Es lebe die Kaiserin!«, riefen tausende rauer Kehlen. »Mütterchen Jekaterina! Für Sie gehen wir bis in den Tod!«

In den Lärm mischten sich einzelne Schläge der Kirchenglocken. Vor der Kathedrale der Heiligen Mutter von Kasan marschierten die Soldaten des Preobraschenski-Regiments in voller Bewaffnung, angeführt von ihren Offizieren, auf die Kutsche und das unordentliche Gefolge zu. Grigori Orlow löste sich aus der Gruppe der Reiter und galoppierte zu Semjon Woronzow. Die Männer brüllten sich an, und Jekaterina erkannte, dass Woronzow gestenreich jedem Ansinnen widersprach, das Grigori vortrug. Als die vordersten Reihen der Preobraschenski-Garde die Gewehre anlegten, breitete sich um Jekaterina herum ein ungläubiges Schweigen aus. Ein einziger Schuss, dachte Jekaterina, würde ein grässliches Durcheinander auslösen, eine Massenflucht, den Zusammenbruch alles Geplanten, und sie selbst wäre verloren. Plötzlich hörte sie den Schrei einer einzelnen, befehlsgewohnten Stimme.

»Hurra! Es lebe die Kaiserin!«

Es war Menschikow, der Major des Preobraschenski-Regiments. Zwei, drei Atemzüge lang blieb es still. Die Glockenklänge dröhnten laut. Dann schrien die Soldaten, wiederholten die Worte des Majors, lösten sich aus den

Reihen und rannten auf Jekaterina zu. Woronzow und ein anderer Leutnant zogen die Säbel, zerbrachen die Schneiden über dem Knie und verloren sich in einer dichten Gruppe, die sich um sie schloss. Rings um Jekaterinas Kutsche blitzten und funkelten die Waffen, die Soldaten über ihren Köpfen schwenkten. Jekaterina hob den Arm und stieg aus der Kutsche. Bis zu den Stufen, die zum Eingang der Kathedrale führten, wichen die Menschen zur Seite.

Rasumowski und die Brüder Orlow geleiteten Jekaterina die Treppe hinauf. Der Metropolit von St. Petersburg und der Archimandrit von Nowgorod, wie ihre Priester im vollen Ornat, erwarteten sie unter den steinernen Bögen des Eingangs.

»Jekaterina! Unser Mütterchen Jekaterina!«, schrien tausende Soldaten. Als Jekaterina und ihre Begleiter im Halbdunkel der Kirche verschwanden, strömten Soldaten und Stadtbewohner die Treppe hinauf und begannen die Kirche zu füllen. Kerzenflammen beleuchteten die Muttergottes-Ikone und ließen den Goldschmuck und die Juwelen des Bildwerks funkeln. Die Geistlichen stimmten ihre Gebete an und segneten Jekaterina. Vor allen Gläubigen las der Metropolit eine kurze Proklamation vor, in der Jekaterina zur Selbstherrscherin und ihr Sohn Paul zum Thronfolger ernannt wurden. Als Fürst Panin, den Achtjährigen auf dem Arm, an Jekaterinas Seite trat, erhielt auch Paul den Segen, und jetzt läuteten alle Glocken der Kirche.

Die Kutsche, von berittenen Offizieren eskortiert, erreichte den Winterpalast, wo die Senatoren auf Jekaterina warteten. Nachdem das Preobraschenski-Regiment im Palast den Treueid geleistet hatte, begrüßten die Senatoren ihre neue Kaiserin. Jekaterina betrat den Balkon vor den kaiserlichen Zimmern und blickte hinunter auf den großen Platz. Jetzt erst fühlte sie sich zum ersten Mal sicher und geschützt – die gesamte Artillerie und alle sechs

Regimenter schienen versammelt zu sein. Als sie den Thronfolger in die Arme nahm und in die Höhe hob, ließ der Jubel der Männer die Mauern des Palasts erzittern. Die Begeisterung, sagte sich Jekaterina traurig, gilt ebenso mir wie dem blondgelockten Zarewitsch, den meine Gegner zu einem späteren Zeitpunkt auf den Thron heben können.

Fürstin Daschkowa kam hereingerannt und umarmte Jekaterina. Sie winkte Grigori zu sich und erteilte mit leiser Stimme zwei Befehle. Alle Straßen, die aus St. Petersburg führten, mussten bis auf Weiteres abgeriegelt werden. Und sämtliche Türen des Palasts sollten sofort geöffnet werden, damit jeder Bewohner der Stadt ohne Ausnahme hereinkommen und die neue Zarin begrüßen könne. Die Fürstin hielt Jekaterina ein Flugblatt hin. Es war das Manifest, in der vergangenen Nacht gedruckt. Jekaterina las, was sie vor langer Zeit aufgesetzt hatte: »Wir, Jekaterina II., Kaiserin von Gottes Gnaden.

Allen treuen Kindern Unseres russischen Vaterlandes ist die Gefahr deutlich bewusst, in der der russische Staat infolge der jüngsten Ereignisse schwebt. So hat Unsere griechisch-orthodoxe Kirche eine heftige Erschütterung erfahren, die sie in höchste Bedrängnis brachte, in die Gefahr nämlich, dass ein fremder Glaube an die Stelle unserer alten Religion gesetzt würde. Zweitens ist Russlands Ehre, die der Sieg Unserer ruhmreichen Armee und das vergossene Blut so hell erstrahlen ließen, durch den Abschluss des Friedensvertrages mit Unserem ärgsten Todfeind (Friedrich II.) mit Füßen getreten worden, das Vaterland wurde der völligen Unterwerfung preisgegeben, während die innere Ordnung, auf der die Einheit Unseres Vaterlandes ruht, vollkommen umgestoßen wurde. Aus diesen Gründen haben Wir Uns verpflichtet gesehen, mit Gottes Hilfe und dem erklärten und aufrichtigen Wunsch Unserer treuen Untertanen entsprechend den Thron zu besteigen als alleinige und unumschränkte Herrscherin, als die Wir den feierlichen Treueid Unserer getreuen Untertanen empfangen haben.«*

Jekaterina las mit unbewegter Miene und rollte das Manifest zusammen. Dann gab sie Grigori Rasumowski und Panin weitere Befehle – Überwachung der Wirtshäuser, damit es keine Ausschreitungen gäbe, jeden Verkehr zwischen Oranienbaum und St. Petersburg unmöglich zu machen, und noch bevor man sich des Kaisers bemächtigen konnte, musste Admiral Iwan Talysin mit Jekaterinas Generalvollmacht nach Kronstadt auf der Newa-Insel eilen, denn dort lag die gesamte Flotte, die Pjotr für den Feldzug gegen Dänemark zusammengerufen hatte. Sein Heer lagerte in Livland, also für den Augenblick noch in unerreichbarer Ferne.

Der freudige Aufruhr, dem sich ganz Petersburg hingab, hatte längst den Winterpalast erreicht, in dessen Korridoren und Zimmern wildfremde Menschen die Kaiserin suchten, um ihr Glück und Segen zu wünschen. Jekaterina zog sich zurück und ließ sich Essen bringen, dann beriet sie sich mit Grigori und erfuhr, dass sich der Heilige Synod im Winterpalast versammelt hatte, um sie, ebenso wie der Senat, als Herrscherin zu bestätigen. Aber mit großer Klarheit sah sie auch, dass sie kein gesetzliches oder erbliches Recht auf diesen Titel hatte.

Unentwegt drängten sich Kuriere mit Nachrichten aus allen Teilen von St. Petersburg oder Peterhof durch die aufgeregten Menschen im Palast. Sie nahmen Jekaterinas Eildepeschen mit, die an Würdenträger adressiert waren, an Kommandanten, Gouverneure und Diplomaten. Fürst Panin half ihr, Grigori und Alexej Orlow redeten mit den Offizieren der Regimenter. Erst wenn es Jekaterina, in diesen Stunden immerhin Herrin von St. Petersburg, gelungen war, den Zaren festzusetzen, bestand für ihre Zukunft mehr Sicherheit.

* Troyat, S. 165

Bei Pjotr in Oranienbaum waren Freiherr von Goltz, der Botschafter Preußens, die Marschälle Trubezkoi und Münnich, der Senator Roman Woronzow, Vater von Pjotrs Geliebter, und Michael, der Kanzler gleichen Namens. Wahrscheinlich riet Münnich dem Kaiser, in St. Petersburg die abtrünnigen Regimenter zu besiegen, und Goltz war der Meinung, die Armee, die in Narwa lag, gegen die Stadt zu führen. Wie würde sich der Zar verhalten? Mitten im Kommen und Gehen der Kuriere entschloss sich Jekaterina zum nächsten, entscheidenden Schritt.

Nun, in der Zone ihres unabänderlich schwindenden Lebens, in der ein Gott die Zeit angehalten und Jekaterina in das Licht des Erkennens hineingehoben hatte, erkannte sie in den dahinhuschenden Bildern, dass ihr Handeln und das jener bewunderten Feindin Jelisaweta einander ähnelten wie Zwillinge – der gleiche Wille zur Macht, die gleiche Entschlusskraft, die gleiche Menge Rücksichtslosigkeit. Jeden Gedanken, jedes Empfinden in den Stunden der letzten Junitage 1762 erlebte sie ein zweites Mal, ein letztes Mal. Sie tauchte tief hinein in die Freude und den Jubel, entsann sich aller Einzelheiten, die ihr glänzender Verstand damals mit kurzen Befehlen und wenigen hingeschriebenen Worten bewältigt hatte, und sah jetzt die betenden Menschen im stillen Raum, die um ihr Sterbebett knieten. Damals hatte der Schweifstern seine Strahlen am hellen Tag über sie ausgeschüttet, und nun, da nur noch ein schmaler Grat aus Herzschlag und geblähten Adern sie von endgültiger Schwärze trennte, begannen die Schatten sich auf das triumphale Lodern ihrer Erfolge zu legen.

Zu jener Zeit machte sich Burkhardt Christoph Graf Münnich, Generalfeldmarschall, folgende Notizen für sein Tagebuch: »28. Juni 1762: Als Zar Pjotr III. mit uns im Gefolge von Oranienbaum kommend mit etlichen Equipagen in Peterhof eintraf, um seinen Namenstag zu feiern, fand er den Pavillon Monplaisir bis auf ein Prunkkleid der Kaiserin und einen dampfenden Samowar leer; im Übrigen war der ganze Ort wie entvölkert. Ein holsteinischer Wachoffizier salutierte, warf sich nieder und berichtete, dass die Zarin in der Morgendämmerung geflohen und das Haus leer sei. Pjotr rannte in den Pavillon, vom Wintergarten in die Chinoiserie und suchte brüllend nach der Kaiserlichen Hoheit. Die Diener, zitternd vor Angst, versteckten sich. Kanzler Woronzow hielt ihn auf und erklärte zunächst ihm, später uns, dass ein Geheimkurier ihn mit der Nachricht erschreckt habe, die Großfürstin sei in St. Petersburg zur Kaiserin ausgerufen worden. ›Nur Mut, Majestät, nur Mut!‹, rief Woronzow, an dessen Hals sich Pjotr, weinend und schluchzend hängte. ›Ein einziges Wort, ein gebieterischer Blick genügt, und das Volk liegt vor seinem Zar im Staub.‹ Pjotr aber ließ sich nicht beruhigen, trank viel warmen Burgunder und erlitt einen Ohnmachtsanfall.

Später begann er Listen derjenigen Männer zu entwerfen, die wegen Hochverrats festgenommen werden sollten. Zwei Manifeste, die Jekaterina verurteilten, wurden mehrmals abgeschrieben. Danach bat er Kanzler Woronzow, an seiner Stelle nach St. Petersburg zu reiten und die Regimenter zur Kapitulation zu überreden, widerrief diesen Befehl aber und ließ die holsteinischen Soldaten nach Peterhof holen. Als sie nach Gewaltmärschen eintrafen, verkündete er den Offizieren, dass er sie nicht mehr brauche. Schließlich konnte ich ihn dazu überreden, sich zu Schiff nach Kronstadt zu begeben, wo die Flotte und die Garnison sich zweifellos kaisertreu verhielten. Pjotr schickte Kanzler Alexander Schuwalow und Fürst Trubetzkoi nach St. Petersburg; sie sollten Jekaterina zurückholen, koste es, was es wolle. Auch meinen Vorschlag, mit militärischer Begleitung in die Hauptstadt zu reiten und sich den Aufrührern zu stellen, schlug er in den Wind. Er schickte General Devier nach Kronstadt, um die Schiffsbesatzungen auf ihn einzuschwören – ein zweifelhaftes Vorhaben. Der Zustand Seiner Majestät nahm von Mittag an einen wenig würdevollen Verlauf; er war betrunken, in Tränen aufgelöst und klarer Gedanken unfähig. Als wir gegen zehn Uhr bei Vollmond und heller Nacht einen Schoner und zwei kleinere Jachten bestiegen, wurde er von zwei Matrosen gestützt. Stundenlang hatte man unnützes Essen und Küchengerät an Bord geschleppt. Wohl drei Dutzend Frauen, stark angeheitert und kreischend, folgten ihm an Deck. Bis nach Kronstadt brauchten wir in der ruhigen Mondnacht und bei kaltem Ostwind ungefähr drei Stunden.

Der Kapitän erklärte uns, dass die Hafenketten geschlossen seien. Pjotr ließ sich im Beiboot zum Hafen rudern, sich zwar betrunken, aber im Schmuck aller seiner Orden zeigend, und befahl als Kaiser, den Hafen zu öffnen. Man rief, wenn ich es richtig verstanden habe, folgende Worte zurück: ›Es gibt keinen Kaiser mehr‹ – aber eine Kaiserin!‹

Wir hörten Trompetensignale und Trommeln aus der Festung und laute Rufe: ›Vivat! Hoch lebe Jekaterina! Vivat!‹

Nun wussten wir's. Ein Staatsstreich! Ich redete drängend auf Seine Majestät ein. In mehreren flußabwärts gelegenen Häfen würde er auf kaisertreue Regimenter stoßen und mit ihnen versuchen, sich wieder des Throns zu bemächtigen. Oder das Schiff könne nach Reval segeln; von dort war es nicht weit nach Holstein. Der Zar sah uns starrsinnig schweigend und verständnislos an und ließ sich stolpernd von Madame Woronzowa in seine Kabine begleiten. Wir kehrten nach Oranienbaum zurück, wo Seine Majestät sich zu Bett legte.«

Es war vor der Abenddämmerung, als Jekaterina schweigend auf den Balkon hinaustrat. Noch nie, glaubte sie, hatte sie die Stadt von so vielen Menschen bevölkert, noch nie so erfüllt von unruhigem Gebrodel und Geschrei aus Gassen und Schänken erlebt. Erwartungsvolle Spannung flackerte in allen Stadtteilen. Es schien, als läsen viele Stimmen ihr Manifest laut vor, und die Echos kämen aus Moskau und anderen Städten, zu denen der gedruckte Wortlaut unterwegs war. Kanzler Graf Woronzow, später Fürst Trubetzkoi und Feldmarschall Alexander Schuwalow waren nach St. Petersburg gekommen, um die Truppen gegen die Kaiserin anzuführen, aber als sie Jekaterina gegenüberstanden, leisteten sie den Treueid. Sie war unendlich erleichtert darüber, dass kein Blut geflossen war. Aus der Menge ihrer Überlegungen löste sich ein einzelner Gedanke – sie würde auch den schwierigsten Schritt wagen. Sie glaubte sicher sein zu können, alle richtigen Befehle gegeben zu haben und alle Fäden in der Hand zu halten. Selbst der Großkanzler Woronzow hatte den Treueld geleistet! Noch befehligte Pjotr Truppen und Artillerie, und Grigori Orlow und General Ismailow waren unterwegs zu Pjotr. Sie ging zu Kyrill Rasumowski und bat ihn, seinen Offizieren eine Reihe Befehle zu geben.

Während er zuhörte, breitete sich ein Lächeln auf seinem Gesicht aus, und lachend rannte er aus dem Zimmer. Jekaterina unterdrückte ihre Müdigkeit, hörte den fernen Jubel und machte eine schwungvolle Armbewegung. Es war der Ausdruck dafür, dass sie ihre letzten Zweifel zur Seite fegte, jene Zweifel, die nur sie selbst kannte.

Eine Stunde später saß sie – im Herrensitz – im Sattel eines Schimmelhengstes, trug den grünen Reiteranzug mit roten und goldenen Borten, kniehohe Reiterstiefel und schwarzen Dreispitz. Sie hatte sich zum Oberst der Garde ernennen lassen, und Rasumowski hatte den Dreispitz mit Eichenblättern, dem Zeichen des Siegs, geschmückt.

Es war die Uniform eines jungen Preobraschenski-Offiziers, die ihr passte, als wäre sie für sie geschneidert worden. Langsam ritt sie auf den Hof des lang gestreckten Palasts hinaus. Einige schmetternde Trompetensignale riefen die Regimenter zur Aufstellung. Jekaterina wollte gerade den Degen aus der Scheide ziehen, als sie bemerkte, dass das Portepee fehlte. Einen halben Atemzug später sprang ein junger Offizier auf sie zu, riss die vergoldete Quaste seiner eigenen Waffe ab und reichte sie ihr.

»Eure Majestät«, rief er lachend, »Grigori Alexandrowitsch Potjomkin. Stets zu Diensten, Eure Majestät.«

Jekaterina neigte den Kopf, befestigte lächelnd die Quaste an der Degenscheide, hob die Klinge und ritt zum Tor; Potjomkin würde sie sich später erkenntlich zeigen. Die Regimenter gliederten sich auf und folgten ihr und der Fürstin Daschkowa, die an ihrer Seite ritt. Vierzehntausend Mann, die an der Stadtgrenze an ihr vorbeiparadierten. Ihre Gesichter drückten glühende Bewunderung aus, das erkannte Jekaterina selbst im flackernden Fackellicht, und sie wusste auch, wie sie auf die Männer wirkte, deren Stiefelsohlen im Takt der Trommelschläge und der Regimentsmusiker auf dem Straßenpflaster knallten – klein, schutzlos, entschlossen und dennoch erfüllt vom Bewusstsein wachsender Macht. Die Regimenter marschierten auf der Straße nach St. Petersburg und Oranienbaum, und wenn die Instrumente schwiegen, sangen die Soldaten schwermütige Marschlieder. Bisweilen fuhr ein rauer Schrei durch die Reihen und setzte sich vielstimmig fort: »Lang lebe unser Mütterchen Jekaterina!«

Nach drei Uhr nachts erreichten sie die St.-Sergius-Eremitage beim Dorf Krasni-Kabak, zwei Werst vor Peterhof; dort rasteten Offiziere und Soldaten. Jekaterina streckte sich neben der Fürstin Daschkowa auf einem Strohlager aus und versuchte einzuschlafen, aber ihre Gedanken ließen sie nicht zur Ruhe kommen. Im Morgengrauen, als Alexej Orlow mit seiner Husarengarde aufgebrochen war und als sich die Regimenter wieder zum Abmarsch gliederten, meldete man ihr den Vizekanzler Fürst Golyzin aus Orianenbaum. Er machte ihr in Pjotrs Auftrag den Vorschlag, gemeinsam zu regieren, und übergab einen Brief. Pjotr verzichtete auf all seine Rechte und bat sie, ihn, seine Freunde und die Woronzowa nach Holstein zurückkehren zu lassen. Nur einen Augenblick lang dachte sie daran, dass Fürstin Daschkowa und Jelisaweta Woronzowa leibliche Schwestern waren, dann zuckte sie mit den Schultern. Ihre Antwort war ein lautes Gelächter. Schließlich kniete Golyzin vor ihr nieder und leistete den Eid. Eine Stunde danach sprengte Admiral Talysin heran und meldete, dass Kronstadt sich ihr ergeben und Pjotrs Schiff nicht eingelassen habe.

Der Zar befehligte fünfzehnhundert Soldaten und mehr als hundert Geschütze. Jekaterina wusste, dass Orlow die Holsteiner in Peterhof entwaffnet und Oranienbaum umstellt hatte. Nach kurzer Überlegung schrieb sie mit kaltem Herzen eine Nachricht an Pjotr.

»In der kurzen Zeit meiner Selbstherrschaft über das Russische Reich habe ich die wirkliche Schwere und Last erkannt, die meinen Kräften nicht entspricht ... Ich bin deshalb mit mir zu Rate gegangen und erkläre ohne Hass und ohne Zwang hiermit feierlich, nicht nur dem Russischen Reich, sondern aller Welt, dass ich für mein ganzes Leben der Regierung über das Russische Reich entsage ... Das schwöre ich aufrichtig und ohne Heuchelei vor Gott und der ganzen Welt.«*

Er müsse diese Abdankung unterzeichnen, sich als Gefangener betrachten und sich unter dem Schutz von Soldaten nach Peterhof bringen lassen. Ismailow und Orlow stiegen in die Sättel, um das Schreiben zu überbringen. Stunden später erschien Pjotr unter starker Bewachung in Peterhof. Man nahm ihm seinen Degen, alle Orden und

*Troyat, S. 171

die russische Uniform. Grigori Orlow übergab Jekaterina die Abdankung und berichtete, dass Pjotr, unterschrieben habe, ohne genau hinzusehen, und dass er so betrunken oder erschöpft gewesen war, dass er kaum stehen und gehen konnte und so gut wie nichts zu begreifen schien. Pjotr weinte, demütigte sich vor dem Erzieher seines Sohns und flehte um Nachsicht und Gnade. Nikita Panin hatte mit Pjotr geredet und ihm mitgeteilt, dass er Staatsgefangener sei und auf sein Landschloss Ropscha gebracht werde, bis sein endgültiger Aufenthalt feststehe. Selbst Pjotr wusste, dass es die Festung Schlüsselburg sein würde, und er ließ alles schweigend über sich ergehen. Jekaterina lehnte es ab, Pjotr zu empfangen. Eine Stunde danach war seine verschlossene Kutsche auf dem Weg nach Ropscha, wo er in seinen Schlafräumen eingesperrt werden würde – ohne seine Mätresse. Jekaterinas Lächeln war nicht zu deuten, als sie anordnete, Pjotr, dessen Lieblingshund, seine Violine und den Negerdiener Narzissus in das unbefestigte Schloss zu schicken und erlaubte, dass sein Schweizer Kammerdiener Bressan und seine deutsche Dienerschaft dort für ihn sorgten.

Am Sonntag, dem 30. Juni, ritt Jekaterina an der Spitze aller Regimenter und der Geschütze auf ihren Lafetten in St. Petersburg ein, während sämtliche Glocken läuteten und eine riesige Volksmenge die Straßen füllte. Jekaterinas Hofstaat hatte sie an der Stadtgrenze erwartet und begleitete sie. Die Soldaten hatten Eichenlaub an den Helmen. Es war ungefähr zwei Stunden vor Mittag. Der gewaltige Zug bewegte sich zum Sommerpalast, wo Großfürst Paul ihr entgegenlief. Sie sprang aus dem Sattel, hob ihn hoch und küsste ihn lachend. Der Jubel der Bevölkerung riss nicht ab, und so entschloss sich Jekaterina, zur Kirche zu reiten und das Tedeum laudamus singen zu lassen. Draußen schrien die Soldaten vor Begeisterung, tranken Wodka und feuerten die Kanonen ab.

Bis zum Einbruch der Dunkelheit hielt der ohrenbetäubende Lärm an, prallte von allen Seiten auf Jekaterina ein. Der Pulverdampf vermischte sich erstickend mit der Atemluft, und das Durcheinander und der Wirrwarr verhinderten jeden klaren Gedanken. Während der Trubel hier und dort in Trunkenheit und Schlägereien endete, sah Jekaterina ein, dass es sinnlos war, der Erschöpfung widerstehen zu wollen.

Sie ging zu Bett und schlief wie betäubt ein. Als sie aus der abgrundtiefen Schwärze des Schlafs herausgerissen wurde, erkannte sie blinzelnd Leutnant Passek und verstand mit Mühe, was er stammelte.

»Eure Majestät! Das Ismailowski-Regiment! Sie wollen gehört haben, dass Ihr bedroht seid. Ihr müsst sie beruhigen!«

Jekaterina tastete nach Passeks Schulter, zog sich hoch und ließ sich von ihm in einen Mantel helfen.

»Wir haben ihnen gesagt, dass Eure Majestät schlafen!«

»Sie haben's aber nicht geglaubt.« Gähnend und schwankend vor Müdigkeit ließ sich Jekaterina hinausführen in die helle St. Petersburger Nacht. Als die Soldaten sie sahen, begannen sie zu jubeln. Jekaterina suchte nach Worten, dann rief sie ihnen zu, dass sie ins Bett gehen und sie schlafen lassen sollten. Ihre Offiziere würden wissen, rief sie, dass die Kaiserin völlig ungefährdet geschlafen habe und den Schlaf dringend brauche. Passek raunte ihr zu, dass es zwei Uhr nachts sei. Sie winkte und beobachtete eine Weile, wie die Soldaten sich beruhigt zurückzogen und sich immer wieder vergewisserten, dass wirklich die Kaiserin mit ihnen geredet hatte.

Jekaterina fand wieder Schlaf und sah sich zwei Tage später genötigt, einen Befehl zu unterzeichnen, der solche unnützen Versammlungen verbot. Nachdem der Befehl verlesen worden war, herrschte Ruhe in den Kasernen und den nächtlichen Straßen.

Die Arbeit wartete nicht darauf, dass sich Jekaterina

ausruhte. Es war, als wäre ein Damm gebrochen, der eine Sturzflut von Papieren unerledigter Vorgänge stapel- und kistenweise auf die Tische der Schreiber und Sekretäre schwemmte. Nacheinander beförderte sie alle ihre Helfer und Vertrauten, machte ihnen Geldgeschenke und gab vierzigtausend Rubel allein für den Wodka aus, der den Soldaten zugeteilt worden war; es waren Münzen mit dem Bild des Zaren Pjotr.

Nach Stunden unausgesetzten Tuns hielt Jekaterina inne. Hunderte Abrechnungen, Vorschläge, Vorlagen, Anordnungen und Befehle, die Zarin Jelisaweta nie hatte ansehen oder anhören wollen, hatte Jekaterina sich vorlesen und nach kurzem Nachdenken entschieden, unterschrieben und siegeln lassen. Sie stand auf, streckte ihren schmerzenden Rücken und schickte bis auf Grigori Orlow alle Wartenden hinaus.

Sie sah in seine Augen, betrachtete sein gutmütiges Gesicht und wusste, was er dachte, was er sagen würde, wenn er es denn wagte. Er, der nicht für das Leben am Hof geschaffen war, würde für die Kaiserin nichts anderes als ein einfältiger, hinderlicher Liebhaber sein und ...

»... und deshalb bitte ich dich, Katjuschka«, sagte er fast flüsternd, »dass ich mich aufs Land zurückziehen darf.«

»Nein, mein Lieber.« Sie schüttelte lächelnd den Kopf und nahm seine Hände. »Du wirst bei mir bleiben. Ich brauche dich, Grigori Grigorjewitsch.«

Sein Angebot war großherzig, weil er wusste, dass viele über ihn und seine einfache Art spotteten. Jekaterinas Dankbarkeit ihm gegenüber stand für sie außerhalb jeder Überlegung. Sie hob den Arm und streichelte seine Wange.

»Du wirst den Alexanderorden tragen, Liebster«, sagte sie, griff in eine Schale und gab ihm einen kleinen goldenen Schlüssel. »Das ist der Schlüssel des Haushofmeisters, der dir gleichzeitig den Rang eines Generalmajors sichert.«

»Das erscheint mir alles zu viel.« Er schüttelte den Kopf

und zuckte mit den Schultern. »Gib mir keine Aufgabe, die mich verwirrt, die zu schwer für mich ist.«

»Du wirst mit deinen Aufgaben wachsen.« Sie schmiegte sich an seine Brust und hörte, wie heftig sein Herz schlug. »Ich brauche dich und jeden anderen, der mir hilft. Euch kann ich vertrauen. Ich bin noch lange nicht die gekrönte und gesalbte Alleinherrscherin.«

»Du machst mir ein schweres Geschenk, Katjuschka«, brummte Grigori »Und bald, wenn du auf dem Thron sitzt, wirst du mich nicht mehr brauchen.«

Sie ließ ihn los und deutete auf die Schreibtische, auf denen sich Papiere, Mappen und Umschläge einige Handbreit hoch stapelten.

»Ich werde ein Jahr benötigen, um das alles zu erledigen. Sei unbesorgt, Grigori – dein Bruder bewacht Pjotr, und du bewachst mich!«

Er salutierte; sein Lächeln war zurückhaltend, fast schmerzlich, als er mit seinem verstauchten Bein hinaushinkte. Jekaterina läutete und setzte sich an ihren Schreibtisch. Sie begann anzuwenden, was sie während zweier Jahrzehnte aus Büchern und aus dem schlechten Beispiel gelernt hatte, das die verstorbene Zarin dem Hof und dem Volk gegeben hatte.

»Madame,

ich bitte Eure Majestät, meiner völlig versichert zu sein und die Güte zu haben, anzuordnen, dass man die Posten aus dem zweiten Zimmer fortnimmt, weil das Zimmer, in dem ich bin, so klein ist, dass ich mich kaum darin bewegen kann, und weil Sie wissen, dass ich immer im Zimmer umherlaufe, ich werde noch geschwollene Beine davon bekommen; dann bitte ich Sie ferner, nicht zu befehlen, dass die Offiziere in demselben Zimmer bleiben, wenn ich Bedürfnisse habe, das ist doch unmöglich für mich; schließlich bitte ich Eure Majestät, mich doch nicht wie einen großen Übeltäter zu behandeln, ich bin mir nicht

bewusst, Sie jemals beleidigt zu haben; indem ich mich Ihrem großmütigen Gedenken empfehle, bitte ich Sie, mich doch wenigstens mit den genannten Personen nach Deutschland zu lassen, Gott wird es Ihnen sicherlich vergelten, und ich bin Ihr sehr ergebener Diener Peter.
P.S. Eure Majestät kann meiner sicher sein, dass ich nichts denken und nichts tun werde, was gegen Ihre Person oder Ihre Regierung sein könnte.«*

Jekaterina runzelte die Stirn. Pjotrs Brief aus Ropscha war in schlechtem Französisch abgefasst. Sie wusste, dass er krank war, nahe am Zusammenbruch; ein Arzt war unterwegs zu ihm. Sie rollte den Brief zusammen, rollte ihn wieder auf, strich das Papier glatt und murmelte: »Ich werde mich hüten, dir zu antworten.«

Die Erinnerung an zwei Jahrzehnte Niedertracht an seiner Seite war schmerzlich frisch, aber ihre Gedanken weilten bei ihrem zweiten Manifest, das Pjotrs Verzicht und ihre Thronbesteigung vor dem Senat und dem ganzen russischen Volk verkünden sollte. Pjotr blieb eine dauernde Bedrohung, denn nicht sie, sondern er war Nachkomme Zar Peter des Großen und aus dem ehrwürdigen Geschlecht der Romanows. Sie warf das Schreiben auf einen Haufen anderer Briefe und las Nikita Panins Aufstellung.

Russland war hochverschuldet und bankrott, die Katastrophe stand kurz bevor. Weil die Verwaltung spätestens seit Jelisawetas Tod im Chaos verharrte, wurden keine Abgaben eingetrieben. Bei einem Geldumlauf von etwa hundert Millionen Rubel betrugen die Staatsschulden siebzehn Millionen. Seit Monaten hatten die Soldaten und ihre Vorgesetzten keinen Sold erhalten. Der sieben Jahre währende Krieg hatte das Land finanziell ausgeblutet, und hinzu kam, dass die Oberhäupter der Kirche fürchteten, ihren Besitz an den Staat abgeben zu müssen.

* Memoiren, Bd. 2, S. 263

Die Siege der russischen Heere hatten dem Land keinen noch so kleinen Vorteil gebracht, wenn sie außer Acht ließ, dass das Vertrauen der Soldaten in die eigene Leistung zugenommen hatte. Und dabei war dieses Land so unermesslich reich. Jekaterina musste binnen kurzer Zeit die Verwaltung in Ordnung bringen, die Bestechlichkeit ausmerzen und die Steuern eintreiben lassen; sie brauchte den selbstlosen Rat erfahrener Männer.

Sie schrieb zwei Namen auf: Bestuschew-Rjumin und Fürst Alexander Alexejewitsch Wjasemski.

Sie verzichtete freiwillig auf den »Kammerfonds«, die persönliche Schatulle des Kaisers, und hob bestimmte Monopole der Steuereinkünfte auf. Die Gründung einer Notenbank war einer ihrer nächsten Pläne.

Jekaterina stand um fünf Uhr auf und arbeitete, kaum unterbrochen, zehn, zwölf, vierzehn Stunden lang. Ihre Umgebung staunte und verzweifelte an der Flut wohlüberlegter Anordnungen. So etwas hatte es seit Peter dem Großen nicht mehr gegeben. Ein zweiter Brief des gefangenen Pjotr erreichte sie, als sie mitten in den beschwerlichen Versuchen steckte, Ordnung in ihren neuen Zimmern, im Palast und damit sie überhaupt wusste, welche Probleme am dringendsten waren – in der Übersichtlichkeit bestimmter Zuordnungen zu schaffen.

»Eure Majestät, wenn Sie nicht unbedingt einen Menschen umbringen wollen, der schon unglücklich genug ist, haben Sie doch Mitleid mit mir und lassen Sie mir meinen einzigen Trost, das ist Jelisaweta Romanowna, Sie werden damit eine der barmherzigsten Taten Ihrer Regierung tun; übrigens, wenn Eure Majestät mich für einen Augenblick besuchen wollte, so wären meine höchsten Wünsche erfüllt.

Ihr sehr ergebener Diener

Peter.«*

* Memoiren, Bd. 2, S. 265

Jekaterina las schweigend und schüttelte langsam den Kopf. Sie dachte an Iwan, den Gefangenen von Schlüsselburg, und nahm Alexej Orlows Schreiben vom Tisch. Sie durfte in ihrer Entscheidung nicht schwankend werden. »Pjotr, das Ungeheuer ...«, flüsterte sie.

Alexej Orlow hatte geschrieben: »Wir und das ganze Detachement befinden uns wohl, aber unser Ungeheuer ist erkrankt und hat einen unerwarteten Kolikanfall erlitten. Ich fürchte, er kann heute Nacht sterben, und noch mehr fürchte ich, dass er am Leben bleibt. Das Erstere, weil er nur noch Unsinn redet, worüber wir lachen; das Letztere, weil er eine Gefahr für uns ist, denn er spricht oft so, als wäre er noch in seiner früheren Stellung.«*

»Paulsen und Lüders, die Ärzte, sind bei ihm«, sagte Jekaterina leise zu sich und widmete sich wieder ihrer Arbeit. In St. Petersburg herrschte eine seltsame Art Kriegsrecht. Straßenkreuzungen, Brücken und Plätze wurden von Soldaten bewacht, um keine Unruhe entstehen zu lassen. Noch immer konnten Anhänger Seiner Majestät des verhafteten Kaisers einen Gegenaufstand versuchen. Würde es ihm gelingen, ins Ausland zu fliehen, würde er vielleicht ein preußisches Heer gegen St. Petersburg anführen. Auch Pjotrs dritter Brief vermochte Jekaterina nicht zu rühren.

»Eure Majestät, ich bitte noch, mich, der ich Ihren Willen in allem erfüllt habe, ins Ausland zu entlassen mit denen, um die ich Eure Majestät schon früher gebeten habe, und ich hoffe auf Eure Großmut, dass Sie mich nicht ohne Nahrung lassen werden. Getreuer Diener
Peter.«**

Am 6. Juli, nachdem Jekaterinas zweites Manifest vor dem Senat vorgelesen worden war und sie erklärt hatte,

* Memoiren, Bd. 2, S. 309

** Memoiren, Bd. 2, S. 266

sich die Liebe des Volks verdienen zu wollen und in dessen Interesse sie, »wie Wir erkennen, auf den Thron erhoben worden sind«, ließ sich Jekaterina in ihre Gemächer zurückbegleiten. Während sich die hohen, schmalen Türen öffneten, rannte ein Kurier an den Kammerherren und Schreibern vorbei, salutierte schwer atmend und schweißüberströmt vor ihr und reichte ihr einen zerknitterten Umschlag.

»Große Verwirrung, Eure Majestät«, brachte er mühsam hervor. »Der Diener des ... Seiner Majestät, nun, des Großfürsten, ist spazieren gegangen, man hat ihn gepackt und in einen Wagen geworfen. Der ist sofort davongerast, niemand weiß, wohin. Und der Zettel ... der Brief ist von Alexej Orlow, dem Narbigen, Majestät.«

»Danke.« Jekaterina riß ein Blatt Papier aus dem Umschlag, das ebenso zerknittert und mit Bleistift beschrieben war. Nur mit Mühe entzifferte sie die hingekrakelten Worte.

»Unser Mütterchen, barmherzige Kaiserin! Wie soll ich erklären, beschreiben, was geschehen ist? Du wirst Deinem treuen Knecht nicht glauben, aber wie vor Gott werde ich die Wahrheit sagen, Mütterchen! Ich bin bereit zum Tod, aber ich weiß selbst nicht, wie das Unheil geschehen ist. Wir sind verloren, wenn du nicht Gnade für uns hast.

Mütterchen, er weilt nicht mehr auf der Welt. Aber niemand hat das gedacht, und wie sollten wir auf den Gedanken kommen, die Hände gegen den Kaiser zu erheben! Aber Kaiserin, das Unheil ist geschehen! Er kam bei Tisch mit Fürst Fjodor in Streit: Wir konnten sie nicht mehr auseinanderbringen, und schon war er nicht mehr. Wir erinnern uns selbst nicht, was wir getan haben, aber wir alle bis zum Letzten sind schuldig und haben den Tod verdient. Hab Gnade mit mir, und sei es nur um meines Bruders willen! Ich hab mein Geständnis abgelegt, und zu untersuchen ist nichts. Verzeih oder befiehl, unserem Leben rasch ein Ende zu machen! Ich mag das Licht nicht sehen: Wir haben Dich erzürnt und unsere Seelen auf ewig mit Schuld beladen.«*

»Du wirst niemandem etwas sagen«, befahl sie dem Kurier. »Deine Lippen sind versiegelt! Das ist mein Befehl!«

»Gewiß doch! Ich verstehe, meine Kaiserin!«

Sie haben Pjotr ermordet! durchfuhr es Jekaterina Sie hob den Kopf und versuchte durch ihre aufrechte Haltung zu zeigen, dass nichts Ernstliches geschehen sei. Sie ging geradeaus weiter, bis sich die Türen zu ihrem Arbeitszimmer geschlossen hatten, dann verließen sie die Kräfte. Mit zitternden Knien fiel sie auf einen Diwan, schloss die Augen und stöhnte. Viele Atemzüge lang war sie unfähig, einen klaren Gedanken zu fassen.

»Mein Ruhm ist dahin«, flüsterte sie.«Niemals wird mir die Nachwelt dieses Verbrechen verzeihen. Ich hab es nicht gewollt.«

Einige Minuten später konnte sie sicher sein, dass die Höflinge und Diplomaten nichts von ihrem eisigen Schrecken gemerkt hatten. Nur die Daschkowa schien den Inhalt des Schreibens zu kennen. Sie brachte eine Tasse Tee vom Samowar und flüsterte ihr zu: »Madame, für Ihren Ruhm und auch den meinen kommt dieser Tod zu früh.«

Jekaterina richtete sich auf und trank. Plötzlich schien ihr Gesicht in heiterer Gelassenheit zu lächeln. Abwarten!, dachte sie. Erst einmal genau herausfinden, was geschehen ist. Peter Ulrich von Holstein ist tot. Mord oder Unfall? Totgeschlagen in wilder Wut oder in kaltem Zorn umgebracht? Oder hat sich Pjotr, vielleicht selbst das Leben genommen? Sie deutete auf die Tür und sagte leise: »Alexej Orlow soll aus Ropscha geholt werden, und die anderen auch. Ruft Grigori her, ich brauche ihn. Einen

* Memoiren, Bd. 2, S. 312

unglückseligeren Anfang meiner Herrschaft vermag ich mir nicht vorzustellen.«

Sie fühlte weder Trauer noch Befriedigung, weder Schmerz noch die gedankenlose Freude der Siegerin. Pjotr war ihr vor so langer Zeit gleichgültig geworden, und daran hatte sich nichts geändert. Aber ihr Name war durch Pjotrs Tod besudelt, denn viele Menschen würden sie für die Anstifterin zu diesem schrecklichen Ende halten.

6. (17.) November 1796, abends etwa neun Uhr. Noch schien Leben in Jekaterinas gemartertem Körper zu sein. Schon länger als zehn Stunden dauerte ihre Bewusstlosigkeit an. Draußen hörte man auf Eis und Schnee den Hufschlag vieler Pferde und das Knirschen von Schlittenkufen. Der Lärm hastiger Schritte auf den Treppen und dem Steinboden des Korridors bewies, dass endlich der Thronerbe, Großfürst Paul Petrowitsch, aus Gatschina angekommen war. Als er mit einigen Männern das Vorzimmer betrat, sah ihm niemand an, welche Träume ihn in der vergangenen Nacht gequält hatten. Nachdem er den Traum seiner Gattin erzählt hatte, sagte sie erschrocken, sie habe den gleichen Albtraum erlitten. Eine unsichtbare Kraft hatte sie ergriffen wie eine mächtige Hand und zum Himmel hinaufgerissen.

Drei Stunden nach Mittag war Nikolaj Subow vor der Mühle, zwei oder drei Werst abseits des Schlosses, erschöpft aus dem Sattel eines fast zuschanden gerittenen Pferdes gerutscht und hatte Jekaterinas Schlaganfall gemeldet. Ohne Zögern waren Großfürst Paul und Subow in einem Schlitten, der von sieben Pferden gezogen worden war, losgefahren. An einer Poststation hatten sie Rostoptschin getroffen, der ebenso erschöpft wie Subow war, nass geschwitzt und halb erfroren. Paul fürchtete, in St. Petersburg verhaftet zu werden, denn er wusste, dass Jekaterina seinen Sohn Alexander als Thronfolger haben wollte. Rostoptschin beruhigte ihn, stieg zu ihm und

Großfürstin Maria Fedorowna in den Schlitten, und die Fahrt ging weiter.

Kurz vor St. Petersburg ließ Paul anhalten. Er schlug sein Wasser ab und blieb im Mondlicht neben dem Schlitten stehen, die Landschaft und die fernen Lichter der Stadt betrachtend.

»Welch ein Augenblick für Sie, Fürst«, sagte Rostoptschin.

»Warten Sie, mein Lieber.« Paul drückte Rostoptschin die Hand. »Ich bin jetzt zweiundvierzig! Bis hierher half mir Gott; vielleicht gibt er mir auch Kraft und Verstand zu dem Amt, zu dem er mich bestimmt hat. Hoffen wir auf seine Güte.«

Obwohl Paul wusste, wie es um Jekaterina stand, schien er sie zu fürchten. Als er das Vorzimmer betrat, verbeugten sich alle Anwesenden bis zum Boden. Paul lächelte ihnen zu, hob sie auf und trat ins Sterbezimmer. Lange betrachtete er Jekaterinas Gesicht, das den hoffnungslosen Zustand des Körpers widerspiegelte, dann warf er sich vor dem Bett nieder und blieb so einige Atemzüge lang. Anschließend wandte er sich an die Ärzte und stellte mit leiser Stimme einige Fragen.

»Ich vertraue Ihrem Urteil«, sagte er. »Lassen Sie Metropolit Gabriel für die Sterbesakramente holen. Wir halten die Totenwache.«

Zwei Kammerdiener entfernten sich rückwärts gehend unter vielen Verbeugungen. Paul sah sich um. Seine Blicke fielen auf Platon Subow und Vizekanzler Besborodko, die der Verzweiflung nahe schienen. Dann ging er mit bedächtigen Schritten in Jekaterinas Arbeitszimmer. Dort wartete er unruhig, bis man die Großfürsten Konstantin und Alexander hereinführte.

11

Der harte, kalte Zarenthron

Eine Erkenntnis fügte sich zur anderen, jede Nachricht, jede Aussage schuf mehr Klarheit: Es schien, als hätte Alexej Orlow oder Grigorij Teplow, Kyrill Rasumowskis rechte Hand seit etlichen Jahren, Pjotr ein nur halb wirksames Gift in den Kaffee geschüttet. Der Arzt, der wegen Pjotrs Magenkrämpfen geholt wurde, traf den Gefangenen bei Bewusstsein, aber mit hohem Fieber und schweren Krämpfen an. Als der Arzt nach Milch schickte, um das Gift zu neutralisieren, stellte sich heraus, dass es in ganz Ropscha keine Milch gab. Pjotr erholte sich offensichtlich so ausreichend, dass er Streit mit einem seiner Bewacher, dem Fürsten Fjodor Barjatinski, anfing. Dabei war er wohl – fast – erwürgt worden, vermochte aber noch, nach einem lutherischen Priester zu rufen. Alle Beteiligten verschwiegen einen kleinen Teil der Wahrheit, weil sie glaubten, einem nie gegebenen Befehl oder Wunsch der Kaiserin zu gehorchen; viele Einzelheiten und Beobachtungen deuteten darauf hin, dass Alexej »Narbengesicht« Orlow den gefangenen Kaiser getötet hat. Als Jekaterina in Fürst Panins Gesicht nur Ablehnung und Ungläubigkeit sah, wusste sie, dass sie all ihre Überzeugungskraft aufwenden musste. Schliesslich schien ihr Panin zu glauben, dass sie den Mord nicht befohlen hatte, und half beim Entwurf des Manifests zu Pjotrs Tod.

Die Leiche wurde seziert, ein Gutachten bestätigte einen unerwarteten, natürlichen Tod. Der Kaiser, hieß es offiziell, sei an einer Hämorrhoidalkolik gestorben. Sie habe das Gehirn geschädigt und zu einem Schlaganfall geführt, der ihn nach dem Willen des allerhöchsten Gottes hatte dahinscheiden lassen. Pjotr hatte sich nicht in Moskau vor Gott und aller Welt offiziell krönen lassen. Jekaterina dachte nicht daran, den gleichen Fehler zu begehen. Sie befahl, einen Hermelinmantel aus einigen tausend Fellen zu nähen und eine Krone aus Silber, Gold und Diamanten herzustellen. Obwohl sie Moskau hasste, setzte sie als Tag der Abreise den 1. September fest.

In den Notizen, die Graf Alexej P. Bestuschew-Rjumin für sein Tagebuch gemacht hatte, ist zu lesen: »Der Tote ist im Alexander-Newski-Kloster aufgebahrt worden, ungeschmückt im offenen Sarg, und das Volk betrauert ihn gebührend, wie es sich gehört. Das Gesicht ist halb unter einem großen Soldatenhut versteckt, aber man sieht trotzdem genug davon – es ist von schrecklicher schwarzvioletter Farbe. Um den Hals haben die Leichenfrauen eine breite Schmuckbinde gelegt, und vielleicht verdeckt sie wirklich die Würgemale, von denen manche flüstern. Die Hände sind in Handschuhen versteckt. Pjotr trägt die hellblaue Uniform eines holsteinischen Dragoners, ein subtiles Zeichen der jungen Kaiserin, die uns damit sagen will, dass er stets ein Feind Russlands gewesen sei. Ich habe nicht gehört, dass jemand an seinem Tod durch Anfälle welcher Art auch immer zweifelt. Kaiserin Jekaterina ist weder an der Leiche noch während der Trauerfeier gesehen worden. Der Senat bat sie darum, um ihre Gesundheit zu schonen. In Kreisen der Diplomaten hält man Jekaterinas Herrschaft für noch lange nicht gesichert. Pjotr wurde nicht in der kaiserlichen Gruft, sondern im Newski-Kloster beigesetzt, und wenn ich das Gemurmel meiner Bediensteten richtig deute, beginnt eine Legende von einem ›guten Zaren‹ zu wuchern, der vor dem Weltende kommt, um alle Geschundenen zu erlösen.

Die Gnade einer fernen Freundschaft hat mich aus der Verbannung erlöst und zurück nach Petersburg geholt. Die Kaiserin, denke ich, wird mich als Ratgeber schwerlich in Anspruch nehmen, aber sollte ich ihr raten, würde ich sagen: Giftige Nattern ringeln sich unter vielen Steinen, und Giftpilze sprießen selbst in Winkeln der Paläste.

Die Gesandten schrieben an ihre Regierungen, dass Jekaterinas Herrschaft wohl von kurzer Dauer sein werde, denn sie entrate des Schutzes eines Kaisers und sei, wenn die Garden eine Gegenrevolution wagen würden, denen hilflos ausgeliefert. Der Aufstand der Semjonowskij-Garde im August, eine ernste Angelegenheit, wurde von Jekaterina und ihren Getreuen so rasch und gründlich niedergeschlagen, als hätten sie nie etwas anderes getan. In der Tat schien die Kaiserin hervorragend vorbereitet gewesen zu sein. Ich habe mich aus alldem herausgehalten und die Ereignisse von der Terrasse meines Hauses in St. Petersburg aus betrachtet, als würden sie mich nichts angehen.

Ungefähr einen Monat lang – ich erfuhr es während meiner Umzugsbemühungen – schuftete die Kaiserin wie besessen. Kronrat, Senat oder dessen Generalprokuror, die allgemeine Verwaltung und das Heer, die Kollegien, die unterhalb des Senats arbeiteten ... überall versuchte Kaiserin Jekaterina die besten Männer zu finden, die Verfahren zu straffen und Verantwortung zu delegieren, und das ebenso in den Provinzen und zwischen deren Gouverneuren. Noch bevor sie nach Moskau reiste, um sich krönen zu lassen, schickte sie – nach Nikita Trubetzkoi mit dem Rest ihres Geldes, schäbigen fünfzigtausend Rubel – ihren kaum achtjährigen Sohn Paul, begleitet vom alten Panin und dem Leibarzt Kruse, voraus. Sie hatte noch zu tun. Es wurden mehrere Dutzend Korruptionsprozesse auf den Weg zu den Gerichten gebracht. Nikita Panins Versuch, einen Rat zu etablieren, der ihre Erlasse hätte gegenzeichnen müssen, hatte sie kalt entschlossen durchkreuzt – ob dies gut oder schlecht für Mütterchen Russland war, wird erst die Zukunft zeigen. Gebe Gott ihr ein langes Leben, ein anderes als der Kaiserin Jelisaweta und dem Kaiser Pjotr III. Denke ich an die fünfzehnjährige Sophie und die bald vierunddreißigjährige Frau, die aus jenem preußischen Heideröslein erwuchs, ist mir wenig bange, und ich schlafe ruhiger.«

Vor achtzehn Jahren bin ich als arme, hässliche Deutsche nach Russland geholt worden, dachte Jekaterina am Beginn der hetzjagdähnlichen Fahrt nach Moskau. Ich werde vierunddreißig. Mit vierzig, einundvierzig – ich gebe mir sieben Jahre! – werde ich endgültig an meinem Ziel sein. Dann gehört mir Russland, und zwar ein ganz anderes Land, als ich es vorgefunden habe. Und jeder Russe wird mich lieben!

Den gesamten Hofstaat nach Moskau zu bringen, erforderte Planung, Umsicht, zahlreiche Wagen und insgesamt neunzehntausend Pferde. Die französischen Könige versammelten den Adel in Versailles, um mögliche Unruhestifter kontrollieren zu können. Jekaterina entvölkerte St. Petersburg halbwegs, um nötigenfalls die Intrigen des Hofstaats in Moskau zu unterbinden. Grigori Orlow und seine Freunde halfen, die Reise ohne Unfälle und allzu große Beschwernisse zu bewerkstelligen. Jekaterina, die selbst in der Kutsche diktierte, schrieb und unterzeichnete, gestattete sich lange Blicke in die herbstliche Umgebung abseits der Straße und versuchte aus der Schönheit Kraft zu schöpfen für die Strapazen, die sie in Moskau erwarteten.

Aber die Schönheit des Landes gehörte nicht nur den Großrussen, sondern ebenso Weißrussen, Ukrainern und nichtslawischen Völkern – Finnen, Tataren, Mordwinen, Kalmücken und Tschuwaschen, Baschkiren, Burjäten, Jakuten und Samojeden –, Stadtbewohnern, Nomaden sowie kleinen Gruppen, von denen niemand viel wusste. Jekaterina hatte eine Menge zu lernen, aber jetzt musste sie verstehen, was Russland zusammenhielt; der Ruhm des Landes war auch ihr Ruhm.

Die Krönung, ebenso wie die Hochzeit, musste in Moskau vollzogen werden. Obwohl: Moskau war zu groß, Moskau stank, Moskau besaß fünfhundert Kirchen und eintausendsechshundert Türme voller Glocken, die, wie es schien, unentwegt und grundlos läuteten. Seine Bewohner glaubten, es sei die heiligste Stadt des Erdkreises, und Moskau war der Hort dumpfer, fanatischer Gläubigkeit, die aus einer längst vergangenen Zeit zu stammen schien.

Jekaterina zwang sich, nicht an die Katastrophen zu denken, die auf das Reich während der vergangenen Wochen niedergegangen waren: Missernten, Hungersnöte und Bauernaufstände. Auf der Wolga überfielen Piraten die Lastschiffe, verzweifelte Hilferufe und Meldungen über Stürme und gewaltige Überschwemmungen waren in St. Petersburg eingetroffen. Die Kaiserin versuchte ruhig zu bleiben und die notwendigen Entscheidungen nacheinander zu treffen, während die Kutschen, in riesige Staubwolken gehüllt, nach Süden ratterten. An einer Poststation auf halbem Weg ließ sie anhalten und lief zu ihrem Sohn, der fiebernd im dunklen Zimmer lag. Sie blieb, bis das Fieber gesunken war, und hetzte zusammen mit Paul weiter – ganz Moskau und das Reich würde ihr nicht verzeihen, wenn sie nicht pünktlich erschien.

Am 13. September, während alle Glocken läuteten und die Leute halb taub geworden waren, rollte Jekaterinas Kutsche in Moskau ein. Paul bestaunte mit großen Augen die vielen Menschen, die Jekaterina zujubelten, die Girlanden und bunten Tücher, die Schweineställe und die rußgeschwärzten Ruinen vieler verbrannter Häuser. Die Kaleschen fuhren langsam über schlammige Straßen und entlang der geschmückten Hausfassaden über den Roten Platz zum Kreml. Jekaterina hatte alle Chroniken der Zarenkrönungen gelesen und war entschlossen, jede wichtige Geste nachzuvollziehen. Der Platz war voller begeisterter Menschen. Hinter ihr und Paul schlossen sich die Tore des großen Kremlpalasts.

Zehn Tage und Nächte lang fastete Jekaterina, meistens allein, hinter den Kremlmauern. Ihre Berater lehrten sie die Bedeutung der Zeremonien und die Worte, die sie auszusprechen hatte. Obwohl Jekaterina alles Erdenkliche versuchte, gelang es ihr nicht, vor den Dienerinnen zu verbergen, dass sie schwanger war. Zwar sah man kaum etwas, aber jeden Morgen suchte sie eine Übelkeit heim. Eine Schar Dienerinnen und Schneiderinnen verwendete die prächtigsten Kleider dazu, um in großer Eile aus kostbaren Stoffen, Edelsteinen und bestickten Säumen neue Gewänder und Livreen zu schneidern, aus zwanzig Pfund Silber und einem Pfund Gold, fünftausend Diamanten und mehr als zwei Dutzend großen Perlen entstand die Kaiserkrone, gekrönt von einem Rubin und einem Kreuz, und nicht weniger prunkvoll schufen die Goldschmiede das Zepter, auf dem ein außergewöhnlich großer Diamant funkelte.

Es gelang den Senatoren und einigen Adligen, in der Stadt Ruhe zu schaffen, und trotz der Kälte und des Schmutzes auf Straßen und Plätzen Neugierde und Begeisterung der Bevölkerung zu wecken. Jekaterina schien es geschafft zu haben, den Provinzgouverneur zu ernsthaften Verbesserungen zu überreden. Bald würde die Allgemeinheit den Wert von Kornspeichern und einer verantwortungsvollen Verwaltung schätzen lernen. Das Fieber des Thronfolgers wich nur langsam, und Gerüchte durcheilten die riesige Stadt, Paul läge im Sterben, und die Kaiserin habe bald zwei Thronfolger auf dem Gewissen.

Am Sonntag, morgens um fünf Uhr, fingen die Kanonen an Salut zu feuern. Drei Stunden danach begann das Geläut aller Kirchenglocken, auf dem Platz vor der Himmelfahrts-Kathedrale stellten sich Soldaten auf, und während die Musikkapellen zu spielen begannen, die Pauken dröhnten und die Trompeten schmetterten, rollten die ersten Karossen, geputzt und feierlich geschmückt, auf die Kathedrale zu. Es dauerte quälend lange vier Stunden, bis sich Priester, Adlige, Würdenträger und Gesandte im Schein unzähliger Kerzenflammen unter dem Goldschmuck der fünf Kuppeln versammelt hatten. In der Mitte der Kirche, zwischen Ikonen von unschätzbarem Wert und unter dem tonnenschweren Kronleuchter stand, von Rubinen und Diamanten verziert, ein Thronsessel auf einem Podium. In einem Kleid aus hermelinbesetztem Goldbrokat, an dessen Schleppe sechs Kammerherren trugen, betrat Jekaterina die Kathedrale. Seit sie Pjotr III. Erlaß widerrufen hatte, den Landbesitz der Kirchen und Klöster für den Staat einzuziehen, schien ihr jeder einzelne Pope und Metropolit wohlgesonnen. Die Chöre begannen mit feierlichen Chorälen, der Archimandrit von Nowgorod in feierlichem Ornat begrüßte sie.

»Möge Ihre Kaiserliche Majestät geruhen, gemäß der Sitte der alten christlichen Monarchen vor Ihren treuen Untertanen die heiligen orthodoxen Glaubensartikel zu verlesen.«

Jekaterina setzte sich unter den Baldachin und las mit klarer, lauter Stimme. Ihre Vorsätze standen unverrückbar. Jede Stunde in Moskau und die Folge der ehrwürdigen Zerernonien waren weitere Schritte auf dem beschwerlichen Weg, über Russland zu herrschen und das Land und seine Bewohner zu einer stolzen Nation zu formen. Die Popen brachten den alten kaiserlichen Purpurmantel, und Jekaterina zog ihn selbst über ihre Schultern. Dann nahm sie die schwere, strahlende Krone, die Nachbildung der Krone des Wladimir Monomach aus dem 12. Jahrhundert, und setzte sie sich auf. Sie stand aufrecht da, den Reichsapfel in der linken, das Zepter in der rechten Hand; während vieler Herzschläge fühlte sie sich machtvoll und unangreifbar. Jedes Wort, jedes Geräusch im Inneren der Kirche wurde vom Glockenläuten und Kanonendonner übertönt. Schließlich kniete Jekaterina nieder und betete laut.

»Mein Herr und Gott, unterweise mich in dem Werk, das Du für mich bestimmt hast, und gib mir Führung und Verständnis in diesem großen Dienst. Laß mir die Weisheit, die vor Deinem Throne weilt, zuteil werden.«

Der Archimandrit begann mit dem Messopfer. Nach der Wandlung entschloss sich Jekaterina zu der kühnen Geste, über deren Bedeutung sie lange nachgedacht hatte. Die Krönung hatte sie zum Oberhaupt der orthodoxen Kirche Russlands gemacht. Sie ging durch die Öffnung der Ikonenwand und kniete im Allerheiligsten, das den Priestern vorbehalten war, vor dem Altar. Der Archimandrit folgte ihr nach fast unmerklichem Zögern und salbte ihre Stirn, die Brust und beide Hände. Mit diesen gesalbten Händen ergriff sie den Kelch und aß von dem geweihten Brot, das mit Messwein getränkt war. Vier Stunden dauerte die Zeremonie. Jekaterina betete an den Gräbern der Großfürsten, Zarinnen und Zaren, und die Last der Krone schien sie ebenso wenig zu drücken wie die schwere Kleidung, als sie hoheitsvoll, an all den Knienden vorbei, wieder zu ihrem Sessel schritt. Ihre Macht kam, wie im Ritual der Krönung laut ausgesprochen, Gott dem Allmächtigen gleich.

Nachdem Jekaterina vor den uralten Ikonen der Mariä-Verkündigungs-Kathedrale und der Erzengel-Kathedrale gebetet hatte, fuhr ihre Prunkkutsche vor. Aus kleinen Fässern warfen die Höflinge Geldstücke in die begeisterte Volksmenge, die sich wenig später auf die Tische stürzte, auf denen Bierfässer standen und Braten, Brote und Kuchen dampften. Der Platz hallte wider von den Hochrufen auf »Mütterchen Jekaterina« und später ging in den Sälen des Kreml ein Regen von Belohnungen auf jeden nieder, der etwas mit dem kaiserlichen Hof zu tun hatte – Edelsteine, Goldmünzen, Orden, Titel und Ämter, Geldgeschenke und Beweise der kaiserlichen Gunst bis zum geringsten Palastdiener. Auf den Mauern und Türmen der Festung leuchteten unzählbar viele Lichter und Lampen, die Tore standen weit offen, und Moskaus gesamte Einwohnerschaft schien innerhalb des Kreml versammelt zu sein. Gegen Mitternacht schleppte sich Jekaterina in vollem Krönungsschmuck auf den obersten Absatz der Roten Treppe vor dem Facettenpalast. Die Beleuchtung hatte den Kreml in ein Märchenschloss verwandelt, und der Jubel galt nur der Kaiserin, in deren Magen die Übelkeit wütete. Sie war todmüde, jeder Muskel schmerzte. Jekaterina zwang sich, weder an ihre Schwangerschaft noch an die vielen Feierlichkeiten zu denken, die bis zur Rückkehr nach St. Petersburg stattfinden würden – dieser Tag gehörte allein ihr. Und Grigori Orlow an ihrer Seite – groß, breitschultrig, ordenbehängt und die Hände voller Ringe –, der sie im Moskauer Frühwinter beschützte.

Großfürst Paul, ihr Sohn, wurde endlich gesund. Als Dank stiftete Jekaterina den Moskauern ein Krankenhaus. In der letzten Woche im Oktober, nachdem eine Verschwörung junger Offiziere gegen den Zarenthron aufgedeckt und die Verschwörer degradiert und nach Sibirien verbannt worden waren, verlor Jekaterina ihr Kind; das erste Kind, das ihr keine andere Kaiserin hätte von der Brust reißen können.

Als die Straße besser wurde und die Räder, wohl nur vorübergehend, nicht mehr in tiefe Löcher schlugen, vermochte sich Jekaterina zu beruhigen; die Anspannung, die sie keinen Tag seit der Krönung aus der Umklammerung gelassen hatte, wich. In den Bäumen sangen und zwitscherten Vögel. Die wogenden grünen Kornfelder der Bauerngehöfte weit vor der Stadtgrenze blieben zurück. Im Juni 1763 verließen Jekaterina und ihr großer Tross den Kreml und Moskau. Es schien ihr, als wären seit ihrer Krönung drei oder vier Jahre vergangen und sie hätte mehr gearbeitet und mehr Widerstände überwunden als je zuvor.

Bälle und Festlichkeiten, harte Arbeit und zahlreiche Versuche, bedrohliche Intrigen früh genug zu erkennen und abzuwehren, schienen in Jekaterinas Rücken in Bedeutungslosigkeit zurückzufallen. Zuerst hatte es so ausgesehen, als wäre Russland mit der Kaiserin und ihrer Herrschaft zufrieden, aber nach einiger Zeit störten sich zu viele Moskauer an Grigori Orlows Allgegenwart an ihrer Seite. Obwohl sechs Sekretäre ihre Befehle schrieben und weiterleiteten, versank zu vieles in der unendlichen Trägheit der Menschen, in feindseliger Abwehr oder egoistischem Beharrungstrieb. Weder der greise Bestuschew, wahrlich ein kluger Fuchs, noch Nikita Panins Ratschläge vermochten es jedem recht zu machen. Jekaterina hasste Moskau. Sie hatte tausend Gründe dafür. Grigori Orlow – sollte sie das Wagnis eingehen, ihn zu heiraten? Den Bruder des Mittäters am Mord ihres Gatten? Sie würde, wenn sie es wagte, ihre herrscherliche Fähigkeit verlieren, unabhängig zu handeln. Wie groß Sibirien wirklich war, wusste sie nicht; zweifellos war es ein großes, kaum bevölkertes Land. Es wäre hoffnungslos überfüllt, wenn sie jeden, der ihre Anordnungen nicht oder unvollständig befolgte, dorthin verbannte.

Sie lehnte sich aus dem Fenster der Kutsche und verfolgte mit Blicken den Flug einer Kette Wildenten. Die linken Räder der Kutsche hämmerten durch eine Reihe Löcher, und das Gefährt schwankte ziemlich stark. Wie viele Werst Straßen durchzogen mit wie vielen Millionen Löchern und Abbrüchen das Land? Die Zeit würde etliches zum Guten ändern, aber hatte sie, Jekaterina so viel Zeit? In jedem Fall besaß sie mehr Beharrungsvermögen als die meisten Untergebenen und war – was sie sich und anderen bewiesen hatte! – zäher, entschlossener und unbeirrbarer. Schon von Moskau aus hatte sie fachkundige Boten ausgeschickt, um herauszufinden, in welchen Teilen des Landes die Ernten besser ausfallen würden, weil für Getreide oder Rüben der Boden fruchtbarer war. Seidenraupen, Bienen oder Tabak, Pferde- und Rinderzucht, Schafherden … Jekaterina setzte Prämien aus, um in allen Bereichen den Ertrag zu verbessern. Selbst Alexej Orlow hatte begonnen, friesische mit arabischen Pferden zu kreuzen.

Die Wildenten schienen unschlüssig über ein Schilffeld zu flattern, das sich so weit erstreckte, wie das Auge reichte. Der nächste wichtige Schritt, bei dem Grigori Orlow sie unterstützte, war die Anwerbung fremder – auch tüchtiger deutscher! – Neusiedler. Die Kaiserin bot in ausländischen Zeitungen an: Ein halbes Jahr freie Unterkunft, abhängig von der Leistungsfähigkeit bis zu dreißig Jahren von der Kopfsteuer befreit, Ackergeräte, ein wenig Vieh und Saatgut. Und von dieser Anweisung erwartete Jekaterina für sich und Russland große Erfolge. In Deutschland hatten Klostermönche den Bauern besseres Wirtschaften gezeigt, aber der orthodoxen Kirche war diese Art der Belehrung untersagt, obwohl sie über riesige Ländereien und viele Klosterbauern gebot. Dass die Neuankömmlinge keine Leibeigenen sein würden, sondern freie Bauern, war für sie nicht von Bedeutung – noch nicht.

Die Kutschen verließen den Schatten der Bäume. Grigori Orlow lächelte, als Jekaterina hinausblickte. Jenseits des Schilfs fielen die Enten lärmend in einen Moorstreifen. Die Straße führte auf ein Birkenwäldchen zu und mitten hindurch. Das zweite der sieben Jahre, die sich Jekaterina als vorläufiges Ziel gesetzt hatte, begann mit Sonnenschein, hellem Birkenlaub und schneeweißen Wolken im Ostwind.

Sie hasste Moskau. Trotzdem hatte sie kostspielige Geschenke hinterlassen, ein Wagnis angesichts der leeren Staatskasse – ein Institut für Volksgesundheit, ein Heim für Findelkinder und eine Hebammenschule, eine Erziehungsanstalt für junge Mädchen adliger Familien sowie eine Handvoll anderer Einrichtungen.

Umgeben von einer Unmenge von Büchern, teils aufgeschlagen, teils voller Lesezeichen, lehnte sich Jekaterina zurück und schichtete die eng beschriebenen Papiere aufeinander. Es war scheinbar leicht gewesen, die »Große

Kommission für die Zusammenstellung eines Gesetzbuchs« zusammenzurufen. Vertreter des Adels, der Stände, selbst des »Heiligen Synods«, der Städte und der freien Bauern würden sich überall im ganzen Land versammeln und ihre Deputierten wählen. Die Kommission, schrieb Jekaterina, sollte 1767, zur günstigen Sommerzeit, in Moskau zusammenkommen und die vielen, seit Pjotr dem Großen erlassenen Gesetze, die meist in deutscher und lateinischer Sprache vorlagen, in Russisch für Russland zusammenfassen. Jekaterina hatte in zwanzig Kapiteln und fünfhundertsechsundzwanzig Artikeln dargelegt, wie das Land in Zukunft regiert werden sollte. *Der Geist der Gesetze* von Montesquieu, Friedrich II. politische Grundsätze und Auszüge aus drei Dutzend und mehr Büchern und Schriften, selbst eine Schrift des italienischen Rechtswissenschaftlers Beccaria, hatte Jekaterina, von Bestuschew beraten, zergliedert, wieder zusammengefügt und, sicherlich unvollkommen, wie sie selbst fand, zum Gerüst eines zukünftigen Gesetzeswerks erklärt. Um der Kritik anderer Nationen die Spitze zu nehmen, schrieb sie, dass »der Souverän unumschränkt herrscht, denn keine andere Macht als die in seiner einzigartigen Person ruhende, kann mit dem Nachdruck handeln, welcher der Ausdehnung eines solch riesigen Reiches entspricht«. Jekaterina verbot in ihrer Instruktion die Folter; das Wirken der gefürchteten Geheimen Kanzlei hatte sie bereits in St. Petersburg unterbunden.

Hatte sie vielleicht erwartet, dass die Straße zwischen Moskau und St. Petersburg verbreitert, alle Brücken erneuert und sämtliche Poststationen und Dörfer verschönert und vergrößert worden waren und mehr Reichtum ausstrahlten? Nur an wenigen Stellen wurde mehr oder weniger planvoll gearbeitet. Es fehlten tausende ehrlicher, unkorrumpierbarer und tüchtiger Männer. Hatten die leibeigenen Muschiki sich trotz des kirchlichen Verbots ihre wilden Bärte geschoren, wie es schon Pjotr der Große und Pjotr III. verlangt hatten? Nichts von alldem – bisher. Jekaterina glaubte sich gut genug zu kennen und wusste, dass sie zu ungeduldig war.

Es ist einfacher, dachte sie, mit anderen Mitteln Zeichen zu setzen. Wenn viele bäuerliche Siedler und Handwerker ins Land kamen, um dessen Reichtum zu vermehren, konnten die Schätze aus alten und neu auszuschachtenden Bergwerken das Land noch reicher machen. Jekaterina ließ sich an den Geologen Samuel Bentheim erinnern, verfasste die Gründungsurkunde für eine Bergbauakademie in St. Petersburg und beschloss, das Silber aus der Tiefe Sibiriens und anderer Landestelle verstärkt zu fördern. Die Ausbeutung der Gruben und Minen sollte nicht dem Adel, sondern freien Unternehmern überlassen werden; sie verstanden ihr Geschäft besser als jeder Graf oder Fürst. Und – nach dem Gesetz war Silber das Eigentum der Krone. Auch die Pelze gehörten zu Russlands Reichtum, dessen Größe noch unbekannt war. Jekaterina wusste, dass Nowgorod und die Hanse schon vor etlichen Jahrhunderten reichen Pelzhandel betrieben hatten, und sie sorgte dafür, dass der Handel mit teuren Fellen – Bär, Nerz, Ziesel, Wolf, Feh und Fuchs, Seeotter, Robben und Tiger – sowohl in Sibirien gefördert als auch Jagdexpeditionen zu fernen Inseln und Küsten vorbereitet werden sollten. Und zum Abschluss arbeitsreicher Wochen, in denen sie sechs Sekretäre ermüdete, schaffte sie Privilegien und Monopole wie jene der Familie Schuwalow ab.

Vorsichtig setzte Jekaterina Schritt für Schritt. Je tiefer die steinerne Treppe in die feuchten, kalten Gewölbe der Festung führte, desto lauter hallten alle Geräusche. Fackeln und Kienspäne hatten an den Decken große Rußflecken hinterlassen, ihre Flammen stanken und flackerten. Kexholm, das Gefängnis des Zarewitsch Iwan VI., schien grässlicher zu sein als die Verliese von Schlüsselburg, aber die Kaiserin und ihr kleines Gefolge würden hier nur wenig Zeit verlieren.

Die Vorfälle in Moskau hatten Jekaterina aufgeschreckt. Semion, Iwan und Pjotr Guriew sowie ein Offizier namens Pjotr Chruschtschwew beabsichtigten offenbar, eine Verschwörung anzuzetteln. Sie wollten Iwan VI. oder wenigstens Großfürst Paul als legitime Herrscher sehen. Ein falscher Schritt zur falschen Zeit konnte den eingekerkerten Iwan – im Volk nannte man den Zweiundzwanzigjährigen Iwanuschka – zur Gefahr für Jekaterinas Thron machen. Als die Gitter und die feuchte Bohlentür aufgeschlossen waren, stand sie dem »namenlosen Gefangenen Nummer eins« gegenüber, der, barfuß und in eine zerlumpte Matrosenuniform gekleidet, die Unbekannte anstarrte und wirre Worte stotterte.

»Ich ordne an«, sagte sie leise, »dass man ihn nach Schlüsselburg verlegt. Wenn er krank wird, schickt ihm einen Beichtvater.«

Die Zelle war karg, feucht und hatte ein vier Handbreit großes Fensterchen mit Eisenstangen. Die Decken auf der Liege stanken. Auf dem wackligen Tisch lagen zerfledderte Bücher. Als der Gefangene eine klare, menschliche Stimme hörte, fing er wieder zu stammeln an. Jekaterina war von Nikita Panin, an den die beiden Wächter schrieben, berichtet worden, dass Iwan mit den struppigen blonden Haaren und dem zerzausten roten Bart nicht wahnsinnig und durchaus heilbar war. Das Licht der knisternden Fackelflammen tauchte die Ärmlichkeit und den Schmutz des Verlieses in grausame Helligkeit, die Iwans Augen aufleuchten ließ. Jekaterina nahm mit einem langen Blick jede Einzelheit tief in sich auf und drehte sich zur Tür um.

»Sein nahezu unverständliches Gestammel lässt keinen Zweifel, dass er bar jedes menschlichen Begriffsvermögens ist«, sagte sie scharf. »Wenn jemand versucht, wer immer es sei, ohne einen von mir unterschriebenen Ausweis mit ihm zusammenzukommen, werdet ihr den Häftling töten.«

Wlassiew und Tschekin, die Kerkermeister, verbeugten sich tief und geleiteten Jekaterina aus der Kasematte hinauf ins Licht des Tages. Die Kutsche wartete im Hof der Festung. Jekaterina wandte sich an die Wächter und fasste sie scharf ins Auge. »Graf Panin wird euch bald aus eurer Pflicht entlassen. Aber erst, nachdem der Gefangene sicher in Schlüsselburg untergebracht ist. Niemand darf sich des Gefangenen lebendig bemächtigen. Habt ihr verstanden? Ihr bürgt mit eurem Leben!«

Wieder verbeugten sie sich und nickten gehorsam.

»Sehr wohl, Eure Kaiserliche Majestät.«

Die Kutschentür schlug zu, der Iswostschik ließ die Peitsche knallen. Jekaterina lehnte sich zurück und schloss die Augen. Sie war weder mordgierig noch gefühlskalt, dachte sie, denn es wäre leicht gewesen, Iwan VI., den eingekerkerten Zarewitsch von edler Geburt, verhungern oder vergiften zu lassen. Noch strenger bewachen? Wozu? Er würde nicht fliehen können. Aber solange er lebte, war er eine größere Gefahr für den eben eroberten Thron als ihr Sohn Paul, den sie und Nikita Panin erziehen und formen konnten, bis er nach ihrem Tod auf dem Zarenthron saß. Starb er, würde das Volk schreien: Der zweite Mord nach Pjotr III. Sie begann sich zu hassen, denn sie glaubte zu wissen, was fünfzehn Jahre Kerker bedeuteten – auch wenn der Kerker Winterpalast hieß und sie sich Grigori Orlows bärenhafter Liebe sicher war.

Jetzt weilte ihr Lichtkörper nicht mehr im eigenen Sterbezimmer, sondern fuhr gedankenschnell über unbekanntes, unermeßlich großes Land dahin. Sie sah, was sie aus dem Nichts aufgebaut hatte. Sümpfe waren getrocknet, undurchdringliche Wälder gelichtet und abgeholzt, Städte, Straßen und Brücken gebaut und Karten von Gebieten gezeichnet worden, von denen 1763 niemand etwas gewusst hatte. Auf tausende von prächtigen Steingebäuden sah sie hinunter, die zwischen den Gewächsen englischer Parks hervorleuchteten und in denen Menschen lebten, die vom gleichen ätherischen Wohlgefühl durchdrungen waren wie ihr zufriedener und glücklich schwebender Geist. Ihren Blicken, die alle feste Materie durchdrangen, näherte sich ein Festungsbau an der Mündung des Sees in den Fluss – Schlüsselburg. Der Glanz, der Jekaterina umgab, verblich zum düsteren Schatten eines anderen, erlösenden Todes.

Einige Zeit nach der Neustiftung der »Akademie der drei vornehmsten Künste, der Malerei, Bildhauerei und Baukunst«, als das südliche Ufer der Newa mit Granitplatten eingefasst und mit dem Bau von Jekaterinas »Eremitage« begonnen wurde, während Kapitän Wassili Tschitschagow mit kaiserlicher Unterstützung die nordöstliche Fahrt durch das Eismeer versuchte, gelang es Basil Mirowitsch, zu »seinem Kaiser« vorzudringen. Der Leutnant, aus einem adligen und ehemals reichen ukrainischen Geschlecht, hoch verschuldet und ehrgeizig, der in der Festung Schlüsselburg Wache hielt, und sein Freund Uschakow, verfassten ein Manifest, das die Gründe ihres tollkühnen, ehrsamen Staatsstreichs schilderte; der schwärmerische Mirowitsch wollte Iwan VI. befreien. Uschakow ertrank, und am 4. Juli 1764 gelang es Mirowitsch, den Kommandanten der Festung mit dem Gewehrkolben zu erschlagen, in die Kasematte einzudringen und die Türen aufzusprengen. Zum ersten Mal sah er den Gleichaltrigen, den er mit dem Ruf »Wo ist mein Kaiser?« begrüßte.

Iwan VI. war tot oder zu Tode verwundet; er lag in seinem Blut. Wlassiew und Tschekin hatten Jekaterinas Befehl befolgt. Es schien, als hätte Iwan heftig gegen seine Mörder gekämpft. Röchelnd starb er, blutüberströmt, in

Mirowitschs Armen. Der Leutnant und die Soldaten, die sich ihm angeschlossen hatten, trugen Iwans Leiche auf dem Bett in den Festungshof hinauf. Im Trommelwirbel erwies Mirowitsch dem Toten die letzte Ehre.«

Für Basil Mirowitsch gab es keinen Ausweg. Er und die Verschwörer wurden festgenommen und nach St. Petersburg geschafft. Man würde ihn zweifellos zum Tode verurteilen. Jekaterina war auf ihrer Reise in Riga angekommen, wo sie unter dem Jubel der begeisterten Bevölkerung die Arbeiten oder die Vollendung von ausgedehnten Hafenanlagen, Straßen und Werften feierte, deren Bau sie angeordnet hatte. Die Nachricht vom Tod des Zarewitsch traf sie kalt und unvorbereitet wie ein Eisblock zwischen die Schulterblätter. Nun würde das Volk sagen, sie sei die Mörderin zweier russischer Männer, zweier Thronfolger. Obwohl sie mehr Schuld trug als die Wächter, war sie an Mirowitschs Verschwörung und somit an Iwans Tod unschuldig. Mitten in ihrer Verzweiflung regte sich winziger Jubel. An Graf Panin schrieb sie, äußerlich ruhig: »Die Wege Gottes sind wunderbar und unerforschlich. Die Vorsehung bewies mir sichtlich ihre Gunst, indem sie diese Angelegenheit so gut enden ließ …«

Die Zuneigung aller Russen hatte sie sich hart erkämpft. Jetzt war alles wieder fragwürdig geworden. Würde sie, schreckhaft und ein leicht zu treffendes Ziel, den Tod Iwans zu ihrer Sache machen, war es dem Volkswohl, Russlands Wohl, in höchstem Maß abträglich. Ihre Selbstherrschaft, die sie innerlich den Idealen der europäischen Aufklärung verpflichtet hatte, war die beste Herrschaftsform über dieses Land, dessen ferne Grenzen niemand wirklich kannte. Sie erinnerte sich an ihre Träume, fühlte ihren unbeugsamen Willen zur Macht und zur Vollendung und wusste im selben Augenblick, dass sie für alles in unbekannter Münze würde zahlen müssen – später! Fast jeder, der ihr seit dem ersten Tag in St. Petersburg begegnet war, war zur Rechenschaft gezogen worden, außer dem greisen Bestuschew-Rjumin, heute freiwillig in Zufriedenheit vom Hof zurückgezogen.

War Iwans Tod wichtig? Jetzt nicht mehr. Was war von lebensnotwendiger Wichtigkeit für Russland?

Reformen, Gesetzgebung, Verwaltung, und alles, das der Entwicklung diente. Sie verscheuchte die Gedanken an die wackelnden Füße des Throns und wusste im selben Atemzug, dass zwei ihrer Erfolge stets einen Misserfolg gebaren. Nur schleichend, wie im Krebsgang, würde sie aus Russland einen großmächtigen Staat zusammenhämmern lassen, wie ihn Europa erst in zwei Jahrhunderten erwartete. Solange nachts Grigori seine braunen, starken Arme um sie legte.

Basil Mirowitsch wurde zum Tode verurteilt und in St. Petersburg enthauptet, ohne Jekaterinas Gnadenerweis, der ihn nach Sibirien verbannt hätte. Das Volk glaubte weiterhin, dass Zarewitsch »Iwanuschka« lebte und eines fernen Tages um den Thron kämpfen würde. Jekaterinas Beliebtheit sank bis tief in den Morast, den hunderte Arbeiter trockenlegten und der das aufblühende St. Petersburg, den bedeutendsten Handelshafen des Landes, mit hundert Baustellen umgab.

Die Nächte, die stille Finsternis inmitten prunkvoller und warmer Umgebung, in der man ihr jeden Wunsch von den Augen ablas und jede Bitte in erstaunlicher Eile erfüllte, ohne Grigori, der seltener bei ihr schlief, lehrten sie eine Erkenntnis, die – wie sie halb verzweifelt dachte –, sich bis zu ihrem Tode nicht ändern würde: In Wirklichkeit war sie allein. Nicht einsam, sondern hervorgehoben oder herausgehoben aus dem täglichen Treiben. So wie Pjotr der Große! Sie ordnete an, demjenigen Mann, der das Gleiche gedacht und getan hatte wie sie, ein einzigartiges Denkmal zu errichten – nicht im schmutzigen, rattenverseuchten Moskau, sondern hier, am Südufer der Newa. Männer? Grigori? Die Vorgänger, die sie erweckt, mit wirklicher oder scheinbarer Leidenschaft beschlafen und geschwängert hatten? Was war ein Poniatowski, einst der gleißende Punkt im Brennglas ihres Lebens, aufgewogen gegen ein Land, in dem der Sonnenaufgang viele Stunden brauchte, um den Osten Europas zu erleuchten? Russland und Europa gehörten zusammen! Sie musste lernen, die Regeln des Möglichen zu erkennen und sie zu beherrschen.

Hätte Jekaterina Leutnant Mirowitsch begnadigt, wäre dies als Beweis ihrer Mittäterschaft angesehen worden. Sie wälzte in einem ausführlichen Schreiben, das überall verlesen wurde, die Verantwortung auf Kaiserin Jelisaweta ab, die Wärter Tschekin und Wlassiew wurden belohnt, und fortan zählte der Makel des Mordverdachts zu den Albträumen ihrer Nächte. Über die Wellen der Verdächtigungen schrieben sich die ausländischen Botschafter die Finger wund. Jekaterina hob den Verstand über die Moral und vergaß scheinbar schnell; sie stürzte sich abermals auf das Gebirge von Arbeit, das sich vor ihr türmte.

Das Fenster, dessen Gläser und Messingbeschläge das Mittagslicht spiegelten und dessen Holztelle den Geruch nach frischer Farbe verströmten, war bis zum Anschlag geöffnet. Jenseits des Parks, hinter einem Entwässerungsgraben, stieg eine schwarze Rauchsäule fast senkrecht zum Himmel. Jekaterina glaubte Jammern und leisen Trauergesang zu hören. Man verbrannte Laken, Kissen und Kleidung von Bewohnern der Stadt, die an den Pocken gestorben waren.

»Und ich werde es trotzdem tun«, sagte sie laut, um sich selbst Mut zuzusprechen. »Obwohl mich sogar der Preußenkönig beschworen hat, es nicht zu wagen.«

Auch Grigori Orlow bestürmte sie. Würde die Schutzimpfung nicht wirken, kämen zu den Pockentoten auch diejenigen hinzu, die das Experiment nicht überlebten. Und sie selbst ... hässlich, entstellt von Narben?

»Tscherkassow muss diesen Dimsdale holen. Thomas Dimsdale aus London!«, rief sie unterdrückt und ging mit raschen Schritten zu ihrem überquellenden Schreibtisch.

Am 8. März hatte der Staat die Kirchengüter beschlagnahmt, danach hatte Jekaterina den Verteidigungspakt mit Friedrich II. von Preußen unterzeichnet, und am 15. Juli war Iwan VI. getötet worden. Im Frühjahr waren die Pocken über Russland hergefallen. Die Seuche galoppierte durch das Land, entstellte viele Menschen und brachte noch mehr qualvoll um und unter die Erde. Jekaterina erinnerte sich an ihre Erfahrungen mit dieser Geißel und ließ Baron Tscherkassow, den Präsidenten ihres Hygiene-Instituts, rufen. Er hörte ihr schweigend zu, nickte mehrmals und wiegte dann den Kopf.

»Mich erschreckt die Verantwortung, Majestät. Ich bitte und dränge Euch, Euren Plan noch einmal zu überdenken.«

»Um die Pocken zu besiegen, trotze ich dem Schicksal«, entgegnete sie lachend. »Sagen Sie mir, wann ich diesen Dimsdale erwarten kann.«

»Wahrscheinlich erst, wenn das Dach Eures Findelkinder-Heims in Moskau gedeckt ist, Eure Majestät. Dimsdale kommt kaum vor dem Herbst.«

»Machen Sie's dringend und eilig, und bringen Sie unter das Volk, was seine Kaiserin vorhat.«

»Sehr wohl, Eure Kaiserliche Hoheit.«

Im August wurde Jekaterinas ehemaliger Liebhaber als Stanislaus August vom polnischen Reichstag zum König von Polen gewählt; er nahm dafür die polnisch-russische Allianz gegen die Türken, eine Grenzkorrektur und orthodoxe Christen in allen öffentlichen Ämtern in Kauf. Und im Oktober ließ Jekaterina von dem englischen Arzt einen Lancettschnitt in ihren Oberarm ritzen. Einige Tage später spürte sie noch immer keine Beschwerden. Alle Angehörige des Hofs feierten sie als Verkörperung der neuen Wissenschaft, rühmten Tscherkassow und Dimsdale, selbst ein siebenjähriger junge namens Alexander Markow, dessen Körper das Eiterserum für die Impfung geliefert hatte, erhielt den erblichen Adel. Auch Grigori Orlow und Großfürst Paul wurden geimpft, worauf ein Ansturm auf Doktor Dimsdales medizinische Künste einsetzte; Jekaterina erhob ihn in den Stand eines Freiherrn, gewährte ihm fünftausend Pfund Pension und ernannte ihn zum Staatsrat. Selbst Voltaire schrieb begeistert, und zu Jekaterinas Verblüffung und Freude glaubte auch die Masse des Volks an die rettende Wirkung der Impfung.

Tag für Tag stand Jekaterina um sechs Uhr auf, sommers wie winters, von ihren Windhunden wedelnd begrüßt, trank im Schlafrock Tee aus dem Samowar, schrieb und las zwei Stunden lang. Anschließend traten einzeln nacheinander Sekretäre und Bittsteller ein und brachten ihre Angelegenheiten vor. Meist hatte Jekaterina um Mittag alles erledigt und zog sich für das Mahl um zwei Uhr an – etwas Pökelfleisch, saure Milch, Johannisbeersaft oder verdünnten Wein, Obst, mehr aß sie nicht. Den Nachmittag verbrachte sie wieder mit dem Studieren der Akten und mit Briefschreiben – an Diderot, Friedrich II., Voltaire und Madame Geoffrin. Sie wusste, dass man sie bewundernd ein »Monstrum an Arbeitskraft« nannte. Sie kümmerte sich buchstäblich um alles und verlangte von ihren Räten, Ministern, Sekretären und Schreibern kaum weniger als von sich selbst; meist schlief sie eine Stunde vor Mitternacht ein.

Steuern wurden eingetrieben und abgeliefert. Man ertappte und bestrafte korrupte Beamte, die bisher, alle zusammen, von hundert Rubel vierzig unterschlagen hatten. Die Mittel, die Jekaterina zur Verfügung hatte, mehrten sich; sie gab sie fast augenblicklich wieder aus. Wissenschaftler strömten ins Land, unzählige geschickte Männer gründeten Handwerksbetriebe, die Flotte wuchs, und nun ging Jekaterina daran, das Land und den gesamten Grundbesitz vermessen zu lassen.

So ist in Fürst Betzkojs Notizen von 1764 zu lesen: »Mich, Fürst Iwan Betzkoj, hatte Ihre Kaiserliche Majestät zum Leiter einer Baukommission berufen, nachdem 1763 die kleine Stadt Twer niedergebrannt war. Zuvor war ich im diplomatischen Dienst gewesen und mit der Mutter der Kaiserin befreundet. Für den Wiederaufbau entwarfen wir einen Plan, der für alle zukünftigen Städte als Grundlage dienen konnte – zwei Plätze, mit einer breiten Allee verbunden, für Verwaltungsgebäude und einen Markt. Wie ein Gitter waren die anderen Straßen gezeichnet, wegen der Brandgefahr fünfundsiebzig Fuß breit, und das neue Twer sollte einen Durchmesser von vier Werst haben. Mit Hilfe einer Staatsanleihe und einer Stiftung der Kaiserin (100 000 Rubel) bauten wir Twer mit vielen steinernen Gebäuden wieder auf. Alle jene Siedlungen, die vielleicht eines Tages Raub der Flammen werden, werden nach diesem Plan gebaut. Die Kaiserin hat befohlen, für ihre neu eingeteilten Gouvernements alle städtischen Verwaltungsmittelpunkte so und nicht anders zu errichten.«

Mit dem gleichen Eifer begann Jekaterina die Umgebung von Moskau und St. Petersburg mit steinernen Bauwerken, Abflussstollen, gepflasterten Straßen und Gärten zu zieren. Eine Zentrale Baukommission für ganz Russland und Jekaterinas Ukas über die Anfertigung von Plänen für alle fünfhundert Städte des Reichs bestimmten die Bautätigkeit. In Moskau wurde eine medizinische Hochschule für Apotheker, Chirurgen und Ärzte errichtet, und überall Herrenhäuser, Schlösser, Brunnen und Treppen, Gärten und Parks. Brücken spannten sich über die Kanäle, an der Fontanka, der Mja, die man später Moika nannte, und am Flüßchen Kriwuscha. Alexander Kokorinow baute die Akademie der Künste, der Franzose Vallin de la Mothe errichtete die »Kleine Eremitage«, Antonio Rinaldi stellte das Chinesische Palais und die Winterrutschbahn fertig und begann mit dem Palais in Gatschina. Jekaterinas Agenten sammelten in aller Welt

Kunstwerke, mit denen das Innere des Winterpalasts und der Eremitage geschmückt wurden, zusammen mit den Bildern von Alexej Petrowitsch Antropow. Im selben Jahr starb der Gelehrte Lomonossow, und als Jekaterina davon erfuhr, musste sie an den Schweifstern denken, dessen strahlender Glanz von der Düsternis der Vergangenheit verschluckt schien. Und weil in ihrem Leben nichts Strahlendes mehr war – auch ihre Liebe zu Grigori war alltäglich und beliebig geworden –, widmete sie sich wieder der titanischen Anstrengung der »Instruktion«.

»... zu diesem Zweck begann ich in den Schriften, die meine Vorbilder waren, zu lesen und später die Instruktion für die Gesetzgebende Kommission zu schreiben. Ich las und schrieb zwei Jahre und ließ anderthalb Jahre kein Wort darüber fallen, sondern folgte lediglich meinem Verstand und meinem Herzen, mit dem eifrigsten Bemühen um Nutzen, Ehre und Glück des Reiches und dem Wunsch, das Reich zu jeglicher höchster Wohlfahrt der Menschen und Dinge zu führen, aller im Allgemeinen und jedes Einzelnen im Besonderen.

Als ich nach meiner Ansicht mit dieser Arbeit gut zum Ziel gekommen war, begann ich Teile der von mir ausgearbeiteten Punkte verschiedenen Personen zu zeigen, jedem, was ihn interessieren konnte, unter anderem auch dem Fürsten Orlow und dem Grafen Nikita Panin. Der letztere sagte zu mir: ›Ce sont des axiomes à renverser des murailles – mauernumstürzende Grundsätze!‹ Fürst Orlow schätzte meine Arbeit sehr hoch und verlangte sie oft diesem oder jenem zu zeigen; aber ich zeigte nie mehr als einen oder zwei Bogen zugleich. Schließlich verfasste ich das Manifest über die Einberufung von Abgeordneten aus dem ganzen Reich, um so den Zustand jedes Bezirkes besser kennen zu lernen.

Die Abgeordneten kamen in Moskau im Jahre 1767 zusammen. Ich berief mehrere ganz verschieden denkende Personen ins Kolomenski-Palais, wo ich damals wohnte, um sie die fertige ›Instruktion‹ für die Gesetzgebende Kommission anhören zu lassen. Bei jedem Abschnitt gab es Meinungsverschiedenheiten. Ich gestattete ihnen, auszustreichen und zu tilgen, was sie wollten. Sie strichen mehr als die Hälfte von dem, was ich geschrieben hatte, und es blieb die »Instruktion«, wie sie gedruckt wurde. Ich gebot, sie als das zu nehmen, was sie einzig sei: nämlich als Regeln, auf die man eine Meinung gründen könnte, nicht als ein Gesetz. Sie solle deshalb in den Akten nicht als ein Gesetz eingeführt werden, aber eine Meinung darauf zu gründen sei gestattet.

Die Gesetzgebende Kommission versammelte sich und brachte mir Licht und Kenntnis von dem ganzen Reich, mit dem wir zu tun haben und um das wir Sorge tragen müssen. Sie sammelte alle Teile des Gesetzes und ging sie nach den Materialien durch, und sie hätte mehr als das geleistet, wenn nicht der Türkische Krieg ausgebrochen wäre. Da wurden die Abgeordneten entlassen, und die Militärs reisten zur Armee ab.

Die Instruktion für die Gesetzgebende Kommission hat mehr Einheit in Regeln und Urteile gebracht, als früher vorhanden war. Viele begannen jetzt die Farben nach den Farben selbst zu beurteilen und hörten auf, wie Blinde von der Farbe zu reden. Wenigstens lernten sie den Willen des Gesetzgebers kennen und fingen an, danach zu handeln.«*

* Memoiren, Bd. 1, S. 351 f.

12

Polen, Türken, Franzosen und die Pest in Moskau

Die Matrosen, von denen die kleine Galeere flussaufwärts gerudert wurde, hatten keine Eile. Jekaterina saß, vor der Meeresbrise geschützt, im Heck und betrachtete die frühlingsgrünen Ufer des Finnischen Meerbusens und der Newamündung, die Felder und Baumreihen, Vogelschwärme und die Wolkenschatten, die darüber hinwegjagten. Die Kaiserin kam aus Oranienbaum; dort hatte sie die Bauarbeiten des Chinesischen Palais und der Pavillons beaufsichtigt, hundert Wünsche geäußert und zwölf Dutzend Ratschläge erteilt. Sie genoss es, völlig allein zu sein, in sonnenheller Ruhe Gedanken wenden und drehen zu können. Auf der Samtdecke, die der Kapitän über einen großen Klapptisch gebreitet hatte, standen ein Weinpokal, Wasser- und Weinkrüge und ein Tintenfass. Vor Jekaterina lag ein Stapel goldgeränderter Doppelbogen, mit ihrer Schrift bedeckt – Notizen für spätere Memoiren oder die Zeit, in der das Gedächtnis nachließ und sich die Erinnerungen verklärten. Die Kaiserin seufzte, mischte Wein und Wasser und nahm einen Schluck. Man schrieb das Frühjahr 1773. Ihr Leben zählte dreiundvierzig Herbste, und was in den letzten Jahren geschehen war – ach, heiliges Mütterchen Russland, es war allzu viel! –, enthielten die Notizen aus ihrer hartnäckigen Feder. Sie begann zu lesen. Nur den letzten Doppelbogen, in dem Mitteilungen über einen angeblichen Mönch standen, welcher behauptete, in Wirklichkeit der Zar Pjotr III. zu sein, damals seinen Mördern entkommen, öffnete sie nicht. Sie hob lächelnd den Kopf und erfreute sich an den dahingleitenden Bildern, las und trank und verfolgte mit zufriedenem Blick einen Taubenschwarm, den ein Habichtpärchen jagte.

»(1767) Nach Bestuschew-Rjumins Tod, zuletzt mein

greiser weiser Freund, hatte ich nach monatelanger Planung eine große Reise ins Innere des russischen Westens begonnen. Zwölf Galeeren, angefüllt mit einigen hundert Hof- und Regierungsbeamten und meinem persönlichen Tross, fuhren bei kaltem Wetter und unruhigen Winden auf der Wolga, die Hochwasser führte wie jedes Jahr um diese Zeit. Kaiserliche Wappen schmückten die Schiffe, die Besatzungen gehörten zur Kaiserlichen Marine. Ich wollte sehen, wie die Menschen entlang des Stroms lebten – und ich wollte mich ihnen in kaiserlicher Pracht und Größe zeigen.

(Mein Anliegen war es, ohne dem Adel seine Rechte wegzunehmen, den Millionen Leibeigenen zu helfen, also ihr Leben zu erleichtern. Der Widerstand im ganzen Land war so gewaltig, dass ich mich gezwungen fühlte, einen Ukas zu unterzeichnen: Auspeitschen und Zwangsarbeit droht in Zukunft nur jenen Leibeigenen, die es wagen, ihren Herrn anzuklagen.)

Nach einer Woche Langeweile und Schaukeln im rauschenden Regen waren sogar Grigori und Wladimir Orlow die Umstände zu misslich. Ich entwarf eine neue Route, die uns nach Jaroslawl führte und zwei Monate danach vorläufig in Kasan endete, einer reichen Stadt, in der es viele Muslime und mehr Moscheen als Kirchen gab und die Iwan der Schreckliche – damals! – während Brand und Blutbad ausgeplündert hatte. Die Bevölkerung und die Gouverneure der Städte begleiteten die Fahrt mit jubelnder Begeisterung. In Kasan herrschte ein Gewirr von Sprachen und Sitten. Schließlich kürzte ich die Reise ab und fuhr nach Moskau.

Nachdem in Moskau am 31. Juli die ›Gesetzgebende Kommission‹ aus 41 statt bisher 15 Gouvernements zum ersten Mal zusammengetreten war, als die Anzahl der Manufakturen und Fabriken von 984 auf mehr als 1500 gestiegen war, begannen sich in Polen die Orthodoxen und Protestanten zusammenzuschließen. Sie empfanden die Katholiken als heimliche Herrscher und forderten Russland auf, in den harten Streit einzugreifen. In Radom südlich von Warschau erfolgte der Zusammenschluss. Ich vergaß die letzten Erinnerungen an Poniatowskis feurige Umarmungen und ließ im Zeichen der Verteidigung von Glaubensfreiheit meine Truppen bis zur polnischen Hauptstadt marschieren. Der Seim, das oberste polnische Parlament, stimmte den Forderungen der Protestanten und Orthodoxen zu.

(1768) Ich vermochte in der Kommission kaum Fortschritte und keinen Erfolg zu erkennen, rief einen Reichsrat zusammen und löste die Kommission auf. (O Aberglaube! Dreizehn Prozent von ihnen konnten nicht lesen und schreiben!) Es würde also für lange Zeit kein großes Gesetzeswerk für ganz Russland geben.

Der katholische Adel Polens bildete als Gegengewicht zu Radom eine Konföderation in dem Ort Bar, die Armee griff die russischen Truppen und ihre Radom-Gegner an; die Folge war ein grausiger Bürgerkrieg. Zu diesem Zeitpunkt drängte Frankreich das Osmanische Reich zu einem Angriff auf Russland. Noch fehlte ein Anlass zur Kriegserklärung. Als russische Kosaken einen Trupp Bar-Konföderierte bei der osmanischen Stadt Baltas über die Grenze zur Türkei hinweg verfolgten und dabei türkische Soldaten töteten, wurde der russische Gesandte Obreskow in Konstantinopel vor den Großwesir gebracht und verhaftet. Dies war die Kriegserklärung. Muslime kämpften zusammen mit katholischen Christen gegen orthodoxe Christen! Voltaire schrieb mir: ›Die Barbaren verdienen, von einer Heldin bestraft zu werden, schon wegen der Geringschätzung, die sie bisher für die Damen hatten. Es ist klar, dass Leute, die ihre Frauen einsperren, ausgerottet werden müssen.‹ Ich hatte diesen Krieg nicht gewollt, aber wenn Russland siegte, bedeutete dies einen freien Zugang zum Schwarzen Meer und das Recht, Handelsschiffe durch den Bosporus ins Mittelmeer einfahren zu lassen.

(1769) In den ersten Monaten des Jahres brachen Krim-Tataren über unsere Grenze, verwüsteten das Land und verschleppten tausende Menschen in Gefangenschaft. Ich schwor mir im Geheimen, dass dies der letzte Tatareneinfall in meiner Regierungszeit sein sollte! Ich handelte, so schnell ich konnte. England hatte Hilfe zugesichert; Narbengesicht Alexej Orlow (der keine Erfahrung im Seekrieg hatte), der englische Kapitän Samuel Greig, Admiral Spiridow und John Elphinstone übernahmen die Flotte und rüsteten sie auf. Am 6. August winkte ich dem ersten Geschwader aus Kronstadt nach. Im Oktober, bervor das Eis unseren Hafen verschloss, legten Elphinstones Schiffe ab. Die Schiffe überwinterten in Minorca und Spithead (sie segelten von St. Petersburg durch die Ostsee, den englischen Kanal, durch die Biskaya und die Meerenge von Gibraltar, durch fast die gesamte West-Ost-Länge des Mittelmeers, um Italiens Südende herum und bis nach Venedig) und erreichten am 20. Mal des folgenden Jahrs Kap Matapan im griechischen Peleponnes.

(1770) Was ihm an seemännischer Erfahrung fehlte, ersetzte Alexej Orlow durch Mut und besonnene Tatkraft. Die Flotte mit vierzehn weißen, mit unserem Andreaskreuz geschmückten Schiffen manövrierte zwischen den Inseln, die Matrosen gewannen mit jedem Tag mehr Sicherheit, und vor der Küste des türkischen Anatoliens, bei der Insel Chios, trafen die Flotten am 7. Juli aufeinander. Die Türken besaßen dreizehn Linienschiffe, die Orlow augenblicklich in der Bucht von Tschesme angreifen ließ. Zuerst wurden Admiral Spiridows Flaggschiff die Segel weggeschossen, und das Schiff schlug mit der Breitseite auf das 100-Kanonenschiff Capitana Ali Bey. Die Seeleute kämpften eine Viertelstunde lang von Deck zu Deck, dann brach Feuer aus. Beide Schiffe explodierten, woraufhin die türkische Flotte in die Tschesme-Bucht flüchtete. Bei Sonnenaufgang befahl Alexej Orlow allen Schiffen, das gegnerische Geschwader anzugreifen. Während Kapitän Greig ein türkisches Schiff mit sechsundneunzig Geschützen beschoss, liefen drei alte griechische Seelenverkäufer, als Brander ausgerüstet, auf die türkische Flotte zu. Eines strandete an Felsen, ein zweites segelte brennend zwischen die türkischen Schiffe hinein und setzte ein Schiff in Flammen. In die brodelnden Wälle aus Flammen, Rauch und Explosionen feuerten unsere Mannschaften unaufhörlich mit jedem Kaliber. Ein Schiff konnte entkommen, der Rest der türkischen Flotte wurde vernichtet. Dreißig Russen und neuntausend Türken verloren an diesem Tag ihr Leben. Orlow erhielt von mir den Befehl, zurückzusegeln. Er nahm den Weg über Livorno, wo er für den Maler Philipp Hackert (der noch nie eine Schiffsexplosion erlebt hatte) im Hafen der schläfrigen toskanischen Stadt ein altes Schiff sprengte.

An drei Fronten ging der Landkrieg weiter – bei Asow am unteren Don, am Dnjepr, wo sich die Krim-Tataren aufgelehnt hatten, und an der Donau, wo Graf Pjotr Rumjanzew seit 1770 nicht mehr gesiegt hatte. (Er hatte die ›Ungläubigen‹ im September 1769 bei Chozim geschlagen, die Donau überschritten und die Donauländer besetzt. Man gab ihm den ehrenvollen Beinamen ›Sadunajskij‹, also ›derjenige, der jenseits der Donau war‹. Daraufhin hatte er Asow und Taganrok erobert und sammelte sein Heer für den Einmarsch in die Krim. Einhundertfünfzigtausend Türken wurden am Fluss Kagul von siebzehntausend Russen getötet). Der Krieg, pflegte man zu sagen, trat auf der Stelle.

(1771) Die zurückkehrenden Soldaten und die Verwundeten brachten von den Schlachtfeldern eine Epidemie nach Moskau mit.

Dort starben die Menschen nach kurzer Krankheit, rätselhafterweise mehr Frauen als Männer, in deren Lungen und Herzen sich das Blut gestaut hatte. Das erkannten die Ärzte erst, als sie die Leichen öffneten. Es schien keine Heilung für diese Seuche zu geben. Als Archimandrit Ambrosius eine berühmte lkone der Muttergottes aus dem Kloster Donskoi holte, verschmähte das Volk deren Heilkraft, stürmte erbost das Kloster und erschlug Ambrosius. (Andere Nachrichten lauteten, dass man ihn erschlug, weil er verbot, dass Gesunde und Kranke in den Kirchen gemeinsam beteten, und weil er vor dem Volkszorn die Kirchenschätze in Sicherheit bringen wollte.) Ich beauftragte Grigori Orlow, die beginnende Panik zu verhindern und die Seuche zu bekämpfen. (Ich liebte seine Unerschrockenheit, und für einige Zeit konnte er beweisen, dass er ebenso tatkräftig, klug wie ich und meine einzige Stütze in der Welt war.) Grigori reiste im Oktober ab, befahl ein allgemeines Versammlungsverbot und, da täglich bis zu achthundert Moskauer in ihren Häusern oder auf der Straße sterbend oder tot liegen blieben, verschiedene andere harte Notmaßnahmen.

Er sonderte die Gesunden von den Kranken ab und fand heraus, dass offenbar langes Schwitzen den Angesteckten half, und dass das Verbrennen der Leichen, ihrer Kleidung und der Bettücher die Pest eindämmte. Mit dem Ende des Jahres 1771 war die Seuche abgeklungen (fünfundfünfzigtausend Pesttote allein in Moskau und dazu einhundertzwanzigtausend Tote im ganzen Land!), und als Held durchschritt mein zänkischer, treuloser Grigori in Zarskoje Selo einen Triumphbogen, den ich aufzustellen befohlen hatte. Eine Schülerin des Architekten und Bildhauers Falconet (der mit mir und Betzkoj zusammen in Finnland den Monolith für Pjotr I. Standbild gefunden hatte!) schuf eine Porträtbüste, und man prägte eine Medaille, auf der Grigori ›Auch Russland hat solche Söhne‹ – neben dem römischen Helden Curtius abgebildet war.

(Stolzgeschwellt angesichts solcher Ehrungen fiel es Grigori leichter, mich mit jenen unbedeutenden Frauenzimmern zu betrügen, die nicht schneller rennen konnten – oder wollten – als er. Ich tröstete mich mit einer Kiste voller kostbarer Uhren, die mir Voltaire schickte – mit einer Rechnung von 39 238 Franken.)

Kurz nach Grigoris Rückkehr im Februar unterzeichnete ich das Abkommen mit Preußen und Österreich über die Teilung Polens. (Friedrich II., ›König in Preußen‹, durfte sich fortan ›König *von* Preußen‹ nennen. An unserer Westgrenze, östlich der Düna und des Dnjepr, in Weißrussland, würde uns bald viel befriedetes Land mit eineinhalb Millionen Menschen gehören. Am 5. August unterzeichnete auch ich in St. Petersburg den polnischen Teilungsvertrag. Stanislaus Poniatowski regierte weiterhin von Warschau aus sein verkleinertes Land.

(1772) Diderot, der ein Kunstkenner ist, half mir, für die kahlen Säle und Wände des Winterpalasts und der Eremitage etliche Dutzend Gemälde, Skulpturen und Möbel zu kaufen. Später konnte ich die Sammlung des Grafen von Brühl erwerben und danach die fünfhundertfünfundsechzig Meisterwerke der Malerei der Sammlung Crozat für 438 000 Franken einheimsen. Raffael, Poussin, van Dyck, Rembrandt und Tizian, Murillo und Watteau und viele andere Bilder aus der deutschen, italienischen, französischen und holländischen Schule werden bald die Wände schmücken. Und etliche Monate später war es mir vergönnt, an dem Herzog von Choiseul späte Rache zu nehmen. Mein Agent ersteigerte preiswert dessen Sammlung.

Kein Glanz ohne Rost, keine Freude ohne Ärger. Wenn nur mein Sohn Paul sich zu einem angenehmeren jungen Mann entwickelt hätte! Je älter, desto hässlicher ist er geworden. Es bestürzt mich, wie sehr er Pjotr III. gleicht, den er für seinen Vater hält. Jetzt ist er 18 Jahre alt und träumt von seinem kaiserlichen Vater. In seinem Gesicht zuckt es, er leidet an epileptischen Anfällen, und er gibt mir die Schuld am Mord seines Vaters. Er hasst Grigori Orlow und ist rachsüchtig, jähzornig und starrsinnig, aber was seine Kleidung betrifft, schwelgt er in Kostbarkeiten aus Spitzen, Juwelen und teuersten Stoffen. Seit einige Offiziere der Preobraschenski-Garde versuchten, ihn auf meinen Thron zu heben, ist es mit ihm besonders schlimm geworden. (Ob Nikita Panin ihn richtig erzieht? Der brave Panin sieht wohl in mir noch immer die deutsche Verbündete des Preußenkönigs?!) Ich denke darüber nach, mit wem ich den sperrigen jungen Soldaten-Großfürsten Paul verheiraten soll.«

Jekaterina ließ ihre Notizen sinken. So vieles war geschehen; jede Einzelheit, jeden Namen niederzuschreiben würde ihre Memoiren zu einer vieltausendseitigen Enzyklopädie anschwellen lassen. Die Galeere näherte sich der Neuen Admiralität und dem Beginn der endlos langen Graniteinfassung des südlichen Newaufers, die Kaianlagen, die Juri Matwejewitsch Velten plante und ausführte. Hunderte Arbeiter bauten an den Böschungen und Brüstungen; eine gewaltige Menge Stein wurde herangekarrt und zurechtgemeißelt. Jekaterina schob die Papiere zusammen und verschloss das Tintenfaß. Die Sonne ließ all die neuen Dächer, Mauern und Säulen von St. Petersburg aufleuchten, und je länger Jekaterinas Blicke zufrieden auf den Bauwerken ruhten, desto mehr wuchs ihre Selbstsicherheit. Sie würde ganz Europa davon überzeugen, dass sie aus Russland ein europäisches Land geschaffen hatte.

Arbeitslärm und zahlreiche Gerüche – Tapetenleim, Rauch aus einem neu gemauerten Ofen, der Schweiß der Arbeiter folgten der Kaiserin und Grigori Orlow, als sie die Suite des Winterpalasts verließen. Warmer Wind wehte durch die großen Fenster, deren blank geputzte Scheiben funkelten.

»Die siebzehnjährige Wilhelmine, die Mittlere der drei Töchter der Landgräfin Karoline von Hessen-Darmstadt, gesund, zuvorkommend und anscheinend gebärfreudig, hat keine Pockennarben und ist, wie es aussieht, gesund«, sagte Jekaterina zu Grigori. »Obwohl, nein, weil sie Paul heiraten wird, soll sie's besser haben als ich – damals.«

Ein Teil des Winterpalasts war für das Braut- und zukünftige Ehepaar nach den Entwürfen der Kaiserin sehr aufwendig mit Goldbrokat, blauen Samtbordüren, weißem Damast, kostspieligen Möbeln und großen Öfen gegen die eisige Winterkälte ausgestattet worden. Von der Feinsinnigkeit der Brautmutter Karoline war Jekaterina begeistert, und zum kleinwüchsigen, keineswegs blitzgescheiten Großfürsten Paul passte Wilhelmine, als hätte man sie jahrelang gesucht. Als Paul vor drei Jahren auf Graf Panins Geheiß und mit Jekaterinas Einverständnis von einer älteren, liebeskundigen Frau erfolgreich verführt worden war und sie geschwängert hatte, nahm Jekaterina den kleinen Sohn in ihre Obhut.

»Wir werden sie Russisch lernen lassen«, Grigori öffnete die Tür der privaten Gemächer, »und sie rasch den orthodoxen Glauben lehren.«

»Nicht anders als bei mir«, meinte Jekaterina »Aber sie soll es besser haben als ich – damals, vor zwei Jahrzehnten.«

Sie überlegten eine Weile und setzten die Hochzeit für den 10. Oktober fest. Als Grigori gegangen war, begann Jekaterina an »Natalja«-Wilhelmine einen Brief zu schreiben, der alle Ratschläge enthielt, die sie damals hätte brauchen können, und das Versprechen einer Apanage von fünfzigtausend Rubel. Seit langer Zeit schien Großfürst Paul seine Hassgefühle gegen seine Mutter vergessen zu haben. Man hörte ihn oft glücklich lachen.

Nach einem enttäuschenden Feldzug gegen die Türken und dutzenden Verwaltungsentscheidungen, etlichen

Ukassen und Anordnungen, deren Anzahl selbst Jekaterina nicht mehr überblickte, drohten ihr zwei Gefahren, zwei, die sie kannte, erkannt hatte: Aufstand oder Verschwörungen gegen sie und der Geist ihres toten Gatten Pjotr III., der in Westsibirien, am Fluss Jaik, in der Person eines gewissen schwarzbärtigen Jemeljan oder Jemelka Pugatschow wiederauferstanden zu sein schien.

Im Monat von Pauls und Nataljas Hochzeit zeigte Pugatschow den Jaik-Kosaken ein Manifest, das ihn als Zar bezeichnete und ihnen Zugang zu Weideland und Fischwassern, Waffen, Munition und Besoldung erlaubte. Binnen kurzer Zeit wuchs seine Anhängerschaft an. Kosaken, Kalmücken und Tataren stießen zu ihm, Soldaten erschossen ihre Offiziere und bildeten an der Seite von Bauern und Industriearbeitern rasch ein kleines Heer.

»Unser Herr, Jesus Christus, hat den Wunsch und die Gnade, durch seine heilige Vorsehung Russland von dem Joch des Frondienstes zu befreien, der, sage ich Euch, in der ganzen Welt bekannt ist. Wie sehr und durch wen Russland ausgesogen ist, wisst ihr selbst: Der Adel besitzt die Bauern, und obwohl Gott befiehlt, dass er sie wie seine Kinder behandle, betrachtet er sie nicht nur als seine Sklaven, sondern wertet sie noch geringer als die Hunde, die er zur Hasenjagd einsetzt. Euch alle, wie viel ihr auch sein mögt, befreien Wir und geben Euren Kindern und Kindeskindern die ewige Freiheit. Ihr werdet nicht mehr für den Fronherrn arbeiten und keine Abgaben mehr bezahlen; falls Wir Euch fürderhin beim Frondienst erwischen, werden Wir Euch alle massakrieren. Alle, die bisher Bauern und Leibeigene der Gutsbesitzer waren, werden nur noch treue Diener Unserer Krone sein. Wir schenken ihnen das Kreuz und ihre Gebete wieder, ihre Haartracht und den Bart, ihre Unabhängigkeit und ihre Freiheit. Wenn Wir Unsere Feinde, die adligen Verbrecher, vernichtet haben, wird jeder ein stilles und geruhsames

Leben genießen. Aber, wie die Juden, sollt auch Ihr aus der Knechtschaft erlöst werden.«*

Pugatschows wilde Truppe, der es an Disziplin und Waffen, nicht aber an Wut und dem Mut jener mangelte, die außer ihrem Leben nichts mehr zu verlieren hatten, überrannte einige unbedeutende Befestigungen und versuchte, weil die Erstürmung fehlschlug, die Stadt Orenburg auszuhungern.

Jekaterina schickte, als sie zum zweiten Mal beunruhigende Berichte über Pugatschow las, sofort dreitausend Mann unter General Kar nach Orenburg. Zunächst hatte auch sie gedacht, der Aufstand sei unwichtig und leicht niederzuschlagen, aber der falsche Zar Pjotr III. schlug die ersten Truppenteile und überzog die Provinzen Ufa und Baschkirien mit seiner Revolution. Selbst in Moskau brach Panik aus.

»Die Baschkiren hassen die russischen Bergwerke und die Eisenhütten, die Eure Majestät errichtet und vergrößert hat«, erklärte ein Mitglied des Kriegsrats. »Wenn sich der Aufstand ausweitet, werdet Ihr bald gegen alle Leibeigenen des großen Mütterchen Russland kämpfen müssen.«

»Wieder ein Krieg im Winter!«, rief Jekaterina und unterschrieb einen Befehl, der ein zweites starkes Heer der Regierungstruppen in Marsch setzte. Pugatschows blut- und beutegierige Leutnants belagerten einige wichtige Provinzstädte und Festungen, aber das Heer des Aufrührers wurde vor Orenburg vernichtend geschlagen. Im März 1774 flüchtete Pugatschow nach Baschkirien, sammelte neue Anhänger und erschien völlig unvermutet mit einem Zwanzigtausend-Mann-Heer vor Kasan an der Wolga, das er am 12. Juli überrannte, ausplünderte und zerstörte; alle männlichen Stadtbewohner wurden getötet, die Frauen gingen in Gefangenschaft.

* Oldenbourg, Zoé: Katharina die Große. Die Deutsche auf dem Zarenthron, München 1969, S. 316f.

Aber Jekaterinas Truppen unter dem Befehl des baltendeutschen Obristen Michelson drangen nach Eilmärschen am selben Tag in Kasan ein, besiegten Pugatschows Heer, das sich zurückzog, neu ordnete und abermals angriff – und endgültig verlustreich geschlagen flüchtete. Zwei Tage zuvor war der Waffenstillstandsfriede zwischen Russland und dem Osmanischen Reich unterzeichnet worden.

General Pjotr Panin und Suwarow befehligten Truppen, die Jekaterina aus dem Türkenfeldzug abziehen konnte. Pugatschow und seine Haufen zogen, von Oberst Michelson verfolgt, am Fluss Sura südwärts. Ihr Weg glich einer breiten Blutspur – leibeigene Bauern töteten ihre Herren und folgten ihrem »Kaiser« dorthin, wo sie endlich frei sein würden. Sie plünderten die Branntweinläden, stahlen Geld und Korn, brandschatzten, vergewaltigten die Frauen der totgeschlagenen Adligen und zwangen auf einem Schreckensmarsch die Bevölkerung, Pugatschow den zaristischen Treueid zu schwören.

In Seransk henkte Pugatschow zweihundert Adlige, in Penza verbrannte er den Gouverneur samt zwanzig Freunden in dessen Haus, und als er Lowitz, Jekaterinas Astronomen, die Schlinge um den Hals legte, tat er dies, »damit jener den Sternen näher sei«. Mehr als dreitausend Menschen brachten er und seine fanatischen Horden um.

Nahe Zarizyn holte Michelson die verwahrlosten Rotten ein und vernichtete die Aufständischen. Und wieder gelang es Pugatschow zu fliehen.

Als er sich mit einigen Anhängern in die undurchdringliche Wildnis am Elton-See zurückzog, packten ihn einige Männer und schleppten »Kaiser Pjotr Feodorowitsch« am 15. September zum Kommandanten der Stadt Jai'zki gorodok, wo sein Aufstand angefangen hatte. Dort wurde er in Ketten gelegt. Aber sein aufrührerisches Manifest war längst entlang der Wolga und der Sura bekannt geworden. Die freiheitslüsternen und entfesselten »Seelen«, die Leibeigenen auf den kleinen Gütern, nahmen ihre Herren fest oder erschlugen sie, und die Baschkiren kämpften bis tief in den Winter für ihre vermeintliche Freiheit – im selben Winter, als Denis Diderot, der Verfasser der Enzyklopädie und ein sprachgewaltiger Bewunderer von Jekaterina, zu Besuch in St. Petersburg eintraf. Er kam zur Hochzeit des Großfürsten und erlebte zwei Wochen lang fröhliche Hochzeitsfeierlichkeiten. Zu dieser Zeit war Grigori Orlow schon als Jekaterinas Vertreter nach Focsani im Fürstentum Moldau abgereist, im juwelenbedeckten Gewand und mit geradezu königlichem Gefolge.

Bald erhielt die Kaiserin Berichte von bestürzendem Inhalt. Grigoris Arroganz verärgere die Türken, er plane, den Krieg neu zu beginnen, und missachte Nikita Panins Anweisungen. Schließlich blieb er den Verhandlungen fern und widmete sich ausschweifenden Festen, woraufhin die Türken die Konferenz scheitern ließen. Der Krieg ging weiter. Jekaterinas Entschluss, sich von Grigori zu trennen – aus vielen Gründen, nicht nur wegen seiner Untreue –, festigte sich. Sie dachte häufig an Generalmajor Potjomkin, wählte aber den hübschen und einfältigen achtundzwanzigjährigen Alexeji Wassiltschikow, der sie kurze Zeit später zwar zu langweilen begann, dessen Anwesenheit an Jekaterinas Seite aber den Hof in größte Verwirrung stürzte.

»Eines Tages«, ist in Graf Pjotr Rumjanzows Notizen zu lesen, »nachdem sie sich wieder lautstark gestritten hatten (ich glaube, es war nach Grigori Orlows heldenmäßiger Rückkehr aus dem pestilenzischen Moskau), sagte er von Ihrer Kaiserlichen Majestät zu mir: ›Ich könnte sie binnen vier Wochen absetzen.‹ Ich entgegnete ihm: ›Keineswegs, denn in zwei Wochen hätten wir Sie gehängt.‹

Zu Recht kann man Grigori Orlow ungenügende Bildung, Zerfahrenheit und Arroganz zur Unzeit vorwerfen, nicht aber den geringsten Mangel an Entschlusskraft, Mut und Körperkraft. Als er von Alexeji Wassiltschikow, dem neuen Favoriten erfuhr, kam er binnen vierzehn Tagen, mehrere Pferde zuschanden reitend, zurück nach St. Petersburg. (Die Poststafettenreiter, die sich abwechseln, brauchen drei, vier Tage länger!) Die Kaiserin, seine rohe Art fürchtend, befahl ihm per reitendem Boten, in seinem Schloss zu Gatschina zu warten. Man habe Angst, dass er eine Seuche einschleppen könne, und sie schicke ihm Ärzte. Tatsächlich gehorchte er, und so war es überflüssig gewesen, viele Schlösser im Winterpalast auszuwechseln.

Ihre Kaiserliche Majestät schenkte ihm einen Palast, Landgüter mit sechstausend Leibeigenen, ernannte ihn zum Fürst und zahlte ihm eine Rente. In den Palast, zu den Regierungsgeschäften oder gar an die Seite I.K.M. kehrte er nicht zurück und ging freiwillig für eine Zeitlang ins Exil.«

Pugatschow, im Dorf Simowejsk geboren, hatte seine Frau und Kinder verlassen und sich in einem Kloster der Altgläubigen aufgehalten. Von dort beobachtete er einen Kosakenaufstand im Jahre 1772, nahm daran teil, wurde gefangen und konnte flüchten. Er suchte sich eine neue Frau, trug einen roten Kaftan und eine Samtkappe und zeigte den staunenden Bauern und Kosaken die skrofulösen Flecken auf seiner Brust als »Zarenzeichen«. Es gelang ihm binnen eines Jahres, überall dort, wo er mit fahnentragenden Anhängern durchzog, die Menschen durch seine geschickte Schauspielerei zu überzeugen.

Jetzt brachten ihn die Truppen in einem eisernen Käfig nach Moskau. Der Senat urteilte ihn ab, befand ihn für schuldig, mehr als eintausendfünfhundertsiebzig Adlige grausam getötet zu haben, und ließ ihn und fünf seiner engsten Gefolgsleute am 21. Januar 1775 öffentlich köpfen, vierteilen oder hängen. Jekaterinas Militär machte sein Heimatdorf Jai'zkij gorodok dem Erdboden gleich und strafte seine überlebenden Anhänger grausam. Der Fluss Jaik wurde in Ural umbenannt; alle Spuren der »Pugatschowschtschina«, an der sich eine viertel Million Menschen beteiligt hatte, sollten vom Angesicht Mütterchen Russlands getilgt werden.

1773 erreichte General Suwarow mit den Truppen, die nach der Teilung Polens dort nicht mehr zu kämpfen brauchten, die Front an der Donau und schlug zwölftausend Türken mit dreitausend russischen Soldaten. Im Juli 1774 trug er nachts bei Kosludschi einen Bajonettangriff auf vierzigtausend Türken vor und brach bis zweihundertfünfzig Meilen vor Konstantinopel durch. Der Nachfolger und Bruder von Mustafa beschloss daraufhin, dem Krieg ein Ende zu machen, den er nicht angefangen hatte. Schon im folgenden Monat wurde der Friede von Kütschük-Kainardschi geschlossen, und selbst Jekaterina brauchte einige Zeit und viele Erklärungen ihres neuen Liebhabers Potjomkin und ihrer Berater, um bis in die letzten Tiefen hinein zu verstehen, was sie für Mütterchen Russland erreicht hatte. Russland besaß die Küste zwischen Bug und Dnjepr und herrschte hinfort sozusagen über Taurien oder die Krim.

Im Dezember 1775 starb die lebendig begrabene Gefangene Tarakonowa – auch Fürstin von Wlodomir, von Asow oder Gräfin Pimberg –, die sich als Tochter der Zarin Jelisaweta und des Grafen Alexej Rasumowski ausgegeben hatte, im Verlies der Peter-und-Pauls-Festung St. Petersburgs, eine Hochstaplerin, die Alexej Orlow mit einer List von Pisa nach Livorno und dort auf sein Flaggschiff gelockt und nach St. Petersburg gebracht hatte.

In den duftenden Wasserpfützen auf dem Marmor spiegelten sich die Flammen vieler Kerzen, der überwölbte Raum des Bades roch nach Wachs, einigen fremdartigen Düften aus Potjomkins schier unerschöpflichem Vorrat und verschüttetem Wein, Obst und den starken Gewürzen, mit denen er Braten und die anderen Speisen selbst zubereitet hatte. Jekaterinas Lachen verlor sich zwischen den glänzenden Säulen; zwischen ihr und Grigori Alexandrowitsch Potjomkin schaukelten Blütenblätter im parfümierten Wasser.

»Trink, meine Feuerfrau«, sagte er leise und füllte einen Champagnerpokal. »Dein Grischa kennt kein Getränk, das kaiserlicher ist.«

Jekaterina trank, einen Schluck mehr als sonst, lehnte sich gegen die Tücher am Beckenrand und glaubte zu fühlen, wie sie aufblühte. Grigori, der ihr als unbedeutender Leutnant vor zwölf Jahren seine Kokarde an den Säbel geknüpft hatte, nur ein Jahrzehnt jünger als sie, war als Kammerherr in den Palast gekommen und als Rumjanzows Adjutant und Kavallerist zum Generalmajor aufgestiegen. Jetzt, lange nach der Belagerung von Silistria im Türkenkrieg, füllte er ihr Leben und ihr ganzes Herz aus.

»Grischa«, ein Riese von Gestalt, muskulös, mit großen, fleischigen Fingern, an deren Nägeln er kaute, einem sinnlichen Mund und langem, ungepudertem Haar, das stets von einem nicht spürbaren Wind zum Nacken geweht wurde. Das linke Auge fehlte. Mit auffallend langer Nase, kräftigen Zähnen, meist in bestickte Seidenkaftane gekleidet, war er am prüden Hof zu St. Petersburg ein beunruhigender Gast aus einer unbegreiflichen Fernwelt. Seiner Größe und Hässlichkeit entsprach sein innerer Reichtum – gebildet, wissensdurstig, souverän und unaufhaltsam. Für Jekaterina war er der Schönste, der Einzige; sie empfand ihn bis in die Haarspitzen und die Zehen. In seinen Armen, in der langen Lust der Paarung, berührten ihre Träume von visionärer Allmacht die Wirklichkeit. Sie schmolz aus Liebe dahin, und wenn sie Potjomkins Klugheit, seine funkelnde Brillanz, sein Wissen und seine Fähigkeiten mit anderen verglich, strahlte er wie ihr verschwundener

Schweifstern Er kam aus einer Welt, in der die Dinge des Lebens ganz anders waren, fremd und dennoch vertraut, leuchtend trotz der Niederungen des Daseins, Jekaterinas Träumen ähnlich wir der andere Zwilling.

Sprunghaft, grüblerisch und begeisterungsfähig war er, ehrgeizig und mit einem lässigen Benehmen gesegnet, das jedermann verunsicherte oder störte und Jekaterina entzückte. Der Winterpalast beherbergte seit 1. März 1774 ihn und einige seiner Verwandten. Zu Jekaterinas Gemach führten ein verschlossener Gang und eine Wendeltreppe, die nur er benutzte. Die Kaiserin war verliebt, liebte diesen Mann der Extreme wie nie einen anderen zuvor, war geradezu verstört über die Liebeskraft, die bisher in ihr geschlummert hatte und jetzt ausbrach, als würde plötzlich alles Eis schmelzen und breite Flüsse das karge Land ihres Herzens überfluten.

»Was tun wir nach dem Bad, mein goldener Tiger?«, fragte Jekaterina, als sie seine Finger auf ihrer Haut fühlte. »Denken wir daran, dass die Kaiserin gelegentlich auch regieren muss.«

»Nicht heute, Täubchen.« Seine Zärtlichkeiten machten sie schwindlig. Er trällerte ein selbstverfasstes Liedchen und hielt Jekaterina eine Platte voll französischen Konfekts entgegen. »Ein paar Stunden zärtliche Ruhe erlaubt selbst Russland seiner Herrscherin.«

Potjomkins Truppen hatten nach dem Ende der Pugtschow-Bauernkriege die Kosaken am Dnjepr niedergehalten. Jekaterina ließ Potjomkin »Novorossija«, Nerussland, fast eigenverantwortlich verwalten. Der »Taurische Fürst« hatte Jekaterina versprochen, die Besiedlung der fruchtbaren Steppe voranzutreiben und ebenso wie sie Ausländer ins Land zu rufen, Flüchtlingen die Straflosigkeit und eine neue Heimat zu garantieren und ihnen Vergünstigungen zu gewähren.

»Zärtliche Ruhe«, sagte Jekaterina lächelnd, »darf ich sie wirklich erleben? Pugatschow wartet darauf, dass ich ihn köpfen lasse. Ich vergesse die ganze Welt, wenn ich mit dir zusammen bin. Ich bin noch nie so glücklich gewesen.«

»An unsere Arbeit denken wir nachher.«

Sie vertändelten viel Zeit im Bad, gingen spät in der Nacht in Jekaterinas Schlafgemach, tranken Champagner und achteten nicht auf die Uhr. Jekaterina war sicher, an Potjomkins Seite bis zu ihrem Lebensende zu lieben und zu tändeln, die Staatsgeschäfte zu betreiben und für jedes Vorhaben an seiner Kraft teilzuhaben. Worin Grigori Orlow sie enttäuscht hatte – Grischa Potjomkin und ihre gemeinsame Leidenschaft würden endlos sein.

Zum Jahreswechsel 1775/76 entschlossen sich Potjomkin und Jekaterina, ihre Liaison zu beenden. Sie liebten einander noch immer, aber sie stritten zu laut, zu häufig und wegen geringfügiger Anlässe. Potjomkin suchte Jekaterinas neuen Liebhaber Pjotr Sawadowski aus, einen jungen Ukrainer. Jekaterina blieb Potjomkins zuverlässige Freundin, brauchte seinen Rat, beherzigte seine Einwände und behielt ihn als Stütze ihres Lebens; gemeinsame Vorhaben und Ziele, die Sicht des Lebens und die Verpflichtung dem Land gegenüber bestimmten auch sein Verhalten. Jekaterina behielt seine tiefe Achtung und seine Liebe – die Leidenschaft war verdurstet und ausgetrocknet – bis zum letzten Tag seines Lebens. Der Friede mit der Türkei und die Ruhe im Land gaben Jekaterina so viel Sicherheit, dass sie mehr, größere und schwierigere Änderungen und Verbesserungen durchführen konnte. Es geschah eine ungeheure Menge, während Jekaterina und Potjomkin einander im Herrschen und Regieren halfen.

Schon der Gelehrte Lomonossow hatte Forschungsexpeditionen angeregt. Nachdem die beiden Eismeer-Expeditionen Kapitän Tschitschagows ergebnislos geblieben waren, rüsteten einzelne Kapitäne Vorstöße in den Norden aus, segelten durch die Waigatsch-Straße, durchs Karische

Meer und entdeckten 1768 die Meeresenge von Matoschkin Scharr. Ein Kaufmann, Iwan Ljachow, entdeckte die Inseln Mall und Kotelni und auf einer Insel Neu-Sibiriens uraltes Elfenbein und riesige Hügel aus Knochen von Pferden, Schafen und Rindern. Als Leonhard Euler, von Jekaterina gefördert, an die Akademie in St. Petersburg zurückkam, erhielt die mathematische Forschung neue Kraft. Der Naturwissenschaftler Iwan Lepjochin gab eine vierbändige Reisebeschreibung über Nordrussland heraus, und eine Anzahl weiterer Forschungsreisen, so genannte Akademische Expeditionen, zeigten jedem, der lesen konnte, die Reichtümer und Ausdehnung Russlands. Schon 1769 war Jekaterina von vielen europäischen Wissenschaftlern begeistert gefeiert worden, weil sie beim bevorstehenden Venusdurchgang die Hilfe der russischen Astronomie versprochen hatte.

Die Ergebnisse von mehr als einem Dutzend Forschungsreisen, jene geographischen Beschreibungen, lagen der Akademie vor, und die größte, ergiebigste sämtlicher Expeditionen, von Peter Simon Pallas geleitet, begann 1768 und endete 1774 glücklich in St. Petersburg. Jekaterina, die von dem deutschen Wissenschaftler begeistert war, bat ihn, ein vergleichendes Wörterbuch aller Sprachen zusammenzustellen, und gab weitere Forschungsreisen in Auftrag.

Am 15. April 1774 beendete nach fünf qualvollen Tagen und Nächten die Großfürstin Natalja, Pauls Frau, ihr Leben. Ihr Kind, ein ungewöhnlich großer Knabe, starb blau angelaufen im Mutterleib, weil sich alle Ärzte dagegen entschieden hatten, den Bauch der Großfürstin aufzuschneiden. Trotz vierzehn Hebammen, Chirurgen und Ärzten waren weder Mutter noch Kind zu retten. Pauls Wut und seine zerstörerische Verzweiflung brachten Jekaterina schließlich dazu, ihm von der Untreue seiner Frau zu berichten, die sich in seinen Freund Andrej

Rasumowski verliebt hatte. Die Eröffnung hatte einen weiteren Wutausbruch zur Folge und steigerte Pauls Hass auf seine Mutter.

Jekaterina schickte den Ehebrecher Andrej Rasumowski nach Reval. Die tote Großfürstin wurde feierlich zu Grabe getragen. Der Hof zog nach Zarskoje Selo, und Jekaterina wechselte mit Stuttgart und Berlin feine kupplerische Geheimbotschaften. Von Zarskoje Selo reiste alsdann auch Paul ab, begleitet vom diplomatisch tätigen Prinz Heinrich von Preußen, zuerst nach Riga, dann zu Prinzessin Sophie Dorothea von Württemberg.

Jekaterina ließ in der langen Zeit fast vierzig Regierungsbezirke oder Gouvernements mit je rund dreihundertfünfzigtausend steuerpflichtigen männlichen Bewohnern, in Verwaltungsbezirke von je fünfundzwanzigtausend eingeteilt, nach ihren wohldurchdachten Vorstellungen einrichten, erbaute zwölf Dutzend Städte und erfocht insgesamt ein Dreiviertelhundert militärische Siege. Mehr als zweihundert gesetzähnliche Erlasse oder Gesetze zum Wohl Einzelner oder des Volks konzipierte und unterschrieb sie. Im selben Jahr ernannte sie Potjomkin zum Generalgouverneur über Neurussland.

Er begann, das riesige, kaum bewohnte Land im Süden, zwischen Moskau und Nordküste des Schwarzen Meeres, zu entwickeln. Jekaterina und Potjomkin verteilten Landbesitz an verdienstvolle Militärs und Adlige. Die Leibeigenen bauten Straßen, Brücken und Poststationen, gruben Brunnen und lernten Weinanbau und Kelter. Weizen (auch solcher, der Wind, Trockenheit und Frost widerstand), Gerste, Hafer und Hirse, deren Ertrag zum Saatgut 1 zu 8 stand, nicht 1 zu 3 wie im Norden, wurden ausgesät. Rinder, Pferde und Schafe wurden gezüchtet, und die Flüsse waren voller Fische. Neue Städte entstanden. Potjomkin kaufte Melonensamen und sah staunend die schweren Früchte, er ließ mit Seidenraupen aus China und einigen kundigen Züchtern und Spinnern etliche Seidenwebereien entstehen und in neu errichteten Werften Kriegsschiffe und Handelsschiffe bauen. Es schien, als hätte er jeden Tag einen Einfall, der die Menschen satt und das Land reich machen konnte. Jekaterina überhäufte ihn mit Geld, Ehren und Orden und zitterte, wenn sie daran dachte, seine Freundschaft zu verlieren.

Im März 1775 gestattete die Alleinherrscherin jedermann, ohne um Erlaubnis fragen zu müssen, kleine Werkstätten, Fabriken oder Industrie-Unternehmen einzurichten. Schlachthäuser, Gerbereien und Friedhöfe mussten fortan außerhalb der Städte angelegt werden. Im Jahre 1764 hatte eine Zählung knapp dreißigtausend Arbeiter in Eisen- und Kupferhütten ergeben, jetzt waren es mehr als vierzigtausend. Baumwolle wurde vermehrt angebaut, auf unzähligen ratternden Webstühlen entstanden Tücher, die Löhne von Arbeitern wurden erhöht. Bis 1770 hatte Russland die größte Menge Edelmetall in Europa erschmolzen. Während Jekaterinas Herrschaft erweiterten tausende Arbeiter nicht nur das Straßennetz, sondern auch die Anzahl schiffbarer Gewässer, auf denen jede Art Transporte zum größten Hafen des Landes gebracht werden konnten – nach St. Petersburg.

Friedrich II. lud Sophie Dorothea von Württemberg nach Berlin ein, wo sie Großfürst Paul traf. Wie Pjotr III., den er für seinen Vater hielt, war auch Paul ein glühender Bewunderer des Preußenkönigs. (In seinen Memoiren schrieb Friedrich: »Ich finde Paul hochmütig, anmaßend und heftig, was jeden, der Russland kennt, befürchten lässt, dass er Mühe haben werde, sich auf dem Thron zu behaupten.«) Die junge deutsche Prinzessin, eine Schönheit, kam kurz nach ihrem Bräutigam in St. Petersburg an, bekehrte sich zur Orthodoxie, wurde zur Großfürstin ernannt, lernte die Sprache und änderte ihren Namen in Maria Fedorowna. Noch 1776, im Todesjahr seiner ersten Gattin, feierten Paul und Maria ihre Eheschließung.

Als nach dem Ende der »Pugatschowschtschina« im Land und rings um Jekaterina Ruhe eingekehrt war, beschloss die Kaiserin ein Manifest zu schreiben, dessen Worte die Wiederkehr glücklicher Jahre betonten. Am 17. März 1775 schaffte sie auf einen Schlag zweiunddreißig verschiedene Steuern ab, erließ für viele der eingekerkerten Pugatschow-Anhänger eine Amnestie und hob die Steuer auf Badehäuser auf. Sie dachte an die Reinlichkeit als Bedeutung für die Volksgesundheit.

Eine zweite Amnestie entließ alle aus den Gefängnissen, die in den vergangenen Jahren Straftaten begangen hatten, selbst Deserteure und davongelaufene Staatsbauern, und alle Verbrechen, die im vergangenen Jahrzehnt unentdeckt geblieben waren, wurden nicht mehr verfolgt. »Väterchen Fürst«, ihr »Goldfasan« Potjomkin, pflichtete ihr bei, dass sie durch diese huldvollen Wohltaten ihr Ansehen an allen europäischen Höfen abermals gesteigert hatte.

In einer dieser Nächte, die weder kurz noch lang gewesen waren, streckte sich Sawadowski neben ihr aus, zog die Seidendecke über die Schultern und schlief übergangslos ein. Leise begann er tief zu atmen, dann zu schnarchen. Jekaterina setzte sich auf, ordnete ihr Haar und fühlte die Schwäche nach der leidenschaftlichen Vereinigung in allen Gliedern und im Nacken. Der Junge hatte auf dem weißen Satin, zwischen den Bergen seidener Kissen und auf ihrem glühenden Körper das Beste gegeben. Er genoss nicht weniger als sie die Freuden der Wollust, und sie ertappte sich lächelnd bei der Überlegung, dass es kaum Unterschiede zwischen alternden Männern und Frauen in den Wechseljahren gab. Jene Männer, die sie für klug hielt und mit denen sie darüber sprach, versicherten ihr Wodka trinkend und augenzwinkernd, dass sie, wenn sie es könnten, es nächtelang mit jungen, vollbrüstigen und breithüftigen Frauen treiben würden, aus Sinnlichkeit und nicht aus Liebe, in schweigender, stöhnender Wollust, bis zur Erschöpfung.

Nichts anderes tat sie selbst, und sie brauchte nicht mehr daran zu denken, schwanger zu werden. Der hübsche, unermüdliche Pole Sawadowski ließ sie atemlose Stunden lang Potjomkin vergessen, die Monate im tristen Moskau, ihren siebenundvierzigsten Geburtstag – sie hasste Geburtstage, besonders die eigenen! – und die Zweifel, die das Ritual der Erinnerungen und Fragen aufhäufte. Hatte sie Entscheidendes vergessen, um das Land mehr zu entwickeln und alle denkbare Zustimmung der Menschen, ihren Jubel, ihre Begeisterung zu bekommen? Auch sie konnte die Zukunft nicht wählen, denn sonst läge Potjomkin, ihr Goldhörnchen, neben ihr.

Ihr feuchter, heißer Schoß, jeder Muskel und Nerv ihres Körpers verlangte nach der Steigerung der stoßenden, zuckenden Begierde, nach dem Keuchen in der lustvoll drohenden Ohnmacht und dem rasenden Klopfen des Herzens. Plötzlich musste sie daran denken, dass sie schon seit vielen Jahren nicht mehr im Sattel gesessen hat – sie, die Reiterin, die ihre höchste Lust in donnerndem Galopp gefunden hatte. Sie seufzte, stand auf und trank einen Schluck; der Champagner war schal geworden. Während sie sich wusch, betrachtete sie voll Argwohn ihren Körper und fragte sich im Stillen, ob er Pjotr Sawadowskis gekeuchten Komplimenten und der gestöhnten Bewunderung und seinem Schweiß standhalten konnte. Aber als sie ins Bett zurückkehrte und ihn mit zärtlichen Griffen zwischen die Schenkel weckte, vergaß sie ihre vorübergehende Unsicherheit. Sie war die Kaiserin, und statt praller Jugendlichkeit und fester Haut prunkte sie mit dem Glanz der Macht, des Reichtums, der Klugheit und der herrscherlichen Aura.

Bevor sie allein einschlief, las sie einige Zeilen in Sternes vergnüglichem *Tristram Shandy.* Später huschte eine Kammerzofe herein, streichelte das Hündchen und löschte alle Kerzen bis auf eine.

Das lichterfüllte Gespinst, das Jekaterinas Schweben in den köstlichen Funkenschauern ihrer Lebenserinnerungen hielt, legte sich auf die Bilder ihrer Geliebten und Liebhaber und ließ sie deren wirkliche Bedeutung erkennen. Denn im paradiesisch libellenhaften Verharren zwischen Leben und Sterben hatte Jekaterinas glückliches Ich erfahren, dass diese Erinnerungen das Geheimnis der Erlösung bargen. Es war ihr, als würde sie in diesem Traum eine Spiegelung erleben, über die sich der Hauch der Unwichtigkeit legte, der Mehltau der Bedeutungslosigkeit. Allzu schal schienen ihre damaligen Begierden, zu weit war die Erinnerung an genossene Wollust, um Glücksempfindungen aus der Vergangenheit wiedererwecken zu können. Aber in den Gesichtern so unendlich vieler Untergebenen hatte sie nur Bewunderung und Liebe gesehen! Wenn sich ihr Geist mit dem dahingestreckten Körper vereinigte, würde sie alles fühlen, sich erinnern, alles wissen und erkennen, was Prachtentfaltung, Macht und fleischliche Lust bedeuteten.

13

Die grosse Kaiserin

Jekaterina wagte nicht, den Stein mit bloßen Fingern anzurühren. Sie streifte einen Leinenhandschuh über und drehte blinzelnd das Juwel in einem breiten Streifen Sonnenlicht hin und her; der einzigartig geschliffene Diamant, angeblich in den Minen von Golkonda gefunden, hatte 199 Karat und blendete mit einem Feuerwerk bläulichgrüner Funken. Schah Jehan, der erste Besitzer, hatte den Diamanten in Form einer Rosette von dreieinhalb Zentimetern Länge schleifen lassen.

»O Grigori du lieber, einfältiger Narr«, flüsterte sie. »Ich müsste zu Tränen gerührt sein, aber ich werde dein Geschenk nicht tragen.«

Grigori Orlow, ihr einstiger Geliebter, hatte jenes Geld nicht mit vollen Händen ausgegeben oder verspielt, mit dem (und einer Lebensrente, einem zweihundertfünfzigtausend Rubel teuren Sèvres-Geschirr und einem Stadtschloss) sie ihn im Laufe vieler Jahre reichlich beschenkt hatte. Mit vierhunderttausend Rubel kaufte er von einem armenischen Juwelier in Amsterdam dieses kostbare Geschenk für seine Kaiserin. Seit das Juwel am Hof bekannt geworden war, nannte man den Stein »den Orlow«. Jekaterina hatte 1771, vor einem Jahr, Orlow mit seiner dreizehnjährigen Nichte vermählt, sie zu ihrer Hofdame gemacht und sogar den Jekaterinenorden verliehen. Die junge Jekaterina Zinowjew starb 1775 in Genève, in dem Jahr, das an Potjomkins Seite für die Kaiserin wohl das erfolgreichste ihrer Herrschaft gewesen war. Das blendende Funkeln des Steins täuschte Jekaterina nicht, minderte weder ihre Sorgen und Befürchtungen noch schaffte das in tausend Facetten gebrochene Sonnenlicht den Hass und das Auftreten ihres Sohns, der sich verhielt wie einst ihr verrückter Gatte, aus der Welt.

Paul Petrowitsch war in ihren Augen halb verrückt. Er durfte ebenso wenig auf den Thron wie Pjotr III. Seit der Nacht im Jahre 1754, als man ihr den Säugling weggenommen und später von Fürst Panin, gewissenhaft und überlastet, hatte erziehen lassen, von Zarin Jelisaweta mit unvernünftiger Tantenliebe verwöhnt und eingeschüchtert, mit zehn Jahren schon hässlich, wuchs er wild und tausend Werst von jeder erzieherischen Vernunft auf. Seine Mutter hielt er für die Mitverschworene der Mörder seines Vaters und beschäftigte sich als Bewunderer des Königs von Preußen mit allem Soldatischen und Militärischen. Auch die Geburt des Sohns Alexander in diesem Jahr änderte nichts an seiner Manie, unentwegt seine Soldaten exerzieren, paradieren und marschieren zu lassen; er achtete auf ein Höchstmaß an Disziplin und schickte jeden, der seinen Ansprüchen nicht genügte, in die Verbannung.

Fürst Nikita Panin, Hofmeister und Pauls Erzieher, wurde durch dessen Volljährigkeit entbehrlich; er musste also den Palast verlassen und konnte daher Jekaterinas Wirken vor ihrem Sohn nicht mehr schlecht machen.

Pauls und Marias Sohn Alexander, der am 12. Dezember 1777 zur Welt kam, wohlgebaut und kräftig, war Jekaterinas ganzes Glück. Sie war entzückt von dem Enkel »Monsieur Alexander«, den sie mit aller Liebe so erziehen würde, wie es der Thron Russlands erforderte, denn nur sie, niemals aber die Eltern, konnte Geist und Seele dieses Kindes wecken und Alexander zu einer überragenden Persönlichkeit erziehen.

Das Jahr 1778 zergliederte sich in tausend kleine, aber bedeutungsvolle Schritte, die Jekaterina ebenso energisch ausführte, wie sie ihre Spaziergänge mit dem Schrittzähler maß und berechnete. Sie genoss die lobpreisende Schönrednerei, die jeden ihrer Ukasse begleitete, und verzweifelte jedesmal, wenn sie erfuhr, wie lange die Durchführung der Anordnungen dauerte und wie schleppend sie ausgeführt wurden.

Russland war riesengroß, St. Petersburg und Moskau waren weit, und Jekaterina blieb trotz aller Rückschläge unerschütterlich. Die Gesandten der europäischen Höfe berichteten teils wohlwollend, teils sarkastisch über eine fähige, entschlossene Frau, die einen ganzen großen Erdteil beherrschte, sich aber mit Liebhabern tröstete, die ihre Söhne hätten sein können. Den ausdauernden, doch nichts sagenden Pjotr Sawadowski (im Juni 1776 mit einem Geschenk von fünfzigtausend Rubel, einer Fünfhunderttausend-Rubel-Pension und einem Gut mit viertausend Leibeigenen entschädigt!) löste im kaiserlichen Bett der serbische Husar Semjon »Adonis« Soritsch ab (jäh entlassen mit lebenslanger Rente und siebentausend »Seelen«), dem der vierundzwanzigjährige Russe Sergeant Iwan Nikolajewitsch Rimski-Korssakow folgte, ein singender Husar aus Smolensk, bei dessen Liedern Jekaterina nicht daran dachte, dass sie fünfundzwanzig Jahre älter war. Aber auch er durfte nur fünfzehn Monate lieben und singen. Die Geliebten wechselten wie die Jahreszeiten, doch ihr Geistes- und Herzensfreund blieb unverändert Grigori Potjomkin, ihr »geliebter Gemahl«, der Taurische Fürst.

Sie betrachtete den großen Diamanten, drehte ihn halb unschlüssig hin und her und legte ihn auf die Papiere ihres Schreibtischs. Dann schrieb sie eine Notiz; der Goldschmied des Zarenhofs sollte den »Orlow« in die Spitze des Zepters einfügen, wo das Kleinod für alle Zeiten und jeden folgenden Herrscher Russlands eingebettet blieb.

Sie läutete. Ein Diener brachte den Diamant und den kaiserlichen Ukas fort. Die delikate Angelegenheit war damit, wie Jekaterina glaubte, für alle Zeiten erledigt.

Liebe, dachte Jekaterina melancholisch. Verliebtheit, Treue, Leidenschaft und Befriedigung – im Schöpfungsplan gab es wohl für Götter und Könige kein Glück. Auch ein langer intimer Brief würde sie nicht entspannen, ein Brief wie an Voltaire vielleicht? Ach, es war sinnlos. Seit Ende Mal 1778 war der alte Eremit von Ferner tot. Jekaterina hatte den Auftrag gegeben, seine Bibliothek und seine Papiere, auch ihre Briefe (waren es wirklich achthundert?) zu kaufen. Sie blätterte eine Welle lustlos in Schriftstücken, dann zwang sie sich dazu, ernsthaft zu arbeiten.

Das große Gesetzeswerk für ganz Russland hatte nicht entstehen können. Aber durch die Debatten der Deputierten hatten Jekaterina und ihre Minister nicht nur Namen, Begriffe und Seltsamkeiten erfahren, sondern den fragwürdigen Zustand des Landes kennen gelernt. Das Ausland lobte das Vorhaben und die »Instruktion« nach wie vor; die Berliner Akademie hatte die Kaiserin 1768 zu ihrem Mitglied berufen. Auch jetzt, bis zum heutigen Tag, bemühte sich Jekaterina, nicht die winzigste Einzelheit aus dem Gedächtnis zu verlieren, und fertigte einen Ukas nach dem anderen aus.

Nur sie selbst und wenige ihrer Vertrauten beschäftigten sich mit dem Verhältnis des Adels zu den Leibeigenen, mit freien Bauern und Handwerkern, mit den vielen Neusiedlern. Jekaterina zweifelte daran, dass Russland bereit und fähig war, die Leibeigenschaft aufzuheben. Die adligen Gutsherren waren nicht bereit, ja, dachten nicht einmal daran, ihren rechtlosen, versklavten Abhängigen mehr Freiheit zu geben, und die leibeigenen Bauern waren an das Land und an ihre Herren förmlich gefesselt. Jede Rebellion war ein Beweis dafür, dass die Dinge tief im Argen lagen, und sie, Jekaterina hatte in mehr als einem Ukas Grausamkeiten ausdrücklich verboten. Auch wenn sich die Geschundenen nur selten wehrten und an ihren Peinigern die gleichen Grausamkeiten verübten wie ihre Ausbeuter an ihnen, wenn der »Dworjanin« und die Verwalter getötet und ihre Häuser angezündet wurden, so summierten sich die Vorfälle in dem riesigen Land zu einer Quelle ständiger Besorgnis.

Jekaterina sah die Anzeichen, wollte sie aber nicht erkennen und deuten, vergaß mit Absicht eine wachsende Bevölkerung mit Millionen armer Bauernfamilien. Wenn sie den Adel und die Gutsbesitzer gegen sich aufbrachte, indem sie den Leibeigenen freiheitliche Rechte zubilligte, war sie, die Eroberin des Throns, gefährdet. Man würde sie stürzen. Hatte sie sich ihren Gegnern gegenüber nicht stets großzügig und vorbildlich verhalten? Mit Fürsorge und mütterlicher Liebe dachte sie an die russischen Untertanen, schrieb und empfing eine große, zunehmende Zahl Briefe in französischer Sprache und wusste selbst, dass sie Russisch noch immer nicht wie ein Russe sprach und schrieb; über Potjomkins Nachahmung ihres deutschen Akzents hatte nicht nur sie gelacht. Niemand aber lachte darüber, dass auf ihren Befehl römische und griechische Klassiker, deutsche Theaterstücke und philosophische Abhandlungen ins Russische übersetzt wurden. Französisch jedoch war und blieb die Sprache am Hof und zwischen allen Menschen, die sie umgaben.

Im März 1779 schlossen Russland und die Türkei den zweiten Vertrag. Im Mai, nach der Geburt ihres schwächlichen Enkels Konstantin Pawlowitsch, führte Jekaterina offiziell im ganzen Land die Gewerbefreiheit ein. Die ersten Berichte von einfachen Handwerkern, die ihr Glück gemacht hatten, ließen Jekaterina ihren Erfolg erkennen und hatten große Bedeutung für Städte und zukünftige Manufakturen. Für Konstantin, von dessen Herrschaft über Griechenland sie träumte, holte Jekaterina eine bärtige griechische Amme an den Hof, aus deren Brüsten Konstantin griechische Milch und die Seele dieses Landes saugte.

Als preußische Heere im Juli 1778 die österreichische Grenze überschritten, löste dieser Vorstoß den Bayerischen Erbfolgekrieg aus. Preußen, Österreich, Frankreich und Russland waren durch gegenseitige Hilfs- und Beistandsverträge miteinander verbunden. Es gab eine ausgedehnte Korrespondenz mit Joseph II. und Maria Theresia sowie Friedrich II., da waren Verhandlungen zwischen Böhmen und Wien, die Weigerung Ludwig XVI. von Frankreich, die Österreicher zu unterstützen, die drohenden Aufmärsche im »Kartoffelkrieg«, in denen vierzigtausend Soldaten beider Nationen zwar an Seuchen und Hunger starben, nicht aber in Gefechten – die europäische Ordnung wurde wie durch ein Erdbeben erschüttert. Schließlich gelang es Jekaterina, zu vermitteln. Kaiser Joseph II. verlor sein Gesicht nicht, denn im Frieden von Teschen am 13. Mai 1779 gab Friedrich II. den Österreichern das bayerische Innviertel. Der Vorteil Russlands blieb gewahrt, auch wenn dies niemand außer Graf Panin und Jekaterina zu sehen vermochte. Nun lobte Europa die Zarin als Friedensstifterin.

Der junge Kaiser des Heiligen Römischen Reiches Deutscher Nation, Joseph II., Nachfahre Karl V., wollte die russische Zarin kennen lernen, deren Leistungen alle Welt begeisterten, und mit ihr besprechen, welche großen Fragen dieses Jahrhunderts beide Staaten einzeln oder gemeinsam lösen könnten. Jekaterina fragte Potjomkin und Graf Besborodko und entschied, sich mit Joseph II. in Mogiljow am Dnjepr zu treffen. Seit 1779 war Jekaterina die Geliebte des dreiundzwanzigjährigen Alexej Lanskoi, einem Hauptmann der berittenen kaiserlichen Leibwache. Rimski-Korssakow, inzwischen Ritter des polnischen Weißen Adlers und Liebhaber der Gräfinnen Stroganow und Bruce, sah man bei Hof seither nicht mehr.

Den rechten Arm stützte Jekaterina auf die Kutschentür und blickte hinaus in den Regen. Der linke Unterarm und die Hand, mit dicken Binden über einer beißenden Salbe umwickelt, lagen schmerzend im Schoß der Kaiserin. Immer wieder zogen die Rheumaschmerzen unter der Haut entlang der Muskeln und Knochen. Kalter Nordwind kam vom Meer, die Bäume und Hausdächer am Weg tropften, Regen trommelte auf das Kutschendach, die Pferde troffen, und die Räder der Wagen mahlten durch knöcheltiefen Schlamm. Es war früher Sommer 1780. Als sie in ihre westlichen Länder aufbrach, auf dem langen Weg nach Mogiljow, hatte es zu regnen angefangen, und es regnete seither ununterbrochen.

Jekaterina reiste mit großem Troß von einem vorbereiteten Haltepunkt zum anderen in die Richtung, aus der sie einst im Herbstregen und klirrender Kälte gekommen war. Die westlichen Provinzen, deren Neugestaltung die Kaiserin im Wesentlichen als abgeschlossen betrachten konnte, erwarteten sie.

Ein durchnässter Meldereiter ritt von der Spitze des Zugs heran, ließ sein Pferd im Schlamm herumtänzeln, und grüßte ehrerbietig.

»Es ist alles bereit, Eure Majestät«, rief er durch das Schmatzen der Felgen und die seltsamen Geräusche, mit denen sich Pferdehufe durch den schwarzen Brei bewegten. Regen rann über sein Gesicht und tropfte von Nase und Kinn. Er rief den Namen eines Städtchens. »Ein geräumiges, trockenes Stadthaus! Man hat zum Empfang großartige Zeremonien vorbereitet.«

Jekaterina zwang sich zu einem aufmunternden Lächeln.

»Das höre ich gern. In ein paar Tagen werden wir alle in der Sonne schwitzen. Sieh zu, dass du ins Trockne kommst!«

Um der aufwändigen Etikette zu entgehen, nannte sich der Kaiser »Graf Falkenstein«, derselbe Name, unter dem er seine Schwester Marie Antoinette am Hof zu Versailles besucht hatte. Jekaterinas Zeitplan sah vor, dass ihre Inspektionsreise etwa einen Monat dauern sollte. Es würde ja nicht dreißig Tage und Nächte unentwegt regnen!

Bei der Vorstellung, auf welche Weise »Graf Falkenstein« in Russland zu reisen beliebte, begann Jekaterina zu lachen. Grischa Potjomkin, der ihr schläfrig gegenübersaß und Nägel kauend in den Regen starrte, hob die Brauen und zuckte mit den Schultern. Der Kaiser wollte, nur von zwei Edelleuten begleitet, bei einfachen Bauern und in Gasthöfen einkehren, einfaches Essen und ebensolche Gastlichkeit genießen. Er weigerte sich, in den Schlössern der russischen Adligen zu übernachten, und wusste nicht, dass die Poststationen stinkende verwanzte Hütten waren. Jekaterina hatte befohlen, an privaten Häusern Wirtshausschilder anzunageln, die Besitzer woanders einzuquartieren und die Dienerschaft anzuweisen, sich wie Wirtshausbedienstete zu benehmen.

Endlich klapperten die Pferdehufe auf gepflasterten Straßen und Plätzen. Die Wagenräder rasselten durch große schmutzige Pfützen. Der Regen hatte die frischen Farben der Mauern abgewaschen und hässliche Muster zum Vorschein gebracht. Die Triumphbögen und der Schmuck der Häuser hatten ebenso unter der triefenden Nässe gelitten wie das Pulver in den Böllern, mit denen man Salut zu schießen versuchte. Die Menschen an den Straßenrändern, die Paraden kleiner Abteilungen von Soldaten, die Würdenträger der Stadt und die Musikkapellen – es war und blieb ein trauriges Spektakel, als Jekaterinas Kutschen und Reiter sich unter tropfenden Bäumen zum Hauptplatz bewegten.

Aber der Regen hielt die Stadtbewohner nicht davon ab, mit der Kutsche der Kaiserin mitzurennen, zu winken und begeistert zu rufen. Jekaterina beugte sich weit aus dem Fenster, winkte zurück und bedachte die Menschen mit ihrem schönsten Lächeln. Unter aufgespannten Zeltteilen, löchrigen Schirmen und Leinwänden hielten die adligen Vorsteher ihre Begrüßungsreden, die im Fauchen des Windes und im Prasseln des Regens untergingen.

Jekaterina halb durchnässt, erholte sich erst im Inneren

des Gebäudes, das für ihren Besuch gesäubert und geschmückt worden war. Sie versuchte aus all den Reden und Komplimenten herauszuhören, wie es wirklich um das Städtchen stand und ob ihre Anordnungen in die Tat umgesetzt worden waren.

Grigori Potjomkin hatte längst seine Männer ausgeschickt. Sie sahen sich um, befragten einzelne Stadtbewohner, zählten die Marktstände, Läden und Geschäfte, redeten mit Handwerkern und Bauern. Der Zarin berichteten sie nur vom Guten, Blühenden, Erfolgreichen. Aber wenn Potjomkin und die Herrscherin bohrende Fragen stellten, kamen Versäumnisse, Betrug und Nachlässigkeit ans Licht.

Im Regen und durch Kälte, ungewohnt für diesen Teil des Jahres, reisten die Kaiserin und ihr Tross weiter über Smolensk auf trocknenden Straßen nach Westen. Nur für wenige Stunden brach die Sonne durch tief hängende graue Wolken. Die Hitze sog die Nässe aus dem Land und verwandelte sie in erstickende Feuchtigkeit und dichten Nebel; Menschen und Tiere litten unter der Schwüle, fühlten sich erschöpft und wurden schnell reizbar und erregt. Wenige Tage bevor sie den Fluss erreichten, sprang der Wind um und kam von Osten. Die niedergedrückte Stimmung wich, und endlich ließen auch die Schmerzen in Jekaterinas linkem Unterarm nach.

Die Stadt Mogiljow, in der »Graf Falkenstein« seit dem 2. Mai wartete, empfing die Kaiserin zwei Tage später nicht nur mit strahlendem Sonnenschein und in frühsommerlichem Grün, sondern auch mit sauberen Straßen und Plätzen und einer Ordnung, die auf den ersten Blick vorbildlich war. Jekaterina strahlte, Potjomkin nickte zufrieden und überließ die Kaiserin und den Kaiser ihren Plaudereien und Verhandlungen.

Jekaterina war bald von der Jugend und der Bildung Joseph II. eingenommen. Sie redeten oft und lange in

Deutsch miteinander; den österreichischen Akzent fand sie entzückend. Sie tauschten Liebenswürdigkeiten in Französisch und Deutsch aus, redeten über die Größe ihrer Reiche und die Schwierigkeiten der Herrschaft und Verwaltung. Die Geheime Kanzlei kontrollierte Josephs Briefe, und Jekaterinas Begeisterung wuchs – sie waren voller Schmeicheleien über ihre Klugheit und ihren glänzenden Verstand. Es fiel ihr leicht, den Kaiser nach Zarskoje Selo einzuladen, und er sagte ebenso gern zu.

Die Kaiserin hatte nichts anderes erwartet. Joseph II. war von der Größe und dem blau-weiß-goldenen Prunk des Katharinen-Palasts mit den vergoldeten Karyatiden hingerissen, einer herrlichen Front von dreihundert Metern Länge, und ebenso von den Pavillons des Oberen Bades, der Eremitage, der blauweißen kuppelgekrönten Grotte und der Cameron-Galerie. Den Großen Saal des »Zarendorfs« hatte Bartolomeo Rastrelli größer als den Spiegelsaal in Versailles gebaut. Die Gärten, in denen hunderte Arbeiter pflanzten und pflegten, standen in voller Blüte.

In langen Gesprächen unter vier Augen beredeten sie die Möglichkeiten, die türkischen Ländereien zwischen Österreich und Russland aufzuteilen – die Krim zu Russland, Serbien, Bosnien und die Herzegowina für Österreich, Konstantinopel und die griechische Halbinsel (für deren Besitz und Verwaltung Jekaterinas Enkel Konstantin erzogen wurde) für Jekaterina. Österreich, so schwor Joseph II., würde sich hinfort mit Russland über alle Unternehmungen dieser Art vorher verständigen, ein Abkommen darüber sollte bald unterzeichnet werden. Beide ahnten, dass ihre Begegnung bei Friedrich II. starkes Befremden auslösen musste, und als Gegengewicht versprach Joseph II., seinen Kammerherrn, Fürst Karl von Ligne, nach St. Petersburg zu schicken.

Jekaterina schrieb in eine der Provinzen Neurusslands, die Potjomkin bereiste:

»Väterchen Fürst!

Ich glaube, dass keiner der heute lebenden Herrscher ihm, Joseph II., an Verdiensten, an Kenntnissen und an Höflichkeit gleichkommt; ich bin entzückt von seiner Bekanntschaft ... Sei versichert, dass meine Freundschaft für Dich ebenso groß ist wie Deine Zuneigung zu mir, die für mich ganz unschätzbar ist. Alexej Dimitrewitsch Lanskoi grüßt Sie; es ist zum Verrücktwerden, wie wir uns nach Ihnen sehnen.«*

Seinen Rückweg hatte Joseph II. von Smolensk über Moskau genommen. Am 18. Juli reiste er ab, und schon einen Monat danach kam der Neffe Friedrich II. nach St. Petersburg und feierte hier seinen sechsunddreißigsten Geburtstag. Jekaterina beschenkte ihn reich und erfuhr kurz darauf, dass am 29. November die große Königin Österreichs, Maria Theresia, in der Wiener Hofburg gestorben war. Einige Zeit später verließen Großfürst Paul und Großfürstin Maria Fedorowna St. Petersburg und begannen eine lange Reise durch Europa.

Der Beistandspakt zwischen Österreich und Russland wurde erst im Mal 1781 durch Unterschriften und Siegel gültig, denn Joseph II. bestand auf seinem Vorrang. Lange konnten sich die Hofkanzleien nicht über die Anordnung der Unterschriften einigen.

Jekaterina glaubte, in der Stille die Uferwellen der Newa hören zu können; leise Rufe und Saitenklänge kamen aus der Richtung der Kasernen. Auf dem Kies eines Wegs knirschten die Schritte der Wachtposten. In der windlosen, heißen Sommernacht blinkten einige Sterne. Plötzlich, weit nach Mitternacht, war Jekaterina aus dem Schlaf aufgeschreckt und hatte im taumelnden Übergang zwischen Traum und Wirklichkeit den Stich einer Scham gespürt, einer Verlegenheit, die ihrer unwürdig war. Sie

* Troyat, S. 317

konnte sich nicht erklären, warum sie sich Falconet gegenüber so beschämend gleichgültig gezeigt hatte, damals, vor seiner Abreise.

Sie stand auf und tappte barfuß zum Fenster. Unter den Sohlen spürte sie das weiche Gewebe des Teppichs, und da ihr Gesicht brannte, wusste sie, dass sie errötet war. Die Grillen vollführten im Licht des Vollmonds einen schnarrenden Lärm; buttergelb schwebte die Scheibe des Nachtgestirns über den vergoldeten Palastkuppeln.

»Ausgerechnet Étienne Falconet«, flüsterte sie und stützte sich schwer auf die schmiedeeiserne Balkonbrüstung. »Vor acht Jahren ... so lange ist es her, dass er krank und in Unfrieden abreiste.«

Gestern, am 7. August, waren vor seinem verhüllten Meisterwerk die Garderegimenter aufmarschiert. Am Rand des Senatsplatzes hatten sich die Kanoniere an ihren Geschützen bereitgemacht. Jekaterina in der Mitte vieler ausgesuchter Gäste, von Höflingen, Räten und Ministern und anderen Würdenträgern umringt, schwenkte ein Tüchlein; über den Platz donnerten die Salven des Saluts aus den Kanonenrohren, deren Klang sich an den Mauern zerteilte und Möwen und Taubenschwärme aufscheuchte.

Die Verhüllung aus Unmengen zusammengenähter Tücher fiel gleichmäßig vom Kopf des Standbilds nach allen Seiten und bildete um den riesigen Monolithen einen faltenreichen Wall. Die Zuschauer schrien vor Verwunderung und Begeisterung auf.

»Der Zar! Pjotr der Große!«

»Pjotr der Erste!«

Auf einem Granitfindling, wie auf dem Rücken einer versteinerten Sturmwoge, fünfzehnhundert Tonnen schwer und so groß wie eine Bauernkate, bäumte sich ein mächtiger Hengst auf, mühsam vom Reiter gezügelt. Pjotr der Große, dreimal mannsgroß, gekleidet in eine römische Tunika, saß auf dem Pferderücken und deutete majestätisch zur Newa hinüber. Der Hengst zertrat die Schlange des Neids auf dem Boden. Um die Stirn trug der bronzene Zar einen Lorbeerkranz. Im Augenblick der Bewunderung und Verblüffung dachte niemand an den Künstler und daran, wie vor Jahren der Fels hierhergeschafft worden war, aber man fragte Jekaterina, welche Worte man in die Flanke des Gesteinsbrockens meißeln sollte. Ihre Antwort hatte sie vor einem Jahrzehnt in Gedanken formuliert:

»Petro primo Catharina secunda«, sagte sie betont und setzte lächelnd hinzu: »Das ist Latein. Peter dem Ersten – gewidmet und aufgerichtet von Jekaterina der Zweiten. Im Jahr MDCCLXXXII. In unserer Sprache: Petrù Pèrvomu Ekatérina Wtoraja.«

Wind wehte von der Newamündung den Pulverdampf in langen Schleiern davon nach Südosten. Am Nachmittag legte sich Windstille über die Stadt, und bis jetzt, tief nachts, hatte sich keine Brise erhoben. Jekaterina mischte kaltes Wasser mit Saft und trank wie eine Verdurstende. Das Grillengezirp schien ihre Erinnerung an den Fund des Steins und die ersten Gedanken an das Monument freizulegen.

Bereits 1770 war das Modell des Denkmals fertig gewesen. Mademoiselle Collot, jene Künstlerin, von der schon Grigori Orlows Porträtbüste nach seinem Triumph in Zarskoje Selo stammte, hatte Pjotr I. Kopf geformt. Weil Étienne-Maurice Falconet Schwierigkeiten gehabt hatte, den Körper eines sich aufbäumenden Pferds darzustellen, schickte Jekaterina ihren Stallmeister mit ihren Lieblingspferden Caprice und Brillant zum Bildhauer, der sie etliche Monate immer wieder als unwillige Modelle brauchte. Jekaterina entsann sich langer, guter Gespräche mit Mademoiselle Collot und Falconet, und wieder ergriff sie das Gefühl, sich dem Künstler gegenüber schäbig benommen zu haben.

Von Betzkoi, dem Präsidenten der Kunstakademie, war

Falconet sarkastisch »Gießereiknecht« genannt worden, während er und Jekaterinas Sekretäre vier Jahre lang vergebens nach einem Fachmann suchten, der einen solch großen Bronzeguss von sechzehn Tonnen beherrschte. Gegen die Kleidung des Zaren protestierten die geistlichen Würdenträger und die Adligen. Jekaterina beruhigte beide Gruppen. Falconet verzweifelte fast und beschloss, das kostspielige Abenteuer des Gießens selbst zu wagen. Zweimal rannten seine Arbeiter mitten im Guss voller Angst davon. Nach dem dritten Versuch zeigte sich, dass der Bronzeguß fehlerfrei gelungen war, aber Jekaterina hatte damals anderes zu tun gehabt, als das Monument einzuweihen, dessen granitener Sockel längst an Ort und Stelle eingelassen war.

Bei dem finnischen Dorf Ljachta war der Granitbrocken, als Findling in einem Bett aus Sand und Lehm zu sieben Achteln eingesunken, entdeckt worden. Damals hatte Jekaterina befohlen, ihn nach St. Petersburg zu holen. Fünfhundert Arbeiter gruben einen Kanal bis zum Stein, schachteten den zerklüfteten Solitär frei, hoben ihn und zogen ihn zum Flussufer, wo unter ihm ein riesiges Boot zuerst geflutet und daraufhin mitsamt der Last von zwei Millionen Pfund aufschwamm, als man den Ballast auslud. Das Transportboot wurde die Kleine Newa hinauf – und die Große Newa hinuntergetreidelt und an der Stelle, die Jekaterina und ihre Baumeister bestimmten, eingesetzt. Nur fünf Wochen lang hatten die Arbeiter daran geschuftet.

Auf Empfehlung von Denis Diderot war Falconet 1766 nach St. Petersburg gekommen. Zwölf lange Jahre danach bat er Jekaterina um die Erlaubnis, heimzureisen, und verließ krank und verbittert, zwar ausbezahlt, aber ohne bei ihr vorgelassen worden zu sein, die Stadt, die er verschönert und deren Wachstum er mit angesehen hatte.

Jekaterina atmete schwer. Die Hitze der Nacht erinnerte sie an viele andere Nächte, in deren Schlaflosigkeit sie von Versagensgedanken verfolgt und gefoltert worden war. Sie hob die Schultern, tastete nach dem schmerzenden linken Handgelenk und ging durch die Bahn des Mondlichts zum Anrichtetisch. Seit sie nicht mehr mit Potjomkin zusammen war, trank sie nur auf Doktor Rogersons Anraten ungemischten Wein. Aber jetzt füllte sie ein Glas mit Rotwein, kehrte zum Balkon zurück und nippte daran, während sie die Silhouette der Stadt betrachtete und im Zirpen der Grillen nach dem Schweifstern suchte.

Lomonossows leise Erklärungen kamen ihr in den Sinn, Lanskois liebenswerte Hilflosigkeit, die ihr Herz schmelzen ließ, die Veränderungen, die das Altern herbeiführte, und gleichzeitig die Erweiterungen und Verbesserungen, durch die sie selbst dem Alter und dem Vergessen trotzte, in ihrem dreiundfünfzigsten Jahr.

Vor ihr breitete sich die Stadt aus, die Heimat von zweihunderttausend Menschen. Nur noch wenige Holzhäuser säumten die breiten Straßen. Dutzende, hunderte schöner Häuser aus Stein, Brücken und gepflasterte Gassen, Paläste und vielstöckige Zweckbauten zeigten ein schöneres und prächtigeres Gesicht der Stadt und eines, das gesünder und zweckmäßiger war. Hätte sie nicht Falconet, Cameron und all die anderen Baumeister ins Land gerufen oder von Zarin Jelisaweta übernommen, sähen Moskau, St. Petersburg und die Vorstädte noch ebenso kümmerlich aus wie damals, als sie zum ersten Mal durch die Städte gefahren war.

Größe und Schönheit waren für Jekaterina eine ausgewogene Mischung zwischen Wirklichkeit und Vision – wie ein Rohbau, dessen prachtvolle Größe man nur ahnen konnte.

Schon 1772 hatte Alexander Fillippowitsch Kokorinow das Gebäude der Akademie der Schönen Künste gebaut. Ein neues Palais nahe Moskau, Zarizina, entstand unter der Leitung von Basil Baschenow. Russische Künstler lernten von den Fremden oder studierten in Ländern, deren Architektur berühmt war. An der Straße zwischen St. Petersburg und Zarskoje Selo wurde ein Bauwerk in türkischem Stil auf dreieckigem Grundriß errichtet, dessen Mauern grün, kirschrot und gelb bemalt waren.

Giacomo Quarenghi, der sechsunddreißigjährige italienische Baumeister, hatte mit der Eremitage und einem halben Dutzend großer Räume für die Kaiserliche Gemäldesammlung den Winterpalast ergänzt und vor einem Jahr ein Theater nach Palladios Olympischem Theater in Vicenza errichtet.

Den Pavillon im chinesischen Stil in Oranienbaum hatte Rinaldi gebaut, dazu einen anderen Pavillon in dessen Nähe, und in Gatschina zog er das Palais in die Höhe. Vor sieben Jahren hatte Baumeister Jegorowitsch Starow mit den Arbeiten an der Dreifaltigkeits-Kathedrale des Alexander-Newski-Klosters begonnen; bis 1780 vollendete er den Landpalast in Taizi.

Aus Italien kam der Schotte Charles Cameron nach St. Petersburg und brachte kurz darauf aus seiner Heimat fünf Dutzend Maurer, Stukkateure und Steinmetzen mit, um mit deren Hilfe verschiedene Schlösser und mehrere Häuser in Pawlowsk und Zarskoje Selo im chinesischen Stil neu entstehen zu lassen oder umzubauen; farbige Ziegel und Drachen auf den Dächern kennzeichneten seine Arbeiten.

Während Jekaterina trank und die Bilder an sich vorbeiziehen ließ, dachte sie an die reichen Adligen, die nichts Eiligeres zu tun hatten, als der Kaiserin nachzueifern und schöne, dauerhafte Häuser zu bauen. Auch ihr Vorbild Pjotr der Große hatte das Menschikow-Palais seines Freundes für Feierlichkeiten und Empfänge benutzt, als er noch keinen Palast hatte und über entsprechende Baumaßnahmen nachsann. Jetzt wohnte und lernte dort das Kadettenkorps.

In wenigen Jahren würden die breiten Straßen, die Jekaterina in Schachbrettmustern hatte anlegen lassen, von tausenden Häusern, Zweckbauten und kleinen und großen Palästen gesäumt sein.

In den Gärten und Parks, die unter der Leitung von John Bush aus Hackney zu Gärten im englischen Stil umgestaltet wurden, bauten die besten Architekten in St. Petersburg, Oranienbaum und Zarskoje Selo kleine Denkmäler, Brücken und Säulen. Aus rotem Granit und grauem Marmor aus Sibirien war das Stadthaus errichtet, das Jekaterina Grigori Orlow geschenkt hatte, das Stadthaus für Grischa Potjomkin baute Iwan Starow, einer der wenigen russischen Baumeister, von deren Kunst Jekaterina überzeugt war.

Ja, dachte sie und leerte traurig kichernd das Glas, es ist richtig, dass ich nur der Zukunft zugewandt bin. Und dass ich bauwütig bin. Und schreibwütig auch, ganz nebenbei. Was ich baue – und was ich schreibe –, ist für die Gegenwart und für die Zukunft, für Russland und meine Nachfolger, für Alexander und Konstantin.

Sie füllte aus der Karaffe, deren Facetten silbernes Mondlicht versprühten, das Glas zum dritten Mal. Die prachtvollen Bauten bezeugen die Größe des Landes, über das ich herrsche, den Reichtum Russlands und die Leistungsfähigkeit und Kunstfertigkeit der Menschen.

»Die herrlichen Paläste werde ich mit noch schöneren Kostbarkeiten ausschmücken«, sagte sie im Selbstgespräch und begann die dunklen Flächen auf der Mondscheibe zu zählen.

Als die Sammlung Baudouin in diesem Jahr auf den Markt kam, kaufte Jekaterina neun Rembrandts, sechs Van Dycks und einen Claude Lorrain, die in der Eremitage aufgehängt werden würden, sobald die Mauern trocken waren. Vielleicht gab es in der Zukunft auch in Jekaterinas Land solche Genies, wegen deren bestaunenswerten Werken unzählige Fremde nach St. Petersburg reisten.

Sie sammelte weiter. Mit all jenen Kopien, die sie herstellen ließ, würde sie aus ihrer Privatschatulle zuletzt mehrere tausend Gemälde gekauft haben, von denen jedes einzelne einen Teil der europäischen Kultur nach Russland gebracht hatte und das Schöne und Edle den staunenden Untertanen im Licht ihrer Kaiserin zeigte.

Obwohl St. Petersburg schon die Winogradow-Manufaktur besaß, die dritte in Europa, in der feines Geschirr gefertigt wurde, bestellte sie für dreitausend Pfund bei Josiah Wedgwood ein Tafelservice aus mehr als neunhundert Teilen für fünfzig Personen. Drei Jahre dauerten die Arbeiten, die auf Tellern, Schüsseln, Schalen und Tafelaufsätzen zwölfhundertzweiundachtzig verschiedene Ansichten aus ganz England zeigten, und jedes Stück war mit einem grünen Frosch dekoriert, denn das Service war für den »Froschteich« gedacht, für große Einladungen im Kekereksinski-Palast.

Im Jahre 1774 hatte der Engländer Francis Gardner in Russland eine Porzellanfabrik erbaut und herrliche Speiseservice für die Ritterorden St. Georg und St. Andreas entworfen; ein Jahr später, beim Festessen für den neuen englischen Botschafter, konnten die Gäste das Wedgwood-Frosch-Speiseservice bestaunen.

Auf Gemmen oder Intaglios, vertieft in Halbedelsteine eingeschnittene Bilder, und Kameen mit erhaben geschnittener Darstellung war Jekaterina förmlich versessen. Sie liebte die kleinen Kunstwerke, so wie sie »Saschinka« Lanskoi liebte. Die Kostbarkeiten schmeichelten in den Händen, kühl und warm, und erweckten die Lust auf mehr und andere Bilden Eintausendsiebenhundertvierundsechzig Stück hatte sie von der Sammlung Natter gekauft, und später ersteigerten und kauften ihre Agenten die Sammlungen von Breteuil, Byres, Slade, Mengs, Lord Beverley, die des Herzogs von Orleans und von J. Casanova, dem Direktor der Dresdner Akademie der Schönen Künste. Während eines Jahrzehnts schufen die Brüder

William und Charles Brown allein für Jekaterina vierhundert Kameen. Sie schätzte, als sie an den bezaubernden Inhalt der vielen Fächerkästen dachte, dass sie kaum weniger als zehntausend Stück davon besaß. Eines Tages würden die Kleinode zwischen den Säulen der Eremitage in gläsernen Vitrinen zu bewundern sein.

Das Glas war leer. In der Karaffe blieb ein Finger hoch Wein, als Jekaterina müde und blinzelnd vom Balkon zurücktrat. Das Viereck des Mondlichts war gewandert und bildete vor dem Fenster eine helle Raute auf dem spiegelnden Parkett. Jekaterina blieb einige Atemzüge lang auf der Bettkante sitzen, dachte an die Arbeiten des kommenden Tages und gähnte. Das Handgelenk schmerzte nicht mehr, die Tränen der Müdigkeit ließen ihren Blick verschwimmen; längst hatten die Grillen mit ihrem sägenden Lärmen aufgehört.

Im Winter zwischen den Jahren 1782 und 1783 trieben tagelang Eisschollen aus dem Ladogasee die Newa hinunter, bevor der Fluss auf seiner ganzen Breite zufror. Drei Nächte danach war die Eisschicht an den Ufern der Ostsee so dick, dass sie Schlitten und selbst schwere Gespanne trug. Der Hafen von St. Petersburg, größter Handelshafen Russlands, versank in mehrmonatige Ruhe wie in jedem Eiswinter. Schnee bedeckte die Stadt und drohte sie einzuschließen; aus tausenden Schloten und Kaminen stieg Rauch in den fahlen Winterhimmel.

Jekaterinas Arbeitszimmer, durchflutet von der Wärme des großen Kachelofens, roch nach starkem Kaffee, dem feuchten Fell der Hunde und nach französischem Parfüm und Haarpuder. Jekaterina saß im Morgenmantel am Arbeitstisch und las die jüngsten Depeschen und Nachrichten; nur eine Kammerfrau räumte schweigend und fast lautlos das Zimmer auf. Jekaterina ließ die Papiere sinken, nahm die Brille ab – seit zehn Jahren brauchte sie mäßig scharfe Gläser! – und rieb sich die Augen.

Von Potjomkin gab es wenig Neues. Er ließ entlang der griechischen Grenze Befestigungen bauen.

General Suwarow hatte mit seinen Truppen in der Nähe des Flusses Kuban am Ostufer des Schwarzen Meeres ein festes Lager bezogen. Jekaterinas neuer Ratgeber, Minister Graf Alexej Andrejewitsch Besborodkol, riet ihr, die Türken anzugreifen und zurückzutreiben. Auch in den Briefen Kaiser Joseph II. konnte Jekaterina den Wunsch lesen, die Türken aus Europa zurückzudrängen. Sie selbst dachte an Enkel Konstantins zukünftiges Herrschaftsgebiet, einen Staat namens Dakien, der die Walachei, die Moldau, Bessarabien, das Gebiet um die Festung Otschakow und andere Territorien umfassen sollte. Joseph II. aber stellte Forderungen, die sie nicht annehmen konnte. Sie tröstete sich mit dem Gedanken an einen Krieg, der seine eigenen Grenzen schuf.

Die Nachrichten von den Höfen Europas, die Großfürst Paul und Großfürstin Maria bereisten, klangen wie schlechte Vorzeichen. Paul kritisierte seine Mutter, erzählte von Gespenstern und unheilbaren Halluzinationen und wurde in Paris hofiert, als wäre er schon russischer Kaiser. Es war Zeit, ihn zurückzubeordern.

Jekaterina bestimmte eine Erzieherin für ihre Enkelinnen, die Prinzessinnen, Marias Kinder. Frau von Lieven mit ihren vier eigenen Kindern kam von Riga an den Hof von St. Petersburg. Ohne große Geschehnisse, die geeignet gewesen wären, Jekaterina zu erschrecken oder Unruhe über das Land zu bringen, summierten sich Tage zu Monaten. Jekaterina schrieb Briefe, besuchte Theateraufführungen und verfasste Theaterstücke, deren Sinn sich gegen die Freimaurerei wandte, nahm an Kartenspielen teil, hörte halb belustigt, halb gerührt italienische Opern, ärgerte sich über schlechte Verwalter und faule Gouverneure und freute sich doppelt über ihren Erfolg, von dem sie las oder der ihr gemeldet wurde.

Potjomkin schrieb, er habe sich entschlossen, ihr die

Krim zu Füßen zu legen. Er begann mit einem russlandfreundlichen Khan, Schagin-Ghirei, zu verhandeln. Dieser war mit nachdrücklicher russischer Hilfe eingesetzt worden und schien bereit zu sein, auf Wunsch der Tatarenstämme am Kuban-Fluss Russland die Krim zu übergeben; sie würde dadurch zu einer russischen Provinz. Jekaterina blieb vorsichtig. Wegen der Krim wollte und durfte sie keinen europäischen Krieg auslösen.

Das Eis der Ostsee wurde dünner, zerbrach, trieb davon und schmolz. Die Newa wurde eisfrei, und die ersten Schiffe wagten den Hafen anzulaufen. Die Schneeschmelze ließ Bäche und Flüsse ansteigen und verwandelte Teile von St. Petersburg wieder in Morast und Sumpf. Warme Winde trieben Gras und frühe Blumen durch die tauenden Schneereste und weckten wie in jedem Jahr Millionen von schillernden Fliegen und tanzenden Mückenschwärmen aus dem Winterschlaf der St. Petersburger Sümpfe.

Mit den Lastkähnen und Schiffen auf dem Fluss kamen Nachrichten aus weit entfernten Teilen des Landes. Auf den vielen Tischen von Jekaterinas Sekretären häuften sich ebenso wie in ihrem eigenen Arbeitszimmer die Schriftstücke, Pakete und Depeschen. Ein neuer Tag hatte angefangen, und wie immer arbeitete sie schon ab sieben Uhr im Licht vieler Kerzen.

Sie trank ihren Kaffee schwarz, aß etwas französisches Gebäck und setzte die Brille auf. Zum zweiten Mal las sie die Nachricht vom Ableben des alten Nikita Panin, dessen Tod Großfürst Paul einen seiner wenigen Vertrauten beraubt hatte. Zwei Wochen war es her, dass man Panin begraben hatte; auch ihr Leben hatte er auf schlechte und gute Weise lange begleitet.

Ohne Unterbrechung arbeitete Jekaterina weiter, unterzeichnete Befehle, schrieb Bemerkungen an den Rand mancher Dokumente, nahm einen Schluck Kaffee und war selbst ein wenig erstaunt, als sich nur noch ein Stapel erledigter Ukasse und Abrechnungen rechts vom Tintenfaß häufte.

Noch ein Umschlag war verschlossen. Sie öffnete ihn, las ungläubig die Meldung, las ein zweites Mal und begann zu weinen.

»Armer Grigori Grigorjewitsch Orlow!« Sie schluchzte. Die Ärzte berichteten aus Moskau, dass er in völliger geistiger Umnachtung aus dem Leben geschieden sei.

Nachdem seine junge Frau 1782 in Lausanne gestorben war, hatte er seine melancholischen Reisen durch Europa fortgesetzt und war, von Todesahnungen und Heimweh getrieben, in seinen Petersburger Palast aus Marmor und Granit zurückgekehrt. Jekaterina erschrak, als sie ihn wiedersah – Grigori ausgemergelt, mit weißem Haar und dem fiebrigen Blick eines Halbirren, glich einem lebenden Leichnam. Eine Zeit lang führte er kritische Reden über Jekaterinas Herrschaftsstil und freundete sich mit Großfürst Paul an. Er hatte als reicher, harmloser Fürst gegolten, der im Alter närrisch geworden war.

Armer Bär, dachte Jekaterina. Du bist Vergangenheit, so wie es deine schutzbedürftige Katjuschka nicht mehr gibt. Die Seltsamkeiten seiner Wesensart waren deutlicher und störender hervorgetreten, sein Verstand schien gelitten zu haben, denn er hatte sich vom blutüberströmten Geist Peter III. verfolgt gefühlt. Seinen gesamten Besitz hatte er Alexej Bobrinski, seinem Sohn, vererbt, den er zeitlebens nur aus der Entfernung hatte sehen können.

Jekaterina holte den verwirrten Grigori in den Palast und ordnete ihre Ärzte an, ihn in ihre Obhut zu nehmen. Er hatte die beste Pflege. Sie selbst eilte zu ihm, wenn seine häufigen Anfälle ihn marterten, und versuchte ihn zu trösten.

Sein Zustand wurde ernst und bedrohlich. Jekaterina ließ ihn in eine geschlossene Anstalt nach Moskau bringen. Auch dort, schrieben die Ärzte, ging es ihm täglich schlechter. Grigori hatte das Bewusstsein verloren, dämmerte einige Tage dahin und starb am 12. April dieses Jahres.

Ende April 1783 schrieb Jekaterina an Baron Melchior von Grimm: »Obwohl ich auf das traurige Ereignis gefasst war, muss ich gestehen, dass ich tiefsten Schmerz empfand. Man mag mir noch so oft sagen, was man bei solchen Anlässen zu sagen pflegt, und ich selber sage es mir auch, aber meine Antwort ist ein heftiges Schluchzen, und ich leide entsetzlich.

Fürst Orlow besaß Genie auf so vielen Gebieten. Aber bei all seinen großen Vorzügen war er wenig ausdauernd. Die Natur hatte ihn verwöhnt, und für alles, was ihm im Augenblick gerade nicht gefiel, war er zu träge.

Eine merkwürdige Bewandtnis hat es mit dem Tod des Fürsten Orlow: Graf Panin ist etwa vierzehn Tage vor ihm gestorben, und keiner der beiden hat vom Tod des anderen gewusst. Diese beiden Männer, die ständig gegensätzlicher Ansicht waren und einander überhaupt nicht mochten, werden sehr erstaunt sein, einander im Jenseits wieder zu begegnen.«*

Nachts, nachdem sich Lanskoi zurückgezogen hatte, dachte Jekaterina an Grigori Orlow. Tief in ihrem Inneren suchte sie nach dem Schmerz des Verlusts, doch da war nichts zu finden außer: armer Grigori Grigorjewitsch!

Sie konnte ruhig schlafen; tiefer Schlaf stärkte sie für die Aufgaben des nächsten Tages. Sorgenlos würden wahrscheinlich auch die kommenden Tage bleiben. Nirgendwo gab es Zeichen für eine solch große Unzufriedenheit im Volk, dass ein zweiter Massenaufstand wie die Pugatschowschtschina drohte, deren fast vernichtendes Ausmaß sie erst vollständig begriffen hatte, nachdem Pugatschow längst geköpft worden war.

Wissenschaftliche Landeserkundigungen führten an die

* Troyat, S. 331 f.

Grenzen Russlands, darüber hinaus und zu weiteren Entdeckungen, die den Reichtum des Landes vermehrten. Wasili Sujew war sogar durch die Krim gereist, und der Abenteuerer Jakob Reinegg hatte wertvolle Erkenntnisse und Beobachtungen aus dem Kaukasus mitgebracht. Längst waren die Inseln zwischen Russland und dem nordwestlichen Amerika durch die Robbenfänger kein fremdes Land mehr, und seit James Cook, der Weltumsegler, diese Inseln in Amerika und Europa bekannt gemacht hatte, nahmen die Reisen nach Alaska und der Umfang des Pelzhandels zu. Auch aus diesen Weiten kamen nur gute Nachrichten und bessere Karten. Bloß an zwei Stellen schwelte Glut unter feuchter Asche: Schweden und die Krim.

Nur selten dachte Jekaterina bewusst an ihre Angst, sich schwach und verletzlich zu zeigen, und wenn sie sich genau beobachtete, besaßen auch schmerzliche Erfahrungen, für sie eine andere, nicht auf Mitleid und Bedauern, sondern auf Zuversicht und Zukunft gerichtete Bedeutung. Manchmal brachte sie unendliche Geduld auf, aber meist bekam sie, was sie wollte, schnell. Auf die Krim, Taurien oder Tauris nach der altgriechischen Sage, auf dieses neue Stück Land für Russland wartete sie voll banger Ungeduld.

Potjomkin zögerte viel zu lange, in die Krim einzumarschieren und die osmanischen Festungen anzugreifen. Er litt offensichtlich wieder einmal unter Anfällen von Zaghaftigkeit und persönlichen Skrupeln.

Sultan Abdul Hamid, der einsah, dass die Kaiserin die größeren Heere gegen ihn einsetzen und niemand ihm helfen würde, zog sich kampflos zurück.

Am 8. April 1783 war es so weit. Kaiserin Jekaterina ließ eine Proklamation verlesen und verkündete die Inbesitznahme der Halbinsel Krim. Ein zweites Schreiben, eine Gratulation, ging an Grigori Potjomkin. Er hatte für die russische Krone und den Doppeladler das jungfräuliche Land gewonnen, und Jekaterina nannte ihn nur noch »mein Fürst von Tauris«.

Potjomkin stürzte sich mit Begeisterung auf die Entwicklung und Bebauung der Halbinsel. Er lud Siedler ein und teilte ihnen Land zu, plante und baute neue Straßen und Brücken, pflanzte Parks und Weinberge, baute Siedlungen und unzählige Bauerngehöfte, Werftanlagen und Hafenbecken. Er schien, Tag und Nacht rastlos arbeitend, Jekaterina und der ganzen Welt zeigen zu wollen, was in ihm steckte. Bei ihm lebten fünf seiner Nichten, die nacheinander seine Mätressen wurden.

Jekaterina ließ sich über jeden Fortschritt der Kolonisation berichten und studierte zusammen mit Lanskoi jene Karten und bebilderten Nachrichten, die von der nördlichsten und der südlichsten Grenze des russischen Reichs erzählten; Mütterchen Russland nahm unentwegt an Größe und Bedeutung zu.

14

Jekaterina Daschkowa, de La Harpe und die Seele des schönen Sascha

Die Kaiserliche Akademie der drei vornehmsten Künste zu St. Petersburg, bisher vom verschwenderischen Akademiepräsidenten Domaschnew mehr schlecht als recht geführt, war mit einer »Erziehungsschule« verbunden, die beachtliche Erfolge aufweisen konnte. Jekaterina, mit der Erforschung der russischen Sprache und der Entwicklung eines großen russischen Wörterbuchs seit Jahren befasst, sah sich 1783 veranlasst, wegen des Mangels an Unterrichtsbüchern eine Nachschlagegesellschaft zu gründen, die Russische Akademie.

»Fürstin Daschkowa ist nach Russland zurückgekommen«, sagte Lanskoi. »Du hast mir viel von ihr erzählt, eine Frau von Entschlusskraft und mit beachtlichen Geistesgaben.«

»Sie fühlt sich als Betroffene meiner Undankbarkeit.« Jekaterina rührte in ihrer Teetasse. »Ihre Verdienste, sagt sie, damals, als wir Pjotr III. entthronten, seien niemals gewürdigt worden. Sagt sie.«

»Würdest du sie an die Spitze der Akademie setzen, hättest du den nicht enden wollenden Applaus all deiner geistreichen Freunde Europas. Und die Daschkowa wäre womöglich endlich zufrieden!«

»Warum eigentlich nicht, Sascha?« Jekaterina blickte ihn über den Rand der Brille an und lächelte. Eine Flut von Erinnerungen an das Jahr 1762 und die Absetzung Pjotr III. überschwemmte sie. »Es wird ein Erlebnis für die Daschkowa sein und eine Überraschung für meine schlafmützigen Wissenschaftler.«

Kurz darauf folgte die Daschkowa der kaiserlichen Einladung und nahm an einem Hofball teil. Durch eine herzliche Begrüßung, einige listige Bemerkungen und einen persönlichen Brief an die Fürstin am nächsten Morgen sowie einem zweiten Ukas am Abend an den Senat wurde die Fürstin Daschkowa zur Direktorin der Akademie ernannt. Der alte Mathematiker Leonhard Euler führte sie einige Tage später zur Gründungssitzung der Russischen Akademie, die sie mit erstaunlichem Geschick leitete.

»Unsere erste und vornehmste Aufgabe wird es sein«, schloss sie ihre Rede, »den Wunsch der Kaiserin zu erfüllen und alle Regeln der Betonung, der Grammatik und der Schreibweise unserer Sprache festzulegen. Unser Beispiel soll die Académie Française mit ihren Bemühungen sein.«

Jekaterina Romanowna Daschkowa entwickelte in der Akademie ebenso viel Begeisterung und Schaffensfreude wie Potjomkin im fernen Tauris. Beim Aufräumen fand sie, zunächst darüber erschrocken, dann belustigt, die Köpfe von Mary Hamilton, der Mätresse Peter des Großen, und William Mons', des Geliebten der damaligen Zarin, in Glasbehältern voll gelblichem Alkohol konserviert.

César Frédéric de La Harpe aus Rolle am Genfer See, ein überzeugter Schweizer und Republikaner, fühlte sich von der Regierung schikaniert und wollte nach Amerika auswandern, aber sein Freund Ribeaupierre riet ihm, nach Russland zu gehen. Dort suche Lanskoi, schrieb Ribeaupierre, der Favorit der Zarin, einen Erzieher für seine missratenen Brüder, die Europa bereisten und sich bei allen Gastgebern unbeliebt machten.

La Harpe traf Lanskois Brüder, aber ihre Dummheit und Unverschämtheit widerte ihn an. Er schrieb Ribeaupierre einen langen sarkastischen Brief, den dieser etliche Zeit später Sascha Lanskoi zu lesen gab.

Jekaterinas Vertrauen in Lanskois Empfehlungen war grenzenlos. Nicht ein einziges Mal hatte er sie angelogen oder ihr Vertrauen missbraucht. Sie las lachend den Brief und erlag der Versuchung, ihre Enkel von diesem überzeugten Anhänger freiheitlicher Gerechtigkeit erziehen zu lassen. Alexander-Alexej und Konstantin würden durch ihn die menschliche Würde zu achten lernen und gleichzeitig darauf vorbereitet, über Millionen Untertanen gerecht zu herrschen. La Harpe erhielt Jekaterinas Brief in Rom, nahm die Verpflichtung mit Dank und Zuversicht an und reiste nach St. Petersburg, wo ihn Jekaterina mit überströmender Freundlichkeit empfing und ihm eine »Instruktion« übergab, die sie und Lanskoi als Vorschlag und Vorschrift für die Erziehung der Enkel geschrieben hatten – für Alexej, der sechs Jahre, und Konstantin, der vier Jahre alt war.

La Harpe musste damit anfangen, die Kleinen die französische Sprache zu lehren und sie, als der Hof im frühen Sommer 1784 wieder nach Zarskoje Selo übersiedelte, in den Parks spazieren zu führen.

Fürstin Daschkowa und eine Schar Sprachwissenschaftler arbeiteten begeistert an dem großen Vorhaben des Wörterbuchs. Aber sie ließ auch Jekaterinas Schriften, die sich mit der Geschichte befassten, setzen, korrigieren und drucken. Sie gründete eine Zeitschrift, das *Sprachrohr der Freunde der russischen Sprache,* und brachte die Kaiserin dazu, kleine Beiträge zu schreiben.

Jekaterina verfasste, ohne ihren Namen preiszugeben, in Russisch eine ganze Reihe Artikel, in denen sie einige Freunde karikierte, lustige Erinnerungen beitrug und wohlgelaunte Essays schrieb. Lanskoi sah sie nach orthographischen Fehlern durch. Sie versuchte kurze Gedichte in Russisch, Deutsch und Französisch zu reimen, gab es aber bald auf, als sie sich zu viel Mühe mit den gleichlautenden Endungen geben musste. Nicht nur ihre anderen Schauspiele, sondern auch *Der Betrogene und der Betrüger,* eine philosophische Satire aus ihrer Feder – die Stücke waren eines wie das andere nach Daschkowas Meinung recht erbärmlich –, wurden im Theater aufgeführt. Im selben Frühjahr gab die Zarin einen Erlass heraus, der private Druckereien in ganz Russland erlaubte.

Strahlender Sonnenschein und harte Nachmittagsschatten verwandelten die lang gestreckte Fassade des Jekaterinen-Palasts in einen einzigartig prächtigen Wall aus Weiß, Blau und Gold. Tausend Fenster spiegelten die Sonne auf die Rasenflächen und die Marmorstatuen, die schneeweiß inmitten der Farben duftender Blumen standen, angeordnet in sorgsam gepflegten großen Schnörkeln und Figuren. Im Schatten der Bäume spielten Kinder und sonnten sich einige Höflinge. Kläffend tollten Hunde herum. Bienen und Hummeln schwirrten zwischen den Blüten. Am Arm von Sascha Lanskoi spazierte Jekaterina an einem Rosenbeet vorbei und sah ihren Enkeln und einigen Hundewelpen beim Spielen zu.

La Harpe lehnte an einem Baumstamm und rief hin und wieder seinen selbstvergessenen Schützlingen ein französisches Wort oder eine Redewendung zu; die Prinzen balgten sich im Gras, und ihre Kleider hatten viele grüne Flecken. Jekaterina lächelte, lachte, unterhielt sich angeregt mit Sascha Lanskoi und schien, was jeder in ihrer Umgebung staunend bemerkte, glücklich zu sein.

»Ich hoffe«, sagte sie leise, »dass man mir bald Grigori Potjomkins Ankunft meldet. Er soll auf Tauris richtige Wunderdinge vollbringen.«

»Warten wir ab, was er berichtet. Ihm ist alles zuzutrauen. Was geschrieben wird – Papier lässt sich alles gefallen.«

»La Harpe lässt sich nichts gefallen. Ich bin von ihm beeindruckt.« Jekaterina setzte sich schwer atmend auf eine Bank und sah zu den Kindern hinüber. »Inzwischen weiß er, dass Alexej meine große, einzige Hoffnung als Thronfolger ist, nicht Großfürst Paul.«

»Ein anderer Schwarmgeist scheint La Harpes schweizerische Vorzüge ebenfalls erkannt zu haben.« Lanskoi deutete auf Jekaterina Daschkowa, die den jungen Erzieher in eine Unterhaltung verwickelt hatte. Beide redeten und lachten gleichzeitig.

»Sie ist noch immer eine wenig anziehende Person«, sagte Jekaterina und wiegte den Kopf. »Auch wenn sie mit zwei Akademieämtern ausgezeichnet ist, wird sie diese Auszeichnung nicht schöner werden lassen.«

Sie überlegte kurz. Die Daschkowa war um die vierzig, La Harpe hatte gesagt, er sei dreißig. Jekaterina hob die Schultern und seufzte leise. Sie zählte dreiundfünfzig Herbste, aber dank Lanskois Liebe fühlte sie sich um dutzende Jahre jünger und stärker, und hier balgten sich ihre Hoffnungen für die Zukunft lachend im Gras.

»Wahrscheinlich bringt Potjomkin nur gute Nachrichten.« Jekaterina blinzelte in einem verirrten Sonnenstrahl. »Aber was ich zu besitzen glaube, ist noch lange nicht mein sicheres Eigentum.«

Dass Zarin Jelisaweta ihr den schreienden Thronfolger so früh, noch ehe ihre Mutterliebe ein Ziel finden konnte, weggenommen hatte, erklärte Paul I. Feindseligkeit. Seine Kinder sollten umgeben von ihrer großmütterlichen Liebe aufwachsen und durch die beste Erziehung geprägt werden; La Harpe und die besten russischen Lehrer würden dafür sorgen.

La Harpe verbeugte sich knapp und deutete unbestimmt in die Richtung des Teichs, in dessen fast unbewegtem Wasser sich der weiße und blaue Bau der Grotte spiegelte. Die Wellen hinter zwei weißen Schwänen ließen das Spiegelbild auseinanderzittern.

»Gehen wir ein paar Schritte, Fürstin? Sie kennen unsere Zarin länger und besser als ich. Was hat ein unbedarfter Schweizer, ein Erzieher kleiner Kinder, in St. Petersburg zu erwarten?«

Fürstin Daschkowa, mehr als einen Kopf kleiner,

sprach ein hervorragendes Französisch. Sie trippelte neben ihm her, vollführte lebhafte Gesten und antwortete: »Die Zarin ist oft enttäuscht worden. Ihr Gerechtigkeitsgefühl ist – jedenfalls in den meisten Fällen, die ich kenne – ebenso groß wie ihr Sinn für moralische Werte. Glauben Sie's ruhig, auch wenn der Schein trügt.«

»Warum sorgt sie dann nicht dafür, dass Millionen Leibeigene ihre Freiheit bekommen?« La Harpe wies auf eine Lichtung des Jekaterinenparks, wo dutzende Männer Baumschößlinge einsetzten und noch mehr Männer körbeweise Erde schleppten. »Oder wenigstens bessere Lebensbedingungen?«

»Das ist eine lange, schwierige Geschichte, Monsieur«, antwortete sie. »Der Adel hat damals an vorderster Front mitgeholfen, die Kaiserin auf den Thron zu bringen. Die Adligen sind mit wenigen Ausnahmen unaufgeklärt und egoistisch. Im übrigen Europa haben sie einen mehr oder weniger aufgeklärten so genannten dritten Stand, das wohlhabende Bürgertum. Sie werden diesen dritten Stand im heutigen Russland nicht finden.«

»Russland bleibt also ein absolutistischer Staat, Fürstin?«

»Würde Zarin Jekaterina den Leibeigenen mehr Freiheit geben, hätte sie augenblicklich die große Mehrheit des Adels gegen sich. Sie wäre schnell gestürzt – in Russland sind rücksichtslose Umstürze keineswegs selten. Jekaterinas Ziel ist es, der Nation zu gefallen und von den Russen geliebt zu werden. Ich bin in vielen schlimmen Stunden an ihrer Seite geritten, wir haben oft und lange darüber geredet.«

»Sie kann also nicht tun, was sie will?«

»Mit Wahrheit und Vernunftgründen kann man die Volksmassen überzeugen, sagt und schreibt sie.« La Harpe sah, dass die Fürstin schlechte Zähne hatte. Ihr Lächeln geriet wenig einladend. »Aber das Land ist riesig, und der Zar ist weit, heißt ein Sprichwort. Es dauert alles so furchtbar lange und, mon Dieu, niemand kann kontrollieren, was fünftausend Werst von St. Petersburg entfernt wirklich passiert.«

La Harpe schwieg und ließ sich durch den Kopf gehen, was er gehört hatte. Die Schriften der Aufklärer richteten an die absolutistischen Herrscher die Forderung, dass vor dem Gesetz ausnahmslos alle Menschen gleich waren, gleiche Rechte und Pflichten hatten, dass jene Herrscher, die »der Staat bin ich« sagten, sich zukünftig als Diener des Staats betrachteten und danach handelten. Als sie den Rand des französischen Parks erreicht hatten, fragte er: »Ist es also falsch, was halb Europa von der Zarin denkt? Man feiert sie als aufgeklärte Monarchin, als Philosophin auf dem Thron, als Wohltäterin Russlands.«

»Von allem ist etwas richtig. Ihre Zukunft hängt vom Wohlwollen des Adels ab, von nicht mehr als sechzigtausend Männern in ganz Russland.« Die Fürstin ordnete mit gezierten Gebärden die Frisur unter der geschwungenen Hutkrempe. »Sie versucht in winzigen Schritten, das Los der Leibeigenen zu verbessern. Es werden zunächst kleine Fortschritte bleiben, Monsieur La Harpe.« Nach einer Weile fügte sie hinzu: »Glauben Sie mir, ich habe vor sieben Jahren in Schottland wirklich arme Bauern gesehen. Und nicht nur dort. Dagegen sind die leibeigenen ›Seelen‹ auf meinem Landgut wohlgenährte kleine Fürsten in blitzsauberen Häusern.«

Er ließ sich erklären, dass zwar viele Bauern Eigentum der Grundherren waren, aber auch auf den riesigen Ländereien der Kirche »Kirchenbauern« schufteten, die allerdings nicht verkauft werden durften. In Dörfern, die im Staatsbesitz waren, lebten »Staatsbauern«, mit denen und den Äckern und Feldern, auf denen sie arbeiteten, beispielsweise die Zarin verdienstvolle Beamte belohnte; sie konnten in Bergwerken, Manufakturen, Eisenhütten oder anderen Industrien als »gebundene Bauern« eingesetzt werden. »Kronbauern« gehörten der Kaiserlichen Familie, und jene Bauern, die Jekaterina und Potjomkin für ihre leeren Ländereien anwarben, waren und blieben »freie« Bauern, die zunächst von der Kopfsteuer von siebzig Kopeken ausgenommen waren.

»Russland ist riesig«, sagte Fürstin Daschkowa in lebhaftem Ton. »Viele Teile des Landes sind menschenleer, und wie es dort aussieht, ist unbekannt. So wie Pjotr der Große Bering nach Norden geschickt hat, so schickt Jekaterina viele Expeditionen in andere, unbekannte Gebiete. Wollen Sie sehen, welche Menge Wissen und Kenntnisse man heutzutage schon hat?«

»Da meine Schützlinge diese Kenntnisse brauchen werden, um auch die menschenleeren Teile Russlands regieren zu können, bin ich mehr als neugierig darauf, Fürstin.«

»Besuchen Sie mich in der Akademie. Wir haben die besten Karten, die Sie in Russland finden können. Hervorragende Gelehrte haben daran gearbeitet.«

La Harpe verbeugte sich tief.

»Ich bedanke mich, Fürstin Daschkowa. Ich habe keine Schwierigkeiten, am Pförtner vorbeizukommen?«

»Nennen Sie einfach meinen Namen. Sie erfahren eine fürstliche Behandlung und erhalten jede Auskunft, die Sie wünschen.«

»Ich werde kommen.«

Langsam schlenderten sie auf den breiten Weg zwischen sprossenden und voll erblühten Blumen zurück zum Südflügel des Palasts, vorbei an der hoch aufragenden Cameron-Galerie und dem halbfertigen Neubau des Achatpavillons. La Harpes Zöglinge waren ins Haus gebracht worden. Auch die Kaiserin und ihr Galan – La Harpe hielt ihn für einen liebenswürdigen, anständigen jungen Mann, der selbstvergessen in seiner vielbestaunten Rolle aufging – hatten sich zurückgezogen. Nur noch die Schar Dworowje, »Dienstboten« – einer der ersten Begriffe im Russischen, die sich La Harpe eingeprägt hatte –, arbeitete vor dem Palast und im geräumigen Innenhof.

Das anschwellende Wispern und Murmeln eines Gerüchts oder eines tatsächlich erfolgten Zwischenfalls zog durch die Korridore, über die Treppenhäuser und durch die Zimmerfluchten des Jekaterinenpalasts und erreichte auch César de La Harpe. Der schöne Sascha Lanskoi war plötzlich und ernsthaft erkrankt.

Seit dem Vormittag des 19. Juni hatte er sich nicht wohl gefühlt. Am Abend desselben Tages legte er sich mit entzündetem Hals, zugeschnürter Kehle und hohem Fieber zu Bett.

Die Pocken? Jekaterina ließ die Ärzte holen. Sie verboten ihr, in die Nähe des Kranken zu kommen, und sahen hilflos zu, wie eine unsichtbare Hand Lanskoi, der bald nicht mehr sprechen konnte, würgte und seinen Hals erdrosselte. Die Ärzte sagten, dass es Diphtherie sei. Jekaterina sah das Elend ihres Geliebten und blieb unbeirrbar an seiner Seite; ihr »Kind«, rief sie, brauchte sie am dringendsten.

Vier Tage und Nächte schlief sie kaum, zog sich kaum um und versuchte das brennende Fieber mit kalten Tüchern zu lindern. Das Fieber laugte den jungen, starken Körper aus, und während Lanskoi mit nachlassender Kraft um sein Leben kämpfte, brachte eine Kutsche in halsbrecherisch schneller Fahrt aus St. Petersburg einen deutschen Facharzt in den Palast, Doktor Wickard, der nach seiner Untersuchung Lanskoi zum sicheren Todeskandidaten erklärte. Die Kaiserin weigerte sich, die Diagnose anzuerkennen, und hoffte auf die kräftige Natur ihres Saschinka.

Je stärker die Schwellungen wurden, je mehr sich die Gesichtsfarbe zu wächserner Bleichheit veränderte, desto wilder wucherten die Gerüchte außerhalb des Krankenzimmers. Hatte etwa Potjomkin Lanskoi aus Eifersucht vergiftet? Hatte Sascha der übertriebene Genuss von liebesfördernder Spanischer Fliege so stark geschwächt? Die Kaiserin, angesteckt, klagte ebenfalls über Halsschmerzen? Eine kurzzeitige Besserung gab neue Hoffnung.

Lanskoi verließ sein Zimmer, schrieb sein Testament nieder und sackte auf dem Bett des Nebenzimmers zusammen – der endgültige Zusammenbruch begann, und Jekaterina stürzte an sein Krankenbett. Lanskoi fiel ins Delirium, in dem er verlangte, Pferde vor sein Bett zu spannen. Aber noch immer erkannte er Jekaterina und war in der Lage, ihren Namen auszusprechen. Um elf Uhr nachts, halb tot vor Erschöpfung, verließ Jekaterina das Zimmer, um eine oder zwei Stunden zu schlafen. Sie wachte, schlummerte ein, schrak wieder auf; in dieser Nacht oder vor dem Morgengrauen des 25. starb fast unbemerkt und leise Alexej »Saschinka« Dimitrjewitsch Lanskoi in Jekaterinas mütterlichen Armen.

Schwarze Trauer, Hoffnungslosigkeit und todesähnlicher Schmerz überfielen die Kaiserin. Sie hielt sich aufrecht, ein Lächeln im Gesicht, das wie eingraviert war, bis Lanskoi – bei vielen Adligen und allen Dworowje wohlgelitten und beliebt – im Park von Zarskoje Selo beerdigt war. Danach brach sie mit allen Anzeichen eines Nervenfiebers zusammen, schleppte sich in ihre privaten Räume und verließ das Bett erst wieder am 2. Juli. Als sie in ihrem Schreibtisch einen angefangenen Brief an Baron von Grimm fand, schrieb sie mit zitternder Feder weiter:« ... Als ich diesen Brief begann, war ich voll Glück und Freude, und meine Gedanken eilten so rasch dahin, dass ich ihnen kaum folgen konnte. Jetzt aber ist alles anders; ich bin in bitterstem Schmerz versunken, und mein Glück ist dahin. Ich hatte geglaubt, ich müsse selber sterben über dem unersetzlichen Verlust meines allerbesten Freundes, der vor acht Tagen von mir gegangen ist. Ich hatte gehofft, dass er die Stütze meines Alters sein würde. Er war strebsam und erfolgreich und hatte sich alle meine Neigungen zu eigen gemacht. Er war ein junger Mann, den ich formte; er war dankbar, sanftmütig, aufrichtig, teilte meine Sorgen, wenn ich welche hatte, und freute sich mit mir, wenn ich fröhlich war.

Mit einem Wort: ich bin so unglücklich, Ihnen unter Schluchzen sagen zu müssen, dass General Lanskoi nicht mehr ist. Mein Zimmer, in dem ich mich früher so wohl fühlte, ist mir zur leeren Höhle geworden, in der ich mich wie ein Schatten dahinschleppe. Ich kann kein Menschenantlitz sehen, ohne dass mich die Tränen stumm machen. Ich kann weder schlafen noch essen. Das Lesen verdrießt mich, und das Schreiben geht über meine Kräfte. Ich weiß nicht, was aus mir werden soll; ich weiß nur, dass ich mein ganzes Leben noch nicht so unglücklich gewesen bin wie jetzt, seitdem mein bester und liebenswerter Freund von mir gegangen ist. Als ich die Schublade öffnete, fand ich dieses angefangene Blatt; ich habe diese Zellen darauf geschrieben, und jetzt kann ich nicht mehr.«*

Potjomkin traf in Zarskoje Selo ein und eilte augenblicklich zu Jekaterina. Seine Gegenwart half ihr, sich langsam wieder zu beruhigen. Die Kaiserin ließ im Park eine Gedenkurne für Lanskoi aufstellen – »meinem teuersten Freunde«. Sie ordnete an, eine Grabkapelle für ihn und die Familie Lanskoi zu entwerfen und zu bauen, aber alle Verwandten weigerten sich, dort eines Tages beerdigt zu werden. Die russische Familie sah es als Schande an, dass Sascha Jekaterinas Herz und Körper gewonnen hatte. Im Schmerz und in großen Aufwallungen der Gefühle ähnelten sich Jekaterina und Potjomkin wie Herzenszwillinge, das erkannten sie spätestens in diesen Tagen voller Sonnenschein und Melancholie. Also versuchte die Zarin den Schmerz durch vermehrte Arbeit zu besiegen oder sich selbst gegenüber vergessen zu machen, und sie begann mit dem Studium der tscherkessischen, finnischen, amharischen und türkischen Sprache, lernte das Buch *Über die Einsamkeit* eines schweizerischen Doktors namens Zimmermann halb auswendig, begann einen Briefwechsel mit

* Troyat, S. 341f.

ihm und bat ihn, Gelehrte nach St. Petersburg zu schicken und selbst an den Hof zu kommen. Er lehnte ab, tauschte aber weiterhin inhaltsschwere Briefe mit ihr.

Die Leinwand, das gewachste Papier, die feuchten Riesenblätter aus schwerem Bütten rochen nach dunklem Keller, kühnen Abenteuern und den farbigen Tuschen aus fremdartigen Bestandteilen. Fürstin Daschkowa und La Harpe beugten sich über die Kartenblätter, deren Ränder sich im grellen Sonnenlicht zu wölben begannen. Auf dem gelblichen Kartenblatt der Akademie, das über vielen Teilkarten ausgebreitet war, bildete Russland innerhalb der bekannten Grenzen eine maßlose Fläche aus hellem Grün zwischen den andersfarbenen Ländern, Staaten und Reichen und dem Blau der Meere. Ein Netzwerk aus dunklerem Blau durchaderte die vier Ellen breite Karte.

»Die Narwa, die Düna und der Wolchow münden in die Ostsee.« Die Fürstin schien alles zu wissen und barst förmlich während ihrer Erklärungen vor Energie. »Die Flüsse sind schiffbar, und auch wenn St. Petersburg winters im Eis erstarrt, bekommen wir hier dutzende verschiedener Waren. Und natürlich Nachrichten, bis aus den Quellengebieten der Flüsse.«

Vor einer Stunde waren sie aus der Eremitage zur Akademie gefahren. Geblendet vom Wert, Glanz und der Schönheit hatte La Harpe die zahlreichen goldenen Funde aus Skythengräbern bewundert, die Zar Pjotr der Große gesammelt hatte. La Harpe legte behutsam den Zirkel zur Seite, mit dem er die Ausdehnung Russlands nachgemessen hatte. Er wusste, dass seine Messung um einige dutzende oder hunderte Werst die Ausdehnung des Landes nicht richtig wiedergab. Die Präsidentin der Akademie redete weiter.

»Ins Weiße Meer mündet die nördliche Dwina. Der Don und der Dnjepr ergießen sich ins Schwarze Meer, dort, wo sich Potjomkin zur Mehrung des Reichs austobt.

Wolga und Jaik – der jetzt Ural heißt – fließen ins Kaspische Meer, der Verbindung zum Osten.«

Ihr kleiner dicker Zeigefinger fuhr die gekrümmten und gezackten Linien entlang. »Die Stadt Archangelsk ist damals als Handelshafen für England und mit den Niederlanden gegründet worden. Erst nach der Gründung von Kronstadt, hier ...«, sie zog eine andere Karte hervor und deutete auf die Insel westnordwestlich von St. Petersburg, fast im Mündungsdelta der Newa, »... nachdem er Livland und Lettland erobert hat, besaß Pjotr der Große die eisfreien Häfen Reval und Riga. Und wenn uns die Krim ganz gehört, wenn Potjomkin genügend Häfen, Werften und Schiffe baut, steht uns und anderen Handelsmächten das Mittelmeer offen. Und jenseits von Gibraltar ... Sie wissen's selbst, Monsieur.«

»Ich bin stark beeindruckt und viel klüger«, sagte La Harpe. »Und ... wie viele Menschen wohnen auf dieser endlosen grünen russischen Fläche?«

»Es sind nicht einmal zwanzig Millionen, die Frauen und Kinder mitgerechnet.«

»Parbleu!«, sagte er leise. »Das Große Grün der Einsamkeit. Die geheimnisvolle Leere, von deren ungehobenen Schätzen man allerorten in Europa spricht.«

»Auch Zarin Jekaterina wird sie niemals füllen können.« Die Fürstin winkte. Ein Bediensteter näherte sich, verbeugte sich und begann die kostbaren Karten aufzurollen. Die Fürstin musterte La Harpe aus großen dunklen Augen. »Es werden viele Städte entstehen, viele Straßen gebaut, unermesslich viele Rubel ausgegeben – aber das Land so zu entwickeln, wie es in der Enge Europas geschehen ist, dauert sicherlich noch viele Generationen.«

Er nickte, senkte den Kopf und sah zu, wie die Fürstin die stockfleckigen alten Karten und die Kartenblätter der jüngsten Landvermessungen, Expeditionen und Gouverneursbeamten durcheinanderschob.

»Ob nun Sohn Paul oder Enkel Alexander, Verzeihung,

Alexej, unserer guten Zarin auf den Thron folgt«, sagte La Harpe und bewegte sich vorsichtig über den kostbaren Boden bis zu einem Fenster, »muss mir gleichgültig sein und ist es auch; ich erziehe die Kleinen, nicht mehr. Aber weder der eine noch der andere wird dieses Land und seine Bewohner je völlig beherrschen können. Wie das Volk sagt: Russland ist groß, und der Zar ist weit.«

Die Fürstin war ihm gefolgt. Sie blickten durch das flirrende Glas und sahen die Kähne, Flöße und Schiffe auf der träge fließenden Newa.

»Jekaterina, die ich vor einigen Jahren meine engste Freundin nennen durfte«, entgegnete Fürstin Daschkowa, »weiß dies alles sehr genau. So viel ist noch zu tun. Ein Einzelner kann es nie schaffen.«

Er lächelte sie an und machte eine dankbare, zustimmende Geste.

»Tun wir also mit unseren schwachen Kräften ein Scherflein dazu. Ich glaube, unser Schaden wird's nicht sein.«

Sie nickte und begleitete ihn zum Ausgang. Der Abend versprach kühl zu werden. La Harpe ging langsam, alle Einzelheiten der Umgebung genau beobachtend und registrierend, zu seinem Quartier. Er begann zu verstehen, dass er wie viele andere auf einer Art prunkvoller Insel inmitten kaum belebter Ödnis lebte; aber die Ödnis des »Russländischen Imperiums« war grünes, schwellendes Land, und St. Petersburg war nur an sonnigen Tagen und auch nicht für jedermann eine reiche Oase der Zufriedenheit.

Jekaterina, in deren Erinnerung die schlimmen, entbehrungsreichen Jahre stets so gegenwärtig waren, als hätten sie erst am vorigen Neujahrsfest geendet, wollte am Hof erscheinen, als wäre nichts geschehen. Sie hatte ein wenig von ihrer Rundlichkeit verloren und trug ihren Kopf so hoch wie immer; ihr graues Haar zeigte weiße Strähnen, und oft wirkte ihr Lächeln gefroren. Wie das Korsett, das ihr wegen des gekrümmten Rückgrats in früher Jugend der Henker des Bezirks angemessen und geschnürt hatte, panzerte sie sich mit dem Schmerz des Verlusts und ihrer Einsamkeit gegen die tuschelnde, scheeläugige Menge der Höflinge.

Gleich dem Titan Antaios, der neue Kraft schöpfte, wenn er die Erde berührte, zog sie aus der Vertrautheit St. Petersburgs und einiger Freunde sowie Potjomkins Wohlwollen die Fähigkeit, im sechsundfünfzigsten Lebensjahr dort weiterzuregieren, wo sie vor Lanskois qualvollem Sterben aufgehört hatte.

Noch immer schien der Tag zu wenige Stunden zu haben. Jekaterina kontrollierte die Übersetzungen von mehr als hundertfünfzig Büchern, die seit dem ersten Jahr ihrer Herrschaft erschienen waren – Gedichte von John Milton, Edward Young und James Thomson, Goethes *Die Leiden des jungen Werthers, Robinson Crusoe, Gullivers Reisen, Julie ou La Nouvelle Hélïse* von Rousseau und vieles andere. Sie wollte nicht nur den Lesekundigen etwas in die Hand geben, von dessen Wert sie überzeugt war, sondern diese Werke sollten russische Nachahmer finden. Die russische Sprache, die den Reichtum und die Kraft des Deutschen mit der Klangschönheit des Italienischen vereinte, sollte eines Tages die führende Sprache der Welt werden.

Die Kaiserin überwachte ebenso den Druck der Assinaten, des Papiergelds, das sie vor langer Zeit eingeführt hatte, die Prägung frischer Münzen, den Zustrom neuer Siedler und die Errichtung von dutzenden kleiner und großer Bauten sowie auch die Ergebnisse, die von den ausgesandten Expeditionen und den fernen Handelsstationen geschickt wurden.

Im März 1780 hatte Jekaterina die »bewaffnete Neutralität« verkündet. Die Spanier hatten ein russisches Schiff beschlagnahmt. Von Jekaterina waren die Grundsätze eines neutralen Handels formuliert worden, so dass im Kriegsfall selbst die feindliche Ladung eines neutralen Schiffs neutral blieb und nicht als »Feindesgut« eingezogen werden durfte. Die wachsende Anzahl der russischen Schiffe war dafür ebenso Garantie wie Drohung gegenüber den Mächten, die jene Neutralität zu brechen gedachten. Seit Potjomkins Erfolgen in »Tauris«, auf der »Warze an der Nase Russlands«, wurden auch an der Schwarzmeerküste, zuerst in Cherson, später in Sewastopol, Kriegsschiffe gebaut. Jekaterinas Schwarzmeerflotte bestand aus einundvierzig großen und achtzehn kleinen Schiffen; acht Linienschiffe, schrieb Potjomkin, waren darüber hinaus auf Kiel gelegt worden.

Jekaterina glaubte zu wissen, dass die Türkei nicht endgültig besiegt und die Krim keineswegs endgültig russisches Herrschaftsgebiet war. Schweden hatte nach der Niederlage an der Poltawa ein Bündnis mit der »Hohen Pforte« geschlossen und würde mit großer Wahrscheinlichkeit den Türken gegen Russland beistehen, zumal Finnland und die Ostseeprovinzen dabei zurückzugewinnen waren. Gab es Krieg am Schwarzen Meer, weit im Süden, würde es bald darauf Krieg an der Ostsee geben, im Norden und in der Nachbarschaft von St. Petersburg. Die schmerzliche Ruhe nach dem Verlust, die Jekaterina mit Arbeit überspielte, entsprach der gespannten Ruhe, die das Land ausfüllte. Handel, Wirtschaft und die Erschließung Russlands blühten in diesen Zeiten des Friedens, aber weder Jekaterina noch ihre Berater dachten daran, das Heer zu verkleinern und den Schiffbau einzustellen. Beharrlich rüsteten sie im Frieden für Kriege, von denen jeder hoffte, dass sie nicht ausbrechen würden.

Potjomkin wartete ab, bis er zu spüren glaubte, dass Jekaterina ihre innere Festigkeit wiedergefunden hatte. Dass sie fähig war, einen anderen Mann ebenso zu lieben wie Lanskoi, glaubte er nicht, aber er stellte ihr Alexej Jermolow vor, einen großen blonden Einunddreißigjährigen, der geeignet schien, sinnenfreudig einem Mangel, an dem die Zarin litt, abzuhelfen. Jermolow war tüchtig, weder besonders geistreich oder fröhlich noch gebildet, und abgesehen von Jekaterina wusste niemand so recht, wozu – außer zu nächtlichen Besuchen – sie ihn brauchte. Einige Monate lang war an seinem Verhalten nichts auszusetzen, wie die Höflinge und die Gesandten meinten, und die Zarin schien keineswegs so freudig abgelenkt wie in der Zeit, als Lanskoi ihr Geliebter war.

Jedermann nahm Jermolow, den »weißen Neger«, wie ihn Potjomkin wegen seiner platt gedrückten Nase zu nennen pflegte, ebenso als Begleiter der Kaiserin hin wie deren Hündchen. Jekaterinas Favorit glaubte den Einflüsterungen der Gegner Potjomkins, des Fürsten von Tauris, und ließ sich zum Instrument einer Verschwörung machen. Er enthüllte zunächst, dass Potjomkin verschiedene Summen, die Jekaterina zum Ausbau Weißrußlands angewiesen hatte, für sich selbst verwendet hatte. Potjomkin erklärte sofort, er habe es als Anleihe für Ländereien verwendet und werde es nach einem bevorstehenden Grundstücksverkauf zurückzahlen.

Daraufhin zauberte Jermolow einen Brief hervor, in dem der frühere Khan der Krim, der in Kaluga interniert war, schrieb, dass er seine Pension nicht bekomme. Potjomkin behalte sie für sich selbst. Jekaterinas Verhältnis zu ihrem großen Freund kühlte ab. Potjomkin mied den Hof, damit jedermann sah, wie gekränkt er war – aber am Jahrestag der Krönung von Jekaterina trat er mit Orden übersät und in prunkvoller Kleidung ins Geschehen zurück. Er stellte Jekaterina vor die Wahl, Jermolow zu behalten und *ihn* zu verlieren oder weiterhin die vertrauensvolle Freundschaft mit ihm, Potjomkin, zu pflegen. Offensichtlich war Jekaterina des nichts sagenden Favoriten schon müde; sie entließ ihn mit einem Geschenk von viertausend »Seelen« und hundertdreißigtausend Rubeln.

Noch im Jahre 1785 fand Potjomkin einen Nachfolger, der würdig schien, Sascha Lanskoi ersetzen zu können. Er schickte den sechsundzwanzigjährigen Gardeoffizier Alexej Mamonow mit einem Bild zu Jekaterina. Statt des Aquarells betrachtete sie den eleganten, rassigen Mann in roter Uniform und dessen gelbliche Haut. Sie nahm Potjomkins Vorschlag an und erfuhr in den folgenden Wochen, dass Alexej aus gutem Hause kam, hervorragend Französisch sprach, eine geistvolle Konversation führen konnte und wohlgebildet war. Der Hof sah erstaunt, dass Jekaterina – selbst zur plumpen alten Frau mit dicken Füßen und schwerem Leib, aber mit florettscharfem Verstand und einem Gedächtnis von unglaublicher Leistungsfähigkeit gealtert – die Welt wieder aus strahlend blauen Augen zu sehen begann, vor Freude lächelnd und stolz auf ihren »Herrn Rotrock«.

Nicht nur auf Mamonows Jugend, Bildung und gutes Aussehen war sie stolz, sondern auch auf ihre Fähigkeit, bei Männern den Charakter und den Geist zu erkennen. Graf Louis Philippe de Ségur, der zweiunddreißigjährige französische Botschafter, neu in St. Petersburg, war eine solche Erscheinung. Jekaterina wurde augenblicklich in Ségurs verführerischen Bann gezogen. Während sie seine improvisierten Gedichte las und seinen Erzählungen lauschte er kannte Versailles, König Louis XVI. und Marie Antoinette, hatte mit anderen jungen Adligen in Amerika an Lafayettes Seite gekämpft, war durch Venezuela geritten –, plante sie die Einzelheiten einer Reise, die sie bis zur Krim führen, aber gleichzeitig in ihrem fünfundzwanzigsten Jubiläumsjahr der Thronbesteigung ein überzeugendes Schauspiel für die Herrscher anderer Nationen sein sollte.

1786 wurde dem großfürstlichen Paar nach Alexeja und Helene Jekaterinas Enkelin Maria geboren. Jekaterina schrieb mehrere Beiträge für das Monatsblatt *Wsjakaja Wsjatschina,* das sie selbst 1769 gegründet hatte. Und im fernen Sanssouci starb am 6. bzw. 17. August der kleine preußische König Friedrich II., den alle Welt den Großen nannte. Großfürst Paul Petrowitsch fuhr fort, mit dem Gesichtsausdruck eines kranken Hermelins in Gatschina mit seinen neu eingekleideten deutschen Soldaten täglich zu exerzieren – ebenso wie damals jener unreife Zar, den Paul für seinen ermordeten Vater Pjotr hielt.

In einem Anflug aus melancholischer Koketterie entwarf und schrieb Jekaterina ihren eigenen Nachruf, ohne sich Gedanken zu machen, an welcher Stelle die Nachwelt die Zellen finden würde: »Hier ruht Jekaterina die Zweite, geboren in Stettin am 21. April (2. Mai) 1729. Im Jahre 1744 ging sie nach Russland, um Pjotr III. zu heiraten. Mit vierzehn Jahren fasste sie den dreifachen Vorsatz, ihrem Gatten, der Zarin Jelisaweta und der Nation zu gefallen. Sie versäumte nichts, um darin erfolgreich zu sein. In achtzehn Jahren des Kummers und der Einsamkeit hat sie viele Bücher gelesen. Als sie auf den russischen Thron gelangt war, wollte sie das Gute und war bestrebt, ihren Untertanen Glück, Freiheit und Wohlstand zu schenken. Das Verzeihen fiel ihr leicht, und sie hasste niemanden. Sie war nachsichtig, umgänglich, von fröhlicher Gemütsart, republikanisch gesinnt, gutmütig und hatte viele Freunde. Die Arbeit fiel ihr nicht schwer, und sie liebte die Geselligkeit und die Künste.«*

Während Jekaterinas Reise durch die nördlichen Besitzungen im Jahre 1764 war Iwan VI. ermordet worden. Auch 1767 hatte Jekaterina eine ausgedehnte, sechs Wochen lange Fahrt auf der Wolga und über Jaroslawl zurück nach Moskau unternommen. 1780 hatten sie die Reisen nach dem Norden Russlands und nach Weißrussland geführt, fünf Jahre später fuhr sie nach Wischni-Wolotschok, wo sie das System der Kanäle begutachtete, die

* Troyat, S. 348

Newa und Wolga miteinander als Teil der Wasserstraße zwischen Moskau und St. Petersburg verbanden. Kürzere, weniger wichtige Reisen zur Einweihung von Bauwerken besaßen für sie nur vorübergehende Bedeutung. Schon lange planten sie und Potjomkin die Reise nach Tauris zu den neuen Untertanen an den Ufern des Schwarzen Meeres. An ihrer friedlichen Expedition sollten viele, möglichst sämtliche Personen teilnehmen, die ihren, Russlands und Potjomkins Ruhm in aller Welt verbreiten würden.

Am 1. Januar 1787 zelebrierte Jekaterina den großen Neujahrsempfang, an dem der gesamte Hof und das Diplomatische Korps ihr huldigte. In Gedanken schien sie bereits auf dem Weg aus dem verschneiten St. Petersburg an die warmen Ufer der Krim zu sein.

15

Die Reise nach Tauris und ans Schwarze Meer

An diesem siebenten Januarabend brachte der Ostwind in einzelnen Flockenwirbeln trockene Kälte nach St. Petersburg. Die Thermometer sanken auf siebzehn Grad unter dem Gefrierpunkt.

Vor dem Winterpalast warteten vierzehn Schlitten, die kleinen Häusern auf Kufen glichen und von jeweils vier oder fünf Paar Pferden gezogen wurden. Überall standen Posten mit lodernden Fackeln, deren Flammen der Wind hin und her blies; Rauch und Funken wirbelten zwischen die abgesessenen Reiter, Pferde und Zuschauer. Die St. Petersburger Artilleristen hatten ihre Geschütze herbeigefahren und warteten mit brennenden Lunten.

Die Zarin und ihre Reisegesellschaft brachen zu der langen Reise über Smolensk und Kiew am Dnjepr zur Krim auf.

Der Boden war schneebedeckt. Jeder Schritt, jeder Huftritt knirschte laut. Überall häuften sich Schneewehen und hohe Wälle beiseite geschaufelter Schneemassen. Trotz der Kälte warteten in dichten Reihen tausende Stadtbewohner vor der Front aus beleuchteten Fenstern. Die Schlitten mit vergoldeten Kufen und kleinen Fenstern standen bereit, um die Kaiserin und die engsten Angehörigen des Hofstaats, die Minister und Würdenträger und eine Hand voll ausgesuchter Diplomaten aufzunehmen. Das großfürstliche Paar hatte sich nach einigem Hin und Her entschlossen, mitsamt den Kindern und dem Erzieher La Harpe in St. Petersburg zu bleiben.

Ein Windstoß riss breite Fahnen aus Schnee vom Dach und fegte sie über den Hof, den Vorplatz und die Kaianlagen der Newa. Ein wenig abseits und hinter dem Palast standen weitere hundertdreißig Schlitten bereit, um die sich die Dienerschaft versammelt hatte. Dreißig der kleineren Gefährte mit Nahrungsmitteln, Geschirr und Tüchern, Getränken und Kleidertruhen waren schon vor Stunden vorausgefahren. Nacheinander oder in kleinen Gruppen verließen die Gäste den Palast und gingen auf Teppichen und Holzbohlen zu den wartenden Gespannen. Die Gesandten Österreichs, Frankreichs und Englands, in dicke schwarze Mäntel gehüllt, verbeugten sich.

Als Jekaterina auf Mamonows Arm gestützt, erschien, ertönten scharfe Kommandos. Die Menge begann zu jubeln, trotz des winselnden Eiswindes und des Schneegestöbers. Dann feuerten die Kanoniere ihre Geschütze ab. Der Kanonendonner rollte mit mannigfachen Echos zwischen den Palästen hin und her und über das bleiche Eis der Newa.

Einige Reiter saßen auf, banden die Mäntel enger und griffen nach blakenden Fackeln. Das erste Gespann ruckte an, die Peitschen knallten, einige Pferde wieherten unwillig, und die Schlittenkufen schnitten tiefe Rillen in den festgetrampelten Schnee. Die Fackeln flammten und sprühten Funken. Unter den dröhnenden Salutschüssen, die alle Fensterscheiben klirren und die Pferde scheuen ließen, fuhren die Gespanne hinter den Reitern her, zwischen den Mauern winkender und jubelnder Menschen entlang, in die Richtung der Straße, an deren Ende irgendwo fern in der Nacht Kiew lag. Überall brannten Fackeln und Feuer, an denen sich die Zuschauer wärmten; Rauch und große Funken drehten sich zwischen den Schneewirbeln schräg in die Höhe.

Aus den Fenstern der großen Schlitten, deren Außenflächen in frischen Farben und Silberbeschlägen schimmerten, leuchtete Kerzenlicht. Die Insassen winkten den Zuschauern. Drei Schlitten ratterten vorüber, fünf, dann neun, ein Dutzend, ein Gefährt mit rauchendem Ofenrohr nach dem anderen. Schließlich kamen einige dick vermummte Reiter hinter dem vierzehnten Schlittenwagen.

Die Hufe der Pferde schleuderten Schneebrocken und Eis weit hinter sich.

Die letzten Salutschüsse verklangen. Der Pulverdampf trieb über die Newa. Die ersten Schlitten der Diener und des Gefolges machten sich auf den Weg. Im Bereich der Stadt hielten viele Menschen ihre Fackeln in die Höhe, die ein leuchtendes Spalier bildeten. Entlang der Straßen, in den Vororten und bis zum Horizont, im endlosen Weiß der Landschaft, brannten Feuer als Wegmarkierungen. Jekaterinas und Potjomkins Vertraute und Boten hatten buchstäblich jeden einzelnen Werst abgeritten und, von Station zu Station, für jeden erdenklichen Zwischenfall eine Lösung vorbereitet; an jedem Haltepunkt standen fünfhundert, sechshundert Reit- und Zugpferde bereit.

Die Wagen waren mit Teppichen, gepolsterten Sitzen, Öfen oder Glutbecken, mit Tischen und Beleuchtung, Essen und Getränken und anderen Annehmlichkeiten ausgestattet. Die gepolsterte Decke war hoch genug, um in ihnen stehen zu können. Im Galopp zogen die Pferde den letzten Schlitten der Karawane in die Leere jenseits der Stadt. Der Zug der vielen kleineren, weniger behaglich eingerichteten Schlitten folgte in einigem Abstand.

Die Stationen, an denen die Zarin rastete, waren meist solche Gebäude, die dem Staat gehörten und für diese Reise restauriert, umgebaut und eingerichtet worden waren. Die Diener, die vorausgefahren waren, hatten die Zimmer geheizt und die Küche in Betrieb genommen und erwarteten jetzt mit frischem Essen und aufgeschüttelten Betten die Gäste. An anderen Stellen des Wegs waren es Schlösschen oder Landhäuser, die Adligen gehörten. Sie hatten zuvor aus der kaiserlichen Schatulle genügend Geld erhalten, um die Gebäude instand zu setzen und dafür zu sorgen, dass sich drei oder vier Dutzend Gäste auf neuen Teppichen, inmitten neuer Möbel, bei gutem Essen und in behaglicher Wärme wohl fühlten. Fand sich weder ein staatliches Gebäude noch ein Gutshof, so hatte Potjomkin an der günstigsten Stelle einige Häuser aus Holz aufbauen lassen; auch mitten in der Einöde standen solche Bauwerke, in denen das Mittagessen eingenommen wurde. Die Behaglichkeit dieser Holzbauten war ebenso groß wie die der Steinbauten.

Jekaterina wusste, dass alle Botschafter ihre Regierungen von dem Vorhaben der Kaiserin längst verständigt hatten. Ihre Einladungen, an bestimmten Abschnitten der Expedition teilzunehmen, waren – sagte sie sich – gut ausgewählt. Zwar erreichten die Depeschen auch die europäischen Höfe nur mit einiger Verzögerung – aber tausende Augen beobachteten voll Argwohn, was während dieser Monate geschehen würde.

Die riesige Karawane, die entlang der Positionsfeuer durch das nächtliche Land fuhr, hielt zwischen Mitternacht und Morgen am ersten Relais an. Die Gäste stiegen aus. Bei der nächsten Etappe würde Jekaterina dafür sorgen, dass etliche ihre Plätze tauschten. Auf Porzellangeschirr und Tischtüchern, mit edlem Besteck und Kristallgläsern wurden dampfendes Essen und richtig temperierte Weine aufgetragen. Jekaterinas Großzügigkeit war wohlbedacht. Der Hausherr des ersten Relais erhielt einen Großteil der Tücher, des Geschirrs und der Gläser als Geschenk und zur Erinnerung, dass die Zarin und der Hof zu St. Petersburg sein Haus beehrt hatten.

Am nächsten Morgen, nach einem einfachen Frühstück, fuhren die Schlitten vor. Wieder ging es entlang rauchender Holzfeuer durch tief verschneites Land; die Straße wand sich durch Wälder und über weite, ebene Schneeflächen, auf denen der Wind und das weiße Flockengestöber herrschten. Etwa um zwei Uhr hielten die Schlitten an einem dieser Holzhäuser, und die Gesellschaft versammelte sich an den langen Tischen zum Mittagessen. Die benutzte Ausstattung verteilte Jekaterina mit großzügigem Lächeln an die Dienerschaft.

Der nächste Halt fand auf freiem Feld statt. Die Schlitten fuhren als Windschutz dicht aneinander, und aus den Schlitten der vorausgefahrenen Dienerschaft holte man Samoware voll heißem Tee, Kuchen und Wodka, teilte gefüllte Tassen und Teller aus, und nach der kurzen Pause gab Mamonow das Zeichen zum Aufbruch.

Graf Ségur ließ sich die Entfernung von Werst in Meilen umrechnen – vierhundert Meilen trennten St. Petersburg von Kiew. Er schätzte, dass die erste Etappe rund einen Monat dauern werde. Jekaterina nickte und entgegnete: »Wir werden uns dort ausruhen, bis der Frühling uns die Weiterreise gestattet. Wie Sie wissen, habe ich alle Gesandten und Botschafter dorthin eingeladen.«

Zwischen den Schlitten der Dienerschaft zogen die dampfenden Pferde schwere Transportschlitten von Haltepunkt zu Haltepunkt. Krähen und Raben kreisten über den Häusern, nachdem die lärmende Karawane, die neben vielen anderen Gerüchen auch den Geruch nach Braten, Fisch und frischem Brot zurückließ, in Schneewirbeln weitergezogen war. Kisten, Truhen, Säcke und Töpfe stapelten sich in den Gefährten – Honig, Bier, Wein und Mehl, Käse, Würste, eingelegte Früchte und Arzneien, Kleidung und Pelze, Holzkohle und vieles andere reiste vor der Zarin und hinter ihrem Prunkschlitten durch die Weite des Landes.

Graf Ségur führte ein Reisetagebuch. Der Fürst von Ligne, achtundfünfzig Jahre alt, wechselte sich mit Alleyne Fitzherbert, dem englischen Gesandten, im Schlitten der Kaiserin ab. Jeder Gast Jekaterinas war von ihr persönlich mit einem schwarzen Mantel, mit Pelz gefüttert, beschenkt worden, dazu mit Biberfellmütze, pelzgefütterten Handschuhen und ebensolchen Stiefeln. Während der etwa sechzig Werst einer Tagesetappe war in den ersten Tagen und Nächten niemand erfroren. Das Ausspannen und Einschirren der Pferde in der Kälte war mühsam, denn das Leder des Zaumzeugs, der Zügel und des

Geschirrs war durch den Frost hart und brüchig wie Holz.

An einem Tag überschüttete die tiefstehende Sonne den Weg und die Felder mit schmerzlicher Helligkeit aus einem hellblauen Himmel ohne Wolken, am nächsten jaulten die Sturmböen aus einer den Himmel verfinsternden Wand aus Schnee. Dann wieder hing zäher Nebel zwischen den ausgedehnten Birkenwäldern. Manchmal glaubten die Gäste Wölfe heulen zu hören. Das scheinbar endlose Weiß blendete Menschen und Tiere, und nach kurzen Ruhepausen war jedermann froh, wenn die Schlitten in der Abenddämmerung weiterfuhren und sich die Reiter und Kutscher nach den Feuern in der Dunkelheit richteten. Noch nie, sagte Graf Ségur, habe er so viele und große Sterne gesehen, noch nie die Milchstraße so herrlich klar und den Mond so weiß, dessen Licht jede Landschaft in Gärten voller gespenstischer Phantasiegestalten aus lebendigen Schatten verwandelte, in denen wie Feenlichter große Eiskristalle blitzten.

In den Rasthäusern versammelte sich um die Zarin und Mamonow ein kleiner Kreis der wichtigsten Reisenden. Meist war Graf Ségur dabei und verblüffte die Gesellschaft mit seiner geistreichen Unterhaltung. Graf Johann Philipp Cobenzl, kleinwüchsig, beleibt und stets fröhlich, Botschafter des Kaisers Joseph II., vertiefte sich in Rollenspiele, und die Gesellschaft dichtete nach vorgegebenen Stichworten kurze Strophen in klassischen Alexandrinern. Selbst Jekaterina fand oft das richtige Versmaß und die passenden Endungen.

Trotz des Aufwands, der scheinbaren Verschwendung und der abendlichen Heiterkeit vergaß Jekaterina keine Stunde lang ihre Arbeit. Sie ließ sich jeden Morgen um sechs Uhr wecken, arbeitete mit Schreibern, Ministern oder allein, dann erst frühstückte sie. An der Grenze einer jeden Provinz erwartete der Gouverneur die Kaiserin mit den Soldaten der zusammengerufenen Heere, die in bester Ordnung entlang der Straßen präsentierten und auf den Plätzen zur Musik marschierten, und mit der Menge seiner leibeigenen Dworowjen. Die Bediensteten hatten Bänder über die Straße gespannt, die Pferde waren frisch, und die Geschenke entsprachen dem Reichtum und der Eigenart der Provinz.

Fast jeder Gouverneur war von ihr selbst eingesetzt oder bestätigt worden, und er begleitete die Zarin in die geschmückte Hauptstadt und bis zur Provinzgrenze. Die Straßen waren von Menschen gesäumt, die sich bei jedem Halt um Jekaterinas Schlitten drängten und »Matuschka, Matuschka!« riefen. Viele Frauen warfen sich zu Boden, wenn sie vorüberfuhr oder den Schlitten verließ.

»Mütterchen!«, murmelte Graf Ségur. »Es ist, als wäre für sie die eine Königin aus den Wolken herabgestiegen.«

Auch auf der Strecke von Smolensk, wo der Zug der vielen Schlitten einige Tage rastete, nach Kiew, dem Ende der Reise zu, wiederholten sich die einsamen Fahrten durch die Nacht, die Wege, die durch hügelige Wälder führten, Schneesturm und klarer Nachthimmel und die Wanderung des Monds, der einmal rechts, dann wieder links, höher und tiefer und schließlich geradeaus vor den Schlitten die Sterne in seiner Nähe überstrahlte. Hier lag der Schnee nicht mehr so hoch, und die Kälte biss nicht so scharf in die Gesichter.

Am 9. Februar erreichten die ersten Gefährte Kiew.

Die Schlitten, die mittlerweile leichter geworden waren, hatten mehr als zwölfhundert Werst zurückgelegt. Die Stadt war von Potjomkin auf den Besuch vorbereitet worden. Graf Ségur notierte voll uneingeschränkter Anerkennung alle Einzelheiten. Nacheinander trafen die Gäste ein, zuerst Potjomkin, der die Würdenträger und das Gesinde in ihre Quartiere einwies, die eisverkrusteten Schlittenhäuser in Scheunen fahren und die Pferde in Ställe führen ließ. Jedes einzelne Haus war ein Zeichen für das prachtvolle Willkommen, das Potjomkin und der Gouverneur der Kaiserin zum Geschenk machten.

Nacheinander kamen die Abgesandten aller Länder, um sie kennen zu lernen und ihr die Ehre zu erweisen. Sie empfing tatarische Würdenträger ebenso wie chinesische, sah verwundert und lachend die Kalmücken und Kirgisen in ihren farbigen Nationaltrachten, nahm Bittgesuche entgegen und begrüßte den Fürst Charles Joseph von Ligne, den österreichischen Gesandten, der seinem Kaiser vorausgereist war, gab persischen und indischen Abgesandten eine Audienz, redete mit reichen, stolzen Adligen und langbärtigen Kaufleuten. Jekaterina bestaunte den Reichtum im Aussehen all der Männer und Frauen der nichtrussischen Völker und die Geschenke, die sie vor der Kaiserin ausbreiteten.

Die Helligkeit, in der Jekaterinas gewichtsloses, in Erinnerungen schwelgendes Ich schwebte, ließ jede Erinnerung durchsichtig werden wie zauberisches Glas; zugleich trat die Bedeutung all dieser Ereignisse in der Vergangenheit in gnadenloser Schärfe hervor. Jekaterina wusste jetzt, dass sie nicht erst in Kiew, sondern während zahlreicher anderer Begegnungen der Wahrheit so nahe gekommen war, die kaiserliche Gewissheit so deutlich gespürt hatte, dass sie nie daran hätte zweifeln dürfen: Das einfache Volk verehrte sie wie die Muttergottes. Das Gefühl, das dieses unfassbar tiefe Vertrauen der Muschiki ihr damals vermittelt hatte, gehörte zu den Lügen ihres Lebens. Sie hatte gedacht, dass die Leibeigenen sagen wollten, dass nur der Zarin wegen die Sonne scheine. Jekaterina, die einzige Hoffnung der Armen. Welche Art Herrschaft jene Russen, Tataren und Kosaken wirklich brauchten, dort in Kiew hätte sie es erfragen, verstehen und in Taten umsetzen müssen. Noch nie war sie dem großen, heiligen

Russland so nahe gewesen! Aber weder in Kiew noch an anderer Stelle hatte sie die Leibeigenen ebenso als Teil der Schöpfung begriffen, wie sie selbst ein Teil war. Nun, da sie es wusste, war es zu spät.

An jedem der kalten Abende fanden aufwändige Feste statt, zu denen Potjomkin geladen hatte. Er trat in der Uniform eines Feldmarschalls auf, voller Orden, mit gelockter Frisur, in Spitzen und mit Goldstickerei, besuchte Konzerte und Bankette und staunte zusammen mit den Gästen über gewaltige Feuerwerke. Es schien, als wäre er noch immer der beste Freund der Kaiserin. Louis Philippe de Ségur beobachtete ihn genau. Hinter der Fassade eines unentschlossenen Träumenden arbeitete Potjomkin sehr schnell, bedachtsam und mit der Attitüde eines morgenländischen Sultans.

Er begab sich nach jeder Veranstaltung ins Kloster Petscherski. Dort residierte er, wie man flüsterte, in Stille und Zurückgezogenheit, in Wirklichkeit war er umgeben von einem Schwarm junger Mätressen und beflissener Diener.

Offiziere sämtlicher Waffengattungen, die tatarischen Nachfahren der schrecklichen Hunnen, Angehörige nie gekannter Volksgruppen in ihren farbenprächtigen, fremdartigen Gewändern ... Jekaterina bewirtete alle und bezahlte für die Quartiere.

In einer Gesandtschaft polnischer Edelleute fehlte Stanislaus Poniatowski; er wollte die Kaiserin erst in Kaniew treffen. Sie redete mit Bauern und Leibeigenen über deren alltägliche Probleme, die Jekaterina fremd waren. Sie lauschte aufmerksam und gab tausend Ratschläge. Die Muschiki duzten »Mütterchen« Zarin und berichteten ehrfürchtig und vertrauensvoll von ihrem Leben und den unendlich vielen Kleinigkeiten, die dieses ihr Leben schwer machten.

Jekaterina hörte sich alle Klagen mit Engelsgeduld an. Als sie sich kurze Notizen machte, begann sie zu erkennen, dass sie über das Land alles erfahren würde, was sie nicht wusste, und das schien von Tag zu Tag mehr zu werden – wenn sie die Muschiki fragte und nicht ihre Räte. Abends zog sie sich in den vertrauten Kreis ihrer Freunde zurück, in die Welt aus Wärme, Gelächter, geistvoller Konversation und politischer Unterhaltungen.

Bei Kiew mündeten die großen Flüsse Desna und Pripet in den Dnjepr; hier verbreiterten die Zuströme das Flussbett zu einer Wasserfläche, groß wie ein See. Der Dnjepr änderte seine Richtung – und floss nach Südosten. Die Hauptstadt der Ukraine war angefüllt von Menschen und Gerüchen und Lärm, tausend fremden Stimmen und Uniformen, Kaftanen, Röcken und Mützen, eine Ansammlung aus Farben und der Musik dutzender Stämme, Gruppen oder Völker, ein lautes Gemenge, das nicht von dieser Welt zu sein schien; jedenfalls hatte es keine Ähnlichkeit mit dem Leben in Moskau oder St. Petersburg.

Louis Philippe de Ségur notierte nach einem Besuch bei Potjomkin im Kloster, was er sah, hörte und empfand, in seinem Tagebuch:

»Man hatte den Eindruck, einer Audienz beim Wesir von Konstantinopel, Bagdad oder Kairo beizuwohnen. Stille und eine Art Furcht herrschten dort. Entweder aus angeborener Trägheit oder aus affektiertem Hochmut, den er für nützlich und seinen politischen Absichten dienlich hielt, trug dieser mächtige und launische Favorit Jekaterinas, nachdem er einige Male in der mit Orden und Diamanten bedeckten, mit Stickerei und Spitzen verzierten Galauniform eines Feldmarschalls und mit gelocktem und gepudertem Haar wie einer unserer altmodischsten Höflinge erschienen war, für gewöhnlich einen schlichteren Pelzrock ohne Kragen, hatte Pantoffeln an den halbnackten Beinen und plattes, schlecht gekämmtes Haar und blieb lässig auf einem breiten Diwan ausgestreckt, während eine große Anzahl von Offizieren und hochgestellten Persönlichkeiten des Reichs ihn umringte, von denen er selten jemand aufforderte, sich zu setzen. Jeder Zwang war ihm verhasst, und zugleich war er voll unersättlicher Gier nach Wollust, Macht und Reichtum; jede Art von Ruhm wollte er genießen, und Besitz langweilte ihn ebenso, wie er ihn hinriss – einen solchen Mann konnte man reich und mächtig machen, aber unmöglich war es, ihn glücklich zu machen.«*

Kanonendonner hatte den Beginn des Eisgangs auf dem Dnjepr – der zuvor Borysthenes hieß – angekündigt. Am 1. Mal verließen Jekaterina und ihr Hofstaat, vielleicht sechzig, siebzig Männer und wenige Frauen, ihre Quartiere und fuhren zum Hafen, zu den sieben Galeeren und den mehr als siebzig kleineren Booten. Musiker mit klammen Fingern spielten auf kalten Instrumenten fröhlich klingende Volkslieder zur Begrüßung. Potjomkin hatte Felsen sprengen und Sandbänke wegschaufeln lassen, um den Fluss an allen Stellen schiffbar zu machen.

Die Galeeren, rot und goldfarben bemalt, füllten sich; bewundernde Ausrufe übertönten die Melodien. Jeder Gast bewohnte einen aufwändig eingerichteten Raum mit eigener Toilette. Dreitausend Männer, hatte Potjomkin erzählt, ruderten die Boote und Galeeren. Je mehr die begeisterten Gäste über die Schiffe erfuhren, desto mehr wuchs ihr Erstaunen. Die geräumigen Schiffskabinen mit Mahagonischreibtischen, Sesseln, taftbespannten Diwanen und einem großen Bett hatte hier niemand erwartet, ebenso wenig wie den Musiksaal, das bespannte Sonnendeck und den Bibliothekssalon. Ein Schiff, das die Kaiserin für große Empfänge benutzen sollte, verfügte über einen Speisesaal mit siebzig Plätzen.

Nacheinander legten die Schiffe ab und wurden in die Strömung des Flusses gerudert. Auf dem Deck des breitbäuchigen Schiffs, auf dem Jekaterina und Mamonow fuh-

* Troyat, S. 355

ren, dirigierte Maestro Sarti ein Orchester. Umschwirrt und begleitet von den kleinen Booten glitten die Galeeren hintereinander den Fluss hinunter, und an den Ufern und Böschungen standen die Bewohner von Kiew und winkten.

Südlich von Perejaslawl, einer Stadt, die sich einige Werst östlich des Dnjeprufers befand, legten die Schiffe bei Kaniew am Westufer an. Das Land gehörte zu Polen-Litauen, und hier wartete der König von Polen, Stanislaus August Poniatowski, auf die mächtige Frau, die vor mehr als drei Jahrzehnten seine Geliebte gewesen war.

Krementschug am Zufluss eines Flusses aus dem Osten, dessen Namen nicht zu erfahren war – später sagte ein Lotse, der Fluss heiße Pssiol –, weiter flussabwärts, war das nächste Ziel der farbenprächtigen Flotte. Dort hatte sich Potjomkin eine Art Hauptquartier eingerichtet.

Die Reise verlief langsam und mit unvergleichlichem Pomp. Die Fronten aller Häuser, die vom Fluss aus zu sehen waren, hatten ihre Bewohner mit bunten Tüchern behängt. Ständig erblickten die Insassen der Schiffe an den Ufern große Menschenansammlungen, die aus dem Umland zusammengeströmt waren, um ihre Zarin zu sehen und ihr zuzujubeln. Farbige Girlanden hingen überall, und entlang des Flusses schien es unter dem strahlenden Frühlingshimmel nur ein blühendes, fruchtbares Russland, frohe Bewohner und weder einen einzigen Kranken oder Bettler noch ein morsches Hausdach zu geben. Prinz Karl von Nassau-Siegen, ein geborener Holländer und rechte Hand von Potjomkin, erklärte den Gästen, was sie sahen, und beantwortete geduldig ihre tausend Fragen. Er war von Anfang an für das Wohlergehen aller Gäste, Schiffsleute und Boote verantwortlich.

Mitunter wurde die Fahrt auf dem Fluss, den die Frühjahrshochwasser hatten anschwellen lassen, unbequem und gefährlich. In der reißenden Strömung kenterten manche kleine Boote, und nicht selten liefen die Galeeren auf Grund. Aber jedesmal sorgte Potjomkin dafür, dass die Schäden gering blieben und schnell behoben wurden.

Auf den Feldern blühten die ersten Blumen, und aus der Steppe, an der Jekaterinas Galeeren vorbeiglitten, galoppierten peitschenknallende Kosaken auf struppigen Pferden wie aus dem Nichts heran und unterhielten die Reisenden mit ihren verwegenen Reiterspielen. Grigori Potjomkin, der selten mit den Galeeren weiterreiste, sondern meistens unsichtbar an Land blieb, vollführte unablässig Meisterleistungen der Vorbereitung und Planung. Und immer wieder stießen die Reisenden auf unübersehbare Beweise seiner Tüchtigkeit.

Die Kosaken waren Angehörige einer Armee, die er zusammengestellt hatte. Die Städte, welche er gegründet hatte, waren durchaus lebensfähige Gemeinschaften, die vielen eingewanderten Siedler bewirtschafteten das Land, das er ihnen zugeteilt hatte. Ségur und die anderen Botschafter erfuhren, dass sich die Bevölkerung dieser riesigen Gebiete unter Potjomkins Herrschaft von zweihundert- auf achthunderttausend vervierfacht hatte. Jeden zweiten oder dritten Tag legten die Schiffe in kleinen Häfen und an Stegen an, die für die Dauer gebaut waren. Hier lud man die Post für die Zarin ein und ruderte die Kisten ans Ufer, in denen sich die erledigten Depeschen stapelten. Boten übernahmen sie und sorgten dafür, dass sie schnell die Empfänger erreichten. Die Schiffe und Boote der Flotte hatte Potjomkin in Werften bauen lassen, die er aus dem Boden gestampft hatte. Alle Gäste und selbst Jekaterina, die Potjomkins Phantasie kannte, genossen die Eindrücke, die sie mitunter in eine Scheinwelt zu entführen vermochten.

Poniatowski kam in Kaniew an Bord von Jekaterinas Prunkgaleere und begrüßte die Botschafter und Minister, die sich zu seinem Empfang versammelt hatten. In ironisch-schmerzlichem Ton sagte er:

»Meine Herren! Der König von Polen hat mich beauftragt, Ihnen den Fürsten Poniatowski zu empfehlen.«

Jekaterina empfing Poniatowski mit Mamonow an ihrer Seite; sie verweigerte ihm ein Gespräch unter vier Augen. Als er ihr berichtete, dass Russlands Botschafter Fürst Repnin das Land Polen wie ein Tyrann beherrsche, schwieg sie, und als er ihr das Schicksal der unterdrückten Polen in drängenden Worten schilderte, nahm sie die Erklärungen und Bitten scheinbar ungerührt auf. Poniatowski war noch immer ein gut aussehender Mann, und Jekaterina schien Mamonows keimende Eifersucht zu genießen.

Poniatowski gab Jekaterina zu Ehren ein Abendessen. Sie nahm mit kühler Zurückhaltung daran teil. Seine Liebe zu ihr, erkannte sie, war tatsächlich noch nicht gestorben. Die Geste war bedeutungslos: Sie entfernte das blaue Band des Andreasordens von ihrem Kleid und heftete es ihm an. Die Zurückweisung machte Poniatowski traurig, und er fuhr in dem Bewusstsein ab, eine sinnlose Reise zu einem Ziel unternommen zu haben, das es nur noch in seinen Tagträumen gab.

Auf der gesamten Reise ließ Jekaterinas Fleiß nicht nach. Während die Schiffe dem Hafen Cherson entgegengerudert wurden, ahnte sie, dass die Türken dieser russischen Machtdemonstration zusahen und ihre Machthaber darüber nachdachten, sich die Krim wieder zurückzuholen. Sie würde mehr wissen, wenn Österreichs Kaiser ihr gegenübersaß.

Jeden Tag gab es neue Bilder an beiden Ufern, wechselnde Landschaften, andere Tänze, mehr fremdartige Musik und Gesänge und Nachrichten aus Frankreich und St. Petersburg.

Jekaterinas Enkel Alexander und Jelena waren an den Masern erkrankt. Grigori Orlows Sohn Alexej Bobrinski lebte in Paris und war unfähig, seine Schulden zurückzuzahlen, denn seine regelmäßigen Rubel-Zuwendungen hatte er längst ausgegeben. Im Frankreich der leichtsinnigen Königin Marie Antoinette – der jüngsten Schwester des Kaisers Josephs II., dessen Ankunft die Kaiserin erwartete – herrschte eine Finanzkrise, unvergleichlich größer als die Bobrinskis. Ein Schreiben traf ein, das die betrübliche Mitteilung enthielt, Joseph II. leide an Wundrose, würde aber alles daransetzen, um Jekaterinas Einladung folgen zu können. Jeden Abend legten die Schiffe in der Nähe eines anderen Uferdörfchens an.

Von Krementschug setzte die Flotte ihre Reise nach Kadjak fort, entlang einer unübersehbar weiten Ebene, auf der große Herden Schafe, Rinder und Pferde weideten. Es schienen viele tausende zu sein, die zwischen verstreuten Hirtenfeuern von den sonnigen Oberdecks der Galeeren zu sehen waren. Die Schiffe trieben weiter zu den Stromschnellen des Dnjepr, einer gefürchteten Stelle des Flusses. Lotsen gingen an Bord der Galeeren und ersetzten die Steuermänner; Potjomkins Sekretär hatte erst vor kurzer Zeit eine Brüderschaft der Dnjepr-Lotsen gegründet. Ohne Schäden und größere Zwischenfälle überwand die Flotte die gefährliche Passage, kam in ruhigeres Wasser und näherte sich dem Städtchen Kaidaki, dem Ende der Reise zu Wasser.

Der österreichische Kaiser reiste abermals unter dem Namen »Graf Falkenstein«. Einige Tage nach Poniatowskis Abreise erreichte eine Depesche das kaiserliche Flaggschiff: Graf Falkenstein war in Cherson eingetroffen und kam der Flotte an Land entgegen. Jekaterina wollte ihre Zuvorkommenheit zeigen und befahl, Kutschen bereitzustellen. Sie ließ sich unter bewaffneter Begleitung auf neuen Straßen flussabwärts fahren und traf mit Joseph II. in der Nähe von Kaidaki zusammen.

An der Biegung des Dnjepr, bevor sich der Fluss wieder nach Südwesten krümmte, hatte Potjomkin eine Siedlung gegründet, die er zur Stadt ausbauen wollte. Der Name stand fest, noch ehe die Schiffe in Kiew ablegten: Jekaterinoslaw, Jekaterinas Ruhm«. Die Flotte, die den neuen Gast »Graf Falkenstein« durch ihre Größe und Pracht sprachlos machte, legte bei Jekaterinoslaw an, und die Gäste gingen von Bord.

Potjomkin hatte versprochen, die neue Stadt ebenso prächtig zu erbauen wie St. Petersburg. Nicht nur Graf Ségur zweifelte an einem schnellen Erfolg, aber er schloss sich der Meinung seiner Begleiter an, dass die Stadt lebensfähig sein würde. Am 20. Mai legten Jekaterina Potjomkin und Kaiser Joseph II. abseits der markierten Plätze und der Fundamente von Holzhäusern den Grundstein zu einer Kirche, die größer werden sollte als die Peterskirche zu Rom. Auch in der kleinen, wachsenden Stadt erkannten die Teilnehmer der Reisegesellschaft, dass Potjomkin seine Bemühungen und seine Verdienste zwar in aufwändiger Weise zur Schau stellte und er oft übertrieb, aber dass hinter jeder bunt bemalten Fassade ein ehrlicher Erfolg stand. Wieder zogen sich die Gäste auf die Galeeren zurück und ließen sich in gemächlicher Geschwindigkeit bis nach Kaidaki rudern, wo die Flotte zum letzten Mal anlegte. Cherson am Unterlauf des Flusses, kurz vor der Mündung ins Schwarze Meer, war das Ziel der Fahrt quer über die Steppe.

Eine ganz andere, verstörende Art Einsamkeit umgab in dieser schier endlosen Ebene die Reisenden. Der Horizont ringsum verschmolz mit dem Himmel, der wie eine Kuppel aus flüssigem Metall über die Steppe gestülpt war. Erbarmungslos grell stach die Sonne herunter. Plötzliche Sturmböen jagten und kreiselten Staubstürme über das Gras, dessen Halme der Wind flach an den Boden presste. Ein sandiger Pfad, durch Stangen mit Lappen daran markiert, schlängelte sich aus dem Nichts und verschwand voraus wieder im Nichts. Tauchte ein Baum, ein Hügel oder ein Weiler aus der flachen Einöde auf, jubelten die Insassen der Kutschen.

Potjomkin hatte auch auf diesem Weg künstliche Stationen aus dem Boden gezaubert. Frische Pferde warteten, Zelte waren aufgeschlagen, es gab Wasser, Essen und gepolsterte Schlafgelegenheiten. Über Feuern und Gluthaufen brieten die Köche Geflügel und zartes Hammelfleisch. In den Nächten, in einem Himmel von gnadenloser Schönheit, versuchten die Reisenden die fremden Sternbilder zu deuten. Die Namen, die ihnen von den Reitern genannt wurden, sagten ihnen nichts.

Die Wegekundigen, die Potjomkin den Iswostschikis mitgegeben hatte, schienen ebenso jeden Werst zu zählen wie die Reisegesellschaft, obwohl niemand, nicht einmal die Pferde, zu dürsten brauchte. Die südlichen Ebenen zwangen jeden Reisenden zu erkennen, wie riesenhaft dieser Koloss Russland war und wie entsetzlich viel Zeit und Mühe jede Nachricht, jeder Bote von St. Petersburg oder Moskau bis zu den Stränden des Schwarzen Meeres brauchte.

Endlich zeigte sich am Horizont, zuerst noch traumartig verschwommen, dann immer deutlicher, die Stadt Cherson. Die Erleichterung, als die bekränzten Tortürme auftauchten, kannte keine Grenzen. Erst vor sechs Jahren hatten die Truppen der Kaiserin die Stadt erobert, aber während dieser Zeit hatte ihr tüchtiger Grischa ein kleines, wohlberechnetes Wunder vollbracht. In Cherson brauchte er weder bunte Tücher, frisch gemalte Fassaden noch andere phantastische Illusionen zu zaubern – hunderte Schiffe lagen an den geschützten Stellen der Flussmündung, die Straßen waren breit, und jeder weitere Schritt zeigte, dass Cherson blühte, wuchs und schon jetzt alle Zeichen neuen Reichtums erkennen ließ.

Die Festung Chersons, ausgelegt für eine Besatzung von vierundzwanzigtausend Soldaten, war nahezu fertig gebaut. Die Wände und Mauern der vielleicht zweitausend Wohnhäuser, die unter großen Bäumen und inmitten prächtig grünender und blühender Gärten standen, strahlten weiß und spiegelten sich im Wasser. Am Hafen herrschte aufgeregte Betriebsamkeit zwischen den Schiffen und den ungewöhnlich großen Lagerschuppen. Als sich die Kutschen näherten, begannen die Glocken aller Kirchen zu läuten. Rauch und Lärm einer großen Werft mischten sich ins Glockenläuten und in den Jubel der Stadtbewohner. Die hölzernen Gerippe zweier großer Schiffsneubauten wuchsen hinter den Stapeln aus Brettern und Stämmen, und später sah Graf Ségur in den Läden der Hauptstraße die gleichen modischen Kleider, die er aus Paris kannte. Die Sümpfe in der unmittelbaren Nähe des Hafens waren ein ungesunder Nachbar, aber wenn sie einmal entwässert waren und die Wassertiefe des Hafens den großen Schiffen genügte, war Cherson ein unersetzlicher Stützpunkt.

Jekaterina wollte die Reise an der Seite Joseph II. bis nach Kinburn wagen, einer russischen Festung, die gegenüber von Otschakow südlich der Mündung des Bug lag, auf einer Landzunge auf dem Weg ins Herz der Krim. Aber da eine kleine türkische Flotte an der Dnjeprmündung vor der osmanischen Festung lag, verzichtete sie darauf, den Gegner eines wahrscheinlichen Folgekriegs jetzt schon zu provozieren.

Die Reisegesellschaft quartierte sich für einige Tage in den Häusern ein, die Potjomkin mit der erwarteten Zuverlässigkeit vorbereitet hatte.

Graf Ségur und der Fürst von Ligne, an die Pracht von St. Petersburg und Orten wie Zarskoje Selo und Peterhof gewohnt, erlebten jeden Tag der Reise mit Staunen. Es gelang der Zarin und Potjomkin, sie immer wieder mit neuen Eindrücken zu überraschen. Die Kosten dieser Reise – wer hatte sie eigentlich getragen? – waren immens. Wie viele Leibeigene, bezahlte Arbeiter, Handwerker und Künstler hatten seit der Abfahrt von St. Petersburg geschuftet! Es waren zweifellos einige tausend Menschen, die vielleicht einen vorübergehenden, allzu kurzen Vorteil von dieser staunenswerten Leistung hatten. Berechtigte, aber müßige Fragen, sagte sich Ségur, auch er war einer der vielen Gäste, die für die Reise nicht einen Rubel zahlen mussten.

Die Reisegesellschaft verließ Cherson durch ein Tor, das ebenso aufwändig geschmückt war wie jedes Bauwerk Potjomkins auf dieser Fahrt. »Das ist der Weg nach Byzanz« hatte Potjomkin auf den Triumphbogen schreiben lassen, aber der Weg führte nur nach Perekop. Die Karten zeigten die Lage der Stadt auf der zerklüfteten Halbinsel zwischen Schwarzem und Asowschem Meer, auf dem schmalen Landstreifen, dem einzigen Landzugang zur Krim. Wieder rollten die Kutschen durch steppenartiges Gebiet, dessen Gleichförmigkeit nur die Rauchsäulen und die bunten Zelte der Tagesstationen unterbrachen. Mitunter sahen die Reisenden eine Kamelkarawane hinter Staubschleiern oder in der Abenddämmerung verschwinden, und die Laute unsichtbarer Tiere kamen nachts aus dem Meer aus Gräsern und niedrigen Sträuchern.

Nicht minder verwundert und beeindruckt war Joseph II. darüber, dass die Kaiserin in ihrem juwelenbesetzten Zelt mit der Krone und dem Doppeladler auf der Spitze ihre Hauptstadt mitzuschleppen schien – wo immer sie war, saß und schlief, regierte sie mit der gleichen unverwüstlichen Entschlossenheit, scheinbar gesund wie ein junges Tier und leistungsfähig wie vor dreißig Jahren, ihr riesengroßes Reich. Überall, wo die Kutschenkarawane anhielt und die begleitenden Soldaten aus den Sätteln der Pferde stiegen, warteten abgehetzte, staubbedeckte Kuriere.

Die Botschafter führten politische Gespräche miteinander und untereinander und über Kreuz. Während der Ungezwungenheit der Fahrt war vieles einfacher als beim steifen Hofzeremoniell. Streit zwischen England und Frankreich wegen eines möglichen Kriegsausbruchs zwischen Russland und der Türkei? Welche Verträge galten, welche Handelsabkommen würden darunter leiden? Was berichtete man nach Versailles und nach London?

Als die Kaleschen die unsichtbare Grenzlinie hinter sich gelassen hatten, entschied Jekaterina, ohne militärischen Schutz weiterzureisen. Aus der Steppe waren Reiter des abgelösten Krim-Khanats aufgetaucht, rund zwölfhundert Tataren, schwer bewaffnet und mit ockerfarbener Haut. Sie begleiteten lachend und rufend die Kaiserin bis zu den Minaretten und goldenen Kuppeln der Stadt Bachtschisarai. Als die Pferde ihres Wagens durchgingen und die Kutsche einem Abgrund entgegenzerrten, retteten sie galoppierend die Insassen Jekaterina und Joseph II.

Die tatarischen Reiter und die Bevölkerung der Stadt unter dem Khan-Palast erwiesen sich als treue Untertanen Jekaterinas. Sie eskortierten die Reisegesellschaft zum Palast, dessen Inneres Potjomkin und eine unübersehbare Schar Diener für alle Annehmlichkeiten der Gäste vorbereitet hatten. Schon Kiew und Cherson waren Siedlungen einer fremden Welt, einer anderen Kultur gewesen, aber Bachtschisarai verkörperte die Welt der Muslime und die Schönheit der Krim – eine Stadt, für deren fünftausend Einwohner neunzehn Moscheen ihre Minarette in die Wolken reckten. Jekaterina hatte nicht geahnt, dass Russland eine so schöne »Warze an seiner Nase« besaß.

Nicht zum ersten Mal sah Graf Ségur Olivenbäume und Palmen, aber noch nie hatte er jenes Licht des Südens erlebt, das alle Farben verzauberte und wärmte, ohne zu brennen. Das einzigartige Grün des Meeres und die pralle, strahlende Vielfalt der Gärten und der Mauern, an denen blütenübersäte Rankengewächse wucherten, ließen seine Augen übergehen und machten ihn ebenso sprachlos wie die anderen Reisegenossen. Dazu kam die fremdartige Pracht des ehemaligen Khan-Palasts, des Mittelpunkts einer ebenso fremdartigen Stadt, mit marmornen Wänden und förmlich zugewucherten Fenstern, durch die der Duft von Orangenblüten, Granatapfelbäumen, Rosen, Lorbeer und Jasmin drang. In der dämmrigen Stille geheimnisvoller Säle plätscherten winzige Springbrunnen, und aus den Mauern schienen nachts wunderliche Geschichten zu flüstern.

Der Prinz von Nassau und die Kaiserin erzählten bei abendlichem Kartenspiel, dass die Bewohner der Krim seit einem Jahrtausend die Länder im Umkreis der Halbinsel überfallen und ausgeplündert und die dort lebenden Menschen als weiße Sklaven verkauft hätten.

Noch heute nannten die Krim-Tataren die Russen »Hunde« und »Ungläubige«, aber die Kaiserin respektierte die Sprache, die Religion und alle Lebensumstände der Tataren, und so mischten sich in der Stadt Russen und Muslime, ohne dass es zu mehr als gelegentlichen kleinen Unstimmigkeiten kam. Es war Teil des Schicksals, dass die Tataren jetzt anderen Herrschern gehorchten.

Potjomkin lud die Zarin und ihre Gäste in den Palast von Sewastopol ein. Die Reise, die einer Lustreise glich, führte durch reiches, vor Fruchtbarkeit strotzendes Land, durch das »potjomkinsche Fürstentum Tauris« bis fast zum südlichen Ende der Halbinsel. Wieder schleppten die Diener das umfangreiche Gepäck in einen Palast hinein, der sich hoch über der Bucht von Sewastopol erstreckte. Die Umgebung, von Bergen im Halbkreis gesäumt, ließ die Blicke der Betrachter trunken werden, ohne dass ein Glas Wein voll geschenkt wurde. Kleine Boote mit weißen Dreieckssegeln krochen durch das Azur der Bucht wie wundersam bunte Wasserinsekten.

An einem der folgenden Tage, an der Tafel des frühen Mittagsmahls, hob Potjomkin seinen Pokal, sah sich prüfend um und verbeugte sich vor Jekaterina, die an der Kopfseite der langen Tafel thronte.

»Eine kleine Überraschung, Kaiserliche Majestät, als Nachtisch gedacht, aber in Wirklichkeit ein Hauptgang.«

Jekaterina trank und nickte ihm zu.

Diener rissen die weißen Vorhänge zur Seite und öffneten die Türen, die zu einer Terrasse führten. Jekaterina zog sich an Mamonows Arm hoch und folgte ihren Gästen, die zur Balkonbrüstung liefen. Ausrufe des Erstaunens ertönten. Der Grund für die Verblüffung wurde nach den ersten Blicken hinunter in die Bucht klar.

Eine Reihe großer Kriegsschiffe lag mitten im Halbkreis der Bucht. Nachdem sich die Gesellschaft beruhigt hatte, begannen die Schiffe ihre Kanonen abzufeuern, Breitseite um Breitseite. Die Feuerstrahlen, die Blitze, der Donner und der aufsteigende Pulverdampf der Sechsundsechzig-Kanonen-Schiffe bedeuteten für jeden Zuschauer und Zuhörer gleichermaßen eine Huldigung für Jekaterina und eine Zurschaustellung der Macht gegenüber der Türkei.

»Wie lange haben Sie für diese herrliche Flotte gebraucht, Fürst Potjomkin?«, fragte Graf Ségur und ließ sich weißen taurischen Sudak-Wein nachschenken. Potjomkin bedachte ihn mit einem Lächeln. Sie mussten fast schreien, um den Geschützdonner zu übertönen.

»Zwei Jahre. Die Armada – ich nenne sie die Südliche Armada – ist voll ausgerüstet, mit Mann, Maus und Mörsern. Der Stapellauf von drei gleichartigen Schiffen steht kurz bevor.«

»Werden wir daran teilhaben dürfen?«

»Sie sind Gäste der Kaiserin. Sie wird später den Befehl zum Stapellauf geben«, entgegnete Potjomkin. Mit sichtlichem Stolz nahm er die Glückwünsche der Tischgesellschaft entgegen. Nur zwei Tagesreisen der Armada war die türkische Hauptstadt entfernt! Jekaterinas Minister drängten darauf, die Flotte in Marsch gegen die Türkei zu setzen, aber Jekaterina schüttelte den Kopf und sagte zu Bulgakow, ihrem Botschafter bei der Hohen Pforte, er sollte dem Sultan Abdul Hamid eine versöhnliche, beschwichtigende Botschaft überreichen.

Jekaterina blieb auf dem Balkon, bis die Kriegsschiffe in vorbildlicher Formation durch die Bucht paradiert waren. Am folgenden Tag ließ sie sich nach einer ausgedehnten Rundfahrt durch Sewastopol zur Werft bringen und sah dem Stapellauf der drei großen Schiffe zu.

»Madame«, sagte Graf Ségur, »mit der Gründung von Sewastopol haben Sie im Süden vollendet, was Pjotr der Große im Norden angefangen hat.«

Und ohne Potjomkin, dachte er im Stillen, gäbe es bestenfalls nur ein paar kleine Fischerboote in der Werft und in der Bucht. Ließ er sich in einer ruhigen Stunde durch den Kopf gehen, was er seit der Abreise im eisigen St. Petersburg gesehen, erlebt, bestaunt und bezweifelt hatte, erfasste ihn stets ein Schwindel, ein Taumeln angesichts einer Größe, die ihn zu überwältigen drohte.

16

Die Ruhe nach den Wirren zweier Kriege

In Bachtschisarai wohnten Graf Ségur und der Fürst von Ligne wie alle Teilnehmer der Reisegruppe wieder in ihren Prunkräumen im Khan-Palast. Jeder von ihnen fühlte sich im Bannkreis des Palasts wie in einem Land exotischer Märchen. Jedes der unzähligen Mosaiken schien eine andere Geschichte zu erzählen, in der kühlen Tiefe der Kolonnaden wisperten die Schatten, und Jekaterina, die auf dem Thron des Khans im Audienzsaal saß, sah sich umgeben von farbenprächtig gemusterten Teppichen, bemalten Kacheln und den herrlichsten Steinmetzarbeiten.

Die Herren Ligne und Ségur hatten erfahren, dass sie in den ehemaligen Räumen des Harems wohnten, eines »Kabinetts der Lüste« also, das indes durch völlige Abwesenheit jener Lüste glänzte. Jekaterina konferierte mit Joseph II., und offensichtlich glaubte der Kaiser zu erkennen, dass die Zarin einen Krieg gegen das Osmanische Reich erwartete oder sogar dazu entschlossen war, beim geringsten Anlass in den Krieg zu ziehen. Der geheime Vertrag von 1781 verpflichtete ihn, Jekaterina beizustehen, wenn die Türken die Feindseligkeiten eröffneten. Österreich wollte diese Auseinandersetzung nicht. Ein Aufstand in den Niederlanden gegen die österreichische Besetzung war ausgebrochen und zwang Joseph II., in den nächsten Tagen nach Österreich zurückzueilen und für die Reise wieder zu »Graf Falkenstein« zu werden.

Die meisten Frauen in Sewastopol waren tief verschleiert; nur ihre großen dunklen Augen blitzten aus dem schmalen Gesichtsschlitz hervor. Fürst von Lignes Neugierde, nachzuprüfen, ob die Erzählungen von der wahren Schönheit der Frauen zutraf, wuchs mit der Länge des

Aufenthalts. Einer ihrer Spaziergänge am Stadtrand führte Fürst von Ligne und Graf Ségur entlang eines Bachs zu einem Wäldchen, und als sie Gelächter, Plätschern und fröhliches Geschrei hörten, versteckten sie sich hinter einem Gebüsch. Drei Frauen wuschen im Bach ihre Füße, entblößten Waden und Knie und legten nacheinander die Schleier ab. Fürst von Ligne sah genauer hin und schüttelte sich.

»Der Prophet Mohammed hat Recht«, flüsterte er lauter als nötig, »zu verlangen, dass sie sich verhüllen.«

Keine der alten Frauen war eine Schönheit, aber sie verfügten über ein hervorragendes Gehör. Zwar sahen sie die beiden Männer nicht, begannen aber zu schreien und zu kreischen. Aus einiger Entfernung hörten Ligne und Ségur wütendes Gebrüll, wahrscheinlich Flüche, und die Schritte herbeiellender Männer. Die Neugierigen duckten sich und rannten davon. Als sie sich voller Angst umdrehten, sahen sie eine Anzahl von Tataren, die blitzende Säbel und Messer schwangen. Keuchend und schwitzend brachten sich Ségur und Ligne in Sicherheit und erzählten von dem Vorfall erst einen Tag danach beim Diner mit der Kaiserin. Statt mit ihnen zu lachen, strafte Jekaterina sie mit ärgerlichen Blicken und erklärte, dass sie den angeblichen Spaß für geschmacklos halte und für gefährlich überdies, da die Sitten eines von Russland unterworfenen Volks in jedem Fall geachtet werden müssten. Graf Ségur und Fürst von Ligne schwiegen betreten, und Jekaterina schien den Vorfall vergessen zu wollen.

Einige Tage danach belohnte Jekaterina Fürst von Ligne für seine Teilnahme an der beschwerlichen Reise und die vielen Abende als geistvollen Unterhalter. Sie schenkte ihm ein unverhältnismäßig großes Stück Land und fuhr neben ihm in der Kutsche durch die Menge seiner neuen Untertanen, während er mit beiden Händen Münzen unter das Volk warf. Von weither waren die Menschen gekommen, um die Kaiserin zu sehen, und als sie sich zu Boden warfen, prasselten die Münzen auf ihre Rücken. Auch Graf Ségur erhielt von Potjomkin und der Zarin überreiche Geschenke und Gunstbeweise.

Als Ségur eines Morgens das Haus verließ, stand eine junge, unverschleierte Frau in tscherkessischer Tracht vor ihm. Sie war von beträchtlicher Schönheit, und als er ihr ins Gesicht blickte, erschrak er. Die Tscherkessin glich seiner Frau wie deren Zwilling. Zuerst glaubte er, seine Frau sei ihm nachgereist und stehe vor ihm, aber als Potjomkin ihn fragte, ob die Ähnlichkeit wirklich so groß sei, antwortete er, sie sei vollendet und unglaublich. Potjomkin versprach, Graf Ségur die Tscherkessin in St. Petersburg zu schenken, aber dieser lehnte lautstark, wenn auch innerlich widerstrebend, ab. Potjomkin schien beleidigt, und Ségur konnte ihn nur beschwichtigen, indem er Nagun, einen Kalmückenjungen, als Geschenk annahm. Nachdem er Nagun Lesen und Schreiben beibringen ließ, schenkte er ihn der Gräfin Cobenzl, der Gattin des österreichischen Botschafters, die ihn nachdrücklich darum bat. Als die Reisegesellschaft in Borislaw angekommen war, verabschiedete sich Kaiser Joseph II. und eilte zurück nach Wien.

Die aufwändigste und staunenswerteste Unterbrechung der Rückreise war abermals von Grigori Potjomkin ersonnen worden. Das großartige Schauspiel erschreckte zunächst die Zuschauer, aber als Jekaterina begriffen hatte, dass ihretwegen fünfzigtausend Soldaten samt Pferden, Geschützen und Fahnen die Schlacht Pjotrs des Großen bei Poltawa ein zweites Mal darboten, war sie unbändig stolz auf Potjomkin und sich selbst. Was er unternahm, tat er aus Zuneigung, Dankbarkeit und Bewunderung für die Kaiserin. In allen Einzelheiten, in russischen und schwedischen Uniformen, mit Kavallerieattacken, unzähligen scheinbar Verwundeten und Toten, in dröhnendem Geschützfeuer, angreifend und zurückweichend, kämpften stundenlang der Zar, der Schwedenkönig Karl XII. sowie die Generäle Scheremetjew und Menschikow gegeneinander. Der Tag der nachgestellten Schlacht endete mit dem glorreichen Sieg Pjotr des Großen. Als Jekaterina sich bei Potjomkin bedankte, spielten ihre Finger mit seinem Geschenk, einem breiten Perlencollier, dessen wirklichen Wert niemand aus ihrem Gefolge abzuschätzen vermochte – außer Grischa, dem Fürsten von Tauris.

Bis Charkow begleitete Potjomkin die Reisegesellschaft. Jeder Tag war bis zum Bersten angefüllt mit Überraschungen der verschiedensten Art – Reiterkämpfe der Tataren, Feuerwerk und geradezu abenteuerliche Illuminationen von Bauwerken, Stadtteilen und Naturschönheiten. Auf einmal, zwei Tage später, war es, als kämen Überdruss und Niedergeschlagenheit wie ein plötzliches Fieber über Potjomkin. Er verabschiedete sich und überließ die Reisenden der Fürsorge seines Adjutanten. Jekaterina schickte ihm folgendes Schreiben hinterher: »Bei der großen Hitze, die Sie im Süden haben, bitte ich Sie ganz bescheiden, mir die Freude zu machen, um Gottes und Ihrer selbst willen gut auf sich aufzupassen. Sie dienen mir, und ich weiß Ihnen Dank dafür; das ist alles! Was Ihre Feinde angeht, so haben Sie sie durch Ihre Ergebenheit für mich und Ihre treue Arbeit für den Staat auf die Finger geschlagen.«*

»Mütterchen Kaiserin! Sie sind mehr als eine wirkliche Mutter für mich, denn Ihre Fürsorge für mein Wohl kommt aus einer durch Überlegung gefestigten Neigung. Bosheit und Neid haben nicht vermocht, Sie gegen mich einzunehmen, und jede Niedertracht ist erfolglos geblieben. Dieses Land wird nicht vergessen, was es für ein Glück hat. Auf Wiedersehen, meine Wohltäterin und Mutter! Möge Gott mir die Gelegenheit gewähren, der

* Troyat, S. 373

ganzen Welt zu beweisen, in welchem Maße ich Ihnen verpflichtet und Ihr bis in den Tod ergebener Sklave bin.«*

Diese Zellen schrieb Grigori Potjomkin in seiner Antwort, die der Kaiserin auf dem Weg nach Kursk von einem Kosakenreiter überreicht wurde. Die Reise war eine Kette neuer, aber weniger dramatischer Überraschungen – Feuerwerke, Empfänge und Bälle. Reiterschauspiele und andere militärische Kunststücke und Theateraufführungen. Die Fahrt ging durch grünes, meist leeres Land, von Station zu Station, über Kursk nach Orel, von dort nach Tula und schließlich nach Moskau. Die Kaiserin hatte – ohne Potjomkins Unterstützung – goldene Gedenkmünzen prägen lassen. Eine Seite zeigte ihren Kopf, die andere die Reiseroute, und zwei Schriftbänder sagten aus, dass die Reise zum fünfundzwanzigsten Thronjubiläum und wegen des Allgemeinwohls stattgefunden habe.

Jekaterina ließ die Medaillen an die Teilnehmer ihrer sechsmonatigen Reise verteilen, bevor sich die Reisegesellschaft am 22. Juli in St. Petersburg auflöste. Die Kaiserin eilte zu ihren Enkeln, die La Harpe in Zarskoje Selo behütet und unterrichtet hatte. In der sommerlichen Ruhe wanderte Graf Louis Philippe de Ségur noch einmal durch den Irrgarten seiner Erinnerungen an diese Reise. Wahrhaftig, sagte er sich und drehte die Medaille in den Fingern, noch immer staunend, Russland ist groß, endlos groß, und die Zarin oder St. Petersburg ist weit.

Kaiser Joseph II. flehte Jekaterina in seinen Briefen förmlich an, keinen Krieg vom Zaun zu brechen. Der russisch-französische Handelsvertrag, den Graf Ségur durchgesetzt hatte, beunruhigte England. Die schriftlichen Beteuerungen an den Herrscher des Osmanischen Reichs, Abdul Hamid, schienen wenig genützt zu haben. Er sah in

* Troyat, S. 373

der Krim Russlands von Waffen starrendes Heerlager. Auch Ségurs, Lignes und Cobenzls Warnungen schienen wenig zu fruchten. Jekaterina fuhr damit fort, die Armee und die Flotte besser auszurüsten, die Soldaten besser auszubilden und die Vorräte aufzufüllen. Bulgakow, der russische Botschafter in Konstantinopel, erhielt Abdul Hamids Ultimatum; der Herrscher verlangte die Herausgabe der Krim. Bulgakow musste ablehnen. Er wurde – das war die Kriegserklärung! – in den Sieben Türmen eingekerkert. Zu Jekaterinas Verdruss weigerten sich die erfahrenen Generäle, von Potjomkin Befehle entgegenzunehmen, da er, der nur durch Jekaterinas Beschluss sowohl Generalfeldmarschall als auch Großadmiral war, von Kriegsführung keine Ahnung hatte.

Auch als die Türken die Festung Kimburn zu stürmen drohten, war Potjomkin für einen Friedensvertrag mit der Türkei. Im Oktober schlug General Suwarow sie in letzter Minute vor den Wällen und Toren der Festung. Ein Sturm, der fünf Tage lang wütete, beschädigte die Schiffe der russischen Schwarzmeerflotte. Potjomkin zog sich in sein träumerisches Innenleben zurück, zögerte und zauderte, aber immerhin erhöhte er die Kampfstärke des Heers, indem er das Leben der Soldaten erleichterte und ein neues Reglement einführte, durch dessen Vorschriften es sich besser kämpfen ließ. Er versuchte den Gegner durch Stillhalten zu ermüden und wollte die Zeit für sich arbeiten lassen und dachte nicht daran, die wichtige Festung Otschakow zu belagern und zu erobern. Statt die Entscheidung in einer Schlacht zu suchen, verzettelten sich Russen und Türken in kleinen Gefechten, die keiner Seite Vorteile brachten. Jekaterinas sorgenvolle Briefe änderten nichts an Potjomkins schlafwandlerischer Unschlüssigkeit. Im Mal zwang Jekaterina Polen unter ihr Protektorat, und sie dachte nur einmal flüchtig an Poniatowski.

In zwei Seeschlachten fügte Potjomkins prächtige Armada der türkischen Flotte schwere Verluste zu. Ein russisches Geschwader riegelte die Festung vom Meer her ab, und Potjomkin ließ im Juni 1788 Otschakow vom Land aus unter Dauerbeschuß seiner Artillerie nehmen. General Suwarow flehte ihn an, die Mauern im Sturm anzugreifen, aber er weigerte sich.

Die Aristokraten Schwedens unterstützten ihren König Gustav III. bestenfalls halbherzig. Als er vom Krieg um die Krim erfuhr, hielt er Jekaterinas Macht für schwach genug, um sich für die Niederlage von Poltawa zu rächen. Mit dem Osmanischen Reich hatte er einen Bündnisvertrag geschlossen, Preußen und England versprachen ihm zu helfen – und so ließ er ein Ultimatum verfassen, dessen Unverschämtheit ihresgleichen vergeblich suchte. Schweden erklärte dem mächtigen Russland den Krieg!

Die Kaiserin schäumte vor Wut, besann sich und schrieb für das Theater der Eremitage eine burleske Oper, in der Gustav III. als lächerlich kostümierter Zwergenprinz auftrat. Die Darbietung erntete bei den Botschaftern kaum mehr als ein betroffenes Schulterzucken. Jekaterina rief die Ostseeflotte von ihrer Fahrt zum Schwarzen Meer zurück und stellte sie unter das Kommando des Prinzen von Nassau und Admiral Greigs. Der Auftrag lautete, die schwedische Flotte zu zerstreuen.

An Land rückten die Schweden scheinbar unaufhaltsam vor. Die russischen Truppen, schwer angeschlagen, mussten sich zurückziehen; die Festung Nyschlod fiel in schwedische Hände. Das Heer Gustav III. marschierte auf Frederikshamm zu. In St. Petersburg wollte man erfahren haben, dass Gustav III. für die Damen seines Hofs einen Ball in Peterhof geben und in der Peter-und-Pauls-Kathedrale ein Tedeum zu feiern beabsichtigte. Auch das bronzene Denkmal für Pjotr den Großen würde er vom Felsen stürzen. Panik breitete sich in St. Petersburg aus; nur Jekaterina blieb scheinbar davon unberührt. Einige Familien luden ihren wertvollsten Besitz auf Wagen und flüchteten. Es gelang Admiral Greig, die schwedische Flotte einzuholen und in den Hafen von Sveaborg zu treiben; dort kesselte er sie in hoffnungsloser Lage ein. In den Familien der schwedischen Aristokratie wuchs der Unmut. Der König habe sich unentschuldbar verhalten und den Krieg erklärt, ohne die Stände vorher befragt zu haben.

Die »Konföderation von Anjala« hielt Gustav III. Siegesmarsch auf. Jekaterinas Freude war grenzenlos, und auch der Umstand, dass Großfürst Paul im Kampf gegen die Schweden eine klägliche Rolle gespielt hatte – Jekaterina unterstellte ihn der Obhut des erfahrenen Generals Muschin-Puschkin –, änderte wenig an ihrem Urteil über den Thronfolger, den sie nicht haben wollte. Kaum war der Geschützdonner verhallt, kamen vielversprechende Nachrichten aus Tauris.

Oberst Bauer traf mitten in der Nacht verschmutzt, mit wund gerittener Haut und erschöpft auf einem fast zuschanden gerittenen Pferd in St. Petersburg ein, stürmte durch den Palast und wollte zur Zarin. Mamonov fing ihn ab, las die Depesche und weckte tief gerührt Jekaterina, die krank im Bett lag. Diese begann zu weinen, als sie Potjomkins Zeilen las. Endlich, viel zu spät, hatte sich Oberfeldmarschall Grischa, jäh aus seiner klösterlich-sinnenfrohen Zurückgezogenheit hervortretend, zu einer Kampfeswut entschlossen, die einem heißblütigen jungen Offizier besser angestanden hätte. Er feuerte seine Soldaten an, indem er ihnen die Plünderung versprach. Am 6. Dezember erfolgte der Sturm auf Otschakow. Die Soldaten erkletterten im wilden Hagel der Geschützsalven die Mauern, starben oder überlebten in Einzelkämpfen, töteten die Einwohner, raubten und vergewaltigten, plünderten und brandschatzten. Sechzigtausend Türken und zwanzigtausend Russen starben. Die Beute entsprach in ihrem Wert und ihrer Großartigkeit dem märchenhaften Reichtum des Orients. Potjomkins Bote überreichte in einem schweißstinkenden Lederbeutel der Zarin einen Smaragd, der so groß war wie ein Hühnerei.

Trotz der Niederlage von Otschakow kämpften die Türken weiter. Gustav III. schlug die Meuterei in seinem Heer nieder. Joseph II. konnte wegen des Aufstands in den Niederlanden Jekaterina keine Truppen zu Hilfe schicken. Der Prinz von Nassau schoss zu Beginn des Jahres 1789 die schwedische Flotte bei Swenksund zu Wracks. General Rumjanzow gewann die Schlacht bei Galatz, General Suwarow und der Prinz von Coburg jagten die Türken in der Schlacht von Focsani auseinander. Dennoch – die Kriege im Süden und im Norden gingen weiter. Die Nachrichten aus Frankreich waren von erschreckender, eisig lähmender Furchtbarkeit. Das Volk von Paris hatte die Bastille gestürmt. Die Monarchie war in höchster Gefahr. Die Wirren der Revolution in Frankreich brachten Graf Ségur dazu, mit großem Bedauern bei Jekaterina um seinen Abschied nachzusuchen. In einer Privataudienz übergab sie ihm seine Pässe und nahm traurig und im Gefühl gegenseitiger Hochachtung von ihm Abschied. Fürst von Ligne trat in die russische Armee ein und begab sich zu Potjomkin. Der offene Krieg in Russland schien in Frankreich einen geheimen, unterirdischen Krieg gezeugt und geboren zu haben. Die Alleinherrscher von Gottes Gnaden begannen die unkontrollierbare Macht des einfachen Volks zu fürchten. Jekaterina war froh, in St. Petersburg und nicht in Paris zu sein.

Jekaterina handelte so schnell, wie sie es gewohnt war. Sie unternahm alles, um die Ideen der Revolution an der Ausbreitung zu hindern. Würden die Leibeigenen des ganzen Landes ihre Ketten sprengen, würden sie wie jene Verbrecher in Frankreich den Adel abschlachten und die gottgewollte Ordnung in ein unüberschaubar furchtbares, brennendes und blutiges Chaos verwandeln? Aber bis die hochtrabenden Worte der gallischen Philosophen das Bewusstsein der analphabetischen Muschiki erreichten, würden noch viele Eisschollen die Newa heruntertreiben.

Im fernen Süden überrannte Potjomkin die Städte Bender, Ackermann und Kilia. General Alexej Suwarow, vom letzten Kampf schwer verwundet, besiegte die Osmanen in Martineschti und Rimnik. Österreich nahm Belgrad in Besitz. Repnin eroberte das kleine Fort Hadschibej. Das Jahr endete ohne große Siege. 1790 starb Kaiser Joseph II., und sein Bruder Leopold von Toscana war nicht willens, an der Seite Russlands gegen die Türken zu kämpfen. Der Prinz von Nassau erlitt eine katastrophale Niederlage bei Swenksund. Jekaterina in tiefer Verzweiflung und an Kopfschmerz, Schlaflosigkeit und Koliken leidend, war bereit, mit Schweden Frieden zu schließen. Am 3. August wurde der Vertrag eines ehrenvollen Friedens in Werelä unterschrieben. Die russischen Truppen belagerten erfolglos die osmanische Festung Ismail. Preußen und Polen schlossen im März 1790 ein Verteidigungsbündnis gegen Russland. Nach drei vergeblichen Sturmangriffen eroberte Suwarow Ismael und opferte dabei fünfzehntausend eigene Soldaten. In Jassy begannen vorsichtig tastende Verhandlungen, die vielleicht den endgültigen Frieden zwischen Russland und dem Osmanischen Reich näher brachten.

11. Juli 1792. Das Leben ein Traum? Die Labyrinthe frischer und weit zurückliegender Erinnerungen nur Visionen? Glück nur als kurzer Schlaf der Schrecken? Leidenschaften, die schneller welkten als Birkenblüten? War die Ungleichheit der Menschen ein Vorzug oder zählte sie zu den Unabänderlichkeiten des Lebens? Waren stetiger Fleiß und der Schweiß der Edlen der Beginn eines Höllensturzes, oder war jeglicher Ehrgeiz auch nur ein Traum?

Jekaterina schlaflos in Zarskoje Selo, ohne einen Mann an ihrer Seite, ächzte in der sommerlichen Mitternachtshitze. Ihre Gedanken waren bei Millionen Menschen, tief im Schlamm des Aberglaubens, der Unwissenheit, der Trägheit der Herzen, des Verstands und des Körpers versunken, von nichts Unbedeutenderem als Blitzschlägen aufzurütteln, Millionen Russen, die sie zum Glück oder wenigstens zur Zufriedenheit zu zwingen versuchte, mit der Beharrlichkeit einer sibirischen Schildkröte, mittlerweile drei Jahrzehnte lang, die nicht verstanden, die Wahrheit zu erkennen. War denn alles vergeblich gewesen? Mitunter glaubte sie, dass noch fünf Jahrhunderte vergehen müssten, bis sich dieses Land der Kultur der Vernunft und der Klarsichtigkeit unterworfen haben würde. Oder war Russland wirklich zu groß, und waren die Menschen zu unwillig oder zu dumm, sich einer Ordnung unterzuordnen, die jedem Einzelnen nur Vorteile brachte? Die Ereignisse schienen Beweis zu sein, dass der Umkreis von Jekaterina nichts anderes als ein monströses, verabscheuungswürdiges Babylon war.

Alexej »Rotrock« Mamonow, Jekaterinas »verzogenes Kind«, dem es an Jekaterinas Aufmerksamkeiten und Geschenken bisher nicht gemangelt hatte, inzwischen Direktor des Theaters der Eremitage, schien an einer seltsamen Art der Schwermut zu leiden. Er warf der Kaiserin Gefühlskälte vor und sprach von seiner zehrenden Traurigkeit. Jekaterina verstand – er wollte die Trennung. Im frühen Sommer 1789 schrieb sie ihm, dass er sich zurückziehen dürfe und sie ihm sowohl ein von Geldsorgen freies Leben sichern als auch mit der Tochter des reichen Grafen Bruce verheiraten würde. Mamonow freute sich keinen Atemzug lang, gestand vielmehr Jekaterina zuerst in einem Brief, dann weinend auf Knien vor ihr am Boden, dass er seit einem Jahr in die Ehrendame Daria Stscherbatowa verliebt sei und ihr die Ehe versprochen habe. Jekaterina vermochte die Kränkung scheinbar ungerührt zu ertragen, aber erst nach zwei Tagen war sie in ihrer bodenlosen Enttäuschung fähig, Mamonow und die Stscherbatowa zu sich zu rufen, öffentlich ihre Verlobung zu segnen und sie zu beschenken. Nur gegenüber ihrem

Sekretär Chrapowitzki ließ sie erkennen, wie verbittert sie war. In ihrem Empfinden sank Mamonow bis zur Bedeutungslosigkeit von Simon Soritsch herab, den sie ganze elf Monate lang vor Rimski-Korssakow ertragen hatte.

Während sie ihren schweren Körper, die dicken Oberarme und Ellbogen, diese Last ihrer jugendlichen Seele, und ihre geschwollenen, schmerzenden Beine in eine bequeme Lage brachte, fühlte Jekaterina noch immer die ätzenden Stiche dieser Erinnerungen. Wie viel hätte sie darum gegeben, dies alles ungeschehen machen zu können. Aber wenn sie es recht bedachte, dann wälzte sie noch schlimmere Gedanken an Teile ihres bisher vergangenen Lebens. Grischa Potjomkin, der Einzigartige, mit keinem anderen zu vergleichen, der Mann, dessen Herz, Verstand und Können ihrer eigenen Größe entsprachen …

Zur gleichen Zeit, damals, nach dem Verrat, trat Platon Subow seinen Dienst als Hauptmann der kaiserlichen Leibwache an – zweiundzwanzig Jahre alt, Teilnehmer an den Kämpfen gegen die Schweden und einer von vier Söhnen eines Provinzgouverneurs. Wenige Tage nach Mamonows Verlobung ernannte Jekaterina Platon Alexejewitsch Subow zu ihrem Generaladjutanten. Als Grigori Potjomkin von Jekaterinas neuem Favoriten erfuhr, verließ er die Krim und reiste in Eilmärschen nach St. Petersburg. In Paris hatte der Mob in jenen Tagen die Bastille gestürmt und das Königtum in ernste Gefahr gebracht. Zwischen Jekaterina und Potjomkin gab es wegen Subow eine lange, erbitterte Auseinandersetzung. Sie stritten wie ein altes Ehepaar, dessen einstige Verliebtheit zu besorgter Freundschaft geworden war. Subow, in dessen Palasträumen ein schnatterndes Äffchen die Besucher ärgerte, fand keineswegs Potjomkins Zustimmung. Jekaterina ließ sich den jungen Gardeoffizier nicht ausreden. Durch Subow sei sie ins Leben zurückgekehrt wie eine Fliege, die in der Kälte ganz starr geworden sei. Potjomkin bedauerte, Jekaterina zurechtgewiesen zu haben, und er nahm sogar Platon Subows Bruder, den einbeinigen Valerian, in seinen taurischen Generalstab auf. Von dort schrieb Valerian Briefe voller Bosheit, in denen er Potjomkins Versäumnisse und Übertretungen nach St. Petersburg schilderte. Schließlich, lange bevor der Waffenstillstand zwischen dem Osmanischen Reich und Russland ausgehandelt war, kam Potjomkin selbst in Begleitung seiner bildschönen Nichte und Mätresse Alexeja, der Gräfin Branicka, und beschloss, die Zarin mit einem Fest, wie es St. Petersburg noch nie erlebt hattezu ihrem zweiundsechzigsten Geburtstag zu beschämen.

Am 28. April 1791 waren zur Feier des russischen Siegs über die Türken in Potjomkins Taurisches Palais dreitausend Gäste geladen. Der Palast war aufwendig geschmückt, und mehr Kerzen, als es in den Geschäften von St. Petersburg zu kaufen gab, verwandelten das Anwesen in ein Märchenschloss voller Teppiche, Kunstwerke und Gobelins. Eine unabsehbar lange Reihe Kutschen brachte die Gäste zum Eingang, wo Potjomkin sie in scharlachroter, goldbestickter Phantasiekleidung im schwarzem Spitzenmantel mit Diamantschließen begrüßte. Seinen Kopfschmuck, schwer von Diamanten, trug ein Page hinter ihm her. Küche und Weinkeller versprachen die edelsten Delikatessen.

Jekaterina verließ ihre vergoldete Kutsche und ging, als russische Bojarin gekleidet, langsam durch das Spalier der Gäste zur marmornen Eingangshalle. Potjomkin küsste ihre Hand und führte sie in den Ballsaal, in dem dreihundert Musiker zu spielen begannen. Von ihrem Sitz auf einem teppichbelegten Podium hatte Jekaterina den einzigartigen Blick auf das gesamte Geschehen im Saal. Potjomkin hatte den verschwenderischen Reichtum seiner Einfälle für diese Nacht abermals überboten.

Jekaterinas vierzehnjähriger Enkel Alexej tanzte voller

Anmut in einem von achtundvierzig Paaren eine Quadrille. Danach spazierten die Gäste durch einen Säulengang in eine Halle voll blühender Bäume und Büsche, durch Kerzenlicht und Blütenduft und Fontänen, die in Marmorbecken sprudelten. Ein Obelisk aus Achat stand in der Saalmitte, und seine geschliffene Oberfläche warf farbige, blitzende Lichtverspiegelungen in alle Richtungen. Eine Ode des Dichters Derschawin, eine Huldigung für Jekaterina, wurde deklamiert; der Beifall galt weniger ihm als der Kaiserin. Neben dem feuchtwarmen Garten spiegelten die Wände einer Höhle aus purem Eis das Grün und die Besucher.

Im Speisesaal bewunderten die Gäste sechs Tischreihen mit jeweils fünfhundert Kristallgläsern und Silbertellern. Auf einem prächtigen Elefanten, der durch die Halle gezogen wurde, trommelte ein Page und rief die Gäste zu Tisch. Das Souper begann, und auf dem Ehrenplatz verkörperte Jekaterina zum Erstaunen vieler die anmutigste, freundlichste Gastgeberin. Sie saß zwischen Potjomkin dessen Fingernägel unversehrt waren, und Subow und lächelte zu jedem der vielen Trinksprüche. Während des Essens, das in silbernem und goldenem Geschirr serviert wurde – auch an Champagner und Wein war kein Mangel –, klatschte Potjomkin in die Hände; ein Vorhang öffnete sich. Seine Gäste bewunderten auf einer Bühne nacheinander zwei Komödien mit französischen und italienischen Künstlern, ein Chorkonzert und Tänzer aus allen Teilen Russlands.

Kurz vor Mitternacht begann Jekaterina Müdigkeit zu verspüren. Während sie sich verabschiedete, breitete sich in allen Räumen Stille aus. Die Gespräche erstarben. In der Eingangshalle blieb Jekaterina stehen. Ein riesiger Chor begann einen Choral zu singen, eine Hymne für die Siegerin, nur für Jekaterina komponiert und aufgeführt. Durch die Nacht hallten nie gehörte wunderschöne Stimmen, die eine Musik hervorzauberten, welche jedes Herz rührten und in einem triumphalen Höhepunkt Jekaterina vor Stolz, Bewegtheit und Dank die Tränen in die Augen trieben. Sie würde sich immer an die Melodie und den engelhaften Klang des Chorals erinnern.

Jekaterina dankte Potjomkin für den Abend und die Ehrungen. Sie stützte sich auf Subow. Potjomkin verstand, dass dieser Abschied symbolisch war, und kniete nieder, als unterwürfe er sich der Kaiserin, als wäre dies ein Abschied für immer. Als er ihre Hände küsste, weinte er.

Fürst Repnin hatte das Kommando über die russischen Truppen des Südens übernommen. Er überschritt die Donau und kesselte das Heer des Großwesirs, das hundertzwanzigtausend Mann stark war, mit vierzigtausend todesmutigen russischen Soldaten ein. Bei Matschin wurden die Türken vernichtend geschlagen und schienen nunmehr bereit, einem Waffenstillstand zuzustimmen. Subow und einige Würdenträger empfahlen einen ehrenvollen Friedensschluss, aber Potjomkin wollte den Krieg trotz leerer Kassen und erschöpfter Heere bis zur Vernichtung der Türken fortsetzen. Jekaterina bat ihn, ihr das schönste Geschenk nach vier Jahren Krieg zu machen: Er solle für sie den Friedensvertrag unterzeichnen. Nach einigem Zögern, wegen des Festes hoch verschuldet, reiste Potjomkin über Charkow nach Jassy am Pruth ab.

In Charkow musste er an der Trauerfeier für seinen Vertrauten teilnehmen, für den geachteten Prinzen Alexander von Württemberg. Müde, enttäuscht und abgelenkt, stieg Potjomkin beinahe in den Leichenwagen statt in seine Kutsche ein und verstörte seine Umgebung danach mit den Anzeichen einer Verwirrtheit, die ihn gepackt hatte, denn er war in hohem Maß abergläubisch. In Jassy erfuhr er, dass Fürst Repnin im August die Einleitung des Friedensvertrags schon unterzeichnet hatte, und begann zu toben. Sein starker Körper wurde von einem infektiösen Fieber geschwächt, das ihn seiner Energie beraubte; er war ein höchst unvernünftiger Patient und schlug die dringenden Ratschläge der Ärzte in den Wind.

Anfang Oktober 1791 verließ Potjomkin unvermittelt die Konferenz und Jassy und fuhr nach Nikolajew. Diese Stadt an der Mündung des Bug hatte er selbst gegründet. Einige Kosaken zu Pferde, drei Sekretäre, Gräfin »Saschenka« Branicka und ein Arzt begleiteten ihn auf der Fahrt, die ihn überforderte. Nach einigen Werst bat er, anzuhalten, und legte sich, erschöpft und todkrank, auf einen Teppich im Schatten eines Baums.

Gegen Mittag starb Grigori »Grischa« Potjomkin Fürst von Tauris. Als die Begleiter nach einer goldenen Münze suchten, um mit ihr nach russischem Brauch sein Auge zu schließen, fand ein Kosak nur ein kupfernes Fünfkopekenstück. Diese Münze legten sie auf das Lid seines heilen Auges. Als fünfeinhalb Monate nach dem Fest in Potjomkins Taurischem Palais ein schwarz gekleideter Kurier die Botschaft in den Palast zu St. Petersburg brachte, verlor Jekaterina das Bewusstsein. Die Trauer um Grischa, den einzigen Mann, mit dem sie bis zu ihren letzten Tagen glücklich zusammengelebt hätte, traf sie wie ein Keulenschlag. lhr Herz war weder fähig noch bereit, die Tiefe des Verlusts zu erkennen.

Jekaterina wühlte eine andere Erinnerung aus dem schwarzen Nest ihrer trostlosen Empfindungen. Als sie im Juli 1790 auf eines von sechshundertfünfzig Exemplaren der *Reise von Petersburg nach Moskau* stieß, stieg ihr Erschrecken mit jeder Seite. Alexej Nikolajewitsch Radischtschew, einst Stipendiat der Zarin und Student der Jurisprudenz in Leipzig, beschrieb in Form von Briefen die Reise entlang von fünfundzwanzig Poststationen. Er schilderte verschiedene Missstände, die erschütternden Folgen der Leibeigenschaft, Korruption, Grausamkeiten, Schmutz und Faulheit. Die Zarin ließ Radischtschew sofort festnehmen und Anklage erheben. Schon im August wurde er zunächst zum Tode verurteilt, einen Monat später jedoch zu zehn Jahren Verbannung begnadigt. Jekaterina dachte lange darüber nach, ob der Verfasser einen Umsturz geplant habe, und sie war entsetzt darüber, dass so viele Jahre ihrer Bemühungen am Zustand der russischen Gesellschaft so wenig geändert hatten. Aber sie musste Russland vor der französischen Pest bewahren, vom Feuer der Anarchie, das von den Vordenkern der Revolution auf Versailles und selbst auf St. Petersburg übergreifen konnte.

Am 29. Dezember 1791 (bzw. 9. Januar 1792) unterzeichneten die Großen Mächte einen endgültigen – wirklich und wahrhaftig? – Friedensvertrag. Die Krim und die Küste des Schwarzen Meeres zwischen den Mündungen von Bug und Dnjestr gehörten unwiderruflich – wirklich und wahrhaftig? – zu Russland. Russland hatte Sturm gesät und erntete nun, so Gott wollte, lange Jahre der Windstille. Aber das Schwarze Meer wurde von den osmanischen Schiffen bewacht, ihr Enkel Konstantin würde nicht in Konstantinopel als »Orientalischer Kaiser« gekrönt werden, und die Passage durch die Meerengen ins Mittelmeer war noch immer nicht frei; die Türken blockierten auch weiterhin den Bosporus.

Im März 1792 wurde König Gustav III. von Schweden von einem ehemaligen Gardeoffizier während eines Maskenballs erschossen. Sein Sohn Gustav IV. Adolf bestieg, mit seinem dicken, dünnbeinigen Onkel Karl von Södermanland als Regent, den Thron. Jekaterina machte Fürst Alexej Besborodko, der aus Jassy zurückgekommen war, zum Berater von Platon Subow, der nun in der Eremitage wohnte. Preußen und Polen hatten 1790 ein Schutzbündnis geschlossen, und daraufhin verabschiedeten die Polen in Mai 1791 eine neue Konstitution, eine »Verfassung«, die Jekaterina als »Ausgeburt revolutionären Geistes« und als in Paris ausgeheckt bezeichnete. Die französische

Königsfamilie flüchtete aus Versailles und wurde auf dem Weg in die Freiheit festgenommen und arretiert. Ein österreichisches Heer schlug sich in Belgien mit französischen Truppen, und Jekaterina beabsichtigte, sechzigtausend russische Soldaten nach Polen und zweiunddreißigtausend nach Litauen in Marsch zu setzen …

Wie ein Mahlstrom endeten alle Überlegungen und Gedanken in einem Abgrund. Jekaterinas Glieder wurden schwer wie Blei, ihr Kopf sank zur Seite. Die Sterne begannen zu verblassen, als sie die Augen schloss und endlich in die Wohltat des Schlafs eintauchte.

Die zweite Hälfte des Jahres 1792 begann mit Nachrichten, die wie furchtbare Vorboten des Untergangs jedem Adligen erschütternd vor Augen führten, was ihn erwartete, wenn die Revolution die Grenze überschritt. Am 10. August zogen bewaffnete Pariser Bürger zur königlichen Residenz, griffen tausend Schweizer Gardisten an und töteten sie. Danach sperrten sie die königliche Familie ein – die Revolutionäre hatten in Frankreich die Monarchie gestürzt. Das Diktat der so genannten Menschenrechte, von der französischen Nationalversammlung ausgerufen, drohte über Frankreichs Grenzen hinaus. Der russische Botschafter Simolin – Helfer bei der Flucht des Königs – kam mit dem Schrecken davon. Die ersten französischen Adligen, die dem Terror und der Hinrichtungsmaschine entronnen waren, trafen verängstigt und verstört in St. Petersburg ein. Jekaterina befahl, sie mit äußerster Zuvorkommenheit zu behandeln.

Nach einem entwürdigenden Schauprozess richteten die Revolutionäre ihren König, jetzt »Bürger Ludwig Capet«, am 21. Januar 1793 neuer Zeitrechnung auf der Place de la Révolution mit dem Fallbeil hin. Jekaterina trug drei Wochen lang nur schwarze Trauerkleidung. Die russischen Truppen marschierten in Polen ein; reiche polnische Adlige hatten die Zarin um Hilfe gebeten. König Stanislaus Poniatowski ließ die neue Verfassung aufheben. Auch der Nachfolger Friedrich des Großen, Friedrich Wilhelm II. von Preußen, schickte Truppen nach Polen. Das Land, nach den ersten Gebietsverlusten nur noch ein Torso, wurde zum zweiten Mal verkleinert. Russland erhielt das östliche Drittel – Wilna, Minsk, Kiew und drei Millionen neue Untertanen –, Preußen nahm sich Danzig und das westlich gelegene Land bis kurz vor Warschau. Selbst Österreich erhielt sein Teil. Danach wurde der Rest Polens von St. Petersburg aus regiert.

Am 28. September heiratete Großfürst Alexej, Jekaterinas hoffnungsvoller Enkel, die Prinzessin Luise von Baden, die den Namen Jelisaweta Alexejewna erhalten hatte. Kurz vor ihrem achtunddreißigsten Geburtstag, am 16. Oktober, starb Königin Marie Antoinette, durch die Guillotine hingerichtet. Ihr achtjähriger Sohn Louis Charles wurde eingekerkert. Jekaterina erklärte den Handelsvertrag, den sie und Graf Ségur während der Krimreise geschlossen hatte, für ungültig, verbot allen russischen Häfen, französische Schiffe einlaufen zu lassen, und brach, nachdem sie Botschafter Genet als unerwünscht ausgewiesen hatte, sämtliche diplomatischen Beziehungen zu Frankreich ab.

Vierzehn Monate nach der zweiten Teilung Polens, am 24. März, schwor General Tadeusz Kosciuszko auf dem Marktplatz zu Krakau, Polens Unabhängigkeit wieder zu erkämpfen. Er war achtundvierzig, ehemals Adjutant George Washingtons, General im amerikanischen Unabhängigkeitskrieg und Anführer der polnischen Truppen gegen Russland, und seine flammende Rede bescherte ihm gewaltigen Zustrom aus allen Gruppen der Bevölkerung. Die Menge der Freischärler nahm rasch zu und mündete viel zu früh in einem Aufstand, der die russische

Garnison aus Warschau vertrieb. Jekaterina erfuhr, dass Preußen und Österreich abermals mit Truppen eingriffen, und schickte General Suwarow nach Polen. Er sollte Warschau einnehmen.

Kosciuszko und Suwarow trafen im Oktober bei Maciejowice aufeinander. In der Schlacht wurde Kosciuszkos Heer geschlagen, er wurde verwundet und gefangen genommen. Am 2. November neuer Zeit drang Suwarow nach Praga vor, einer Vorstadt Warschaus, und nahm den Ort ein. Die Hauptstadt kapitulierte, und das russische Heer verwandelte den Ort in Trümmer und badete im Blut der Bevölkerung, Nach mehr als dreißigjähriger ungewollter Herrschaft dankte Poniatowski ab. Kosciuszkos elftausend Anhänger gingen als Gefangene in die sibirische Verbannung, Poniatowski und Kosciuszko brachte man zuerst nach St. Petersburg und Grodny. Am 24. Oktober unterschrieb auch Preußen die festgesetzten Einzelheiten der dritten polnischen Teilung; Österreich nahm sich Galizien, und Polen verschwand von allen Landkarten, die von diesem Tag an gezeichnet wurden. Zarin Jelisaweta hatte ungefähr zwanzig Millionen Untertanen besessen, aber Jekaterina herrschte jetzt über mehr als fünfunddreißig Millionen Abhängige.

César Frédéric de La Harpe glaubte mitunter, er habe – auch durch Gräfin Daschkowa – in seinen Jahren in St. Petersburg ebenso viel gelernt wie er gelehrt hatte. Sechs Millionen sechshundertachtzigtausend männliche Leibeigene, rechtlos, oft zur Arbeit geprügelt, gottesfürchtig und zarengläubig, vegetierten in Jekaterinas riesigem Reich. Auch er war von vielen Dienern umgeben; diese guten Jahre, sagte sich La Harpe, würden nun enden müssen.

Alexej behandelte ihn, La Harpe, mit aller Ehrerbietung. Aber Alexej stießen wie ihn das seltsame Betragen, die kleinliche Bosheit und die Weigerung der »Kaiserlichen Majestät« ab, wahre Bildung zu genießen. Jekaterina hatte La Harpe zu sich gebeten und von ihm verlangt, ihrem Enkel die Verantwortung für das Reich mit Nachdruck beizubringen, denn er würde es regieren müssen statt seines unfähigen Vaters. La Harpe lehnte rundweg ab, sich als Werkzeug der Kaiserin missbrauchen zu lassen, bemühte sich aber, den Großfürsten mit dem Prinzen zu versöhnen. Dies gelang – scheinbar nur zu gut. Als die Zarin von dem auffälligen Maß der Sohnesliebe hörte, rief sie La Harpe zum zweiten Mal zu sich und teilte ihm mit, dass er entlassen sei.

Alexej hielt sich auch nach seiner Hochzeit regelmäßig im Studierzimmer auf und lernte. Als La Harpe ihm leichenblass und mit feuchten Augen von seiner Entlassung berichtete, fing Alexej zu schluchzen an und fiel seinem Lehrer um den Hals. Wenige Tage später bestieg La Harpe die Kutsche, die ihn aus der Stadt brachte. Ein Bote übergab ihm einen Brief, den der Lehrer während der Fahrt las. Sein Schüler schrieb ihm:

»Leben Sie wohl, mein teurer Freund!

Ach, wie schwer es mir fällt, dieses Wort niederzuschreiben! Vergessen Sie nicht, dass Sie hier einen Menschen zurücklassen, der Ihnen völlig ergeben ist und gar nicht weiß, wie er Ihnen jemals genug danken soll, weil er außer der Geburt Ihnen alles schuldet. Leben Sie glücklich, teurer Freund; dies ist der Wunsch eines Menschen, der Sie zärtlich liebt, Sie ehrt und über alle Maßen achtet. Zum letzten Male: Leben Sie wohl, mein bester Freund. Vergessen Sie mich nicht.

Alexander.«*

La Harpe blickte aus dem Fenster des Postwagens, dachte an die sorgenfreien Tage in Zarskoje Selo und lächelte schmerzlich. Nach einer Welle flüsterte er: »Später wird er wohl sagen: ›Einem Schweizer verdanke ich alles, was ich bin.‹ Seinem Freund Kotschubay erzählt er be-

* Troyat, S. 429

stimmt, dass Platon Subow versucht, seine Gattin, die Großfürstin, zu verführen, und damit angefangen hat, ihr in aller Öffentlichkeit gewagte Komplimente zu machen.«

La Harpe bedauerte seinen Schüler Alexej, und dessen Bruder Konstantin ebenfalls. Bei rechtem Licht besehen, sollte er auch Russland bedauern, wenn, Gott behüte!, Paul zu Jekaterinas Nachfolger gekrönt wurde. Mütterchen Russland, das reiche, große Land, das für La Harpe bald zu den guten Erinnerungen gehörte; und der Zar war weit.

Tausend Tage lang, mitunter bis spät in die Nacht, hatte Jekaterina unablässig gearbeitet. Jetzt hoffte sie, aufatmen und sich zurücklehnen zu können. Der großfürstlichen Familie von Paul und der fruchtbaren Maria Fedorowna waren bisher acht Kinder geschenkt worden, Alexej und Konstantin und sechs Töchter: die junge zwölfjährige Schönheit Alexeja, dann Jelena, Maria, Jekaterina Olga und Anna, erst wenige Wochen alt. Nach langem Leiden starb Olga, nur zweieinhalb Jahre alt, im selben Jahr. Jekaterinas Schmerz über den Tod ihrer Enkelin mischte sich in ihre Erschöpfung und die Gewissheit, dass ihr anfälliger Körper und ihre gefühllos gewordenen Beine deutliche Zeichen waren, dass auch sie mit einer Krankheit rechnen musste, die ihren Verstand verwirrte, oder mit den Qualen des Sterbens, das alles auslöschte.

So unendlich viel hatte sie getan, unternommen, befohlen. Dreiunddreißig Jahre hatte sie das Volk unablässig getrieben und vorangetrieben. Mit einer Heerschar fremder Baumeister – von den russischen Häusererbauern hielt sie herzlich wenig – hatte sie die schönsten Gebäude der Welt errichtet, schöner als Versailles, hatte die Literatur gefördert, die Musik, Opern und Schauspiele, Ballett – nicht wenige herausragende Schauspiele hatte sie selbst verfasst! –, hatte Kriege führen müssen und das Reich vergrößert, und wohin immer sie blickte, sah und spürte sie die Liebe ihrer

Untertanen. Sie war eine eifrige, gläubige Christin, die keine Messe und nie die Sakramente versäumte. Die besten Männer hatten für sie gearbeitet und gekämpft. Ihre Großzügigkeit war ebenso bewundernswert wie ihre Willenskraft und ihre kaiserliche Großmut. Sie kannte die Zahlen. Hundertachtundfünfzig Millionen Rubel waren in Assignaten im Umlauf. Die Ausfuhren erbrachten jährlich siebenundfünfzig Millionen Rubel, die Einfuhren kosteten achtzehn Millionen weniger. Es gibt keine Wegelagerer und keine Piraten, dachte sie zufrieden, Straßen und Flüsse von Mütterchen Russland sind sicher, und ich weiß weder von bestechlichen Beamten noch von Gouverneuren, denen man Unterschlagungen vorwirft. Ich habe mich dreiunddreißig Jahre lang jede Stunde, die Gott werden ließ, um Glück, Wohlstand und Freiheit für mein Volk bemüht. Fast alle meine wirklichen Freunde sind gestorben, und ich hatte viele treue Freunde. Und wenn das Glück, dessen wir entrieten, mir und Orlow oder mir und Grischa Potjomkin hold gewesen wäre, läge der eine oder der andere Grischa heute neben mir und ich in seinem Arm, und alles wäre gut. Aber es ist so, wie es ist, und nun werde ich mich mit Platon Subows zwiespältiger Zuneigung begnügen und mich um zwei seltsame Söhne, etliche Schwiegertöchter und eine Herde kreischender gesunder Enkel kümmern, und um Alexej, der ein hübscher, kluger, gerechter und guter Zar auf meinem Thron sein wird. Aber kein besserer als ich.

Sie hob die Kaffeetasse und blickte lächelnd auf das schimmernde Leder und die Goldintarsien der Schreibtischplatte. Der Tisch war fast leer, abermals ein Beweis ihrer Arbeitskraft und Zuverlässigkeit. Oder ihr Privatsekretär hatte nicht gewagt, ihr den letzten Stapel Depeschen und Ausfertigungen zu bringen.

Einer der engsten Vertrauten der Zarin, Chrapowitzki, ihr privater Sekretär, begleitete Jekaterinas Schaffen seit langer Zeit. Er wusste, dass sie in den Jahren zwischen

1756 und 1794 mehrere Versionen ihrer Memoiren geschrieben hatte und daran dachte, zusätzlich zu der Flut ihrer Briefe, Theaterstücke und anderer Schriftstücke die Lebenserinnerungen fortzusetzen. Ihre *Sapiski* hielt sie unter Verschluss. Einige Seiten hatte sie ihn lesen lassen, da er in der russischen Version die Fehler tilgen sollte. Auch er hatte bis 1793 ein Tagebuch geschrieben, allerdings verschlüsselt, da er mit angesehen hatte, wie Alexej Radischtschew und Nikolaus Nowikow bestraft worden waren, und außerdem die Rachsucht jenes Platon Subow fürchtete. Er würde erst dann ein Wort preisgeben, wenn die Zarin ihre *Sotschinenija Imperatrizy Jekateriny II.* fertig geschrieben hatte und in der Akademie drucken ließ. Die Stichworte seiner Ausführungen hatte er im Kopf: 1. Wäre die Kaiserin allein geblieben, oder hätte sie nur Potjomkin in ihr Bett gelassen, wäre im Land vieles besser. 2. Die Entfernung zwischen der Kaiserin und den Söhnen Paul und Bobrinski war größer als zwischen St. Petersburg und Sewastopol. 3. Vielleicht nicht Saschinka Lanskoi, aber alle anderen Herren Gardeoffiziere – der schlimmste war dieser Parasit Subow mit seinen Brüdern! – gehörten eigentlich an die Nordgrenze Sibiriens. Alle Schmarotzer, auf deren Einflüsterungen – unbegreiflich! – diese kluge, arbeitsbesessene Frau hörte! 4. Die tausend Briefe, die sie mit angeblichen Geistesgrößen in Europa wechselte! Dafür waren Tinte und Papier zu teuer, denn was ist aus den ach so Klugen geworden? Sie sind schuld an der Revolution, haben einen König geköpft und sind jetzt alle tot, ohne dass die Welt trauert. 5. Die Millionen Muschiki, recht- und freiheitslos: Aus Angst vor dem Adel hat die Zarin nichts an einem Zustand geändert, der nicht sein soll, denn sie sind ebenso Menschen wie wir alle. Die Zügel gelockert, keine Sporen und Reitpeitschen mehr, keine Willkür der Gutsherren, keinen Verkauf von Menschen, als ob man Schafe wegtreibt! Selbst jetzt, so alt und im Angesicht des Todes, wagt die

Zarin nicht, den Zustand zu ändern – wer könnte sie daran hindern? 6. Der neue Zar wird daran auch nichts ändern, und wenn er so endet wie sein Vater Pjotr III., wird auch sein Nachfolger nichts daran ändern …

Chrapowitzki zuckte mit den Schultern. Er kannte seine Stichworte auswendig. Er goss das Glas mit Wodka voll, schob die Flasche neben das Tischbein und leerte das Glas mit drei Schlucken.

Es war spät geworden, aber vielleicht läutete die Kaiserin heute noch einmal nach ihm. Er kratzte sich unter der Perücke und wartete geduldig.

Persien, ein Staat, von dem man wenig wusste, war 1795 in Armenien und Georgien eingedrungen und hatte die Länder verwüstet. Die Partei in St. Petersburg, die sich reiche Beute jenseits der südlichen Grenzen Russlands versprach, nutzte ihre freundschaftlichen Beziehungen zu Platon Subow aus, und dieser wusste von Potjomkin, dass Armenien der Herrschaft Persiens und der Türkei mehr als überdrüssig war. Er vermochte schließlich Jekaterina zu überzeugen und umzustimmen.

Im Februar 1796, in St. Petersburgs winterlicher Kälte, aber in der Wärme der Halbinsel Tauris, setzte sich ein Heer von zwanzigtausend Soldaten in Bewegung und marschierte unter seinem Anführer Valerian Subow an der Ostküste des Kaspischen Meeres vor, auf Derbent und Baku zu. Jekaterinas Befehle lauteten, nach Persien einzudringen und weitere Anordnungen abzuwarten.

Im Juni 1796 brachte Maria Fedorowna ihr neuntes Kind zur Welt, den dritten Sohn Nikolaus oder Niklas. Jekaterina bemühte sich, ihre großmütterliche Zufriedenheit zu zeigen und glücklich zu scheinen, aber Niklas würde nicht mehr in der gleichen Weise wie Alexej und Konstantin erzogen werden; es war zu spät. Niklas war seinem Vater Paul ausgeliefert, der ebenso wenig für den Thron Russlands geeignet war wie Pjotr III.

Jekaterinas Vertrauen in den wohltuenden Einfluss, den La Harpe auf Pauls Söhne ausgeübt hatte, besonders auf Alexej, blieb ungeschmälert. Sie hatte, halb im Übermut, ihre eigene Grabinschrift entworfen, und jetzt dachte sie daran, nach ihrem Willen und dem Gesetz ihren Thronfolger zu bestimmen. Nicht Paul, sondern ihren Enkel. Sie rief ihren Vizekanzler Besborodko zu Hilfe, und gemeinsam schrieben sie eine Proklamation, aus deren Worten klar hervorging, dass sie ihren Sohn Paul zugunsten Alexejs von der Thronfolge ausschloss.

Jekaterina unterzeichnete und siegelte das Dokument, schrieb »Nach meinem Tod im Staatsrat zu öffnen« auf den Umschlag und verschloss und siegelte auch ihn. Als Besborodko gegangen war, legte sie das Schreiben aufatmend und zufrieden in ihre Geheimschatulle.

Im August würde König Gustav IV. Adolf ihrer Einladung nach St. Petersburg folgen. Platon Subow hatte ihr geraten, ihre schöne Enkelin Alexeja Pawlowa mit dem Schwedenkönig zu vermählen. Die Verbindung würde das Verhältnis zu Schweden, das trotz aller diplomatischen Bemühungen noch immer brüchig war, mit einem Schlag auf einfache Weise verbessern. Noch war die Prinzessin zu jung, aber Gustav IV. war nicht viel älter; eine Verlobung würde fürs Erste genügen müssen.

Jekaterina spürte ihre siebenundsechzig Jahre. Hatte sie schon bei jeder Sternschnuppe gedacht: Das bedeutet Tod!, so sollte sie besser nicht zu lange warten – weder mit der Verlobung noch mit der Proklamation zugunsten des Enkels. Ursprünglich hatte sie den Neujahrstag 1797 dafür bestimmt, aber jetzt entschloss sie sich in einer spontanen Eingebung, das große Ereignis am 24. November stattfinden zu lassen, an ihrem Namenstag. Sie war sicher, dass sich Gustav und Alexeja verlieben und verloben würden, denn die ersten Blicke, die ersten zögernden Worte mussten zwischen den Kindern die einzigartige junge Liebe aufblühen lassen – jene Liebe, nach der sich jeder sehnte.

In der Nacht des 5. November drehte der Wind und frischte zum Sturm auf. Die Böen, die um Häuser und Paläste heulten, hohe Wellen auf der Newa auftürmten und die Brandung der Ostsee von den Stränden drückten, fegten die Gewitterwolken aufs Meer hinaus.

Eineinhalb Tage lang, um diese Jahreszeit für die Gegend um St. Petersburg eine Zehnjahresseltenheit, hatten sich die Gewitterfronten im Kreis um die Stadt gedreht und waren mehrere Male über die Dächer hinweggezogen. Blitze von titanischer Länge, auf den Schneeflächen greller blendend als je erlebt, und Donnerschläge, unter denen die Fundamente der Paläste zitterten, hatten vielleicht vierzig Stunden lang gewütet und Mensch und Tier in Todesängste versetzt. Schwerer Regen gefror auf den Dächern, Plätzen und Straßen. Eis bildete sich in langen Zapfen. Wenn sich das Gewitter für kurze Zeit entfernte, umgaben lange Wälle aus Wetterleuchten die Stadt.

Es dauerte auch nur einige Stunden, bis der Sturm die Pfützen glatt gefegt und die Straßen von heruntergebrochenen Ästen und dem Herbstlaub befreit hatte, das zusammen mit schwarzen Vögeln und ihren gefrorenen Nestern vom Hagel zerschlagen worden war. In langen Schleiern, wie knatternde Fahnen, wurden Blattreste, Schnee und Schmutz über die granitenen Kais in den Fluss geweht. Bei Sonnenaufgang schoben sich große Wolkenfelder in seltsam lodernden Farben brodelnd über den Himmel. Der Sturm ließ nach und wandelte sich zu kaltem Ostwind, der stetig blies. Jetzt wagten sich die Bewohner wieder aus den Häusern und begannen die Verwüstungen zu beseitigen.

6. (17.) November 1796, morgens acht Uhr. Die ganze Nacht hatte Jekaterina keuchend dagelegen, ohne die Au-

gen zu öffnen, ohne zu Bewusstsein zu kommen. Großfürst Paul und Großfürstin Maria hatten mit ihren Söhnen die nächtliche Totenwache gehalten; auch ihre jüngeren Kinder blieben für einige Minuten am Bett stehen und starrten hohläugig und verschreckt auf ihre sterbende Großmutter. Noch immer wechselte die Haut des Gesichts und des Halses ihre Farbe zwischen kreideweiß und stockigem Rot. Als die Ärzte zu verstehen gaben, dass keine Hoffnung mehr bestand, trat Metropolit Gabriel ans Totenbett.

Er salbte Jekaterinas Stirn, Nase, Wangen, ihren Mund, die Brust und die Hände und legte die Hostie auf ihre Zunge. Seine dunkle, beherrschte Stimme begleitete die Geräusche aus der Kehle der Kaiserin.

»Heiliger Vater, Arzt der Seele und des Leibes, der uns seinen einzigen Sohn, unseren Herrn, Jesus Christus sandte, welcher uns von jeder Krankheit heilt und von jedem Tode rettet, erlöse Deine Dienerin Jekaterina von der leiblichen und geistigen Krankheit, welche sie befallen hat, und gib ihr das ewige Leben durch die Gnade Deines Sohnes Jesus Christus.«

Einmal kam Kammerdiener Sotow, dann Maria Perekusikina, um mit feuchten Tüchern blutigen Speichel und Blut vom Gesicht der Sterbenden abzuwischen und ihre Stirn zu kühlen. Die Kammerfrau weinte laut und schüttelte die schweißfeuchten Kissen in Jekaterinas Nacken zurecht; die alte Dienerin schien an das Wunder zu glauben, das ihre Herrin wieder gesunden lassen würde. Platon Subow hockte zusammengesunken auf einem Schemel. Sein Blick ließ erkennen, dass er kurz davor stand, aus Furcht vor dem Sturz in die Bedeutungslosigkeit oder Angst vor Schlimmerem die Beherrschung zu verlieren.

Großfürst Paul schien die Übersicht behalten zu haben. Er sprach mit Vizekanzler Besborodko und dem Generalprokuror Graf Samoilow, dann verließen die Männer das Sterbezimmer und gingen in Jekaterinas Arbeitsräume.

Großfürst Paul ahnte, wusste es aber nicht mit Gewißheit, dass die Kaiserin eine Proklamation abgefasst hatte, die ihn zugunsten seines Sohnes Alexander von der Thronfolge ausschloss. Wahrscheinlich wusste auch Alexander, dass in einer von Jekaterinas Schatullen ein solches Dokument lag. Vielleicht wartete er darauf, dass die Sterbende für ein, zwei Sätze zu sich kam – und ihn aufforderte, das Dokument zu holen. Er war in Entsetzen und Trauer erstarrt und schien nicht daran zu denken, etwas für seine Thronfolge zu unternehmen.

Samoilow und Besborodko begannen die Papiere auf den Tischen und in allen Fächern und Schubladen der Ablage zu sortieren und zu versiegeln. Rostopschin half eine Weile mit, Briefe und Schriftstücke zu kleinen Paketen zu verschnüren und Wachs auf die Knoten zu träufeln. Paul presste das kaiserliche Siegel darauf. Aus dem Korridor kam Lärm. Rostopschin eilte hinaus.

Besborodko hob nach einiger Suche einen Umschlag, mit schwarzem Band umwickelt, in die Höhe. Leise sagte er: »Ich lese: ›Nach meinem Tod im Staatsrat zu öffnen.‹ Die Schrift der Kaiserin, Großfürst, und ihr Siegel.«

Paul streckte die Hand nach dem Umschlag aus. Besborodko starrte den Großfürsten an, richtete seinen Blick auf das lodernde Kaminfeuer und hob die Schultern. Paul machte ein paar Schritte, warf den Brief auf die Glut und sah zu, wie er sich gelb und braun färbte und mit kleinen Flammen verbrannte.

Besborodko glaubte Pauls murmelnde Stimme zu hören: »Nun gibt's keinen Beweis für ihren letzten Willen mehr.«

Dann deutete Paul auf Jekaterinas überladenen Schreibtisch, und lauter und entschlossener sagte er: »Setzen Sie bitte eine Proklamation über meine Thronbesteigung auf, Graf. Später erinnern Sie mich bitte daran, dass ich zuerst diesen einbeinigen Subow von seinem ehrgeizigen Persienfeldzug zurückbefehle.«

»Valerian Subow. Selbstverständlich, Majestät.«

Besborodko nickte zögernd und setzte sich, griff nach einem der goldgeränderten Bogen des kaiserlichen Schreibpapiers und tauchte die Feder ein.

Die überirdischen Klänge wie von silbernen Saiten und Stimmen der Engel erstarben. Stille umgab Jekaterinas schwebendes Ich. Alle Lügen, Selbstbetrügereien und Versuche, die Wahrheit zu verbergen, waren aufgedeckt. Das beseligende Gefühl, von der Schwere der Welt und des eigenen Körpers losgelöst zu sein, verminderte sich, und das Bewusstsein, alles in der Nähe und Ferne, in der Gegenwart und der Vergangenheit, sehen und durchschauen zu können, wich beginnender Einsamkeit. Erkenntnisse stürzten wie schwarzer Regen auf sie nieder. Sie war von jenen Menschen, die um ihr Lager Totenwache hielten, ebenso abgeschnitten wie von der Bewunderung ihrer Höflinge, der St. Petersburger, der Minister und ausländischen Gesandten und der vielen europäischen Höfe. Sie vermochte nur Trauer und Düsternis zu fühlen und an Unvollkommenheit, Versagen und Ausweglosigkeit zu denken, und noch immer war ihr das geringste Handeln versagt. Die Einsicht lähmte sie, löschte alle Empfindungen und wölkte heran als Vorahnung des Unausweichlichen. Die große Tragödie aus Liebe, Schmerz und Tod ging unwiderruflich zu Ende. Das Glücksgefühl erlosch, Lähmung befiel jeden Gedanken, und die Seele verlor die Gnade, über den Dingen zu schweben. Der Sturz begann, das Ziel erkannte sie jetzt: Dunkelheit, Schwärze, Tod. Das unwiderrufliche Nichts. Jekaterinas Lichtkörper fiel zurück in den Körper, ins Chaos des langen Sterbens. Ein Schmerz folgte, zugleich unerträglich und kürzer als der winzigste Gedankensplitter. Dann – die endgültige Finsternis des Todes.

6. (17.) November 1796, morgens neun Uhr fünfzehn. Lautlos öffnete sich die Tür. Aus dem Inneren des Palasts drangen alle Geräusche seltsam gedämpft herein; es war, als hätte die Kälte jede Äußerung der Trauer gelähmt.

Doktor John Rogerson behielt die Türklinke in der Hand, als er sich vorbeugte und mit verhaltener, heiserer Stimme sagte: »Eure Majestäten – der Kaiserin verbleiben nur noch wenige Atemzüge. Kommen Sie bitte?«

Paul ließ das Bündel Schriftstücke abrupt auf die Tischplatte fallen und stand auf. Die Großfürsten Alexander und Konstantin, übernächtigt, mit rot geweinten Augen und in Uniform, folgten ihren Eltern in Jekaterinas halb verdunkeltes Sterbezimmer. Links des Betts blieben ihre Angehörigen stehen, die Ärzte, die Höflinge und die Geistlichen warteten ihnen gegenüber. Die Minuten verstrichen, ohne dass jemand zu sprechen wagte. Rostopschin und Plestschejew am Kopfende des Sterbelagers richteten ihre Blicke ebenso starr wie jeder andere Anwesende auf die qualvoll Dahinscheidende.

Das Läutwerk der englischen Uhr auf dem Kaminsims zirpte silbern – einmal. Kurz darauf seufzte die Sterbende laut, und ihr Körper verlor jede Anspannung. Jekaterina hatte diese Welt verlassen. Als Paul vortrat, um neben dem Bett niederzuknien, sah man, wie ein kleines Wunder geschah.

Das Antlitz der Toten veränderte sich binnen weniger Sekunden. Die Gesichtszüge glätteten sich, als das Blut aus der Haut wich. Jekaterina schien jünger zu werden, die einstige Schönheit ihrer mittleren Jahre kehrte zurück und verlieh dem Gesicht den reifen Ausdruck einer majestätischen Abgeklärtheit. Paul, der diese Veränderung nicht wahrnahm – oder nicht wahrnehmen wollte –, kniete widerstrebend nieder, schlug das Kreuz, stand auf und trat schweigend zur Seite. Die Türen öffneten sich wie von Geisterhand.

Samoilow ging auf die Höflinge zu und sagte gefaßt:

»Meine Herren, die Kaiserin ist tot, und ihr Sohn, Zar Paul, hat den Thron bestiegen.«

Weinend und schluchzend umarmten sich die Menschen in einer seltsamen Stimmung zwischen Trauer und Erleichterung. Eine Kirchenglocke schlug an, eine zweite, ein Dutzend und immer mehr, bis alle Kirchenglocken läuteten. Auf rätselhafte Weise erschollen plötzlich in den Korridoren und auf den Treppen des Palasts zwischen klappernden Stiefelabsätzen das Klirren von Sporen und Säbeln und soldatische Rufe und Kommandos; es war, als wären verborgene Truppen ins Licht des Tages getreten.

Die Menschen strömten und drängten in die Hofkapelle. In aller Eile schafften die Diener einen Thronsitz hinein, auf dem Paul mit allen Zeichen eines Triumphs, an den er augenscheinlich nicht mehr geglaubt hatte, Platz nahm. Seine Gattin küßte das Kreuz, dann die Bibel, ging zu Paul und küsste ihn dreimal auf den Mund und auf die Augen. Großfürst Alexander und seine Frau folgten, ebenso Großfürst Konstantin und seine Frau, die Prinzessin von Sachsen-Coburg, danach Pauls Kinder Alexandra, Helene, Maria und Paul. Jeder las, das Knie auf dem Boden, laut die Eidesformel und berührte anschließend die Lippen des Kaisers. Als die Familie des Kaisers zur Seite trat, schworen der Metropolit Gabriel, alle anderen geistlichen Würdenträger und zuletzt die hohen Würdenträger des Hofs den Treueid. Die Kaiserin Jekaterina war tot; Paul I. war der neue Kaiser Russlands.

Jekaterinas Leichnam wurde einbalsamiert und drei Wochen lang im kalten Winterpalast aufgebahrt. Im Thronsaal wurde über dem offenen Sarg ein Zelt aus schwarzem Samt aufgebaut. Die Tote mit dem verschlossenen Lächeln im Gesicht, dessen Ausdruck endgültige Zufriedenheit auszudrücken schien, war in ein seidenes Kleid mit einer pelzgefütterten Schleppe gehüllt. Tausende Menschen zogen stumm, weinend oder betroffen murmelnd an dem Sarg vorbei, an dem Familienangehörige die Wache hielten. Bald würden neunundzwanzig Millionen Russen vom Tod und Thronwechsel wissen. Paul I. ließ den Sarg seines Vaters Pjotr III. aus dem Newski-Kloster in die Peter-und-Pauls-Kathedrale bringen, wohin auch unter der Anteilnahme einer unübersehbar großen Menschenmenge in der ersten Woche des Dezember der kaiserliche Sarg mit dumpfem Poltern auf dem Eis der gefrorenen Newa übergeführt wurde. Paul I. zwang den alten Admiral Alexej Orlow, in klirrender Kälte an der Spitze des Trauerzugs auf einem Kissen die Krone des ermordeten Pjotr III. zu tragen; Passek und Bariatinski, Jekatertinas Helfer beim Thronraub, mussten während des Trauerzugs die Enden des Bahrtuchs halten. Familienangehörige, Höflinge, Diplomatisches Korps und militärische Abordnungen folgten den Särgen zur Peter-und-Pauls-Kathedrale, wo man Pjotr III. Sarg neben seiner Tante Jelisaweta in einem marmornen Sarkophag beisetzte. Über Jekaterinas Grab legte man eine weiße Marmorplatte, die ein großes griechisches Kreuz aus Gold schmückte.

ZEITTAFEL

Die Daten der Romanbiographie sind fast ausschließlich nach dem Julianischen Kalender angegeben. Peter der Große führte ihn am 1. Januar 1700 ein; bis dahin wurden in Russland die Jahre nach byzantinischer Lehre »von der Erschaffung der Welt an« gezählt. Erst im Februar 1918 wurde die moderne Zeitrechnung (1582 von Papst Gregor XIII. verfügt) in Russland eingeführt. Bei der Umsetzung russischer in westeuropäische Daten müssen im 18. Jahrhundert elf Tage hinzugerechnet werden. So war zum Beispiel die Thronbesteigung von Jelisaweta I. am 25. November in Russland, in Westeuropa jedoch schrieb man den 6. Dezember.
(»Europäische« Daten stehen in Klammern.)

1698–1725	Pjotr (Peter) der Große, Alleinherrscher in Russland. Zuvor gemeinsame Herrschaft mit dem jüngeren Bruder Iwan V. von 1682 bis 1696. Von 1689 an schuf Pjotr aus dem Fürstentum Moskau das Kaiserreich Russland.
1703	Gründung St. Petersburgs als neue Hauptstadt (wird 1709 Residenz).
1709	Sieg der Russen (unter Pjotr dem Großen) über Karl XII. in der Schlacht von Poltawa (wegen Zugang zur Ostsee). Jelisaweta Petrowna, jüngste Tochter Pjotr des Großen (ab November 1741 Zarin), geboren.

24. Januar 1712	Friedrich II. (der Große) geboren.
(Sept./Okt.) 1715	Nach dem Tod des französischen »Sonnenkönigs« Ludwig XIV. gelangt Ludwig XV., dessen fünfjähriger Urenkel, auf den Thron. Die Regentschaft hat Herzog Philipp von Orleans.
1717	Maria Theresia (spätere »Königin – Kaiserin« Österreichs) geboren.
1718	Alexej Petrowitsch, Sohn Pjotr des Großen, stirbt zu Tode gequält im Kerker. Zar Pjotr der Große wurde das Bernsteinzimmer geschenkt. Die (heute verschollene) Kostbarkeit wurde im Jekaterinenpalast in Zarskoje Selo eingebaut (nach Jelisaweta ab 1717 ließ Jekaterina 1752–1756 den Palast von Rastrelli umbauen und vergrößern); nach den Zerstörungen des 2. Weltkriegs ist das Bernsteinzimmer weitestgehend rekonstruiert.
(8. Febr.) 1725	Tod Pjotr des Großen.
1725–1727	Zarin Jekaterina I. (lese- und schreibunkundige Gemahlin und Witwe Pjotr I., Mutter der späteren Zarin Jelisaweta I.).
1727	Tod Jekaterina I.
1727–1730	Zar Pjotr II. (Enkel Pjotr I.).

10. (21. Febr.) 1728	Karl Peter Ulrich von Holstein Gottorp (späterer Zar Pjotr III.) als Sohn Alexejs (Sohn Pjotr des Großen) und der Wolfenbütteler Prinzessin Charlotte Christine Sophie (Anna Petrowna) geboren. Seine Mutter stirbt zehn Tage nach seiner Geburt; Karl Peter Ulrich ist ein Enkel Peter des Großen.
(2.) 13. Mai 1729	Sophie Auguste Friederike von Anhalt-Zerbst (spätere Kaiserin Jekaterina II.) in Stettin geboren.
1730–1740	Zarin Anna Iwanowna (Tochter Iwan Alexejewitschs, des Halbbruders Pjotr I.).
(17. Nov.) 1730	Wilhelm Christian Friedrich von Anhalt-Zerbst, Jekaterinas älterer Bruder, geboren.
1733	Der Tod August des Starken löst später polnischen Erbfolgekrieg aus (führt zuletzt zur Teilung und Auslöschung Polens).
1734	Friedrich August von Anhalt-Zerbst, Jekaterinas jüngerer Bruder (lebt bis 1793) geboren.
(12. Nov. 1736	Auguste Christine Charlotte von Anhalt-Zerbst, Jekaterinas Schwester, geboren; lebt nur zwölf Tage.

1740/41	Regentschaft Anna Leopoldownas für Iwan VI. (einem einjährigen Säugling; Urenkel des Zaren Iwan V., wird 1764 nach lebenslanger Kerkerhaft ermordet).
(22. Okt.) 1740	Maria Theresia besteigt den österreichischen Thron als Königin von Ungarn und Böhmen, Herzogin Schlesiens, Ober- und Niederösterreichs, der Steiermark, von Kärnten und Krain. Die Kaiserkrone des Heiligen Römischen Reiches Deutscher Nation bleibt einem Mann vorbehalten!
17.Okt. (28.Okt.) 1740	Anna Leopoldowna stirbt.
25. Nov. (6. Dez.) 1741	Jelisaweta wird durch Staatsstreich Zarin (bis 1761).
1742	Elisabeth, Sophies Schwester, geboren; lebt bis 1745. Zarin Jelisaweta holt ihren vierzehnjährigen Neffen Peter Ulrich von Holstein-Gottorp (als Thronfolger) nach Russland.
Dez. 1743 – März/April 1744	Komet Chéseaux im nördlichen Russland sichtbar.
(10. Jan.) 1744	Prinzessin Sophie reist mit ihrer Mutter nach Einladung durch die Zarin nach Russland und trifft am 3. (14.) Febr. in St. Petersburg, am 9. (20.) in Moskau ein.

28. Juni 1744	Sophies Übertritt zum orthodoxen Glauben, wird Großfürstin Jekaterina Alexejewna. Drei Interessengruppen versuchten bei Hof, die Außen- und Bündnispolltik mit zu bestimmen: Vizekanzler Bestuschew-Rjumin wollte ein russisch-englisches Bündnis gegen Preußen und Frankreich, Graf Jean Germain Lestocq, Leibarzt der Zarin, vertrat preußische Interessen, und der Marquis de la Chétardie, französischer Gesandter, betrieb ein Bündnis Russlands mit Frankreich und opponierte gegen Bestuschew.
29. Juni 1744	Pjotrs (III.) und Jekaterinas (II.) Verlobung.
21. Aug. 1745	Pjotrs und Jekaterinas Hochzeit in Moskau.
28.Sept.1745	Abreise der Prinzessin von Anhalt, Jekaterinas Mutter. Leibarzt Lestocq fällt bei Hof in Ungnade.
(16. März) 1747	Sophie Augustes (Jekaterinas) Vater stirbt.
Juni 1747	Englisch-russisches Bündnis geschlossen.
1748	Neutralitätspakt zwischen Russland und der Türkei unterzeichnet.

1751	Großkanzler Bestuschew-Rjumin fällt in Ungnade, Pjotr Schuwalows Aufstieg beginnt.
1752	Großfürstin Jekaterina trifft Sergej Saltykow. Erleidet erste Fehlgeburt.
1753	Aufhebung der Binnenzölle in Russland.
20. Sept. 1754	Großfürstin Jekaterina wird von ihrem Sohn (Zarewitsch) Paul Petrowitsch entbunden.
1755	Großfürst Pjotr holt holsteinische Soldaten nach Oranienbaum.
(29. Aug.) 1756	Einmarsch preußischer Truppen in Sachsen; der Siebenjährige Krieg beginnt. Englischer Gesandter Sir Hanbury-Williams in Russland. Jekaterina geht Liebesbeziehung mit Stanislaus Poniatowski ein. Pjotr III. beginnt Beziehung zu Jelisaweta Woronzowa.
1757	Nach Niederlage bei Kolin preußische Siege bei Roßbach (5. Nov.) und Leuthen.
(30. Aug.) 1757	Russland schlägt Preußen bei Groß-Jägersdorf. Im November kapituliert die schlesische Hauptstadt Breslau.

9. Dez. 1757	Geburt von Prinzessin Anna, Jekaterinas zweitem Kind.
1758/59	Halleyscher Komet sichtbar.
14. Febr. 1758	Kanzler Alexej Bestuschew-Rjumin verhaftet.
25. Aug. 1758	Russen erobern Königsberg. Friedrich II. besiegt Russen in der Schlacht bei Zorndorf.
8. März 1759	Großfürstin Anna (Jekaterinas Tochter) stirbt.
Aug. 1759	Preußische Niederlagen (Russland siegt) bei Kunersdorf und Maxen. Russen nehmen Frankfurt a. d. Oder ein.
(16. Mai) 1760	Jekaterinas Mutter (Prinzessin von Anhalt) stirbt.
15. Aug. 1760	Preußen siegen bei Liegnitz.
9. Okt. 1760	Russen und Österreicher erobern Berlin. Preußischer Sieg bei Torgau. Großfürstin Jekaterina beginnt Affäre mit Grigori Orlow.
1761	Österreicher stürmen die Festung Schweidnitz (16. Dez.). Festung Kolberg ergibt sich den russischen Truppen.

25. Dez. 1761 (5. Jan. 1762)	Zarin Jelisaweta Petrowna (Tochter Pjotr des Großen und späterer Zarin Jekaterina I.) in St. Petersburg im Alter von 53 Jahren gestorben. Beginn der Herrschaft Pjotr III. Separatfriede und Bündnis zwischen Russland und Preußen (beendet Kriegshandlungen).
11. April 1762	Jekaterinas Sohn (späterer Graf) Alexej Bobrinski (Vater: Grigori Orlow) geboren.
28. Juni (9. Juli) 1762	Pjotr III. von Orlow-Brüdern und Jekaterina II. gestürzt. Jekaterina als Kaiserin (Zarin) ausgerufen.
6. (17.) Juli 1762	Pjotr Ill. (wahrscheinlich) von Alexej Orlow in Ropscha ermordet.
22. Sept. 1762	Jekaterina wird in Moskau gekrönt. Geheime Kanzlei (Geheimpolizei) abgeschafft. Jekaterina herrschte über ein riesiges, fast menschenleeres Land mit ca. 19 Mill. Einwohnern. Nur der Hof, etliche Adlige und hohe kirchliche Würdenträger konnten schreiben und lesen, der Rest des Volks war analphabetisch. 60 % des Bodens befanden sich im Besitz des Adels, es gab, ohne Familienangehörige, rund 3,8 Mill. leibeigene Bauern. Zum Zeitpunkt von Jekaterinas Tod betrug die Gesamtbevölkerung ca. 29 Mill. Menschen.

Nov. 1762	Verschwörung gegen Grigori Orlow aufgedeckt; drei Offiziere hingerichtet.
1763	Friedensverträge von Paris und Hubertusburg beenden Siebenjährigen Krieg. Privilegien der Adligen bestätigt. Deutsche Siedler von Jekaterina II. an die Wolga und in die Ukraine gerufen.
Sept.1763	Russische Truppen fallen in Litauen ein.
1764	Giacomo Casanova als Gast in St. Petersburg. Stanislaus Poniatowski wird polnischer König.
26. Febr. 1764	Jekaterina II. verstaatlicht die Kirchengüter und löst die Hälfte der Klöster auf. Baubeginn der Eremitage in St. Petersburg.
4. Juli 1764	Ehemaliger Zar Iwan VI. wird in der Festung Schlüsselburg von Mirowitsch ermordet.
1765	Gelehrter Lomonossow stirbt. Jekaterina II. befiehlt Vermessung allen Grundbesitzes.
1766	Jekaterina II. schreibt den Nakas, die »Instruktion« für ein neues Gesetzbuch. Étienne-Maurice Falconet kommt auf Denis Diderots Empfeh-

	lung nach Russland, um ein Denkmal Pjotr des Großen zu schaffen. (Das Modell war 1770 fertig, der Bronzeguss wurde 1775–1777 hergestellt. 1778 verlässt Falconet St. Petersburg.) Jekaterina weiht das Denkmal 1782 ein.
1767	Die »Große Kommission« kommt in Moskau zusammen, um über das Gesetzbuch zu beraten, wird jedoch
1768	aufgelöst. Der »Reichsrat« wird geschaffen. Polen wird russisches Protektorat. Osmanisches Reich (Türkei) erklärt Russland den Krieg. Russisch-türkischer Krieg.
1769	Russisch-dänisches Bündnis, Russisch-preußischer Beistandsvertrag erneuert. Russische Truppen besetzen die Moldau. Russische Flotte im Schwarzen Meer.
5. Juli 1770	Russischer Seesieg bei Tshesme (Meerenge v. Chios). Verhandlungen zwischen Kaiser Joseph II., Friedrich II. und Jekaterina II. über die Teilung Polens.
Sept.1770	General Rumjanzow siegt gegen die Türken bei Kagul.
1771	Pest in Moskau; Grigori Orlow hilft, die Seuche zu besiegen.

1772	Erste Teilung Polens vereinbart: Russland erhält ca. 110 000 km^2, Preußen ca. 35 000 km^2, Österreich ca. 70 000 km^2.
Winter 1772173	Ausbruch des Kosakenaufstands am Fluss Jaïk (später: Ural) unter Pugatschow, der als Pjotr III. auftritt. Briefpartner Denis Diderot und Friedrich Melchior Baron von Grimm besuchen die Zarin.
1773	Jekaterina bricht mit Grigori Orlow; Wassiltschikow wird neuer Favorit.
29. Sept. (10. Okt.) 1773	Vermählung von Großfürst Paul mit Prinzessin Wilhelmine (Großfürstin Natalja Alexejewna) von Hessen-Darmstadt.
1774	Grigori Potjomkin wird Jekaterinas Liebhaber.
21. Juli 1744	Beendigung des Türkenkriegs durch den Frieden von Kütschük-Kainardschi. Russland erhält Küstenland zwischen Dnjepr und Bug und Vorherrschaft (in Tauris) auf der Krim. König Louis (Ludwig) XVI. folgt seinem Großvater Louis XV. auf den franz. Thron. Jemelka Iwanowitsch Pugatschow wird von kaiserlichen Truppen geschlagen, gefangen genommen und an Nikita Panin ausgeliefert.

10. (21. Jan.) 1775	Pugatschows Hinrichtung in Moskau und blutige Zwangsmaßnahmen gegen seine Anhänger in den Provinzen der Aufständischen. Jekaterinas II. Erlass über die Gouvernements erbringt Neugliederung Russlands.
Jan. 1776	Pjotr Sawadowski wird, nach Jekaterinas Trennung von Potjomkin, ihr Liebhaber.
15. April 1776	Großfürstin Natalja (Jekaterina II. Schwiegertochter) stirbt nach Totgeburt. Zweite Heirat von Großfürst Paul mit Prinzessin Sophie Dorothea von Württemberg (Großfürstin Maria Fedorowna).
12. (21.) Dezember 1776	Geburt von Pauls und Marias Sohn Alexej (Alexander), dem späteren Zarewitsch. Jekaterinas Favorit wird Simon Soritsch.
1778	Jekaterinas Favorit ist nunmehr Rimski-Korssakow. Der Bayerische Erbfolgekrieg, »Kartoffelkrieg«, beginnt. Russland vermittelt den Frieden zwischen Österreich und Preußen. Potjomkin gründet Festung Cherson an der Dnjeprmündung.

12. Dez. (23. Dez.) 1779	Zweiter Sohn Paul I. und Marias, Konstantin Pawlowitsch, geboren. Jekaterina führt in Russland die Gewerbefreiheit ein.
1780	Entlassung Rimski-Korssakows; Lanskoi neuer Favorit. Jekaterina II. trifft österreichischen Kaiser Joseph II. in Mogiljow. Minister Nikita Panin wird abgesetzt.
(29. Nov.) 1780	Königin Maria Theresia von Österreich stirbt. Fürst Karl von Ligne, Kammerherr von Joseph II., Belgier bzw. Österreicher, international erfahren, kommt als Berichterstatter des Kaisers nach St. Petersburg. (Wird durch Briefe und scharfsinnige Beobachtungen zu einem wichtigen Zeitzeugen.)
1781	Russisch-österreichisches Verteidigungsbündnis.
1783	Jekaterina II. gestattet überall in Russland die Einrichtung von privaten Druckereien. Russland übernimmt die Krim. César Frédéric de La Harpe kommt als Erzieher von Jekaterinas Enkeln Alexej und Konstantin nach St. Petersburg. Alexej Dimitrjewitsch Lanskoi stirbt.
1784	Jekaterina II. Enkelin Jelena wird geboren. Alexej Jermolow wird neuer Favorit der Zarin.

1785	Liebhaber Jermolow fällt in Ungnade; Mamonow wird Jekaterinas neuer Favorit. In Russland »Statut für die Volksschulen«.
(17. Aug.) 1786	Friedrich II. von Preußen stirbt.
7. Jan. (18. Jan.) 1787	Jekaterina II. triumphale Reise ans Schwarze Meer beginnt; Dauer ca. sechs Monate. Das Osmanische Reich erklärt Russland den Krieg (dauert bis 1792).
1788	Joseph II. von Österreich erklärt dem Osmanischen Reich den Krieg.
(21. Juni) 1788	Gustav III. überschreitet die russische Grenze; Schweden beginnt Krieg mit Russland.
(14. Juli) 1789	In Paris wird die Bastille gestürmt.
Aug. 1789	Russisch-österreichischer Sieg unter Graf Pjotr Rumjanzow über die Türken.
Okt. 1789	Suwarow siegt bei Rymnik; Potjomkin nimmt die türkische Festung Otschakow ein. Platon Subow wird Jekaterinas (letzter) Favorit. Nationalversammlung in Paris konstituiert sich; Beginn der Französischen Revolution.

1790	Die schwedische Flotte bedroht Kronstadt und St. Petersburg. General Suwarow kämpft auf dem Balkan. Friede zwischen Österreich und der Türkei.
Aug. 1790	Gustav III. von Schweden unterzeichnet den Frieden (mit Russland) in Werelä.
28. April 1791	Zur Feier des russischen Siegs über die Türken und zu Jekaterinas 62. Geburtstag am (2.) 13. Mai richtet Potjomkin ein unvorstellbar prächtiges Fest in seinem Taurischen Palast mit dreitausend Gästen aus. Danach fährt Potjomkin nach Süden, wo Fürst Nikolai Repnin Waffenstillstandsverhandlungen mit der Türkei führt.
5. Okt. 1791	Potjomkin stirbt in Jassy.
29. Dez. 1791	Friede von Jassy mit der Türkei, die Russland den Küstenbereich am Schwarzen Meer überlässt und den Besitz der Krim bestätigt.
(9. Jan.) 1792	Friedensvertrag zwischen Russland und Türkei unterzeichnet.
(10. Aug.) 1792	Pariser Mob stürmt die königliche Residenz in den Tuilerien und tötet eintausend Schweizer Gardisten.

(21. Jan.) 1793	Ludwig XVI. stirbt auf der Place de la Révolution unter dem Fallbeil. Marie Antoinette wird (16. Okt.) geköpft.
23. Jan. 1793	Zweite Teilung Polens nach der Konvention von St. Petersburg. Russland erhält 236 000 km², Preußen nimmt sich Danzig, Thorn, Posen und Kalisch, zusammen 55 000 km².
1794	Russland (General Suwarow) und Preußen schlagen den Aufstand unter Tadeuzs Kosciuszko nieder. La Harpe, von Jekaterina entlassen, reist ab.
13. Okt. 1795	Dritte Aufteilung Polens unter Österreich, Russland und Preußen. Polen wird von den Landkarten getilgt. Subows Bruder Valerian führt Kriegszug nach Persien (wird im Nov. 1796 von Paul I. abgebrochen).
Juni 1796	Geburt Nikolajs, des zukünftigen, Zaren. Paul I. und Maria hatten zehn Kinder: (Zar) Alexej, (Zar) Konstantin, Alexeja, Helene, Maria, Jekaterina, Olga, Anna, (Zar) Nikolaus und Michail.
11. Sept. 1796	Gustav IV. von Schweden löst das Verlöbnis mit Großfürstin Alexeja auf. Ein leichter und danach ein

	schwerer Schlaganfall treffen die Zarin.
6. (17.) Nov. 1796	Tod Jekaterinas II. nach dreißigstündigem Koma in Zarskoje Selo.
1797	Zar Paul I. ist Thronfolger. Aus Eifersucht demütigt er Platon Subow, lässt Potjomkins Gebeine aus Chersons Jekaterinenkirche holen und zerstreuen, vereinigt seine Eltern – Jekaterina II. und Pjotr III. – in einem Grab. Nach viereinhalb Jahren einer wenig erfolgreichen Regierung wird er ebenso ermordet wie Pjotr III., am Attentat ist Subow maßgeblich beteiligt. Pauls Sohn Alexej, wie von Jekaterina gewünscht und ersehnt, besteigt 1801 den Thron Rußlands.

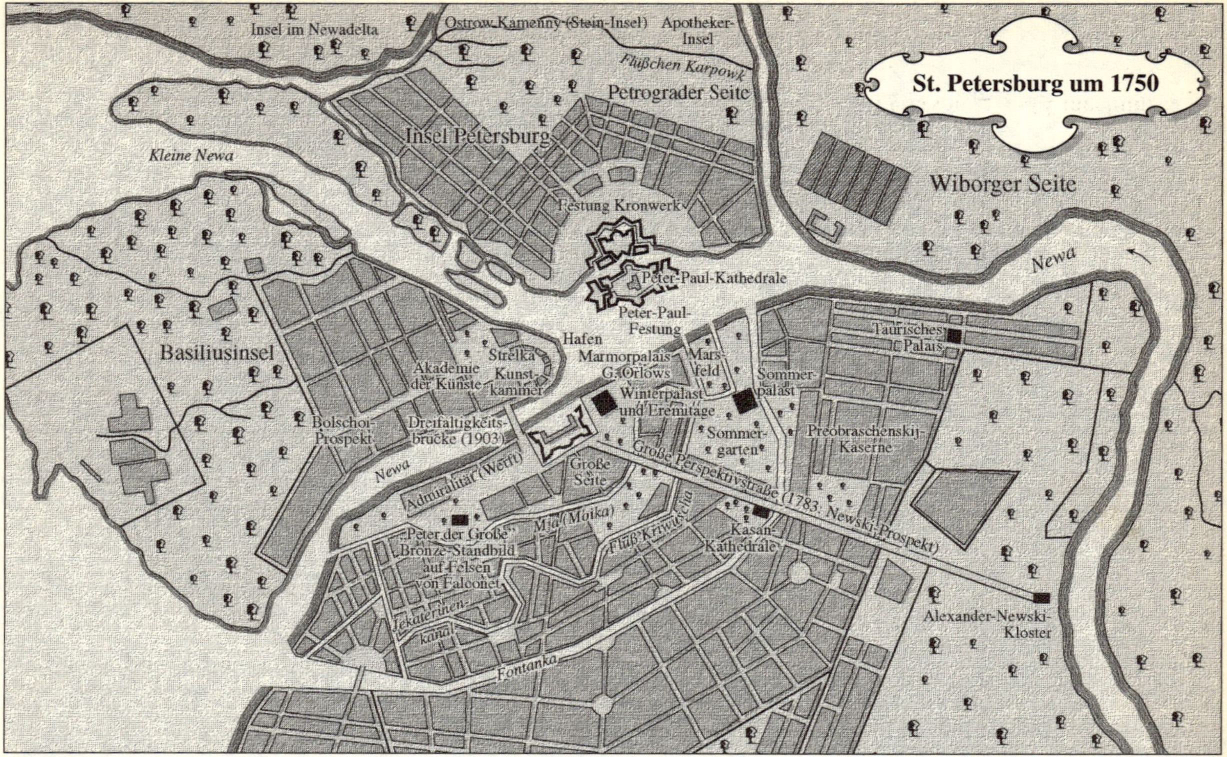
St. Petersburg um 1750
Insel im Newadelta
Ostrow Kamenny (Stein-Insel)
Apotheker-Insel
Flüßchen Karpowk
Petrograder Seite
Insel Petersburg
Kleine Newa
Wiborger Seite
Festung Kronwerk
Peter-Paul-Kathedrale
Peter-Paul-Festung
Newa
Basiliusinsel
Hafen
Strelka
Kunstkammer
Akademie der Künste
Marmorpalais G. Orlows
Marsfeld
Sommerpalast
Taurisches Palais
Winterpalast und Eremitage
Sommergarten
Preobraschenskij-Kaserne
Bolschoi-Prospekt
Dreifaltigkeitsbrücke (1903)
Admiralität (Werft)
Große Seite
Große Perspektivstraße (1783: Newski-Prospekt)
Mja (Moika)
Fluß Kriwuscha
Kasan-Kathedrale
Peter der Große Bronze-Standbild auf Felsen von Falconet
Jekaterinenkanal
Fontanka
Alexander-Newski-Kloster

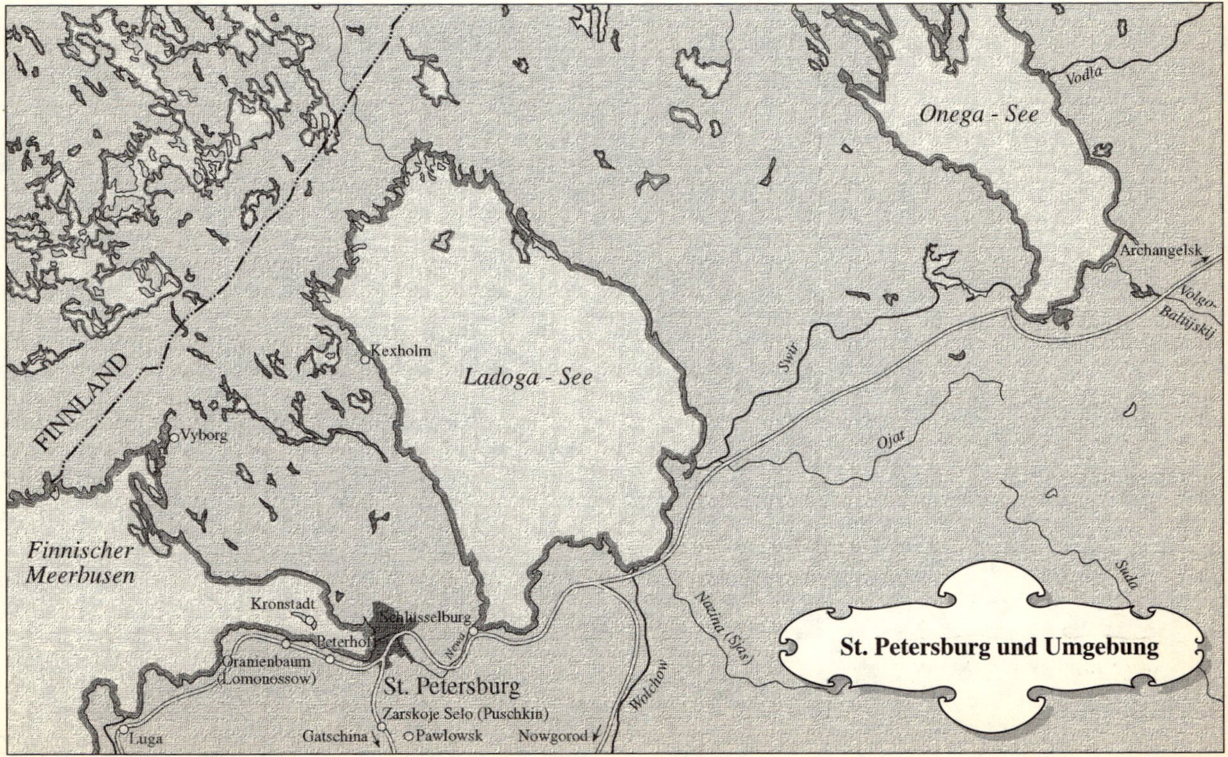
St. Petersburg und Umgebung
Onega - See
Vodla
Archangelsk
Volgo-Baltijskij
Ladoga - See
Kexholm
Swir
Ojat
Suda
FINNLAND
Vyborg
Finnischer Meerbusen
Kronstadt
Schlüsselburg
Peterhof
Oranienbaum (Lomonossow)
Newa
St. Petersburg
Zarskoje Selo (Puschkin)
Gatschina
Pawlowsk
Nowgorod
Luga
Wolchow
Nazina (Sjas)

Rußland/Europa in der
2. Hälfte des 18. Jahrhunderts
Nordsee
Kgr. Dänemark
Kgr. Schweden
Schweden
Stockholm
Gotland
Bornholm
Ostsee
Ladoga-See
St. Petersburg
Nowgorod
Peipus-See
Pskov
Riga
Polnisches Livland
Jaroslawl
Wolga
Twer
Moskau
Oka
Smolensk
Don
Kaiserreich Rußland
Memel
Wilna
Königsberg
Danzig
Kolberg
Kgr. Preußen
Stettin
Berlin
Thorn
Grodno
Njemen
Mogiljaw
Dnjepr
Kgr. Polen
Pinsk
Pripjet
Praga
Weichsel
Warschau
Kgr. Preußen
Oder
Krakau
Desna
Kursk
Charkow
Kiew
Krementschug
Jekaterinoslaw
Deutsches Reich
Linz
Wien
Donau
Drau
Debrecen
Kgr. Ungarn
Theiß
Dnjestr
Bug
Otschakow
Cherson
Khanat der Krim
Perekop
Asowsches Meer
Krim (Tauris)
Sewastopol
Bendery
Akkerman
Odessa
Pruth
Walachei
Rep. Venedig
Kirchenstaat
Toscana
Osmanisches Reich
Kutschik
Kainardschi
Schwarzes Meer